VOCÊ NÃO
ACREDITA EM
SEGUNDA
CHANCE?

VINÍCIUS
LUAN
DUARTE

VOCÊ NÃO ACREDITA EM SEGUNDA CHANCE?

AUTORES
Independentes

SÃO PAULO, 2018

AQUISIÇÕES
Cleber Vasconcelos

EDITORIAL
Jacob Paes • João Paulo Putini • Nair Ferraz
Rebeca Lacerda • Renata de Mello do Vale • Vitor Donofrio

PREPARAÇÃO: Equipe Novo Século
DIAGRAMAÇÃO: João Paulo Putini
REVISÃO: Daniela Georgeto
CAPA: Brenda Sório

Texto de acordo com as normas do Novo Acordo Ortográfico da Língua Portuguesa (1990), em vigor desde 1º de janeiro de 2009.

Dados Internacionais de Catalogação na Publicação (CIP)

Duarte, Vinícius Luan
Você não acredita em segunda chance?
Vinícius Luan Duarte.
Barueri, SP: Novo Século Editora, 2018.

1. Ficção brasileira I. Título

18-1435 CDD-869.3

Índice para catálogo sistemático:
1. Ficção brasileira 869.3

NOVO SÉCULO EDITORA LTDA.
Alameda Araguaia, 2190 - Bloco A - 11º andar - Conjunto 1111
CEP 06455-000 - Alphaville Industrial, Barueri - SP - Brasil
Tel.: (11) 3699-7107 | Fax: (11) 3699-7323
www.gruponovoseculo.com.br | atendimento@novoseculo.com.br

capítulo 1. COINCIDÊNCIAS

Janeiro em Nova York, Chelsea, inverno.

A neve enfeitava toda a cidade com sua cor alva enquanto as pessoas usavam seus casacos e luvas na tentativa de evitar o frio daquela manhã de quinta-feira. No centro da cidade, bem menos movimentado do que semanas atrás durante o período de compras de Natal, em uma das muitas *coffeehouses* do quarteirão, a queda de movimento era ainda mais evidente. Frustrante para o gerente, perfeito para o casal da mesa cinco. A garçonete não deixou de reparar no quanto ambos eram bonitos enquanto entregava-lhes suas bebidas. O rapaz tinha cabelos castanho-claros na altura dos ombros e muito bem penteados para trás, olhos verdes e barba quase inexistente. Estava vestido com um suéter azul e uma calça branca. A moça era delicada, tinha o cabelo castanho-escuro, liso, com franja e ondulado nas pontas. Seus olhos azuis incomodavam de tão claros que eram. Ela usava um casaco branco que ia até metade das coxas e uma bota de cano longo preta, mesma cor da calça.

– Obrigada – agradeceu Ana, enquanto apreciava o primeiro gole de seu cappuccino.

Ela estava ansiosa e insegura, seu coração sempre batia mais forte quando estava perto de Oliver. Enquanto ele falava de sua formatura em Oxford e tudo o que conseguiu (ou não) fazer desde que chegara a Nova York na noite anterior, ela não parava de reparar nas covinhas de suas bochechas e no reflexo das luzes em seus cabelos. Oliver estava ainda mais bonito do que da última vez que se viram, há um ano.

– ... Só posso dizer que, se eles estivessem dirigindo do lado direito do carro, isso jamais teria acontecido. – Após uma pausa e acenando com as mãos, Oliver questiona: – Está me ouvindo? Não acredito que não riu dessa.

– Ah... Desculpe-me, eu estava distraída – disse Ana, percebendo que durante todo o tempo em que ele falara com aquele sotaque inglês e sedutor, ela apenas o observara com um sorriso idiota no rosto.

– Eu já disse que o seu sorriso continua lindo?

– Essa é a terceira vez só esta manhã... Pelo visto você ainda gosta de tentar me fazer corar.

– Você fica linda quando está com vergonha... Eu não resisto a isso.

O sorriso de Oliver era como um tiro de canhão fulminante em seu coração. O charmoso jovem sempre fora o grande amor da vida desta tímida e doce "garota americana", apelido dado pelo próprio Oliver, o "garoto inglês", quando ainda eram crianças.

A história entre os dois já era antiga. Vizinhos desde crianças, sempre estavam juntos. Suas famílias se davam muito bem. Oliver era o filho único do casal inglês que morava na residência ao lado daquela em que Ana crescera. Ela ainda se lembrava da primeira vez que o vira. O pai de Ana, que também viera da Inglaterra, convidou os novos vizinhos para um jantar e naquela noite nasceu uma grande amizade entre as famílias. Oliver tinha apenas dez anos, dois a mais que ela, mas agia como um perfeito cavalheiro, um pequeno adulto, um príncipe... Foi amor à primeira vista. Naquela noite, antes de ir embora, ele colocou no bolso do casaco dela uma caixinha de gomas de mascar, dizendo: "Para você, garota americana. Não conte para ninguém".

Doces antes de dormir eram expressamente proibidos, especialmente gomas de mascar, mas Ana mascou todas naquela noite. Estavam deliciosas. Aquele gosto açucarado em sua boca nunca mais fora esquecido. Era esse mesmo gosto doce que ela sentia naquele exato momento, quinze anos depois. Esse era o sabor do amor para Ana. Começou puro e inocente em uma mistura de mistério e gratidão, mas hoje era um sentimento tão forte que parecia rasgar seu peito.

– Oliver... Você voltou para ficar desta vez?

– Ainda não. Estou aqui apenas para um breve descanso após a graduação. Recebi uma proposta, um tipo de estágio, de um dos maiores escritórios de advocacia da Inglaterra. Vou ter a chance de trabalhar e aprender com o Dr. Hill. Ele é uma lenda em Oxford. Sabe a expressão "cereja do bolo"? É como se tivesse estudado todos esses anos na faculdade só para poder participar disso... Quando terminar, minha jornada de aprendizado na Inglaterra estará completa e então eu poderei voltar, de uma vez por todas.

– Sei... – disse Ana, disfarçando mal sua decepção.

Ao perceber o semblante consternado da moça, Oliver apressou-se em consertar a situação.

– Não se preocupe – disse, segurando carinhosamente as mãos de Ana. – Assim que eu voltar, não haverá nada neste mundo que poderá me separar de você.

– Não é a primeira vez que me promete isso... – O olhar sério de Ana denunciou sua insatisfação tanto quanto seu tom de voz. – Você diz essas coisas bonitas porque sabe que gosto de ouvi-las, mas de que adianta isso se nós não podemos namorar como um casal normal?

– Não podemos ainda, mas isso não muda o que sentimos um pelo outro há tanto tempo. – A voz suave e agradável de Oliver transmitia toda a sua confiança. Ele parecia nunca se abalar, nem mesmo quando ela o cobrava de forma mais contundente. Ele sempre estava no controle.

– Saber o que eu sinto por você não significa que sabe tudo o que eu penso... Eu posso não estar tão satisfeita com esse tipo de relação. – Ana era orgulhosa... muito orgulhosa. O que acabou de dizer era só uma forma de tentar ameaçá-lo e evitar que continuasse acomodado, mantendo seu relacionamento na inércia. A verdade era que, mesmo sofrendo, ela o esperaria até mesmo por toda a eternidade, e ele sabia disso.

– Posso não saber o que você pensa, mas não posso estar enganado quanto ao nosso futuro. Quando fui para a faculdade, na Inglaterra, eu te pedi para me esperar porque sabia que você o faria.

– Você foi muito cruel, me dizendo tantas coisas um dia antes de ir morar em Oxford.

– Eu sei que não facilitei as coisas para você, mas eu não podia partir sem deixar claro o que eu sentia. Eu já te amava naquela época há bastante tempo.

– Não poderia ter dito antes? Já pensou em quanto tempo perdemos?

– Adoro quando fica nervosa e aperta os olhos... Muito fofa. – Oliver beijou a mão direita de Ana, que suspirou. – Além do mais, eu me desculpei com você no mesmo dia.

Foi da melhor forma possível. Oliver, após abrir seu coração na despedida, beijou Ana suavemente, devagar, tomando lentamente apenas o espaço que ela cedia, sem agressividade, com ternura.

– Você me assediou e roubou o meu primeiro beijo. Quase chamei a polícia. – Ana enrubesceu lembrando-se daquele dia. Oliver acabara de derrubar a barreira mental que ela estava erguendo contra ele com seu orgulho e timidez...

– Foi tão ruim assim?

– C-claro que não, seu bobo! – respondeu alto e afobada, mas em seguida, após um longo suspiro, sorriu, sendo totalmente sincera, sem timidez, sem orgulho, derrotada mais uma vez na batalha mental travada contra o amor de sua vida. – Foi maravilhoso...

– Concordo. A cada dia que passo lá, eu nunca deixo de pensar em você. Quando estou cansado, sobrecarregado, é o seu sorriso que me serve de combustível e me faz lembrar o que eu estou fazendo lá e por qual motivo. Vou me tornar o melhor possível para você, meu amor. Vou ter uma carreira sólida, vou te tratar como uma rainha, vamos nos casar na Inglaterra, a terra dos nossos pais.

– Não prefere namorar de verdade antes de pensar em casamento?

– Acha mesmo que a ligação que temos vale menos que as ligações de outros casais que não namoram a distância?

– Não acho, mas precisamos de um tempo como simples namorados. Eu sinto falta de fazer com você as coisas que qualquer outro casal faz.

– Eu sei disso e te entendo. Não pense que também não sinto falta dessas coisas... Eu morro de saudade de você todos os dias.

– Então por que não esquece a Inglaterra e volta de uma vez para mim?

– Eu vou voltar...

– Cuidado para não demorar demais – disse ela, em tom de ameaça.

– Não tente me assustar. Você não me esperaria por tanto tempo se não me amasse muito.

– Não é como se eu estivesse te esperando. Eu só não tive tempo de reparar em outros garotos. – Ela sorriu, provocando-o. – Eu também tive que estudar muito. A faculdade de Artes exige muita concentração e dedicação, sabia?

– Não ligo se quiser bancar a difícil comigo... Assim que eu voltar, sei que estará me esperando para ser minha... Só minha.

– Espero que não esteja fazendo uma promessa vazia, Oliver... – disse ela, em um tom mais sério. – Mesmo nos amando, vivemos em um "relacionamento a distância". Não é namoro, não é noivado... Isso não é o que eu queria ter com o homem que eu amo há tanto tempo. Até quando acha que pode me fazer esperar por você?

– Está um pouco brava comigo, não é?

– Um pouco...

– É por isso que está fazendo jogo duro?

– Sim.

– Eu só te peço mais seis meses... Depois disso, eu volto e poderei ser seu namorado, seu noivo, marido, até amante, se você topar uma aventura...

Eles riram e a conversa continuou mais doce que o caramelo da bebida de Oliver. Fazia um ano que não se viam pessoalmente e tinham muito para conversar. Durante cinco anos, só se encontravam durante as férias de fim de ano dele ou em alguma data especial, quando podiam sair, se divertir e curtir seus momentos de romantismo. Uma noite em que estavam juntos, Ana estava completamente entregue a ele, em seus braços, disposta a seguir em frente com o que ele quisesse fazer. Oliver a olhou no fundo dos olhos e disse: "Você é tão doce, tão pura, que me sinto mal em sujar algo tão lindo. Mas quando eu voltar e pudermos nos casar, eu terei o direito de te fazer minha, só minha. Eu vou te fazer feliz todos os dias, para sempre". E não fizeram mais nada naquela noite, apenas aproveitaram a companhia um do outro entre beijos e abraços. Oliver sabia que não conseguiria proporcionar a ela o comprometimento ideal, por isso também não cobrava dela que se comprometesse com ele de forma mais íntima... Era como se a abstenção de sexo fosse o preço que ele deveria pagar por fazê-la esperá-lo por tanto tempo. Dessa forma a balança se manteria equilibrada. Nove entre dez amigos seus diriam que ele estava sendo conservador demais ou até mesmo um idiota por não fazer amor com a própria namorada, mas ele achava mais justo desse jeito e não estava interessado no que os outros pudessem pensar... Tudo o que importava era sua relação com Ana, a garota que ele amava.

Não é uma história fácil de acreditar, mas era a história deles. Na saída da *coffeehouse*, após uma despedida carinhosa e discreta, Oliver seguiu para a casa de seus pais em Greenwich Village, onde estava instalado. Ana colocou mais um casaco, sua touca, luvas e *earmuffs* para proteger-se do frio das ruas e seguiu o caminho para a School of Visual Arts, onde se encontraria com alguns amigos para discutir na biblioteca sobre as próximas atividades de seu curso de Artes.

* * *

Assim que entrou no prédio da faculdade, Ana foi abordada por uma jovem garota que usava uma camiseta preta do Black Sabbath por baixo de um sobretudo de mesma cor e uma calça jeans azul com rasgos no joelho, deixando visível que usava outra calça por baixo. Calçava sapatos de salto para atingir um metro e setenta de altura (e não parecer tão baixa perto de Ana, que tinha um metro e setenta e três) e tinha uma silhueta magra e sem muitas curvas… Mas o que mais chamava atenção era seu cabelo chanel longo tingido de vermelho sangue. Era Lucy, a melhor amiga de Ana.

– Oi, Annie. Como foi o encontro com o seu príncipe?

– Foi ótimo, Lu. Ele estava lindo como sempre e me falou tantas coisas bonitas… Me tratou como uma princesa e disse que quando voltar vai ser pra ficar.

– Espera… – Lucy parou. – Ele mal chegou e já vai embora de novo? Você não disse que esta seria a última vez? – Seus olhos castanho-claros se abriram, espantados, encarando os de Ana.

– Seria, mas ele ainda precisa passar mais um tempo na Inglaterra. Vamos andando?

– Não acredito! Ele vai te abandonar de novo? Não fuja dessa conversa, mocinha… – disse Lucy, caminhando ao lado de Ana.

– Não é abandonar, Lu. Ele vai fazer um estágio ou algo do tipo com um advogado bastante famoso… É uma ótima chance para alavancar sua carreira e obter estabilidade financeira.

– O papo dele é bom, mas não faz sentido estudar e trabalhar tanto para te dar a vida de uma rainha, tendo que te deixar sozinha por tanto tempo… Você nem liga pra dinheiro! – disse Lucy, sorrindo ironicamente antes de complementar: – Além do mais, esse conto de fadas não pode durar para sempre, não é isso que vai tirar sua virgindade e você já tem 23 anos…

– LUCY!!!

– Exagerei? Desculpa, só estava sendo sincera.

– Seja menos.

– Serei mais. Você não acha que essa história está muito enrolada? Tipo, vocês têm cinco anos de um namoro fajuto…

– Relacionamento a distância – Ana interrompeu-a.

– O quê?

– É o que temos… Um relacionamento a distância. Este é o termo correto.

– Que seja… O ponto é que são praticamente quatro meses juntos, separados por períodos de onze meses. Eu te conheço, sei que quando estão juntos é tudo maravilhoso, mas também sei que, sempre que ele vai embora, você fica mal por meses. Até quando isso vai acontecer? Mesmo que não admita, eu sei que isso também te faz sofrer.

– Esta é a última vez, Lu. São só mais seis meses de estágio e ele volta para ficarmos juntos.

– Olha, nesses cinco anos você deixou de ir a 27 festas iradas, deixou de sair com o Chris Guilmore, Leonard Sunderland, Andrew Jordan, o tesão do Charlie Downson, e não estou contando os irrelevantes… Espero muito que Oliver Stone valha a pena.

– Ele vale.

– Droga... Não consigo retrucar quando você responde com esse sorriso. Só não se esqueça de viver a vida, ok?

– Quando ele e eu estivermos juntos de verdade, a minha vida estará completa, e aí eu te garanto, minha amiga, ela será muito bem vivida.

– Torço por você, linda, mas mudando de assunto... desistiu de ignorar o seu pai? Já se passaram meses... – O semblante provocador e bem-humorado de Lucy mudou para um mais sério.

– Eu apenas faço com ele o que ele faz comigo... Somos bons em ignorar um ao outro desde a briga – disse Ana, respirando fundo. – Também ficou claro que ele não consegue lidar com as minhas escolhas.

– Quais delas? A faculdade de Artes, a vontade de arrumar um emprego ou o apartamento vagabundo em um prédio vagabundo com uma amiga vagabunda?

– Qualquer cenário em que eu não esteja morando com ele, estudando Medicina e me casando com o Oliver é um cenário inaceitável para ele.

– Pelo menos em um item vocês estão de acordo.

– Verdade. Nós concordamos que você é uma vagabunda.

– Sua cadela!!! Só porque você é virgem não tem o direito de chamar quem não é de vagabunda – disse Lucy, lançando uma piscadela para um sujeito qualquer que passava perto delas, desconcertando-o.

– Chega desse papo de virgindade. Esqueça isso de uma vez. – Ana ficou vermelha e começou a andar mais rápido.

– Só estou brincando... Você deveria relaxar.

– Meu pai não vai pagar a faculdade pra mim este ano como fazia antes e minhas economias só cobrem mais um semestre e dois meses do nosso aluguel dividido. Isso se eu conseguir passar os dias com apenas uma refeição... Como posso relaxar assim? – Elas se olharam.

– É isso mesmo que você quer, Annie? A vida seria muito mais fácil se voltasse para a casa do seu pai, se desculpasse e fizesse as coisas do jeito dele.

– Eu estou seguindo o meu sonho, Lu. Eu quero pintar a vida como eu a enxergo: colorida, expressiva, emotiva... Eu quero traduzir em cores e formas todas as emoções que o ser humano pode produzir. É isso que me inspira e me deixa feliz. Não posso voltar pra casa e fingir que gosto de outras coisas e que sou outra pessoa só para ter o perdão e o apoio dele. Além disso, você sabe o quanto machucamos um ao outro...

– Eu sei... Está claro que não é só porque você é tão ou até mais orgulhosa que o seu velho.

– Isso também. – Ana sorriu de forma triste e sincera.

– Você pode contar comigo em tudo, Annie... Também não tenho muito guardado, mas sempre existe a possibilidade da prostituição. Você faria uma fortuna vendendo sua virgindade.

– LUCY!!! Você quer um microfone e caixas de som para poder repetir isso para todos?

– Exagerei? Desculpa, só estava sendo sincera.

– Seja menos.

– Serei mais. A indústria pornográfica pagaria muito pela sua vir...

– LUCYYYY!!!

* * *

O encontro entre o grupo foi rápido, porém muito produtivo. Na volta, Lucy acompanhou Ana até metade do caminho, quando teve que seguir para a casa de sua mãe no Queens. Ela se despediu dizendo: "Se dormir com alguém hoje, me liga e avise. Vou torcer por você".

Apesar de suas brincadeiras, vulgaridade e hostilidade, Lucy não era essa imagem que insistia em mostrar a todos. Era uma amiga doce e adorável, além da única pessoa que com certeza arrancaria um sorriso de Ana, mesmo nos piores momentos. Ana caminhava pela rua com pressa. Estava tendo um dia cheio, mas que estava longe de terminar. Além de reencontrar Oliver e o pessoal da faculdade, ainda tinha uma entrevista de emprego marcada para as duas e meia da tarde. Ela precisava muito desse emprego e demorou muito para conseguir essa oportunidade. Faltavam apenas vinte minutos. Subitamente, ela sentiu como se sua alma estivesse se separando do seu corpo, como se ele se movimentasse involuntariamente e ela só pudesse assistir. Sua visão tornou-se turva e suas pernas cederam. Sentiu o contato de seus joelhos contra o chão, e, antes de a visão se apagar completamente, ela viu dois rostos preocupados a sua frente, um homem jovem e uma mulher bem vestida que tentavam falar com ela, mas Ana não conseguia entender. Escuridão... Frio...

* * *

Dez minutos depois.

– Está acordando? Pode me ouvir, senhora?

– Oundeu estuooou? – perguntou Ana, com alguma dificuldade.

– Desculpe, eu não consigo te entender. Pode repetir, por favor?

– Onde eu estou?

– Está segura em um estabelecimento comercial que vende cafés. Sente-se melhor, senhora?

Ana ainda não conseguia enxergar bem, mas notou que a voz aparentava ser de um rapaz da mesma idade que a dela. Também reparou que ele falava de um jeito estranho.

– Eu preciso ir pra casa...

– Eu não tentaria isso. Pelo menos não agora. Você mal consegue ficar em pé e precisa descansar ao menos um pouco, senhora.

– Pare de me chamar de senhora, por Deus – disse ela, apertando os olhos com os dedos.

– Sinto muito, sen... Sinto muito, madame.

– Madame? – Ana pensou que talvez senhora não fosse tão ruim. – Tudo bem, eu que peço desculpas. Não precisa se preocupar, eu posso me levantar agora, já estou bem melhor.

Ao se levantar, em menos de dois segundos Ana caiu de novo, mas desta vez o rapaz a segurou antes que chegasse ao chão e a ajudou a se sentar.

– Parece que você sofreu uma queda de pressão. Pegue um pouco para aliviar o mal-estar. – Ele estendeu as mãos oferecendo um pacote de Lay's e um copo de água.

– Batata?

– Não é um remédio, mas tem sal.

– Obrigada. – Ela agradeceu, tirou as luvas e comeu uma batata.

– Por nada. Agora, feche os olhos, relaxe o seu corpo e espere uns cinco minutos em repouso. Você vai conseguir pelo menos ficar em pé depois disso.

– Você parece experiente nesse tipo de situação... De qualquer forma, desculpe-me te causar esse incômodo.

– Acontece muito com minha tia e eu sempre estou por perto para ajudar. A diferença é que ela pesa uns sessenta quilos a mais que você, então o seu caso não chega a ser um incômodo.

– Coitada. Não fale assim da sua tia. – Ana bebeu metade do copo de água de uma vez, tentando evitar que ele a visse sorrindo.

– Ela não se importa. Posso te perguntar uma coisa? – indagou o rapaz.

– Não é como se eu pudesse te proibir agora... – Ana piscava os olhos, mas ainda não conseguia vê-lo perfeitamente, e isso a fez notar rapidamente a forma diferente com que ele elaborava as frases e as pronunciava. Definitivamente não era americano.

– Ok. Você parecia com pressa. Com certeza estava no meio de algo importante. Quer que eu avise algum familiar?

– DE JEITO NENHUM!!! – O coração de Ana disparou. A possibilidade de seu pai saber do ocorrido só o faria acreditar ainda mais que ele estava certo e ela errada. Isso a aterrorizava. Em meio ao desespero, ela esfregou os olhos com os dedos e se esforçou para ver de perto o homem com quem estava falando. – Q-quer dizer... não.

– Tudo bem, desculpe.

– Eu é que peço desculpa por ter gritado. Eu só... Esquece. – Ana serviu-se de mais algumas batatas.

– Tudo bem, o importante é que você já parece melhor. Já até gritou comigo...

– Já disse que sinto muito.

– Eu sei, só estou brincando.

– Mas...

– Consegue se levantar? – perguntou ele, interrompendo-a.

Ela observou melhor onde estava e se surpreendeu ao constatar que estava no Manny's Coffee, a mesma *coffeehouse* em que de manhã se encontrou com Oliver, na mesma mesa cinco. Coincidência estranha, como deveria ser.

– Acho que consigo me levantar.

– Então tente, se precisar de ajuda eu estou aqui. – Ele estendeu a mão e a ajudou a se levantar. O rapaz era alto, um metro e oitenta ou até mais, tão alto quanto Oliver. Seu cabelo era preto e liso, penteado para trás e raspado nos lados. Sua barba era rala, quase inexistente, mas estava lá e era bem desenhada. Era caucasiano, mas sua pele era bronzeada. Era possível que fosse latino. Usava uma jaqueta preta, assim como a calça. Por baixo da jaqueta ela conseguiu ler Black Sabbath na camisa. Outra coincidência em menos de um minuto.

– Obrigada – ela agradeceu um pouco constrangida após perceber que já poderia ter soltado a mão dele há um bom tempo, mas não o fizera. Uma mão grande, com pelos, talvez por isso estivesse tão quente.

– Então, você ainda precisa chegar lá?

– Lá onde? – perguntou ela, soltando a mão do rapaz e bebendo o restante da água.

– Onde quer que você estivesse indo – ele disse sorrindo.

– Acho que não dá mais tempo – disse Ana, triste, pegando mais um punhado de batatas.

– Vai desistir?

– Não é desistir. Eu tinha uma entrevista marcada e não tem como eu chegar lá no horário, ainda mais no meu estado. – Ela olhou bem para si, sua roupa estava suja e molhada em algumas partes.

– Mas você pode ir lá pelo menos para explicar o que houve.

– Isso não faz diferença agor...

– Faz diferença, sim – interrompeu o rapaz. – Pode ser que a entrevista esteja perdida, mas você não pode deixar terminar desse jeito... Quer dizer... você não é uma mulher irresponsável que não chegou lá no horário porque não estava ligando. Você estava tão interessada que deixou até de almoçar para não perder tempo.

– Como sabe que não almocei?

– Enquanto eu te trazia aqui pra dentro a sua barriga roncou. A propósito, pode ficar com a batata, eu comprei pra você. A fome facilita os episódios de mal-estar de quem tem pressão baixa.

– Que vergonha... – Ana colocou as mãos no rosto, cobrindo-o.

– Bom, agora não é hora de ficar envergonhada. Nós temos que correr para sua entrevista. Se estiver bem, poderemos ir agora.

– Como assim "ir agora"? E por que você vai comigo?

– Acha que vou te deixar sozinha lá fora, no seu estado? Vamos logo, eu te acompanho – disse ele, colocando suas luvas e uma touca.

Ana teve um instante de silêncio e hesitação.

– Você é esquisito, mas talvez... – Ela o olhou, incrédula com a empolgação dele. – Tenho certeza de que vou me arrepender...

* * *

Ao saírem da *coffeehouse*, uma garçonete conversa com a outra.

– Reparou no casal que acabou de sair? Hoje de manhã aquela garota estava aqui com um rapaz bem mais bonito.

– Eu achei esse aí bem melhor... Mais forte.

– Se eu tivesse olhos azuis tão clarinhos como os dela...

– Claro, é só pelos olhos que os homens se interessam.

– Tem razão, alguns só reparam que temos olhos depois de ter certeza de que temos bunda e peitos.

* * *

Ana caminhava pela calçada com o estranho que havia acabado de conhecer. Ela não parava de pensar no quão absurda era aquela situação. Ela sequer sabia o nome dele, mas, além de tê-la ajudado a se recuperar de um mal-estar, ele a encorajou a seguir para a empresa onde deveria fazer a entrevista para se explicar... Era com certeza uma pessoa diferenciada.

– Não acredito que me convenceu a fazer isso.

– Eu não te convenci. Eu só te encorajei a fazer o que você mesma queria.

– Eu não queria vir.

– Você queria que a situação fosse esclarecida. Foi injusto o que aconteceu com você. Estava nítido no seu rosto que você ficou muito triste.

– É por isso que eu não queria mais lembrar desse assunto. Eu tenho que seguir em frente, esquecer o que houve hoje e partir para a próxima.

– Eu acho que precisamos resolver uma situação antes de iniciar uma próxima.

– Você é filósofo?

– Não. Não sou filantropo.

– Eu não disse filantropo, eu disse filósofo.

– Oh... Desculpa, às vezes eu confundo algumas palavras do seu idioma.

– Bem que eu desconfiei. Você não é americano, é?

– Não – disse ele, tirando uma bala de menta do bolso e mostrando para ela, oferecendo-a.

– De onde você é? – Com um gesto da mão ela recusou a bala.

– Brasil.

– Nunca imaginaria... Deixe-me adivinhar: samba?

– Rock.

– Sepultura?

– Black Sabbath, Kiss, Disturbed... Do que você gosta?

– Coldplay, Ed Sheeran, Taylor Swift...

– Nossos estilos são bem diferentes... – disse ele, sorrindo.

– Gosta de praia?

– Odeio.

– Que tipo de brasileiro é você? – questionou Ana, erguendo a sobrancelha direita.

– Do tipo que mora em Nova York... eu acho. – O rapaz sorriu, um pouco tímido.

– Até que faz sentido.

– Não vai me perguntar sobre o Carnaval?

– Você gosta?

– Não.

– Então por que...? Esquece. Você é mesmo esquisito.

– Estou ciente disso. – Ele sorriu, desta vez menos tímido.

– Está vendo aquele prédio? É para lá que estamos indo. – Dentre tantos monumentos de concreto, o prédio aonde Ana estava indo se destacava, não por ser grande, mas por ser espelhado e muito charmoso, sem dúvida era mais novo do que a maioria dos prédios da cidade. Chamava-se Commercial Space Building.

– Que prédio bonito. Quantas empresas existem dentro dele?

– Para mim, uma a menos.

– Não seja negativa – disse o rapaz, parando de admirar a construção e voltando sua atenção para Ana. – Entre lá com confiança e faça o que você tem que fazer.

– Eu estou meia hora atrasada...

– Não tem importância. Você precisa explicar o que aconteceu, ao menos isso. Pode até ser que você não consiga o emprego, mas se sentirá mais leve por ter feito o máximo que pôde.

– Não posso discordar de você.

– Isso mesmo. Quem sabe você não volta de lá com uma boa surpresa?

– Não acha que está exagerando?

– Talvez um pouco, mas você não acredita em segunda chance? – O sorriso inocente e sincero dele era mais bonito agora que ela reparou melhor.

– Chegamos – disse ela, virando-se para o prédio. – Muito obrigada por tudo que fez por mim, você não tinha obrigação nenhuma e mesmo assim me ajudou demais... Além disso, acho que não fui muito simpática com você.

– Tudo bem, eu só fiz o que qualquer cidadão deveria fazer. Não se deve negar ajuda para quem precisa e eu compreendo que, depois do que você passou, é normal ficar um pouco irritada.

– Tem razão, senhor... – disse Ana, esperando que ele complementasse.

– Ah! Desculpe-me. Sou mal-educado, esqueci de me apresentar. Meu nome é Miguel Oliveira, prazer em conhecê-la. – Ele esticou a mão direita.

– Ana Lewis – ela apresentou-se respondendo ao cumprimento. – Você é um sujeito muito esquisito, Miguel Oliveira.

– Você já disse isso, Ana Lewis. – Ele riu e a fez rir.

– É porque você dá motivos... – Soltaram as mãos enquanto ela sorria.

– Sabe... Você deveria sorrir desse jeito mais vezes. Talvez assim eles não reparem na sua roupa suja.

– Não foi engraçado – disse ela, disfarçando mal sua vontade de rir novamente.

– Desejo boa sorte pra você lá dentro.

– Obrigada. Nos vemos por aí.

– É. Nos vemos por aí.

* * *

Oliver ainda estava organizando seu quarto. Sempre que vinha passar as férias na casa de seus pais, ele não conseguia se instalar totalmente em menos de três dias. Não por trazer muita coisa, não por seu quarto ser pequeno, muito menos por ser desorganizado (ele era organizado e metódico até demais). O fato é que dúzias de parentes corriam para vê-lo assim que sabiam que ele estava de volta. O almoço foi muito agradável, ele pôde matar a saudade de boa parte de suas tias e primos, além das sobremesas maravilhosas que marcaram sua infância. Ele achou um álbum de fotografias enquanto revirava suas coisas antigas. Várias fotos dele e de Ana evidenciavam o quanto foram próximos e o quanto participaram da vida um do outro. Ela fora a única garota que ele amou, era com ela que ele desejava construir o seu futuro, era dela que ele queria cuidar, era ela que queria proteger, para sempre.

Quando aqueles seis meses acabassem, ele não precisaria mais voltar para a Inglaterra. Não precisaria ficar sozinho novamente. Oliver não queria voltar, mas não poderia desperdiçar a grande oportunidade oferecida pelo Dr. Hill. Ele precisava voltar e dar o seu melhor para conquistar o orgulho de sua família e iniciar sua vida com Ana. Em sua cama havia uma caixinha lacrada com um laço dourado em cima. Dentro dela, o símbolo da união eterna que pretendia propor à sua amada. No momento certo, ele o faria.

* * *

Ana saiu do prédio depois de duas horas. Ela sempre achou que a vida fosse cheia de surpresas advindas dos momentos dos quais ela é feita. Foi por encarar a vida assim que ela se apaixonou pela arte da pintura. Expressar os momentos em cores era eternizar os sentimentos que os mesmos proporcionavam. Para ela, uma foto não tinha valor algum, o que tinha valor era o sentimento que invadia o coração da pessoa que a vê. Agora, depois dos eventos surpreendentes que acabara de viver, mais do que nunca ela queria pintar.

– O seu sorriso indica que eu estava certo sobre a possibilidade de haver uma boa surpresa.

– O que está fazendo aqui, Miguel? – Parecia que as surpresas não tinham acabado. – Não me diga que você me esperou por todo esse tempo?

– C-Claro que não. I-Isso seria estranho, não é? – Ele desviou o olhar para o lado e coçou a cabeça.

– Seria muito estranho – ela respondeu, irônica e sorrindo.

– Claro que eu tenho uma boa explicação para isso.

– Que seria...?

– Eu saí por aí, caminhei por uns cinco minutos e, como o sol está muito quente agora que está nevando, eu sentei ali perto da fachada do prédio para descansar. É quase confortável, meu traseiro nem doeu.

– Péssima explicação. Quero outra... – Ana tentava conter o riso.

– Ok, eu confesso... Meu traseiro está doendo sim.

– Seu palhaço. – Ana não tentava mais conter o riso.

– Está indo pra casa agora?

– Sim – respondeu ela, andando para trás em direção à rua.

– Será que posso te acompanhar? Você pode aproveitar e me contar como foi sua entrevista enquanto eu tomo conta de você.

– Desde quando você toma conta de mim?

– Começou hoje de tarde e só termina quando eu te escoltar até sua casa, onde acho que estará em segurança.

– Você não precisa se preocupar tanto comigo e eu já te agradeci. – Ana virou-se dando as costas para ele. A situação era realmente inusitada.

O dia foi cheio de emoções: o reencontro com Oliver, a ajuda de um estranho, o inexplicável sucesso da entrevista... Ela estava cheia de alegria, mas percebeu que sua relação com Miguel estava avançando rápido demais. Mesmo ele a ajudando tanto e de várias formas, eles haviam acabado de se conhecer e ela não poderia voltar para casa com ele assim, de repente.

– Eu gostei de conversar com você, Ana... Foi muito legal da sua parte.

– Conversar? – perguntou Ana, confusa.

– No Brasil parece que todo mundo se fala o dia inteiro. Não precisamos nem nos conhecer para conversarmos, mas aqui não é assim... Foi bom você ter falado comigo.

– Como eu não falaria? Você me ajudou tanto...

– Então se eu não tivesse te ajudado...

– Nem olharia para você – disse ela, sorrindo.

– Ainda bem que você desmaiou... Quer dizer... Que bom que eu estava por perto quando... Assim nós... É melhor eu ficar quieto, não é?

– É.

– Ok... – Ele ficou vermelho. – Ao menos aceite este outro pacote de Lay's e o refrigerante que comprei pra você.

– Não precisava fazer isso... – Ana começou a se incomodar consigo mesma. As sucessivas gentilezas de Miguel não pareciam ter segundas intenções. Ele realmente a estava ajudando. Parecia errado desconfiar dele. – Olha... Vou deixar que me acompanhe, mas não me entenda mal, eu só estou com muita fome e esta batata é deliciosa.

– Não se preocupe, não estou pensando em nada.

– Então me passe a batata.

– Vai dividir?

– Claro que não, você disse que comprou para mim.

– Tudo bem, mas podemos andar devagar? Meu traseiro está doendo de verdade, parece que amassou naquela calçada dura.

* * *

Depois...

– Você acredita nisso? – perguntou Ana.

Após alguns minutos caminhando pelas calçadas enquanto conversavam, as nuances de tensão entre ambos foram sumindo. Eram recém-conhecidos, mas os assuntos surgiam com extrema naturalidade, uma opinião gerava um comentário, um comentário gerava outro e a conversa simplesmente não terminava.

– É incrível... Quem iria imaginar que a mulher que iria te entrevistar estava ao seu lado quando você desmaiou na rua e me ajudou a te levantar? – Miguel carregava a embalagem amassada da batata que ela comeu e a garrafa de refrigerante.

– Só assim para ela acreditar na minha história.

– Uma grande coincidência.

– Hoje o dia está cheio de coincidências. Ainda tem refrigerante?

– Você foi convocada para a segunda fase da seleção... – Ao entregar o refrigerante para Ana, o rapaz sorriu e continuou a conversa. – Fico feliz por você.

– Posso te fazer uma pergunta? Para onde você estava indo quando me ajudou?

– Acredite se quiser, mas eu saí mais cedo do trabalho e estava andando à toa pela cidade... Faço isso quando quero pensar na vida.

– Desculpe-me por atrapalhar seu momento de reflexão... – Ela tentou ser engraçada, mas falhou. – Onde você trabalha?

– No restaurante da minha tia, Brazilian Taste, aqui mesmo em Chelsea, embora devesse ser em Little Brazil...

– Já ouvi falar. O que você faz lá?

– De tudo um pouco. Parte dos funcionários é da família, e não somos muitos, então ajudo no caixa, limpeza, compras, mas meu cargo oficial é sous chef da cozinha...

– É bastante coisa – disse Ana, interrompendo um belo gole.

– Pode apostar.

– Pelo menos conseguiu sair mais cedo hoje.

– O movimento está muito baixo ultimamente, assim me sobra tempo para resgatar moças que desmaiam na calçada e pesquisar cursos na área da gastronomia em vários locais da cidade.

– Então o seu sonho é se tornar um chef de cozinha? – perguntou Ana, sorrindo.

– Não necessariamente. O meu maior sonho sempre foi fazer Medicina. Mas nunca tive o dinheiro necessário...

– Foi por isso que veio para os EUA?

– Por que vocês, americanos, acham que nós, estrangeiros, precisamos vir aqui para ganhar mais dinheiro?

– Desculpe, eu não quis ofender. É que na maioria das vezes os filmes e séries...

– Só estou brincando – ele a interrompeu, sorrindo.

– Bobo... – Ela tentou fazer uma expressão de brava. – Então veio mesmo morar aqui para juntar dinheiro?

– Mais ou menos isso...

– O quão perto você está desse sonho?

– Na verdade, eu desisti.

– Mas não é o seu maior sonho? – Ana parou de caminhar.

– Sim, e vai continuar sendo, para sempre. – Miguel continuou andando.

– Então você desiste? – Ana ainda estava parada. – Não parece o cara que me arrastou até a entrevista que eu julgava estar arruinada.

– Certas coisas são melhores quando não passam de sonhos. Um sonho que se torna realidade pode te decepcionar um dia. – Após caminhar mais um pouco, ele também parou.

– Que pessimista. Atualmente eu estou seguindo o meu sonho. Quero ser uma pintora. É isso que eu quero fazer pelo resto da vida.

– Isso te faz feliz, não é?

– Muito.

– Cozinhar me faz feliz também.

– Mas não é o seu sonho.

Miguel caminhou de volta, aproximando-se de Ana.

– Mas quem disse que só podemos ser felizes se realizarmos os nossos sonhos?

– Hum...?

– Algumas pessoas perseguem tanto os seus sonhos, são tão ávidas, que param de perceber várias outras felicidades que já possuem. É como se a felicidade dependesse daquela conquista. Posso usar Nova York como exemplo... – Miguel olhou ao redor e Ana o acompanhou. – A maioria dessas pessoas está perseguindo um sonho. Em meio a essa busca pela realização, elas trabalham nos finais de semana, ficam até tarde no escritório... Enquanto isso a família está em casa, interagindo, crescendo, sem essa pessoa por perto. Vale a pena procurar o melhor para a família correndo o risco de se afastar dela?

– Todos nós temos que ter um grande objetivo na vida.

– E o que acontece quando atingimos esse objetivo e ainda temos muito tempo para viver? A vida não terá mais sentido até que você invente outro objetivo, ainda mais difícil de alcançar e que pode te afastar da família novamente. É gostoso sonhar, mas ser feliz é muito mais importante, e nem sempre isso depende da conquista dos seus sonhos. Se você observar com atenção, estamos repletos de felicidades todos os dias.

– Dê um exemplo para mim.

– Família... – disse ele, olhando para o céu. – A palavra "família" é uma forma diferente de se escrever felicidade.

– Nem todos têm um bom relacionamento com a família. – Ana desviou o olhar. – Nem sempre é tão fácil... Me dê outro exemplo.

– O que aconteceu hoje... – disse ele, olhando para ela. – Estou muito feliz por você ter conseguido avançar no processo seletivo depois do que aconteceu mais cedo.

– Você tem um ponto. – Não é como se Ana concordasse em tudo com as reflexões de Miguel, mas não podia negar que faziam sentido. Acima de tudo, isso demonstrava que o rapaz tinha uma personalidade mais densa do que aparentava.

– Não estou dizendo que não é certo ter grandes sonhos. Mas com certeza é errado não valorizar tanta felicidade que um simples dia pode nos proporcionar. – Miguel voltou a caminhar.

– Parabéns. Você poderia palestrar. Faria bem para muita gente.

– Prefiro fazer isso na cozinha. Pode parecer meio idiota, mas eu acho que aquilo que sentimos quando comemos uma comida gostosa é único. O prazer, a satisfação, até mesmo a lembrança... Tem comida que te faz lembrar de amigos, parentes, épocas da sua vida, amores... – Nesse exato momento Ana pensou no sabor dos chicletes que fazia com que se lembrasse de Oliver. – Eu quero traduzir em sabores e cheiros todas as emoções que o ser humano pode produzir. Consegue entender o que eu disse? Não estou sendo muito estranho?

– Eu entendo perfeitamente. – Era difícil disfarçar o sorriso. – Que coincidência...

– O quê?

– Eu tento reproduzir e eternizar momentos marcantes através de tintas. – Ana caminhou em direção a Miguel. – Você tenta fazer o mesmo com temperos.

– Você faz isso para atingir um sonho, eu faço para atingir felicidade.

– É uma forma de se ver.

– Seja como for, boa sorte para nós dois.

* * *

Continuaram conversando e sorrindo enquanto caminhavam.

– Chegamos. Este é o prédio onde eu moro. Horrível, não é? – De fato, o prédio era velho e feio. Na fachada havia um letreiro mal-iluminado onde estava escrito "Rising Star". Nem parecia ser um prédio de Chelsea.

– Coitado, não fale assim do prédio onde você mora... Mas eu não estranharia se você se mudasse para o prédio onde vai trabalhar no segundo dia de serviço.

– Eu não sei nem o que fazer para agradecer o que você fez por mim hoje. Se não fosse você, eu poderia estar deitada na rua até agora.

– Exageraaada.

– E se não fosse por você, eu não teria ido para a entrevista e vivido uma das maiores surpresas da minha vida. Se eu conseguir esse emprego, será por sua causa.

– Os méritos são todos seus, mas eu não recusaria se me oferecesse os seus primeiros seis salários.

– Palhaço... Mas eu poderia te dar um presente em forma de agradecimento.

– Fique à vontade, mas só saber que ajudei alguém já me deixa muito feliz.

– Você não existe, Miguel.

– Claro que existo. Há vinte anos, para ser específico.

Ana foi pega de surpresa. Com vinte anos, qualquer garoto ainda é uma criança em sua opinião. Miguel parecia ser mais velho, ele era tão maduro, tão estável. A conversa que tiveram foi tão interessante, tão inspiradora, reflexiva... Esse dia com certeza foi cheio de surpresas e coincidências. Com um aperto de mão agradecido, Ana se despediu do rapaz e sem demora entrou no precário prédio onde morava, ainda incrédula por admirar tanto um cara que acabara de conhecer e que era três anos mais novo que ela.

Ao entrar no apartamento, seu celular tocou. Era Oliver. Ao ouvir sua voz, seu coração mudou o ritmo de bater como de costume. Conversaram durante todo o fim de tarde. Ela o amava muito, há muito tempo.

pergunta: qual a semelhança entre mentira e omissão? Ambas são usadas, dentre outros fins, quando uma pessoa tenta evitar ou se safar de uma situação incômoda. Alguns até afirmam que mentem/omitem para proteger outras pessoas. Talvez isso os ajude a manter suas consciências tranquilas. são pessoas covardes? Fracas? Inseguras? certamente não são más, certamente não são boas, certamente são tudo isso, são pessoas normais. sou eu. É você. Esta é uma boa pergunta e a resposta estará em aberto para sempre. O fato é que o nome Miguel não foi falado nesta conversa entre Ana e oliver.

capítulo 2. SURPRESA!

Prédio de apartamentos Rising Star. Manhã.

Ana olhava-se no espelho do banheiro observando cada detalhe de seu rosto. Pouca coisa havia mudado desde a época da foto que estava pendurada na parte superior do móvel entre a moldura e o vidro. Na imagem, Oliver a abraçava com um sorriso jovial de um adolescente cheio de energia, enquanto ela se encolhia, tímida. Ambos usavam o uniforme do colégio em que estudaram desde pequenos em Greenwich Village, no dele havia uma mancha de sorvete de chocolate na perna direita. Ana se lembrou das inúmeras tardes em que voltaram para casa tomando sorvete e conversando sobre todas as coisas que podiam. O dia anterior ao dia em que aquela foto fora tirada ela jamais iria esquecer.

* * *

Oito anos atrás, em uma tarde extremamente quente de sexta-feira.

Um grupo de amigos voltava para casa após mais um dia de aula. O grupo que começou em oito estudantes diminuía à medida que cada um chegava a sua casa. Como de costume, os dois últimos alunos que sobravam eram Oliver Stone e Ana Lewis, os vizinhos que moravam nas enormes casas mais afastadas.

– Acho que vou derreteeeeeer – reclamava Ana, tentando se abanar com um caderno.

– O que acha de passarmos na sorveteria do Earl? Eu pago – propôs Oliver com um de seus belos sorrisos, daqueles que tornam qualquer convite irrecusável.

– Eu topo.

– Então vamos. Sinto como se eu pudesse comer todos os sorvetes do mundo.

A sorveteria do Earl não exigia um grande desvio em seu caminho, então a dupla resolveu fazer uma parada na praça do bairro. Eles se sentaram no banco de frente para o lago e observaram as nuvens do céu se movendo.

– Você já decidiu para qual faculdade vai? – perguntou Oliver, mordendo um pedaço de seu sorvete de chocolate.

– Ainda não. Na verdade, meu pai ainda não decidiu.

– É ele que escolhe a sua roupa também? – Ele a olhou com um olhar provocador.

– E os meus penteados – disse Ana, sorrindo e sacudindo a cabeça para bagunçar seu cabelo.

– Deve ser sufocante. – Oliver voltou a olhar para o céu.

– Muito. – O sorriso dela sumia lentamente.

– Você pelo menos consegue conversar com ele?

– Ele só entende a parte da conversa que lhe convém. Tudo o que eu falo que foge do script ele simplesmente ignora.

– Então você é uma atriz que interpreta a si mesma na própria vida em que ele é o roteirista.

– Exatamente.

– Mas um dia você vai falar com ele, não vai?

– Quem sabe?

– É o seu sonho fazer Medicina?

– Nunca foi, mas eu admiro muito os médi...

– Não faça isso – interrompeu Oliver, olhando fixamente nos olhos de Ana.

– Medicina?

– Não a medicina em si.

– Então o quê?

– Não aceite viver de acordo com o que alguém determina para você.

– Ele é o meu pai. Não posso ficar contra ele.

– Nem Deus nos força a seguir um caminho determinado. Não temos o livre-arbítrio? A vida só vale a pena quando fazemos aquilo que queremos, não importa o quanto o acaso nos aponte para outras direções.

– Nem sempre podemos fazer o que queremos. – Ana voltou a olhar para as nuvens.

– Mas podemos lutar por isso. Quando você tiver um sonho e correr atrás dele, vai ver como é bom ter um motivo verdadeiro para acordar cedo, para se esforçar ao máximo, para melhorar sempre que puder... Pessoas que buscam por seus sonhos vivem, pessoas que não buscam nada apenas existem.

– Você parece adulto quando fala assim.

– Estou começando a definir o meu sonho. Quando tiver definido, irei buscá-lo com todas as minhas forças e vou conseguir alcançá-lo. – Oliver também olhava para as nuvens no céu enquanto dizia suas lindas palavras com um brilho inspirador no olhar. Ana gostaria de poder tirar uma foto para eternizar aquele momento. Ele estava mesmo se tornando um homem de verdade, estava lindo. Ela iria desenhá-lo assim que pudesse.

– Qual é o seu sonho? – Ana estava curiosa em saber o que Oliver tanto desejava.

– Como eu disse, ainda não terminei de defini-lo, por isso não posso te contar. Mas você está diretamente envolvida.

– E-Estou? – As mãos dela começaram a suar, e não era pelo calor.

– Claro, você é minha melhor amiga.

– S-Sou mesmo... – Ana não conseguiu disfarçar que esperava ouvir algo diferente. Oliver percebeu.

– Seu sorvete de morango está gostoso?

– Sim, muito.

– O meu de chocolate está melhor.

– Duvido.

– Então prove. – Oliver aproximou seu sorvete da boca de Ana.

– Claro que não, você já babou ele todo. – A garota tampava a boca com a mão.

– Está com nojo?

– Claro. Você não teria?

– Não de você.

– Seu pervertido, pare de falar coisas estranhas. – O rosto de Ana esquentou tanto que parecia que fumaça saía de suas orelhas.

– Por que você acha isso estranho? É só sorvete.

– Não é só sorvete. Se compartilhamos saliva, é como um beijo indireto, sem falar nas bactérias...

– Beijo indireto? Está pensando nesse tipo de coisa mesmo sendo tão jovem?

– EU NÃO PENSEI EM NADA!!! Aliás, eu já tenho quinze anos, poderia pensar no que quisesse. Agora mesmo estou pensando nas suas bactérias bucais.

– Não estrague o clima. O momento estava sexy e você vem com esse papo de bactérias...

– Nós paramos para tomar sorvete. O que tem de sexy nisso? – Ana corou ainda mais.

– Talvez seja a vontade imensa que me deu de lamber a sua língua e jogar este sorvete fora.

– TARADO!!! PERVERTIDO!!!

– Calma, estou só brincando... – disse ele, gargalhando.

– Nem todas as suas brincadeiras são engraçadas.

– Você sabe que vai beijar alguém um dia, não é?

– Isso não é da sua conta.

– Vai ser quando me beijar.

– QUEM DISSE QUE VOU TE BEIJAR???

– Acho que nossos pais não escutaram, pode tentar gritar mais alto?

– Pare de me provocar. – Ana tentava acertar socos em Oliver, que desviava de todos, sorrindo.

– Desculpa. Desculpa. Só estou te provocando.

– Não acredito que você é o mais velho aqui.

* * *

Eles retomaram a caminhada para casa, ainda degustando seus sorvetes.

– Você já decidiu para qual faculdade vai ano que vem? – Era a vez de Ana questioná-lo.

– Ainda não. Estou avaliando vários fatores e não descarto a possibilidade de ir para fora.

– Outra cidade?

– Inglaterra.

– I-Inglaterra? – Um frio percorreu a espinha de Ana. Ela estava tendo dificuldades em se acostumar a não voltar com Oliver para casa depois da escola no ano seguinte, já que ele estaria se formando em poucos meses, mas pelo menos o rapaz sempre estaria na casa ao lado... A ideia de uma separação tão brusca não lhe cabia na cabeça.

– É a minha última opção. Como eu disse, isso depende de alguns fatores.

– Espero que se sinta feliz com a opção que escolher.

Oliver tinha a capacidade de ler o que Ana estava sentindo apenas observando seu olhar e tom de voz. Ele sorriu.

– Não fique triste pensando em besteiras. Tive uma ideia. Segure meu sorvete.

– Eu não estou triste, nem pensando em besteiras... ei!!!

Assim que Ana segurou o sorvete de Oliver, ele pegou o dela e correu.

– Vou roubar seu primeiro beijo indireto. – O rapaz abocanhou o sorvete de morango fazendo uma expressão de prazer. – Que delícia... Experimente o de chocolate e depois me diga se é melhor ou não. Te vejo amanhã.

– Volte aqui, seu idiota!!! Devolve meu sorvete.

Oliver era muito rápido, não adiantaria correr atrás dele. A garota estava nervosa. Quando colocasse as mãos nele o faria pagar caro... Ele tinha o dom de irritá-la, de provocá-la, de envergonhá-la. Ele sabia ser indiscreto, infantil, intrometido, mal-educado, tarado, pervertido e ela não conseguia entender como conseguia amá-lo tanto. Ela o amava com todas as suas forças. Sua vida sem esse pentelho seria muito vazia. Subitamente, Ana sentiu seu coração disparar e as pernas tremerem. O sorvete dele estava em suas mãos, pela metade. Ela olhou para os lados, certificou-se de que não estava sendo observada por ninguém, sua pulsação sendo visível em seu pescoço, o ar escapando de seus pulmões. Lentamente ela aproximou o sorvete de seu rosto, observando de perto a massa gelada derretendo, sentindo o cheiro do chocolate, sentindo arrepios por todo o corpo. Com a ponta da língua, bem devagar, ela experimentou o sorvete. Em seguida, uma segunda lambida menos discreta. A terceira encheu a boca. Ela sentiu que iria desmaiar.

De noite, Oliver estava em seu quarto, pensando no belo dia que teve. Ana era a melhor parte, como sempre. Ele sabia que ela era uma romântica boba, uma garota tímida que acreditava em viver uma história de amor como nos contos de fadas. Sua vontade de abraçá-la e beijá-la era enorme há muito tempo, mas ela ainda não estava pronta. Ele não queria violar a sua inocência. Queria acima de tudo que ela consentisse e não se arrependesse de nada que fizesse com ele, por isso ele a provocava, atiçava, e sentia que, aos poucos, as defesas impostas pela timidez da garota estavam sendo vencidas. Oliver não tinha pressa, faria tudo da maneira mais correta com ela. Ele a amava. Pegou seu celular e resolveu provocá-la um pouco mais. Com um sorriso malicioso no rosto, enviou uma mensagem dizendo: "Você tinha razão. O sorvete de morango estava delicioso". Imaginar a reação dela ao ler a mensagem era hilariante. Ela era muito fofa quando encarava uma situação assim. Enquanto esperava a resposta, relaxou em sua cadeira de balanço. O celular vibrou trazendo a resposta: "IDIOTA!!!". Ele gargalhou ainda mais forte. O celular vibrou novamente trazendo outra mensagem de Ana: "Só para constar... Foi o melhor sorvete de chocolate que já comi. Estava especialmente delicioso!!!".

KAPUUUUUL.

- Oliver, que barulho foi esse?

- Não foi nada, mãe... AAAAU. Eu só caí da cadeira... UUUUI.

* * *

Greenwich Village, casa da família Stone. Manhã de hoje.

A cadeira de balanço tinha marcas daquela queda de anos atrás. Na verdade, o quarto inteiro era um grande amontoado de memórias de um tempo mais simples. Hoje Oliver se preocupa com estudos, investimentos, contratos, relações sociais, economia, política... Ele vive com a cabeça cheia. Nunca imaginou que se tornar um adulto pudesse ser tão chato. O problema é que ele gosta desse tipo de coisa, gosta de um desafio, gosta de enfrentar adversidades para conquistar seus objetivos. Ele já não sorri tanto quanto na época da escola, mas isso não significa que não seja feliz. Assim que der o próximo passo em sua carreira, ele poderá dar o próximo passo com Ana. Ele nunca quis tirá-la da vida confortável que tinha em sua mansão para viver de qualquer jeito... Ele vai se tornar um grande advogado e ter condições de dar a ela a vida de uma rainha. Esse é o sonho dele.

* * *

Prédio de apartamentos Rising Star, Chelsea.

O apartamento 37 estava uma bagunça. Ao entrar pela porta, o primeiro cômodo que se via era a sala, o maior de todos. Os sofás eram azuis, um grande e outro pequeno. No grande havia diversas peças de roupa feminina jogadas, na mesa de centro um balde com restos de pipoca, embalagens de chocolate, dois porta-retratos com fotos das moradoras e um bloco de notas cheio de desenhos e rabiscos feitos por Ana. No chão havia vários lápis coloridos e botas espalhadas pelo tapete vermelho e peludo, no rack que apoiava a TV era possível ver livros enfileirados, tais como *The Magical Garden of Claude Monet* e *Wassily Kandinsky, 1866-1944: The Journey to Abstraction* (os preferidos de Ana e Lucy, respectivamente), e alguns quadros na parede que um dia já foi verde, mas hoje é de uma cor desconhecida. Também havia espaço para uma pequena mesa de vidro circular com quatro lugares. Uma meia parede separava a sala de um corredor onde havia uma geladeira, uma pia pequena, um fogão simples e um armário na parede. Essa era a cozinha, mas para Ana e Lucy não passava de um corredor. Outro corredor levava para os dois quartos e o banheiro. Elas usavam um dos quartos como oficina para suas pinturas e armazenamento de seus materiais. Dormiam no outro.

– Acho que preciso escutar essa história mais umas quatro vezes para acreditar – dizia Lucy, na cozinha, enquanto enchia a tigela com leite e cereais.

– Eu só acredito porque aconteceu comigo. – Ana estava secando o rosto no banheiro, onde acabara de escovar os dentes.

– E você não pegou o telefone dele?

– Por que eu deveria?

– E por que não?

– Eu tenho namorado, Lu. – Ana caminhou até a cozinha, pegou uma tigela e também a encheu de leite e cereais.

– Se traçarmos uma linha entre a amizade e o namoro, seu relacionamento se encaixaria no meio.

– E isso é um problema?

– Um problemão.

– E como o telefone do Miguel me ajudaria com isso?

– Já que você não o pegou, não há como sabermos.

– A vida é assim, não é? Cheia de perguntas sem resposta.

– Um a zero pra você, Annie. Vamos mudar de assunto.

– Vamos falar dos seus problemas agora?

– Não tenho problemas. – Lucy sempre coçava seus dedos uns nos outros quando mentia, algo que Ana sempre soube.

– Não tem?

– Mato você com esta colher se começar a citá-los.

– Não vou citá-los... Não temos o dia inteiro.

– Dois a zero pra você. Quer me falar mais alguma coisa sobre ontem?

– Não comece. – Ana interrompeu sua mastigação. Ela sabia que Lucy era insistente quando queria arrancar alguma verdade dela.

– Não adianta disfarçar... Tem uma ruguinha de preocupação na sua testa.

– Não tem.

– Tem sim.

– Você que é enrugada.

– Pare de enrolar e me fale logo. O que está te preocupando?

– Tudo bem, eu falo. – Ana engoliu o que estava mastigando e respirou fundo. – Ontem o Oliver me ligou logo depois que cheguei em casa. Nós conversamos por mais de uma hora, só que eu meio que não entrei muito em detalhes sobre o meu dia.

– Hum... Você não contou pra ele o que aconteceu ontem?

– A ideia geral sim... Nos encontramos de manhã, fui para a faculdade, passei mal, fui socorrida, fui fazer a entrevista assim mesmo e descobri que minha possível futura chefe foi uma das pessoas que me socorreram. Mas faltaram alguns detalhes...

– Só UM detalhe, não é? Miguel...

– Eu achei que não seria necessário dar muita ênfase nele. – O olhar de Ana denunciava sua aflição.

– Mas ele foi parte importantíssima do dia de ontem.

– Eu sei, mas não consegui achar uma forma de explicar...

– A verdade é a melhor forma – disse Lucy de forma tão sutil quando o coice de um búfalo.

– Vai ser assim, curta e grossa?

– Amiga, se você não contou sobre o Miguel, é porque sabe que ele representa uma ameaça ao Oliver.

– Perdeu a cabeça, Lucy? Não tem ameaça nenhuma, eu o conheci ontem.

– Se ele fosse tão feio quanto nosso vizinho, teria sido mais fácil falar dele, certo?

– Bom... Seria. – Ana se lembrou de que, além de feio, o vizinho era porco.

– Você ainda não tinha dito que o Miguel era bonito, mas agora acabou de confirmar... Ponto para mim. Dois a um.

– Eu só não quis preocupar o Oliver. Ele só tem um mês aqui e não é fácil para ele, mesmo que esteja de férias. Além do mais, um relacionamento a distância precisa de confiança mútua. Qualquer possível fonte de intriga deve ser eliminada.

– Então você não quer dar motivos para ele se preocupar...

– Exato.

– Você quer que a confiança que ele tem em você permaneça inabalável.

– Isso.

– E vai conseguir tudo isso mentindo pra ele?

– Si... Quer dizer, NÃO!!! Não é mentir, é omitir.

– Faz diferença? Nenhum deles é a verdade.

– Eu sei disso. Só não sei como explicar melhor...

– Bastava contar a verdade na primeira oportunidade. Agora você vai ter que contar a verdade e explicar o motivo de não ter contado antes.

– Oh, meu Deus. – Ana tremeu ao questionar a si mesma qual resposta daria para Oliver se ele perguntasse o motivo de esconder a participação de Miguel nos eventos do dia anterior.

– Não temos tempo para lamentar. Vamos aproveitar que hoje estou de folga e levar nossas roupas na lavanderia, limpar a casa e passar no mercado. No caminho pensaremos em como resolver sua situação.

– Você pode ir sem mim dessa vez? Eu queria pintar um pouco.

– Bateu a inspiração?

– Desde ontem.

– Tudo bem, o quarto será todo seu hoje.

– Não esqueça o pão integral desta vez – disse Ana, pegando seu bloco de notas, um lápis e começando a desenhar rosas.

Duas artistas só podem viver juntas se estabelecerem regras e as seguirem à risca. A principal regra entre elas era que tudo poderia ficar para depois (ou ser cancelado) caso uma inspiração surgisse. Era preferível que aquela que não estivesse pintando arrumasse algo para fazer fora do apartamento e o deixasse livre para a outra, a menos que também estivesse inspirada – nesse caso, as duas poderiam pintar juntas, mas em silêncio.

* * *

Horas depois.

Lucy caminhava pela rua trazendo as compras e algumas roupas em várias sacolas. Estava tão frio que ela resolveu usar duas calças e touca – o restante da roupa era o mesmo do dia anterior, ninguém do bairro iria reparar de qualquer forma. Com evidente dificuldade para carregar as sacolas, Lucy parou para descansar embaixo da sacada de uma loja que vendia ervas medicinais. Suas mãos e braços doíam. Era bom que Ana estivesse pintando uma obra-prima para que todo esse sofrimento valesse a pena. Após uma breve pausa, ela continuou seu caminho.

Havia um homem parado na frente do Rising Star. Era alto e tinha uma bela silhueta. Usava uma jaqueta preta e calça jeans azul, estava sem luvas, mas de touca. Segurava uma sacola da loja de ervas medicinais e parecia inquieto. Tinha um rosto cheio de formas, rústico, bonito... De repente, as sacolas das compras caíram das mãos de Lucy, espalhando os produtos na neve da calçada.

– NÃO!!! – exclamou, ela. – Voltem aqui, não rolem.

– Está tudo bem, madame? – indagou o rapaz enquanto se inclinava para ajudar a recolher os produtos.

– Madame? – questionou Lucy. Seria possível que esse fosse Miguel? Até onde ela sabia, só existia uma pessoa nessa cidade capaz de chamar uma garota de 23 anos de madame.

– Desculpe, prefere senhora?

– Prefiro que me ajude com isso.

– Ah, sim, claro. Com licença.

– Obrigada. – Lucy observou bem o rapaz, a descrição de Ana batia com as características dele.

– Está tudo bem? – perguntou o jovem, que já havia recolhido tudo e organizado nas sacolas que não foram rasgadas... Alguns enlatados ficaram em suas mãos.

– Tudo bem, sim. Obrigada por me ajudar.

– Por nada. Eu não poderia negar ajuda, ainda mais para uma fã do Black Sabbath.

– Sou uma grande fã... – disse ela, olhando para sua camiseta, que exibia o nome da banda. – Você também gosta?

– Sim. Embora prefira o Ozzy em carreira solo.

– Eu amo o Ozzy! – Lucy fez o sinal característico de roqueiros com as mãos.

– Legal. – Ele retribuiu o cumprimento.

– Legal. – Lucy observou melhor o rosto do rapaz. Ele definitivamente era bonito...

– Vai ficar tudo bem?

– Sim, eu moro neste prédio.

– Que bom, está perto – disse ele, entregando os enlatados para ela. – Eu vou embora, então, cuide-se.

– Espere... Antes você estava parado aqui na frente do prédio. Vinha visitar alguém?

– Mais ou menos. No fim, acho que é melhor eu voltar para casa.

– Não posso deixar você ir. Fica parecendo que você desistiu de alguma coisa porque eu te atrapalhei.

– Pode parecer idiotice, mas eu estava esperando receber um sinal. Queria saber se deveria entrar ou não neste prédio, queria que algo acontecesse para me motivar a entrar ou me forçar a sair. Você apareceu e eu obtive minha resposta.

– Então você é do tipo supersticioso?

– Não, sou do tipo covarde. – Ele riu. – No fundo eu só queria uma desculpa para não entrar. Se fosse uma boa desculpa, eu nem me sentiria mal quando me arrependesse.

– Alguém muito importante para você deve morar aqui... Namorada?

– Não. – Ele desviou o olhar e ficou vermelho.

– Queria que fosse?

– Bom... Sabe... Você é muito curiosa, moça. – A expressão do jovem rapaz denunciava sua ingenuidade. Ela sabia que ele não aguentaria nem cinco minutos de seu interrogatório. Deu até dó, mas isso nunca a impediu de continuar.

– Talvez eu possa te fazer mudar de ideia.

– Como?

– Eu sou vidente... Tenho certos poderes que não convém explicar agora. Tudo o que precisa saber é que são relacionados à minha descendência de um povo indígena muito antigo.

– Você não parece uma índia.

– Eu não disse que o povo era antigo? – retrucou ela, encarando-o nos olhos e assustando-o um pouco. – As características físicas podem ter se perdido pelo tempo, mas o dom continua. Quer ver?

– O que quer que eu faça?

– Você deve... – Ela reparou que a mão direita dele estava no bolso e a esquerda fora e logo presumiu que ele fosse canhoto. – Me deixe ler a sua mão esquerda. Sei que ela é importante para você.

– A esquerda? Eu sou destro...

– Eu sei... – Ela xingou mentalmente. – Mas a mão que não usamos representa nossa falta de controle sobre o nosso subconsciente... É através do que tem nele que se pode traçar o futuro de uma pessoa.

– S-Sério?

– Sim... – Lucy nunca teve que fazer tanto esforço em toda a sua vida para não rir.

– Então leia o meu futuro, por favor.

– Hum... – Ela passou os dedos levemente na palma da mão dele. – Você não é daqui. Veio de uma terra distante, de outra língua, outra cultura...

– Sim...

– Shhhh.

– Desculpe – disse ele, envergonhado, enquanto ela fingia estar concentrada.

– Você usa suas mãos para prover aos outros... É um trabalho nobre, uma alquimia que transforma a morte de um ser em fonte de energia para outro.

– Sim, eu sou cozinheiro...

– Silêncio!

– Ok.

– Se você entrar neste prédio, irá encontrar quem procura... Por que não faz isso e vê o que acontece, Miguel Oliveira?

– Como você sabe o meu nome...?

– Você vai se surpreender... Vamos?

– E-Eu não acho que seja uma boa ideia... Não era para eu estar aqui.

– Mas você está e tudo acontece por um motivo.

– O motivo é que eu sou um idiota.

– Pode até ser, mas não acredito que você seria capaz de negar ajuda a uma pobre garota cheia de sacolas rasgadas e roupas pesadas.

– Não... Mas eu só vou te ajudar a subir essas coisas para o seu apartamento e descerei logo em seguida.

– Ok, obrigada... A propósito, me chamo Lucy Sartori, muito prazer.

* * *

Dentro do quarto de pintura do apartamento 37.

A linha ondulada que separava o azul do mar e o negro do céu noturno estava paralela à linha que contornava o rosto da dama que os admirava. Em seus olhos havia lágrimas e sofrimento, em sua boca, um sorriso de satisfação. O mar agitado trazia frescor aos olhos, a noite estrelada era sombria. O quadro possuía contrastes de cores em valor, saturação, luminosidade e temperatura; ainda assim era uma pintura simples. As pessoas transmitiam a ideia da vulnerabilidade, embora fossem construídas com traços rústicos, enquanto as poderosas e ameaçadoras ondas do mar eram construídas com suavidade. O contraste era a inspiração de Ana para essa pintura. Isso a assustava, como se estivesse colocando para fora sua própria dualidade.

Toc toc toc.

Alguém bateu na porta.

Lucy tinha o costume de esquecer suas chaves no suporte da parede ou em qualquer lugar. De fato, sua chave estava no chão, perto da televisão. Ana já estava acostumada a abrir a porta para sua amiga, porém, desta vez, ela se surpreendeu ao ficar de frente com a figura masculina que não saiu de sua cabeça na última noite...

- Oliver!!! - Com um abraço apertado, ela recepcionou seu amado calorosamente.

- Desculpa vir aqui sem avisar. Eu estava por perto resolvendo algumas coisas e só Deus sabe o quanto eu estava com saudade de você.

- Eu também - respondeu ela entre beijos.

- Não foi difícil te encontrar, sabia?

- GPS?

- Batidas do coração. Quando mais perto de você, mais rápidas.

- Lindo. - Ana o agarrou pelo pescoço e o beijou mais uma vez.

- Reparou que está me pintando todo?

- Ah... Desculpe. - Ana esqueceu que estava pintando e, portanto, muito suja de tinta fresca. Sofrendo uma repentina epifania, ela também se lembrou de que não estava bem vestida para receber visitas. Usava um de seus pijamas de frio, originalmente bege, mas atualmente decorado com várias manchas de diferentes cores de tintas, muitas delas ainda frescas. Estava usando um rabo de cavalo bem frouxo, mechas rebeldes de seu cabelo pareciam acenar para dizer olá e ela tinha tinta no rosto.

- Vai ter que se esforçar mais para me deixar tão colorido quanto você.

- Será um prazer. - Sem mais uma palavra, ela puxou o rapaz para dentro do apartamento e trancou a porta. Empurrou-o no sofá, pulou em cima dele, tirou seu sobretudo e iniciou uma sucessão de beijos molhados e barulhentos. Ela passou a noite inteira sentindo-se mal por esconder algo de Oliver. Era difícil admitir, mas a figura de Miguel também permeou seus pensamentos, era um sujeito excepcional, diferente de todos que ela já vira, e se conheceram de uma forma incrível... Mas a presença de Oliver, o cheiro dele e o calor que ela sentia no peito ao vê-lo ajudaram a clarear seus pensamentos e afastar qualquer partícula minúscula de dúvida. Era um alívio. Ela amava Oliver, e ele estava com ela agora.

Toc toc toc.

- Esperando... alguma... visita...? - indagou Oliver em meio às constantes interrupções dos beijos de Ana.

- Não... Que pena, estava tão bom aqui.

- Estava.

- Mas eu tenho que atender, deve ser a Lucy com as compras. Vou abrir para ela. Limpe-se.

Ana caminhou até a porta e virou a chave. A porta se abriu lentamente. A cena toda rodou em câmera lenta em sua cabeça. Do outro lado da porta estavam Lucy e Miguel. Lucy gritou:

– SURPRESAAAAAAAAAAA!!!!

Pergunta: o que é lamentação? Não são todos que conseguem colocar em palavras o seu significado, mas com certeza todos nós já lamentamos por algo. Quando sofremos, sentimos dor, angústia, tristeza, arrependimentos, dentre outros sentimentos amargos, seguramente estaremos lamentando por algo. Lamentação é como ter um enorme contêiner em cima do peito, cheio de sentimentos que nos fazem mal, que nos maltratam e nos fazem querer nunca sentir isso novamente. É pesado. Muitas vezes, evitamos dar um passo para a frente com medo da mera possibilidade de haver algo para se lamentar no final. Ana lamentou que Miguel tivesse aparecido naquele exato momento.

capítulo 3. DESCULPAS

Prédio de apartamentos Rising Star. Apartamento 37.

– SURPRESAAAAAAAAAAA!!!!

Um mal-estar percorreu o corpo de Ana e foi parar em seu estômago. Lucy e Miguel estavam parados na porta, ele sorridente e ela escandalosa enquanto Oliver saía do sofá e se aproximava. Parecia um castigo divino. Se ela não havia conseguido contar ao namorado sobre o homem que a ajudara no dia anterior, o que faria agora que os dois estavam prestes a ficar frente a frente?

– O-Oi pessoal... – Ana estava petrificada.

– Nossa, que cara é essa? Parece até que viu um fantas... – Lucy calou-se. Quando entrou na casa e viu a figura de Oliver, percebeu que cometera um grave erro. Ela não fazia ideia de que ele estava lá. Ana a fulminava com os olhos. Esta noite com certeza seria cheia de sermões.

– Oi, Lucy. Há quanto tempo... – disse Oliver, estendendo a mão.

– O-Oi, Oliver. Tudo bem? – Lucy torceu para que durante o aperto de mãos ele não reparasse no quanto ela tremia.

– Tudo bem, e você? Vejo que trouxeram o almoço... Estou faminto.

– É, trouxemos...

Ana ainda estava presa na mesma posição, sem saber o que fazer, até Miguel a despertar de seu transe.

– Eu realmente acreditei que ela fosse uma índia que podia prever coisas... Na verdade, ela só divide o apartamento com você, não é?

– É... Quer dizer... Que história é essa de índia? – Ana estava confusa.

– Será que eu posso entrar? Isso aqui está começando a pesar. – Ele carregava as compras e roupas para Lucy.

– E-Entrar? – A voz de Ana falhou um pouco.

– Ele precisa deixar as compras em algum lugar, não é? – complementou Oliver, sorrindo. – Me deixa te ajudar, cara. Pode entrar.

– Obrigado.

Ana olhou para Lucy e as duas pareciam conversar pelo olhar. Lucy mexeu a boca e Ana conseguiu ler que seus lábios diziam: “Desculpa, eu não sabia”. Os dois dividiram as sacolas enquanto levavam as coisas para a mesa da sala.

– Pronto. Quanta coisa... – Oliver observava as compras tentando identificar o tipo de alimento que Ana estava acostumada a consumir. Na época em que conviviam diariamente, eles estavam na infância e na adolescência. Apesar das conversas praticamente diárias pelo Skype, eles não conviveram mais do que quatro meses como adultos e isso fazia com que coisas tão simples, como preferências de alimentação diária, fossem uma grande descoberta.

– Ela estava carregando tudo sozinha – disse Miguel com um sorriso discreto e calmo.

– Sério?

– Eu estava tentando roubá-la, mas estava tão pesado que eu não pude correr. Tive que escolher entre apanhar dela ou ajudá-la a subir tudo isso...

– Da próxima vez, assalte-a de moto. – Oliver sorriu simpaticamente. – A propósito, eu sou Oliver Stone.

– Miguel Oliveira, prazer em conhecê-lo. – Os dois apertaram as mãos.

– Você também é amigo da Ana? – perguntou Oliver, olhando para Ana e Lucy, que de longe os olhavam, estranhas.

– Nós somos todos amigos, na verdade... – respondeu Lucy, olhando para Ana.

– Por que nunca me falou dele, Ana? – Oliver ainda sorria.

– Na verdade, nos conhecemos recentemente... Não faz muito tempo, não é, Ana? – Aos poucos, Lucy melhorava sua capacidade de disfarçar.

– S-Sim, é coisa r-recente. – O mesmo não acontecia com Ana.

– Você está bem, linda? – E Oliver reparou.

– Ela está bem, deve estar com fome, só isso.

– Por falar nisso, eu trouxe uma coisa para você, Ana. – Miguel tirou do bolso um saquinho com folhas secas. – De manhã, faça um chá com 10 destas folhas de manjericão. Melhor tomá-lo de estômago vazio para intensificar o efeito. É rico em vitamina C e magnésio e será de grande ajuda contra o mal-estar da pressão baixa.

– Impressionante... Estuda Medicina? – indagou Oliver, fazendo mais uma descoberta sobre Ana.

– Eu adoraria, mas não. Eu sou apenas sobrinho de uma tia que não gosta de gastar dinheiro em farmácias.

– Essa foi muito boa. – Oliver gargalhou, Lucy também, de forma mais discreta, e até mesmo Ana esboçou um sorriso. De forma inacreditável, Miguel conseguira suavizar o clima de tensão.

– Eu sabia que gostariam dessa, treinei a noite inteira... Mas eu só vim aqui pra entregar isso, então, se me derem licença...

– Mas já? Não quer ficar e almoçar com a gente?

– Na verdade, eu já tenho compromisso, desculpe.

– Que pena, cara – disse Oliver, estendendo a mão para mais uma saudação.

– Muito obrigado pelo convite. – Miguel respondeu ao cumprimento e ambos apertaram as mãos novamente.

– Foi um prazer te conhecer.

– Igualmente. Tenham um bom apetite.

– Espera! Eu vou com você.

– Não vai comer conosco, Lucy? – perguntou Oliver.

– Na verdade, o compromisso do Miguel é comigo, nós combinamos de almoçar juntos depois das compras, então... Terá que ser só você e a Ana hoje.

– Ah... Acho que entendi. Bom almoço pra vocês dois.

– Obrigada, Oliver.

Miguel caminhou em direção à porta e aproximou-se de Ana. A garota estava olhando para o chão, o movimento em seu tórax evidenciava o quão ofegante estava. Quando ele passou por ela, de costas, se despediram.

– Adeus – ele disse com um tom de voz baixo e suave.

– A-Adeus – ela respondeu com um tom de voz baixo e hesitante.

– Eu vou consertar isso – sussurrou Lucy para Ana, enquanto saía e fechava a porta.

– Gostei desse cara – disse Oliver enquanto tirava o restante das compras das sacolas. – Espero que dê tudo certo entre eles.

O peso de um prédio inteiro foi retirado das costas de Ana. Ela acabara de passar por uma situação absurda, em que muita coisa poderia ser perdida, no entanto, tudo correra bem, apesar de quase ter enfartado.

* * *

– Miguel, espera!!! – Lucy descia rapidamente as escadas do Rising Star tentando alcançar Miguel.

– Não corra nas escadas, Lucy, é perigoso – respondeu Miguel, bem mais abaixo.

– Então me espere, droga.

– Ok.

Ao saírem do prédio, pararam na entrada e continuaram a conversa.

– Por que está indo embora assim? Vamos conversar.

– Não há o que conversar. Eu já fiz o que vim fazer aqui – respondeu o rapaz com as mãos nos bolsos de sua jaqueta.

– Mas lá em cima... O Oliver e a Ana... Eu juro que não sabia disso.

– Pensei que você sabia de tudo por causa dos seus poderes... – disse Miguel, irônico.

– Ok, foi uma brincadeira infeliz, mas eu não queria que terminasse daquele jeito...

– Quem é você, afinal de contas?

– Eu moro com a Ana. Ela é minha melhor amiga e me contou tudo o que houve entre vocês ontem.

– Percebi isso assim que ela abriu a porta...

– Certo... – disse Lucy, arrependida. – Como você está?

– Não se preocupe comigo. – Miguel virou-se e seguiu caminhando.

– Eu me preocupo sim... – disse ela, segurando-o pelo braço. – Se eu soubesse que ele estaria lá, jamais te faria passar por aquilo.

– Eu não passei por nada, Lucy, não tem problema nenhum. Eu estou errado, em primeiro lugar, por vir aqui sem avisar. Fui eu que atrapalhei o momento dos dois.

– Q-Que momento?

– Eles estavam cobertos de tinta, ou melhor, lambuzados de tinta... Está claro que chegamos em uma péssima hora.

– Ok. Mas seja sincero... Você não veio aqui só para entregar um chazinho para uma garota que você conheceu ontem, não é?

– Na verdade, eu vim aqui exatamente para isso.

– Escuta aqui, eu não sou boba. Ninguém seria tão gentil assim sem nenhuma segunda intenção.

– Eu fui gentil com você agora há pouco.

– Talvez também queria um pedaço de mim... – Lucy nunca perdia a oportunidade de provocar alguém.

– Pedaço? Essa é mais uma das gírias americanas que eu não entendo?

– Esquece... Você é o tipo de cara que gosta de ajudar pessoas, não é?

– Bem... Eu apenas faço o que eu acho que é correto.

– Então eu vou te ajudar desta vez para retribuir o favor que me fez e a encrenca em que te meti.

– Não precisa se incomodar.

– Não tem discussão. Vou te levar para almoçar, tem um bom restaurante aqui perto. É por minha conta – disse Lucy enquanto puxava Miguel pela mão.

– Lucy, é sério... Não precisa. Eu nem estou com fome... – Miguel foi interrompido por um longo e alto som: Prrrrrrrrrr.

Eles pararam de andar e olharam um para o outro. Houve um silêncio constrangedor.

– Isso foi sua barriga? – perguntou Lucy, ainda segurando a mão do rapaz.

– Espero que sim... Quer dizer, com certeza sim. – Ele corou.

– E você disse que não estava com fome... Vamos andando.

– Ok, mas eu não posso deixar que você pague por tudo.

– Eu já disse que é por minha conta.

– Eu pago pelo menos o meu.

– Tanto faz, mas vamos logo.

Continuaram andando em direção ao restaurante. Miguel estava mesmo com fome e Lucy estava se sentindo muito mal com a possibilidade de ter machucado um rapaz tão doce. Ela reparou bastante nele.

* * *

Prédio de apartamentos Rising Star. Apartamento 37.

– Tem algo errado, Ana? – perguntou Oliver, enquanto a ajudava a guardar as compras e as roupas.

– Não, está tudo bem – respondeu ela, com um sorriso tão verdadeiro quanto o monstro do lago Ness.

– Você está estranha. Tem algo te incomodando?

– Nada está me incomodando, de verdade...

– Com certeza tem e eu já sei do que se trata. – Oliver encarou Ana seriamente. – Podemos nos sentar?

– V-Você sabe? – Novamente, um gélido mal-estar contornou sua espinha e foi parar em sua barriga.

– Sei. Eu não sou tão desligado assim, Ana. Conversando com Miguel, eu percebi que você não me contou tudo o que aconteceu ontem... – Oliver sentou-se no sofá.

– Me deixe explicar...

– Eu com certeza quero uma explicação, mas já vou adiantando que não acho que seja sua culpa – ele disse enquanto Ana se sentava ao seu lado.

– Não?

– Claro que não. Ontem foi um dia muito cheio para você, sem falar em como seu relacionamento com seu pai ficou difícil nessas últimas semanas, e você ainda precisa arrumar um emprego... Pela primeira vez na vida você está sozinha e tendo que se virar com tudo.

– Sim...

– Mas não é motivo para você esconder certas coisas de mim.

– Me desculpe. – Ana sentiu o mal-estar na barriga piorar.

– Quando isso começou?

– Começou ontem...

– Não minta para mim... Está na cara que já faz algum tempo.

– Não. Começou ontem, eu juro...

– Ana, olhe nos meus olhos e me fale a verdade... Há quanto tempo você está sofrendo com crises de pressão baixa?

– Pressão... baixa? – A expressão no rosto de Ana denunciava a atual confusão em sua cabeça.

– Sabe, eu me sinto mal por não saber o tipo de coisa que acontece com você. Eu sabia que namoro a distância era difícil, mas me sinto muito triste quando percebo que não participo da sua vida tanto quanto eu gostaria...

– Pressão... baixa? – Ainda era difícil de acreditar.

– O quê?

– N-Nada... Quer dizer... Não fique triste com isso, não é algo que mereça tanta preocupação.

– Foi por isso que você passou mal ontem?

– Foi.

– O que aconteceu exatamente?

– O mal-estar que tive, na verdade, foi um desmaio...

– Você desmaiou!? – Oliver levou as mãos à cabeça. – Você não me disse que tinha desmaiado... Precisa ir ao médico imediatamente.

– Acalme-se, Oliver, já passou. Não é a primeira vez que isso acontece... Eu já estou tomando as precauções necessárias.

– Não acredito que você desmaiou... Foi no meio da rua, da calçada...?

– Eu devia estar cansada e com fome... – disse ela de cabeça baixa. – Peço que me desculpe. Eu só não quero que você se preocupe comigo. Você só tem um mês aqui e não deve desperdiçá-lo dessa forma.

– Shhhhh... Não fale isso. – Ele pôs o dedo indicador direito nos lábios de Ana. – Eu sempre vou me preocupar com você. Você é a mulher que eu amo. – Com a outra mão, acariciou o rosto dela.

– Eu também te amo. – De olhos fechados, Ana acariciou a mão que Oliver colocou em seu rosto. – Desculpe por não te contar tudo o que houve ontem, mas acredite, está tudo bem agora.

– Eu só desculpo com uma condição... Quero continuar me sujando de tinta com você.

– Agora não dá. Desculpe... Eu não estou me sentindo muito bem.

– Não tem problema. É melhor almoçarmos, afinal, quem tem pressão baixa não pode ficar muito tempo sem comer. – Com um sorriso lindo e uma expressão animada, Oliver levantou-se do sofá e partiu para a cozinha.

– Quero aproveitar e te contar tudo o que aconteceu ontem.

Ana finalmente iria contar a verdade para Oliver. Era o certo a se fazer e ela estava disposta a esclarecer tudo e não deixar nenhuma situação pendente, para não correr o risco de passar por mais apuros como o de hoje. Enquanto o seguia, em sua mente as palavras de Miguel ecoaram: “Eu acho que precisamos resolver uma situação antes de iniciar uma próxima”. Se ela tivesse colocado isso em prática, os quatro poderiam estar almoçando juntos agora e isso certamente seria muito divertido.

Minutos depois, Oliver provou-se não ser do tipo ciumento e reagiu muito melhor do que ela esperava ao saber de toda a participação de Miguel nos eventos do dia anterior. Eles haviam se dado bem hoje. Não havia motivos para esconder nada, afinal de contas. Ana sorriu, mas por pouco tempo. Em sua mente, outra palavra de Miguel ecoou: “Adeus”. Ela precisaria resolver sua situação com ele também.

* * *

Restaurante italiano Bella Salsa.

– Você não vai passar mal comendo tanto assim? – perguntou Lucy, espantada com a quantidade de comida que Miguel estava comendo. Enquanto ela apreciava sua salada Caprese, ele comia risoto, logo após terminar um tortellini de Bolonha (isso sem contar os pães de alho com azeite que ofereceram como entrada).

– Não estou comendo muito – respondeu Miguel de boca cheia. – As porções dos pratos é que são pequenas.

– Eu nunca vi alguém comer tanto assim no almoço. – Lucy encarava o rapaz com espanto.

– Vocês americanos costumam comer apenas um lanche no almoço, mas no Brasil comemos a mesma quantidade de comida que comemos no jantar.

– Mas isso é muita fome para essa hora do dia.

– De qualquer forma, isso aqui está uma delícia.

Lucy reparou que Miguel deixou seu smartphone na mesa e constantemente fazia anotações. Como sempre foi curiosa, não se poupou do direito de perguntar.

– Posso saber o que você tanto anota?

– São só algumas observações. Eu gosto de tomar notas quando vou a restaurantes. Eu observo a apresentação dos funcionários, o atendimento, a comida...

– Você trabalha no restaurante da sua tia, não é?

– Sim – disse Miguel, fazendo mais uma anotação.

– Então você leva todas essas anotações para ela e vocês tentam tirar proveito disso.

– Exatamente. Quanto mais referências, mais poderemos aperfeiçoar nossos serviços.

– Quer dizer que mesmo agora você está trabalhando.

– Acho que sim. – O sorriso de Miguel era encantador e puro como água.

– Você me desculpa? – O rosto de Lucy estava triste.

– Você não me fez nada que necessite de perdão.

– Fiz sim. A Ana me contou tudo o que aconteceu com vocês ontem. Eu estava ansiosa para te conhecer pessoalmente.

– Por quê? – Ele parou de comer.

– Porque fazia tempo que eu não via a Ana tão empolgada, tão feliz.

– Ela passou para a segunda fase de um processo seletivo, qualquer um estaria feliz. – Miguel afastou o prato com as mãos, deixando claro que não queria mais comer. Parecia que falar sobre Ana o fazia perder a fome.

– Você não entende... Oliver é um amigo de infância por quem ela sempre foi apaixonada. Quando começaram a namorar de fato, ele teve que estudar em Oxford, na Inglaterra. Desde então, são cinco anos de um relacionamento a distância, onde eles só conseguem passar um tempo juntos nas férias dele, em janeiro. Você sabe como é difícil ter um relacionamento a distância?

– Eu posso imaginar. – Miguel desviou o olhar.

– Já teve um?

– Deixei algumas pessoas no Brasil e sinto muito a falta delas... Amar alguém que você não pode mais ver ou abraçar todos os dias é muito difícil.

– Está falando dos seus pais? Eles ficaram no Brasil?

– Ficaram...

– É difícil conversar com eles?

– Converso todas as noites, mas não é a mesma coisa... Pessoalmente seria bem melhor.

– Então você entende a situação dela, não é?

– Sim.

– Somos amigas desde a infância, e quando Ana começou esse namoro havia muitos problemas em volta dela. Oliver parecia ser o único aspecto de sua vida que ainda estava funcionando, então ela se transformou...

– Ela tem dupla personalidade?

– Não, idiota. Preste atenção... Ela viveu por cinco anos se privando de muitas coisas. Ela não sai para curtir com as amigas, não conhece gente nova, não viaja, passa muito tempo calada e perdida em seus pensamentos, e eu sei que tudo isso é porque ela prioriza demais o namorado ausente que tem... Mas não me parece que ela está vivendo a vida plenamente e eu sei que uma parte dela está triste...

– E a outra parte? – interrompeu Miguel. – Se uma parte está triste, mas ela continua levando isso adiante, quer dizer que ainda vale a pena, pelo menos para a outra parte.

– Sim. Uma parte dela adora viver em um conto de fadas. Oliver é um cara muito charmoso, inteligente, bonito, educado... Ele a trata como uma princesa, lhe faz mimos, é romântico. Ele realmente a ama. Mas infelizmente ele não percebe que ela sofre bem mais que ele com toda essa distância. Nós dormimos no mesmo quarto desde que fomos morar juntas naquela lata de sardinhas que chamam de apartamento... Em algumas noites, quando ela pensa que estou dormindo, ela chora. – Lucy fez uma pequena pausa, com os olhos marejados. – Eu me esforço muito para ela não me ouvir chorando também sempre que percebo.

– Eu sinto muito.

– Tudo bem. Eu só estou desabafando com você... Sabe quando você conhece uma pessoa especial, cheia de luz e bondade, e então você pensa que só de estar perto de alguém assim você se tornará uma pessoa melhor? Você começa a amar essa pessoa de uma forma fraternal, a ponto de lhe desejar tudo de melhor sempre, mas aí você descobre que essa pessoa sofre muito e percebe que a vida é muito injusta. Se eu apenas pudesse pegar um pouco da angústia dela para mim...

– Você é uma ótima amiga, Lucy. Eu estou arrepiado.

– Não sou tão boa assim. Eu acho que eu deveria poder ajudá-la mais, resolver o problema dela ou pelo menos amenizar, mas ela é muito fechada em certos pontos, até mesmo orgulhosa.

– Tenho certeza de que vai conseguir uma forma de ajudá-la.

– Ontem eu achei que tinha conseguido. Quando ela me contou o que houve, como te conheceu, tudo o que conversaram, ela parecia diferente. O sorriso dela estava tão lindo que me deu vontade de pintar. Eu adoraria vê-la assim sempre. Você sabia que nós ficamos discutindo as suas teorias sobre "Seguir os sonhos ou aproveitar as felicidades diárias" por horas? Ela nunca ficou tão intrigada com alguma coisa. Em apenas um dia, com uma conversa, você a fez desligar-se um pouco de sua rotina e pensar em coisas diferentes, então eu pensei...

– Que eu teria alguma chance de fazê-la terminar com o namorado... Estou certo?

– Está. – Lucy notou que Miguel respirou fundo, desaprovando-a.

– Você sabe que isso foi um erro, não sabe? – perguntou ele, fazendo careta e coçando os olhos com o polegar e indicador esquerdos.

– Sim. Nesse momento ela deve estar tendo problemas para explicar ao Oliver por que não falou nada sobre você.

– Como assim? – Miguel abriu bem os olhos, espantado.

– Ela não contou para o Oliver sobre sua participação no dia de ontem. Disse que não queria que ele se preocupasse com alguém querendo dar em cima dela. Mas eu a conheço muito bem. Você mexeu com ela de alguma forma, mesmo que um pouquinho, e isso a assustou, portanto Oliver não deveria saber sobre você e ela deveria te esquecer.

– Então eu a assustei – ele disse tristemente.

– Sim. Por chegar perto demais – Lucy disse, olhando para baixo.

– Eu te entendo, Lucy. Por achar que eu tinha alguma chance, você queria nos aproximar mais e ver no que poderia dar. Você é uma boa amiga e boa pessoa, mas não posso concordar com o que você fez. Não podemos impor nossas vontades às pessoas ao nosso redor, mesmo que estejamos com a melhor das intenções.

– Eu sei. Eu acho que estraguei tudo.

– Não estragou. Seu plano não vai dar certo. Eu jamais vou me meter entre ela e o namorado, simplesmente não tenho o direito. Você deveria considerar mais os sentimentos deles. Oliver é um cara bacana, acho que ele sofreria muito se Ana o deixasse. E do jeito que ela é, também não seria fácil terminar com ele por se apaixonar por outro... Isso sem contar a minha participação nisso. Eu tenho sentimentos também.

– Eu sei... Por isso estou aqui te pedindo desculpas.

– Eu só te desculpo se você me escutar e me prometer, com sua palavra de mulher, que vai pensar muito no que vou dizer agora e tentará agir dessa forma.

– Hã? – Assim como Ana havia dito, às vezes era complicado entender o que ele falava.

– Prometa que fará o que eu vou dizer agora.

– Por quê?

– Porque se não fizer, eu não vou te perdoar.

– Tem a ver com sexo? Por mim até rolaria...

– O QUÊ?????

– Shhhhh... Calma, estou só brincando – ela disse sorrindo e acalmando o rapaz.

– Prometa.

– Tanto faz... Eu prometo.

– Volte para casa e confesse tudo isso para Ana, inclusive a parte em que você chora junto com ela de noite. Confesse que você a ama muito. Esteja preparada para escutar, calada, tudo o que ela tiver para te dizer. Ainda que ela não te perdoe no começo, o fará depois. Quando as coisas voltarem ao normal entre vocês, deixe-a viver a vida do jeito que ela quiser... Se no futuro der tudo errado e ela sofrer, apenas esteja do lado dela. Você não precisa protegê-la, isso é o mesmo que não deixar que ela viva a própria vida. Deixe-a livre para errar e acertar; estando ao lado dela, você poderá dividir a felicidade e a dor de cada momento. É isso que os amigos fazem.

Lucy não disse nada. A lágrima que corria do lado direito de seu rosto já dizia tudo.

* * *

Prédio de apartamentos Rising Star, apartamento 37.

– Tem certeza de que ficará bem? – perguntou Oliver, caminhando de mãos dadas com Ana até a porta.

– Tenho. Eu só preciso deitar um pouco, talvez dormir. Amanhã estarei nova em folha.

– Se cuide. Amanhã, faça o chá que Miguel te trouxe.

– Sim.

– Por falar nele... Me avise se houver alguma novidade entre ele e Lucy, parece que aqueles dois irão se entender.

– Não tenho muita certeza.

– Seja otimista. E com relação ao que conversamos hoje, não precisa me esconder nada ou ninguém, inclusive vamos marcar um programa com eles. Assim eu te mostro que não tem problema algum você fazer amigos e conhecer gente nova.

– Desculpe-me por isso.

– Está desculpada. – Oliver a beijou. – Estou indo agora. Quando se sentir melhor, me ligue.

– Pode deixar.

* * *

Ana trancou a porta e voltou para o quarto de pintura, em silêncio. Ela observou o quadro inacabado que começara a pintar de manhã, tentando retomar de onde parou. Para pintar, é necessário energia, inspiração e emoção, mas nesse momento ela não sentia mais nada disso. Ana não estava bem. Sua pressão caiu novamente por conta de todo o estresse das últimas horas. Ela precisava conversar com Lucy para entender o que acontecera mais cedo e também precisava conversar com Miguel. O rapaz agiu normalmente, se deu bem com Oliver, aliviou o clima, foi incrível... Mas quando disse aquele “Adeus”, deixou escapar uma tristeza incômoda, que Ana conhecia muito bem. Era o tipo de tristeza que você não podia evitar e precisava viver com ela todos os dias. Ao que parecia, Ana não era a única a conviver com esse tipo de sentimento.

Confusa e chateada, ela rasgou o quadro... Não havia mais sentido em terminar aquela pintura.

* * *

Restaurante italiano Bella Salsa.

Ao voltar do toalete, onde foi se recompor após o choro, Lucy viu Miguel pagando a conta do almoço. Ela foi em direção a ele com pressa.

– Eu falei que era por minha conta.

– Eu não podia deixar você pagar depois de te fazer chorar. Aceite isso como um pedido de desculpas.

– O que é essa necessidade que você tem de ser tão gentil?

– Não é necessidade... – Miguel foi interrompido.

– Tem certeza de que não está tentando me levar pra cama?

– Claro... Não sou esse tipo de homem. – Ele parecia se empenhar muito para defender a sua honra sempre que provocado.

– E que tipo de homem você é? – Lucy aproximou-se bastante dele, a ponto de Miguel sentir o cheiro de seu xampu.

– E-Eu sou do tipo que fica tremendo quando uma mulher chega tão perto assim. Por favor, pare de me provocar.

– Tem certeza de que não é gay?

– O QUÊ!? É claro que eu não sou gay. – Ele congelou. Só depois de terminar sua negativa é que percebeu que falou alto demais. Todos no restaurante estavam olhando para ele.

– O que você tem contra os gays?

– Não tenho nada contra... É só que eu não sou – disse Miguel, estralando os dedos discretamente. Lucy percebeu que ele estava tenso.

– Como vou saber?

– Eu estou dizendo!!! – Miguel reparou que as pessoas o olharam ainda mais e com julgamento em seus olhos... – Eu não sou homofóbico, pessoal, mas eu também não sou gay... Se fosse, não haveria problema algum, mas eu não sou. Eu gosto de garotas... Quer dizer... Mulheres adultas... Garotas são muito novas... Mas não gosto de mulheres muito velhas também... Sem ofensas à senhora que está sentada ali no fundo...

– É melhor irmos embora – disse Lucy, segurando uma gargalhada.

Ao saírem do local, repararam que estava nevando mais forte.

– Que droga! Por sua culpa eu nunca mais vou poder voltar a esse restaurante. A comida era tão boa, eu tinha tanta coisa para anotar...

– Por minha culpa? Foi você que gritou lá dentro – respondeu Lucy, soltando a gargalhada.

– Você me provocou – respondeu ele, sentindo-se injustiçado.

– Vai contar para a mamãe? – ela falou fazendo bico com os lábios.

– Esquece o que eu te falei lá dentro. Você é má, muito má.

– Ah, coitadinho. – Ela acariciou o rosto de Miguel. – Não fica assim, não. Viu? Eu ainda posso ser boazinha.

– Você é tão estranha quanto eu, sabia?

– Somos dois estranhos... Deve ser por isso que a Ana simpatizou com a gente. – Lucy notou que pela segunda vez a expressão de Miguel mudou ao ouvir o nome de Ana. Ele ficou mais sério. – Sabe, conhecendo ela do jeito que eu conheço, pode ter certeza de que irá te procurar para se desculpar...

– Acho que deve ser o dia mundial da desculpa, nunca ouvi essa palavra tantas vezes quanto hoje.

– Não foi um dos meus dias preferidos também.

– Ela realmente não precisa me pedir desculpas... – disse Miguel, em um tom de voz triste. Lucy percebeu que vê-lo triste também a incomodava, mesmo o conhecendo por tão pouco tempo.

– Mas não é só isso. Ela vai querer te explicar tu...

– Não! – ele a interrompeu. – É melhor para todos que não nos encontremos mais.

– O quê?

– Eu definitivamente não quero mais falar com ela.

– Miguel...

– Obrigado pelo almoço, estava uma delícia. Você é má, mas é muito engraçada. Não se esqueça de fazer o que me prometeu. A gente se vê por aí. – Seu sorriso era forçado.

Ele virou-se e seguiu seu caminho sem olhar para trás. Lucy o observou, sem dizer nada, enquanto ele desaparecia no horizonte.

* * *

Prédio de apartamentos Rising Star. Apartamento 37.

– Voltei!!! – disse Lucy, abrindo a porta lentamente. – É seguro? Não corro o risco de tropeçar em alguém pelado?

Lucy costumava disfarçar seu nervosismo ou ansiedade com brincadeiras. Ela estava se preparando mentalmente para enfrentar a fúria de Ana, e não poderia retrucar porque sabia que estava errada. O lugar estava silencioso, Ana não estava em lugar nenhum e somente a porta do quarto de pinturas estava fechada.

– Ana? – Lentamente, Lucy abriu a porta do quarto, estava escuro. Ao acender a luz, ela se surpreendeu ao ver o quadro de Ana totalmente destruído, além de tintas e pincéis espalhados pelo chão. Parecia que um furacão tinha passado por ali. No fundo do quarto, sua amiga estava deitada no chão, encolhida e chorando.

Lucy deitou-se ao lado de Ana, acariciando seu cabelo levemente.

– Pode chorar, eu estou aqui. – Ela lembrou-se do conselho de Miguel, sobre bastar apenas estar ao lado de Ana, em qualquer situação. Aquele pivete atrapalhado era muito mais inteligente do que aparentava.

Pergunta: O que significa contraste? Utilizamos essa palavra quando indicamos a diferença ou oposição entre objetos, pessoas, ideias... De forma poética, podemos afirmar que o contraste é o evento que traz equilíbrio à sociedade e evita que fiquemos presos na singularidade. Todo coletivo precisa de questionamentos internos para crescer. Sem contraste não há avanço. Todos nós, enquanto indivíduos, possuímos contrastes internos de pensamento e ideias. Nesse momento, o nível de contraste de ideias na mente de Ana nunca esteve tão elevado, e isso dói a ponto de ela quase enlouquecer. Mas é isso que poderá fazer com que ela cresça.

capítulo 4. AO ACASO

Prédio de apartamentos Rising Star, apartamento 37. Manhã de sábado.

– Minhas costas estão me matando... – reclamava Lucy enquanto se esticava na tentativa de aliviar suas dores.

– Bem feito. Isso é por ter se metido onde não devia – disse Ana, com os olhos inchados e olheiras. Elas não tiveram uma boa noite de sono no chão do quarto de pintura.

– Eu já pedi perdão... Prometo que não vou fazer de novo.

– Tudo bem, não vou te odiar por causa disso.

– Se eu estivesse no seu lugar, me odiaria.

– Vou te odiar se não me passar os cereais.

– Você está melhor? – indagou Lucy, entregando a caixa de cereais.

– Estou... Já passou.

– Se eu soubesse que Oliver estaria aqui, jamais teria trazido o Miguel.

– Nem eu sabia que ele viria... – Ana respirou fundo. – Lu, aquele foi um momento terrível, eu me senti muito errada, muito suja, uma adúltera.

– Mas você não traiu ninguém.

– Não falar do Miguel para o Oliver não foi certo, mesmo que eu tenha contado toda a verdade depois e ele não tenha se incomodado. Nunca mais quero omitir algo ou mentir para ele. Não quero passar por isso de novo.

– Desculpe-me por te causar esse mal – lamentou Lucy, sincera e cabisbaixa.

– O que você fez só foi um erro porque eu errei primeiro. Eu não preciso te perdoar e te amo muito. Agora mude essa cara de tristeza e volte a ser a minha Lucy. – Ana segurou as mãos de sua amiga.

– Eu também te amo.

– Então se anime. De tarde vou ao restaurante onde Miguel trabalha e iremos conversar.

– Sobre o Miguel, eu realmente acho que...

– Eu já tomei minha decisão – interrompeu Ana, de forma firme.

– Mas eu só queria...

– Que fôssemos amigos? Eu sei disso... Mas não é assim que as coisas funcionam. Vou agradecer por tudo que ele fez por mim, e depois disso cada um seguirá o seu caminho.

Ficaram em silêncio por um tempo, era possível ouvir apenas o tilintar das colheres nas tigelas.

– Eu só queria te dizer que ele é uma pessoa incrível. Almoçar com ele ontem foi muito divertido e ele tem um charme de idiota bondoso ao mesmo tempo em que tem um corpo sarado e uma bunda redondinha...

– Contenha-se, Lucy.

– Desculpe, não pude evitar.

– Pelo menos tentou?

– Claro que não. – Lucy sorriu de forma pervertida.

– Você não tem jeito... Concentre-se no seu café da manhã e pare de falar de coisas desnecessárias.

– Mas eu quero falar de coisas desnecessárias, tipo: como vai o Oliver?

– O que quer dizer? – O olhar de desaprovação de Ana foi fulminante.

– Você entendeu – disse Lucy, provocativamente.

– Você está sendo injusta. O Oliver se importa com você e sempre me pergunta como você está...

– Estou comovida, veja minhas lágrimas. – Lucy abriu bem os dois olhos com seus polegares e indicadores.

– Por que você não gosta dele?

– Porque ele não mora aqui... Mas combinamos de não entrar nesse assunto de novo, lembra-se? É melhor pararmos e evitarmos mais daquelas nossas discussões.

– Tudo bem. Estou quase desistindo de te fazer aceitá-lo, mas só para constar: Oliver acha que você e Miguel fazem um belo par. Pediu para eu avisá-lo sobre qualquer novidade entre vocês e para marcarmos um encontro de casais.

– Eu toparia.

– Não duvido.

– De qualquer forma, acho que você tem que se apressar e falar com Miguel. Ficou um clima estranho quando ele saiu e você precisa esclarecer as coisas, não pode terminar assim.

– E não irá. Nós vamos conversar apropriadamente.

– Vai ser difícil. Estava na cara que ele veio aqui ontem porque queria alguma coisa com você. O jeito que vocês se conheceram pareceu coisa de filme romântico e ele provavelmente não te tirou da cabeça... Acho que te ver daquele jeito traumatizou o menino.

– Eu sinto muito por isso. Ele não merecia esse tipo de coisa.

– Eu sei, ele é uma pessoa incrível.

– Você já disse isso hoje.

– Diria quantas vezes fossem necessárias para fazer justiça. – Lucy reparou que Ana demonstrava lamentação e perda em seu olhar. – É uma pena que iremos perder alguém assim. Ele estava decidido a sumir para não atrapalhar você e seu namorado.

– Então chegaremos a um consenso.

Ana demonstrou firmeza e determinação. Ela pretendia seguir um dos conselhos de Miguel pela última vez e resolver essa situação, antes que outra ainda mais complicada surgisse.

* * *

Restaurante Brazilian Taste. Horas mais tarde.

Quando Ana saiu do apartamento, tudo estava sob controle. Ela procuraria Miguel no restaurante e pediria desculpas pelo que ele teve que ver. Contaria um resumo de sua história com Oliver para que ele entendesse melhor sua situação e sua necessidade de evitar qualquer empecilho em seu relacionamento, também assumiria a culpa de todo o problema por não ter sido mais clara sobre seu compromisso desde o primeiro encontro e permitir que o rapaz tivesse algum tipo de esperança. Ela finalizaria a conversa dizendo que entenderia se ele não a perdoasse e deixaria claro que nunca fora sua intenção machucá-lo. Ou algo do tipo. Seria perfeito. O problema era que, agora que estava de frente para o restaurante, suas pernas tremiam, suas mãos suavam e ela já se esquecera de praticamente tudo o que havia planejado. O fato de ter demorado a encontrar o lugar também contribuiu com o aumento de sua ansiedade.

O prédio possuía três andares e suas dimensões de comprimento e largura eram um pouco acima da média; isso com certeza proporcionava um belo espaço interno para o salão e a cozinha. A fachada era simples, mas bem decorada na cor preta, com listras em verde e amarelo nas extremidades. Na placa com o nome havia uma bandeira do Brasil alterada, onde o círculo azul com estrelas dava lugar a um logotipo muito original que mesclava as letras B e T, também em azul. Após hesitar por alguns minutos, Ana adentrou o lugar, que era realmente grande por dentro, com paredes verdes, sanca aberta na cor branca (assim como o teto), com luzes de led amarela e vários spots redondos de luz. O teto formava um mosaico luminoso muito agradável aos seus olhos de artista. A decoração das mesas em geral não era muito diferente da de outros restaurantes em que já estivera e não era muito elegante, mas transmitia conforto e credibilidade. O movimento estava baixo, menos da metade das mesas estava ocupada. Dentre tudo que observou, o melhor e mais interessante foi o cheiro maravilhoso de comida. Ela não havia almoçado ainda.

– Seja bem-vinda. Escolha um lugar e fique à vontade. – O *maître* a recebeu com um sorriso aberto e simpático. Tinha a cabeça totalmente raspada, um brinco na orelha esquerda e a cor de sua pele era idêntica à de Miguel. Não tinha mais do que trinta anos. Usava um cavanhaque bem delimitado e sua voz era muito grossa. O uniforme era um traje social preto com as mesmas listras em verde e amarelo nas extremidades das mangas e nas laterais. Na altura do peito estava o logotipo.

– Obrigada, mas na verdade eu só quero uma informação.

– Informação?

– O senhor Miguel Oliveira trabalha aqui, não é?

– O Miguel? Sim.

– Posso falar com ele?

– Claro, vou chamá-lo, ele deve estar na cozinha ou na despensa. Na verdade, ele pode estar em qualquer lugar. Sente-se e fique à vontade enquanto isso.

– Muito obrigada.

Ana preferiu não se sentar. Ela observou o *maître* caminhando até a cozinha e ficou parada, olhando para a porta atentamente. Minutos depois a porta se abriu, mas não foi Miguel quem passou por ela, era o *maître* que estava voltando.

– Desculpe, senhorita. Miguel não está em lugar algum. Acredito que ele esteja comprando produtos ou em alguma outra atividade externa.

– Que pena. Já faz tempo que ele saiu? Será que demora muito para voltar?

– Na verdade, não posso lhe dar uma previsão exata porque ele faz muitas visitas a fornecedores e isso pode levar algumas horas ou até mesmo o dia inteiro.

– Tudo bem. Eu volto outro dia. Posso te pedir só mais um favor?

– Claro, senhorita.

– Diga a ele que, se quiser fingir que não está aqui, é melhor que pare de espreitar pela porta da cozinha, eu pude vê-lo o tempo todo. Até mais.

O *maître* abriu bem os olhos, demonstrando seu espanto. Ele olhou para trás na direção da porta da cozinha e reparou que Miguel realmente não sabia se esconder.

– *Assim você me ferra, seu idiota!* – ele resmungou em português do Brasil. – Sinto muito, senhorita, eu realmente não queria mentir, mas não pude negar ajuda para o meu primo, por mais burro que ele seja.

– Não se preocupe. – Ana não sorriu, mas não parecia irritada.

– Por favor, aguarde mais um minuto. – Ele virou-se para a cozinha novamente. – *Ô, idiota, pare de se esconder feito um covarde e venha logo aqui.* – Novamente falando em português, ele demonstrou estar bravo com Miguel.

A porta da cozinha abriu. Miguel veio caminhando lentamente em direção a eles, cabisbaixo e frustrado. Ana reparou que em seu uniforme havia algumas manchas de molho.

– *Estraguei tudo, não é?*

– *De uma forma inimaginável.*

– *Valeu pela tentativa, Ricardo.*

– *Tá bom, agora resolve logo isso e volta para o trabalho... Só você consegue chamar uma garota linda como ela de problema.* – Ele olhou para Ana mais uma vez. – Novamente, me desculpe. Foi tudo ideia dele. Miguel, desculpe-se com ela e seja educado. Com licença. – Ele se retirou.

Ana e Miguel estavam de frente um para o outro. O casaco vermelho e peludo que ela usava destacava sua pele clara. Seus olhos claros brilhavam na luz do salão e sua calça um pouco justa lhe conferia curvas irresistíveis. Miguel estava odiando a si mesmo por não querer vê-la e muito menos se sentir tão feliz como agora.

– Espero que esteja com vergonha – disse Ana, com sua acusadora sobrancelha direita erguida.

– Estou com muita vergonha – ele admitiu, coçando a parte de trás da cabeça e olhando para baixo.

– Que bom. Nós precisamos conversar.

– Na verdade, não precisamos.

– Eu preciso explicar algumas coisas para você.

– Eu já entendi tudo, Ana. Você não me deve satisfação alguma.

– Mas eu quero que as coisas fiquem claras.

– E eu prefiro que não fiquem. Do jeito que está é o suficiente para mim.

– Não seja infantil, Miguel. Dias atrás você me disse que as situações deveriam ser esclarecidas sempre e que devemos resolvê-las antes de iniciar a próxima. Foi assim que me convenceu a ir para a entrevista... É nisso que você realmente acredita ou só estava tentando me impressionar?

– Eu acredito nessas coisas... – respondeu afoito.

– Então converse comigo.

– Tudo bem. – Ele suspirou.

Ana mandou um beijo mentalmente para Lucy. Durante o café da manhã, sua amiga dissera como era fácil provocar e desestabilizar Miguel questionando sua honestidade. Eles se acomodaram em uma mesa mais afastada, novamente de frente um para o outro.

– Você parece muito incomodado.

– Deu para perceber?

– Sim, mas fique tranquilo, eu serei rápida.

– Ótimo.

– Ei! Não precisa ser hostil.

– Desculpe, Ana... Eu não quero... Eu só...

– Não fale nada. Deixe comigo.

– Ok.

– Desculpe-me por não ter sido muito clara com você no dia em que nos conhecemos, acho que ficou parecendo ser uma coisa além do que realmente era e não te culpo se você teve esperanças sobre algo.

– Meu Deus, que vergonha. – O rapaz esfregou a testa com a mão direita.

– Não precisa ter. A culpa foi minha por deixar margem para interpretações e não poder evitar que você presenciasse aquela cena de ontem...

– Sua pintura corporal?

– Shhhhh! – Ela corou. – Que vergonha.

– Deveria ter mesmo – ele disse, sorrindo discretamente.

– Vai me deixar terminar ou ficaremos um com vergonha do outro como idiotas?

– Claro... Não posso criar o hábito de te interromper, não é? – Ele sorriu novamente.

– Você é um palhaço. Estou tentando ter uma conversa séria aqui...

– Tudo bem, continue.

– Eu tenho uma história muito peculiar com Oliver – ela continuou.

– Lucy comentou comigo.

– E o que ela disse exatamente?

– Nada de mais. O que importa é que, apesar das dificuldades, se vocês ainda estão juntos, quer dizer que existem motivos que fazem isso valer a pena e quem está de fora nem sempre vai entender, porque não está perto o suficiente para enxergar esses motivos.

– Exatamente.

– Ainda assim, quem está de fora possui uma visão ampla e imparcial que permite enxergar claramente o que não funciona nesses relacionamentos, ou seja, essa opinião não pode ser desconsiderada.

– Deve-se encontrar um equilíbrio, não é?

– Sim. – Ele suspirou, como se estivesse prestes a dizer uma coisa que não queria, mas precisava. – Permite que eu opine?

– Claro. – Apesar de querer cortar relações com Miguel após essa conversa, não custava escutar mais uma vez a opinião sempre interessante do rapaz.

– Nenhum relacionamento é perfeito e sempre haverá o que melhorar. Uma excelente forma de conseguir isso é com diálogo, sinceridade e tornando as coisas tão naturais quanto possível. Isso serve tanto para os casais separados por uma casa quanto para os casais separados por países, como você e Oliver. A regra engloba a todos.

– Nós temos muito diálogo...

– Acredito. Qual será o tamanho do histórico de conversas entre vocês no Skype? Mais de cem terabytes?

– Não importa o canal. É o conteúdo da conversa que conta, e o nosso é muito bom...

– Acha mesmo? Posso ser um pouco mais contundente?

– S-Sim. – Ana estava curiosa e com medo, Miguel parecia estar armado com argumentos mortais.

– Não se ofenda, mas quando eu levei as compras na sua casa, eu observei todos os alimentos que vocês compraram. É natural que, quando você acaba de conhecer uma pessoa interessante, sinta vontade de descobrir mais sobre ela... Saber o que essa pessoa gosta de comer é um bom exemplo, pois isso pode dizer muito sobre ela. O problema é que Oliver fez o mesmo, e isso é muito ruim, porque eu te conheci no dia anterior, mas ele é o seu namorado há cinco anos. Não acha isso um tanto estranho?

– Bom, nós crescemos juntos até o fim da adolescência, não há muito o que ele tenha que descobrir sobre os meus hábitos alimentares.

– Por acaso você ainda come como uma adolescente? Será que nada mudou?

Ana não respondeu. Ela ainda estava processando todas as informações passadas por Miguel, que continuava...

– Será que você também reparou na reação dele quando comentei sobre sua pressão baixa? Tenho certeza de que ele descobriu que você sofria disso exatamente naquele momento. Esses são apenas dois exemplos de coisas cotidianas, até mesmo banais, mas que fazem parte do todo que constitui você como a pessoa que ele ama. Eu tenho certeza absoluta de que ele te questionou sobre a pressão baixa ontem antes de ir embora. Acredite, deve ter doído nele perceber que talvez ele não seja tão participativo e consciente das coisas relacionadas a você.

Ana continuou calada. Era inacreditável como cada palavra dele fazia sentido, era como se ela estivesse revivendo aqueles momentos, agora narrados por Miguel... O rapaz não parou:

– Pelo que conversei com Lucy, vocês costumam ter apenas um mês para ficarem juntos de verdade. Isso é muito pouco para quem espera por onze meses para reencontrar a pessoa que ama. Acredito que esse mês tem seus lados positivos, mas com certeza é corrido e artificial.

– Artificial?

– Preste muita atenção no que vou falar agora. Farei três perguntas e você só pode responder "sim" ou "não", de forma rápida e sincera, ok?

– Ok.

– No único mês que vocês têm para passar juntos, é possível fazer tudo que deu vontade durante os outros onze meses de espera?

– Não.

– Então vocês se esforçam para fazer o máximo possível?

– Sim.

– Isso cansa?

Ana não respondeu de imediato, conforme o combinado.

– Você não tem resposta para isso? – Miguel olhou nos olhos de Ana.

– A-Acho que tenho medo dela... – Ana respondeu, sincera.

– Entendo. Não é certo você se cansar no tempo que tem para curtir o seu namoro. É aí que entra a parte que classifiquei como artificial.

– Entendo – disse Ana, pensativa.

– Ei... Não fique assim. Não pense que estou tentando te desmotivar.

– Jura? – questionou Ana, com ironia.

– É... Na verdade, eu gostaria de ajudar.

– Como?

– Acho que vocês dois se preocupam muito em criar o ambiente perfeito para ficarem juntos. É como limpar sua casa durante o dia inteiro, mas, ao terminar, não conseguir nem se mexer de tão cansado... Quando melhora e está pronto para curtir sua casa linda, limpa e cheirosa, ela já está suja de novo.

– Que analogia cruel.

– E verdadeira... Não se preocupe em construir um ambiente gostoso para namorar, é melhor namorar gostoso em qualquer lugar.

– N-Não precisa usar esses termos... – Ela desviou o olhar.

– É a verdade, Ana. Namorar gostoso é sentir prazer, relaxar, esquecer do tempo, esquecer o que está ao seu redor, é estar em um mundo onde só existem você e a pessoa que você ama e fazer o que vocês dois quiserem. Não tente criar um checklist de atividades de casal e correr para cumprir todas antes do dia acabar. Isso cansa, e quando a sensação do final do encontro é cansaço e não satisfação, quer dizer que tem algo errado. Quanto mais naturais forem, mais descobrirão um do outro.

– Você é o que, o guru do amor?

– Desculpe, eu não quis ser intrometido...

– Não peça desculpas... Tudo o que você disse faz sentido. Eu me sinto uma idiota por não ter percebido tudo isso antes. Minha cabeça está doendo de tanto que estou pensando agora. Isso pareceu terapia de casal.

– Não exagere, isso foi só a minha opinião.

– Você já teve um relacionamento a distância?

– Lucy me perguntou a mesma coisa ontem... – Ele sorriu. – Eu não preciso disso para saber o que sei.

– Eu, por outro lado, estou nisso há cinco anos e não sei nem metade do que você sabe.

– Isso te faz querer desistir?

– Não.

– Então continue. Boa sorte pra você.

– Obrigada. – Ana olhou para baixo com uma expressão triste. – Eu queria conversar com você pessoalmente sobre essas coisas, já que não contei da primeira vez. Eu queria te dizer que serei eternamente grata a você pelo que fez por mim, pela conversa que tivemos, eu adorei passar aquela tarde com você, foi divertido... Queria que soubesse que você foi o mais próximo que tive de um amigo além da Lucy, foi bastante importante para mim. Eu precisava muito te pedir perdão por ter te magoado, justo você que me ajudou tanto...

– É legal da sua parte vir aqui e me explicar essas coisas, mas você não precisa se desculpar. Eu não te culpo por nada e não se preocupe comigo. Eu espero que você tenha sorte com seu relacionamento, consiga seu emprego e siga adiante com seu sonho.

– Obrigada. Eu também te desejo sorte em tudo que você fizer.

– Da próxima vez, me deseje sorte bem antes de eu tentar me esconder de uma garota – ele disse com um sorriso claro que quebrou um pouco o clima de tristeza.

– Pode deixar. – Ela sorriu, lembrando-se do quanto foi engraçada a expressão de frustração de Miguel ao ser descoberto.

– E também não me deixe ser arrastado para almoçar com amigas suas que só querem me provocar.

– Lucy me contou sobre o almoço de ontem. Foi hilário – ela disse sorrindo, tão linda que doía no peito dele.

– Espero que vocês duas tenham se entendido bem.

– Nós nos entendemos sim. Nós sempre nos entendemos.

– Lucy te ama muito, sabia? Ela me contou várias coisas...

– Só por curiosidade, ela comentou algo sobre virgindade? – Ana perguntou naturalmente e só depois pensou: *Mas que diabos eu acabei de dizer?*

– O QUÊ? – Miguel se espantou e derrubou o pequeno jarro de flores que ficava no centro da mesa.

– Desculpa, falei sem pensar. É que ela vive me provocando por eu ser... Quer dizer... Eu sou... Esqueça o que eu disse, por favor.

Eles ficaram em silêncio por alguns segundos, Miguel claramente tentando segurar o riso e Ana mal conseguindo olhá-lo nos olhos de tanta vergonha, e, então, começaram a rir um do outro. De repente não havia mais tempo, não havia mais trabalho, problemas com o pai, dilemas amorosos, só existia a vontade de rir despreocupadamente e, acima de tudo, não havia mais a necessidade de se afastar de uma pessoa cuja companhia era tão agradável. Foi isso que Ana pensou, mas, infelizmente, Miguel pensava diferente.

– Está sendo uma boa despedida, não está? Geralmente termina com lágrimas, mas a nossa está terminando com risadas.

– I-Isso precisa mesmo ser uma despedida? – perguntou Ana relutantemente, mal podendo acreditar que havia mudado de ideia.

– Claro que precisa. Não foi para isso que você veio falar comigo?

– No começo foi, mas... – Ela se conteve.

– Não podemos...

– A Lu me disse que você não quer atrapalhar o meu relacionamento e por isso prefere se afastar, mas eu conversei com Oliver e ele não vê problema algum em sermos amigos, ele gostou de você e...

– Não seja egoísta! – ele a interrompeu com um tom de voz triste enquanto a olhava nos olhos. – Tente entender como me sinto.

– Miguel... – Na verdade, ela não sabia o que falar naquele momento. Mas sentiu-se mal por mais uma vez não perceber o que obviamente deveria ter percebido.

– Eu realmente me interessei por você no dia em que nos conhecemos e fui à sua casa no dia seguinte justamente por isso. Então eu descobri que aquela garota linda e interessante que me encantou tinha um namorado, e essa foi uma péssima surpresa. Eu realmente não me importo se alguém tem culpa por isso ou não... O ponto é que eu não posso ficar perto de você porque isso irá me fazer mal. Ontem eu fixei na minha cabeça que preciso te esquecer e até tentei sentir raiva achando que isso facilitaria, mas, quando te vi hoje, meu coração disparou e eu fiquei nervoso, inseguro... Quando te olhei de perto e ouvi a sua voz, percebi que não consigo evitar me apaixonar por você, então talvez o melhor que posso fazer é não te ver mais. Pode parecer egoísmo pensar somente no meu problema, mas no final das contas você ainda tem Oliver e Lucy e eu não tenho ninguém...

Ana entristeceu-se ao entender a real situação de Miguel. Eles ficaram em silêncio mais uma vez, ambos abatidos.

– Desculpe-me por despejar tudo isso em você – ele disse tristemente.

– Eu desculpo se você me desculpar também. Eu não fazia ideia do que você sentia, sou uma idiota... Na verdade, eu sou muito egoísta, porque parte de mim ainda quer ser sua amiga, mesmo sabendo o quão difícil é para você – ela disse com sinceridade.

Subitamente, o casal é interrompido.

– Oh, meu Deus... Que garota linda, Miguel! – O rosto de Miguel adotou uma expressão de surpresa e desespero ao ouvir aquela voz. – Não vai me apresentar?

– T-Tia Elena! O que está fazendo aqui?

– Disseram que você estava conversando com uma garota linda e eu queria ver com os meus próprios olhos. Ande logo e me apresente esta florzinha.

– Nós já estávamos de saída, tia... – Miguel ameaçou se levantar.

– Eu sou Ana Lewis, muito prazer em conhecê-la, tia Elena – disse Ana, levantando e estendendo o braço para um cumprimento.

Tia Elena era uma senhora de aproximadamente cinquenta anos, do tamanho de Ana e bastante robusta, tal como Miguel dissera. Seu cabelo era castanho-claro com algumas mechas brancas; por estar preso, não era possível saber seu tamanho real, mas com certeza passava dos ombros. A sua voz era alta e forte, estava claro que, onde quer que ela estivesse, seria sempre o centro das atenções. Acima de tudo, era muito simpática.

– Meu Deus, como ela é educada. Venha aqui e me dê um abraço, minha querida. – Tia Elena a puxou e abraçou, beijando-a duas vezes em cada lado do rosto. – Olha só esse corpinho, dá vontade de apertar até quebrar, parece uma boneca de porcelana e é tão cheirosa...

– *Puta que pariu...* – Miguel passou a mão no rosto, da testa até o queixo.

– Você já almoçou, minha querida?

– Na verdade, não, mas eu não estou com fome ainda...

– Pode não estar agora, mas estará depois, e ninguém sai do meu restaurante de barriga vazia. Vamos almoçar! A comida daqui vai fazer você se sentir no Brasil. Miguel, você vem conosco, te darei esse tempinho de folga.

– Eu não quero incomodar, tia Elena.

– Não é incômodo algum, minha flor. O *Miguelzinho* não costuma trazer amigos aqui, muito menos moças tão lindas como você. Eu estava até preocupada com isso, para ser sincera...

– TIA!!! – interrompeu Miguel, suando.

– De qualquer forma, faço questão de que coma conosco. Qualquer amiga do Miguel é muito bem-vinda aqui.

– Tia, a senhora está arrastando ela. Ana, você não é obrigada a...

– Tudo bem, eu estou curiosa para comer a comida brasileira e não vou fazer desfeita com sua tia.

– Aprenda com ela, *Miguelzinho*, essa garota é um doce, daria uma excelente nora.

– TIA!!! – Miguel enrubesceu.

– Acalme-se, Miguel, agora é a minha vez de conversar com esta linda jovem – ela disse, passando a mão no rosto de Ana.

– Deus, por favor, me mate agora.

* * *

Elena levou Ana para o último andar do prédio, onde moravam todos os membros da família que trabalhavam no restaurante. Embora ela só tivesse visto a cozinha, dava para imaginar que a casa era grande. Havia uma grande mesa retangular com oito cadeiras. As paredes eram revestidas de azulejos brancos com detalhes cinza, havia um grande armário, geladeira, um fogão espetacular com exaustor e uma pia extremamente espaçosa. Tudo variava entre tons de branco e cinza.

– Eu vou preparar o almoço. Aguardem um pouco.

– Não precisa ter pressa, tia Elena... A propósito, sua cozinha é linda.

– Meu Deus, que doçura. Linda é você, meu amor.

– Eu te ajudo, tia.

– Não, meu lindo, você deve fazer companhia para a moça. Seja um cavalheiro e converse com ela até eu chegar com a comida para o casal.

– *Puta que pariu* – resmungou Miguel enquanto sua tia seguia para o fogão. Ele reparou que Ana estava rindo.

– Ela te trata como uma criança.

– Sim. Espero que não se importe com o jeito extravagante que minha tia tem. Ela te beijou, abraçou, ficou pegando no seu rosto, mas não tenha uma ideia errada sobre isso, esse é o jeito dela, nós brasileiros costumamos...

– Eu adorei conhecê-la – Ana o interrompeu. – Parece uma personagem fofinha de desenhos animados...

– Sério? Que bom. – Ele suspirou aliviado.

– Parece que você mudou de ideia, *Miguelzinho*...

– Não me chame assim. – Miguel desviou o olhar e corou.

– Minutos atrás você queria que nos afastássemos, mas agora irei almoçar na sua casa após conhecer sua adorável tia.

– Parece que as coisas ficam estranhas sempre que estamos juntos.

– Não acha engraçado?

– Não posso negar.

– Hum... Que cheiro maravilhoso. Abriu meu apetite. – Ana batia palmas de leve.

– Faz tempo que você tomou café?

– Umas cinco horas.

– O que você comeu?

– Uma tigela de cereais com leite.

– E não comeu mais nada depois?

– Não.

– Você tomou o chá, pelo menos?

– Também não. Tive uma noite complicada e acabei esquecendo.

– Você tem que melhorar sua alimentação. Tente adicionar frutas no café da manhã para reforçar e não espere até o almoço para voltar a comer. Tente diminuir o intervalo entre uma refeição e outra para não passar tanto tempo sem comer ou então vai correr um grande risco de desmaiar de novo. Aposto que sentiu tontura quando subiu as escadas até aqui.

– Realmente eu senti, mas pode ser porque sou um pouco sedentária.

– Se cuidar bem da sua alimentação, terá mais condições e disposição para deixar de ser sedentária.

– Você não quer ser meu amigo, mas não para de se preocupar comigo...

– Chega de conversa, agora é hora de comer. – Miguel fez uma cara engraçada de irmão mais novo emburrado. Ana sabia bem disso porque lembrou como William, seu irmão caçula, agia quando ela o provocava.

– Já estou chegando com o almoço, crianças. – Tia Elena começou a trazer várias travessas e pratos de comida.

– Tia, não acha que tem muita comida?

– Eu trouxe um pouquinho de alguns pratos especiais que servimos.

– Pratos especiais?

– Sim, todos estes aqui são os que você estava fazendo hoje. Vamos ver se é capaz de conquistar o estômago dela também.

– TIA!!!

– Estou ansiosa para provar sua comida, Miguel – disse Ana, olhando diretamente para ele, provocando-o e reparando no rosto vermelho do rapaz.

– Tenho certeza de que vai adorar, ele é um ótimo cozinheiro, será melhor do que eu um dia.

– Só se eu nascesse de novo, tia. Você é muito melhor que eu... Parece que conversa com a comida mandando ela ficar gostosa e ela te obedece.

– O meu menino não é fofo? Deixa sua tia te dar um beijo. – Ela agarrou Miguel e encheu seu rosto de beijos.

– Já chega, tia, eu estou ficando com vergonha.

– Acha que ele tem algum motivo para se envergonhar, querida?

– Nenhum... Pode continuar – disse Ana, gargalhando.

– Mas eu sei de um, será que conto?

– O-O quê!? – A voz de Miguel falhou.

– Por mim tudo bem. – Ana encarou Miguel, muito curiosa.

– Ele te entregou algum tipo de folha medicinal para produção de chá?

– Não – disse Miguel.

– Sim – disse Ana. – Ele me entregou ontem à tarde...

– Colabore comigo, Ana... – lamentou Miguel.

– É você que tem pressão baixa, não é?

– Sim.

– Pois saiba que esse garoto passou uma noite inteira me pedindo uma relação das melhores ervas no combate aos sintomas de pressão baixa. Depois eu o escutei no quarto lendo em voz alta a descrição de várias delas, repetidas vezes, para decorar. Ele provavelmente te explicou os efeitos das ervas com uma pose de médico, não foi?

– Foi exatamente assim. – Ana gargalhou mais uma vez.

– Sabia que ele se esforçou muito para te impressionar?

– *Deus, por que ainda não estou morto?*

* * *

O almoço foi tranquilo, apesar de tudo. Ana perguntava nomes e modos de preparo sobre tudo que comia enquanto Elena e Miguel respondiam e adicionavam algumas curiosidades. Ana comeu pequeninas porções de escondidinho de carne seca, feijão tropeiro, bobó de camarão, torresmos, cuscuz, arroz doce, curau de milho e "Romeu e Julieta". Essa era uma pequena amostra do cardápio do restaurante. Todos estavam sendo preparados sob o comando de Miguel.

– Acho que nunca comi tanta comida gostosa na minha vida – disse Ana, ao terminar de beber seu suco de abacaxi.

– Que bom que gostou – disse Elena.

– Parabéns, Miguel, sua comida é maravilhosa. Vou indicar para todos que conheço.

– Faça isso.

– Mas eu tenho uma observação.

– Qual?

– O *cuscuz* é muito seco. O sabor é bom, mas ou você diminui a porção ou tenta adicionar algum molho para equilibrar a textura.

– Espere um minuto. – Miguel tirou do bolso seu smartphone e fez algumas anotações. – O que achou da combinação entre os *torresmos* e os molhos?

– *Torresmos* são aqueles crocantes de porco, certo?

– Sim.

– Ótimos, mas eu adicionaria o molho barbecue. Se quer conquistar o estômago dos americanos, nunca se esqueça de usá-lo. Também acho que cebolas poderiam ser opcionais, nem todo mundo gosta. Você poderia perguntar ao cliente assim como se pergunta o ponto da carne.

– Certo. – Ele continuou a anotar. – Nada contra o coentro?

– Tinha coentro?

– Nada contra o coentro... – Miguel fazia suas anotações bastante concentrado. – Gostei das suas dicas, obrigado.

– É o mínimo que poderia fazer, já que você me deu tantas...

– Cof cof... – Elena forçou uma tosse. – Não é educado flertar na frente dos mais velhos...

– Não estamos flertando, tia, somos só amigos, não é, Ana? – disse Miguel olhando para ela, que acenou positivamente com a cabeça.

– Mas vocês se entendem tão bem... Há quantos meses se conhecem? A vibração de vocês é incrível, possuem uma sintonia ótima.

– Na verdade, nos conhecemos antes de ontem e desde então ele só tem me ajudado. Eu já tenho um namorado, a propósito.

– Já tem!? – espantou-se Elena.

– Tenho.

– Eu disse que éramos só amigos, não disse, tia?

– D-De qualquer forma, estou feliz que você tenha aparecido. – Elena não conseguiu disfarçar totalmente sua decepção. – O *Miguelzinho* estava muito sozinho e eu estava me preocupando com ele. Quem sabe agora que conheceu uma garota tão linda ele consiga socializar com outras garotas e encontrar uma namorada, talvez até jogue fora aquela pilha de revistas atrevidas...

– TIA!!!!

– Tem noites que escuto barulhos pervertidos vindos do quarto dele, mas ele sempre está sozinho...

– Onde estão os meteoros destruidores quando se precisa deles? – choramingou Miguel, encostando a testa na mesa. Enquanto isso, sua tia e Ana gargalhavam.

* * *

Minutos depois, a mesa já estava totalmente limpa e tia Elena lavava a louça. Ana insistiu em ajudar, mas ela disse que a convidou para comer e não para trabalhar. A garota ainda quis pagar pelo almoço, mas a simpática senhora pediu apenas uma coisa em troca, numa conversa em particular em um momento de distração de Miguel:

– Se quiser mesmo me retribuir de alguma forma, continue sendo amiga do Miguel. Ele é um bom garoto, mas é muito reservado e precisa de companhia. Se você tiver paciência, irá descobrir coisas sobre ele que te farão entender o que estou falando.

– Pode contar comigo.

– Estou contando. Você parece o tipo de pessoa que faria bem para ele.

– Obrigada, mas acho que é ele que faz mais bem para mim.

– Exatamente por isso. Ele adora sentir que está ajudando.

– Eu nunca pensei que encontraria uma pessoa tão especial quanto ele.

A experiente senhora apenas acenou positivamente com a cabeça e deu um sorriso de satisfação. Naquele momento, ela enxergou nos olhos de Ana algo que a própria garota não sabia.

– Tia, terminei com o lixo, quer mais alguma coisa?

– Não, querido, estou quase terminando a louça. – As duas se afastaram, disfarçando.

– E eu acho que já está na minha hora de ir.

– Não quer ficar mais e nos acompanhar? Pode ver como nosso restaurante funciona.

– Eu não quero atrapalhá-los, tia... Posso te chamar de tia? – perguntou Ana, recebendo um sorriso de Elena como resposta. – Além disso, quanto mais eu ficar, mais vou querer comer, e a minha cota de abuso já estourou por hoje.

– Você sempre será bem-vinda aqui, minha flor.

– Muito obrigada, tia Elena. Foi um prazer enorme conhecê-la. A senhora é a melhor tia do mundo.

– Ouviu isso, Miguel?

– Eu digo isso quase todo dia – disse ele, enciumado.

– Acompanhe ela até a saída, mas, antes, espere na recepção porque quero reunir todos para nos despedirmos corretamente.

– Não precisa se incomodar, tia Elena.

– Eu faço questão que todos te cumprimentem, minha linda. Assim, sempre saberão que você é VIP aqui no meu restaurante.

– T-Tudo bem – ela concordou, um pouco envergonhada.

– Vamos descendo então, Ana. A gente te espera lá embaixo, tia.

– Podem ir, não irei demorar.

* * *

Ana e Miguel desciam as escadas em silêncio. Durante todo o tempo em que estiveram com a tia dele, eles se distraíram e até conseguiram se divertir, mas, agora que estavam sozinhos novamente, a pendência que tinham voltou a incomodá-los.

– Sobre o que minha tia te pediu... – disse Miguel em voz baixa, olhando para o chão. – Você pode ignorar. – Ele não estava tão distraído, afinal.

– Quer dizer que eu não preciso ser sua amiga só para atender à vontade dela?

– Exatamente.

– Mas e se eu quiser ser sua amiga para atender a minha vontade?

– E se você traísse o Oliver comigo, estaria de bem com sua consciência?

– Eu jamais o trairei.

– Está vendo como pode me machucar, mesmo sem querer? Sua resposta significa que você não considera possível se apaixonar por mim um dia e que você não olha e nunca olhará para mim de um jeito diferente, do jeito que eu olho para você. Isso me machuca um pouco. Não me leve a mal, eu te acho legal e queria muito ter você na minha vida para sempre, mas tenho certeza de que, um dia, ser só seu amigo não será o suficiente para mim. O que eu farei quando esse dia chegar?

– Você ainda está iludido pelas sensações do nosso primeiro encontro, mas isso vai passar e você vai perder esse tipo de interesse em mim...

– Esse sentimento só vai passar quando pararmos de nos ver. Agora mesmo, ele está aqui, dentro do meu peito, crescendo bastante, e acredite em mim quando eu falo que não queria isso.

– Isso é tão injusto...

– Sim.

– Mas eu não me importo. Uma das coisas que aprendi com você nesses últimos dias é que eu não posso desistir mesmo que a causa pareça perdida. Eu não posso te forçar a nada e você pode pensar o que quiser, mas eu estarei esperando pela sua amizade quando estiver pronto.

– Você é insistente... – ele disse com um sorriso triste e sem graça.

* * *

Reuniram-se na recepção, onde tia Elena apresentou Ana a todos. Ricardo Soares, 28 anos, era o filho mais velho e *maître* que tentou ajudar Miguel em sua falha tentativa de se esconder. Alessandro Soares, 23 anos, era o filho do meio, trabalhava no caixa e anotava os pedidos, era o mais alto de todos e, aparentemente, tinha o cabelo maior que o de Ana, não dava para ter certeza porque ele usava touca para prender. Daniel Soares era o caçula, tinha apenas 17 anos e trabalhava como garçom em meio período, já que ainda estava na escola; seu penteado era igual ao de Miguel.

– É um prazer conhecer todos vocês. – Ana estava com muita vergonha, mas feliz por conhecer a família de Miguel. Eram todos muito educados e simpáticos. – Não sei se mereço toda essa atenção, tia Elena, mas obrigada por me tratar tão bem. Talvez o mínimo que eu possa dizer agora seja "*Puta que pariu*".

Ficaram todos em silêncio com os olhos bem abertos e confusos, menos Daniel, que começou a rir descontroladamente.

– Eu disse alguma coisa errada? – perguntou Ana, confusa.

– Não sei, pode repetir em voz alta, por favor? – disse Daniel, ainda rindo.

– Calado! – repreendeu Elena. – Querida, você sabe o significado dessa frase?

– Na verdade, não, mas como o Miguel dizia isso toda vez que a senhora nos fazia alguma gentileza, eu achei que fosse algum tipo de agradecimento... Não é?

– Puta que pa... – dizia Miguel com a mão no rosto.

– Foi essa a educação que eu te dei, mocinho? – a tia o interrompeu, cruzando os braços e batendo o pé direito no chão repetidas vezes. – Querida, na verdade, esta não é uma boa expressão, está mais para um palavrão. As pessoas usam quando estão bravas, surpresas ou indignadas, mas, de forma geral, não é algo bom para se falar.

Peço mil perdões por ter aprendido isso com minha família. – Ela novamente voltou sua atenção para o sobrinho. – Conversaremos depois. Acho que agora sei o motivo de ainda estar solteiro.

– N-Não precisa se desculpar, tia Elena, eu deveria ter perguntado antes – disse Ana, vermelha.

– Você só quis ser gentil falando em nossa língua. Foi totalmente inocente. Pena que teve um péssimo influenciador. – O olhar da experiente senhora fulminava Miguel ferozmente. – Não vai dizer nada, mocinho?

– Peço perdão a todos, especialmente a você, Ana.

– Só te perdoo se prometer que será meu amigo para sempre.

Todos foram pegos de surpresa com o pedido de Ana.

– Oh, meu Deus. Miguel, por favor, case-se com uma garota assim. Ana, se terminar seu namoro, por favor, procure pelo Miguel. – Elena estava totalmente tocada com a meiguice do pedido de Ana.

– Não diga esse tipo de coisa, tia. – O rapaz estava vermelho.

– Se você pode ensiná-la a dizer palavrões, tipo "fucking hell" em português, por que eu não posso dizer que quero que se casem?

– QUE HORRÍVEL! – gritou Ana, dando um soco forte no ombro de Miguel. Ela finalmente entendeu o equivalente a "puta que pariu" em inglês.

– AI! Não precisa bater.

Todos riram, principalmente Daniel.

– Que coisa horrível de se dizer – disse Ana, indignada.

– Mas você nem tinha entendido, estava em português.

Ao mesmo tempo, como um coral, todos disseram para Miguel:

– É HORRÍVEL EM QUALQUER IDIOMA!

– Por que é que eu me sinto como o vilão da história? – resmungou Miguel, de cabeça baixa.

* * *

Após as despedidas, mais algumas risadas, vários beijos de Elena e o convite oficial para que Ana voltasse mais vezes, todos voltaram a seus postos, deixando Miguel acompanhar a garota até a porta.

– Isso foi um total desastre – constatou Miguel, inconsolável.

– Eu me diverti bastante, adorei conhecer sua família.

– Provavelmente eles gostam mais de você do que de mim agora.

– Não tenho culpa se você tem a boca suja.

– E você é manipuladora. Não precisava dizer aquilo sobre amizade de forma tão meiga. Agora eu serei um monstro se disser que não nos falamos mais.

– Então não pare de falar comigo e me deixe frequentar seu restaurante. Prometo que pagarei minhas refeições daqui pra frente, além de trazer mais pessoas.

– Você é malvada.

– Coitadinho – ela o provocou.

– Você é mais má do que a Lucy.

– Ops, descobriram meu segredo. – Ela forjou uma expressão de surpresa.

– Sabe... Pensando bem, hoje foi um pouco divertido. – Ele ficou sério.

– Eu sei. Quer mesmo abrir mão disso?

– Promete que no futuro, quando você deixar o Oliver para ficar comigo, não irá me culpar por isso?

– Isso nunca vai acontecer.

– Você sabe mesmo como machucar...

– Eu apenas estou sendo sincera.

– Ok, mas imaginando que nossa amizade seja o motivo de algum problema entre você e Oliver no futuro, promete que não irá me culpar por isso?

– Prometo, mas sei que isso não irá acontecer.

– Mesmo que o problema seja a separação para que você fique comigo?

– Isso eu não prometo porque também não irá acontecer.

– Você é durona...

– Mais do que você imagina.

– Certo, se você garante que assumirá a responsabilidade dos problemas que possam surgir, talvez eu pense melhor no caso.

– Não tem talvez. Decida agora. Não vou implorar...

– Bem que me disseram que você é orgulhosa.

– Responda, sim ou não?

– Para ser sincero, ainda não acho uma boa ideia, pelo menos por enquanto.

– Você não precisa me procurar todos os dias para sairmos e conversarmos, então ao menos prometa que não vai tentar me evitar.

– Podemos deixar ao acaso, então?

– Ao acaso?

– Sim, tal como nosso primeiro encontro. Não precisamos nos procurar e muito menos nos evitar. Veremos o que poderá acontecer se nos reencontrarmos algum dia...

– Aposto que iremos nos divertir. – Ela sorriu.

– Provavelmente. – Ele também sorriu.

– Parece um bom recomeço.

– Sim... Uma segunda chance.

– Você gosta mesmo do conceito de segundas chances, não é?

– É o que me consola sempre que me lembro que a vida é um conjunto de oportunidades para errar...

– Até que faz sentido... – Ana refletiu rapidamente sobre isso. – Então, te vejo no nosso próximo encontro ao acaso, Miguel.

– Até o nosso próximo acaso.

* * *

Ana foi embora, sorrindo. Estava muito satisfeita com o rumo que as coisas haviam tomado e terrivelmente curiosa sobre o que tia Elena dissera a respeito de Miguel e seus segredos. O rapaz ficou olhando-a partir até virar a esquina. Ele pensou no quão agitada sua vida estava desde que a conhecera. Foram três dias muito intensos, cheios de felicidade e tristeza. Era um misto de prazer e dor, com contraste entre o salgado e o doce, frio e quente... Foi então que ele teve uma ideia. Ele poderia testar formulas de molho agridoce no cuscuz e em alguns outros pratos. Ele pegou seu smartphone e fez mais algumas anotações, correndo de volta para a cozinha do restaurante, pensando em como era prazeroso envolver sentimentos com comida. Isso era uma coisa que somente ele e sua tia sabiam o que significava.

Após fechar o restaurante, Miguel continuou na cozinha testando combinações de molho agridoce em seus pratos, especialmente o cuscuz. Todas as receitas desse molho que conhecia não combinaram bem, ele não estava satisfeito com textura, acidez, nem mesmo com a cor. Ele precisaria criar uma receita nova de molho agridoce. Miguel adorava os desafios culinários que enfrentava, já que costumava se sair bem em todos eles. Em compensação, o desafio sentimental que estava enfrentando era muito maior, pois ele tinha no máximo um por cento de chance de ficar com Ana. Apesar da desvantagem estatística, era bom sentir interesse em outra pessoa depois de tanto tempo. Ele pensou que isso jamais aconteceria de novo. Mesmo com chances pequenas, até onde ele sabia, o número "um" ainda era maior que o número "zero". O problema era que o acaso nem sempre acontecia tão rápido quanto gostaríamos, e eles não iriam se reencontrar amanhã, ou depois, ou na semana que vem...

Pergunta: Existe amizade entre homem e mulher? Alguns respondem SIM, outros respondem NÃO. Ambos estão corretos em suas justificativas, mas erram quando generalizam. É possível que você se importe com uma pessoa e a queira sempre por perto, desenvolvendo uma relação de amizade, não importando o gênero, apenas o indivíduo. Mas quando assumimos uma relação tão potente, temos que nos responsabilizar por tudo o que pode surgir a partir dela, e uma amizade pode naturalmente evoluir para um relacionamento amoroso, afinal, amigos são muito próximos e se conhecem muito bem, ficando mais sujeitos a se apaixonar. É correto ter amigos quando já se está em um relacionamento? É correto julgar alguém por isso? O fato é que Ana assumiu a responsabilidade de tudo que viria a surgir a partir de sua amizade com Miguel, fosse bom ou ruim. É preciso coragem para isso. Hoje a amizade entre eles começou de verdade, pois acima de tudo foram sinceros um com o outro. Esse é o melhor dos começos.

capítulo 5. DESPEDIDAS

Greenwich Village, lar dos Lewis, cinco anos atrás.

Ana estava deitada em sua cama embaixo de seus cobertores enquanto sua mãe entrava pela porta segurando uma bandeja com biscoitos e chocolate quente. A garota havia passado o sábado inteiro no quarto e a manhã desse domingo já estava acabando sem que houvesse sinal algum de mudança em seu comportamento.

– Querida, você tem que sair daí uma hora ou outra.

– Eu não quero sair. – A voz de Ana soava abafada pelos cobertores.

– Minha filha, você não pode ficar no seu quarto para sempre.

– Mas eu posso tentar.

– Tem certeza de que não quer se despedir dele? – indagou a mãe de Ana, deixando a bandeja na mesinha do computador e sentando na cama ao lado da filha.

– Tenho.

– Escute... Despedidas são horríveis, mas também é a chance que temos de dizer muitas coisas.

– Eu não sei como isso poderia me ajudar.

– Você pode desabafar, desculpar-se ou simplesmente fazer algo que dure até seu próximo encontro.

– Ele vai embora amanhã, mãe. Tudo o que eu sinto não vai significar nada quando ele estiver na Inglaterra.

– Você já conversou com ele? Ele sabe o que você sente?

– Acho que sabe, mas finge que não...

– Os jovens de hoje são muito complicados.

– O amor é complicado, mãe.

– Não é. Vocês se gostam desde que eram crianças, todo mundo sabe disso. Por que não falar o que sentem um pelo outro?

Ana não respondeu. Nunca foi fácil para ela expressar os seus sentimentos, além disso, Oliver era muito popular entre as garotas na escola e Ana nunca achou que poderia competir com as mais velhas, que tinham mais coisas a oferecer... Por exemplo, peitos. Mesmo agora que ela era adulta, no auge de seus dezoito anos, a probabilidade de arruinar sua amizade com ele ao confessar um sentimento que talvez não fosse correspondido a fazia recuar.

– Não é o homem que tem que tomar a iniciativa? – questionou a garota.

– Isso não é uma regra. Quando duas pessoas se amam, aquele que não aguentar mais guardar tudo no peito deve colocar para fora.

– Está dizendo que eu devo confessar meus sentimentos para ele?

– Se você achar que isso vai te fazer bem, sim.

– Mas mesmo que ele corresponda, não irá fazer com que desista da viagem.

– A intenção não é essa. O que você quer é que ele saiba dos seus sentimentos... O que vier depois disso você só saberá quando acontecer.

– E se eu me machucar?

– Então que seja por uma ação, e não por uma covardia.

– Por acaso está me chamando de covarde? – Ela olhou para sua mãe com um sorriso triste.

– Estou tentando impedir que se torne uma. Eu não quero que você encare as dificuldades de sua vida se escondendo, quero que você as enfrente com tudo o que tem, como eu faço...

– Sabia que não é só um amor adolescente? Não é tão fácil quanto parece.

– E nem é para ser... Você sequer precisa vencer todas as batalhas da sua vida, apenas dê tudo de si, pois quando vier o resultado, que seja a alegria da vitória ou a tristeza da derrota, é muito importante que não haja a dor do arrependimento. Essa dor é terrível.

– Como sabe? Tem algum arrependimento?

– Já tive alguns, mas me orgulho de poder reverter o pior deles.

– Como reverteu?

– Casei com o seu pai – ela disse com um relaxante sorriso materno.

Ana levantou-se imediatamente e correu para seu closet. Escolheu um vestido vermelho com pequenas formas em losango na cor preta, correu para o banheiro para maquiar-se, arrumar o cabelo e escovar os dentes, colocou uma sapatilha preta confortável e espirrou um pouco de seu perfume.

– Obrigada, mãe – disse, enquanto saía correndo de seu quarto.

Isabelle Lewis era uma mulher muito inteligente, servia como termômetro emocional da casa. Enquanto seu marido fazia a casa tremer, sua filha era pacata e passiva; ela sabia lidar muito bem com os excessos de Harry e a falta de iniciativa de Ana. Ela sorriu enquanto ajeitava seu lenço branco preferido para que ficasse mais firme em sua cabeça.

* * *

Ana desceu as escadas de sua casa correndo. Os empregados apenas a observaram cruzar a enorme sala de estar em alta velocidade. Quando abriu a porta, encontrou Oliver com a mão erguida, prestes a bater.

– O-Oi, Ana, você me viu chegando? – perguntou, surpreso.

– Na verdade... – Ela parou e pensou enquanto seu orgulho incontrolável a impedia de ser sincera. – Eu estava indo para o jardim pegar um pouco de sol.

– Ainda tenho dezessete horas antes de partir... Que tal irmos para algum lugar mais reservado? Tem uma coisa que eu quero te contar.

– Certo.

* * *

Eles caminharam pelas ruas do bairro até chegarem ao lago que gostavam de observar na Praça Newman. O dia estava bonito e a temperatura bastante agradável; o parque não estava cheio, então eles teriam bastante liberdade para conversar. Sentaram-se em um dos bancos.

– Então... O que você quer me contar? – indagou Ana, tentando não olhar para Oliver na tentativa de parecer indiferente.

– Eu quero me despedir... Você me evitou essa semana inteira e eu não quero ir embora assim.

– É difícil aceitar que você está indo para tão longe.

– Vai sentir minha falta, não é?

– Claro, somos melhores amigos.

– Somos... – Oliver olhou para o lado, evitando contato visual.

– Eu não queria uma despedida. – Ela respirou fundo. – Achei que seria mais fácil assim, mas estava errada... Precisamos conversar mais uma vez.

– Não é como se eu fosse morrer. Nós poderemos conversar todos os dias, se quisermos. – Ele voltou a olhar para ela, bem no fundo de seus olhos.

– Mas não será a mesma coisa.

– Ainda seremos você e eu.

– Estaremos muito longe.

– Você estará no meu coração.

– E você no meu, mas nossos corações estarão longe um do outro.

– Esse é o seu limite? Não consegue ser minha melhor amiga a distância?

– Não é disso que estou falando...

– Imagina se eu te pedisse para ser minha namorada a distância... – ele disse com um sorriso tímido e hesitante.

– Até mesmo essas suas brincadeiras não serão a mesma coisa estando tão longe. – Dessa vez foi ela que desviou o olhar.

– Quem foi que disse que isso era brincadeira?

– O quê? – Ana rapidamente voltou-se para ele.

– Eu gosto de você há bastante tempo e esse sentimento cresceu muito durante os anos. Hoje eu posso dizer que te amo descontroladamente.

– Do que você está falando? – Ana estava boquiaberta... e vermelha.

– Estou confessando que te amo muito...

Ela não respondeu. Estava preparada para contar a ele que o amava antes que fosse embora, mas não para ouvir isso dele primeiro. Ela estava sem reação, não conseguia se controlar, então respondeu a ele da forma mais espontânea que conseguiu, cobrindo o rosto com as mãos e começando a chorar.

– Por que... falar isso... agora? – disse entre os soluços de seu pranto.

– Sinto muito.

– Você parte em menos de um dia...

– Ana, esqueça a viagem, concentre-se só no que você sente por mim e me responda... Você me ama? Aceita ter um relacionamento a distância comigo?

Ana não respondeu e apenas continuou a chorar. Ela estava muito feliz em saber que o homem que ela amava há tanto tempo sentia-se da mesma forma, mas era horrível saber que ele partiria para Oxford e viveria lá por anos. Ela não sabia dizer se estava com sorte ou azar. Enquanto isso, Oliver estava aflito. Ele sempre soube dos sentimentos de Ana e sempre tentou conduzir sua amizade da forma mais adequada possível. Por ser mais velho, ele não queria envolvê-la em um relacionamento imaturo e impulsivo que no futuro pudesse machucá-la, então ele decidiu controlar a situação aproximando-se dela somente o necessário para deixar esse sentimento crescer, até ter certeza de que ela estava madura o suficiente para tornar seu amor mais consistente. Oliver tinha certeza de que o que ambos sentiam um pelo outro era amor verdadeiro, puro e sólido, já que não eram mais crianças, mas sim homem e mulher. A distância não seria suficiente para sufocar o que sentiam.

– Deixe-me pensar – pediu Ana, ainda chorando.

– Não temos muito tempo, Ana.

– Eu não posso responder assim... Tem muita coisa que preciso considerar e...

Oliver a interrompeu com um beijo. Ele colocou carinhosamente sua mão esquerda no rosto molhado de lágrimas da garota e o puxou de encontro ao dele, foi uma condução rápida e leve. Enquanto seus lábios se encontravam, com a outra mão ele ajeitou o cabelo dela para trás da orelha e em seguida posicionou suas duas mãos em seu rosto quente, secando-o um pouco. Este foi o primeiro beijo da vida de Ana, que estava totalmente entregue ao momento, deixando-se conduzir por Oliver. Ela sabia que o sabor salgado era por causa de suas lágrimas, mas não sabia explicar por que era tão quente... De modo geral, ela descobriu que beijar era muito gostoso. Estar nos braços do homem que amava era muito especial, ela sentia-se protegida, segura, com poder para resolver todos os seus problemas, tinha coragem de sobra para enfrentar qualquer coisa...

Ao final, seus lábios se separaram e seus olhos abriram, eles se olharam e, após alguns segundos calados...

– Eu aceito – disse Ana, parando de chorar e sorrindo.

* * *

Praça Newman, hoje.

– Você não acha estranho voltar aqui e ver tudo diferente? – perguntou Ana, enquanto sentava no mesmo banco em que sentaram cinco anos atrás.

– Eu até gosto que as coisas mudem – disse Oliver, com um sorriso. – Não sou do tipo nostálgico.

– Mas eu sou... Adoraria voltar para os tempos de escola ao menos por um dia. As coisas eram tão mais simples naquela época.

– A melhor parte das coisas boas do passado é que quando estão na nossa memória elas se tornam ainda melhores do que foram originalmente. Quanto mais o tempo passa e nos esquecemos dos detalhes, mais preenchemos essas lacunas com idealizações positivas.

– Acha que nossa memória nos engana?

– Sim. Principalmente quando melhora as coisas.

– Se está me dizendo que as boas memórias que tenho são falsas, não vou concordar com você.

– Não são falsas, só superestimadas. Isso acontece com todo mundo.

– Pensei que você fosse mais romântico. Este lugar foi muito importante para nós.

– Percebeu o que disse? Este lugar não "foi" importante, ele "é". Por isso que não gosto de nostalgia. Por que devemos manter as boas coisas só no passado quando podemos refazê-las, ou renová-las?

– O que quer dizer com isso?

– Este lugar é importante porque foi aqui que começamos nosso relacionamento, não é?

– Sim.

– Mas eu quero fazer deste local algo ainda maior – disse Oliver, enquanto posicionava-se na frente dela, abaixando-se e encostando o joelho esquerdo no chão. – Você é a mulher da minha vida e eu te amo muito... Ana Elizabeth Cole Lewis, aceita se casar comigo? – Ele tirou de seu bolso uma caixinha de veludo preta; dentro dela, havia um anel de diamante.

Ana paralisou. Os últimos anos não tinham sido fáceis. Ela sempre se privou de muita coisa para manter o foco em seu relacionamento com Oliver, as dificuldades eram enormes, mas ela se esforçava para não deixá-lo saber o quanto ela sofria quando se sentia sozinha, perdida, confusa, enquanto ele nunca esteve por perto. Era frustrante não tê-lo ao seu lado quando estava doente, quando queria ir ao cinema, ao shopping, a um show, sequer podiam brigar... Oliver era o grande amor de sua vida, e ainda assim, um grande espaço vazio. Eles sequer tinham a intimidade normal de um casal. Ela só o vira sem camisa uma vez, e foi quando passaram uma tarde em um parque aquático. Ele não sabia quanto ela calçava e nem sabia que agora ela amava vinagre e bebia vinho... Seu relacionamento era incompleto e agora ele estava propondo-a em casamento.

– Como pode me pedir isso se vai voltar para a Inglaterra amanhã? – Ana questionou, deixando escapar lágrimas de seus olhos.

– Eu sei que não parece justo...

– Com certeza não é justo. Por que não espera voltar definitivamente e me faz esse pedido novamente? Ou melhor... Por que não desiste agora mesmo de voltar para a Inglaterra e fica aqui, comigo?

– Tem que ser agora, Ana. Você sabe como eu sou quando coloco alguma coisa na cabeça; além disso, eu quero que, enquanto estivermos longe, tenhamos algo melhor para pensar, como um casamento.

– Você me promete que NUNCA mais iremos nos separar?

– Prometo. Ficaremos juntos até que a morte nos separe.

– Você também prometeu isso da última vez, mas cá estamos na véspera da sua viagem de mais seis meses. – Ela ergueu sua sobrancelha direita.

– Eu já te expliquei, é uma oportunidade que tenho para encaminhar minha vida profissional, é com isso que estou contando para poder dar a você a vida e o conforto que merece.

– Você não precisa construir um futuro sozinho e me trazer para sua vida quando estiver tudo pronto, podemos construir nosso futuro juntos... Não me deixe esperando novamente. Fique aqui... Você já é graduado.

– É só desta vez, confie em mim.

– Se pelo menos tivesse me levado com você no ano passado...

– Eu não tinha condições naquela época, nem agora. Eu imagino que você sofre muito quando eu parto, mas eu também sofro, e é por isso que estou te propondo em casamento agora, para te mostrar o quão sério eu penso sobre nós, o quanto eu te amo e te desejo... Eu quero muito que nosso relacionamento seja completo.

Ana permaneceu calada por alguns minutos, mal percebeu que estava chorando. Seu coração estava disparado, era difícil respirar. Ela acreditava em Oliver, sempre acreditou, mas estava muito insegura, provavelmente eram suas barreiras emocionais atrapalhando-a novamente. Ana não podia deixar de ser feliz por ser tímida ou orgulhosa, nem mesmo por ter medo... Não poderia ser uma covarde, pois sua mãe a ensinara a não ser uma.

– Eu aceito – disse Ana, parando de chorar... Sorrindo.

Oliver colocou o anel no dedo anelar direito de Ana e a beijou.

* * *

E foi assim que o primeiro mês do ano terminou para ela... Como sempre, foi rápido demais e insuficiente para satisfazê-la quanto a Oliver, mas houve uma grande dose de novidade e surpresas, boas e más. Acima de tudo, havia a grande promessa de um futuro mais estável, feliz e pleno.

De noite, após contar para Lucy sobre a grande novidade, Ana ficou em seu quarto admirando seu anel de noivado com um sorriso que ela sabia que era idiota. Ela pegou seu bloco de notas e começou a desenhar o anel de vários ângulos diferentes. Em seguida, começou a desenhar o rosto de Oliver. O nariz e os olhos sempre foram as partes mais fáceis de se fazer. O cabelo, nem tanto. Estranhamente, Ana teve dificuldade em fazer o desenho se parecer com ele. As sobrancelhas ficaram muito grossas e o maxilar ligeiramente mais quadrado, deixando o rosto consideravelmente mais rústico. Ela rasgou e amassou a folha, jogando-a no chão, pensando que a mistura entre alegria e sono provavelmente estava impactando negativamente sua habilidade.

pergunta: você se considera uma pessoa nostálgica? Geralmente sentimos nostalgia quando nos lembramos de algum momento do passado com saudade. Alguns dos gatilhos mais comuns são músicas, pessoas, filmes, comida, entre outros... Não há nada de errado em ser nostálgico, o importante é o que isso representa. se nós sentimos muita saudade de períodos, ambientes ou pessoas do passado, talvez seja melhor aproveitar de forma mais intensa o que temos agora, com menos medo, mais iniciativa e com mais paixão; dessa forma, a alegria do presente pode eliminar a necessidade de lembrarmo-nos das alegrias do passado, superando-as. Agora, os sentimentos de Ana estavam superando os que sentira cinco anos atrás, era mais amor, mais felicidade, mais medo... Embora ela estivesse no mesmo lugar.

capítulo 6. MUDANÇAS

Março em Nova York, uma manhã de primavera.

O início da nova estação significava mais do que o aumento da temperatura para os nova-iorquinos, era também a época em que a cidade ficava mais bonita. As novas cores que surgiam após o branco do inverno pareciam influenciar no humor de todos na cidade; havia mais sorrisos, mais gentilezas e mais tolerância em um ambiente agradável e florido.

* * *

Prédio de apartamentos Rising Star, apartamento 37.

– Você está bem, Annie? – perguntou Lucy, enquanto calçava os sapatos. Vestia uma saia preta e camisa social azul, além de óculos. Era uma versão totalmente diferente dela... mais formal.

– Por que essa pergunta? – replicou Ana, concentrada em sua tigela de cereais e tão azeda quanto um limão.

– Talvez seja pelo fato de você estar mais mal-humorada do que a maioria dos personagens do Robert De Niro. Estamos na primavera, sorria.

– Eu não estou no clima da primavera ainda.

– Hum... Não aceitaram seu projeto ainda?

– Não, mas eu vou tentar hoje novamente.

– Boa sorte.

– Obrigada, vou precisar muito. Parece que tem um muro enorme em cima da minha cabeça e eu não consigo fazer nada direito.

– Eu sei como é sofrer de bloqueio criativo, mas não deixe isso afetar tanto o seu humor. Eu consigo ver que há uma aura escura e negativa em volta de você agora.

– Não seria a minha sombra? – disse Ana, irônica.

– Sua sombra está no chão, esta aura está à sua volta. Você está envolta em trevas. – Enquanto dizia isso, Lucy chacoalhava o batom preto que pretendia usar.

– Que horrível. Pare com isso. – Sacudiu-se Ana, fazendo uma careta e acertando repetidos socos na mesa.

– Preste atenção, hoje é sexta-feira... O que você acha de sairmos à noite?

– Não sei... Esta semana foi muito cansativa. Eu só queria voltar para casa e dormir até domingo de tarde.

– Meu Deus! Você tem vinte e três anos ou oitenta? – Lucy interrompeu a aplicação de seu batom.

– Isso não tem ralação com idade e você já está atrasada. Some daqui.

– Só vou trabalhar se você aceitar sair comigo hoje.

– Eu não vou sair com você – disse Ana, levando mais uma colher cheia de cereal à boca.

– Ana Lewis, se você pretende ficar em casa hoje à noite, eu faço questão de descolar um pornô lésbico e assistir no volume máximo. Nosso vizinho porco vai passar a noite fantasiando com nós duas fazendo...

– Calada!!! – Ana interrompeu-a com veemência, pois sabia que Lucy era realmente capaz disso.

– Por favor, eu quero tanto sair hoje... Venha comigo, se não gostar, podemos voltar na hora que você quiser.

– Está bem. – Ana levantou-se, respirou fundo e deixou a tigela vazia na pia. – Aonde quer ir?

– Tem uma banda nova, Hated Rebels, que está arrebentando e eu queria ver se eles são tão bons quanto dizem por aí.

– Quer que eu vá a um show de rock?

– Não é bem um show, eles vão se apresentar em uma casa noturna fazendo cover de bandas famosas, é muito mais tranquilo.

– Não haverá garrafas ou facas voando?

– Provavelmente não.

– Certeza? Nenhum motoqueiro barbudo com tatuagens de caveiras e bandana na cabeça vai tentar me agarrar?

– Você precisa sair mais ou vai continuar pensando que os roqueiros de hoje são iguais aos dos filmes antigos...

– Tudo bem, se é isso que vai te fazer sumir daqui agora, eu topo.

– Ótimo. – Lucy vibrou. – Você não vai se arrepender.

– A que horas temos que sair daqui?

– Meia-noite.

– Meia-noite?

– Eu sei que isso é muito cedo, mas a gente pode aproveitar e conversar bastante enquanto o show não começar.

Ana ficou paralisada repetindo mentalmente "muito cedo?" enquanto Lucy saía do apartamento. Ela se esforçou muito para aceitar o convite de sua amiga, já que estava tão cansada e estressada. Tudo o que ela mais queria era relaxar o máximo possível no sábado e domingo. Infelizmente, a semana passada fora tão ruim quanto aquela, e dormir e assistir a séries de TV sozinha não resolvera seus problemas, por isso ela decidiu apostar em Lucy, com quem infelizmente estava tendo menos contato ultimamente. Foi um duro golpe quando soube que não estava mais na mesma turma da amiga na faculdade; isso fez seu interesse pelas aulas diminuir um pouco, bem como seu astral. Felizmente, um de seus amigos, Andrew, continuou com ela. Ana caminhou até seu quarto e separou algumas roupas, em seguida tomou um banho bastante demorado, esperando que a água quente a ajudasse a relaxar os ombros tensionados que latejavam de dor. Ao sair do banheiro, separou um vestido branco com estampa de folhas verdes e um sapato branco bastante confortável e começou a preparar uma dose de chá de manjericão enquanto colocava algumas barras de cereais na bolsa. Após beber o chá, ela escovou os dentes, perfumou-se e partiu. Ao trancar a porta, Ana viu uma de suas vizinhas, a senhora Baker, subindo as escadas carregando suas compras com muita dificuldade.

– Bom dia, senhora Baker. Que vestido lindo – disse Ana, caminhando em direção à idosa e reparando no vestido amarelo de renda que evidenciava muito sua obesidade.

– Bom dia, querida.

– Como a senhora conseguiu subir até aqui com tanto peso? – perguntou Ana, pegando mais da metade das sacolas.

– Já fiz coisas mais difíceis na minha vida, minha criança... – disse a ofegante senhora.

– Então me diga o segredo dessa sua força.

– Boa alimentação, dormir bastante e namorar muito.

– Achei que fossem as partidas de futebol americano... – As duas riram. Ana adorava fazê-la rir.

– Eu, em um jogo de futebol? Essa é boa.

– A senhora se sairia melhor do que eu, acredite.

– Espero que não se atrase por parar e me ajudar – disse, abrindo sua porta.

– Não se preocupe, senhora Baker, não é incômodo ajudar.

– E dizem que a juventude de hoje está perdida.

– Não sou mais tão jovem. – Ana fez careta ao deixar as sacolas em cima da mesa da senhora Baker.

– Com quantos anos está?

– Vinte e três.

– Eu tenho sessenta e cinco, então se eu digo que você é jovem, é porque você é de fato jovem.

– Se a senhora diz...

– Você é uma jovem bondosa, linda e tem a idade aproximada do meu neto. Eu ainda quero que vocês se conheçam. Você seria uma ótima namorada e ele é um garoto muito bom.

– Esqueceu que já tenho um namorado, senhora Baker?

– Você tem? Nunca vi namorado algum por aqui.

– É um noivo, para ser mais exata... Ele mora na Inglaterra, lembra?

– Acho que você está com medo ou vergonha do meu neto e está inventando isso.

– Não estou. Um dia eu te mostro ele.

– E se esse dia chegar, eu paro de tentar te trazer para a minha família.

– A senhora é muito gentil.

– Você que é. Esta semana eu te farei outro bolo delicioso de chocolate.

– Não se incomode, por favor.

– Mas não é incômodo.

– A senhora não precisa gastar seu dinheiro comigo...

– Diz isso para se convencer de que não está abusando de uma pobre velhinha, não é?

– Sim – disse Ana, sorrindo.

– Então, se já se convenceu... Vai aceitar o meu bolo?

– Claro! Seus bolos são deliciosos.

Após certificar-se de que a senhora Baker não precisava de mais nenhuma ajuda, Ana partiu.

* * *

Commercial Space Building, agência Magical Drop of Art, tarde.

Ana estava sentada em sua mesa de frente para a tela do computador, não havia nada de interessante sendo exibido nela, mas seu olhar estava além daquela sala, além daquele prédio, da própria realidade. Ela perdia-se em pensamentos, com as palavras de Cassandra, sua chefe, ecoando em sua mente como o uivo do vento em uma tempestade: "Estou percebendo que você está com muita dificuldade na criação. Se não conseguir criar de forma satisfatória, eu não poderei autorizar o seu projeto".

– Pense, Ana, pense... – resmungou. – Ela não gostou da ideia das cores quentes, do impressionismo e muito menos do conceito retrô. Eu não consigo pensar em mais nada.

Ana levantou-se e caminhou para perto da janela, abrindo-a. O ar puro de fora era muito mais gostoso do que o ar de dentro daquela sala que ela dividia com mais duas pessoas, Janet e Eddie. Eles poluíam o ambiente com um perfume terrivelmente enjoativo e cheiro de cigarro, respectivamente. Ambos estavam ausentes no momento. Janet conseguiu ter seu projeto aprovado utilizando a ideia de texturas abstratas enquanto Eddie tinha grandes chances com suas esculturas de argila – ele era muito bom nisso. Apenas Ana não tinha nada para oferecer que agradasse Cassandra. Ela precisava de algo que se encaixasse nas demandas de design, propaganda e artes conceituais que a agência atendia.

Os bloqueios criativos de Ana tinham uma origem: as constantes frustrações que ela acumulava há tempos estavam afetando seu humor, sua saúde e seu trabalho... A pior de todas foi a partida de Oliver e a queda significativa na frequência de suas conversas. Enquanto ela precisava se dedicar muito para conseguir algum destaque em seu trabalho, ele ia muito bem em seu estágio e era constantemente requisitado para compromissos profissionais que o deixavam indisponível a maior parte do dia; além disso, as cinco horas de diferença no fuso horário não ajudavam muito. Ana até pensou em usar a frustração como tema de seu projeto, afinal de contas isso fazia parte da vida de todo mundo, mas o problema não era a escolha do tema, era a parte técnica, o tipo da arte.

– Oi, Ana – disse Eddie, adentrando a sala. – Não quero te atrapalhar, só quero pegar algumas coisas na minha mesa.

– Tudo bem, Eddie, não se preocupe. – Ana voltou para sua mesa.

– Vai ser rapidinho... Tenho que correr porque o prazo de apresentações vai só até a próxima quarta.

– Quem te disse isso?

– Todo mundo está falando disso desde ontem.

– Acho que eu também tenho que me apressar...

– Boa sorte pra você, lindinha. Se precisar de alguma coisa, sabe que pode contar comigo – disse Eddie, pegando alguns papéis e uma caixa de madeira. Ele era uma boa pessoa e um profissional muito talentoso, era estranho que fosse solteiro mesmo sendo tão bem-sucedido e estando na casa dos trinta. Ele não era feio. Era comum. Talvez o cigarro afastasse as mulheres mais do que Ana pensava.

– Quarta-feira... – resmungou Ana novamente. – *Puta que pariu.*

– O que disse, lindinha?

– Nada... Quer dizer, obrigada.

Ana sorriu de leve, lembrando-se de como aprendera aquele palavrão meses atrás. Isso também fazia parte de suas frustrações, pois já havia desistido de esperar pelo acaso.

* * *

Após algumas horas, Ana já estava voltando para casa, cansada e triste por não ter conseguido produzir tanto quanto gostaria no trabalho. Ela estava com fome, então decidiu passar no mercado e comprar algumas coisas para comer com Lucy antes de saírem. Quando chegou ao apartamento, encontrou sua amiga sentada no sofá bebendo uma taça de vinho, ainda vestida com a roupa que usara para trabalhar, tinha tirado apenas os sapatos.

– Oi, Lu... Fiz compras.

– Ótimo! Eu estou morrendo de fome.

– Não deveria beber de barriga vazia.

– Sou mais forte do que pensa. – Lucy tomou mais um gole. – Já peguei uma taça para você.

Ana deixou as sacolas na mesa, tirou os sapatos e sentou-se ao lado da amiga, em seguida, serviu-se de um pouco de vinho.

– Minhas costas estão travadas. – Ana se contorceu e fez uma careta de sofrimento. – Como estão suas pernas?

– Doendo... Se eu fosse rica, te pagaria para arrancá-las agora mesmo.

– Quantos anos nós temos?

– Neste momento, me sinto com noventa.

– Eu também. – Elas riram e tomaram mais um gole. – Temos mesmo que ir a um show hoje?

– É isso ou o filme pornô.

– Sério?

– Vai ser bom para nós duas. Precisamos desligar um pouco da nossa rotina ou vamos morrer... Eu não aguento mais aquele escritório.

– Eu queria desligar e só ligar de novo no domingo de tarde.

– Pare de ser preguiçosa e saia comigo... É a melhor chance que você tem de se divertir.

– Nós poderíamos nos divertir aqui com as músicas do seu pen drive.

– Irritar uma pessoa que está bebendo é muito arriscado, Annie...

– Ok, mas eu posso dormir um pouquinho? Ainda faltam algumas horas para meia-noite. – Ela repetiu mentalmente mais uma vez: “muito cedo?”.

– Pode sim. Tome banho primeiro e eu te acordo quando chegar a hora.

– Obrigada – disse Ana, apressando-se para beber o restante do vinho.

* * *

Meatpacking District, The Forsaken Nightclub, aproximadamente uma da madrugada.

As duas amigas caminhavam pela rua dirigindo-se para a entrada do clube. Lucy usava um vestido preto bem curto e meia-calça; o decote era bem generoso, embora ainda estivesse coberto pela jaqueta cinza que usava para combinar com as botas da mesma cor. Ana usava uma blusa de gola rolê azul e uma saia preta até os joelhos e calçava com orgulho seus maravilhosos Aperlai, apesar de ser impossível que alguém ali notasse isso e dos protestos de sua amiga, que não os achava apropriados para a situação.

– Lucy, acho que vi pessoas usando drogas aqui na rua... – cochichou Ana, temerosa.

– E você não pediu um pouquinho para nós? – retrucou Lucy, irônica.

– Estou falando sério, isso é perigoso... Que tipo de gente frequenta um lugar desses?

– EU frequento um lugar desses.

– Desculpe.

– Pare com esse seu preconceito bobo e relaxe.

– Aposto que se estivesse dormindo agora eu estaria relaxando.

– Quer falar sobre apostas? Que tal apostar cem pratas que você...

– Eu não aposto com você, senhorita trapaceira – interrompeu Ana.

– Não sou trapaceira, você que é má perdedora.

Elas entraram no The Forsaken Nightclub, sendo recebidas pelos seguranças. Ainda havia pouca gente no lugar e isso permitiu que Ana observasse muito bem toda a estrutura. Tinha um enorme balcão no bar, prateleiras cheias de garrafas lindamente organizadas, cada uma com líquidos de diferentes cores, pôsteres de várias bandas de rock nas paredes, mesas redondas com dois e quatro lugares, sofás, baixa iluminação (num tom avermelhado) e, claro, o palco.

– Está vazio aqui.

– Eu não disse que chegaríamos muito cedo? – disse Lucy, caminhando para o bar e pedindo dois drinques enquanto Ana ainda circulava o lugar com os olhos. Após alguns minutos ela juntou-se à sua amiga no balcão.

– O que pediu pra nós?

– Sex on the beach. A primeira rodada é por minha conta.

– E quantas rodadas você pretende ter?

– Enquanto ainda tiver dinheiro na minha conta e eu ainda estiver consciente, o céu é o limite para mim.

– Esse é o seu jeito de aliviar o estresse? – Elas receberam suas bebidas.

– Nem sempre, normalmente eu transo, sai muito mais barato. Você deveria tentar.

– Feche a boca e beba isso aí – disse Ana, corando.

– Estou bebendo, mas isso só vai piorar os meus comentários.

– Eu sei, mas talvez isso seja divertido. – As garotas sorriram e brindaram, antes de caminhar até uma das mesas.

– Quer falar sobre trabalho? – perguntou Lucy com o canudo ainda na boca.

– Não – respondeu Ana, tomando um pequeno gole.

– E sobre o Oliver?

– Até gostaria, mas não tenho muitas novidades sobre ele. – Ana demonstrou consternação e tomou mais um gole.

– Tem falado com seu pai?

Ana tomou um grande gole e, após uma careta, respondeu:

– Se vamos conversar sobre ele, preciso checar antes quanto dinheiro ainda tenho para gastar em bebidas, pois não quero estar sóbria.

– Tem razão, vamos conversar sobre coisas mais leves, tipo o holocausto...

– Pode ser...

– Só quero que saiba que você não precisa apressar as coisas. Eu sei que você está louca para mostrar algum bom resultado do trabalho para o seu pai, mas não se pressione demais.

– Eu sei que tenho que ir devagar, mas você sabe como sou ansiosa e não consigo esperar pelas coisas...

– Meu Deus! Você se ouviu agora? Não consegue mesmo esperar pelas coisas? – disse Lucy, gesticulando bastante.

– Estou falando da minha vida profissional, não pessoal...

– Sei... – A ruiva puxou mais um gole pelo canudo enquanto provocava a amiga com o olhar. – Olhe lá no palco, já estão começando a preparar os instrumentos.

– E tem mais pessoas chegando.

– Isso aqui costuma lotar.

– Quase esqueci que você é frequentadora assídua deste lugar.

– Música boa, barman competente, gente interessante... É o tipo de lugar que me agrada.

– Deve conhecer muita gente aqui, não é?

– Alguns mais que outros. – Lucy sorriu maliciosamente para Ana.

– Não seja tão vadia, estamos em público.

– Não sou vadia, apenas soltei as amarras que me prenderam durante toda a adolescência. Você deveria experimentar.

– Não há o que experimentar e eu não tenho amarras.

– Sabe como eu sei que você está chegando a cem metros de distância? Escuto o barulho das suas correntes arrastando no chão.

– Não tenho correntes.

– Você tem muuuuuuitas correntes que te impedem de abrir suas asas, mas não se preocupe, pois eu te ajudarei a se soltar.

– Não comece a me assustar, por favor.

– Falando em correntes que prendem, eu ainda não te vi fazendo qualquer coisa relacionada ao casamento. Nem parece que vai ter um...

– Nós apenas ficamos noivos. Vamos tratar disso quando Oliver retornar e ficar aqui de vez.

– Isso se ele não tiver que vol...

– Nem complete esta frase, por favor – interrompeu Ana, imediatamente tomando mais um gole de seu drinque.

– Ok, me desculpe. Vamos mudar de assunto.

– Que tal falarmos de filmes? Faz tempo que não vemos um bom filme.

– Você só acha bons os que te fazem chorar, e isso é muito chato.

– Não é verdade – defendeu-se Ana.

– Jura? *Titanic*, *Os Miseráveis*, *A Vida é Bela*, *A Culpa é das Estrelas*, *À Espera de um Milagre*, *Um Amor para Recordar*...

– Calada, já entendi! – interrompeu Ana, novamente. – Que eu saiba você chorou em *Titanic* também.

– Claro, o DiCaprio era lindo demais para morrer e foi o meu primeiro amor.

– Isso não importa... – Ana sorriu, vitoriosa. – Era só um filme e você chorou.

– Qualquer criança choraria na hora em que ele afunda.

– Concordo, mas eu estou falando da semana passada quando assistimos ao filme juntas.

– Você percebeu?

– Claro que sim. – Ana ergueu a sobrancelha direita e alargou ainda mais seu sorriso. – Como vai se safar agora, garota durona?

– Não tenho resposta pra isso. Vamos mudar de assunto antes que eu comece a chorar de novo.

– Um brinde às choronas – propôs Ana, já gargalhando.

– Às choronas. – Elas brindaram, beberam mais um gole e riram. Aos poucos o programa das amigas estava ficando mais divertido.

* * *

Uma hora depois, todos os assentos do clube já estavam ocupados e ainda havia muita gente em pé. Para falar com a pessoa mais próxima, era necessário gritar um pouco, já que tinha muita conversa ao mesmo tempo e o heavy metal tocava em alto volume nas enormes caixas de som espalhadas pelo lugar. Um funcionário subiu no palco com um microfone e chamou a atenção de todos para anunciar a entrada da banda que tocaria ao vivo.

– Amantes do metal, adoradores da guitarra, da bateria, do baixo, fãs do rock, recebam a banda que faz o chão tremer e torna a noite ainda mais escura... HATED REBEEEEEEEEEEELS!!!

– Que horrível essa conversa de noite mais escura – Ana reclamou para Lucy, sem notar que sua amiga sequer a ouviu.

– Eles devem ser muito bons, olha só a reação das pessoas – disse Lucy, concentrada.

Todos gritavam e assoviavam bastante enquanto os integrantes da banda apareciam no palco em meio às luzes piscando. O primeiro foi o baterista, depois o baixista, em seguida dois guitarristas e o vocalista. Eram muito energéticos em suas interações com as pessoas, parecendo estar tão eufóricos e descontrolados quanto elas.

– Espera um pouco, aquele guitarrista parece o... – Lucy parou de falar quando notou que sua amiga também tinha percebido.

– Miguel – complementou Ana.

– Não acredito!!! – surpreendeu-se Lucy. – Ele parece diferente...

– Sim, parece menos contido.

– Exatamente... Como um passarinho recém-liberto da gaiola.

– Bom, a julgar pelo cenário, tá mais para morcego, não acha?

– Não critique o visual dele porque é assim que membros de bandas de rock se vestem. – Lucy sorria enquanto analisava Miguel, que parecia estar se divertindo muito.

– Não estou criticando...

– E sequer poderia... Ele está muito bem de calça jeans, bota e regata, tudo na cor preta. Também está usando correntes e munhequeiras com espinhos cromados, e olha só os braços dele...

– São tatuados – afirmou Ana.

– Mais do que isso... São enormes e gostosos. – Lucy levantou-se e começou a acenar e a gritar o nome dele o mais alto que podia.

– Ei... Fique quieta e tente não desconcentrá-lo.

– Eu preciso de mais uma bebida, vou pegar um Cosmopolitan, vai querer?

– Quero um refrigerante, por favor. – Para Ana, dois drinques alcoólicos eram o máximo permitido em seu conceito de "beber socialmente".

– Pode deixar... Estou muito feliz por ganhar mais um bom motivo para beber.

* * *

A apresentação durou quase uma hora e meia e foi um tremendo sucesso. Não era possível determinar se as paredes vibravam pelo som alto dos instrumentos ou pelos gritos de delírio das pessoas – até mesmo a bebida se mexia dentro do copo (ou era só uma ilusão causada pelo show de luzes). Os rapazes tocaram músicas de bandas famosas como Black Sabbath, Queen, Megadeth e Disturbed. As quatro músicas da última banda foram cantadas por Miguel e isso foi uma grande surpresa para Lucy e Ana, que gostaram muito de sua voz, embora o preferissem como guitarrista. Após o final da última música, eles agradeceram a todos e se despediram, iniciando a desmontagem de seus equipamentos enquanto outras músicas voltavam a tocar nas caixas de som e algumas pessoas começavam a ir embora.

– Annie, vamos lá falar com o Miguel.

– Não dá para fazer isso, Lu... Veja a quantidade de pessoas querendo falar com eles, é impossível.

– Se você não vai, eu vou.

– Boa sorte.

* * *

Ana ficou sentada, divertindo-se com a aventura de Lucy enquanto se desviava das pessoas que estavam em seu caminho. Ela observou Miguel, que desmontava os equipamentos com o baixista e o outro guitarrista enquanto os demais membros da banda davam atenção às pessoas em volta do palco razoavelmente protegido por alguns seguranças. Lucy esgueirou-se por entre as pessoas até sumir, logo depois Miguel foi até ela e a ajudou a subir. Abraçaram-se e conversaram um pouco, até que a ruiva apontou e acenou para Ana, que respondeu com um aceno tímido com a mão. Miguel fez o mesmo. Eles desceram do palco e caminharam até Ana.

– Parece que consegui o impossível, não é?

– Nunca mais vou duvidar de você – disse Ana para a amiga, sorrindo. Em seguida, voltou-se para Miguel. – Tudo bem com você?

– Tudo, e você?

– Bem também. Já faz um tempo desde a última vez que nos vimos.

– Dois meses, eu acho...

Eles ficaram se olhando em silêncio por alguns segundos.

– Que reencontro mais sem graça – disse Lucy, provocativamente.

– Eu posso fazer uma piada se você quiser – respondeu Miguel, ainda olhando para Ana. Ambos sorriram.

– Mostrando as garrinhas, brasileiro?

– Foi só brincadeira.

– Já que vocês vão se tratar como se tivessem uma doença contagiosa, por que não sentamos para conversar melhor?

– Vocês estão acompanhadas?

– Sim, uma da outra – respondeu Ana.

– Então eu vou sentar com vocês, mas antes preciso pegar algo para beber, querem alguma coisa?

As garotas responderam meneando a cabeça negativamente. Miguel caminhou até o bar sendo observado por elas.

– Por que o cumprimentou daquele jeito? – indagou Lucy, pegando uma cadeira de outra mesa e posicionando-a junto às delas.

– Que jeito?

– Não teve um beijo no rosto ou abraço... Foi um pouco estranho, sabia?

– Não tem nada de estranho nisso, foi apenas formal.

– Claro... Quase esqueci que o cumprimento formal é a nova moda em nightclubs de rock...

– O que você queria que eu fizesse?

– Queria que agisse de forma mais natural. Pareceu que vocês eram ex-namorados tentando evitar uma recaída.

– Você está exagerando.

– Não estou e você sabe disso, agora relaxe e aja naturalmente. Não esqueça que esta é a nossa folga de todo o estresse e preocupação.

– Ok, eu vou relaxar... Eu só fiquei um pouco surpresa de encontrar ele aqui, já faz uns meses desde que fui ao restaurante...

– Pare... – interrompeu Lucy enquanto sorria. – Esqueça o passado e vamos apenas aproveitar a noite.

– Certo, vamos continuar nos divertindo.

– Isso... Sem preocupações. – Lucy olhou para Miguel, que ainda estava no bar. – Sabe qual é a melhor parte do fim do inverno?

– O medo de congelar acaba?

– Não.

– Então, o que é?

– As pessoas usam menos roupas e ficam mais interessantes. É possível reparar em detalhes muito importantes.

– Sei que vou me arrepender de perguntar isso, mas de que tipo de detalhe você está falando?

– Ele definitivamente malha. Olhe os braços, as coxas e a bunda...

– Não seja tão vadia.

– Estou sendo sincera.

– Seja menos.

– Serei mais... Mesmo que você não admita, é impossível que não tenha reparado também.

– Eu não reparo nesse tipo de coisa.

– Nunca reparou nas coisas do Oliver?

– Pare de... – Ana interrompeu-se quando percebeu que Miguel estava voltando. – Comporte-se.

– Voltei. – Miguel sentou-se entre as duas na cadeira reservada por Lucy, e trazia duas garrafas com água gelada.

– Primeiramente, parabéns pelo show. Vocês arrasaram!

– E além de bom guitarrista, você canta muito bem – complementou Ana.

– Obrigado. Fico feliz que tenham gostado.

– Eu também estou surpresa com todas essas tatuagens que você tem nos braços. Elas têm algum significado?

– Sim, todas elas juntas significam a encarnação de um personagem. – As duas amigas se olharam, bastante confusas e interessadas.

– Não entendi. Geralmente cada uma tem um significado individual, mas nunca vi todas juntas significarem uma coisa só. As minhas, por exemplo, são várias homenagens – disse Lucy, trocando olhares com Ana.

– Elas são falsas... – Miguel sorriu. – Só uso quando estou aqui, depois eu as removo no banho.

– Entendi. É só uma caracterização – disse Ana, olhando-as de perto enquanto Miguel mostrava os braços para as duas.

– Disseram que não é possível respeitar um membro de uma banda de rock que não seja tatuado, e como eu não tinha nenhum interesse em me tatuar de verdade, mesmo estando louco para tocar na banda, tive que concordar ao menos com isso.

– Mal posso diferenciá-las das verdadeiras – disse Lucy, passando os dedos na superfície da pele do rapaz, que logo reparou que ela fazia mais que isso. Ele corou e olhou para Ana, que também havia percebido.

– Ei, tarada, solta o bíceps dele.

– Só estou checando... – respondeu Lucy, sorrindo.

– Faça isso só com os olhos.

– Você fala como se ele não estivesse gostando... Acha que devo parar, Miguel? – Lucy olhou provocativamente para ele, agora acariciando seu braço de forma mais explícita.

– É... bem... eu... – O rosto do rapaz enrubesceu e ele olhou para Ana como se estivesse pedindo socorro.

– É tão fácil te provocar, garoto... – Lucy riu e soltou o braço de Miguel. Ana tentou repreendê-la com o olhar, mas não conseguiu disfarçar a vontade de rir também.

– E-Então... – Ele tentou se recompor. – Você tem tatuagens?

– Sim, mas estão em locais muito íntimos.

– Compreendo... – disse Miguel, tentando mudar o foco da conversa enquanto bebia uma das garrafas de água.

– Quer ver? Para você eu mostro com o maior prazer. – Lucy colocou a mão esquerda na lateral de seu decote, como se estivesse pronta para mostrar algo enquanto sua mão direita acariciou levemente a perna dele.

– Meu Deus!!! – O rapaz engasgou com a água e começou a tossir, puxando a perna para fora do alcance dela.

– Calma, Miguel!!! – disse Ana, dando tapas nas costas dele enquanto Lucy o abanava. Após alguns instantes ele se acalmou.

– D-Desculpem-me... – disse ele, com dificuldade.

– Não é você quem precisa se desculpar, é a Lucy.

– Talvez eu tenha exagerado um pouquinho. – A ruiva gargalhava.

– Pare de provocá-lo e se comporte.

– OK, madre superiora.

– Vou fingir que não ouvi esta – disse Ana antes de olhar para o rapaz, demonstrando preocupação. – Sente-se melhor agora, Miguel?

– Sim. Bem melhor... Vamos continuar conversando.

– Ok... – Ana repreendeu Lucy com o olhar, depois voltou-se novamente para Miguel. – Você não comentou que fazia parte de uma banda...

– Não comentei? Geralmente eu falo pra todo mundo, essa é uma das coisas mais legais sobre mim.

– Faz tempo que toca com eles? – perguntou Lucy.

– Quatro meses. Eu entrei como substituto do guitarrista original, que era o meu primo, Ricardo.

– Aquele que tentou te ajudar a se esconder de mim?

– E-Ele mesmo. – Ambos sorriram um para o outro.

– Então o talento é de família?

– Quase isso.

– E por que ele teve que sair?

– Ele casou e teve que escolher entre passar a madrugada suando com homens feios e tatuados ou deitado confortavelmente em sua cama com a esposa. Acho que ele fez a escolha certa.

– Não seria a minha escolha – disse Lucy, fazendo todos rirem.

– Vocês estão indo muito bem. Todos daqui amam Hated Rebels.

– Os caras da banda são ótimos. Ninguém é músico profissional, mas nós trabalhamos pesado nos ensaios.

– Todos possuem outros empregos?

– Exatamente. Não é a banda que nos sustenta, ela é só uma aventura de fim de semana.

– Esta é a primeira vez de vocês aqui, não é? Eu sempre venho neste clube e nunca os vi – disse Lucy, dando mais um gole em seu drinque.

– Acertou.

– E quando vai tocar novamente?

– Hoje foi o nosso teste. Se gostarem, tocaremos todas as primeiras e últimas madrugadas de sexta para sábado do mês. Felizmente coincide com minha folga do restaurante.

– Legal. – Lucy tentou ignorar o fato de que às vezes era difícil entender o jeito com que Miguel formulava as frases. – Vou tentar arrastar a Ana pra cá mais vezes.

– Eu acabei de pensar em uma coisa, Miguel... Você é a pessoa mais incoerente que eu conheço – disparou Ana com sua sobrancelha direita erguida acusadoramente.

– Por que acha isso?

– Você veio para este país para tentar ser médico, mas adora trabalhar como cozinheiro e durante as folgas passa a madrugada como um membro tatuado de uma banda de rock. Ainda assim, me diz que não tem sonho algum. Eu me pergunto como consegue tempo para ensaiar e...

– Quem está provocando ele agora? – Lucy interrompeu com ironia.

– Acho que não tem problema nenhum gostar de várias coisas. Quanto mais oportunidades eu tiver de fazer coisas que gosto, melhor.

– Boa resposta. Eu queria ter essa energia que você tem.

– Ela costuma dormir o sábado inteiro e no domingo fica deitada assistindo a séries e filmes no notebook. Eu não sei como consegui convencê-la a estar aqui hoje.

– Que bom que conseguiu, é muito bom encontrar gente conhecida.

– Não conhece ninguém por aqui?

– Além do pessoal da banda e de vocês, ninguém.

– Não convidou nenhum amigo hoje?

– Eu convidaria se tivesse algum.

– Não tem? – indagou Ana.

– Ninguém que eu possa chamar de amigo.

– Tipo como nós somos uma para a outra? – Lucy pegou na mão de Ana.

– Eu me contentaria com uma relação ainda mais simples que a de vocês. Inclusive, sua amizade é muito bonita. – Ele parou para tomar um gole de água e as amigas sorriram uma para a outra. – Ana, eu esqueci de te agradecer.

– Pelo quê?

– Você me deu algumas dicas sobre a comida que comeu naquela vez que esteve no restaurante.

– Não foram exatamente dicas, eu só dei a minha opinião de leiga.

– Ajudou bastante. Eu criei um molho agridoce baseado no que você disse e o usei no cuscuz, fiz algumas alterações na receita também. Minha tia adicionou pequenas porções dele no couvert que servimos, para divulgar a novidade... Está fazendo sucesso.

– Que incrível! – disse Ana, sorrindo.

– Na verdade, esse é o primeiro prato de total autoria minha, meu nome até aparece no cardápio como chef responsável e criador da receita.

– Estou muito feliz por você, Miguel.

– Isso significa que podemos comer lá de graça? – perguntou Lucy com empolgação.

– Quem o ajudou fui eu, não você.

– Já esqueceu a nossa linda amizade?

– Não esqueci. De qualquer forma, não podemos comer de graça no restaurante da tia dele.

– Olha quem fala...

– Eu fui convidada e foi só uma vez. Não pode acontecer de novo.

– Não é justo, você comeu a comida dele de graça e eu não. Foi você mesma que disse que foi a melhor comida que já comeu na vida.

– Muito obrigado – disse Miguel com um sorriso no rosto.

– Você poderia ir ao nosso apartamento e cozinhar para nós?

– Lucy!!!

– Qual é o problema?

– Como pode pedir uma coisa dessas? É muito abuso.

– Tudo bem, eu não vejo problema algum nisso – disse Miguel enquanto cruzava os braços e sorria.

– Viu? Obrigada, Miguel, você está convidado a ir ao nosso humilde lar e nos preparar um delicioso banquete.

– Não leve a sério tudo o que ela fala – disse Ana, inconformada com o atrevimento da amiga.

– Leve a sério, sim.

A conversa dos três foi interrompida por um dos membros da banda que veio avisar Miguel que eles estavam indo embora. Ele aproveitou e apresentou as garotas para todos e conversaram por um tempo enquanto ele ajudava a carregar os equipamentos e instrumentos para a van. Miguel pegou um violão Tajima Dallas na cor preta com cordas de aço e colocou-o em uma capa, depois pendurou nas costas e despediu-se de seus companheiros.

– Tudo bem não ir embora com eles? – perguntou Lucy.

– Tudo bem, eles não se importam.

– Bom, então vamos aproveitar o resto da noite.

* * *

Os três conversaram por mais algumas horas, entre uma bebida e outra eles contavam um pouco mais de sua rotina. Miguel falava sobre suas aulas do curso que fazia no ICE (Institute of Culinary Education) e em como estava evoluindo como cozinheiro, Lucy falava de seu monótono cargo como auxiliar contábil em uma empresa de contabilidade em ascensão e Ana lamentava-se de seus problemas com a falta de criatividade.

Miguel ficou muito surpreso ao descobrir que Lucy já era formada em Administração e estava agora em sua segunda graduação, em Artes.

– Quer dizer que, de nós três, a ruiva é a mais bem-sucedida, não é?

– É, mas isso é só no cenário atual, se vocês dois conseguirem sucesso no que fazem, chegarão mais longe do que eu.

– Mas o que realmente importa é o agora, e sabe o que isso significa para nós? – perguntou Ana.

– Que eu sou a pessoa com mais dinheiro aqui?

– Exatamente... – Ana bebeu o resto de seu suco de uva. – Isso também quer dizer que vai me ajudar a pagar minha conta porque estou sem dinheiro desde as três da madrugada.

– Garotas, já são quase seis da manhã, daqui a pouco nos colocarão para fora na base do chute – disse Miguel, também finalizando outra garrafa de água.

– Muito bem, quem está a fim da última rodada? Não se preocupem com a conta, aparentemente eu sou rica.

– Eu vou lá buscar. O que vão querer?

– Água gelada.

– Para mim também.

– Ok, três águas geladas... Eu já volto.

– Você é muito gentil, Miguel, parabéns. Mas você ainda me deve um banquete no nosso apartamento.

Miguel sorriu e concordou com a cabeça antes de caminhar para o balcão.

– Você ainda não desistiu dessa ideia de fazê-lo cozinhar para você, não é?

– Não só para mim, para você também.

– Isso não é certo.

– Ele é nosso amigo, não é? Nós compramos os ingredientes, ele cozinha e todos nós nos divertimos.

– Esqueça isso.

– E também – Lucy certificou-se de que Miguel ainda estava no bar esperando pelas bebidas – é uma ótima oportunidade de apagar o desastre que foi a última visita dele, não é?

– Não foi você que me disse para tentar esquecer o passado?

– Existe forma melhor de esquecer o passado do que o reescrevendo?

– Sim, existem várias.

– Não ligo. Quero experimentar a comida dele, quero passar mais tempo com ele, e por que diabos você não assume que a companhia dele é muito agradável? O estresse sumiu...

– N-Não é verdade – Ana tentou mentir, mas isso não funcionava com Lucy.

– Ok, engane-se o quanto quiser. Eu quero passar mais um tempinho com ele. O cara é legal, divertido e muito educado... Pode ficar tranquila porque eu não quero empurrar ele pra você como da última vez. Acho até que prefiro pegar ele pra mim. – Lucy sorriu.

– Ele não é uma coisa que você pode pegar quando quiser. Está falando de um ser humano... Um homem.

– E você fala como uma adolescente de treze anos que fica toda envergonhada com coisas como beijos indiretos... – Lucy sorriu quando reparou que Ana bufou e ficou vermelha. – Vou pegar o telefone dele e manterei contato, quando você menos esperar ele estará lá, cozinhando para nós.

– Faça o que quiser. Não vou discutir com você enquanto está bêbada.

– Só porque estou vendo três de você na minha frente não quer dizer que estou bêbada. Talvez eu só precise trocar de oftalmologista.

As duas amigas riram até Miguel voltar com as águas.

– Garotas, me avisaram que estão fechando, nós temos que ir embora assim que terminarmos de beber.

– Melhor irmos agora, vamos bebendo no caminho – disse Lucy, levantando-se lentamente para não perder o equilíbrio.

* * *

Quando saíram do clube, a luz do sol os iluminou o suficiente para que notassem nos olhos vermelhos uns dos outros o quanto estavam com sono, mas aquela manhã de sábado estava tão linda que parecia errado desperdiçá-la dormindo.

– Você está de carro, Miguel? – perguntou Ana, antes de bocejar discretamente.

– Não, estou de metrô – disse o rapaz, corrigindo o posicionamento do violão em suas costas.

– Pensei que estivesse dirigindo, já que não bebeu nada alcoólico.

– Não é por isso. – Ele sorriu. – Eu só não gosto de bebidas que tenham álcool.

– Não acredito que você não bebe! – exclamou Lucy.

– Só vinho, quando tenho que harmonizar com a comida lá no restaurante, mas é só um gole, não é porque eu gosto.

– Não consigo entender como é possível que uma pessoa que não bebe consiga sorrir e ser tão bem-humorada – disse Lucy, apoiando-se nele.

– Eu também não. Que tal conversarmos sobre isso mais tarde, quando você acordar com vontade de sorrir e bem-humorada, mesmo de ressaca?

– Essa foi boa, Miguel!

– Obrigado. – Eles bateram as mãos como se estivessem comemorando um acerto.

– Certo, dois contra um, perdi... Ponto pra vocês que são caretas.

– Se serve de consolo, hambúrgueres são como bebida para mim.

– Por quê? – perguntou Ana.

– Sou viciado. Gasto até meu último centavo em um, se for preciso.

– Estranho um chef de cozinha gostar tanto de algo tão simples e pouco refinado.

– Eu simplesmente amo hambúrgueres. Se minha hamburgueria favorita estivesse aberta agora, pode ter certeza de que passaria lá.

* * *

O trio continuou andando até a estação de metrô e, durante a caminhada, Miguel teve uma ideia.

– Ana, eu estive pensando sobre o seu problema de criatividade.

– É mesmo? – Ela olhou para Lucy e depois voltou a olhar para ele, sorrindo. – Alguma sugestão?

– Acho que sim.

– Conte-nos.

– Você disse que pensar nos temas é fácil, mas é o tipo e a técnica da arte que não estão agradando a chefe, certo?

– Sim.

– Talvez você não precise tentar outro tipo de arte, e sim fazê-lo de forma diferente. Se trouxermos o problema para a gastronomia, é mais ou menos como pegar uma receita de bolo e usar todos os ingredientes em quantidades e tempos diferentes... até mesmo ferramentas diferentes. Isso resultaria em um bolo diferente do proposto pela receita...

– E talvez seja ainda melhor – complementou Lucy. – Falando nisso, estou morrendo de fome agora...

– E mesmo que o bolo não fique tão bom, o que importa é que eu estou fazendo o que gosto de fazer e cedo ou tarde vou conseguir acertar a receita, mas se não conseguir não será o fim do mundo, pois certamente eu terei me divertido enquanto tentei – disse ele, sorrindo.

– Eu gostaria de pensar assim também, mas não consigo deixar de me preocupar.

– Se fizer seu trabalho com preocupação, não vai fazer direito. Tente fazer se divertindo... Vamos fazer um pequeno teste para exercitar sua capacidade de pensar diferente...

– Como pretende fazer isso?

– Veem aquele cara tocando violão na calçada? Sempre que passo por aqui o vejo tocando enquanto as pessoas deixam alguns trocados em seu chapéu. Quero que me digam como é que eu posso ajudá-lo.

Ana e Lucy se olharam e ficaram em silêncio pensando, até que Ana se manifestou:

– Pode dar dinheiro...

– Assim serei igual aos outros. Esse exercício é para pensarmos diferente.

– Dê mais dinheiro que os outros – disse Lucy.

– Impossível, eu mal tenho dinheiro para pagar o metrô hoje.

– Doe alguma coisa para ele, tipo uma peça de roupa ou seu violão.

– Pensou bem, Ana, mas este violão será meu para sempre... Ainda assim, tentarei ser a pessoa que mais dará dinheiro para esse cara, mesmo sem lhe dar sequer um centavo. Venham comigo, vocês irão gostar.

O rapaz caminhou em direção ao cantor, sendo seguido pelas garotas. Era um senhor um pouco gordo de aproximadamente cinquenta anos, vestido de caubói.

– Senhor, posso me juntar a você? – perguntou Miguel, tirando o violão das costas.

– Não gosto de dividir minha grana, garoto. – O homem pareceu desconfiado.

– E não irá... Eu só estou procurando um parceiro para uma música.

– Então fique à vontade.

– "Crazy Little Thing Called Love", do Queen, ok?

– Ok, garoto.

Os dois começaram a tocar a música de forma sincronizada. Miguel assumiu o vocal e adotou uma postura mais ativa, movimentando-se bastante enquanto tocava para chamar a atenção dos transeuntes. As amigas estavam surpresas com aquela situação, mas não demorou muito para Lucy entrar no clima e bater palmas no ritmo da música, em seguida Ana se juntou a ela. Elas também assumiram a parte vocal feminina presente na canção, formando, assim, um quarteto cantando "Crazy Little Thing Called Love" na calçada da estação de metrô em plena manhã de sábado.

* * *

Minutos depois, Miguel tocava "Born To Be Wild", um clássico do rock de Steppenwolf. Era a quinta música que estava tocando com seu novo parceiro cujo nome ainda não sabia, e seria a última também, pois estava com muito sono. Havia um grande número de pessoas em volta deles, muitos deixavam dinheiro no chapéu do cantor, eles aplaudiam e cantavam junto, fazendo aquilo se tornar um evento de proporções maiores do que Miguel imaginou que seria... Ele só queria tocar algumas músicas com aquele desconhecido para mostrar seu ponto de vista para Ana.

Quando a música acabou, Miguel agradeceu a todos e começou a guardar seu violão.

– Preciso ir agora.

– Justo quando estava ficando bom, garoto?

– Eu passei a noite inteira acordado... Não aguento sequer segurar o violão.

– Tudo bem, vá descansar.

– Sabe... – Miguel hesitou, com um pouco de vergonha. – Sabe quando eu disse que não queria o dinheiro?

– Vai querer metade?

– Não, só o suficiente para o metrô.

– Só isso?

– Só isso.

– Pode pegar, então... Eu nunca vi esse chapéu tão cheio.

* * *

Os três entraram na estação rindo e conversando sobre o quanto se divertiram, mas, apesar de passarem bons momentos juntos, os olhos de Ana ardiam e lacrimejavam, Lucy estava com dor de cabeça e Miguel sentia que suas pernas poderiam ceder a qualquer momento.

– Há muito tempo eu não me divertia tanto! – disse Lucy, massageando a testa com os dedos.

– E foi tão legal quando as pessoas começaram a imitar o que a gente fazia... – Ana levantou os braços e bateu palmas, repetindo uma das coreografias que improvisou com a amiga durante as músicas.

– Foi tudo muito legal, mas eu estou me sentindo um zumbi. – Miguel bocejou após terminar de falar.

– Relaxa, agora você vai pra sua casa e pode dormir o resto do dia.

– Quem dera, Lucy. Ainda tenho que trabalhar hoje.

– Quando chegar em casa eu vou morrer e só ressuscitarei na segunda-feira.

– Típico de você, não é, Annie? – disse Lucy enquanto acariciava o cabelo da amiga.

– Então foi isso o que você quis dizer com "serei a pessoa que mais dará dinheiro para esse cara, mesmo sem lhe dar sequer um centavo".

– Exatamente, Ana. Tenho certeza de que vocês não faziam ideia do que iria acontecer – disse Miguel em um tom orgulhoso.

– De fato, ficamos surpresas – respondeu Lucy.

– Isso é pensar diferente, é libertar-se das limitações e regras que nossa própria mente nos impõe. Muita gente sente vontade de ajudar as pessoas, mas as formas que elas encontram para isso são muito limitadas... Existem várias maneiras de ajudar alguém e infinitas formas de fazer qualquer coisa. E querem saber no que eu estava pensando quando decidi fazer aquilo?

– No quê? – as duas perguntaram ao mesmo tempo.

– Estava pensando em qual seria a forma mais divertida de ajudar aquele cara... Talvez pensar assim não funcione para tudo e todos, mas vale a pena tentar, não acham?

As garotas se olharam e ficaram em silêncio.

– Ok, eu posso estar falando besteira, estou caindo de sono... O que importa é que nós somos jovens e devemos reservar um tempo da nossa vida para relaxar, nos divertir e levar as coisas menos a sério.

As garotas se olharam novamente e permaneceram em silêncio.

– Vocês estão curtindo com a minha cara, não estão? – Ele ficou vermelho.

– Estamos – responderam rindo.

– Ótimo. Eu sou um idiota – ele disse sorrindo.

– Relaxa, estamos com sono e acho que não entendemos muito bem o que você disse. Também tem o fato de eu estar possivelmente bêbada agora e isso não me ajuda em nada... O que importa é que nos divertimos.

– Lucy está certa. Nossos cérebros não devem estar funcionando bem, mas eu adorei tudo o que fizemos.

– Sim, foi maravilhoso esse tempo que passamos juntos. Que tal fazermos isso mais vezes? Você poderia aproveitar e cozinhar para nós.

– Boa ideia. Posso usar vocês como cobaias para as novas receitas que estou aprendendo.

– Ótimo, não é justo que só a Ana prove sua comida de graça. – Lucy olhou para a amiga e novamente recebeu um olhar de reprovação fulminante. – Além disso, temos muitas coisas para conversar. Só esta noite não foi o suficiente.

– Concordo... Ah, quase esqueci... Como está o Oliver? – questionou Miguel, olhando para Ana.

– Ele está bem, trabalhando bastante...

– Ficaram noivos recentemente, não é?

– Sim. Pouco antes de ir embora ele fez o pedido... Como soube disso?

– Não é para isso que serve o anel de diamante? – disse Miguel, sorrindo e apontando para o dedo dela.

– Ponto para o Miguel, toca aqui – disse Lucy, cumprimentando o rapaz.

– Me lembro de que, quando nos conhecemos e nos vimos pela última vez, você não usava anel ou aliança... Sequer tinha marcas nos dedos. – Ele sorriu, ainda olhando para o anel. – Parabéns pelo noivado e boa sorte.

– Obrigada.

Miguel e Ana sorriram, mas Lucy não. Ela percebeu que Miguel estralava discretamente os dedos em um claro sinal de nervosismo que ele já tinha protagonizado antes. Felizmente, Ana não parecia ter notado, e para garantir que as coisas continuassem assim, Lucy tratou de mudar o rumo da conversa. Todos trocaram telefones e ficaram de combinar mais um programa a três para o próximo fim de semana. Ana despediu-se de Miguel com um aperto de mãos, Lucy o abraçou e beijou no rosto, cochichando algo em seu ouvido enquanto Ana não estava olhando. Miguel meneou a cabeça positivamente e seguiu seu caminho. Ele tinha que correr para casa e tentar descansar antes de iniciar mais uma jornada de trabalho no restaurante. As amigas caminhavam lentamente enquanto conversavam.

– Está arrependida de ter saído comigo?

– Não – respondeu Ana, sorrindo. – Desta vez você se superou e salvou minha semana.

– Ótimo... Espero que isso te incentive a repetir a dose algumas vezes.

– Pode ser, se me garantir que irei me divertir tanto quanto hoje.

– Isso depende se o Miguel estará com a gente ou não.

– Não foi só por causa dele que eu me diverti.

– Mas foi por causa dele que ficou melhor.

– Pode ser... Ele é um garoto estranho que sempre consegue nos surpreender.

– Verdade... – disse Lucy, um pouco mais séria que o normal. – Ver ele assim te causa alguma coisa?

– Deveria?

– Bom, rolou toda aquela confusão quando vocês se conheceram, achei que seria entranho para você encontrar com ele de novo.

– No começo foi. Ele pareceu diferente, mas depois ficou claro que ele ainda é o mesmo cara. Ainda assim, tem muito mistério em volta dele...

– Concordo.

– E também... Parece que quando ele está por perto, eu não preciso me preocupar em controlar a situação, as coisas fluem de uma forma natural e agradável, entende?

– Entendo... Ficar à vontade perto dele é fácil, não é?

– Sim. E eu não conheço muitas pessoas que me causam esse efeito.

– Então você não tem nada contra se tornar amiga dele?

– Claro que não. Gostaria muito de ter uma pessoa como ele na minha lista de amigos. Atualmente, só você consta nela – disse Ana, sorrindo.

– Tenho pena de você.

– Eu também...

– Desta vez, não se esqueça de contar para o seu noivo que encontramos o Miguel.

– Vou ligar para Oliver assim que chegarmos em casa e contar tudo o que fizemos. Sei que ele ficará feliz por eu ter me divertido, e já que não preciso mais esconder fatos sobre Miguel, sei que agora poderemos ser amigos. Farei tudo certo desta vez...

– Boa sorte em seu relatório – ironizou Lucy.

– Não é relatório.

– Acha mesmo?

– Não importa o que eu acho... Estou ansiosa para chegar em casa e conversar com Oliver.

– Não prefere dormir e depois ligar para ele?

– Tenho que aproveitar o horário de almoço.

– Mas quem almoça às sete da manhã?

– Sete da manhã aqui, meio-dia lá...

– Esqueci dessa coisa de fuso horário.

– Eu nunca fui boa de matemática como você, Lucy, mas essa conversão de horários tornou-se uma coisa automática na minha mente.

– E quais são os horários que ele te liga?

– Geralmente sou só eu que ligo.

– Por que só você que liga?

– Porque eu não vejo problema algum nisso. – Ana desviou o olhar.

– Tudo bem. – Lucy suspirou. – Eu prometi que não iria mais me meter entre vocês, mas tome cuidado para não se esforçar demais.

– Agradeço pela sua preocupação, mas eu estou bem.

– Sabe que não gosto de te ver sofrendo, não é?

– Eu sei, mas dizem por aí que não há amor que não exija sofrimento.

– Quem disse isso?

– Algum escritor... ou personagem de filme... Não sei ao certo. Mas não muda o fato de que isso é verdade.

– Ok. Se você gosta de sofrer, aproveite – disse Lucy, sorrindo.

– Eu não tenho medo de sofrer se você estiver do meu lado, ainda mais agora que o Miguel pode entrar para o nosso grupo. Passar um tempo com ele pode ser bom para nós duas.

Lucy ficou calada, pensando em todas as coisas que aparentemente só ela percebera durante toda a noite. Ela questionou-se mais uma vez se o que estava prestes a fazer era o certo e como Ana reagiria a isso antes de tomar sua decisão. Lucy parou de andar e segurou na mão de Ana.

– Ana... – disse em um tom sério e temeroso.

– Lu? Está tudo bem? – perguntou Ana ao perceber que sua amiga estava muito séria.

– Acho que estou apaixonada pelo Miguel.

Pergunta: como sabemos o exato momento em que nos apaixonamos? Quem já se apaixonou sabe muito bem os motivos, mas quase nunca sabe quando. Ele é gentil, ela é linda, ele é honesto, ela é sincera, ele é romântico, ela é inteligente, entre outras qualidades, e até mesmo defeitos, que as pessoas possam ter... Mas quando foi o momento em que seu status mudou de "não apaixonado" para "apaixonado"? Pode ser quando nosso comportamento muda para adequar-se ao dessa pessoa e tentamos chamar sua atenção, buscamos sua aprovação, procuramos agradar, mostrar a ela apenas o que de melhor temos e podemos ser, sentimos sua falta... Tudo isso acontece discretamente, não é tão evidente quanto parece, e essas manifestações ocorrem em um período em que estamos nos apaixonando inconscientemente, sem notar e sem querer. Só percebemos o que está acontecendo quando não tem mais volta. Lucy não tem a resposta para essa pergunta, ela apenas contou para sua amiga, torcendo para que as coisas acontecessem da melhor forma possível depois disso.

capítulo 7. LUCY

Prédio de apartamentos Rising Star. Apartamento 37, manhã de sábado.

Ana estava sentada no sofá com as pernas esticadas e apoiadas na mesinha de centro; sobre elas estava seu notebook, que naquele momento era usado para conversar com Oliver via Skype.

Após uma pequena pausa para um bocejo, Ana voltou a falar:

– Desculpe, eu ainda não dormi, então estou com muito sono – disse ela, secando as lágrimas de seus olhos vermelhos e irritados.

– Tem certeza de que não prefere dormir agora? – indagou Oliver. – Podemos conversar amanhã...

– Não se preocupe, eu posso dormir depois. Vamos aproveitar o tempo que ainda resta do seu almoço.

– Ok... Você disse que depois que cantaram na rua, vocês estavam indo para a estação e a Lucy te falou uma coisa...

– Sim... Você não vai acreditar.

– Conte-me.

– Ela disse que está apaixonada pelo Miguel – disse Ana, animada.

– Sério?

– Sério.

– Eu disse que esses dois ficavam bem juntos, não disse?

– Eles não estão juntos ainda... O Miguel nem sabe disso.

– Então a "Lucy Durona" está com medo de falar com ele? – Oliver gargalhou.

– Ela está esperando pelo melhor momento, e pare de chamá-la assim.

– Ela está por perto?

– Está dormindo agora... Sabe como ela fica quando bebe, não é?

– Sei... Vou torcer por eles.

– Eu também.

– Essa foi uma boa surpresa. Parece que você não terá problemas para escolher os padrinhos.

– Nosso casamento ainda está longe, muita coisa pode acontecer. – Ana cruzou os braços e fechou os olhos.

– Mesmo? Que tipo de coisa? – Oliver aceitou a provocação.

– Pode acontecer de tudo, coisas boas, coisas ruins...

– Que tipo de coisas ruins?

- Não sei, mas se eu fosse você, não arriscaria e voltaria para Nova York o mais rápido possível, tipo essa semana, assim poderíamos prosseguir com nosso casamento.

- Acho muito fofo quando você tenta me ameaçar desse jeito.

- Pena que não consigo te convencer, não é?

- Só mais quatro meses, meu amor. Depois disso, estaremos juntos definitivamente.

- Estou contando os segundos.

- Eu também. - Ele suspirou tristemente. - Meu tempo acabou, já tenho que ir.

- Já?

- Infelizmente.

- A que horas posso te fazer outra chamada?

- Acho que só amanhã.

- Não pode ser hoje?

- Não dá. Depois das palestras eu ainda tenho um jantar com a equipe toda para discutirmos várias coisas chatas.

- Entendo. - Ana olhou para baixo, triste.

- Amanhã eu tenho que estudar um pouco mais até de tarde, mas podemos conversar a noite inteira...

- Ok...

- Por que parou de sorrir? Você fica tão linda quando sorri... Sorria para mim, por favor.

- Desse jeito? - Ana sorriu fazendo uma careta, rindo em seguida.

- Acho que você não é tão bonita quanto pensei - disse Oliver, entrando na brincadeira. - Agora eu tenho mesmo que ir. Beijo.

- Beijo. Eu te amo.

- Também te amo.

A tela se apagou, Oliver voltou a seus afazeres e Ana continuou olhando por alguns minutos para o monitor que exibia uma tela escura. Conversaram pouco mais que meia hora e foi o suficiente para encher seu coração de alegria, sua paisagem de cores, preencher seus vazios... O problema é que sempre que a conversa acabava, tudo isso sumia. O que sobrava era a solidão e a tristeza. Ana dormiu pouco tempo depois, na mesma posição em que estava e com o notebook em cima de suas pernas.

Quase uma hora depois, Lucy levantou-se com sede e dor de cabeça. Ela caminhou até a geladeira, pegou água e um comprimido no armário e, entre um palavrão e outro, tomou o medicamento e ergueu a cabeça de olhos fechados, torcendo para a tontura parar. Estava se sentindo muito mal, mas essa não era a primeira ressaca de sua vida e com certeza não seria a última. Ela respirou fundo e caminhou de volta para o quarto, com muita dificuldade para abrir os olhos completamente, já que ainda era dia e estava muito claro. Quando entrou no quarto, notou que Ana não estava, mas rapidamente a encontrou, sentada no sofá, dormindo. Ela tirou o notebook de cima das pernas da amiga e o colocou no chão, logo depois tentou acordá-la. Ana tinha o sono muito pesado, e acordá-la era um exercício de paciência que Lucy não tinha condições de executar naquele momento. Ela voltou ao quarto e pegou seus cobertores e travesseiros, levando-os para a sala. Com um certo esforço ela conseguiu deitar Ana no sofá, posicionou sua cabeça gentilmente no travesseiro e a cobriu, depois deitou no outro sofá e cobriu-se também.

Lucy reparou que no rosto de sua amiga havia marcas deixadas pelas lágrimas que borraram sua maquiagem. Poderia ser só saudade...

– Se é para chorar no final de cada conversa, por que ainda insiste nisso, sua boba? – sussurrou Lucy, antes de dormir novamente.

* * *

Manny's Coffee, domingo, aproximadamente oito da manhã.

Um homem alto e forte, de calça jeans preta e camiseta branca, mexia tranquilamente em seu celular, parado na calçada. Era Miguel, que chegou quinze minutos antes do combinado com Lucy, pois gostava de pensar que poderia ter todos os defeitos do mundo, menos a falta de pontualidade. Ele esperou em frente à vitrine pacientemente, até avistar Lucy atravessando a rua. Ela estava usando calça jeans azul, sapato preto e uma camiseta de mesma cor do Iron Maiden com uma imagem enorme de Eddie, o mascote da banda. Em seu ombro direito havia a tatuagem de uma aranha em posição de ataque em cima de sua teia, e no bíceps esquerdo uma do deus grego Poseidon segurando seu tridente de forma ameaçadora. Usava também munhequeiras pretas nos pulsos e caprichara na sombra dos olhos e no batom rubro. Sua pele extremamente branca contrastava com tudo isso e com seu cabelo vermelho. Era uma legítima garota do rock... Muito bonita, por sinal.

– Bom dia – disse Lucy, beijando o rosto dele.

– Bom dia. – Miguel não teve oportunidade de dizer antes, mas gostou muito do perfume dela desde que o sentira pela primeira vez no dia anterior.

– Esperou muito?

– Não.

– Vamos entrar?

– Claro. – Ele abriu a porta para ela e entraram.

Sentaram-se em uma mesa próxima da janela, assim poderiam ver o sol brilhando no dia lindo que fazia do lado de fora.

– O que quer beber? – perguntou Miguel.

– Chocolate quente.

– Quer comer algo?

– Não, obrigada. Já comi meu cereal matinal – respondeu ela, pegando o celular e digitando algo.

Ele chamou a garçonete para fazer os pedidos.

– Bom dia. Eu quero um cappuccino de chocolate com bastante chocolate, dois waffles bem crocantes com bastante calda de chocolate amargo e um chocolate quente, por favor.

A garçonete anotou o pedido e saiu.

– Ontem, quando você cochichou no meu ouvido que queria vir aqui, me deixou muito curioso... Por que teve que esconder isso da Ana?

– Porque o que tenho para falar só diz respeito a nós dois.

– E o que seria? – perguntou Miguel, de fato, muito curioso.

– Tenha calma, brasileiro. Vamos conversar sem pressa enquanto bebemos.

Miguel não respondeu, ficou apenas olhando para Lucy tentando imaginar o que ela iria lhe falar. Ele tentou pensar em alguma coisa para conversar e talvez diminuir a tensão, mas não teve sucesso. Após alguns silenciosos minutos seus pedidos chegaram.

– Por que está tão nervoso? – perguntou Lucy, assoprando seu chocolate quente.

– Por que está fazendo tanto mistério? – perguntou Miguel, olhando nos olhos dela.

– Coma primeiro ou vai esfriar, nossa conversa pode demorar um pouco.

– Vai me dar alguma notícia ruim? – Ele partiu e comeu um pedaço do waffle.

– Fique tranquilo, não é nada de mais, eu só quero te falar umas coisas e saber se poderei contar com você.

– Se estiver com algum problema, pode contar comigo.

– Você gosta mesmo disso, não é? – Lucy apoiou os cotovelos na mesa e o queixo nas mãos.

– Do quê?

– Saber qual é o problema dos outros e tentar resolvê-los.

– Não é bem assim...

– Desde que ouviu o problema da Ana, você tentou ajudá-la o mais rápido possível, até mesmo fez o que fez lá na rua. Isso sem falar nas outras vezes que a ajudou.

– Eu fiz errado? – perguntou ele, confuso e sincero.

– Não fez, mas você não tem a obrigação de resolver todos os problemas do mundo.

– Eu não posso simplesmente ajudar uma pessoa?

– Pode, mas parece que você tem uma grande necessidade de fazer isso.

– Eu só me preocupo...

– Não insulte a minha inteligência. É obvio que tem algo de anormal nisso.

– Está me chamando de anormal?

– Miguel... – Ela suspirou antes de continuar. – Eu tenho uma grande capacidade em ler as pessoas, sou quase uma perita nisso. Não preciso de muito para saber tudo o que é necessário sobre alguém.

– Muitos também acham que podem fazer isso, mas se enganam.

– Estou errada ao pensar que você está se apaixonando pela Ana?

– Completamente – disse ele de forma natural, levando mais um pedaço do waffle à boca.

– Mentiroso.

– Estou dizendo a verdade.

– Você estralou os dedos... Sempre faz isso quando está nervoso. Percebi isso desde aquela vez que almoçamos juntos.

– Você está sendo ridícula. – Ele olhou disfarçadamente para seus dedos, que de fato estavam doloridos por terem sido estralados há pouco.

– Você é quem está. Só agora percebeu que estrala os dedos?

Lucy o encarou e ele não conseguiu falar qualquer coisa, afinal de contas tudo o que ela disse era verdade. Ele só percebeu que havia estralado os dedos porque estavam doendo.

– Você veio aqui para falar sobre minhas manias?

– Para sua sorte, não. Mas esteja avisado de que eu sei que tem alguma razão misteriosa para você ajudar compulsivamente as pessoas, embora isso não me importe agora.

– Se não é isso, então o que você quer me contar?

– Quer que eu vá direto ao assunto?

– Por favor.

– Certo. Tudo que você precisa saber agora é que eu estou apaixonada por você.

Miguel arregalou os olhos.

* * *

Prédio de apartamentos Rising Star. Naquele exato momento.

Ana abriu os olhos devagar, em seguida, com um gemido alto, esticou-se na cama e sentiu seus joelhos estralarem. Ficou deitada por mais alguns minutos como se estivesse reunindo forças para levantar. Quando o fez, reparou que Lucy não estava na cama. Ela chamou pela amiga algumas vezes, sem resposta. Foi à cozinha e deixou um pouco de água e leite fervendo, logo depois entrou no banheiro e escovou os dentes, reparando que seus olhos estavam um pouco inchados, não sabia se era por dormir pouco no dia anterior ou por ter chorado. Voltou para a cozinha e encheu uma tigela com cereal e leite. Em sua cabeça ela começou a escutar a música "Crazy Little Thing Called Love" repetidas vezes enquanto comia, batendo a colher na tigela dentro do ritmo da canção como se fosse um novo instrumento. Ao terminar de comer, caminhou até o fogão e preparou o chá de manjericão. Coincidência ou não, depois de começar a bebê-lo toda manhã, ela não sentiu mal-estar algum relacionado à sua pressão baixa. Ana bebeu, caminhou para o banheiro e tomou um banho bem quente e demorado, enquanto cantava, agora em voz alta, a música que não saíra de sua cabeça desde que acordara. O mais estranho é que, em sua mente, a voz que cantava não era a do espetacular Freddy Mercury, mas sim a grossa voz de Miguel, que estava longe de ser melhor...

* * *

Manny's Coffee.

- Estou surpreso - afirmou Miguel.

- Espero que não pense que sou muito atirada ou coisa do tipo. - Lucy parecia um pouco insegura, de uma forma que ele nunca tinha visto antes.

- Não pensei. Só estou tentando entender como foi que isso aconteceu.

- Nem eu sei ao certo, mas te achei interessante desde a primeira vez que te vi. Depois teve aquele nosso almoço agradável e a madrugada de ontem, que foi tão divertida... É sempre muito bom passar um tempo com você e eu pensei que seria ótimo poder passar ainda mais.

- Está me deixando envergonhado - ele disse com um sorriso tímido. - O que a gente faz agora?

- Não sei. Eu não tinha planejado nada além de te contar sobre isso.

- Que tal jantar comigo hoje?

- O quê? - perguntou Lucy, surpresa.

- Posso te buscar por volta das cinco da tarde, faço um jantar especial para você, te mostro o restaurante, jantamos e conversamos...

- Hoje?

- Tem compromisso para hoje?

- Na verdade, não...

- Eu também gostei de você... Para ser sincero, desde que fingiu ler minha mão. Podemos ir a outro lugar esta noite, se quiser... Eu quero conversar melhor com você, tenho certeza de que vamos nos divertir.

- Sim.

- Vou pensar em coisas legais que posso te mostrar, então você terá que me mostrar algumas coisas também - disse ele, sorrindo como um anjo.

- Pervertido... - Lucy sorriu maliciosamente, como um demônio.

- Não estou falando desse tipo de coisa.

- Também não estou reclamando. Eu mostraria minhas coisas pra você numa boa. - Ela continuou sorrindo maliciosamente.

- Eu duvido, mas gosto da sua atitude.

- Duvida? Posso fazer isso agora mesmo, na frente de todo mundo.

- Você sempre fala coisas vulgares quando quer mudar de assunto ou encobrir algo?

- Hã? - Lucy ficou confusa.

- Pare de fingir e fale logo a verdade... Você não está apaixonada por mim, Lucy - disse Miguel, com um olhar sério, encerrando todo o clima agradável que estava se desenhando em volta deles.

- O que está dizendo? É claro que estou apaixonada por você.

- Não perca seu tempo tentando me enganar de novo.

- Eu estou dizendo a verdade. - Lucy tentava se recompor.

- Chega de brincadeiras, ruiva. Pare de mentir pra mim.

– Eu não sou mentirosa – disse ela sorrindo provocativamente, praticamente desistindo de continuar com sua farsa.

– E eu não sou idiota, Lucy.

– Como pode ter certeza?

– Ok, eu estou indo embora agora... – Com raiva, ele começou a se levantar da mesa.

– Espere! Desculpe-me – disse Lucy, segurando a mão dele com um olhar um pouco mais sincero. – Eu confesso... Não estou apaixonada por você.

– E me chamou aqui para dizer isso?

– Na verdade, eu quero conversar um pouco sobre a Ana. Inclusive, ela foi a primeira que soube "o que sinto" por você. – Lucy fez o sinal de aspas com os dedos das duas mãos.

– Por que disse isso para ela?

– Por que isso te incomoda?

– Não incomoda, mas... – Miguel voltou sua atenção para os waffles e começou a comê-los, desviando o olhar. – Você não precisa espalhar mentiras para as pessoas.

– Mesmo falando de boca cheia, eu consigo perceber na sua voz que está mentindo. Você se importa que ela saiba disso porque está se apaixonando por ela...

– Se eu estiver, é problema meu, não é?

– Não é só seu. Isso a afetaria também.

– Então você quer me manter afastado para protegê-la?

– Pelo contrário, quero te manter por perto.

– Então você continua tentando nos juntar como casal?

– Claro que não, idiota, eu disse a ela que gostava de você, não disse? Eu quero que a Ana se case com o Oliver, porque é isso que ela deseja.

– Lucy, eu estou um pouco confuso agora...

– Preste atenção... – Ela pausou para respirar fundo. – Como eu disse, eu tenho a capacidade de saber muito sobre as pessoas mesmo com pouco contato. Com isso eu fui capaz de formar uma opinião sobre o Oliver.

– Que opinião?

– Que ele não é o homem ideal para ela. Por acreditar nisso, eu imaginei que poderia usar você como possível pivô da separação deles na primeira vez que nos vimos... Não me entenda mal, não estou dizendo que ele é uma má pessoa ou que o odeio. Eu simplesmente analisei tudo o que sei sobre os dois e acho que eles não são um casal tão compatível quanto pensam.

– Só porque vivem um relacionamento a distância?

– Não é o fato, mas a causa desse fato... Consegue me entender?

– É uma questão de prioridades, não é?

– Exatamente... Eu não acho que a Ana é a prioridade do Oliver, mas se ela não enxerga isso, o que eu posso fazer?

– Nada além de estar ao lado dela, não importa o que ela faça.

– Sim, conforme você me disse no Bella Salsa. – Ela sorriu para Miguel.

– Que bom – disse ele, muito contente ao perceber que seu conselho fora bem recebido.

– A propósito, você seria um ótimo par para ela.

– S-Sério...? Quer dizer... Por que acha isso? – Ele bebeu lentamente um generoso gole de seu cappuccino tentando disfarçar o entusiasmo, mas o disfarce acabou quando fez uma careta engraçada após queimar a língua.

– Não importa o motivo de eu achar isso – disse ela, indiferente.

– Não seja grosseira.

– Não é grosseria, é objetividade. Posso continuar?

– Claro. – Ele ainda estava fazendo careta.

– Muitas vezes, Ana chora de saudade depois de conversar com Oliver, além de ter que ligar para ele em horários absurdos por causa do fuso horário. Já vi ela acordar de madrugada para isso enquanto aquele idiota nunca parece se esforçar para fazer o mesmo... Isso me deixa louca. Eu tento fazer de tudo para animá-la, distraí-la, fazer com que essa fase seja menos dolorosa, mas não tem sido o suficiente.

– Tente fazer algo diferente...

– Já tentei tudo o que você possa imaginar – ela o interrompeu. – Mas eu reparei que tem uma coisa que a distrai bastante.

– O quê?

– Você.

– Eu?

– Sim, você. Nós duas temos uma relação muito forte e isso faz com que uma tenha tudo o que a outra precisa. Dessa forma, nunca tivemos a necessidade de fazer mais amigos... Quando ela te conheceu, as coisas mudaram.

– Tem relação com aquilo que você me contou sobre eu ter me aproximado demais?

– Sim. Acho que as circunstâncias em que vocês se conheceram também a afetaram. Foi o tipo de situação que só acontece em filmes e livros com que gente romântica e idiota como ela sempre sonhou.

– Faltou citar as novelas... – Miguel sentiu um frio contornar suas costas ao encarar os olhos frios de Lucy. – Desculpe-me. Hora errada para piadas, não é? Pode continuar.

– Obrigada. – O olhar dela continuou frio. – Em resumo, o primeiro encontro de vocês foi como uma dessas histórias românticas que ela sempre gostou de acompanhar e isso mexeu com ela, mesmo que não tenha percebido ainda.

– Eu devo ter causado uma boa impressão – disse ele, satisfeito.

– Não se empolgue, aquilo foi só uma coincidência, poderia ser qualquer um.

– Não exagere.

– Certo, você tem seu charme, mas não é disso que eu preciso.

– E do que é?

– Você a diverte e surpreende... A nós duas, na verdade, e eu preciso disso. Preciso que fique junto de nós, que passemos momentos maravilhosos e que as coisas fiquem mais leves para ela.

– Está querendo que eu seja amigo de vocês? Que forma estranha de pedir...

– Eu não viria aqui para pedir algo assim, seu idiota.

– Por que está me maltratando tanto? Está irritada?

– Não estou, mas você não me entende, droga...

– Eu não sou sabichão como você.

– Então preste atenção... Em primeiro lugar, eu preciso que você fique por perto de nós, que sejamos todos amigos, pois isso faria um grande bem para ela. Você topa?

– Isso meio que já estava acontecendo, não é? – ironizou.

– Topa ou não topa? – ela perguntou mais uma vez, muito mais séria.

– T-Topo. – Miguel encolheu-se.

– Em segundo lugar, eu sei o que você sente pela Ana e também que tem a capacidade de mexer com ela. Como eu disse, vocês combinam, mas eu não posso permitir que a atração natural entre vocês dois se desenvolva, por isso, você precisa ser só um amigo dela e nada mais.

– Atração natural...? – ele questionou, olhando para o lado de forma reflexiva.

– É... E isso pode ser nocivo.

– Está insinuando que eu seria capaz de prejudicar o relacionamento dela? Eu jamais faria isso.

– Talvez não intencionalmente, mas, convivendo com ela, ambos iriam fatalmente se aproximar a ponto de ela se confundir, e isso faria muito mal para ela. Se o imbecil do noivo dela estivesse por aqui, nós não teríamos que nos preocupar com isso, mas como ele não está, cabe a mim controlar o quanto vocês dois poderão se relacionar.

– Por isso você disse estar apaixonada por mim?

– Sim... Desde aquela confusão entre todos nós meses atrás, Ana conta tudo para Oliver. Se um estranho perguntar as horas para ela, Oliver fica sabendo em seguida. Mas tem algo que ela ainda não contou...

– O quê?

– A visita que ela fez a você em seu restaurante... Como contar ao Oliver que ela foi lá decidida a se explicar e nunca mais te ver, mas acabou se arrependendo e querendo ser sua amiga? – Lucy encarou Miguel. – Ana não é infiel, mas ela tem medo de que Oliver descubra sobre isso e pense que ela é. A coitada só quer ser sua amiga, mas isso a faz se culpar... A faz sofrer. – Lucy respirou fundo. – Oliver pensou que você e eu fôssemos um casal na primeira vez que nos viu. Então eu pensei que, se isso acontecesse mesmo, ela não teria motivos para se culpar e a visita dela ao seu restaurante não significaria nada de mais, pois você seria meu namorado.

– Mas isso é mentira, Lucy...

– Eu sei, mas tirou um peso das costas dela, pois ela acredita nisso e provavelmente já contou ao Oliver. Agora ela não tem mais motivos para se culpar e você passou a ser só um amigo com quem a melhor amiga dela está louca para ficar. Esse é o tipo de relação que eu quero manter entre vocês... Nem muito perto, nem muito longe... Entende?

– Você não pode controlar as pessoas dessa forma, Lucy.

– Isso é só por quatro meses. Faça esse esforço.

– E o que acontece depois de quatro meses?

– Oliver volta, eles se casam e cuidar da Ana deixa de ser uma tarefa só minha. Será a vez dele.

– E eu, como fico?

– Sinceramente, não é em você que estou pensando. Meu objetivo é melhorar as coisas para ela, mas posso te dar uma ou duas recompensas pela cooperação... – disse ela, mais maliciosa do que nunca.

– Isso é um absurdo.

– Eu sei, mas você tem uma compulsão estranha, porém útil, em ajudar as pessoas ao seu redor, e eu duvido que se recuse a ajudar nós duas.

– Então você quer usar isso contra mim?

– Como eu disse, sou muito observadora.

– Você está se aproveitando da minha vontade de ajudar os outros...

– Jogo com as cartas que tenho.

– E eu me recuso.

– Se não me ajudar, ela continuará sofrendo.

– Não é esse o ponto.

– Então qual é?

– Você está tentando controlar o relacionamento entre duas pessoas.

– Estou pensando no bem dela.

– Isso é errado... muito errado. O que a Ana acharia disso?

– Ela não precisa saber.

– Eu não consigo, desculpe-me.

– Então eu não posso contar com você para ajudar a minha amiga?

– Pare de falar assim, parece que estou negando um rim para ela... Você não acha que está pedindo demais?

– Nada é demais para fazer o bem a uma pessoa querida.

– Você é maluca! – exclamou Miguel, levemente alterado. Foi então que percebeu que, pela primeira vez, a expressão calma e enigmática da garota mudou drasticamente para uma mais triste e sincera.

Lucy não respondeu e apenas tomou um gole de seu chocolate quente, lamentando que sua conversa com Miguel não tivesse se desenvolvido do jeito que esperava. O rapaz, por sua vez, parecia bastante incomodado e inquieto. Ficaram em silêncio se encarando por alguns minutos.

– Miguel, eu preciso da sua ajuda... Faça isso comigo e terá a chance de participar, mas, se não quiser, saiba que eu não vou desistir. Vou continuar com isso com ou sem você.

Miguel não respondeu e olhou para baixo.

– Acho que te chamar aqui foi um erro – disse ela, bebendo o resto de seu chocolate e preparando-se para levantar. – Desculpe-me pelo incômodo.

– Espere... – Em um movimento rápido ele segurou o braço dela, fazendo-a sentar-se novamente. – Você sabe que o que acabou de me pedir é um absurdo, não sabe?

– Acho que sim.

– Eu apoio sua vontade de tornar as coisas mais fáceis para sua amiga, mas discordo totalmente de seus métodos.

– Você já deixou isso bem claro.

– Ótimo. Porque é muito importante que você saiba que eu jamais participaria de uma coisa assim. Esse tipo de manipulação não combina com quem quer fazer o bem.

– Eu também não queria que isso fosse necessário... Você não tem ideia do quanto eu tentei encontrar outro jeito.

– Nisso eu posso te ajudar – disse Miguel, um pouco mais calmo. – Que tal deixar as coisas como estão?

– Tipo, ao acaso?

– Sim.

– Você tem o costume de fazer isso, não é? Deixar tudo ao acaso, não ter controle sobre nada... Todos os brasileiros são assim?

– A maioria, afinal, não somos manipuladores nem achamos que somos o centro do universo como os americanos.

– Não insulte meu povo. Ter controle sobre as coisas é sinal de responsabilidade e estabilidade.

– Não insulte o meu. Respeitar a naturalidade da vida é sinal de humanidade e nos torna adaptáveis, versáteis e felizes.

– Quer que ambos aprendamos um com o outro? – Lucy ironizou.

– Com certeza. – Ele bebeu mais um gole de sua bebida. – Nós três podemos ser amigos, fazer coisas juntos e curtir muito nossas vidas, mas você não tem o direito de controlar os meus sentimentos ou os de qualquer outra pessoa. Vamos ser espontâneos e deixar as coisas acontecerem naturalmente.

– Não me entenda mal, mas eu não posso deixar que você se aproxime demais dela.

– Não se preocupe comigo. Eu sei muito bem onde é o meu lugar. No momento, apenas a amizade dela me basta... – Miguel voltou a comer o restante dos waffles.

– E depois?

– O depois fica para depois.

– Se eu perceber que você está seduzindo ela, saiba que eu cortarei o mal pela raiz. Talvez eu tente descobrir algo podre do seu passado...

– Meu passado não é podre e não tenho a intenção de seduzir a Ana.

– Já disse que a intenção não interessa... Vocês podem se apaixonar mesmo não querendo.

– Tomarei um cuidado especial quanto a isso, prometo.

– Ficarei de olho em vocês dois... E se um dia a Ana te der um fora porque você se declarou para ela, farei questão de te forçar a dizer que eu sempre estive certa. – Ela o encarou por alguns segundos. – Posso te perguntar uma coisa?

– Sim.

– Responda com sinceridade.

– Claro... Apesar de você nem sempre ser sincera comigo.

– Ok. Desculpe-me pelas mentiras.

– Não se esqueça das provocações.

– Desculpe-me pelas provocações também.

– Prometa que não fará de novo.

– Continue sonhando... Agora me diga, de coração, o que você realmente sente pela Ana.

– Espero que não se decepcione, pois acho que não é algo tão concreto quanto você pensa. – Ele respirou fundo. – O dia em que nos conhecemos foi marcante, eu também sou umas dessas pessoas idiotas, como você disse, que pensa em coisas românticas e espera viver algo do tipo. Quando me vi naquela situação, fantasiei que eu era o protagonista de um romance e ela a garota da capa. Conversamos bastante e foi tudo muito natural, do jeito que eu gosto... Foi agradável, relaxante, ela é muito interessante. Não posso negar que parte do interesse foi pela beleza dela, pois ela é muito linda, mas o que eu mais simpatizei foi com o jeito doce que ela tem, mesmo sendo um pouco chata comigo no começo... A bondade que brilha dentro dos olhos dela sempre esteve visível. É como se a Ana fosse a única pessoa inocente em um mundo repleto de pessoas sujas e culpadas. – Miguel sorria sem perceber. – Só eu sei o quanto conhecer alguém como ela fez bem para mim. Só eu sei...

– Acho que te entendo.

– Em resumo, o que senti por ela no início foi admiração e vontade de preservar toda aquela bondade dentro dela. Antes de eu começar a pensar em algo mais, houve todo o incidente do apartamento e isso acabou com tudo aquilo que eu pensava sobre ela. Eu fiquei muito triste por acreditar no fruto das minhas idealizações, deixando sobre ela o peso de ser a garota perfeita dos meus sonhos que eu havia conhecido no dia anterior. Eu quis me afastar daquela enganação chamada Ana. Então você me chamou para almoçar, falamos dela, depois ela foi ao restaurante e acabei me convencendo de que ela era, de fato, uma garota muito especial cujo maior defeito era já ter um namorado, mas seria horrível me apaixonar por uma mulher comprometida... Estou falando muito?

– Sim, mas estou interessada.

– Desculpe, eu costumo me empolgar de vez em quando.

– Já percebi isso, agora continue.

– Depois desses meses que não nos vimos, eu parei de pensar nela, achei que seria difícil, mas não foi. Quando se conhece uma pessoa tão boa hoje em dia, você fica feliz só de saber que alguém assim existe, não precisa necessariamente agarrá-la e levá-la para casa. Tê-la conhecido já foi bom o suficiente para mim.

– Você está apaixonado por ela? – Lucy perguntou mais uma vez.

– Se é sinceridade que você quer, então digo que prefiro não responder...

– Isso soa como uma resposta para mim.

– Mas não significa que eu vou fazer alguma coisa para atrapalhar o noivado dela com o Oliver. Eu prefiro me afastar, se for necessário, afinal, o que eu poderia oferecer para ela? Deu para perceber que ele tem mais dinheiro que eu, está estudando fora do país, vai ter um grande futuro profissional, é mais bonito... Eu sou só um cozinheiro brasileiro. Não dá para competir com ele, não é?

– Você perderia na certa.

– E você não precisa ser tão sincera – disse ele, desviando o olhar.

– Estou te provocando, idiota. – Lucy sorriu. – Não se jogue no lixo. Em muitos casos, menos é mais.

– Acho que não nesse caso. – Miguel fez uma careta misturada com um sorriso.

– Você deseja o melhor para ela, não é?

– Sim... Para vocês duas, na verdade. Eu gosto de você também, apesar de achar que poderia se comportar melhor em alguns momentos.

– Tipo este? – Lucy apontou suas mãos na direção de Miguel com os dedos do meio levantados.

– Exatamente. – Ele respondeu rindo. – Você é muito rebelde.

– Vindo do guitarrista do Hated Rebels, isso não significa nada para mim.

– Tem razão...

– O meu plano para hoje foi um fracasso. Não consegui te enganar nem coagir a se tornar meu cúmplice. Azar o seu, pois ser meu namorado, verdadeiro ou falso, significa se divertir... Eu mando muito bem. – Ela piscou para ele e fez uma expressão extremamente vulgar.

– Você não cansa... – Miguel enrubesceu. – Podemos fazer um acordo?

– Que acordo?

– Vamos ser amigos. Três pessoas se divertindo juntas quando possível. Você larga do meu pé e, quando menos percebermos, estaremos os três mais velhos, casados, com nossos filhos e cônjuges, reunidos na festa de aniversário de algum de nós. O que acha?

– Pago pra ver.

– Mas antes, conte a verdade sobre essa história de estar apaixonada por mim.

– Pode deixar...

Eles apertaram as mãos. Entre sorrisos, pagaram a conta – dessa vez ela fez questão de pagar sua parte – e foram embora, cada um para o seu lado. Antes de se despedirem, Lucy o convidou novamente para cozinhar em seu apartamento na próxima sexta à noite, pedindo que ele enviasse com antecedência a lista de ingredientes que iria precisar para que ela os comprasse.

* * *

Queens, depois.

Lucy saía do mercado carregando algumas sacolas. Caminhando pelas ruas do bairro onde nasceu e foi criada, ela não parava de pensar na conversa que teve com Miguel. Quanto mais tempo ela passava com ele, mais ficava claro que o rapaz era de fato uma boa pessoa, apesar de esconder alguma coisa que no momento não interessava a ela, mas que no futuro deveria ser esclarecido. Para Lucy, essa era mais uma prova do quanto a vida era injusta, pois, na sua opinião, Miguel seria um par muito melhor que Oliver para Ana. Em vários momentos ele a priorizara, mesmo conhecendo-a por tão pouco tempo, enquanto o inglês corria atrás de seus interesses no exterior e a deixava sozinha na América. Lucy nunca entendeu o motivo de Ana insistir nessa história, talvez pelo fato de nunca ter amado alguém de verdade ou ser muito racional e realista... Vai ver o amor é o tipo de sentimento que afeta a capacidade das pessoas de raciocinar e fazer escolhas certas. O fato é que, se a vida fosse justa, Miguel estaria saindo com Ana e teria um irmão gêmeo menos lento e mais ousado que sairia com Lucy, e os quatro fariam programas divertidos todos os fins de semana, mas existe uma coisa que ela aprendeu desde pequena... O que é justo pode dar errado e o que é injusto pode dar certo; isso depende do quanto você está disposto a mentir para si mesmo.

* * *

Após caminhar por cerca de dez minutos, Lucy parou em frente a uma casa. Era bonita e grande, mas malcuidada. A grama da fachada não era aparada há um bom tempo e a caixa de correspondências estava cheia. Ela pegou todos os envelopes, cobranças em sua maioria, e entrou na casa.

– Estou em casa, mãe. – A casa estava escura, com todas as janelas e portas fechadas; havia pó e o ar estava pesado. Lucy caminhou pela pequena sala até a cozinha e deixou as sacolas em cima da mesa. – Mãe, já disse para manter as janelas abertas durante o dia para a casa não cheirar mal.

Passos ecoaram na escada, por onde descia lentamente uma mulher que tinha por volta de cinquenta anos vestindo uma longa camisola branca e um par de meias da mesma cor. Não aparentava ter qualquer dificuldade física, no entanto, segurava no corrimão como se sua vida dependesse disso. Ao olhar para Lucy, sua expressão tensa deu lugar a um sorriso. A suavidade de seu olhar causou um aperto no peito da garota, que caminhou em sua direção e a abraçou.

– Como está hoje?

– Estou bem, filha... Eu estava deitada.

– Alguma coisa boa na televisão?

– Não estava assistindo, estava dormindo.

– Que inveja. – Lucy arrumou com a mão direita os longos e embaraçados cabelos de sua mãe, uma mistura de fios castanho-claros com brancos. – Já almoçou? Eu trouxe algumas coisas.

– Que bom, estou com fome.

– Então eu vou cozinhar.

– Não... Deixe-me cozinhar para você, querida.

– Tem certeza? Não está cansada?

– De dormir o dia inteiro? – disse sorrindo a mãe de Lucy, que caminhou para a cozinha e começou a tirar os produtos das sacolas.

– Trouxe sua comida preferida.

– Canelones?

– Sim... Eu mesma fiz a massa, mas não está maravilhosa como a sua.

– Você é que é maravilhosa, minha filha.

– Eu sei... Mas só com quem merece.

– Então somos apenas Ana, sua irmã e eu, não é?

– Basicamente... Vocês estão entre meu top cinco de pessoas favoritas.

– Conhecendo seu temperamento, sei que não sobra muita gentileza para os outros.

– A senhora me fez assim – respondeu Lucy com um sorriso.

– Ana está bem?

– Está sim.

– Ainda com aquele namorado?

– Por incrível que pareça...

– Até eu que sou louca acho que isso é uma má ideia – disse a senhora, com um sorriso irônico incrivelmente idêntico ao de sua filha.

– Não fale assim de si mesma – respondeu Lucy, segurando o sorriso, pois a piada foi boa. – Mas eu concordo que é uma má ideia.

– É uma pena que ela esteja em uma situação tão complicada. Ela é uma pessoa tão boa...

– Muito boa.

– Um anjo em nossas vidas.

– Um anjo romântico e ingênuo, mas o que eu posso fazer?

– Parece que parou de tentar convencê-la a terminar o namoro...

– Parei.

– Estou surpresa. Quando você coloca algo na cabeça, a única forma de tirar é cortando-a fora.

– Eu pensei melhor. Decidi que vou respeitar a vontade dela e acompanhá-la na felicidade ou na tristeza.

– É uma grande atitude, minha filha. Você realmente amadureceu bastante.

– Digamos que eu tive ajuda.

– E quando vai me apresentar seu namorado?

– Quando eu tiver um.

– Vai reduzir as exigências?

– Claro que não. Eu só me contento com o melhor. – Elas riram. – Julia está em casa?

– Sim, está no quarto estudando.

– Vou subir e falar com ela.

Lucy deixou sua mãe na cozinha e subiu as escadas. Caminhando pelo corredor, ela passou pelo quarto de sua mãe e pelo quarto que um dia foi seu até chegar ao quarto de Julia, sua irmã mais nova.

– Julia, abre pra mim – disse Lucy, batendo levemente na porta.

Após pedir mais duas vezes, Lucy desistiu. Na certa sua irmã ainda estava dormindo. Ela resolveu descer e acompanhar sua mãe no preparo do almoço. No caminho de volta, olhando em cada cômodo, ela lembrou-se de vários momentos de sua infância e adolescência – boa parte era ruim e ela tentava esquecer, a parte boa ela esforçava-se ao extremo para preservar. Sem perceber, seu rosto sempre sorridente havia adotado um semblante mais triste e apático. Teria ela vestido uma máscara ou seria este o seu verdadeiro rosto? Lucy tinha medo da resposta. Ela estava visivelmente abatida, com a guarda baixa, a casa lhe trazia lembranças muito pesadas... É horrível lembrar aquilo que te faz sofrer.

* * *

Ao chegar à cozinha, a garota observou sua mãe enquanto preparava o molho para os canelones e montava a salada. Seu trabalho era preciso, ágil, impecável. Havia um sorriso lindo no rosto da senhora Mary Sartori. Ela agia tão naturalmente que por alguns segundos Lucy esqueceu a real condição de sua mãe. Segurando a emoção que se manifestava lubrificando seus olhos, Lucy respirou fundo, contou até três mentalmente e voltou a agir da forma enérgica e animada de sempre... Essa era a melhor forma que ela conhecia para espantar suas frustrações.

– O cheiro está ótimo, mãe.

– Que bom que gostou, querida – disse Mary, acariciando o rosto de sua filha. – Sua irmã não vem?

– Parece que ela ainda está dormindo.

– Ela tem feito muito isso depois que começou a faculdade.

– Irmãos mais novos sempre fazem o que querem... Eu nunca tive essa regalia.

– E nunca precisou ter. Você sempre foi a pessoa mais forte desta casa, desde pequena – disse a senhora Sartori, abraçando a garota e a afagando em seus braços.

– Que abraço gostoooooooooooso, mãe...

Para Lucy, em momentos como esse a vida mostra o quanto ela pode ser preciosa, mas esses momentos são curtos, sempre seguidos da realidade ordinária que evidencia o quanto a vida pode ser cruel.

– Você ouviu isso? – perguntou a senhora, finalizando o abraço de súbito e olhando para os lados, desconfiada.

– Não ouvi nada, mãe. – Lucy olhou ao redor em busca de algo estranho que pudesse ter causado algum barulho, mas não encontrou.

– É ele... – A voz de Mary falhava. – Ele voltou e está atrás de mim.

– Olhe ao redor, só estamos nós duas aqui – disse Lucy, tentando acalmar sua mãe, que já estava aos prantos.

– Ele está aqui, sim, e quer me bater de novo... Filha, por favor, não deixe ele me encontrar.

– Fique calma, mãe... Não tem ninguém...

– TEM, SIM, VOCÊ NÃO OUVIU?

– M-Mãe... – Lucy foi interrompida por um empurrão de sua mãe, que correu para o banheiro entre a sala e a cozinha, trancando-se. – Não há ninguém na casa além de nós duas e a Julia. Saia daí, por favor.

– Não sairei daqui enquanto a polícia não levá-lo de volta.

– Acalme-se, mãe.

– Eu não posso ficar calma, Lucy. Eu sei que ele está aí, eu ouvi...

– Mãe, por favor...

– Chame a polícia! Polícia! Chame... Chame...

– De novo, mãe? Lembra-se do que aconteceu das últimas vezes?

– Desta vez é ele, eu juro. Acredite em mim. – Mary chorava.

– E-Está bem. Fique aí o tempo que precisar. E-Eu ficarei aqui do lado de fora vigiando a casa.

– Não faça isso. Ele vai querer te bater também.

– Ele não vai fazer isso comigo.

– Talvez não com você, mas comigo sim. Eu ainda posso ouvi-lo...

– Então fique aí quietinha e protegida. Eu fico aqui e te aviso quando estiver tudo bem.

A senhora Sartori não respondeu, mas Lucy sabia que ela havia concordado. O coração da garota estava disparado e suas mãos tremiam, as crises de sua mãe estavam cada vez mais frequentes, e sua sanidade, cada vez mais distante. Ela caminhou de volta para a cozinha tentando recuperar o fôlego e, após alguns minutos sentada em uma das cadeiras, resolveu levantar e tentar retomar o controle.

– Estou terminando de preparar o almoço... – disse a garota, tentando disfarçar a voz embargada. – Se quiser conversar comigo, é só falar.

– Não fale comigo ou ele me encontrará quando eu te responder – disse a senhora, baixinho.

Lucy preparou o resto do almoço. Canelone, molho de tomate, queijo ralado e salada. Durante o processo ela lembrou-se de quando presenciou sua mãe tão tranquila e feliz minutos atrás enquanto cozinhava, e isso a fez chorar a ponto de precisar usar as mãos para tampar a boca na tentativa de suprimir os soluços. As pessoas costumam sonhar com realizações profissionais, conquistas materiais ou sociais, coisas complexas e até impossíveis. Lucy desejava coisas muito mais simples, coisas que a maioria das pessoas já tinha, mas não valorizava. Ela não tinha isso há anos...

Quase uma hora depois, após acalmar-se, a senhora Sartori saiu do banheiro e almoçou com sua filha; logo depois, as duas sentaram-se na sala e conversaram por cerca de meia hora sobre coisas que aconteceram na semana, evitando completamente o episódio recente... Lucy pegou um cobertor e um travesseiro para aconchegar melhor sua mãe no sofá. Quando ela adormeceu, começou a limpar a sala e a cozinha, silenciosamente. A limpeza era apenas superficial, nada complexa, e se estendeu para os andares superiores da casa; o objetivo era apenas dar um aspecto melhor ao lugar que parecia recém-abandonado, mas uma limpeza profunda e geral era muito necessária. Julia, a caçula, não desceu para comer e nem abriu o quarto para Lucy limpar... Sequer respondeu quando a irmã mais velha subiu para se despedir. A garota de cabelos vermelhos pegou todos os envelopes com contas e os guardou na bolsa, depois deixou uma quantia em dinheiro na cabeceira da cama de sua mãe e outra na porta do quarto de sua irmã antes de ir embora.

* * *

Prédio de apartamentos Rising Star. Apartamento 37. Noite.

Ana fechava um saco preto cheio de lixo. Ela limpou os móveis, o chão, a pia, o banheiro e reduziu pela metade a quantidade de itens da geladeira, jogando fora o que não poderia mais ser consumido. Após separar todo o lixo, tomou um banho, colocou seu pijama e sentou-se no sofá, procurando algum canal de TV que exibisse algo interessante.

Lucy chegou minutos depois, abatida, como sempre acontecia quando visitava um deles...

– Cheguei.

– Seja bem-vinda.

– A casa está ótima – disse Lucy, olhando ao redor.

– Estive inspirada. – Ana sorriu.

– Inspire-se mais vezes.

– Não conte com isso.

– Sua virgem...

Ana sorriu para Lucy, que respondeu com um sorriso triste que não passou despercebido.

– Quem você visitou, elas ou ele?

– Elas. – Lucy jogou a bolsa no sofá e caminhou até a mesa, onde deixou uma sacola.

– Por que não me acordou?

– Você estava babando muito no travesseiro... Achei melhor não me melecar – disse sorrindo.

– Estou com saudade da sua mãe. Como ela está?

– Acho que pior, mas não quero falar disso agora. – Lucy sentou-se na cadeira e tirou os sapatos.

– Entendo... Quando quiser conversar, estarei à disposição sempre.

– Obrigada – respondeu com um sorriso, um pouco melhor.

– Quando for possível, gostaria de visitar sua mãe.

– Que tal fazer isso durante uma faxina lá na casa?

– Eu topo.

– Te aviso quando chegar o dia, então.

– Estou louca para comer a comida dela de novo.

– Bom saber. Eu trouxe alguns canelones que sobraram do almoço de hoje.

– Que delícia. – Ana levantou-se e caminhou até a mesa para abrir as sacolas. – Que cheiro bom.

– Não coma muito, é pesado para o estômago a essa hora da noite.

Sem responder, Ana abraçou Lucy bem forte e acariciou seus cabelos. No início, a amiga estava tensa, mas aos poucos foi relaxando até ficar totalmente entregue em seus braços.

– Eu estarei sempre ao seu lado, ok? – disse Ana, olhando nos olhos da amiga.

– Ok – respondeu Lucy, chorando.

– Avise se precisar de qualquer coisa.

– Sim.

– Agora tome um banho e descanse. – Ana a beijou na testa. – Amanhã quero te ver poderosa como sempre foi.

– Pode deixar.

* * *

Ana observou Lucy caminhando para o quarto, cabisbaixa. Somente ela via Lucy Sartori daquele jeito. Partia seu coração ver sua amiga daquela forma, sofrendo tanto, mas isso fazia parte da gangorra emocional da vida de ambas. Quando uma estava mal, precisava se apoiar na outra e vice-versa. Nesse momento, era a vez de Ana ser o suporte de Lucy. Sempre que ela ia para a casa de seus pais visitar sua mãe e irmã, ou quando ia visitar seu pai na cadeia, a cena se repetia: Ana presenciava sua melhor amiga voltar para casa praticamente destruída... O lado bom é que no dia seguinte ela sempre acordava melhor, alegre, barulhenta, encrenqueira e reconstruída. Nas orações diárias de Ana, ela sempre pedia que sua amiga conseguisse fazer isso sempre que fosse preciso.

* * *

Lucy separava a roupa que usaria para dormir após o banho, pensando nas palavras de Ana. Apesar de tudo que ela já fizera, do quanto a ajudara, daquilo que sacrificara para apoiá-la no pior momento de sua vida, Ana ainda estava disposta a fazer mais... Como sua mãe havia dito, ela era mesmo um anjo na vida de sua família. Quando Lucy estava prestes a perder a esperança na humanidade, Ana mostrou que pessoas excepcionalmente boas existem. Era em momentos como esse que Lucy pensava que talvez a droga da vida dela não fosse tão injusta. A ingenuidade de Ana parecia protegê-la de toda a sujeira do ambiente ao seu redor, era como se ela conseguisse ignorar tudo que estava errado no mundo e continuar sempre sorrindo, fazendo o bem para os outros... Nas orações diárias de Lucy, ela sempre pedia que sua amiga conseguisse fazer isso sempre que fosse preciso.

Pergunta: o que é resignação? Dentre várias outras aplicações para essa palavra, existe o ato de aceitar, de forma pacífica, o sofrimento e as dores que a vida nos oferece. É como boiar no mar e deixar-se ser levado pelas ondas. Lucy odiava se sentir assim. Ela sempre fez de tudo para provar a todos, principalmente para si mesma, que não aceitava ser conduzida por nada nem ninguém. Ela sempre irá questionar as regras, validar as conclusões, auditar as constatações, olhar para onde não estão olhando, pensar e ser diferente... Ela jamais aceitará calada os castigos que a vida costuma oferecer. Lucy irá resistir, será melhor que isso, será vitoriosa. Nada vai tirar de seu rosto os seus irônicos, ousados e variados sorrisos. É assim que ela é. É assim que ela tem que ser. Resistente. Inquebrável. Por sua mãe e irmã... Por Ana... Por ela mesma.

capítulo 8. QUESTIONAMENTOS

Prédio de apartamentos Rising Star, apartamento 37.

A noite de sexta-feira estava mais quente do que o normal para a primavera. Miguel fez questão de usar seu dólmã de cozinheiro, apesar de estar suando naquela cozinha minúscula em forma de corredor. Lucy não mediu esforços ao providenciar o necessário para que ele cozinhasse, pois faltar à faculdade não era sinônimo de grande prejuízo e, como o próprio Miguel havia afirmado, o restaurante de sua tia não enchia há meses, deixando-o livre nessa noite. O cardápio foi elaborado justamente para agradá-la. A entrada era uma salada Caprese com pesto, um clássico da culinária italiana. Miguel tirou cuidadosamente as sementes dos tomates que ele cortou em *rondelle*. As fatias de muçarela de búfala eram uniformes, finas e levemente grelhadas com manteiga enquanto as folhas de manjericão tinham suas formas naturais preservadas. Como tempero ele usou um pouco de sal, azeite e pimenta na pequena porção que havia em cada prato. Era uma boa forma de abrir o apetite das garotas sem comprometer o consumo do prato principal.

Elas o aguardavam ansiosamente na sala. As amigas estavam sentadas à mesa, uma de frente para a outra. Ana usava um vestido preto com alças finas, um Scarpin da mesma cor e falava com Lucy sobre seu dia cansativo, embora produtivo, no trabalho. Ela reparou que sua amiga não estava tão concentrada na conversa... Parecia até incomodada com algo.

– Lu, o que você tem?

– Eu? – respondeu Lucy, como se estivesse despertando de um cochilo.

– Sim, você – disse Ana, apoiando os cotovelos na mesa e inclinando-se para a frente.

– Não é nada de mais... É só que... – Ela parou, olhando na direção da cozinha, onde só era possível escutar os barulhos que Miguel fazia.

– Está assim por causa dele? – cochichou Ana. – Está pensando em falar que está apaixonada?

– Não, sua boba... – respondeu Lucy, também cochichando. – Estou preocupada com o que ele vai achar do nosso apartamento. – Ela não conseguiu disfarçar sua ansiedade, prova disso era o fato de sempre ajeitar seu Cocktail Dress azul mesmo sem necessidade e cruzar/descruzar as pernas várias vezes, batendo seus Peep Toes brancos nos pés da mesa.

– Por quê?

– Nós não fizemos uma limpeza completa aqui, foram apenas coisas pontuais.

– É claro. Com que tempo faríamos isso?

– E se ele perceber que escondemos algumas coisas ao invés de limpar ou organizar melhor? Já imaginou ele abrindo nosso guarda-roupa e sendo atingido por uma avalanche de coisas?

– Por que ele abriria nosso guarda-roupa?

– Não sei, estou só falando.

– Que absurdo – disse Ana, cruzando os braços e sorrindo ironicamente.

– Isso foi só um exemplo... Ele pode descobrir de várias outras formas.

– Se isso acontecer, você explica a situação para ele.

– Por que eu? – Era a vez de Lucy cruzar os braços.

– Não foi você quem o convidou? – Ana colocou as mãos na cintura.

– Sim, mas eu não sabia que vivíamos em um chiqueiro e que tínhamos tantas coisas para arrumar.

– Eu também não sabia... Acho que nunca mais poderemos chamar nosso vizinho porco de vizinho porco, seria hipocrisia.

– E olhe para nossa louça... Os pratos são tristes, as taças ordinárias, e se reparar bem, poderá ver que alguns talheres estão um pouco tortos.

– Relaxa, ele é uma pessoa simples e humilde, não vai se incomodar com isso – disse Ana, olhando para a cozinha, onde os barulhos que Miguel fazia ainda podiam ser ouvidos.

– Esqueceu que ele avalia e anota tudo o que pode toda vez que entra em algum restaurante? Imagina o que ele pode fazer com isso aqui!

– "Isso aqui" não é um restaurante, é um apartamento.

– Um bloquinho de notas não será suficiente... Talvez ele precise de um caderno. – Lucy levou as mãos ao rosto.

– Pare com isso.

– É como se o Miguel fosse um farejador de defeitos, tipo um auditor que...

– Pare com isso agora! – interrompeu Ana, acabando com a sequência de cochichos. Da cozinha, Miguel pausou a montagem dos pratos de salada, surpreso. – O que deu em você, Lu? – Ana voltou a cochichar.

– Desculpa...

– Não precisa se desculpar. Apenas relaxe.

– Não consigo.

– Não está arrependida de tê-lo chamado aqui hoje, está?

– Claro que não.

– Então pare de exagerar nessa neurose e aproveite a noite.

– Certo, acho que estou exagerando – disse Lucy, apertando os olhos com as costas das mãos, surpresa por ter que ser acalmada por Ana.

– Eu sei que esta é a primeira vez que convidamos alguém para jantar conosco, mas é só o Miguel... Ele não vai se importar com esses detalhes.

– Será?

– Claro. Estamos falando de um bom rapaz que topou vir aqui cozinhar para você nesta noite. Aproveite isso...

– Ok, vamos mudar de assunto.

– Sim. O que achou dos meus olhos? Aprendi uma nova técnica para lápis e delineador – disse Ana, piscando várias vezes.

– Ficou ótimo – disse Lucy, com sinceridade, observando atentamente.

* * *

Miguel caminhou lentamente na direção da mesa onde as garotas ainda conversavam. Ele pediu licença, deixou os pratos de salada na mesa e disse do que se tratava a entrada. Em seguida, serviu vinho para elas (vinho barato que Lucy comprou no mercado). De forma elegante, ele retirou-se do lugar e voltou para a cozinha.

– Pensei que fosse um garçom de verdade – disse Ana, surpresa. – Eu sei que a brincadeira de hoje é fingir que estamos em um restaurante fino, mas ele tem mesmo que interpretar um personagem?

– Nós estamos usando nossos melhores vestidos em um jantar dentro do nosso próprio apartamento... Jura que a parte mais estranha pra você é ver ele interpretando um personagem?

– Você sabe que aceito qualquer desculpa para usar um vestido novo, só não sabia que a brincadeira ia além disso. A propósito, nem de longe este é o meu melhor vestido.

– Não tente sabotar a minha noite de gala, sua exibida.

– De forma alguma, sua invejosa... Mas, só por curiosidade, quem foi que teve a ideia de brincar de faz de conta?

– Eu disse ao Miguel para fazermos parecer que estávamos no Brazilian Taste, mas ele me disse que seria melhor se fosse no restaurante dele, que é bem mais chique...

– Ele tem um restaurante?

– Não, idiota... É a brincadeira, lembra?

– Ah, sim... desculpe – respondeu Ana, encabulada.

– Na certa ele está treinando e tomando notas, tentando simular algumas coisas como se isso aqui fosse realmente uma noite em seu restaurante...

– Não é ele que diz que não devemos sempre encarar as coisas com tanta seriedade? – questionou Ana novamente, experimentando a salada. Subitamente, seus olhos se abriram em uma clara expressão de surpresa.

– O que foi? – perguntou Lucy, também provando a salada. Seus olhos se abriram tal como os de Ana. – Entendi... A salada está deliciosa.

– Não é a mesma que você sempre come no Bella Salsa?

– Esta aqui está muito melhor... – respondeu Lucy, comendo um pouco mais. – É impressão minha ou ele colocou pimenta?

- Olhe como está bem montada, decorada... E que sabor é esse? - perguntou Ana, de boca cheia.

- Divino - respondeu Lucy.

Miguel conseguiu escutar um pouco do que elas falaram sobre a salada. Com um sorriso no rosto, ele finalizava a montagem do prato principal. Havia trazido consigo sua bolsa de utensílios, na qual carregava algumas de suas ferramentas de trabalho, como facas, panelas e seus temperos. Minutos depois, ele voltou para retirar os pratos das garotas.

- Gostaram da salada, senhoritas? - questionou ele, formalmente.

- Só divulgamos o resultado da nossa avaliação quando comermos o prato principal e a sobremesa - disse Lucy no mesmo tom formal. Ana apenas observava, disfarçando a vontade de rir.

- Como se os pratos vazios já não me respondessem... - disse ele, provocativamente.

- Você não acha que está sendo muito ousado? Vou sugerir para o chef deste restaurante que contrate garçons mais educados. É o cúmulo que eu, "Mary Língua Nervosa", uma das cantoras mais promissoras de Nova York, seja tratada desse jeito - rebateu Lucy, fazendo uma expressão de indignação bastante forçada.

- Quer que eu dê mais algum recado ao chef?

- Diga também que ele tem uma bunda redondinha e que eu morro de inveja e vontade de apertá-la.

O rosto de Miguel ficou vermelho instantaneamente e ele ficou parado, paralisado na frente das garotas, segurando os pratos. Ana não aguentou segurar a risada por mais tempo.

- Desculpe, Miguel... - disse Ana, gargalhando. - Ela não tem jeito.

- Tudo bem, um dia eu me acostumo.

- Voltem para a brincadeira, pessoal - disse Lucy, olhando para os dois enquanto também ria. - Pare de ser Miguel e volte a ser o garçom sarcástico, e você, torne-se "Cassandra Faminta", a amante lésbica de "Mary Língua Nervosa"...

- Lucy... Menos, por favor.

- Cassandra, querida... Agora sou Mary. E você, garçom, retire-se, por favor.

- Perfeitamente, senhorita.

Ana continuou gargalhando enquanto ele voltava para a cozinha. Lucy apenas o observava com um sorriso mais discreto.

- Pare de provocá-lo.

- Eu não provoquei.

- Falar da bunda dele não é provocar?

- Não.

- E falar que somos amantes lésbicas?

- Hoje em dia, isso é mais comum do que você pensa.

- Saiba que, quando você fala coisas desse tipo para um homem, ele imagina...

– Então eu fiz um favor a ele fornecendo material criativo para os banhos longos.

– Acho que é impossível eu fazer você se comportar, não é?

– Não desista... É divertido ver você tentando. – Elas riram.

Minutos depois, Miguel serviu mais vinho para as garotas e trouxe o aguardado prato principal.

– Gnocchi com cogumelos ao molho de tomate e um toque discreto de pimenta.

– Que lindo! – exclamou Ana.

– E que cheiro maravilhoso – complementou Lucy.

– No Brasil, chamamos de nhoque.

– Noque? – perguntou Ana.

– NHOque – corrigiu Miguel.

– Nioque – errou Ana novamente.

– Melhorou, mas continue tentando – disse ele sorrindo.

– Niouqui... Nhouque... Parece uma onomatopeia. Nhoque. – Ana começou a gargalhar. – Imagina que você está em uma casa velha com chão de madeira e a cada passo seu ouvem-se os rangidos "nhoque, nhoque, nhooooooque".

– Garçom, faça o favor de tirar o vinho de perto da minha acompanhante visivelmente alterada...

– Não foi uma piada tão ruim assim, "Mary".

– Foi péssima, querida...

– Ok. Vou chamar só de gnocchi, certo, senhor garçom? – perguntou Ana, sorrindo.

– Certo. – Miguel quase não conseguiu responder, pois ria muito.

– Ele também achou engraçado... – disse Ana, apontando para ele, vitoriosa. – Viu?

– Ele tem o mesmo mau gosto para piadas que você, só isso. Agora chega de conversa e vamos comer. Eu adoro gnocchi – disse Lucy.

– Como suspeitei – disse Miguel.

– Você suspeitou?

– Seu sobrenome é italiano...

– Belo chute, mas poderia ser só um sobrenome.

– Por isso conferi suas redes sociais também... Em uma delas vi fotos de Veneza, Turim, vinhedos... Ficou claro que você é influenciada por suas origens italianas.

– Verdade. Ela sempre amou Robert de Niro – disse Ana, bebendo vinho e rindo.

– Parece que você fez sua lição de casa. – Lucy sorriu para Miguel.

– Pois é... Apesar da falsa felicidade que todos se esforçam tanto para mostrar, algumas coisas podem ser levadas a sério nas redes sociais.

– Está dizendo que tudo o que posto é falsidade?

– Estou dizendo que é preciso mais que isso para conhecer alguém de verdade... Eu precisei de outras fontes para levantar toda as informações de que precisava.

– Quanta dedicação, Miguel – disse Ana. – Você sempre pesquisa as preferências dos clientes antes de cozinhar para eles ou só faz isso para quem é especial?

– Todos os clientes são especiais para mim – respondeu ele, olhando para Lucy. Esta, por sinal, fingiu que nada escutou.

Ele as serviu e voltou para a cozinha. Não demorou muito para Lucy questionar o comportamento da amiga.

– O que está tentando fazer, Annie?

– Nada – respondeu Ana, desviando o olhar.

– Então foi só impressão minha quando eu achei que você estava nos empurrando um para o outro? – Lucy cruzou os braços.

– Não faço ideia do que você está falando. – Ana bebeu outro gole de vinho, ainda desviando o olhar.

– Você sabe que não pode me enganar. Eu vejo e sei de tudo.

– E não faz ideia do quanto isso é assustador... – Ana sorriu.

– Assustador é receber conselhos amorosos justamente de você... – Lucy sibilou, como uma serpente.

– Não precisava falar assim... – Ana tirou o sorriso do rosto.

– Só fui sincera.

– Seja menos.

– Serei mais... Se tem alguém aqui que precisa resolver a vida amorosa, essa pessoa é você, não eu.

– Não importa... Coma logo o seu nhouquei.

– É gnocchi.

– Tanto faz, apenas coma.

– Ok.

Elas comeram e se encantaram novamente com o sabor. As garotas se olhavam, demonstrando em seus rostos o prazer que sentiam a cada porção que levavam à boca. Era suculento, gostoso, quente e prazeroso...

– Meu Deus! Como ele pode cozinhar tão bem? – disse Ana, limpando o canto direito da boca com um guardanapo.

– Não sei, mas eu comeria isso pelo resto da minha vida.

As amigas conversaram durante todo o jantar sobre assuntos diversos. Mais tarde, Miguel serviu tiramisu de sobremesa, completando sua tarefa da noite. Ana e Lucy o convidaram para comer junto delas e ele aceitou sem pensar duas vezes, mas não antes de tirar seu dólmã, pois seu trabalho já estava concluído.

– Miguel, ajude-nos a decidir uma coisa... – disse Ana.

– Que coisa? – Ele se sentou.

– Estamos em dúvida entre *Friends* e *Sex in the City*... Queremos fazer uma maratona nesse fim de semana. – Ana levou uma porção do tiramisu à boca e deixou escapar um leve e baixo gemido.

– Hum... – Miguel ficou um tempo calado, pensando, até opinar. – Que tal fazerem algo melhor do que assistir a séries?

– O que pode ser melhor que isso?

– Se quiser, eu respondo, Annie – manifestou-se Lucy, com seu conhecido olhar malicioso e a boca cheia.

– Talvez... – disse Miguel, atraindo a atenção para si na tentativa de impedir Lucy de falar alguma obscenidade, como de costume. – Talvez fosse melhor se vocês saíssem juntas para um shopping, parque, cinema, coisas do tipo...

– Não estamos com vontade de passear – respondeu Ana.

– Queremos descansar – complementou Lucy.

– A previsão do tempo disse que o dia será ensolarado amanhã. Não seria ótimo acordar cedo, correr, andar de bicicleta e depois tomar um sorvete?

– Você realmente está sugerindo que nós, duas garotas que trabalham e estão na faculdade, acordemos cedo no sábado, seu herege? – disse Lucy, incrédula.

– Poucas coisas são mais lindas do que uma manhã de sábado ensolarada, Lucy.

– Sabe o que deixa uma manhã de sábado ainda mais linda? – perguntou Ana.

– O quê?

– Vê-la através da janela do meu quarto, enquanto caminho para a cozinha, tomo água e volto a dormir.

– Essa é a minha Annie – disse Lucy para Ana, após cumprimentarem-se batendo as mãos.

– Ok, não gostam de acordar cedo, mas e quanto ao sorvete... Conseguem resistir?

– Temos sorvete na geladeira.

– Eu quis dizer ao ar livre, Ana. Com o sol batendo no rosto.

– Prefiro ao ar da nossa sala, com a luz da TV batendo no meu rosto – respondeu ela, sorrindo e mastigando.

– Desculpem-me se eu parecer chato...

– Está desculpado – interrompeu Lucy, também mastigando.

– Eu acho que vocês duas estão deixando de aproveitar muita coisa. Além disso, vocês precisam urgentemente dar uma reforçada nos utensílios de cozinha. – Miguel comeu um pedaço da sobremesa, apenas erguendo levemente a sobrancelha ao degustar, criticando a si mesmo.

– Só porque trouxe suas próprias bugigangas não precisa desdenhar das nossas.

– Não é desdenhar, Lucy. Eu só reparei que faltam algumas coisas aqui que facilitariam muito a vida de vocês. Podiam comprá-las amanhã...

– Acho que é uma boa ideia, Miguel... Mas amanhã estarei muito ocupada. Que tal você e Lucy fazerem esse programa juntos? Você pode dar as dicas e ela paga por tudo.

– Se as duas moram na casa, as duas devem ir. – Miguel olhou para Lucy, que novamente fingiu que nada ouviu.

– Vamos pensar nisso, certo, Lucy?

– Certo, Annie.

– Esperem um pouquinho, tenho que pegar uma coisa.

Ana levantou-se e foi para o seu quarto. Após alguns segundos, Miguel e Lucy começaram a conversar.

- Você disse que contaria a ela que não está apaixonada por mim. Por que não fez isso? - sussurrou ele.

- Devo ter esquecido - Lucy também sussurrou.

- Mentirosa... Agora ela não vai parar de nos empurrar um para o outro. Não acredito que quebrou sua promessa...

- Não acha isso engraçado?

- Mentiras não são engraçadas.

- Mas não é disso que a vida é feita?

- Eu estou falando sério, Lucy. Arrume uma forma de consertar isso, por favor.

- Vou pensar no seu caso, mas lembre-se de que não posso deixar o caminho livre para você - disse ela, levando mais uma porção da sobremesa à boca.

- Você e essa história de novo... Apenas faça o que é certo.

- O certo é relativo.

- Mas a verdade não é, e você deve isso a ela e a mim.

- Ela não me parece incomodada por não saber a verdade.

- E você parece estar se divertindo mais do que deveria...

Eles se olharam em silêncio, com Lucy sorrindo como sempre enquanto Ana voltava com algo embrulhado em um papel de presente azul e branco.

- Miguel, isso é pouco perto do que você fez por mim no dia em que nos conhecemos, mas é honesto.

- O que é isso?

- Um presente para você.

- Não precisava fazer isso...

- Lembra-se de que eu disse que te daria um presente?

- Para ser sincero, não. - Ele sorriu, envergonhado.

- Mas eu lembro e sempre cumpro as minhas promessas.

- Sendo assim, obrigado. - Ele a abraçou de forma discreta, sem encostar muito, mas foi o suficiente para perceber a hesitação e o perfume dela. Ana realmente evitava contato físico, só não era possível saber se era com todos ou só com ele. Miguel abriu o presente e sorriu. Era uma camisa polo branca com detalhes cinza nas mangas e um bolso no peito esquerdo. Era de uma marca muito famosa da qual ele não lembrava o nome, mas reconheceu o logotipo. - Isso deve ter sido muito caro.

- Quando se presenteia alguém, o preço é a última coisa que importa.

- Nem sempre - disse Lucy, irônica.

- Não quer provar? - Ana olhava para Miguel e parecia já enxergar a camisa nele.

- Claro, posso ir ao banheiro?

- Já que é só uma camisa, troque-se aqui mesmo.

- Pare com isso, Lucy - disse Ana, repreendendo a amiga.

– Não é nada de mais ver um homem sem camisa, aliás, já faz tempo que não vejo isso.

– Talvez você tenha que esperar um pouco mais... Vou me trocar no banheiro.

As amigas se olharam enquanto ele caminhava para o banheiro. Lucy sorria, Ana reprovava.

Minutos depois, Miguel voltou para mostrar como a camisa ficou. Foram todos para a sala. As meninas pediram para ele andar, girar, fazer poses engraçadas, e todos se divertiram enquanto constatavam que a camisa ficou muito bem nele.

– Ficou ótimo em você – disse Ana, fazendo sinal de joia com as duas mãos.

– Não parece o mesmo delinquente de antes... Parece um bom homem agora – provocou Lucy.

– Obrigado pelo "bom homem".

– Não foi um elogio... Geralmente eu prefiro os homens maus.

– Ignore-a, você ficou muito bem nessa camisa.

– Obrigado mais uma vez, Ana. Você acertou em cheio, apesar de ser um tipo de roupa muito diferente das regatas e camisetas folgadas que estou acostumado a vestir.

– Não tem como errar com esse tipo de camisa, o Oliver adora e sempre fica lindo.

– Ah... Ele gosta de camisas assim, não é? – O sorriso de Miguel mudou.

– Sim. – Ana não reparou.

Lucy estava atrás de Ana, meneando a cabeça negativamente e olhando para Miguel, que não sabia dizer quem estava mais incomodado, ele ou a ruiva.

– Que tal terminarmos de comer nossas sobremesas? – sugeriu Lucy, ao perceber que Miguel não conseguia dizer mais nada.

– Boa ideia... Quem chegar por último na mesa lava toda a pilha de louças ainda hoje. – Ana correu para a mesa.

– N-Na verdade... Acho melhor eu trocar a camisa... Seria ruim se eu a sujasse no mesmo dia em que a ganhei, não acha?

– É mesmo... Tem razão – disse Ana, ficando um pouco vermelha de vergonha. – Às vezes eu esqueço que já sou adulta e faço esse tipo de brincadeira.

– Às vezes? – provocou Lucy.

– Sim, às vezes. – Ana sorriu para Lucy e, em seguida, caminhou para a mesa. – Fique à vontade, Miguel.

– Obrigado – disse ele.

Enquanto Ana estava de costas, Lucy acenou para Miguel e movimentou a boca lentamente para que ele conseguisse ler seus lábios e receber um triste e sincero "Eu sinto muito" que pareceu consolá-lo.

* * *

Após trocar de camisa e guardar seu presente, Miguel voltou a sentar-se à mesa.

– Está tudo bem com você, Miguel? Parece cansado... – perguntou Ana.

– Talvez ele esteja triste por perder a oportunidade de lavar toda a nossa louça – disse Lucy, na tentativa de descontrair o rapaz. Ela torcia para que Miguel não estivesse tão desanimado quanto ela estaria se fosse ele.

– Não estou cansado.

– Então qual é o problema? – questionou Ana.

– Preciso confessar algo a vocês. – Miguel estava cabisbaixo. Lucy arregalou os olhos, temendo que ele fosse surtar e fazer alguma besteira. Em seu lugar, ela talvez fizesse.

– O que quer dizer? – perguntou Ana enquanto olhava para Lucy.

– Que não tem pilha de louça para lavar... Fiz isso antes de servir a sobremesa – disse ele, sorrindo.

– Meu Deus! – exclamou Ana. – Você quase me matou do coração com todo esse mistério.

– Bem... Às vezes eu esqueço que já sou adulto e faço esse tipo de brincadeira. – Miguel piscou com o olho direito para Ana.

– Meu Deus! – exclamou ela novamente. – Acaba de nascer uma nova Lucy.

– Não exagere – disse ele, sorrindo e fazendo-a sorrir junto.

– Acredita nisso, Lucy? Você ganhou um Padawan.

– Ganhei... – Ela pausou, aliviada. – Ele gosta mesmo de nos surpreender.

– O que é Padawan? – indagou Miguel, sincero.

– Você está de brincadeira de novo, não é? – perguntou Ana, perplexa.

– Desta vez, não.

– Sente-se à mesa, jovem Padawan, nós vamos te ensinar uma coisa ou duas sobre Star Wars – disse Ana, sorrindo ao lado de Lucy.

* * *

Os três conversaram sobre assuntos variados, como música, filmes (Star Wars na maioria), livros e histórias engraçadas, como quando Lucy convenceu Ana a beber vinho pela primeira vez, escondidas de seus pais, quando ainda eram adolescentes. Os três repetiram a sobremesa entre risadas. Foi então que começaram a falar sobre seus sonhos. Ana compartilhou seus sentimentos primeiro.

– Meus pais sempre tiveram muito dinheiro, por isso eu sempre tive bastante conforto... O que estou vivendo agora é como se eu fosse outra pessoa, em uma nova vida, que eu até prefiro.

– Só o quarto dela é do tamanho deste apartamento inteiro.

– Não deve ter sido fácil largar tudo isso... – constatou Miguel.

– Não foi mesmo, mas larguei... Eu acho que a vida reserva maravilhas para todos, basta que procuremos. Eu resolvi procurar as minhas. Não há nada mais gratificante do que conquistar suas próprias vitórias.

– E como você está no trabalho?

– Ainda me adaptando. Perdi uma boa chance de apresentar um projeto nesta semana, mas não vou desistir...

– Seu projeto não ficou bom?

– Sequer montei um projeto.

– Uau.

– É tudo mais difícil do que eu pensava, mas isso só aumenta minha vontade de seguir em frente.

– Ela tem uma quedinha por coisas difíceis – disse Lucy, ácida.

– Calada!

– Você tem algum sonho, Lucy?

– Só quando durmo.

– Ele está falando sério, Lu.

– Eu também... Não costumo sonhar acordada, como vocês. Prefiro me apegar à vida real.

– Corta essa, deve haver algo que você tenha muita vontade de fazer ou ser.

– Eu tenho vontade de muitas coisas, Miguel, mas não fico fantasiando com isso.

– Não é fantasiar, Lucy... É procurar fazer parte de algo em sua vida que te realize e te deixe feliz – argumentou Ana.

– A vida não funciona para nos deixar realizados e felizes, Ana. Nós só temos que sobreviver e nos adaptar ao que quer que ela nos mande.

– Que pessimismo – comentou Miguel.

– Se não me engano, você também não está seguindo um sonho, não é, Miguel? – perguntou Ana, antes de cortar mais um pedaço do tiramisu.

– Acho que não. A cada dia que passa o meu sonho de ser médico fica mais distante.

– Então você concorda comigo – disse Lucy.

– Não completamente.

– Como não?

– Você tem uma visão mais amarga da vida do que eu. Eu posso não sonhar acordado, mas não acho que tudo o que a vida nos manda é tão ruim que tenhamos que sobreviver e nos adaptar.

– Sua vida deve ser bem melhor que a minha, então.

– Isso nenhum de nós sabe. Só o que eu sei é que aproveito o que tenho. Eu valorizo. Faço valer a pena. Se meu emprego não é legal, faço festa por ter um emprego que me dá motivos para reclamar... Pior seria não ter emprego nem motivos para reclamar. Eu celebro as coisas que tenho, pois mesmo que não sejam as melhores coisas do mundo, elas são minhas e eu amo tudo o que é meu... Isso me deixa satisfeito com as minhas coisas, não só conformado – disse ele, olhando para Lucy.

– Não tem muita diferença.

– Claro que tem. Conformar-se não é o mesmo que satisfazer-se. Alguém conformado não é feliz, mas alguém satisfeito é.

– Olha só, Ana, ele me chamou de infeliz... – disse Lucy, rindo.

– Se vocês acham que as coisas estão boas do jeito que são, não passam de acomodados – disse Ana.

– Não sou acomodada, sou realista... E infeliz, segundo ele.

– E eu prezo e valorizo o que tenho – disse Miguel.

– Mas vocês sequer cogitam tentar algo diferente? Algo maior? Como podem não sonhar...? Eu não conseguiria viver assim, como vocês...

– Eu digo o mesmo para você – rebateu Lucy.

– Nenhum de nós está errado, garotas. Perseguir um sonho faz a vida ter sentido para você, Ana, e isso é ótimo... Já a habilidade da Lucy em conseguir se adaptar e estabilizar com o que tem, se não traz nada novo a ela, ao menos não permite que tenha grandes perdas... Quanto a mim, acho que tenho sorte porque tudo que eu tenho e faço hoje me deixa muito feliz, e não preciso me esforçar para ver isso. Eu sou feliz de verdade, mesmo que isso não tenha relação alguma com o meu sonho...

– Eu ainda acho o meu jeito melhor, mas entendi o que você quis dizer.

– Um brinde à porra da felicidade – disse Lucy.

– À PORRA DA FELICIDADE!!!

Os três brindaram. As garotas com suas taças de vinho e Miguel com um copo de água. Logo depois começaram a rir. Não havia motivo aparente, apenas olhar um para o outro despertava uma vontade incontrolável de rir até os olhos lacrimejarem e a barriga doer. Talvez a falta de motivo fosse a parte mais engraçada.

– Eu tenho uma dúvida, Miguel. – Ana o encarou.

– Qual seria?

– Seu sonho era ser médico, mas hoje você é cozinheiro...

– Dos bons – interrompeu Lucy para complementar.

– Sim, dos bons... Mas como a medicina não deu certo, está tudo bem para você ser um cozinheiro para sempre?

– Por que a pergunta?

– Porque se eu não pudesse fazer o que faço hoje, teria muito medo de fazer alguma outra coisa. Eu amo pintar e só sei fazer isso...

– Para ser sincero, eu nunca me imaginei como cozinheiro.

– Mas você gosta de cozinhar, não é?

– Adoro, principalmente a culinária francesa, mas não sei se é na mesma quantidade que você gosta de pinturas... Não sei se quero fazer isso pelo resto da minha vida.

– Tem outra coisa em mente?

– Não. – Ele sorriu, envergonhado.

– Quais são os seus planos para os próximos cinco anos? – perguntou Ana, erguendo sua sobrancelha acusadoramente.

– Cinco anos? Não é muita coisa?

– Ok, para os próximos dois?

– Eu não tenho planos.

– Mas precisa ter... Você tem vinte anos, é adulto e tem que ser responsável com suas escolhas e seu futuro.

– Ela sempre banca a mãe desse jeito? – perguntou Miguel para Lucy, que sorriu ao menear a cabeça positivamente.

– Não estou bancando a mãe de ninguém, apenas aconselhando, já que sou a mais velha aqui e tenho esse dever.

– Eu sei, estou só brincando...

– Deixe-o em paz, Annie, ele ainda é jovem para pensar como você.

– Está me chamando de velha?

– Estou chamando-o de jovem.

– Quando o Oliver era mais jovem do que ele, já sabia muito bem o que fazer da vida... Até mesmo mudou de país para começar sua carreira profissional.

– Talvez Miguel seja apenas um pouco desinteressado, ou Oliver seja interessado demais.

– Mas não se pode deixar de pensar nessas coisas. Miguel precisa se interessar por isso.

– Sim, mas não tanto quanto Oliver... Aliás, se seu namorado fosse "menos interessado", assim como o Miguel é, talvez ele estivesse aqui com você neste exato momento e não em outro continente.

– Mas...

– Não acha que seria melhor assim? – disse Lucy com seu olhar penetrando em Ana.

– É... Seria.

Miguel ficou calado enquanto as duas debatiam. Ana do lado dos sonhadores interessados e Lucy do lado dos realistas conformados... Um debate entre esses três jovens sobre esse tipo de filosofia de vida parecia mais complicado do que debater religião, estilos musicais ou Donald Trump. Era melhor mudar de assunto.

– Outro brinde à porra da felicidade!!! – propôs Miguel.

– À PORRA DA FELICIDADE! – Eles brindaram novamente.

* * *

Era aproximadamente meia-noite e os três estavam na sala, Lucy e Ana sentadas no sofá grande enquanto Miguel estava acomodado em um pufe verde-claro próximo a elas. Assistiram *This Is It*, de Michael Jackson, tecendo inúmeros comentários e elogios ao artista. Miguel jurou que sabia fazer todos os passos de dança mais famosos do rei do pop, e foi muito engraçado vê-lo demonstrar que estava enganado, melhor ainda foi o fato de ele não desistir e continuar tentando mesmo trombando com o sofá e a mesa de centro, derrubando uma cadeira, escorregando e caindo no chão. Obviamente, colocou a culpa no chão e na falta de um calçado apropriado.

– Miguel, é melhor você sentar ou vai acabar quebrando o apartamento inteiro – disse Ana enquanto ria.

– Sério? Eu posso fazer isso a noite inteira... – Ele esfregou as mãos na canela direita, fazendo uma careta engraçada.

– Você é um palhaço.

– Eu sei. – Ele esparramou-se no sofá pequeno e olhou para Ana. – Eu estava pensando...

– Atenção, isso é raro – disse Lucy, sorrindo.

– "Atenção, isso é raro" – disse ele, imitando-a com uma voz fina e irritante.

– Eu não falo assim, seu moleque.

– Como eu dizia... – Ele parou por alguns segundos. – Droga!

– Droga?

– Esqueci o que ia falar – lamentou Miguel, corando.

– Nós bebemos uma garrafa inteira de vinho e você é que fica alterado?

– Eu bebi apenas uma taça. Você bebeu todo o resto, Lu.

– Detalhes...

– Falando em detalhes, eu tenho outra dúvida, Miguel – disse Ana.

– E eu estou começando a me assustar. – Ele riu e fez Lucy rir também.

– Não seja bobo e me responda.

– Tudo bem, faça sua pergunta.

– Quando você saiu do Brasil, o que você deixou?

– O que eu deixei...

– Não me leve a mal, mas algumas vezes eu olho para você e percebo algum tipo de angústia ou tristeza... Você é divertido, engraçado e sempre está de bom humor, mas não consegue disfarçar tudo.

– Sério? – indagou Miguel, um pouco surpreso.

– Eu também percebo isso, Annie.

– De fato, eu deixei algumas coisas no Brasil... – Ele parou de falar e olhou para o teto. – Uma bola de futebol, meu PSP, minha bicicleta...

– Não banque o engraçado agora... Fale a verdade – disse Lucy, sorrindo.

– Na verdade, eu não deixei... Perdi...

– Quer compartilhar?

– Não hoje, Ana...

– Lembro que você disse que sentia saudade dos seus pais e irmãos.

– Sim, muito.

– E do que mais? – perguntou Ana, desencostando as costas do sofá e ficando cada vez mais interessada.

– Várias coisas...

– Quais?

– Quantas perguntas... – disse ele com um sorriso forçado, tirando uma bala de menta do bolso e oferecendo para elas. As garotas recusaram.

– Pare de enrolar e responda. – Lucy também estava interessada.

Ok, mas não tem nada de especial. É só a comida da minha mãe, a rede que tínhamos no quintal, programas de TV... Morar em outro país é uma mudança bem maior do que parece e você passa a sentir falta até das coisas mais simples.

– Acho que Oliver passou por isso também.

– Mas para Miguel é mais difícil – afirmou Lucy.

– Por que acha isso?

– A mudança de idioma... Lembra como ele era meio atrapalhado quando conversava?

– Eu melhorei bastante nessa parte.

– Com certeza, mas sua pronúncia ainda não é perfeita.

– Existia alguém especial para você lá no Brasil? – perguntou Ana, sendo imediatamente encarada por Lucy. – Que foi? Eu só achei a história dele parecida com a do Oliver. Eles saíram de seus países para estudar em outro, pensei que poderia haver mais coincidências.

– Quer saber se eu também tinha uma namorada lá?

– Sim.

– Eu tinha.

– Qual era o nome dela?

– Camila. – O sorriso do rosto dele não disfarçava a tristeza em seus olhos.

– O que houve entre vocês? – perguntou Ana, com um pouco de receio.

– Pouco antes de eu vir para os Estados Unidos, eu terminei com ela.

– Por qual motivo?

– Eu achei que tinha que fazer isso.

– Vocês se amavam?

– Tanto quanto dois jovens de dezessete anos conseguem.

– E você simplesmente desistiu? – perguntou Ana, enquanto Lucy apenas observava ambos, sem falar nada.

– Sim, talvez eu não estivesse tão comprometido... O importante é que ela está bem agora. Está trabalhando, estudando e namorando...

As garotas ficaram em silêncio, pensando no que Miguel dissera. Ele demonstrou bastante frieza em seu relato, como se esse episódio de sua vida não tivesse relevância. Isso surpreendeu Ana negativamente.

– Vamos mudar de assunto antes que esse silêncio me deixe maluca ou pior, sóbria – disse Lucy em voz alta, tentando animar o ambiente novamente.

– Na verdade, acho que é uma boa hora para ir embora, já passou da meia-noite – disse ele, levantando-se.

– Ah, não, Miguel. Fique mais um pouco – pediu Lucy, levantando-se também, junto com Ana.

– Não vá agora, eu prometo que não faço perguntas novamente. Vamos só continuar a nos divertir – Ana também tentou convencê-lo.

– Sim, estávamos nos divertindo... Pode voltar a destruir a casa dançando "Thriller", se quiser.

– Convite tentador, Lucy – disse ele, sorrindo.

– Então aceite.

– Eu realmente preciso ir. Amanhã eu trabalho no restaurante de tarde e de noite e já estou com muito sono. – Ele caminhou até a cozinha.

– Bom, se não tem jeito de te convencer... Muito obrigada por ter vindo aqui hoje e cozinhado para nós.

– Ele cozinhou para mim... Você apenas foi convidada, Annie.

– Desculpe-nos por qualquer incômodo, Miguel – disse Ana, fingindo ignorar o que Lucy disse.

– Não se preocupe, sou eu que peço perdão pela bagunça que fiz.

– Mas você deixou tudo arrumado na cozinha.

– Estou falando das agressões aos seus móveis enquanto eu dançava.

– Te mandaremos o orçamento da manutenção – disse Lucy, provocando risos em todos.

– Muito obrigado pela hospitalidade, meninas, e obrigado pelo presente, Ana. – Ele pegou suas bolsas com seus equipamentos.

– Por nada. Não deixe de usar a camisa, ficou ótima em você.

– Pode deixar. E não se esqueçam de fazer as compras. Alguns equipamentos de cozinha e temperos não fazem mal a ninguém.

– Nós até toparíamos, mas não fazemos ideia do que comprar – disse Ana, encabulada.

– Não tem problema. Avisem quando puderem fazer as compras que eu passarei uma lista do que seria ideal.

– Você se preocupa mesmo conosco, não é?

– Claro, temos o dever de cuidar dos nossos amigos.

– Então nos considera suas amigas? – perguntou Lucy.

– Claro! E espero que a recíproca seja verdadeira.

– Com certeza! – disse Ana, sorrindo.

– Ótimo. Avisem-me se precisarem de alguma coisa.

– Está bem, obrigada.

– De nada.

– Tome cuidado no caminho de volta – disse Ana estendendo sua mão direita para ele.

– Tomarei. – Com um aperto de mãos eles se despediram.

– Eu te levo até lá embaixo, Miguel. – Lucy seguiu-o e passou pela porta, não sem antes reparar em Ana cruzando os dedos e fazendo mímicas para dizer que estava torcendo para que acontecesse algo entre os dois.

* * *

Desceram o primeiro lance de escadas sem conversar, até que Lucy quebrou o silêncio.

– Por que mentiu sobre a Camila? – perguntou Lucy, olhando para o chão.

– Quem disse que eu menti? – respondeu Miguel, olhando para o teto.

– Não perca seu tempo tentando negar. – Lucy olhou para ele.

– Você está imaginando coisas. – O rapaz continuou olhando para o teto enquanto descia lentamente a escada, degrau por degrau.

– Eu te disse que sou boa em ler as pessoas e saber quando estão mentindo. Não enrole e conte tudo.

– Bem que eu pensei que não conseguiria te enganar. – Ele sorriu.

– Ninguém consegue.

– Bom pra você.

– Conte-me logo... E pare de olhar para o teto ou vai cair.

– Por que quer tanto saber? – Miguel olhou para ela dessa vez.

– Por nada... Eu só fiquei interessada. Não é nada de mais.

– Só um pequeno interesse, não é?

– É... Só isso.

– Então não tem problema ficar sem saber, já que não é nada de mais.

– Ah... Olha só quem está bancando o espertinho agora.

– Tenho meus momentos, afinal sou seu Badawan...

– É Padawan.

– Isso mesmo.

– Não seja horrível comigo, conte-me, por favor – disse Lucy, agarrando-o pelo braço e encostando-se nele.

– Eu sei o motivo de você querer tanto saber disso – disse Miguel, tentando se desvencilhar dela enquanto ria. – Você quer juntar mais informações no seu dossiê mental sobre mim.

– Acertou na mosca. – Ela encostou-se ainda mais.

– Cuidado, Lucy. Estamos no meio de uma escada.

– Conte-me!

Miguel parou e olhou nos olhos dela. Ele não era tão esperto ou observador quanto Lucy, mas notou nela uma característica que até então desconhecia... Ela era muito curiosa. Ele então decidiu usar isso a seu favor.

– Eu conto, mas tem uma condição.

– Vai mesmo fazer esse joguinho comigo? – Lucy parou de descer.

– Se você não quiser, eu vou embora, por mim tanto faz – disse Miguel, também parando.

Lucy o olhou com os olhos cerrados, tentando enxergar alguma abertura na postura dele, alguma pista de que fosse um blefe, mas Miguel parecia confiante e determinado como ela nunca viu antes.

– Tudo bem, eu deixo você me beijar...

– N-Não era isso que eu ia pedir – disse ele, corando.

– Mas gostou da ideia?

– Não mude o foco... A minha condição não vai mudar.

– Não custa tentar, não é? – Ela riu. – Diga logo sua condição.

– Eu te conto a verdadeira história, mas você terá que dizer a verdade para a Ana.

– Por que você quer tanto que eu conte para ela?

– Por que faz uma pergunta da qual já sabe a resposta?

– Você está ficando bom nisso... – disse ela, impressionada.

– Estou aprendendo com a melhor – disse ele sorrindo.

– Mesmo que eu conte a verdade, isso não significa que o caminho estará livre para você.

– Eu não tenho um plano mirabolante, Lucy. O que eu quero é apenas uma relação natural com ela e com você, sem as suas manipulações.

– Parece que só eu enxergo o que pode acontecer entre vocês dois e o quanto isso pode machucar a ambos – disse ela cruzando os braços, desolada.

– Começou a preocupar-se comigo agora?

– Eu vi a cara que você fez quando ela falou da camisa e do Oliver.

– Ficou tão evidente?

– Para mim, sim.

– Mas eu já superei, estou pronto para outra, acredite...

– Se as coisas continuarem desse jeito, em poucos meses nós três estaremos muito próximos... Já pensou que quando o Oliver voltar e eles se casarem, o que quer que você tenha sentido naquela hora será sentido novamente, mas com muito mais intensidade?

– Penso bastante nisso ultimamente, mas tenho bem definido na minha cabeça que a amizade que tenho hoje já me satisfaz, não é como se eu fosse perder tudo – disse ele, encostando-se na parede.

– Contenta-se apenas com a amizade dela?

– Claro. Não acredita que é possível amar uma pessoa mesmo sem tê-la, ou talvez reconhecer que ela é mais feliz com outro e torcer para que continue assim?

– Amar? Já está nesse ponto?

– G-GOSTAR! Eu quis dizer gostar... – ele se corrigiu, desconcertado.

– Sei... Deve ter sido um daqueles momentos em que você se confunde com nosso idioma, certo? – disse Lucy, com a sobrancelha esquerda erguida.

– S-Sim... Com certeza.

– Porra... Vocês dois ainda me darão muita dor de cabeça.

– Deixe isso de lado e responda minha pergunta. Você acredita ou não?

– Sempre achei impossível – respondeu Lucy, sucinta. – Mas... talvez você seja umas das poucas pessoas no mundo capazes disso. Peço a Deus para não estar errada.

– Você nunca está – disse ele, repousando a mão direita no ombro esquerdo dela. – Além do mais, eu ainda terei você, a amiga mais barra pesada que já tive.

Lucy sorriu e o abraçou. Mais uma vez ela constatou que, quanto mais tempo passava com Miguel, mais confiava nele.

– Está bem... Eu conto a verdade para a Ana. Vou confiar que você não estragará tudo, embora esteja apaixonado por ela.

– Obrigado... E eu não estou apaixonado por ela.

– Eu não acredito nisso, mas agora conte-me logo toda a história.

– Tudo bem... Sente-se.

Sentaram-se nos degraus das escadas, já estavam quase no andar térreo. Como já passava da meia-noite, não haveria movimentação no local, então eles ficaram tranquilos e à vontade. Lucy apoiou o rosto nas mãos e os cotovelos nos joelhos.

– Eu namorava a Camila há quase dois anos quando precisei morar aqui.

– Quantos anos você tinha?

– Vim para os Estados Unidos com dezoito.

– E foi você mesmo quem terminou?

– Sim, mas não era isso que eu queria. Eu realmente gostava muito dela. Ela era muito divertida, me acompanhava em todos os lugares que eu ia, me apresentava muitas coisas novas... Eu não queria que ela saísse da minha vida.

– Não tentou um relacionamento a distância?

– Esse é o motivo de eu não contar essa história para a Ana... Você acha que está dando certo para ela morar tão longe do noivo?

– Não digo que está dando errado, mas com certeza ela merecia algo melhor.

– Foi o mesmo que pensei naquela época. Quando percebi que não conseguiria voltar ao Brasil tão cedo, tive que tomar essa decisão dolorosa, mesmo que fosse para o bem dela.

– Como foi terminar o namoro com ela?

– Horrível. Só existe uma coisa pior do que dizer adeus a uma pessoa que você ama... É não ter a chance de dizer.

– Então você aproveitou sua chance.

– Aproveitei... Eu acho que ela entendeu a minha situação perfeitamente, mas isso não tornou as coisas mais fáceis ou menos dolorosas. Nós continuamos conversando por quase um ano. Camila dizia que me amava todos os dias e, embora eu sentisse o mesmo, torcia para que ela me esquecesse. Eu me odiei por não conseguir colocar um ponto-final, por ver o tempo passar e perceber que ela ainda tinha esperanças, que ainda esperava por mim, que desperdiçava sua vida... Mas tudo mudou quando ela entrou na faculdade e conheceu novas pessoas, apaixonou-se pelo que estudava e começou a trabalhar... Meses depois, ela começou a namorar um dos nossos melhores amigos da época da escola e gradativamente nos afastamos.

- Que grande amigo... - comentou Lucy, irônica.

- Eu fiquei feliz por ser ele. Eu o conheço bem e não poderia desejar um cara melhor para ela. Camila merecia alguém que pudesse tomar conta dela, já que eu não poderia mais.

- Dizem que o amor cria um vínculo tão forte que não se desfaz nem mesmo quando desejamos... Será que você a amava de verdade?

- Eu sacrifiquei minha vontade de ficar com ela para não me tornar uma pedra em seu caminho, fiz o possível para que ela sofresse somente no início enquanto eu sofro até hoje, de certa forma. Então, acho que posso afirmar que sou a pessoa que mais a amou neste mundo.

- Não ama mais?

- O que eu amo agora é o que ela fez por mim, a participação que ela teve na minha vida... Nunca paro de pensar que, se não tivesse saído do Brasil, com certeza eu ainda estaria com ela e seria mais feliz do que sou hoje. - A expressão de Miguel demonstrava um pouco de tristeza. - Mas o tempo resolveu o meu problema e aos poucos eu consegui superar.

- Se você voltasse para o Brasil agora e a encontrasse solteira, voltaria a namorá-la se ela pedisse?

- Acho que não.

- Estou surpresa.

- A nossa história já foi contada, foi divertida, romântica e teve um final triste, mas ambos estamos felizes agora e isso é o que mais importa. Como eu disse, já superei isso e estou pronto para viver mais histórias.

- Você tinha razão em não falar sobre isso para Ana.

- Que bom que também acha... Mas quero deixar claro que, mesmo que o namoro a distância não tenha funcionado para Camila e eu, não significa que não pode funcionar para Ana. Não há regras para isso.

- Só há a certeza de que ambos sofrerão em algum momento.

- Claro. Mas o sofrimento é uma das melhores formas de provar que você ama alguém. Sofrer por amor é como abrir a boca para falar... Faz parte do processo.

- Mas tudo tem limites.

- Sim. Sofrer demais pode indicar que algo não está dando certo, mas isso só quem pode dizer são os dois envolvidos.

- Isso foi uma indireta para eu parar de me envolver?

- Não, acho que fui bem direto. Deixe Ana fazer o que ela achar melhor. Sofrer por amor é ruim, mas nada é impossível de ser superado. Digo isso por experiência própria... – Após uma pausa silenciosa, ele mudou de assunto. – Agora que eu contei a minha verdade, é sua vez de contar a sua.

– Sim, trato é trato. Explicarei tudo para Ana assim que eu puder.

– Você tem que contar hoje, assim que voltar ao apartamento.

– Ok... – disse Lucy, bufando. – Mas não tenha esperanças...

– Já disse para não se preocupar comigo, apenas estar perto de vocês é suficiente para mim.

Com um sorriso, Miguel levantou-se e continuou a descer as escadas. Lucy o seguiu enquanto refletia sobre tudo que ouvira dele.

* * *

Alguns degraus acima, encostada na parede, Ana tentava entender toda a situação. Quando Miguel e Lucy desceram, ela os seguiu discretamente. As meias em seus pés ajudavam a diminuir o som de seus passos e a protegia da sujeira do chão. Estava ansiosa para saber se iria rolar um clima entre eles... Ela torcia por isso desde que Lucy confessou estar apaixonada pelo rapaz, mas o que aconteceu a pegou de surpresa. Ana não escutou toda a conversa dos dois por estar longe e ter demorado para chegar, porém ouviu a história completa sobre Camila e ficou curiosa sobre a tal verdade que Lucy deveria lhe contar. A curiosidade era grande, mas ela preferiu aguardar um pouco mais.

* * *

Lucy e Miguel despediram-se com um beijo no rosto. Ana acompanhou tudo de longe e subiu, tão incógnita quanto foi ao descer. Lucy chegou minutos depois ao apartamento 37, perdida em seus pensamentos. Ela sabia que, se contasse para Ana que andara manipulando as coisas ao redor dela novamente, haveria mais uma briga. Desta vez ela não tinha uma desculpa pronta, já que havia prometido nunca mais fazer isso.

– Você demorou – disse Ana, saindo do quarto de braços cruzados.

– Culpa do Miguel. Quando ele começa a falar, parece que nunca mais vai terminar. – Lucy deitou-se no sofá e ligou a TV.

– Vocês devem ter conversado bastante...

– Sim.

– Algum assunto em especial? – Ana sentou-se no braço do sofá, próximo à cabeça de Lucy.

– Segredinhos.

– Hum... Vai guardar segredinhos de mim, sua melhor amiga?

– Não foi nada importante, só as conversas estranhas dele.

– Então, sem novidades para me contar?

– Sem novidades... Já disse para você não se preocupar com nós dois.

– Desculpe-me. A última coisa que quero é me meter na sua vida amorosa.

– Como se eu tivesse uma... – Lucy sentiu um frio contornar sua coluna, Ana estava estranha. Parecia saber o que estava acontecendo.

– Ok, boa sorte na próxima vez. Eu vou tomar banho e dormir, estou exausta. – Ana beijou a testa de Lucy e caminhou para o banheiro.

– Bom banho e boa noite. Vou ficar um pouco aqui na sala assistindo.

O fato de Lucy ter evitado contato visual mais do que provou para Ana que, fosse lá o que fosse a tal verdade, ela não iria contar, não importava que tivesse prometido isso para Miguel. Só havia uma forma de descobrir...

* * *

Brazilian Taste, aproximadamente uma hora depois.

Miguel estava parado debaixo do chuveiro, banhando-se lenta e prazerosamente. Próximo ao armário com espelho estava seu celular, que tocava uma de suas playlists favoritas que misturava Disturbed, Iron Maiden, Queen, Ozzy Osbourne, entre outras potências do rock. Subitamente, o celular vibrou. Ele esfregou o rosto para tirar a espuma e olhou para o aparelho, mas não conseguiu enxergar o que era exibido na tela, pois o vidro do box estava muito embaçado. Antes de pensar em outra coisa, o celular vibrou mais uma vez...

Após terminar seu banho, ele secou-se e tratou de saciar sua curiosidade. Eram duas mensagens de Lucy. A primeira era: "Adorei a sua comida, mas da próxima vez quero comer a típica comida brasileira". A segunda era um recado: "Já fiz minha parte no nosso acordo". Ele sorriu de satisfação com a certeza de que agora Ana sabia sobre a mentira de Lucy e que tudo estava resolvido. Era importante que a relação deles se desenvolvesse ancorada em conceitos verdadeiros. Minutos depois, ele deitou-se e dormiu.

* * *

Meses depois...

No domingo mais quente do ano até então, Miguel caminhava no parque carregando dois sorvetes de casquinha, um para ele e outro para Ana, que o esperava sentada no banco. Ela o recebeu com o sorriso mais lindo dentre todos os sorrisos que ele já viu e isso o fez perceber o quanto ele gostava de recebê-los.

– Obrigada – disse ela, pegando seu sorvete de morango.

– Me deve dez dólares.

– Tudo isso?

– Incluí outros favores na sua conta – disse ele, provando seu sorvete de coco.

– Te devo tanta coisa assim?

– Deve.

– Não está me confundindo com a Lucy, que sempre te pede para cozinhar para ela?

– A conta dela é separada... E é bem maior que a sua.

– Graças à insistência dela, você é como nosso cozinheiro particular há meses. – Ana sorriu.

– Posso ser um cozinheiro particular para ela, mas pensei que fosse algo mais para você.

– Tipo o quê?

– Não sei, me diga você.

– Por que dizer, se eu posso mostrar? – Ana aproximou-se dele fechando os olhos e repousando a mão direita em seu peito. Miguel pôde sentir em seu hálito o doce cheiro de morango e seu corpo sofreu algumas reações involuntárias. De olhos fechados, ele aguardou até que os lábios de Ana tocassem os seus, mas isso não aconteceu...

Quando abriu os olhos, não era mais um domingo ensolarado, e sim uma madrugada fria de sábado, ele não estava em um parque, estava em sua cama. Era tudo um sonho.

– Não acredito que isso está realmente acontecendo – disse ele, finalmente constatando o que sentia por Ana e lamentando ter acordado cedo demais.

Inconformado e ciente de que esse sentimento o faria sofrer, Miguel pegou seu celular, que havia caído no chão enquanto dormia. Ele queria escutar algumas músicas para se distrair e fugir dos pensamentos que o estavam assustando. Quando a tela acendeu e ele viu a notificação de uma nova mensagem recebida um minuto atrás, ele ficou curioso, mas quando viu o remetente, sua mão começou a tremer e respirar ficou difícil. Era Ana convidando-o para tomar café da manhã no Manny's Coffee no domingo. Com o coração disparado e a ansiedade o fazendo sentir como se estivesse fervendo por dentro, ele respondeu a mensagem confirmando sua presença, em seguida, deixou tocando no celular uma playlist com músicas "leves", como as das bandas Atreyu, Slipknot e System of a Down.

* * *

Prédio de apartamentos Rising Star, apartamento 37.

Eram aproximadamente três horas da madrugada e Ana estava sentada em sua cama de frente para o computador fazendo uma ligação para Oliver quando seu celular vibrou. Ela pegou o aparelho e viu que era a resposta de Miguel, mas no momento tinha algo mais importante para resolver. Fazia três dias que ela não conseguia conversar com seu noivo, mas ele havia prometido que desta vez nada iria atrapalhá-los. Após três chamadas pelo Skype sem resposta, Oliver finalmente atendeu.

– Oi...

– Oliver?

– Oi, meu amor.

– Não estou te vendo.

– Estou atrás da câmera.

– Por quê?

– Porque eu estou procurando uns papéis que preciso usar hoje.

– Apareça, eu quero te ver.

– Espere só um minuto... Eu odeio quando isso acontece, me esforço tanto para manter tudo organizado e em apenas um momento de desatenção olha só o que acontece...

– Não estão perto da sua cama?

– Já procurei por lá... Quando eu estou cansado demais para guardar as coisas, eu costumo deixar tudo na cabeceira da minha cama.

– De quantas folhas estamos falando?

– Duas.

– Grampeadas?

– Não.

– Você continua dormindo com a janela aberta?

– Sim...

– Olha embaixo do seu guarda-roupa.

– Embaixo do... É claro! Vou ao quarto, já volto. – Ana ouviu os passos rápidos de Oliver aproximando-se até ele passar rapidamente na frente da câmera. Ela reparou que ele usava um terno cinza e gravata preta, seu tipo de traje habitual no trabalho.

– ACHEI! – gritou Oliver, do quarto.

– Não precisa me agradecer.

– O que eu faria da vida sem você? – perguntou ele, finalmente aparecendo no vídeo.

– Concentre-se no que pode fazer da sua vida comigo – disse ela com um sorriso. – Estou com saudades de você.

– Eu também.

– Você está tão bonito...

– Obrigado, você também está.

– Claro que não. Estou de pijama e você de terno e gravata. Aliás, por que está vestido assim?

– É que tenho uma reunião de trabalho hoje.

– No sábado?

– Sim. Alguns clientes possuem uma agenda bem peculiar e nós temos que nos adequar à disponibilidade deles.

– Já está de saída?

– Não, claro que não... Ainda podemos conversar por alguns minutos.

– Alguns minutos? Pensei que conversaríamos por mais tempo, já que faz três dias que não nos falamos. – Ana aumentou o tom de sua voz, depois olhou para Lucy, temendo tê-la acordado.

– Calma, meu amor. Eu juro que tinha reservado o dia de hoje para conversar bastante com você, mas o encontro de hoje é...

– Já sei... O encontro de hoje é muito importante e você não pode ficar de fora – interrompeu Ana, irritada. – Sempre surge algo assim quando estamos conversando, parece que você trabalha 24 horas por dia.

– Ana, não seja injusta. Não é sempre que isso acontece.

– Mas acontece e atrapalha.

– Lembra-se de quando conversamos por cinco horas seguidas? Nada nos interrompeu daquela vez e nós sempre conversamos quase todos os dias, mesmo que rapidamente.

– Mas não é o suficiente.

– Como não? Nós conversamos sobre tudo, o papo está sempre em dia...

– Já disse que isso não é o suficiente.

– Quer conversar mais? Podemos tentar arrumar um tempo para isso.

– Não, seu idiota. Eu sinto falta de estar com você, de te abraçar, sentir você me esquentando... Se eu pudesse pelo menos sentir o seu cheiro, já seria muito bom.

– Fique calma.

– Não me peça para ter calma, isso só me irrita mais.

– E o que eu posso fazer, então?

– Diga que me ama.

– Mas você já sabe qu... – Oliver interrompeu sua frase ao perceber no rosto de Ana um olhar assustador. – Eu te amo muito, Ana. Esse amor é a luz que ilumina a minha vida e me faz seguir em frente a cada dia.

Os olhos de Ana encheram-se de lágrimas. Ninguém sabia a intensidade do amor que ela sentia por Oliver e nem o quanto ela precisava saber que ele também a amava... Ele era a parte da vida dela que mais dava certo e durante um bom tempo fora a única. Era por isso que ela precisava tanto dele.

– Eu também te amo – disse ela, secando as lágrimas.

– Está tudo bem com você?

– Tudo bem, é só que essa semana foi muito estressante. – Ana preferiu não falar sobre o quanto estava incomodada em saber que Lucy e Miguel escondiam algo dela.

Aos poucos a conversa com Oliver foi adotando um teor mais calmo e romântico, como de costume, e toda a irritação deu lugar à felicidade. Infelizmente, isso não durou muito tempo. Oliver partiu menos de quinze minutos depois, e mais uma vez a tristeza e a solidão voltaram a acompanhá-la em mais uma noite. Antes de dormir, ela conferiu a mensagem de Miguel, em que ele confirmava a presença no encontro do dia seguinte. Junto com o texto ele mandou um GIF do Michel Jackson executando o Moonwalker. Ela riu ao lembrar-se do quanto ele se machucou tentando dançar. Enquanto sorria, ela dormiu.

* * *

Manny's Coffee. Dez horas da manhã de domingo.

Ana e Miguel acomodaram-se em uma mesa próxima à janela para tentar aproveitar um pouco dos raios de sol, pois, apesar do calor que fazia na rua, dentro da cafeteria estava frio. Para Miguel, estar na presença de Ana era totalmente diferente agora que ele sabia com certeza que estava apaixonado por ela. Ele reparou melhor no cabelo com pontas onduladas, nos olhos azuis claros, no nariz um pouco comprido, mas de bela forma, nos dentes perfeitos e brancos, nas unhas bem feitas, um pouco compridas e pintadas de azul... O vestido (também azul) que ela usava era um pouco acima do joelho e ressaltava sua silhueta fina, porém curvilínea, atraente ao extremo para ele. Apesar disso, ele queria resistir ao seu sentimento e evitar o sofrimento que certamente teria... Ele pediu a Deus que isso acontecesse quando orou antes de sair de casa.

– Você ficou muito bem com esta camisa – disse Ana, olhando para o presente que dera a ele.

– Eu gostei tanto que fiz questão de usar hoje.

– Mas ela não combina com essa calça preta rasgada nos joelhos, nem com esse cinto cheio de espinhos cromados.

– Nunca fui bom em combinar roupas.

– Da próxima vez, tente uma calça e um cinto mais discretos.

– Mas são minha calça e cinto preferidos.

– Vinho é minha bebida preferida, mas não estou bebendo agora... – disse ela sorrindo.

– Acho que entendi... Por falar em bebida, tem certeza de que não quer beber nada?

– Tenho. Eu só quero conversar um pouco com você.

– Quero avisar que não vou te dar um gole do meu cappuccino.

– Cuidado para não engasgar. – Ana sorriu em resposta à brincadeira.

Miguel disfarçava bem a ansiedade e o nervosismo que estava sentindo. Ele parecia calmo e bem-humorado, mas na verdade estava quase explodindo de curiosidade para saber o que Ana queria conversar com ele.

Foi então que ela perguntou:

– Não está curioso em saber o motivo de eu te chamar aqui?

– Não muito... Não precisamos de muitos motivos para chamar um amigo para tomar café da manhã e conversar.

– Mas eu tenho um assunto muito sério a tratar com você.

– Comigo? – O estômago de Miguel passou um sinal de alerta que ele recebeu claramente.

– Sim. Existe um segredo entre você e Lucy que você insiste que ela me conte.

– Não entendi.

– Ontem eu escutei vocês conversando nas escadas, peguei só parte da conversa e ouvi você pedindo a ela que me contasse a verdade sobre algo.

– Espere... Você escutou o que conversamos ontem nas escadas?

– Sim. Agora sei a verdade sobre sua história com Camila.

– Meu Deus... Olha, não era o que você pensava. Na verdade, eu era muito jovem, não quer dizer que eu estava certo e que aquela era a única solução...

– Relaxe, Miguel – interrompeu Ana. – Na primeira vez que você falou que terminou o namoro com ela, eu achei um pouco egoísta da sua parte. Mas depois de saber a verdade, percebi que você era mesmo o cara altruísta que eu achei que fosse.

– Desculpe por mentir para você... Eu achei que era o melhor a fazer naquele momento.

– Eu sei que você quis me poupar. Foi muito legal da sua parte, obrigada.

– Por nada.

– Mas o que eu queria mesmo era saber o que a Lucy tem para me contar.

– Então ela não te contou...

– Mal nos falamos no sábado... Está nítido que tem algo incomodando ela, como se estivesse brigando internamente para decidir se conta ou não conta.

– Onde ela está agora?

– Visitando a mãe, mas não tente fugir da conversa. Se ela não consegue me contar, então você é que vai.

– Eu?

– Claro, foi você quem insistiu para ela me contar isso.

– Bom...

– Por favor! – interrompeu Ana. – Saber que ela está escondendo algo de mim é assustador. Ela é a minha melhor amiga, eu confio nela, moramos juntas... Eu preciso saber o que é tão horrível a ponto de ela esconder de mim.

– Não é tão horrível...,

– Então me conte.

Ele respirou fundo, olhando para o chão, tentando reunir coragem para contar.

– Ela não está apaixonada por mim – disse Miguel, ainda olhando para o chão.

– Como você...? – Ana interrompeu-se, absorvendo a informação.

– Era mentira.

– Por que ela mentiria assim?

– Eu acho melhor você conversar com ela. – Ele bebeu um gole de seu cappuccino.

– Eu não quero conversar com ela... Não quero brigar.

– Mas não é certo que eu fale.

– Você já começou.

– Mas não preciso terminar – disse ele, reparando nos olhos de Ana cheios de lágrimas.

– Por favor, conte-me.

– *Cacete...* – disse ele coçando a cabeça. – Antes de qualquer coisa, saiba que ela teve a melhor das intenções.

– Quando começa assim...

– Espere, eu vou explicar tudo... – Ele respirou fundo antes de continuar. – Por onde eu começo, meu Deus...?

– Pelo início, dizendo a verdade nua e crua.

– Tudo bem... Lucy disse que você anda bastante triste ultimamente devido às dificuldades do seu relacionamento a distância. Ela fica muito incomodada quando te vê sofrendo por isso. Segundo Lucy, somente ela não estava sendo o suficiente para te distrair desses problemas, mesmo que tentasse de tudo... – Ele parou, corando.

– Continue.

– *Puta que pariu, como é que eu falo disso pra ela?*

– Em inglês, por favor. E sem palavrões.

– Desculpe. – Ele passou a mão na cabeça, novamente demonstrando seu nervosismo. – Segundo a Lucy, e que fique claro que esta é a opinião dela... Quando eu apareci, foi como se ela recebesse uma ajuda. Ela acha que, quando eu estou por perto, você se diverte mais e esquece os problemas. Lucy disse que vocês fornecem tudo o que precisam uma para a outra e por isso não precisavam de mais amigos, mas aí eu apareci e houve uma diferença. – Enquanto Miguel falava, seu rosto ficava cada vez mais avermelhado.

– Lucy, sua idiota – disse Ana, também vermelha.

– Não fale mal dela. Lucy se preocupa muito com você.

– Eu sei, mas ela não entende que a companhia dela já é tudo o que eu preciso e não há necessidade de procurar por mais.

– Oh... – O rosto de Miguel ficou triste.

– Não me entenda mal, eu estou adorando nossa amizade...

– Tudo bem.

– Continue.

– Ela achou que seria interessante me manter por perto, mas isso poderia gerar um problema...

– Que problema?

– Ela pensou que você e eu somos muito compatíveis e que talvez, no futuro, isso poderia atrapalhar seu relacionamento com o Oliver.

– O QUÊ?

– Foi o que ela disse, mas eu não acho que...

– Não acredito que ela te disse uma coisa dessas... – Ana o interrompeu.

– Por favor, não fique nervosa.

– Ela sabe que é impossível que eu traia o Oliver com você. – Ana reparou no efeito que suas palavras fizeram em Miguel. – Desculpe. Não quero ser rude, eu quis dizer que não sou capaz de trair alguém, com ninguém, entendeu?

– Vou dizer que sim para não te ouvir explicar isso de novo – disse ele, tomando outro gole de seu cappuccino. – Em resumo, ela queria me manter perto de você, mas não tanto a ponto de um de nós se apaixonar.

– Eu já sou apaixonada.

– Não estava falando de você... – Miguel olhou nos olhos de Ana, surpreendendo--a. Era a vez de o estômago dela enviar sinais estranhos para seu corpo. – Ela nunca irá admitir, mas eu sei que ela também pensou em me proteger disso. Então, a melhor forma de controlar nossa convivência foi...

– Fingir estar apaixonada por você, para sempre ficar entre nós dois...

– Sim... Na mente dela, seria ótimo que você e Oliver acreditassem que somos um casal. Seria menos preocupações para ambos.

– E quanto a você?

– Ela tentou me enganar, mas eu logo percebi a farsa e a repreendi.

– Ela não muda. Sempre tentando assumir o controle de tudo e manipular as pessoas ao seu redor.

– Eu disse a ela que parasse com isso, que deixasse as coisas evoluírem de forma natural.

– E o que ela disse?

– Ela me criticou por deixar as coisas sempre ao acaso.

– Igual eu fiz quando insisti que você pensasse mais no seu futuro?

– Tipo isso. Mas pensando bem, você não acha que deixar as coisas ao acaso tornou nosso reencontro mais interessante?

– Não posso negar – disse ela, lembrando-se da madrugada no Forsaken Nightclub e de toda a diversão que veio depois. Ana sorriu.

– Eu pedi que ela parasse de tentar controlar nós dois, mas ela continuou a me ver como uma possível ameaça ao seu relacionamento, porém, ainda assim, eu sou um tipo de mal necessário.

– Que horrível!

– Não fique brava com ela. Veja até onde ela é capaz de chegar para te proteger...

– Eu não estou brava com ela.

– Que bom.

– Estou brava com a situação. Eu não queria que ela se preocupasse tanto comigo... Era para ela estar aproveitando a própria vida e não cuidando dos meus problemas. Não bastam os problemas que a coitada já tem?

– Não sei dos problemas dela, mas sei que Lucy aproveita a vida que tem... Como você é uma parte importante disso, ela tenta te manter bem, custe o que custar.

– Olha só onde você foi se meter, Miguel.

– Pelo menos não posso reclamar da falta de emoção. – Miguel sorriu, e viu Ana começar a chorar. – Ei, não chore.

– Desculpe. Eu não queria... Tenho chorado muito ultimamente.

– Quer que eu peça algo?

– Não, eu estou bem. Fiquei triste com tudo isso, mas aliviada porque não é tão ruim quanto pensei que seria. Obrigado por me contar a verdade.

– Por nada.

– Por que as coisas têm que ser tão complicadas? Será que eu é que dificulto tudo?

– Não pense assim. A vida é uma puta com todo mundo sempre que pode.

– Concordo – disse ela, secando as lágrimas dos olhos com os dedos cuidadosamente. – Vamos sair daqui?

– *Bora.*

– *Bora?*

– É o mesmo que vamos, em português.

* * *

Miguel e Ana caminhavam pela rua e conversavam. O rapaz esforçava-se para melhorar o astral da moça, ainda entristecida.

– Quer ir fazer compras agora?

– Assim, de repente?

– Sim.

– Mas eu não estou no clima para isso.

– E como seria se estivesse no clima?

– Eu com certeza não estaria com esta cara de choro.

– Se eu fizer você gargalhar, irá fazer compras comigo?

– Você e seus desafios...

– Está com medo de gargalhar até chorar?

– Você pode tentar, mas terá que se esforçar muito para superar a última vez que aprontou no meio da rua.

– Darei o meu melhor, mas, enquanto isso, me acompanhe. – Miguel aproveitou o semáforo verde e iniciou a travessia da rua pela faixa de pedestres seguido de Ana. Quando chegaram aproximadamente à metade da rua, Miguel olhou para o lado de onde os carros vinham e parou de andar bruscamente, gritando e fazendo uma careta de desespero. – MEU DEUS!!!

Alguns pedestres pararam instintivamente ao vê-lo, outros correram para frente e alguns até mesmo gritaram. Após toda aquela emoção, as pessoas perceberam que tudo não passara de um blefe e voltaram sua atenção ao responsável, mas ele já estava longe, correndo com sua parceira, sumindo na multidão.

* * *

– Você é louco??? – questionou Ana, ofegante.

– Muito – respondeu Miguel, também sem fôlego, mas sorrindo.

– O que deu em você?

– Brigue comigo depois, agora temos que nos afastar ainda mais.

Eles caminharam por mais alguns minutos a passos rápidos para cada vez mais longe. Miguel constantemente olhava para trás, temendo ser seguido por uma de suas “vítimas”. Quando acharam que estavam seguros, pararam.

– Acho que a barra está limpa. Está muito cansada? Podemos ir devagar.

– Eu estou bem – disse Ana com uma expressão indecifrável.

– Que cara é essa?

– Eu acho que... – Ela pausou, olhando para ele.

– O quê?

– Eu acho que gostei disso. – Em seguida, Ana gargalhou.

– Eu não disse que iria te fazer gargalhar?

– Disse...

– Agora você topa fazer as compras?

– Aposta é aposta, não é?

– Ótimo. Vamos no mercado que você frequenta.

– Não é grande coisa.

– Você vai se impressionar com o que eu consigo fazer em um mercado que não é grande coisa.

– Vamos ver, mas já vou avisando que, se for aprontar outra dessas, eu não conseguirei correr de novo.

– Fique tranquila, chega de brincadeiras por hoje.

– Bom saber – disse ela, sem tirar o sorriso do rosto.

– Eu acho que um dos caras que caíram na minha brincadeira é cliente do Brazilian Taste... Espero que não tenha me reconhecido.

– Jura?

– Juro... – disse ele com um sorriso de lamentação.

– Isso é para você aprender a não pregar peças nas pessoas.

– Há um minuto você quase mijou nas calças de tanto rir.

– Não fale assim. A palavra correta é urinar, ou fazer xixi.

– Ok... Você quase fez xixi nas calças de tanto rir.

– Errado de novo.

– O que eu errei?

– Não estou usando calças, estou de vestido.

* * *

Em meio a risadas, eles seguiram a pé para o mercado. O céu estava limpo, somente o sol contrastava com a imensidão azul. Miguel sempre achou que a frase "As cores da primavera" fosse um clichê batido bastante apropriado para poesias e músicas românticas, pois isso nunca havia feito sentido para ele... até agora. Estar na presença de Ana fazia seu coração acelerar a ponto de fazer-se sentir pela garganta e todas as coisas ao seu redor estavam mais coloridas, como se antes tudo fosse preto e branco. Não havia dúvidas de que ele estava apaixonado.

– Está se sentindo melhor agora? Mais animada?

– Sim e sim – disse ela com um sorriso que o desconcertou.

– Então grave esse sentimento na memória e depois pinte-o.

– Boa ideia – disse Ana, surpresa e olhando para o céu.

– Eu também gosto do que estou sentindo agora, vou tentar cozinhar isso.

– Nós dois somos artistas.

– Mais que isso, somos sortudos. Quantas pessoas você conhece que têm o privilégio de trabalhar com seus melhores sentimentos?

– Só nós dois.

– Deve ser por isso que nos entendemos bem.

– Para ser sincera, eu acho que nunca me dei bem com alguém tão depressa quanto com você... E não é por você ter me ajudado quando nos conhecemos. É tipo empatia – disse ela, voltando a olhar para o rapaz.

– Eu sinto a mesma coisa.

– Posso te fazer mais uma pergunta?

– Já disse que tenho medo das suas perguntas. – Miguel começou a caminhar mais rápido e foi seguido por Ana.

– Não tema, essa é de leve.

– Então faça.

– Você ainda ama a Camila?

– Você disse que seria leve...

– Eu ouvi que a Lucy fez a mesma pergunta, mas sua resposta não me convenceu.

– Existem várias formas de amar...

– Não me enrole, é sim ou não – disse Ana, interrompendo-o.

– Não.

– Eu não quero que se ofenda, mas já parou para pensar que talvez você não a tenha amado de verdade? Eu não acho que é possível esquecer um amor.

– Eu não disse que a esqueci, eu só disse que não a amo mais.

– Mas o amor é um sentimento infinito, ele não pode acabar.

– Como é que eu vou te explicar, se quando eu falei das várias formas de amar você não me deixou terminar?

– Desculpe. Fale.

– Eu simplesmente não era o melhor para ela, e foi muito doloroso quando eu percebi isso.

– Como foi que percebeu?

– Toda vez que nos despedíamos depois de uma conversa, os olhos dela enchiam-se de lágrimas, a voz mudava sutilmente e a boca tremia... Até mesmo quando conversávamos por telefone eu percebia essas coisas.

– Conseguia reparar em tudo isso?

– Eu memorizei o rosto dela. Não havia nada que eu não percebesse.

– Qual a parte que você mais gostava?

– O sorriso, e foi a mudança nos sorrisos dela que me fez ter coragem de fazer o que era certo.

– Terminar?

– Na teoria, sim, mas na prática eu estava garantindo que ela pudesse continuar sorrindo por alegria e não para disfarçar a tristeza.

– Mas ela não vai mais sorrir para você.

– Não tem problema. Minha intenção sempre foi fazê-la feliz acima de tudo, acima da minha própria felicidade... Essa era a forma como eu a amava. Agora que fiz a minha parte e hoje ela está feliz, meu amor não é mais necessário.

– Mas como você fica?

– Se eu tiver paciência, pode aparecer alguém que sorria para mim como ela fazia – disse Miguel, olhando nos olhos de Ana.

– B-Boa sorte – disse Ana, sensibilizada e surpresa, torcendo para ter entendido errado a forma como ele a olhou.

– Tem algo diferente nos seus olhos... Mudou a maquiagem?

– Na verdade, é uma nova técnica de...

– Ficaram muito bonitos – disse ele, interrompendo-a e sorrindo.

* * *

Horas depois, enquanto faziam compras, conversavam sobre assuntos mais leves. Em dado momento foram abordados por um fotógrafo acompanhado da gerente do mercado, eles tiraram algumas fotos de Ana e Miguel sem que percebessem enquanto faziam compras e disseram que faziam um lindo casal, por isso pediram autorização para usar as fotos nas propagandas impressas e virtuais do estabelecimento. Ana negou que fossem um casal e não permitiu a utilização das fotos, enquanto Miguel pediu para que as passassem para seu pen drive, para guardar de recordação.

Apesar dessa interrupção, Ana não tinha dúvidas de que aquelas foram as melhores compras que já fez em sua vida. Miguel a ensinou a escolher frutas e legumes identificando se estavam frescos e maduros, deu dicas de como economizar comprando produtos em embalagens de maior quantidade, atentando-se para a data de validade, ajudou-a a diferenciar a qualidade dos alimentos e até mesmo lhe passou noções de logística, de modo que não fizeram o vai e volta entre corredores, típico de quem faz compras... Eles começaram pelo primeiro corredor à esquerda e foram avançando até o último à direita, sem repetir nenhum. Miguel reparou nos pés de Ana, que usava uma sandália que expunha seus dedos delicados e as unhas bem-feitas, pintadas de branco. Temendo estar se tornando um tarado por pés, ele tentou evitar olhá-los, mas por sua cabeça passaram várias ideias do que fazer com eles...

* * *

– Eu não vou falar com a Lucy sobre hoje.

– Vai esperar que ela te conte a verdade?

– Não faz diferença agora. Ela é um pouco exagerada, mas é sempre bem-intencionada.

– Que bom que não perdeu a confiança nela.

– Jamais.

* * *

Miguel ajudou Ana a levar as compras para seu apartamento. Despediram-se com um aperto de mãos. Ao voltar para casa, Miguel repetiu mentalmente "Não estou apaixonado" centenas de vezes. Talvez assim ele se convencesse.

De noite, Lucy não contou sua farsa para Ana e continuou planejando várias formas de controlar a aproximação entre ela e Miguel. Enquanto isso, Ana conversava mais uma vez com Oliver.

* * *

– Você acredita no sacrifício como prova de amor? – perguntou Ana, com o notebook no colo, sentada no sofá.

– Acho que esse é um recurso bastante utilizado por covardes.

– Como assim? – Ana ouvia a voz de Miguel em sua cabeça dizendo: "Foi a mudança dos sorrisos dela que me fez ter coragem de fazer o que era certo".

– Às vezes o "sacrifício" parece ser doloroso, mas não passa da solução mais simples para aqueles que não querem lutar. É mais bonito dizer "sacrifiquei" do que "desisti" – argumentou Oliver.

– Mas nem todos os casos são iguais. – Ela escutou: "Eu não era o melhor para ela, e foi muito doloroso quando eu percebi isso".

– Noventa e nove por cento são.

– Não sei...

– Nós poderíamos desistir um do outro, mas não fizemos isso.

– Já são cinco anos vivendo assim... – Mais que afirmar, Ana pareceu desabafar.

– E eu aguentaria mais cinco, se fosse preciso.

– Eu não. – Mais uma vez, ela lembrou: "... Eu estava garantindo que ela pudesse continuar sorrindo por alegria e não para disfarçar a tristeza".

– Você entendeu o que eu quis dizer... Por você, toda a espera vale a pena.

– Parece que Oliver Stone não desiste de nada – zombou Ana.

– Claro que não.

– O quanto você me ama, Oliver?

– De onde veio essa pergunta?

– Apenas me responda.

– Eu te amo tanto quanto uma pessoa pode amar alguém... Até mais que isso. Tenho certeza de que só com você eu poderei ser feliz.

– Boa resposta. – Em sua cabeça, Ana lembrou: "Minha intenção sempre foi fazê-la feliz acima de tudo, acima da minha própria felicidade... Essa era a forma que eu a amava".

– Fez alguma coisa diferente hoje? – perguntou Oliver, mudando de assunto.

– Fiz compras – disse ela com um sorriso empolgado.

– Que chato...

– Engana-se, aprendi várias técnicas, você deveria fazer compras comigo quando voltar. Você vai se surpreender.

– Eu passo. Pode se divertir comprando com a Lucy.

– Não quer fazer isso comigo?

– Tem muitas outras coisas que eu quero fazer com você quando voltar, mas compras com certeza não está na lista.

– Isso fará parte da nossa rotina quando nos casarmos.

– Até lá eu fugirei das compras – disse ele sorrindo.

– Hum...

– O que foi?

– Nada.

– Como assim nada?

– Não importa... Vamos mudar de assunto?

– Ok.

– O que achou dos meus olhos?

– O que têm eles?

– Não reparou em nada?

– Acho que não...

– Aprendi uma nova técnica com lápis e delineador. – Mais uma vez ela lembrou: "Eu tinha o rosto dela decorado na minha memória".

pergunta: com que frequência nós mentimos? Alguns estudos apontam que, em média, mentimos uma vez a cada minuto de conversa e independente do motivo. o que mais chama a atenção não é a frequência, e sim a naturalidade com que faltamos com a verdade e sequer nos incomodamos, sequer nos confrontamos ou julgamos. Mentir é tão comum que nem parece que é errado, mas é...

Miguel está mentindo para si mesmo a cada vez que tenta se convencer de que não está apaixonado por Ana. o fato de ele não saber exatamente como e quando aconteceu não significa que não esteja. Lucy está mentindo para Ana e para Miguel ao mesmo tempo sobre o mesmo assunto, embora eles já saibam disso, e Ana está mentindo para oliver a cada vez que sorri durante esta conversa, na qual, pela primeira vez, ela questiona seriamente sua ligação com o noivo. Em sua cabeça novamente ela se lembra de uma frase de Miguel: "Garantir que ela pudesse continuar sorrindo por alegria e não para disfarçar a tristeza".

capítulo 9. DISTÂNCIA

Semanas depois. Academia Extreme Workout, manhã de sábado.

Não é segredo que praticar atividades físicas é um hábito saudável que pode trazer inúmeros benefícios à saúde. Também é de conhecimento de todos que elas moldam o corpo e atribuem a ele formas atraentes para homens e mulheres. A Extreme Workout está cheia nesta manhã de sábado porque cresce o número de pessoas que cuidam bem da própria saúde ou simplesmente praticam sua vaidade. A academia oferece uma extensa lista de atividades e é possível encontrar diferentes tipos de pessoas buscando por diferentes tipos de objetivo. Dentre tanta gente vibrante e cheia de empolgação, uma garota se destaca, não por usar um belo macacão fitness roxo, mas sim por estar deitada na mesa flexora completamente exausta. O barulho de ferro batendo, gemidos e grunhidos de força e dor, além da música eletrônica contagiante, fazia aquele ambiente muito propício para quem queria começar o dia com bastante energia. No começo da atividade, ela se deixou levar pela atmosfera e apresentou uma resistência e desempenho bem maiores do que imaginou que teria, mas agora, meia hora depois, ela era apenas uma garota imóvel com cara de dor. Era Ana.

– Já faz dez minutos que você não sai dessa posição. Tem gente que precisa usar o aparelho – disse Lucy, sentada em um estofado ao lado com uma garrafa quase vazia de isotônico na mão. Por sua vez, Lucy optou por um short em cotton preto de cintura alta e um top cropped fitness laranja com um generoso decote.

– Eu não consigo... – respondeu Ana, com esforço.

– Se não consegue fazer mais, levante-se e saia do aparelho.

– É justamente isso que não consigo fazer...

– Sair do aparelho?

– É. – Ana tossiu ao tentar se mover.

– Você está brincando, não está?

– Bem que gostaria, mas não estou.

– Não vou perder a chance de gravar isso – disse Lucy, pegando o celular.

– Pare de brincar comigo e me ajude.

– Não vai rolar.

– Vai me deixar presa aqui com a bunda para cima?

– Até que não é um dos seus piores ângulos...

– Calada!

– Falando sério... Eu não sei se vou conseguir te ajudar.

– Por que não?

– Estou guardando o que resta de vida no meu corpo para voltar para casa.

– Pare de brincar.

– Não estou brincando. Olhe como minhas pernas estão tremendo.

– Então vamos ter que chamar o culpado por isso.

– Não precisa, ele já está vindo.

Miguel caminhava lentamente pelo salão secando o rosto com a toalha que estava pendurada em seu pescoço e acenando para algumas pessoas que o cumprimentavam. Era natural que ele fosse popular no lugar que frequentava há mais de um ano.

– Vocês não estão bem – constatou o rapaz.

– Estamos mortas – respondeu Ana, tentando sair da mesa flexora.

– Me dê sua mão, eu te ajudo. – Miguel a ajudou a sentar.

– Obrigada – disse Ana, esticando as pernas com esforço. – Onde eu coloquei minha toalha?

– Eu pego para você. – O rapaz caminhou até a cadeira extensora, último aparelho usado pelas garotas. Enquanto ele estava de costas, Lucy acenava para Ana e apontava para as pernas dele. Elas já estavam acostumadas a vê-lo de regata preta, mas nunca o viram de short (usava um amarelo) expondo boa parte de suas pernas. Ana olhou para a amiga com reprovação, como de costume, mas Lucy não parou e ainda fez mais. Com a outra mão ela apontou para as pernas de outro rapaz, que era bem desenvolvido da cintura para cima, mas tinha as pernas finas. Ana conseguiu ler nos lábios da amiga a frase “Lento, mas muito gostoso”.

– Pare com isso – cochichou Ana para Lucy.

– Aqui está sua toalha – disse Miguel, trazendo a toalha dela.

– Obrigada.

– Eu não falei para pegarem leve já que é a primeira vez de vocês?

– Nos empolgamos um pouco – respondeu Ana.

– E a música ajudou – complementou Lucy, bebendo o restante da garrafa de isotônico.

– Deviam ter me ouvido. É preciso administrar sua energia durante todo o treino. Agora vocês não vão conseguir terminar...

– Não brigue conosco, nos esforçamos para dar o nosso melhor. – Lucy fazia uma careta de dor enquanto massageava as pernas.

– Não estou brigando... Só espero que não estejam sentindo muita dor.

– Eu parei de sentir dor faz dez minutos – disse Ana.

– Que bom.

– Também parei de sentir as pernas, mas isso é só um detalhe. – Ana fez todos rirem.

– Não exagere.

– Não sei como uma pessoa acorda cedo no sábado para se maltratar dessa forma – afirmou Lucy, com a mesma careta no rosto.

– Não é bem assim... A dor costuma ser um indicativo de que sua musculatura está evoluindo.

– Miguel, eu ouvi seus gritos e palavrões daqui... Essa evolução muscular custa muito caro... Olhe para essas veias do seu braço, parece que vão explodir. – Lucy apontou para os braços dele.

– Como sabe que eram palavrões? Achei que tinha dito em português...

– Ana reconheceu um e nem todos foram em português.

– Isso me faz lembrar de uma coisa que sempre quis te perguntar – disse Ana, massageando as pernas. – Você fala em português na casa da sua tia, certo?

– Certo.

– Mas quando sai de casa, em todo lugar que vai, fala em inglês.

– Sim.

– Isso não bagunça a cabeça? Você pensa em português ou inglês? Se pensa em português, tem que traduzir tudo que pensa para o inglês quando vai falar e isso deve dar trabalho...

– No começo foi complicado, eu demorava muito para falar e entender o que falavam, mas agora, confesso que aproximadamente 35% do que eu penso já é em inglês. Às vezes até misturo os idiomas.

– Então é por isso que você é devagar... – Lucy provocou.

– Voltando ao assunto... – disse ele em voz alta, tentando aparentar estar bravo enquanto as garotas riam. – Gritar durante o exercício ajuda a liberar adrenalina no corpo.

– Sério?

– Nenhum médico me disse, mas gritar me faz parecer mais forte e...

– Pessoas também gritam quando estão prestes a morrer – interrompeu Lucy, novamente fazendo careta de dor.

– Pare de reclamar. O desenvolvimento físico é uma das melhores formas de dar prazer ao corpo e à mente.

– Eu sei de uma forma melhor de dar prazer ao corpo e à mente.

– NÃO PRECISA FALAR! – disseram Ana e Miguel, em uníssono.

– Calma, gente, eu estava falando daquilo ali. – Lucy apontou para o outro lado do salão da academia, onde havia a entrada da ala de massoterapia. – Vocês têm a mente muito suja.

Ana e Miguel se olharam e riram. Lucy, ainda cínica, caminhou lentamente para o lugar.

– Acho que seria uma boa ideia se vocês aproveitassem para conhecer a Olga.

– É a massoterapeuta? – perguntou Ana, apoiando-se em Lucy.

– Professora de Pilates. Aproveitem que a primeira vez é grátis.

– Não precisa dizer duas vezes, não é, Ana?

– *Bora*... É assim que se fala? – indagou Ana, olhando para Miguel.

– Assim mesmo.

– Você virá conosco? – perguntou Lucy.

– Eu ainda não terminei minha série, mas vocês podem ir. Divirtam-se.

Elas caminharam lentamente até o lugar. Durante todo o caminho Ana mancou.

* * *

Após 45 minutos de um tratamento extremamente relaxante, elas continuaram seu tour pelo estabelecimento. Miguel estava bem mais suado e cansado, mas claramente satisfeito. Ele apresentou a elas o professor de dança, o professor de *muay thai*, o personal trainer que o acompanhava e a professora de ioga. Antes de sair eles tomaram banho, trocaram de roupa, pegaram as mochilas e caminharam em direção ao metrô.

* * *

– Espero que tenham gostado – disse Miguel, caminhando entre as duas garotas.

– Eu nunca senti tanta dor no corpo em toda a minha vida, mas até que me diverti.

– Eu também me diverti, principalmente quando a Ana ficou travada no aparelho – disse Lucy, provocando a amiga.

– Pode falar o que quiser, eu não ligo.

– Tomara que vocês não fiquem com uma impressão ruim sobre malhar. É muito bom praticar atividades físicas com frequência.

– Não prometo para você que voltarei àquele lugar para malhar, mas achei Pilates muito interessante.

– Eu também gostei – disse Lucy, tirando o celular do bolso.

– Isso é ótimo. Eu ficaria muito feliz se vocês começassem a praticar regularmente.

– Como eu disse, não é uma promessa, mas realmente foi um sábado bem diferente do que nós estamos acostumadas, não é, Lucy?

– Claro... – disse Lucy, ainda olhando o celular. – Dê uma olhada neste vídeo, Miguel.

– *Caramba* – exclamou, impressionado. O vídeo no celular de Lucy mostrava Ana imóvel e fazendo careta na mesa flexora.

– Me dê isso aqui. – Ana pegou o celular e apagou o vídeo.

– Pode apagar, já está na nuvem.

– Pare de ficar caçoando de mim e trate de pensar no que faremos no próximo final de semana – disse Ana, devolvendo o celular.

– É a minha vez de escolher?

– Sim.

– Por mais que eu tente pensar em algo diferente, a única coisa que fica na minha cabeça é um bom show de rock...

– Show de rock? Já não fomos semanas atrás? – contestou Ana.

– Eu sei que você não é fã, mas, gostando ou não, é a minha vez de escolher e vocês têm que me acompanhar... Esse é o nosso acordo.

– Talvez você possa pensar em outra coisa, ainda falta uma semana para decidir – disse Miguel.

– Você poderia pensar em algo melhor que uma academia, mas não pensou, e agora eu estou com dor em partes do meu corpo que eu nem lembrava que tinha. Regra é regra e eu vou escolher o que eu quiser.

– Estou começando a ter medo dela – cochichou Ana, sorrindo e olhando para Miguel.

* * *

Continuaram caminhando lentamente por mais alguns minutos enquanto conversavam. Miguel estava ligeiramente mais calado que o normal, tentava controlar seu nervosismo por estar próximo de Ana. Durante todo o tempo em que esteve na academia, o rapaz conseguiu se distrair bastante concentrando-se em suas atividades, mas agora, conversando com ela, parecia que era mais fácil levantar um elefante do que dizer as coisas bacanas que ele costumava lhe dizer. É assim que ele enxergava as coisas agora que sabia o que sentia por Ana. Tudo ficou diferente, o simples estava complicado, conversar exigia muita concentração... Miguel havia esquecido como era difícil estar apaixonado.

– Eu estou pintando um novo quadro graças a uma ideia sua – disse Ana, tirando Miguel de suas reflexões e trazendo-o de volta ao mundo real.

– S-Sério?

– Sim.

– Foi sobre a sensação de fugir das pessoas?

– Nós fugimos daquelas pessoas porque você as provocou...

– Mas foi divertido, não foi?

– Claro que foi, mas foi perigoso também... De qualquer forma, me senti muito bem naquele dia, não só por causa dessa aventura. Acho que o final de semana inteiro foi maravilhoso, começando pelo banquete que você nos fez, então eu segui a sua dica e pintei a síntese dos sentimentos maravilhosos que tive.

– Isso é muito legal... Quer dizer... Já faz tempo, mas você ainda se lembra.

– Claro que lembro... Quero te mostrar o quadro quando terminar.

– Eu não perderia por nada – disse Miguel, sorrindo.

– Acho que termino na próxima semana...

– Quer que eu carregue sua bolsa?

– Não precisa.

– Tem certeza? Parece pesada.

– Tenho, mas obrigada pela oferta.

Minutos depois, o celular de Miguel vibrou ao receber uma mensagem de Lucy. "Pare de sorrir sem motivo, não aja como um mordomo, corrija o tom da sua voz, tenha mais confiança e não me ignore, pois estou junto de vocês... Seja mais discreto ou ela irá perceber".

Ele olhou para o lado e a viu com uma expressão séria, dando-lhe uma bronca somente com o olhar.

* * *

Queens, pouco mais que sete horas da manhã. Casa da mãe de Lucy. Uma semana depois.

Lucy e Ana tomavam café da manhã com a senhora Sartori enquanto planejavam a ordem em que começariam a faxina. Os planos para esse sábado eram bem diferentes, mas quando Lucy visitou sua mãe no domingo passado, percebeu que não poderia mais adiar essa tarefa.

Ela avisou Miguel que estaria ocupada durante toda a manhã e tarde e que era melhor cancelar a ida ao show da noite. Aquele sábado estava reservado para sua mãe. Após terminarem o café da manhã, as três separaram alguns produtos de limpeza e dividiram suas tarefas.

– Onde está a Julia, mãe?

– Acho que ainda está dormindo, querida.

– Vou acordá-la.

– Talvez nós três possamos dar conta – disse a senhora Sartori enquanto recolhia os talheres da mesa.

– Faremos muito mais rápido com ela ajudando.

– Mas ela estava tão cansada ontem...

– Não tente poupá-la, mãe.

– Calma, Lu.

– Eu estou calma, Ana, por isso vou lá obrigá-la a descer e nos ajudar.

– O que faria se não estivesse calma? – ironizou Ana.

– Arrastaria ela pelos cabelos e a faria nos ajudar.

* * *

Minutos depois, as amigas vestiram algumas de suas roupas mais velhas e separaram os produtos de limpeza. Lucy subiu as escadas e Ana partiu para a sala, onde começaria sua parte na faxina.

– Tia Mary, preciso de mais panos.

– Vou pegar.

– Pode me trazer mais um saco de lixo também?

– Claro, querida.

– E mais um pouco de sabão.

– Algo mais?

– Canelone, mas não precisa ser agora – brincou Ana, sorridente.

– Ainda gosta dos meus canelones?

– Quando foi que deixei de gostar? Se fosse sua filha, eu pesaria o dobro do que peso hoje. Adoro suas tortas, bolos, doces e principalmente as massas.

– Posso não ter gerado você, mas quem disse que não é minha filha?

– Obrigada, tia Mary. – Ana a beijou no rosto.

– Eu me lembro de quando te vi pela primeira vez na escola. Era tão tímida que mal conseguia te ouvir responder à chamada.

– Eu tinha onze, não era?

– Sim.

– E enquanto eu falava pouquinho e baixinho, minha melhor amiga agia justamente ao contrário.

– Lucy sempre me deu trabalho quanto à disciplina.

– Faça ela pagar caro agora e a coloque para lavar todos os banheiros sozinha... – Ana cochichou, sorrindo.

– Boa ideia, querida.

* * *

No andar de cima, Lucy batia na porta do quarto de sua irmã caçula, Julia. Segundos depois, ela abriu a porta. A garota estava com uma camiseta regata rosa um pouco folgada e um short branco bem curto. Usava óculos e um rabo de cavalo para prender seus cabelos pretos. Tinha um rosto bastante parecido com o de Lucy, principalmente o nariz fino.

– Posso entrar?

– Pode – respondeu Julia, bocejando.

– Tudo bem com você? – Lucy inclinou-se e deu um beijo no rosto de sua irmã.

– Tudo.

– E como está indo a faculdade?

– Me tirando a paz e o sono. – Sem olhar a irmã nos olhos, Julia demonstrava certo desconforto com a visita de Lucy.

– Igual comigo.

– Diz a garota que está na segunda graduação. – Julia fechou a porta.

– Um a zero pra você. – Lucy sentou-se na cama de sua irmã. – Parece que a quantidade de livros do seu quarto dobrou desde a última vez que estive aqui.

– Tenho lido muito ultimamente.

– E como estão as coisas aqui em casa?

– Estamos sobrevivendo. – Ainda sem olhar para a irmã, Julia caminhou até a mesa do computador, sentou-se e começou a digitar.

– A casa está suja, sabia?

– Eu não tive muito tempo para limpar nessa semana, mas eu arrumo tudo ainda hoje – respondeu sem olhar para trás e sem parar de digitar.

– Eu peguei mais algumas contas na caixa de correio. Será que tenho que me preocupar se elas estão vencidas?

– Não estão.

– E a nossa mãe está tomando os remédios na hora certa?

– Claro que sim, Lucy – respondeu Julia, demonstrando um pouco de irritação. – Quer perguntar sobre mais alguma coisa?

– Não estou fazendo isso por mal, você sabe a situação dela...

– Claro que sei, e estou cuidando bem da nossa mãe.

– Percebi que ela está bem melhor hoje.

– Ela esteve ansiosa pela chegada de vocês.

– Vai descer e nos ajudar na limpeza?

– Assim que eu terminar esse resumo eu me troco e desço.

– Há quanto tempo está acordada?

– Desde as cinco da manhã.

– Tem sido assim todos os dias?

– Sim...

– Podemos conversar sobre isso depois? Eu quero saber se posso te ajudar mais durante a semana.

– Não se preocupe, você já nos ajuda muito.

– Mas não me custa ajudar ainda mais, principalmente a você.

– Eu não preciso de ajuda, estou me virando bem.

– Tem certeza?

– Tenho.

– Sabe... – disse Lucy, respirando fundo. – Não precisa ficar chateada comigo só porque eu continuo visitando ele.

– Não quero falar sobre isso. – Julia parou de digitar e demonstrou ainda mais irritação.

– Mas eu quero... Você está evitando me olhar nos olhos, Julia.

– Impressão sua.

– Olhe para mim. – Lucy aguardou alguns segundos até que sua irmã atendeu seu pedido. – Nós somos muito parecidas, sabia?

– Claro, somos irmãs.

– Eu quero dizer que também me lembro do nosso pai quando olho para você... Somos muito parecidas com ele.

– Só fisicamente...

– Que seja, mas isso não é motivo para você evitar olhar para mim ou para você mesma. Você sequer se maquia...

– Não tenho tempo para isso.

– Não é verdade! Sei que você tenta evitar o próprio rosto por parecer demais com o dele... Deve ser por isso que não há espelhos no seu quarto.

– Vamos mudar de assunto?

– Não antes de você ouvir o que eu tenho a dizer.

– Vai me dar mais um sermão?

– Não. Eu vou dizer que adoro seu cabelo, mesmo que você sempre o mantenha preso, tenho inveja da sua altura e do seu quadril. Felizmente meus peitos são maiores. Isso impede que eu entre em depressão e torna todas as suas outras qualidades obsoletas para os homens – disse Lucy, sorrindo. – Em resumo... Quero dizer que você é linda e não é só pelo fato de sermos parecidas.

– Sei... – disse Julia, finalmente sorrindo.

– Não se esconda para sempre. Já está na hora de superar... Mostre ao mundo a garota maravilhosa que você é.

– Obrigada, Lucy... Eu farei isso, quando tiver um bom motivo.

– Eu conheço vários.

– Preciso de um próprio.

– Eu te entendo, mas saiba que você terá que procurar por esse motivo... Ele não vai bater na porta de casa e se apresentar a você.

– Faz sentido.

– Tudo o que eu falo faz sentido – disse Lucy, fazendo Julia sorrir novamente. – Agora vamos...

* * *

Quando desceu, Julia cumprimentou Ana beijando-a e abraçando-a. Apesar de se gostarem muito, fazia tempo que não se falavam devido à faculdade e outros compromissos que tinham. Após duas horas de trabalho, o andar de baixo já estava praticamente finalizado, porém havia alguns problemas na casa que fugiam das competências das quatro. O ralo da pia estava entupido, fazendo a água descer muito devagar, o chuveiro do banheiro do andar inferior estava queimado, as folhas das árvores do quintal haviam entupido a calha do telhado, impedindo o escoamento da água da chuva e causando um acúmulo de água suja e lixo no teto, e alguns bocais de lâmpadas haviam simplesmente caído do teto, deixando a casa consideravelmente escura.

– Alguém tem o contato de alguma empresa que preste esse tipo de serviço? – perguntou Lucy.

– Antes disso é preciso saber quanto irá custar o serviço, não imagino que seja barato – alertou Ana.

– Pode até ser que encontrem ainda mais problemas do que os que vimos... – ponderou Julia, apoiada no cabo da vassoura.

– Acha mesmo necessário fazer isso hoje, Lu?

– Acho. Quero aproveitar que estamos todas aqui e resolver o máximo de problemas que der.

– Vamos pesquisar na internet, então... – Ana pegou o celular e começou a digitar.

– Será que existem mulheres que fazem esse tipo de serviço? A mamãe nunca fica à vontade na presença de homens que ela não conhece.

– Bem lembrado, Julia. Nós podemos perguntar.

– E se você perguntar ao Miguel? – sugeriu Ana.

– Acha que ele conhece alguém?

– Acho... É provável que ele já tenha precisado desse tipo de serviço no restaurante.

– Verdade. Vou ligar para ele.

* * *

Minutos depois, enquanto Lucy tentava ligar para Miguel, Julia e Ana conversavam, aproveitando para descansar um pouco mais.

– Quem é esse Miguel?

– É um amigo nosso.

– Eu nunca ouvi falar dele.

– É coisa recente.

– É impressão minha ou ele é dono de um restaurante?

– Ele não é dono, é *sous chef* do restaurante da tia... A comida dele é divina.

– Quantos anos ele tem?

– Acho que ele tem a sua idade... Vinte, não é?

– Sim. Fiz vinte no mês passado.

– Gostou do perfume que te mandei?

– Você sabia que era o meu preferido... – disse Julia, sorrindo.

– Claro, afinal, eu praticamente morei aqui com vocês por anos.

– Sinto falta de você, sabia?

– Eu também sinto falta de você. Nos divertíamos bastante.

– É... Também tem o fato de você ser muito mais legal que minha irmã.

– Não fale assim da Lu – disse Ana, sorrindo.

– Por acaso a Lucy e esse tal Miguel estão saindo?

– Até onde sei, não – respondeu Ana, lembrando-se de fatos recentes.

– Que pena... Seria ótimo se ela começasse a namorar e parasse de pegar no meu pé – desabafou Julia, sorrindo e olhando para a irmã, ainda afastada, conversando no celular.

– Ela pode ser muito chata quando quer, não é?

– Não sei como você aguenta viver com ela.

– Eu também não. Não estaria interessada em trocar de lugar com ela? Você é tão mais comportada...

– Não é tão difícil ser mais comportada do que a Lucy. – As garotas riram. – E como vão as coisas com o Oliver?

– Vão bem – respondeu Ana com um sorriso discreto.

Julia esperou que ela complementasse a resposta, que falasse sobre os preparativos do casamento, detalhasse um pouco mais sua rotina com aquele olhar de sonhadora apaixonada como ela sempre fazia, mas desta vez Ana não fez isso.

– Annie, você não vai acreditar! – bradou Lucy.

– O que houve?

– O Miguel me passou uma margem de valores, mas estão todos fora do meu orçamento, então ele se ofereceu para vir.

– Sério?

– Sim.

– É uma boa ideia trazer um estranho aqui com a mamãe acordada?

– Eu converso com ela, Julia.

– Eu não acho isso legal.

– Confia em mim... Quando conhecê-lo, verá que não tem como ter medo dele.

* * *

Meia hora depois, as garotas escutaram o barulho de uma moto estacionando. Antes de o piloto retirar o capacete, ele já foi reconhecido por Ana e Lucy. Era Miguel, que descia da moto carregando uma caixa de ferramentas. Ele usava uma calça azul escura e uma jaqueta de couro preta bem característica de motoqueiros. Os óculos escuros completavam o estereótipo.

– Oi, Miguel – disse Lucy ao sair da casa, um pouco antes de abraçá-lo e beijá-lo no rosto.

– Oi, ruiva – disse ele, arrumando o cabelo que foi bagunçado quando tirou o capacete.

– Não sabia que você tinha moto.

– Ela não é minha. Peguei emprestada de um primo.

– Bom saber que tem um primo motoqueiro... Vamos entrar?

– Vamos – disse ele, pegando a caixa de ferramentas.

– Esta é Julia, minha irmã mais nova. Julia, este é Miguel, uma das minhas vítimas preferidas.

– Prazer em conhecê-lo, Miguel – disse Julia, olhando bem para ele, mal conseguindo disfarçar o quanto estava impressionada com a aparência do rapaz.

– O prazer é meu, Julia. Não ligue para o que a Lucy disse, eu não sou vítima de ninguém.

– Acho que ela já está mais do que acostumada a não ligar para o que a Lucy diz. – Ana aproximou-se, colocando a mão esquerda em cima do ombro direito dele.

– Aquela senhora charmosa lá atrás é a minha mãe, Mary.

– Oi, senhora Mary.

A mãe de Lucy apenas acenou com a cabeça, claramente desconfortável com a presença do rapaz. Antes de qualquer clima estranho surgir, Lucy tratou de conduzir a situação levando Miguel para conhecer a casa e as necessidades de manutenção. Em poucos minutos ele já estava debaixo da pia verificando seus defeitos enquanto as garotas voltaram a executar suas tarefas.

* * *

Duas horas depois, as três desciam as escadas e sentavam-se no chão da sala, exaustas.

– Só uma coisa supera o meu cansaço nesse momento... Fome.

– Eu também estou morrendo de fome, Lu – disse Ana, com as mãos na barriga.

– A mamãe está fazendo nosso almoço... O cheiro está ótimo.

– Esta casa é maior do que eu me lembrava – disse Ana, olhando ao redor.

– Quando você precisa arrastar móveis e subir em cadeiras para alcançar o topo do guarda-roupa, até nosso apartamento se torna uma mansão.

– Eu nunca fui ao apartamento de vocês – comentou Julia.

– Não por falta de convite – Lucy fez questão de enfatizar.

– Eu sei.

– Você não parece ser do tipo que sai muito, Julia.

– Não sei como ela faz para se divertir, Annie.

– Meu tipo de diversão é diferente.

– Acha divertido trancar-se no quarto para estudar ou ler romances?

– Espere um pouco... Eu também gosto de livros de romance, não há problema algum nisso – protestou Ana.

– E é só isso que faz para se divertir?

– Às vezes eu arrumo tempo para sair.

– Corrija... Sou eu que te arrasto para os lugares e te salvo do tédio.

– Eu me dou muito bem com meus livros, Lucy. Eles são meu suprimento de informações e entretenimento – justificou-se Julia.

– Eu te entendo... O que supera uma noite de leitura prazerosa, queijo e vinho? – disse Ana, recebendo o sorriso de Julia evidenciando que estava de acordo.

– Passaram pela minha cabeça pelo menos sete coisas que superam isso.

– Vindo de você, com certeza uma delas está relacionada a homens.

– Na verdade, não, Annie, mas já que falou, agora são oito. – As garotas riram.

– É muito estranho eu ser solteira, solitária e não odiar isso? – perguntou Julia, sincera.

– Na sua idade isso não é normal – respondeu Ana, olhando para Lucy.

– Ana tem razão... Não tem algum cara interessante que você conheça?

– Atualmente não, Lucy, e na minha experiência, os que são interessantes se revelam perfeitos idiotas depois.

– Mas até os idiotas podem ser úteis... Eles ao menos sabem transar.

– Eu não perco meu tempo com idiotas. Acho que não há nada de positivo que possam me proporcionar.

– Nem se forem sarados?

– Prefiro um gordinho com espinhas que me faça rir, aprender e me deixe com saudade... Enquanto um cara assim não aparece, eu prefiro a companhia dos meus livros e todos os protagonistas fictícios pelos quais já me apaixonei.

– Eu já tive um caso mental com o Edmond Dantès – disse Ana, corando.

– Os protagonistas do Alexandre Dumas costumam causar esse efeito nas garotas – disse Julia, sorrindo. – Eu já sonhei com Roberto Rossini.

– Eu já ouvi falar desse personagem...

– É de *A garota Italiana.*

– Lucinda Riley, certo?

– Isso mesmo.

– Adoro os diálogos dela – comentou Ana, também sorrindo para Julia.

– Posso te emprestar, se quiser.

– Meninas, por favor, parem com esse papo de virgens.

– Sabe que não nos ofendemos quando nos chama assim, Lu...

– Não é para ofender, é para chamar a atenção para o quanto estão deixando de aproveitar a vida e certos prazeres.

– Desde quando aproveitar a vida se resume a sexo?

– Isso depende de quanto sexo você faz.

– Não que seja da sua conta, mas eu vivo muito feliz com a quantidade de sexo que eu tenho – disse Julia, desviando o olhar.

– Só vale a pena mencionar a quantidade de algo quando a contagem passa de zero, querida. Nesse quesito, você e Ana estão empatadas.

– LUCY!!! – bradou Ana.

– Ana... Você e o Oliver nunca fizeram? – Julia perguntou.

– Nunca... E olha que já são noivos – antecipou-se Lucy.

– Já chega, Lu!

– Não sei quem está pior, a virgem que é encalhada ou a virgem que tem um noivo.

– LUCY!!! – As duas pularam em cima de Lucy tentando fechar sua boca com as mãos, iniciando uma rápida e divertida luta corporal envolvendo cócegas, puxão de bochecha e destruição de penteados. O som de uma gargalhada as interrompeu.

– É a mamãe? – indagou Julia, tirando o cabelo da boca.

– Só pode ser, mas quem está lá com ela?

– Eu dão chei, bas dá pla choutar binha mochecha?

– Ah, sim... Claro.

– Obrigada – disse Ana, massageando o rosto.

– Será que ela está conversando com o amigo de vocês?

– Miguel? Pensei que tinha ido comprar peças – disse Lucy, intrigada.

– Eu o vi voltando e subindo no teto há uma hora. Não sei como aquela escada fina o aguentou. Ele é tão... grande... – Julia corou ao falar.

– Vamos ver o que está acontecendo – disse Lucy, ignorando o comentário da irmã.

Quando as três chegaram à cozinha, surpreenderam-se ao ver a senhora Sartori cozinhando sorridentemente com Miguel, o rapaz que anteriormente havia causado desconforto a ela. Julia não deixou de reparar que ele usava uma regata preta e que isso evidenciava bastante sua boa forma.

– Eu pensava que só esmagar os tomates com as mãos era o bastante.

– Isso é o que todo mundo pensa.

– A receita do seu molho é incrível, senhora Sartori.

– E a sua receita de maionese defumada também.

– Na primeira vez que a fiz, eu cometi um grave erro...

– Não diga...

– Quem comeu não conseguiu dormir direito.

– Ficaram com gosto ruim na boca a noite inteira?

– Não, ficaram no banheiro a noite inteira porque não conferi a validade no pote, mas felizmente eram familiares e não clientes – disse ele, rindo e provocando mais gargalhadas na senhora Sartori.

– Você é um grande contador de histórias, Miguel.

– Eu apenas compartilho minha experiência...

– Uma experiência de vinte anos? Estou caminhando para três vezes isso.

– Eu não daria mais que duas.

– É galanteador também...

– E quero garantir uma excelente consultora de culinária italiana...

– Já conseguiu uma. – Ela gargalhou novamente.

– Obrigado, senhora Sartori. A senhora é demais.

– *E tu sei molto amabile.*

– Se entendi bem... obrigado – disse ele, sorrindo mais uma vez.

Enquanto isso, as garotas ainda os observavam em segredo.

– Incrível! – exclamou Julia, com a mão direita tampando a boca.

– O quê? – questionou Ana.

– Ela falou em italiano – respondeu Lucy.

– Verdade... Eu nunca a vi falar em italiano.

– Ela costumava fazer isso quando estava bastante contente.

– Faz quanto tempo, Lucy?

– Há muitos anos eu não vejo isso, irmãzinha.

– O que será que ele fez? – perguntou Julia.

– Ele está sendo ele mesmo... – respondeu Ana.

– O cara mais legal que eu conheço – complementou Lucy.

* * *

O grupo se reuniu para almoçar. A lasanha de Mary e Miguel acabou mais rápido do que esperavam. Conversaram sobre assuntos variados, como a faculdade de Literatura de Julia e seu fascínio por leitura, o trabalho de Lucy e os segredos sujos de seus companheiros de escritório, o projeto atual de Ana e os preparativos – ainda iniciais – de seu casamento, o restaurante e a banda de Miguel... Depois, o rapaz se ofereceu para lavar a louça e, apesar da insistência de todas para que não o fizesse, ele conseguiu assumir a pia enquanto elas se sentaram na sala para conversar mais.

Minutos depois, enquanto lavava a louça, Miguel recebeu companhia.

– Quer ajuda?

– Obrigado, Ana, mas é pouca coisa. Volte para...

– Pare de bancar o escoteiro e aceite minha ajuda – ela o interrompeu.

– Ok – disse ele, surpreso.

– Como você consegue? – Ana o encarava enquanto pegava um pano.

– Consigo o quê?

– Ser assim... As pessoas mal te conhecem e já gostam de você.

– Aconteceu assim com você também?

– Sim – ela respondeu sorrindo.

– Talvez eu tenha sorte.

– Ou talvez você seja uma dessas pessoas especiais que existem na proporção de uma em um milhão.

– Não exagere. – O rosto de Miguel ficou vermelho. Ele tentou voltar a se concentrar na louça que estava lavando.

– Você tem noção do que fez hoje?

– Tenho. Ajudei um bando de mulheres desesperadas que não sabiam trocar lâmpadas e coisas do tipo.

– Você não faz ideia mesmo... – Ana secava lentamente as peças de louça, concentrando-se muito mais na conversa.

– Eu só quis ajudar, não tem nada de extraordinário nisso.

– Já falei que é estranho você sempre querer ajudar as pessoas?

– Não lembro, mas sei que você não é a única a me criticar por isso.

– É estranho criticar alguém por isso, não é?

– Muito... Eu poderia estar matando, roubando, mas estou ajudando pessoas, o que parece ser muito pior – disse ele, com um sorriso irônico.

– No mundo de hoje, onde as pessoas são tão egoístas quanto podem, é difícil encontrar alguém que esteja disposto a ajudar os outros sem pedir nada em troca. Quando você age assim, você se destaca e fica difícil não estranhar...

– É só uma ajuda. Não é grande coisa. Eu sempre pensei que, se você pode fazer algo por alguém, então faça.

– Isso é muito legal, mas entenda... O jeito que você me ajudou quando nos conhecemos é totalmente surreal. Foi muito bonito.

– Mas eu te pedi algo em troca. Se não me engano, pedi uma parte do seu salário. Ao que parece, sou um mercenário cheio de interesses.

– Pare de brincar, estou falando sério. – Ela deu um leve tapa no ombro esquerdo dele. Ambos sorriram.

– Ok, eu entendi. É muito triste viver em um mundo em que ajudar as pessoas sempre que possível faz de alguém uma pessoa estranha e passível de desconfiança.

Ana concordou meneando a cabeça positivamente sem falar nada, mas após alguns segundos ela quebrou o silêncio.

– Quando eu olho para você fico muito curiosa, porque, apesar de tudo que aparece, tem algo que você esconde.

– Está me acusando de alguma coisa de novo?

– Não... Mas uma parte de mim morre de vontade de conhecer o que quer que você esteja escondendo.

– Talvez eu não esteja escondendo nada... Ou talvez você não deva mesmo saber.

– Por que não?

– Porque precisa chegar muito perto de mim para isso.

– Talvez você mesmo decida me contar um dia.

– E se o que eu tiver para contar seja algo que te faça não querer me deixar sozinho nunca mais?

– Então eu não deixo. Somos amigos, não somos?

– Quer dizer que você acha que eu preciso de ajuda e está disposta a me ajudar?

– Basicamente. Eu sinto que há uma tristeza dentro de você e isso não tem relação com sua ex-namorada. Deve ser outra coisa.

– Eu gosto disso em você.

– Do quê?

– Sua hipocrisia.

– Por que eu sou hipócrita? – perguntou Ana, surpresa.

– Desconfia da minha disposição para ajudar os outros ao mesmo tempo que me oferece ajuda. Pensa que não sei que você compra presentes regularmente para sua vizinha idosa, ou que não percebo quando cede lugar no metrô para pessoas com sacolas pesadas? Para a maioria de nós, só segurar as sacolas é o suficiente, mas para você é preciso levantar e ceder o lugar.

– É só uma questão de educação.

– Para mim também...

Ficaram mais alguns minutos calados lavando e secando a louça até Ana quebrar o silêncio mais uma vez.

– É possível comparar você com uma bolha de sabão, sabia?

– Por quê? – perguntou Miguel, curioso.

– Em uma bolha de sabão você repara na forma, no tamanho, no quanto ela se movimenta e em todas as cores dentro e em volta dela... É uma beleza hipnotizante, mas, enquanto você se distrai com tudo isso, não repara que, apesar de ser transparente, ela não mostra tudo que tem em seu interior. Sabe o que se pode ver dentro de uma bolha?

– O quê?

– Apenas uma imagem distorcida do ambiente em que ela está... E se você tentar pegá-la para enxergar melhor, ela estoura.

– É assim que você me vê?

– Se você fosse uma pintura, seria exatamente assim.

– E como você pretende descobrir o que realmente tem dentro dessa bolha? – perguntou ele, apontando para si mesmo.

– Não sei... Esse é o mistério que Lucy e eu estamos tentando desvendar.

– Eu tenho um palpite.

– Que seria...?

– Talvez seja necessário observar melhor a bolha... – Miguel abriu a terceira gaveta do armário debaixo da pia e pegou um clipe. Ele o abriu, tirando-o de seu formato original, e o fez redondo, deixando uma pequena parte como haste. Miguel pegou um copo e encheu com água e sabão. Em seguida, começou a mergulhar o clipe disforme no copo e assoprar na parte redonda, criando bolhas coloridas de variados tamanhos. Ana adorou a brincadeira e também fez algumas. Em segundos, a cozinha estava cheia de bolhas. Miguel não quis falar, mas Ana continuava linda, mesmo através da imagem distorcida formada pelo interior das bolhas.

– Como você sabia que tinha um clipe nessa gaveta?

– Eu cozinhei com a senhora Sartori e reparei em tudo que tinha nas gavetas e armários. Um cozinheiro sempre tem que conhecer sua praça.

– O que está acontecendo aqui? – disse Lucy, olhando ao redor.

– Oi, Lu.

– As crianças estão se divertindo? – Ela estourou algumas bolhas.

– Bastante – respondeu Miguel.

– Terminem logo e venham conversar mais.

* * *

Eles terminaram de lavar e secar a louça e juntaram-se aos demais na sala. Após alguns minutos de uma conversa divertida graças às piadas de Lucy, direcionadas majoritariamente a Miguel, era a hora de o rapaz voltar para casa, pois ainda tinha que fazer algumas atividades no Brazilian Taste. Ana e Lucy aproveitaram para ir também. Despediram-se na porta da casa.

– Muito obrigada por tudo, meninas, e muito obrigado a você também, Miguel – disse Mary, abraçando e beijando todos.

– Eu que agradeço pelas dicas, senhora Sartori.

– Me chame de Mary.

– Ok, senhora Mary.

– Não... Só Mary, garoto.

– Certo... Mary. – Todos riram dele. – A senhora é uma verdadeira *mamma* italiana, tem uma riqueza enorme de informações culinárias e eu quero aprender mais. – Ele beijou as mãos dela. – Por favor, pense bem no meu convite para ir ao restaurante passar uma tarde comigo e minha tia, tenho certeza de que irá adorar.

– Vou pensar bastante nisso – disse ela, olhando para Lucy, que por sua vez olhou para Julia, que sorriu.

– Você também pode vir aqui... Quando quiser... Quer dizer... Você nos avisa... E... Pode vir para comer um bolo com a gente, não necessariamente para trabalhar de novo... E não necessariamente para comer um bolo... Pode ser sorvete... Ou torta... Eu mesma posso preparar... – O sorriso de Julia não escondeu que seu rosto estava corado.

– Eu adoraria – disse Miguel, corando também. Julia era muito parecida com Lucy, mas seu comportamento mais recatado a tornava mais charmosa aos seus olhos. O aparente flerte da garota o deixou sem graça.

– Vamos manter contato, então.

– Vamos sim.

* * *

E assim, rindo, Mary Sartori voltou para dentro de casa e fechou a porta, enquanto Julia pensava que, apesar de os bons motivos da vida nunca baterem em sua porta e se apresentarem, como Lucy dissera, eles ao menos chegavam de moto e cozinhavam. Do lado de fora, os três amigos caminhavam para a rua.

– Eu adorei a sua mãe, Lucy. Ela me faz lembrar a minha tia – disse Miguel, vestindo a jaqueta e colocando os óculos.

– Eu matei a saudade da tia Mary hoje, mas agora que você falou, acho que estou com saudade da tia Elena também – disse Ana.

– Não vejo a hora de elas se conhecerem, com certeza se darão bem.

Lucy, que estava atrás dos dois, subitamente avançou em Miguel, que estava de costas para ela, e o segurou pelos ombros, virando-o. Para a surpresa do rapaz, ela aproximou seu rosto do dele e juntou os lábios. Ela iria beijá-lo. Nos segundos finais, instintivamente ele desviou, fazendo com que o beijo dela acertasse sua bochecha, mas pôde sentir que as pontas dos lábios dela tocaram nos dele. Lucy o abraçou e demorou para soltar. Uma lágrima pingou no pescoço dele. Ana estava observando aquela cena, enquanto Miguel a olhava igualmente surpreso.

– Obrigada – disse Lucy, antes de dar um grande aperto, soltá-lo e caminhar em direção ao portão sem olhar para trás.

– O que foi isso?

– Lembra quando eu te perguntei se você tinha noção do que estava fazendo?

– Lembro.

– A mãe da Lucy tem depressão e síndrome do pânico.

– Eu sei disso. Ela me contou... Mas qual o problema?

– Como assim "qual o problema"? Não vê que ela está em uma situação delicada?

– E você queria que eu a tratasse de forma diferente por causa disso?

– É... Quer dizer... Não... Quer dizer...

– Não vejo motivos para tratá-la de forma diferente... Ela é uma mulher muito inteligente e tem muito a oferecer. Adorei conversar com ela.

– Mas como você conseguiu se aproximar? Ela não se dá bem com estranhos, pior ainda quando são homens...

– Eu só a tratei com respeito, dignidade, carinho e ela me devolveu tudo isso em dobro... As pessoas que chamamos de "normais" nem sempre agem da mesma forma que ela. Isso me faz questionar quem é realmente "normal" e quem está realmente "doente"... Ela não queria a minha pena, só queria carinho... Mary é uma mulher maravilhosa.

– Uau! – exclamou Ana, com um sorriso incrédulo. – Você é mesmo uma pessoa especial.

– Antes eu era estranho, agora sou especial... Estou evoluindo. – Ele sorriu.

– Fazia tempo que ela não conversava com outras pessoas que não fossem Lucy, Julia, eu e a Sra. Steel, que fica com ela durante a semana. As gargalhadas de hoje não aconteciam há anos... Foram lindas.

– De perto, foram ainda mais.

– Parece que você despertou algo bom dentro dela, assim como faz comigo e com a Lucy. – Ana sorriu.

– Vamos, Annie – disse Lucy, de longe, secando o rosto.

– Deve ter acontecido algo com a Mary no passado... – disse Miguel.

– Sim, mas não seria certo se eu te contasse. Talvez um dia Lucy te conte, se você continuar a ser essa pessoa incrível que você é. – Ana caminhou na direção dele e o beijou no rosto. – Até mais.

– Até... – Paralisado, Miguel ficou observando as duas, perguntando-se se conseguiria pilotar a moto de volta para casa com as pernas tremendo tanto depois do primeiro beijo que recebeu de Ana.

* * *

Casa noturna Vortice, meia-noite. Uma semana depois.

O ambiente era predominantemente escuro, embora tivesse um tom esverdeado. Vários spots de luz presos ao teto e em volta do palco onde o DJ KisseX estava lançavam flashes de luz em várias direções conforme o ritmo das músicas eletrônicas. Em determinado momento o salão foi invadido por uma fumaça branca precedida de um som característico de extintores de incêndio sendo acionados, mas muito mais alto. Somente era possível enxergar quem estava a pouco menos de três metros de distância, quem estava além disso tornava-se apenas mais uma das dezenas de silhuetas dançantes do lugar.

– Onde está a Lucy? – perguntou Miguel em voz alta para que Ana pudesse escutar. Ele a seguia, tentando encontrar a amiga desaparecida.

– Não sei, mas espero que ainda esteja viva – respondeu ela na mesma altura.

– Você já veio aqui antes?

– É a primeira vez. – Ana encostou-se em uma parede, exausta.

– Já foi em outras baladas como esta? – Ele encostou-se ao lado dela.

– É a primeira vez na minha vida que venho em uma balada.

– Então eu fico feliz de participar desse momento tão importante da sua vida – disse ele, oficialmente desistindo de procurar Lucy.

– Importante, porém único. Não sei se tenho vontade de fazer isso de novo.

– Por que não? A música é ótima. Não está se divertindo?

– Estou, mas é muito barulho e já estou um pouco cansada. Além do mais, duvido que o Oliver venha aqui comigo depois que casarmos.

– Ele não gosta de lugares como este?

– Tem pavor.

– Quem sabe você não mostra a ele que isso pode ser divertido, afinal, quando casarem, ambos irão apresentar coisas novas um para o outro.

– Nem tudo... Acho que esse tipo de coisa nova não faz o estilo dele.

– Com todo o respeito, é uma pena para ele... Vem. – Miguel pegou Ana pela mão e a arrastou para o centro da pista de dança.

– Você sabe dançar, Miguel?

– Não, mas aposto que a maioria aqui também não sabe.

– E também não costumam reparar, não é?

– Exatamente.

Miguel pulava e mexia o corpo de acordo com o ritmo da música, mas Ana dançava de verdade, tinha coordenação, sutileza e coerência em seus movimentos; ele estava totalmente seduzido, embora não quisesse admitir... Chamá-la para dançar foi um erro. Um momento de impulsividade de que Miguel já estava arrependido. Ultimamente, estar com ela o fazia sentir o amargo sabor da culpa. Ele se divertia, ensinava e aprendia em sua companhia como um bom amigo, mas estava apaixonado, e a ideia de sabotar a relação dela com Oliver o assombrava... Sempre que ele percebia que estava muito tempo com Ana, usava Lucy como escape e dava mais atenção à ruiva, mas sua amizade com Ana crescia a cada dia e “livrar-se” dela era cada vez mais difícil... Nesse exato momento, Lucy estava desaparecida e Miguel estava à mercê do que quer que pudesse acontecer entre eles.

O DJ KisseX passava comandos para aqueles que estavam na pista. O primeiro foi para escolher um parceiro e dançar com ele. Ana escolheu Miguel.

– Acha que danço bem? – perguntou ela.

– Você dança muito bem.

– Obrigada... Não posso dizer o mesmo de você – disse Ana, sorrindo.

– Eu sou péssimo dançando... Só estou mexendo o corpo agora.

– Por falar em mexer o corpo, hoje foi nosso primeiro dia na aula de Pilates. Agora você não pode mais nos chamar de sedentárias.

– Fico muito feliz por vocês. É bom saber que contribuí de alguma forma.

– Parece que você é mesmo uma boa influência para nós... – Ela sorriu, provocando-o.

– Alguma vez duvidou?

– Nunca. Você é o nosso melhor amigo.

– Esqueceu de mencionar que sou o único também.

– Isso é só um detalhe.

Ambos gargalharam enquanto embriagavam-se com a batida da música e os movimentos frenéticos das luzes e sombras. Minutos depois, mais um comando do DJ. Dessa vez deveriam trocar de pares. Um desconhecido aproximou-se de Ana, era magro, da mesma altura dela e loiro, estava bem vestido, com uma camisa azul de marca, uma calça jeans justa e um par de sapatos brancos que adotavam o tom esverdeado do lugar; enquanto isso, Miguel foi abordado por duas garotas, uma loira e outra negra, ambas altas, quase do mesmo tamanho que ele, a loira com um vestido preto e a negra com um top branco e uma saia curta vermelha, ambas dançando simultaneamente com ele, de forma bastante sensual. Os amigos se olharam um pouco confusos, não sabiam como funcionava uma balada com o DJ KisseX, mas continuaram a dançar, sem se perderem de vista.

Após mais alguns minutos, mais uma ordem passada pelo DJ; dessa vez ele gritou "Hora do KisseX!".

Imediatamente, vários pares começaram a se beijar. A garota loira avançou em Miguel e roubou-lhe um beijo; assim que ele se desvencilhou dela, foi beijado pela outra, e tão surpreso quanto da primeira vez, fez de tudo para fugir. Foi então que seu coração acelerou ao lembrar-se de Ana. Quando virou para o lado, viu a garota sendo abraçada à força pelo seu par, lutando para desviar de suas investidas. O rapaz a assediava com as mãos e com a boca, tentando beijá-la. Miguel correu na direção dela e o empurrou com violência.

– NÃO TOQUE NELA! – gritou. Sua voz estava grossa como Ana nunca ouvira antes.

– Você está louco, cara? – disse o rapaz, tentando retomar o equilíbrio.

– Suma daqui ou eu quebrarei você – disse Miguel, recebendo Ana em seus braços. Ela tremia.

– Quem você pensa que é?

– Não te interessa.

– Não é assim que funciona, cara. – Apesar de enfrentar com palavras, o estranho estava visivelmente intimidado.

– Funciona melhor se eu limpar o chão com a sua cara? – Miguel ameaçou soltar Ana para ir de encontro ao agressor, que recuou alguns passos.

– Quer saber, vão se foder vocês dois... – desabafou o rapaz, dando as costas e saindo.

– Você está bem? – perguntou Miguel em um tom de voz muito mais amistoso, fechando os braços em vota de Ana, que estava encolhida, visivelmente abalada e assustada. Ela não respondeu à pergunta que ele fez. – Vamos sair daqui.

– Espere...

– O que foi?

– Fique um pouco desse jeito.

– Ok.

– Obrigada... A-Acho que assim me sinto mais protegida.

– Certo, podemos ficar assim o quanto quiser.

Ana não respondeu, apenas fechou os olhos, reparando no cheiro gostoso de menta que vinha da boca de Miguel.

– Eu quero uma bala dessas.

– Pegue – disse ele, tirando uma do bolso da calça.

– Obrigada. – Ela desembalou e colocou a bala na boca.

– Por nada.

– Desculpe atrapalhar sua diversão – disse Ana, olhando para ele.

– Não precisa se desculpar, você não tem culpa de nada.

– Fui eu que quis vir a este lugar... Só não sabia que seria forçada a beijar alguém.

– Na verdade, em casas noturnas sempre tem esse tipo de coisa, mas cada um faz aquilo que tem vontade de fazer... Ninguém pode ser forçado a fazer o que não quer.

– Eu não queria beijar, mas ele insistiu, apertou meu braço, me xingou quando eu recusei... Foi horrível. – Ana começou a chorar.

– Não chore, por favor. Já passou. Eu estou aqui com você agora.

– Eu estou com medo de que ele volte.

– Nada vai te acontecer enquanto eu estiver por perto.

Ela o abraçou com mais força, e assim ficaram até o DJ passar mais um recado. Dessa vez, para aproveitar o clima de beijo entre os pares, ele colocou uma música romântica e lenta, e todos os pares se abraçaram e dançaram em um clima romântico. Entre eles estava Ana e Miguel, parados. Não havia clima para nada. Hesitante, ele passou a mão esquerda entre os cabelos dela em um gesto de afago.

– O que está acontecendo!? – disse Lucy, de longe, assustada ao ver Ana chorando.

Miguel não respondeu e continuou acariciando os cabelos da combalida garota, que ao ver a amiga correu em sua direção e a abraçou. Ele ficou parado, observando Lucy confortar Ana, ainda sentindo o calor dela em seus braços e desejando que ela voltasse para que ele pudesse acariciar seus cabelos e protegê-la como um escudo humano se fosse necessário, pela noite inteira ou para sempre.

* * *

Meia hora depois, os três estavam em um táxi voltando para Chelsea. Ana estava entre Miguel e Lucy, dormindo, escorada no ombro esquerdo da amiga e usando a jaqueta de Miguel como se fosse um cobertor. Em seu rosto, marcas da maquiagem borrada pelas lágrimas passavam uma pequena noção do trauma que a fizera chorar tanto. Lucy acariciava os braços de Ana bem em cima das marcas vermelhas dos dedos de seu agressor. Ela olhou para Miguel e reparou que ele estava bastante agitado.

– Deus não deixou que eu visse essas marcas quando estava na frente daquele cara... Eu teria partido ele ao meio.

– Não seria eu quem te impediria... O canalha merecia.

– Eu não deveria ter saído de perto dela.

– Você não teve culpa, estavam dançando...

– Eu me distraí.

– Não se culpe.

– Eu não deveria ter saído de perto dela – repetiu Miguel.

– Agora não adianta lamentar. Graças a Deus você estava lá. É isso que importa.

– Foi horrível ver aquilo... Minha vontade é procurar por aquele cara e bater nele até meu ódio passar.

– Acalme-se. Você não é um animal enjaulado, não aja como um. – Lucy reparou que Miguel estava tremendo de raiva.

– Fui eu quem a levou para a pista de dança. Se não fosse por mim, nada disso teria acontecido. – A culpa o queimava de dentro para fora.

– Você não poderia prever esse tipo de coisa.

– Mas não muda o fato de que foi por minha culpa.

– Quer saber? – disse Lucy, perdendo a paciência. – Você tem razão. O que aconteceu hoje foi culpa sua... O aquecimento global também é.

Miguel ficou calado, como um garoto que acabou de tomar uma bronca da mãe. Ele reparou que o perfume de Ana estava impregnado em suas mãos, braços e roupa. Era delicioso. Ele ainda podia sentir as formas do corpo dela entre seus braços, a temperatura de sua pele, o toque suave e delicado do seu rosto... O corpo do brasileiro reagiu de forma involuntária e ele precisou cruzar as pernas para disfarçar. Ao olhar para o rosto inocente da garota perdida em um sono profundo oriundo da exaustão psicológica, Miguel sentiu nojo de si mesmo, pois percebeu que sentia as mesmas coisas que o agressor possivelmente havia sentido, e mesmo que não tivesse controle algum sobre suas sensações e sobre as reações de seu corpo, sentiu-se culpado por saber que dentro dele existiam as mesmas coisas que existiam dentro daquele ser desprezível. Miguel refletiu com tristeza sobre isso durante todo o caminho de volta ao apartamento das garotas.

* * *

Quando chegaram ao apartamento, Miguel e Lucy conduziram Ana até o quarto. Ela estava sonolenta e aparentemente mais calma.

– Meninas, eu estou à disposição caso precisem de qualquer coisa.

– Obrigada, Miguel, mas já está tarde. Eu assumo tudo a partir daqui.

– Ok, mas se precisarem de algo, liguem para mim que venho correndo.

– Está bem – respondeu Lucy. Em seguida ela caminhou em direção à Ana. – Querida, vá tomar um banho enquanto eu separo uma roupa de dormir para você.

– Eu preciso falar com Oliver primeiro – disse Ana, com a voz trêmula.

– Não. Você precisa tomar um banho para relaxar e depois dormir.

– Mas ele está esperando a minha chamada de hoje.

– Chamadas podem ser feitas pelo outro lado também. Se ele sentir sua falta, ele irá ligar.

– É melhor eu ligar...

– Já disse que você não vai ligar. – Lucy demonstrou irritação.

– Deixe-a ligar, Lucy – Miguel interviu.

– Por favor – insistiu Ana.

– De jeito nenhum... Mas se você deixar o notebook perto da minha cama, caso ele ligue, eu te acordo e vocês conversam.

– Promete?

– Prometo – disse Lucy, sendo encarada por Miguel sem que percebesse.

– Então eu vou embora.

– Te acompanho até a porta. – Lucy voltou seu olhar para Ana. – E você, tome um banho... Agora.

– Tchau, Ana. Fique bem.

– Obrigada. Tchau.

Miguel e Lucy caminharam em direção à porta. Quando chegaram, o rapaz chamou a atenção dela.

– Se o Oliver ligar, por favor, acorde-a.

– Vou fazer isso.

– Prometa.

– Por que sempre tenho que prometer? Alguma vez deixei de fazer algo que disse que faria?

– Apenas prometa. – Miguel considerou contar a Lucy que conhecia pelo menos uma grande mentira dela, mas achou que aquele não era o melhor momento.

– Eu prometo – disse ela, debochando.

– Três pessoas abraçaram a Ana hoje. A primeira foi à força, a segunda e a terceira tentaram confortá-la, mas o abraço mais importante e que ela mais precisa receber é o do Oliver. Isso não pode acontecer de verdade, mas quando se escolhe bem as palavras é possível atingir o coração com um efeito parecido... Não dificulte o contato entre eles hoje.

– E se o idiota não ligar?

– Então você deveria ligar para ele.

– Não vai acontecer... Mas se ele ligar, você tem minha palavra de que irei atender.

– Faça o que for melhor para ela.

Com essas palavras, Miguel beijou o rosto de Lucy e despediu-se dela. Ela escorou-se na porta e respirou fundo, tentando parar de xingar mentalmente o ausente noivo de sua amiga, que deveria estar com ela agora... Do banheiro, Ana escutou tudo o que conversaram, estava ficando boa nisso. Ela pensou em tudo o que aconteceu nesse dia e ficou grata por Miguel estar a seu lado. Ela sabia que tinha sorte de ele sempre estar por perto... Enquanto isso, o rapaz descia as escadas do Rising Star, aflito. A culpa estava se tornando maior do que ele podia suportar... Consciente ou inconscientemente, ele estava sabotando o relacionamento de Ana. Miguel temia que isso fizesse que ele não a merecesse nunca.

* * *

Oliver não ligou naquela noite e Lucy não conseguiu ligar para ele. Na verdade, ela mal tentou. Miguel enviou algumas mensagens de celular para Ana, mas ela não chegou a ver, pois dormia.

* * *

Uma semana depois. Commercial Space Building, agência Magical Drop of Art, noite de sexta-feira.

Ana era a última pessoa a sair do prédio. Estava muito cansada, porém o sorriso em seu rosto evidenciava a satisfação que estava sentindo. Ela finalmente tinha um projeto artístico que era do agrado de Cassandra. Nas últimas duas semanas as duas haviam se aproximado bastante e o trabalho de Ana fluiu de uma forma incrivelmente rápida. Suas mãos mal conseguiam acompanhar a quantidade de ideias surgindo com frequência em sua mente e até mesmo o horário de trabalho não era suficiente; isso a motivou a trabalhar além de seu horário para aproveitar seu momento de inspiração. Era como se o mundo inteiro fosse um aglomerado de pontos artísticos que ela só precisava olhar, sentir e destacar. Foi fácil transformar alegrias e felicidades em expressões coloridas de arte, e até mesmo as experiências mais traumatizantes, desde a barata que vira de manhã ao levantar da cama até o assédio na Vortice na última semana. Qualquer coisa poderia ser transformada em arte por ela. Em seu repertório, Ana aplicava a saudade de Oliver, frustração e culpa com o pai, amor pela mãe, prazer pelo trabalho, amizade e alegria com Lucy, gratidão por Miguel, satisfação consigo mesma... Ela estava de fato traduzindo em cores todas as emoções que ela, como ser humano, conseguia produzir.

Era mágico. Também parecia mágica a mudança no clima, que passou de uma manhã quente e ensolarada como em todos os outros dias da semana para uma noite fria e chuvosa, algo bem pior do que a "simples queda de temperatura" noticiada na TV. Ana precisava voltar para casa, queria tirar os sapatos, tomar um demorado banho quente, jantar e conversar com Oliver. Por tudo isso, valia a pena enfrentar a chuva e o vento.

Enquanto atravessava a rua correndo, o salto do sapato de seu pé direito quebrou. Ana não chegou a cair, mas o movimento que fez para manter o equilíbrio lhe rendeu uma entorse no tornozelo e a dor foi imediata, fazendo-a soltar um grito contido. Era muito azar. Mancando, ela terminou a travessia e se abrigou embaixo do toldo vermelho de uma hamburgueria, mas isso não estava sendo tão efetivo quanto ela imaginou, visto que o vento forte alterava a direção dos pingos de chuva, fazendo-os cair em diagonal, molhando-a da barriga para baixo. Sem saber o que fazer, ela ficou parada tentando recuperar o fôlego. As pessoas passavam por ela protegendo-se da chuva, apressadas para chegar em algum lugar enquanto ela tentava se conformar com o fato de que seus planos para o fim da noite haviam sido arruinados.

Após alguns gélidos e úmidos minutos, Ana já conseguia apoiar o pé no chão e caminhar devagar, mas a chuva ainda não tinha dado uma trégua e isso a desencorajava a andar até a estação, pois iria se molhar ainda mais. Um homem que saía da hamburgueria estava parado na frente da porta, provavelmente bolando uma estratégia para evitar a chuva, então, para sua surpresa, Ana o reconheceu.

- Miguel!

- Ana!?

- Que bom encontrar um rosto conhecido - disse ela, caminhando lentamente até ele.

- O que aconteceu com você!?

- Já ouviu falar da Lei de Murphy? Acabei de inventar uma pior... A Lei de Ana.

- Eu até daria risada se não estivesse tão preocupado... Por que está mancando? - disse ele, andando até ela e abrindo seu guarda-chuva.

- Meu salto quebrou e eu torci o tornozelo.

- Que azar.

- Não é azar, é a Lei de Ana. Por acaso você tem um guarda-chuva sobrando para me emprestar?

- Só tenho este, quer emprestado?

- Queria, mas não é justo você ficar sem.

- Está indo para casa?

– Estou.

– Então eu posso te acompanhar.

– Ah... Não precisa.

– Mas como você vai voltar para casa assim?

– Eu dou um jeito.

– Que jeito? Andando nessa velocidade, você vai se molhar ainda mais, e nem pense em esperar esta chuva passar, pode ser que fique aqui por muito tempo... Você precisa urgentemente tirar essa roupa e tomar um banho quente. Não fique dando chances para a Lei de Ana. – Ele sorriu.

– Você pareceu a minha mãe agora. – Ela sorriu também.

– Você costuma obedecê-la?

– Sim.

– Então me obedeça... Eu vou te acompanhar até em casa.

– Mas isso vai te atrapalhar.

– Eu não tenho melhores planos para hoje.

– Se realmente não for te atrapalhar, vamos.

– Antes... Será que posso quebrar o outro salto?

– Claro, se conseguir... – Ana ergueu a perna e viu Miguel quebrar o salto com extrema facilidade, surpreendendo-a.

– Pronto, agora ficará mais fácil para você caminhar.

– Obrigada. – Ana sentiu um alívio imediato na perna, uma vez que os dois pés estavam no mesmo nível. – A propósito, o que estava fazendo aqui?

– Esta é a minha hamburgueria favorita... Costumo jantar aqui todas as sextas.

– Lembro de você comentando algo parecido... Você vem sozinho?

– Nem sempre, mas quando ninguém pode vir comigo eu venho sozinho mesmo.

– Os hambúrgueres daqui devem ser ótimos.

– São sim – disse ele com um sorriso animado.

– Espere... Você janta aqui às sextas?

– Sim.

– Mesmo quando vai sair comigo e com a Lucy, ou simplesmente janta conosco em nosso apartamento?

– Sim.

– Meu Deus... Como consegue comer tanto? Quer dizer... Você sempre come muito quando está com a gente, mas saber que você come antes é um pouco assustador.

– Eu sinto muita fome... Não sei explicar.

– Sei... – Ela sorriu. – Falando de coisas que não sabemos explicar... Preciso mencionar que é estranho nos encontrarmos novamente nesse tipo de situação? Parece que é só eu precisar de ajuda que você aparece...

– Você tenta entender isso? Eu desisti há muito tempo – disse ele sorrindo.

– Parece que isso só acontece com a gente.

Os dois continuaram caminhando pelas ruas chuvosas e frias debaixo do guarda--chuva de Miguel. Ele havia tirado sua blusa e dado para Ana vestir, já que a dela estava pingando. A garota, por sua vez, sentia-se envergonhada, pois em menos de uma semana era a segunda vez que ele a levava para casa após passar por algum tipo de apuro. Pensar na possibilidade de ser sempre um estorvo ou motivo de preocupação para Miguel a incomodava quase tanto quanto o fato de estar caminhando muito próxima a ele, como um casal. A possibilidade de ser vista e virar alvo de comentários a assustava, embora já tivesse passado por situações ainda mais comprometedoras, como na boate Vortice. O fato era que uma garota que tem noivo não deveria dividir um guarda-chuva com outro homem ou ficar abraçada com ele em uma balada. Já estava mais do que na hora de acabar com esse tipo de intimidade, ela só não sabia a razão de não ter feito isso antes.

– Você está se sentindo melhor depois do que aconteceu semana passada?

– Estou muito bem... Já superei.

– Se encontrar aquele cara algum dia, farei com que se arrependa.

– Não vale a pena. Além disso, talvez ele não estivesse totalmente errado.

– Ele estava muito errado – disse Miguel, indignado.

– Eu pesquisei sobre o DJ KisseX na internet durante essa semana e descobri que em todas as apresentações dele, quem sobe na pista de dança está sujeito aos comandos que ele passa.

– Então quer dizer que ele força as pessoas a obedecê-lo? Isso é ridículo.

– Ele não força. Todos os comandos que ele dá estão descritos no site dele, alguns até são sugestões de seus seguidores. É tipo uma brincadeira, um jogo. A única coisa que o DJ faz é passar esses comandos aleatoriamente.

– Então quer dizer que...

– Os desavisados éramos nós. Todos os que participam dessa brincadeira concordam com ela.

– Eu não sei o que dizer... De qualquer forma, aquele cara não precisava ser tão agressivo com você.

– Isso é verdade, mas o medo que você causou nele deve ser o suficiente para ele aprender a tratar melhor uma garota desavisada.

– Sorte a dele que eu não quis te deixar sozinha, senão eu iria acabar com ele.

– Não duvido... – disse Ana, sorrindo. Em seguida, ela olhou para Miguel e franziu a testa. – Vire-se um pouco.

– Me virar? – perguntou Miguel, confuso.

– Eu quero ver uma coisa.

– Ver o quê?

– Você está se molhando. – Ana passou a mão no ombro esquerdo do rapaz e constatou que todo aquele lado dele estava molhado do pescoço até as pernas.

– Não tem problema.

– Tem sim, você está sem blusa e se molhando...

– É este guarda-chuva que é muito pequeno.

– Tem razão... – Ana reparou que durante todo caminho até a estação ele se molhou, porém não deixou que uma gota sequer caísse nela. Com isso, ela percebeu a razão de ainda não ter acabado com a intimidade que tinham... Ela gostava de tê-lo por perto, gostava de tê-lo como protetor e saber que não importava o problema que pudesse surgir em seu caminho, Miguel apareceria para ajudá-la. Ela nunca tivera uma amizade assim antes.

– Prometo que da próxima vez que te der uma carona de guarda-chuva, terei um que caiba mais do que uma pessoa.

– Não precisa – disse ela, encostando-se nele. – Podemos ocupar menos espaço.

Miguel ficou vermelho e sentiu um frio na barriga que o acompanhou até chegarem na parte coberta da estação. No metrô, Miguel mostrou alguns vídeos engraçados em seu celular e ambos tiveram pequenas crises de riso. Trocar vídeos engraçados virou uma rotina entre eles nas últimas semanas, e fazer isso pessoalmente era muito melhor. Depois, do lado de fora, partiram em direção ao apartamento de Ana enquanto permaneciam juntos debaixo do guarda-chuva. Por estar escuro, as luzes dos postes e letreiros dos comércios formavam um grande emaranhado de cores que se refletiam nas poças de água formadas no chão. Despediram-se na porta do prédio de apartamentos Rising Star, mais uma vez com um beijo no rosto. Miguel voltou para casa anestesiado, ainda sentindo como se Ana estivesse ao seu lado, colada nele.

* * *

Prédio de apartamentos Rising Star, manhã de segunda-feira.

Mover-se era doloroso, respirar só era possível pela boca, abrir os olhos era horrível, tossir era tortura, espirrar era suicídio, até mesmo a saliva doía ao ser engolida. Levantar da cama? Só para ir ao banheiro e se fosse realmente inadiável. Vontade de comer? Nenhuma. Vontade de morrer? Toda. Esse era o estado de Ana, gripada desde domingo. Antes de sair para trabalhar, Lucy revirou o apartamento inteiro à procura de algo que a ajudasse contra os sintomas, mas só encontrou remédios para cólica, pressão e estômago. Era a primeira vez que uma delas ficava doente dessa forma desde que haviam se mudado para esse apartamento. Já que Ana teimava em não ir a um hospital, Lucy prometeu passar em uma farmácia, comprar remédios e trazê-los em seu horário de almoço.

Apesar dos ouvidos tampados, Ana ouviu alguém batendo na porta.

– Ana? – Ela só conseguiu identificar que a voz era masculina.

– Quem é?

– Miguel.

– Oh beu Neus... COF... Espere um pouco, já vou – disse Ana, esforçando-se para levantar da cama sem se desenrolar do cobertor. As dores no corpo eram tantas que até seu rosto doeu com a careta que ela fez. Ao passar pelo espelho, ela não viu o próprio reflexo, viu a imagem de uma estranha, uma mulher despenteada, pálida, com olheiras, nariz vermelho, postura curvada... Ana não queria ser vista assim por Miguel ou por qualquer outra pessoa. Ela mesma queria apagar aquela imagem de sua cabeça. Ana caminhou para o banheiro, passou uma escova nos cabelos (tirando um pedaço de lenço umedecido que estava enroscado na parte de trás), lavou o rosto, passou creme dental no dedo indicador, esfregou-o nos dentes e espirrou um pouco de sua colônia.

– Está tudo bem?

– Está sim... Cof cof... Eu já estou indo. – Sem tempo para disfarçar a palidez ou as olheiras, ela se conformou e caminhou para a porta.

– Oi.

– Oi... cof cof coooof. – Ana ajeitou melhor o cobertor em volta de si.

– Vai engolir isso?

– Calato... – disse ela, antes de sorrir. – Seu palhaço.

– Você não melhorou de ontem pra hoje.

– Acho que eu piorei ainda bais.

– Posso entrar?

– Ah, claro... Tesculpe.

– A Lucy me contou que você não tinha ido trabalhar, então eu aproveitei para vir pegar minha jaqueta de volta e ver como você está.

– Eu peti para ficar em casa hoje. Graças a Neus que a Cassandra estava de pom-hubor e gosta de bim agora.

– Eu mandei várias mensagens ontem, mas você não respondeu.

– Eu dão sei onde beu celular está... – Ela fungou. – A bateria já deve ter acabado e... ATCHIIIIIIIIIM. – Ana sentiu como se uma bomba atômica tivesse explodido dentro dela. A dor a paralisou.

– Venha cá, eu te ajudo a sentar. – Com cuidado, ele a conduziu pelos ombros até o sofá.

– Se importa de dão pegar sua blusa hoje? Eu ainda dão lavei ela.

– Não tem problema, eu mesmo lavo.

– Pote neixar comico... – E tossiu novamente.

– Eu acho que não – disse ele, com dó. – Lucy pediu para eu contar para ela como você está... O que eu digo a ela?

– Diga que estou mem. Resfriados vêm e vão.

– Mas custam caro... Eu estou a fim de dar uma boa notícia para ela. O que acha de eu fazer algo para te ajudar hoje?

– Dão precisa... – Ela fungou de novo. – Já disse que estou bem, só preciso de repouso. Além disso, você tem suas coisas para fazer.

– Eu resolvo tudo em um só telefonema – disse ele, pegando o celular e levantando-se. – Reparou que quando você funga consegue falar bem melhor?

– Dão... ATCHIIIIIIIM. – O espirro foi tão forte que suprimiu totalmente os esforços dela para se levantar.

– Repouse, sua teimosa. Eu já volto. – Com um sorriso simpático ele discou no celular. – Tia? Sou eu, Miguel. Será que... – Miguel caminhou para a cozinha enquanto conversava com sua tia.

– Bigueeeeel... Dão precisa fazer dadaaaaa... – disse Ana, deitando no sofá e fechando os olhos. Ela conseguiu escutar Miguel conversando enquanto abria as portas dos armários e da geladeira. Minutos depois ele se despediu da tia e aproximou-se de Ana.

– Tome isso, você precisa ficar confortável. – Miguel entregou a Ana uma das almofadas do outro sofá e sentou-se no chão, próximo a ela.

– Obrigada. – Ela fungou novamente.

– Eu falei da sua situação para a minha tia e ela me deu total apoio para ficar e cuidar de você o máximo que puder.

– Miguel, você não precisa fazer isso.

– Mas é o que eu quero. Você está doente e sozinha. Está até com cheirinho de garganta inflamada.

– Oh mheu nheus eu nhestou nhom nhau halito?!

– Não entendi... Tire as mãos da boca e fale devagar.

– Nesculpe, acho que estou com bau hálito – disse ela, escondendo a boca debaixo do cobertor.

– Ah... relaxe. Todo mundo fica com mau hálito quando tem dor de garganta, mas não se preocupe, eu estou fazendo algumas coisas que vão te ajudar a melhorar e você logo sairá da cama.

– Não me leve a mal, mas acho difícil. – Ana fungou novamente. – Oh, meu Deus, como eu odeio fungar...

– Vou te trazer lenços.

– Não quero que tenha tanto trabalho comigo... Eu... vou fungar menos... ou mais baixo...

– Eu vou pegar lenços, mas não precisa parar de fungar. Você está resfriada e eu compreendo... Além do mais, já disse que quando você funga consegue falar melhor.

– Verdade...

– O que você comeu hoje?

– Nada. – Fungou.

– Isso está errado... Você precisa comer.

– Tudo o que como parece arame farpado acompanhado de pregos e alfinetes.

– Farei algo líquido então.

– Não...

– Shhhh... Hora de ficar quietinha e repousar. Eu cuido de tudo. – Ele pegou o celular e após alguns segundos o deixou na mesa de centro próxima ao sofá. – Essa playlist é muito relaxante. Aproveite-a.

Sem dizer nada, apenas acenando positivamente com os olhos, Ana o viu levantar-se e caminhar para a cozinha. A playlist começou com "With or Without You", do U2. Fazia bastante tempo que Ana escutara essa música pela última vez e a letra nunca fez tanto sentido quanto agora. As próximas músicas da playlist ela não escutou, pois dormiu antes mesmo de a primeira acabar.

* * *

Perdida em seu sono, ela sentiu uma sensação de conforto e frescor. Um arrepio gostoso contornou sua nuca e todo o lado direito do corpo, que relaxou pela primeira vez desde que adoecera. O barulho de dedos passando por seu cabelo era metálico e rítmico como as ondas do mar. Ana estava em uma realidade onírica que aos poucos ia se desfazendo em uma dolorida transição para o mundo real.

– Oi de novo – sussurrou Miguel, com as mãos na testa dela.

– Oi... cof cof... – respondeu a garota após abrir e fechar os olhos novamente. – O que está fazendo?

– Checando sua temperatura. Você continua com febre.

– Eu vou melhorar.

– Com certeza, mas para isso preciso cuidar bem de você. Mantenha os olhos fechados. – Miguel pegou um pano úmido que estava na mesa de centro e o colocou na testa de Ana.

– Que gelado. – Ela se contorceu levemente.

– Vai te fazer bem.

– Por que tem tantos baldes com água espalhados pela casa?

– Os baldes... – disse ele, sorrindo e dando ênfase na letra "B". – Fiz isso para aumentar a umidade do ambiente. Diminui o dano que o nariz ressecado causa à sua respiração e ajuda contra a tosse.

– Sério?

– Sim. E por falar em tosse... – Miguel pegou um copo com um líquido de aparência pouco sedutora. – Beba este suco.

– Certo. – Ana inclinou um pouco a cabeça e provou a bebida. – Que delícia. Do que é feito?

– Maçã com mel. É um bom... um bom... como é que fala...?

– Esqueceu a palavra? – perguntou, assoando o nariz com um lenço.

– Não. Na verdade, eu não sei a tradução dela, só sei em português.

– Que palavra é?

– *Expectorante.*

– *Expectorante*... – repetiu Ana, que escutava esta palavra pela primeira vez em sua vida.

– É o tipo de coisa que ajuda contra tosses carregadas de catarro como a sua.

– Não fale isso, é nojento – disse ela, assoando o nariz novamente.

– Nojento ou não, tem muito disso dentro de você agora. – Ele exibiu um sorriso aberto.

– Paaaaaaare! – Ana cobriu o rosto com as mãos.

– Ok, ok – disse ele, sorrindo e olhando em volta. – Bom, já temos algo para a respiração, tosse e febre. Falta comer...

– Eu não estou com fome... ATCHIIIIIIIM!!!

– Mas tem que comer algo... Aqui tem mais lenços, pegue.

– Se eu comer, irei vomitar... Já aconteceu antes – disse ela, enquanto limpava o nariz mais uma vez.

– Eu fiz uma sopa leve, mas bastante nutritiva.

– Como conseguiu fazer isso se ainda nem fizemos compras nesse mês?

– Eu vasculhei em todos os seus armários e usei tudo o que pude. Na verdade, eu queria fazer muitas outras coisas, mas parece que vou ter que te ensinar a fazer compras novamente. Tem um jeito de fazer elas durarem mais do que três semanas.

– Não brigue comigo. Eu só fiz compras com você uma vez. Não deu para aprender tudo.

– Então te faço um convite para fazermos compras juntos de novo. Aceita?

– Claro – disse ela com um sorriso empolgado, mesmo dentro de suas limitações físicas. Fungou mais uma vez.

– Mas com uma condição: você precisa se esforçar para comer minha sopa pelo menos um pouco.

– Vou tentar... cof cof. Mas minha garganta está doendo demais.

– Quanto a isso, evite coisas muito quentes e mantenha-se hidratada. Tem uma garrafa de água e um copo na mesa de centro, se você precisar. Se estiver difícil para levantar, me chame que eu venho e coloco no copo para você. – Miguel foi até a cozinha pegar a sopa, enquanto isso, Ana reparou que ele arrumara toda a sala. A julgar pela quantidade de coisas que ele fez, a garota se perguntou por quanto tempo dormiu. Ao olhar para o relógio na parede, constatou que haviam se passado três horas desde que deitara no sofá. – Aposto que você vai se sentir melhor com a minha "sopa especial que tira qualquer doente da cama".

– Não precisava limpar a sala...

– Eu não limpei. Só organizei... Fiz o possível para não levantar pó aqui dentro.

– Mas está tudo tão bonito e limpo...

– Eu tenho meus truques – disse ele, piscando o olho esquerdo. – Agora coma esta sopa.

– Que cheiro bom. Cof cof.

– Que bom que está sentindo cheiro de alguma coisa.

– Acho que estou com fome agora. – Ela levou uma porção à boca.

– Ótimo. Coma o máximo que puder.

– Que delícia! – disse ela, fazendo careta ao engolir.

– Fico feliz que tenha gostado. É uma receita de família.

– Maravilhosa – disse ela, novamente fazendo careta ao engolir.

– Coma devagar.

– O que tem nela?

– Os legumes da sua geladeira e frango.

– Nós não tínhamos frango...

– Eu comprei enquanto você estava dormindo... Na verdade, comprei mais algumas outras coisas também.

– Não acredito que você gastou seu dinheiro! – A expressão de dor no rosto de Ana mudou para tristeza.

– Não se preocupe com isso.

– O que mais você comprou?

– Algumas coisas na farmácia para aliviar seus sintomas.

– Miguel... – Ana o olhou nos olhos e assim permaneceu por alguns segundos. – Novamente, muito obrigada. Às vezes eu me sinto uma inútil que sempre te causa problemas e depende da sua ajuda... – Ela fungou.

– Não se sinta assim. Eu até estou gostando disso... Quer dizer... Não estou gostando de você estar doente, estou falando sobre cuidar de você... Te ajudar...

– Eu acho que só minha mãe cuidou tão bem de mim durante um resfriado... Você está sendo incrível.

– Amigos de verdade não servem apenas para dividir a conta nos passeios, não é? – disse ele, sorrindo e recebendo um sorriso dela de volta. – Eu sei que você tem se esforçado bastante no trabalho e na faculdade nessas últimas semanas. Percebi que tem dormido pouco, comido mal e sequer reclama... Com tantas coisas para fazer você ainda arruma tempo para sair comigo e com a Lucy todos os fins de semana. Você é uma lutadora... Uma guerreira... E eu não consigo resistir a essa grande vontade que sinto de te ajudar da melhor forma possível, para que você continue lutando. – Ele respirou fundo. – É bonito te ver assim, sabia?

– Uou... Está falando sério? – Ana corou.

– Dá para ver nos seus olhos que você realmente encontrou o que queria... Dá para ver que você será uma vencedora.

– Estou ficando com vergonha, Miguel... cof cof.

– Eu sei que falo bastante sobre não superestimar os sonhos, sobre não haver necessidade de buscar algo com tanta convicção, mas, no fundo, eu acho que digo isso porque ainda não encontrei algo que desperte essa vontade em mim.

– Entendo...

– Tem momentos em que eu te invejo por amar tanto uma coisa e sair à procura, encontrar, aproveitar a oportunidade e se tornar boa nisso. Você largou muita comodidade para correr atrás da sua paixão e viver às próprias custas.

– Falando assim, faz parecer que estou fazendo as coisas do jeito certo, para variar.

– Mas você está... Você pode dizer a todos que é a grande responsável pelas suas grandes conquistas.

– Ou pelas grandes perdas...

– O que quer dizer com...?

– Às vezes... – interrompeu Ana. – Às vezes eu me vejo como uma garota medíocre, iludida com a vida, com o amor... – Ela fungou. – Eu tenho grandes arrependimentos, sabia? Eu praticamente destruí meu relacionamento com meu pai, e mesmo que tenha sido por uma boa causa, ainda dói bastante... Eu poderia ter feito de uma forma melhor...

– Será que ele já não te perdoou por ter saído de casa?

– Não é só por isso.

– Tem mais coisas?

– Tem.

– Seja lá o que for, ele pode ter perdoado também...

– Não sei... Mas sei que eu não me perdoei ainda, e dessa forma, não posso exigir que ele faça o mesmo.

– Sempre me disseram que os pais são capazes de perdoar os filhos, não importa o que façam... Tente acreditar nisso também – disse ele, ensaiando um sorriso.

– Você acredita? – perguntou Ana. O sorriso de Miguel foi interrompido e deu lugar a uma expressão triste. Ele olhou para baixo e não respondeu. – Foi o que pensei. Acho que esse tipo de situação influenciou muito o meu jeito de ser... Eu me isolo em um mundo de fantasias, de flores, cores... É como uma autodefesa, entende? – Fungou novamente.

– Sim.

– Esse esforço que você vê em mim não passa de covardia... Eu me escondo dos meus problemas me afundando nos meus afazeres e tenho medo de ter perdido minha personalidade. – Ana respirou fundo antes de continuar. – Pode dizer o que você acha de mim, como um todo?

– Bom... – Miguel foi pego de surpresa. – Acho... você...

– Difícil responder assim tão rápido, não é?

– É... Essa pergunta foi repentina.

– Eu sei... Não precisa responder. Eu sei muito bem o que as pessoas pensam de mim. Eu sou a boa garota, delicada, fofa, inocente, educada, que nunca fala palavrões... Acho que as mulheres que me conhecem devem me odiar. Cof cof. – Ana assoou o nariz novamente. – Eu nem sempre fui assim. Eu era diferente. Não melhor, não pior, apenas diferente, mas quando você se interessa por outras coisas em vez daquilo que os outros esperam que você se interesse, ou quando você quer agir de forma diferente da forma que esperam que você aja, te sobram duas opções: Faça do seu jeito ou faça do jeito deles. Cof cof... Tentei fazer do meu jeito e magoei pessoas, agora tento me redimir fazendo como eles iriam querer... O que sobra de mim é uma amostra indefinida de um ser humano com personalidade nula.

– Não acha que está sendo muito dura consigo mesma?

– Não estou...

– Sim, está.

– A Lucy demonstra agressividade, truculência, sempre fala o que quer, provoca todos, não tem vergonha de nada, é extremamente espontânea e divertida... – Fungou mais uma vez. – Isso faz parte de quem ela é, mas por dentro, escondida entre tudo isso, existe a pessoa mais doce que eu já conheci na minha vida, que só é revelada para aqueles que são muito próximos. No meu caso, diferentemente dela, a ilusão da boa garota pode agradar a maioria, inclusive você, mas dentro de mim não tem algo de especial guardado, nem mesmo para os mais próximos. As pessoas que me enxergam não me veem de verdade, consegue entender? É até possível que eu seja uma pessoa má. – Ana enxugava as lágrimas que corriam em seu rosto. – Eu sou tão ridícula que desabafo sobre coisas tão sérias justamente no dia em que tudo que eu falo soa estranho por causa desse maldito resfriado.

– Primeiro eu te achei muito bonita... – disse Miguel, olhando para o teto com um tom de voz um pouco mais alto, surpreendendo-a. – Depois te achei frágil e não consegui parar de te acompanhar até ter certeza de que ficaria bem, mesmo você sendo uma verdadeira chata comigo. – Ele sorriu, ainda olhando para o teto. – Conversando com você, descobri que era uma pessoa determinada e corajosa que vai em busca de seus sonhos. Posso estar enganado, mas vi em você a paixão e a força que queimam dentro das pessoas que serão bem-sucedidas um dia. Quando você foi atrás de mim no restaurante para pedir desculpas, eu te achei extremamente honesta e íntegra, pois além de esclarecer tudo, não desistiu de ser minha amiga, mesmo eu não querendo. Muito obrigado por isso – disse ele, voltando a olhar para ela sorrindo e conseguindo um sorriso dela em troca. – Você cantou mal demais no meio da rua naquele dia do show, mas aquilo foi divertido. Sua timidez te faz charmosa, e quando sinto que você está vulnerável, tenho vontade de te seguir aonde quer que você vá para ter certeza de que nada de mal irá te acontecer, porque algo dentro de mim diz que você não merece sofrer... Você não merece... Você é muito boa com sua arte, se preocupa com as pessoas ao seu redor, até mesmo comigo, e cuida muito bem dos seus amigos... Quando eu soube que saiu de casa para tentar a sorte sozinha, percebi que você não é tão frágil quanto pensei. Para ser sincero, acho que é mais forte do que eu. Q-Quando você está feliz e sorri, acho que se torna a pessoa mais linda do mundo inteiro. – Ele corou. – Sobre suas culpas e sobre querer ser diferente... Não faço ideia do que te aconteceu no passado, mas sei que o arrependimento que você sente é um sentimento nobre e que não importa o que você tenha feito, eu acredito que foi o correto. Sei que você jamais machucaria pessoas intencionalmente... Talvez até prefira machucar a si mesma. Isso é o que eu penso de você. É assim que eu te vejo e é impossível não gostar...

– Não está mentindo...?

– Nunca falei tão sério em toda a minha vida – disse ele após um breve suspiro. – Consegue se reconhecer na descrição que fiz?

– Um pouco... Talvez, de todas as pessoas que conheço, você seja a única que me enxergou além das aparências desde o começo. – Fungou. – Eu não preciso mentir para você... Do seu lado posso ser eu mesma... Mesmo que ainda não saiba quem sou de verdade. – Ana o abraçou e assim permaneceram por algum tempo. – Obrigada por estar aqui...

– Continue pegando minhas roupas e eu sempre estarei aqui para pegá-las de volta – disse ele, antes de cair na gargalhada junto com ela.

– Palhaço...

Ambos ficaram se olhando, calados, até Ana interromper o silêncio.

– Sei que um dia esse jogo de ilusões irá acabar e terei que ser quem eu sou de verdade, mas tenho medo de me deparar com uma realidade horrível.

– Se isso acontecer, você pode procurar por mim. Eu ajudo no que precisar.

– Se for assim, gastarei todo o meu salário em presentes para você até o fim da minha vida.

– Um sorriso igual a este já é mais do que o suficiente para mim – disse Miguel, corando mais uma vez. O sorriso dela era muito bonito, e sempre que o via, seu coração ficava aquecido. Todo homem apaixonado faz de tudo por um sorriso da mulher que ama. Era uma pena não poder contar isso a ela.

– Engraçado... Eu acho que nunca falei tanto de mim para alguém. Além da Lucy, é claro. Devo estar sensível pelo resfriado e por estar menstrua... – Ana interrompeu-se.

– Está tudo bem? – perguntou ele, inocentemente. – Por acaso engasgou?

– Não... – Ela sorriu aliviada. – Que bom que você é um pouco lento.

– Lucy sempre diz isso...

– Queria que tivéssemos nos conhecido há mais tempo – disse ela.

– Eu acho que nos conhecemos na época certa.

– Por quê?

– Porque sim. – Miguel adotou uma expressão ilegível.

– É impressão minha ou você fez bolo também? – Ana tentou mudar de assunto. Ela não tinha condições de tentar descobrir os mistérios de Miguel, não depois de esforçar-se tanto para manter pelo menos alguns dos seus.

– Na verdade, uma senhora veio aqui e pediu para te entregar. É uma de suas vizinhas.

– Deve ser a senhora Maker.

– Maker ou Baker? – perguntou Miguel.

– Maker – respondeu Ana.

– Maker?

– Não... Maker, com "mê".

– Com "B" de Brasil? – perguntou Miguel novamente, dessa vez não conseguindo disfarçar o riso.

– Isso, Maker com "mê" de Brasil, e pare de caçoar de mim! Estou doente, por isso estou falando de forma estranha.

– Ok – respondeu ele enquanto ria. – Acho que era esse o nome dela. É uma senhora bastante simpática. Quando viu que eu estava cuidando das coisas aqui, ela se ofereceu para ajudar.

– Ela é uma fofa.

– É sim.

– Você não tem medo de ficar resfriado como eu?

– Eu sou supersaudável... Não fico doente há muito tempo. As doenças adoecem quando tocam em mim.

– Sei...

– Certa vez, no Brasil, fizeram uma cobra venenosa me picar no braço para eu chupar o veneno e cuspir fora em um copo.

– Por que fariam uma coisa dessas? Cof cof – indagou Ana, confusa.

– Precisavam que o veneno passasse pela minha corrente sanguínea para virar vacina para diversas doenças... Uma pena que a cobra morreu logo depois de me morder.

– Eu sou muito burra... Eu estava acreditando na sua história – disse ela, sorrindo. – Tem certeza de que vai continuar aqui respirando este ar que eu estou infectando?

– Que dramática... Eu vou ficar aqui cuidando de você. Este é um país livre e esta é a minha escolha.

– Quem está sendo dramático agora?

* * *

Continuaram conversando e rindo por mais um tempo, cada um deitado em um sofá, e mal notaram que o sol começou a se pôr.

– Que efeito bonito que a luz do sol faz na sua janela.

– Eu observo o pôr do sol daqui de dentro sempre que posso.

– O prédio do Brazilian Taste não é tão alto, mas acho que não tem nenhum outro edifício perto dele a ponto de atrapalhar a visão.

– O que quer dizer?

– Se quiser, posso te levar ao teto do BT para observarmos o pôr do sol de lá – disse Miguel, apesar do receio de que fosse mal compreendido.

– Interessante... Posso levar meu equipamento de pintura?

– Claro. Era para isso mesmo que eu queria que fosse lá.

– Tomara que seja uma bela vista. – Ela assoou o nariz novamente.

– Aposto que será – disse ele, imaginando como seria linda a silhueta de Ana em meio ao sol se pondo. – Acho que só escolheu morar aqui por causa dessa janela. Estou correto?

– Correto... Mas o fato de não ter dinheiro para morar em um lugar melhor também contribuiu.

– Esse é o tipo de coisa que eu sabia que você faria... Parece que você faz questão de estar rodeada pela arte e suas diversas manifestações.

– Acertou de novo. Você realmente me conhece bem.

– Você é como um livro aberto para mim. – Ele riu e recebeu o sorriso dela em troca.

– Já você, é um mistério para mim.

– É bom que continue assim para você não perder o interesse...

– Boa resposta... A cada dia que passa eu te conheço um pouco melhor, mas ainda tem coisas que eu não sei sobre você. Você não acha que é reservado demais?

– Não. Eu só prefiro mostrar o que tem dentro de mim para as pessoas mais próximas – disse ele, sorrindo ironicamente e piscando com o olho esquerdo.

– Então não nos considera próximas?

– Eu não disse isso. É só que... Existe a hora certa para tudo. Com o tempo, se continuar sendo minha amiga, vai me conhecer ainda mais.

– Às vezes eu tenho medo de você ser um assassino em série ou um terrorista.

– Sério?

– Sério. Você é legal demais para ser só um cara normal. Deve haver algum defeito em você. – Ela fungou. – Talvez tenha um plano diabólico na sua cabeça neste exato momento.

– Pode ser... Quem sabe? – Ambos riram.

– Por que será que você não tem uma namorada?

– Quem sabe...?

– Duvido que ninguém tenha aparecido depois da Camila.

– Apareceram muitas... – Ele sorriu, confiante. – Mas esse nunca foi o problema.

– Convencido.

– Foi você mesma que disse... Enfim, o fator principal sempre foi a minha cabeça. Eu precisava ter certeza de que estava preparado, entende?

– Sim... Você acha, depois do que viveu com a Camila, que vai conseguir amar alguém novamente? Tipo... até mais que ela?

– Não sei... Mas tenho pensado nisso ultimamente. Tenho vontade de viver uma paixão de novo, um grande amor, lembrar do quanto é bom amar e ser amado, saber que tem alguém pensando em mim enquanto eu penso nela também. Às vezes eu me sinto um pouco solitário... Melhorou quando comecei a andar com vocês, mas ainda assim sinto falta de uma companheira.

– Acho que te entendo. Eu também sinto falta... – Ela fungou.

– Mas você já tem seu noivo.

– O que é pior... Eu tenho, mas vivo como se não tivesse.

– Bom... Eu...

– Esqueça o que eu disse. Devo estar delirando de febre.

– Parece que não sou só eu que tenho assuntos que prefiro não comentar.

– Então, em resumo, nossa amizade ainda não está no nível em que compartilhamos nossas frustrações?

– Ainda não... Pelo menos para frustrações tão íntimas.

– E qual seria o próximo nível?

– Acho que seria a troca irrestrita de conselhos.

– Quem diria, eu vou pedir conselhos para um garoto três anos mais novo que eu.

– Dois anos e alguns meses.

– Tanto faz...

– Posso ser mais novo, mas já sei muito sobre a vida.

– Eu notei. Estava só te provocando... Sei que você é muito mais maduro do que os outros rapazes da sua idade. É justamente isso que me deixa intrigada.

– Por quê?

– Bom... – Fungou mais uma vez. – Na minha experiência, uma pessoa só amadurece tão rápido quando sofre, quando perde...

– Que experiência ruim...

– Um dia eu vou saber tudo o que você esconde...

– Talvez você tenha que chegar ainda mais perto de mim para...

– AAAAAAATTTTTCCCCCCCHHHIIIIIIIIIIIIIIMMMMMM!!!!!! – Ana cobriu o rosto com as mãos enquanto espirrava. – O que você disse?

– N-Nada... D-Deixa pra lá.

– Acho que vou precisar de muito papel agora.

* * *

Horas depois, Lucy entrava ofegante no apartamento. Sem ao menos fechar a porta, ela atravessou a sala em direção ao quarto conferindo as sacolas da farmácia que trazia consigo. Quando chegou ao quarto, assustou-se por não ver Ana deitada em sua cama.

– Se é a mim que está procurando, estou aqui – disse Ana, na cozinha, sorrindo.

– Eu não te vi... Pensei que estaria deitada na cama.

– Você estava tão apressada que não me viu aqui bebendo água.

– Como você está? – Lucy deixou as sacolas na mesa e colocou a mão na testa de Ana. – Parece que melhorou. Não tem febre, nariz vazio... Desculpe por não ter vindo durante o meu almoço. Parece que hoje eu fui trabalhar em um escritório do sexto subsolo do inferno e, para completar, a bateria do meu celular acabou e eu esqueci o carregador... Quando finalmente consegui um carregador emprestado...

– Eu tive ajuda – disse Ana, interrompendo a amiga.

– De quem?

– Tente identificar algo diferente na sala...

Lucy fez como sua amiga solicitou e surpreendeu-se ao ver Miguel dormindo no sofá grande.

– O que ele fez? – indagou Lucy, caminhando para a sala, seguida por Ana.

– Ele cuidou de mim.

– Isso se tornou um hábito entre vocês, não é?

– Eu não tenho culpa.

– Já está ficando ridículo, ele sempre aparece quando você está com problemas.

– Nós falamos sobre isso hoje, é muito estranho... – disse Ana, olhando para o rapaz, reparando na expressão serena em seu rosto. – Ridículo ou não, jamais reclamarei.

– O que exatamente ele fez? – perguntou Lucy, sentando-se no sofá menor.

– Me deu chás e outras coisas caseiras, arrumou a sala e a cozinha, fez uma sopa deliciosa e me deu bastante atenção... É tudo que uma pessoa doente precisa. – Ana sentou-se ao lado da amiga.

– Estou começando a ficar com inveja... Ele é como seu anjo da guarda particular.

– Não é bem assim. Ele faria o mesmo por você.

– Às vezes eu sinto muita vontade de te dizer algumas coisas sobre aquele assunto que combinamos jamais falar, mas eu me calo... Meu peito arde de tanto esforço que faço para me segurar.

– Então segure mais um pouco.

– Quando aquele idiota do seu noivo volta?

– Em menos de três meses.

– Eu espero que ele cuide muito bem de você depois que se casarem. Eu ainda estarei por perto, mas não será como é agora.

– Eu sei... – disse Ana, olhando para baixo.

– Que rostinho é esse? – perguntou Lucy, erguendo e virando o rosto de Ana para olhá-la de frente.

– O que tem no meu rosto?

– Sua expressão não está legal.

– Você está imaginando coisas. – Ana virou o rosto para o lado.

– Não adianta desviar o rosto. Quanto mais perto de você, mais fácil eu consigo perceber que não está bem.

– Então não chegue perto. Além do mais, estou com mau hálito de garganta inflamada. Você não vai gostar.

– Mau hálito de garganta inflamada? Essa é boa... – Lucy sorriu.

– Pare de tentar adivinhar o que está acontecendo comigo. – Ana se levantou.

– Eu não estou tentando, simplesmente percebo... É o que você deveria fazer também.

– Perceber o quê?

– Que não está mais tão segura sobre o casamento ou, quem sabe, sobre Oliver.

– Você está falando bobagens. – Ana caminhou até a cozinha.

– Estou mesmo?

Ana não respondeu, apenas bebeu mais um pouco de água. Lucy não precisava de resposta.

* * *

Miguel acordou e conversou um pouco com as garotas. Ele saiu com muita pressa pois havia dormido mais do que esperava. Na despedida, Ana aproximou-se dele e lhe deu um abraço e um beijo no rosto. Lucy percebeu o quanto isso mexeu com o rapaz. Ana, por sua vez, assim como no colégio, parecia não entender o que acontecia ao seu redor. Para ela, foi apenas um ato de agradecimento entre amigos, para Lucy, algo que iria desencadear muitas consequências. Ana e Lucy perceberam depois que Miguel havia esquecido a jaqueta novamente; felizmente, a visita dele não fora em vão.

* * *

Fim de tarde de sábado. Brazilian Taste.

Ana e Lucy entraram no restaurante e foram recebidas pelo maître, dessa vez menos formal e mais sorridente.

– Olá, Ana, como vai?

– Bem, e você?

– Melhor agora que você está aqui, e com uma amiga.

– Esta é Lucy, a melhor amiga do mundo inteiro. Lucy, este é o Ricardo, primo mais velho do Miguel.

– Prazer... – disse ela, estendendo a mão.

– O prazer é meu – respondeu ele, completando o aperto de mãos. – Na verdade, eu sinto que já te conheço porque o Miguel não para de contar histórias sobre vocês.

– Espero que nem todas – disse Lucy, sorrindo.

– Só as mais engraçadas.

– Ele está por aí? Temos que entregar umas coisas para ele.

– Está sim. Esperem aqui enquanto eu chamo alguém para levá-las até ele.

* * *

As garotas ficaram de pé esperando Ricardo voltar. O restaurante não estava cheio.

– Eu quase me esqueci de como o restaurante é por dentro.

– Por fora não parece ser tão grande.

– Você tem que ver os andares superiores onde eles moram.

– É impressão minha ou a decoração parece um pouco cafona? – disse Lucy, passando a mão na toalha que forrava uma das mesas.

– Não é impressão sua – disse Ana, sorrindo.

– Será que é de propósito?

– Pode até ser, mas acho que seria mais apropriado se utilizassem um estilo mais contemporâneo, com cores mais agradáveis...

– Concordo, parece que eles não deram muita atenção para a parte estética ou simplesmente têm mau gosto... De qualquer forma, o que conta mesmo é a comida. Está sentindo esse cheiro maravilhoso?

– Sim. Parece que o Miguel está cozinhando.

Após alguns minutos, Ricardo voltou trazendo Alessandro com ele.

– Garotas, o Alessandro vai levá-las até o Miguel.

– Oi, Ana – disse Alessandro, tirando a touca que prendia seu cabelo.

– Oi, tudo bem? – Ana notou que o cabelo dele parecia estar ainda maior do que da última vez que o vira. Passava dos ombros.

– Tudo ótimo... Que bom que trouxe uma amiga. – Ele prendeu o cabelo com um elástico preto enquanto olhava para Lucy.

– Por quê?

– Porque uma garota bonita atrai clientes, mas duas garotas bonitas enchem a casa.

– Muito prazer, meu nome é Lucy – disse ela, estendendo a mão.

– O prazer é todo meu. – Alessandro pegou a mão dela, curvou-se e a beijou delicadamente. – Podem me chamar de Alê... Adorei a cor do seu cabelo.

– Obrigada. – Lucy olhou para Ana, e reparou que ela também estava surpresa.

– Eu que agradeço. – Ele sorriu como um charmoso cafajeste.

* * *

Subiram as escadas para o quarto de Miguel. Quanto mais se aproximavam, melhor escutavam "I Was Made For Lovin' You", da banda Kiss. Alessandro bateu na porta e chamou pelo primo.

– *Quem é?* – perguntou Miguel, em português.

– *Eu.*

– *Alê? Cooooof cof cof.*

– *Sim. Abre a porta, por favor.*

– *Estou indo.*

Ao abrir a porta, a surpresa foi mútua. Miguel não imaginava que as garotas estariam junto com Alessandro do outro lado da porta. Ele adoraria essa surpresa, não fosse por um detalhe bastante peculiar...

– Meu Deus, ele está só de cueca!!! – exclamou Lucy, apontando para a citada peça de roupa do rapaz.

– *PORRA, ALÊ... Por que dão avisou que estava acompanhado?* – disse Miguel enquanto corria para sua cama e se enfiava embaixo dos lençóis.

– *Eu não resisti, foi mal... Mas foi hilário. Pena que você não pôde ver a sua cara.* – Alessandro gargalhava.

– *Depois que eu te pegar, você também não vai conseguir ver a sua.*

– *Estou morrendo de medo.*

– *Vai se ferrar, seu idiota.*

– Garotas, perdoem meu primo, ele está visivelmente descontrolado. Ele sequer as convidou para entrar ou se desculpou pela cena que tiveram que ver.

– *VAI SE FODER!!!!!* COF COF COF COOOOOOF. – Miguel estava irado e envergonhado. – Peço bil desculpas a vocês... Entrem. Eu dão sabia... cof cof.

– Tem que pedir desculpas mesmo. Isso é jeito de receber as visitas?

– Sinto buito, Lucy.

– Prove que sente muito.

– Hã?

– Mostre sua cuequinha preta de novo. – Lucy começou a rir e foi seguida por Alessandro e Ana, que estava extremamente vermelha.

– Pare com isso, Lu. Já tivemos emoção demais por hoje, certo, Miguel?

– Certo – disse ele, corando.

– A Ana disse isso porque é a primeira vez que ela vê um homem de cueca que não seja o irmão dela.

– Lu!!!

– Você é rápida em inventar histórias constrangedoras. Adorei – disse Alessandro para Lucy enquanto ria de Ana.

– Não inventei, Alessandro... Estou falando a verdade.

– Pare de me expor!!!

– Isso é verdade, Ana? Quantos anos você tem? – perguntou Alessandro, incrédulo.

– Cale a boca, Alê – bradou Miguel.

– Bom... não é mentira... mas isso é um problema meu... – disse Ana, em voz baixa.

– Estranho... Você não tem um namorado? – perguntou Alessandro, ignorando os olhares fulminantes de Miguel.

– Noivo – retificou Ana.

– Então como é possível você nunca ter visto um... – Ele parou por um instante. – Acho que entendi. – Um sorriso malicioso e vulgar tomou conta do rosto do rapaz, que ao olhar para Lucy identificou o mesmo tipo de sorriso.

– Pessoal, chega de conversa. Eu preciso vestir algo. Cof cof.

– Você fez isso de propósito, não é? – perguntou Lucy para Alessandro.

– Com certeza. Eu nunca desperdiço chances de fazer bagunça, principalmente com o Miguel, que é a minha vítima favorita. – Enquanto ambos caminhavam lentamente para fora do quarto, Ana caminhou na direção de Miguel.

– Eu trouxe sua jaqueta... E também alguns presentes para agradecer a ajuda que você me deu.

– Dão precisava, bas eu agradeço. O que comprou?

– Uma camisa – disse ela, tirando o item embrulhado da sacola.

– É de alguba banda? – Ele desembrulhou rapidamente.

– Não, é para festas e eventos sociais.

– Legal... – Miguel olhava para a camisa azul escura de mangas longas que possuía um estilo extremamente formal.

– Sabe... – disse Ana, sorrindo. – É bom saber que você não sabe disfarçar bem. Fica fácil saber quando está mentindo. Você não gostou do presente, não é?

– Eu gostei, sim – respondeu ele, sorrindo.

– Mentiroso. Para sua sorte, eu trouxe outra coisa. – Ana tirou outro embrulho da sacola. – Veja se acertei.

– Espero que não tenha gastado buito dinheiro com tudo isso.

– Eu trabalho bastante todos os dias, tenho o direito de gastar meu dinheiro com as pessoas que mais gosto.

– Assim você be deixa com vergonha – disse ele, esticando a camiseta regata preta da banda Disturbed, com a letra inteira da música "The Light" na parte de trás. Ele olhou para Ana e ficou imóvel, com os olhos bem abertos, mal conseguindo pronunciar "Obrigado".

– Acho que gostou.

– Claro que gostei. Onde a comprou? Vou experimentar agora...

Ele saiu dos cobertores levantando-se em um movimento rápido. Os gritos e avisos de todos foram em vão, já era tarde. Uma vez mais ele estava exibindo sua cueca preta para eles.

* * *

Minutos depois, estavam todos na sala. Alessandro preparava uma limonada ao lado de Lucy enquanto Miguel, já usando a regata que ganhou, tomava uma mistura de mel com limão sentado no sofá ao lado de Ana.

– Estou me sentindo tão mal por você ter pego meu resfriado...

– Dão se culpe. Eu fiz uba escolha, lembra?

– Deve estar arrependido agora.

– De forba alguba... Quer dizer... Dores do corpo, febre e litros de catarro dão são dada comparados a uba regata do Disturbed.

– Que nojo – disse ela, afastando-se dele e sorrindo.

– Valeu buito a peda. Quando ficar doente de dovo, be avisa.

– Pare de falar besteiras. – Ana deu um leve tapa no ombro de Miguel.

Enquanto os dois riam, Lucy e Alessandro se aproximavam, também rindo.

– Annie, o Alê tem cada história do Miguel para contar...

– O que você disse a ela? – perguntou Miguel, preocupado.

– Nada de mais, primo, só coisas bobas.

– Eles fizeram concurso de arrotos com refrigerante.

– Acho que todo menino já fez isso, Lu.

– Foi semana passada... – disse Lucy, entre gargalhadas, sentando-se.

– É bentira dele, Ana.

– É verdade, inclusive, a ideia foi sua.

– Ele tem problebas bentais e bente compulsivabente. Deve ser uba forba de compensar a falta de alguba coisa. – Miguel fungou.

– Uau! – exclamou Ana.

– Essa foi boa! – disse Lucy, olhando para Alessandro como se estivesse analisando-o provocativamente.

– Huuuum... Está mesmo querendo brincar de ofensas mútuas? Que assim seja... – Alessandro sentou-se, esticou os braços e estralou os dedos tal como um pianista faz antes de começar uma apresentação. – Ele tem uma coleção de pornôs de uma só atriz... É apaixonado por ela desde os treze anos.

– Bentira!!!

– Sei onde estão todos os DVDs e revistas. Posso mostrar agora...

– Aquelas coisas são suas, você que é o viciado em pordografia...

– E desde quando isso é um problema? Eu pelo menos tenho personalidade e assumo os meus gostos, não finjo ser um escoteiro como você... Às vezes ele vai dormir sem escovar os dentes, é quem mais fala palavrões aqui em casa, come coisas que caem no chão e GOSTA SIM DE PORNOGRAFIA!!! – Antes mesmo de terminar de falar, Alessandro já estava correndo.

– *CALA A BOCA!!!* – Miguel correu atrás dele. Eles correram duas vezes em volta da mesa, mas a limitação física fez Miguel desistir da perseguição.

– Estão vendo? É assim que ele trata quem sabe de todas as falhas que ele tem e mesmo assim o ama – disse Alessandro, ofegante.

– Vocês estão vendo o que eu tenho que aguentar todos os dias? – perguntou Miguel, fungando e ainda mais ofegante. – Ele sempre dá um jeito de me fazer parecer o errado. Ele vai nas boates e mente até mesmo o nome dele para as garotas. Uma vez ele disse que se chamava Miguel e passou o meu telefone para uma garota... Não esperem que eu conte como essa confusão terminou.

– Está me chamando de cafajeste?

– Exatamente.

– Então você está certo... Mas você, como o bom moço que é, deveria saber que ser cafajeste é muito mais vantajoso.

– Viram? Agora caiu a máscara.

– Eu não escondo isso, Miguel, meu estilo é cafajeste, não meu caráter... Além do mais, muitas mulheres adoram isso.

– Eu só não entendo como elas conseguem – disse Ana.

– Não há o que entender... Eu conheço o Alessandro há menos de uma hora e já gosto mais dele do que do Miguel. – Lucy sorriu, provocando.

– Finalmente alguém que concorda comigo – disse Alessandro, mandando um beijo no ar para Lucy.

– Claro que concordo. Você é como eu, espontâneo e sincero com os outros e consigo mesmo. Isso dá mais confiança, e pessoas confiantes simplesmente são mais atraentes em todos os sentidos.

– Desde quando paquerar desconhecidas compulsivamente tem relação com espontaneidade? – questionou Miguel, irônico.

– Desde quando é isso mesmo o que você realmente quer fazer – rebateu Alessandro.

– Dão é assim que as coisas funcionam.

– Miguel, me responda uma coisa... Há quanto tempo você está andando com essas duas garotas lindas? – As duas se olharam, sorrindo.

– Dois ou três beses... – Ele fungou mais uma vez.

– Já beijou uma delas?

– O quê!?

– Você pode me parar quando quiser... – disse Alessandro, indo em direção a Lucy. Em segundos eles estavam se beijando. Foi um beijo de movimentos lentos e suaves. Alessandro a tomou pela cintura com a mão esquerda e pelo queixo com a mão direita. Ao fim do beijo, havia apenas a rara visão da expressão de surpresa de Lucy, que sorria. – Viu? Em um dia eu já me tornei mais próximo de uma delas do que você tem sido em meses.

– Não conte com isso, Don Juan... – disse Lucy, passando os dedos nos lábios enquanto Miguel e Ana estavam imóveis, boquiabertos.

– Não?

– Foi só um beijo. Isso não é nada comparado à amizade que tenho com o pateta do seu primo. Eu poderia beijá-lo também, mas ele está cheio de meleca agora, então não. Poderia beijar a Ana, mas acho que ela morreria do coração ou se apaixonaria por mim, não sei o que seria pior... Enfim, beijo é só beijo, não é grande coisa hoje em dia.

– Droga... – disse Alessandro, incrédulo.

– Algum problema?

– Acho que me apaixonei por você nesse exato momento.

– Sinto muito, garanhão.

– Alê, para o seu próprio bem, não se meta com a Lucy – disse Miguel, sorrindo.

– Tarde demais.

– Já vou avisando que sou perigosa.

– Gosto do perigo.

– E eu não me arrisco por qualquer coisa... Vamos embora, Ana?

– C-Claro. – Ana estava distraída, ainda surpresa pelo beijo entre Alessandro e Lucy. – Tem alguma coisa que eu possa fazer por você, Miguel? Quer alguma ajuda?

– Está tudo sob controle, Ana, obrigado. Eu sou muito saudável, esse resfriado não passa de amanhã.

– Então se apresse, Ana. Temos que voltar.

– Espero que esta não seja a última vez que nos vemos, Lucy – disse Alessandro, fazendo o sorriso mais sedutor que conseguia.

– Está livre para me ver nos seus sonhos. Fora deles eu não garanto.

Miguel abafou uma gargalhada. Ana fez o mesmo. Alessandro também sorriu.

– Será que posso ver a tia Elena antes de ir? É rápido.

– Claro que pode, Ana. Ela vai adorar te ver. Vamos lá.

* * *

Apesar de muito ocupada na cozinha, Elena recebeu Ana com um forte abraço e um beijo. O mesmo fez com Lucy quando foram apresentadas. Não poupou elogios à beleza das duas. Perguntou se Lucy era solteira, se Miguel comportava-se bem perto delas, se conheciam alguma garota tão linda quanto elas que fosse solteira, se conheciam alguma garota não tão linda quanto elas, mas que ao menos fosse solteira... Conversaram agradável e divertidamente por alguns minutos, mas Miguel teve que sair porque Elena reparou que sua febre piorou e o mandou voltar ao quarto e aguardá-la subir com algum remédio. As garotas despediram-se, não sem antes levar alguns doces que Elena tinha preparado.

Em seu quarto, Miguel estava deitado na cama novamente enrolado em um casulo de cobertores. Ele estava feliz pela visita de suas amigas. Esse era um tipo de relação que ele não tinha há um bom tempo; além disso, a presença de Ana sempre era especial para ele. O rapaz colocou os fones, preparou uma lista de músicas no celular, fechou os olhos e sorriu, pronto para perder os sentidos e dormir.

– Miguel?

– O-Oi... Ana... – surpreso, ele respondeu com a voz falhando. Seu coração acelerou ao ouvir aquela linda voz.

– Desculpe-me, você já estava dormindo? Posso voltar depois... outro dia. – Ana ainda segurava a maçaneta da porta, do lado de fora do quarto.

– Não, está tudo bem. Esqueceu alguma coisa? – perguntou ele, levantando-se.

– Esqueci, sim.

– Será que foi aqui no meu quarto? Vamos procurar.

– Está bem aqui... – disse ela, caminhando na direção dele e o abraçando. – Eu subi correndo porque precisava fazer isso. Muito obrigada por tudo que tem feito por mim.

– Por nada... Pode contar comigo sempre que precisar.

– Eu sei. É por isso que quis te dar este abraço. Você foi uma das melhores coisas que me aconteceram esse ano. Não sabia que conheceria um amigo tão especial.

– Que bom que pensa assim. – Apesar de contente com o abraço e o reconhecimento, a palavra "amigo" não era compatível com o que ele queria... Era como uma entrada de torradas com azeite e orégano em um restaurante italiano de primeira linha. Era gostoso, interessante, mas nunca o suficiente.

– A cada dia que passa, penso que fiz a coisa certa em vir aqui insistir que se tornasse meu amigo – disse ela, finalizando o abraço e ficando de frente para ele.

Miguel não respondeu, apenas sorriu e ficou calado.

– Não vai falar nada?

Ele meneou a cabeça negativamente, ainda sorrindo, e começou a digitar em seu celular, mostrando em seguida para Ana o texto que dizia: "Acho que estou com mau hálito de dor de garganta xD".

Ana gargalhou e o olhou nos olhos. Ele sentiu seu olhar penetrar dentro dele e isso o fez anestesiar-se um pouco, esquecendo as dores no corpo, na garganta e na cabeça.

– Está bem, eu entendo. – Ela se aproximou de surpresa e o beijou do lado direito do rosto. – Acho melhor eu ir embora agora. Espero que melhore logo, temos planos para o próximo final de semana.

Enquanto ela saía do quarto e fechava a porta, Miguel acariciava o lado de seu rosto que fora beijado. Era um misto de felicidade e euforia por sentir o cheiro dela, sentir os lábios e o calor de seu corpo, com a tristeza em saber que isso era o máximo que poderia receber, mesmo querendo muito mais. Tal privilégio pertencia a Oliver, o rapaz que sequer estava ali para cuidar dela...

Em sua lamentação, Miguel se questionava até onde isso valia a pena, até onde conseguiria suprimir seus sentimentos e fingir que não os tinha, a todo momento lembrar que quem ele amava não lhe pertencia. Ele sabia que não suportaria vê-la se casando, não teria condições de estar presente na vida dela da mesma forma que estava hoje... Todo o seu questionamento o fez chegar a uma triste conclusão. Estava chegando a hora de se afastar dela e evitar sofrimentos para todos os envolvidos.

* * *

Ana e Lucy caminhavam pela rua, deixando para trás a fachada do Brazilian Taste, onde ainda era possível ver a família de Miguel na porta, observando-as.

– O Alessandro já parou de olhar? – perguntou Lucy.

– Já... Adorei sua atitude com ele. Você o colocou no devido lugar...

– MEU DEUS!!!! – gritou Lucy, interrompendo Ana e abanando-se com as mãos.

– O que foi?

– Que beijo foi aquele?

– Não acredito que... – Ana não conseguiu terminar, pois Lucy sequer a ouvia.

– Eu fui até Plutão e ainda não voltei. Meu Deus, meu Deus, meu Deeeeeeeeeeeeus!!!

– Eu pensei que você não tivesse gostado – disse Ana, confusa.

– O quê? Foi o melhor beijo da minha vida e tinha gosto de chocolate. Ele me pegou de surpresa, me apertou contra ele, me conduziu durante todo o momento... Você também achou lindo o rabo de cavalo dele? Ele também é do rock. Estou sem ar até agora. – O sorriso de Lucy brilhava enquanto ela disparava centenas de comentários.

– E quanto a todas aquelas coisas que você falou?

– Eu não posso me entregar assim tão facilmente, não é? Tem que rolar um desafio para ele continuar interessado, eu não sou qualquer uma.

– Não consigo acreditar... Ele é um conquistador barato.

– Eu sei.

– E então?

– Então o quê?

– Vai ficar encantada com ele mesmo sabendo que ele não presta?

– Não estou encantada...

– Imagina só se estivesse...

– Não seja sarcástica... Eu só... estou com vontade...

* * *

As duas continuaram caminhando. Sempre que não estavam conversando, Ana lembrava-se da conversa que tivera com Lucy dias atrás. De fato, a euforia com o casamento já havia passado. Oliver estava mudado, não era mais o garoto alegre que gostava de provocá-la e fazê-la passar vergonha. Ele era muito mais divertido no passado. Hoje ele se tornou um homem com muitas responsabilidades e pouco tempo para ela. Dentre as características que Ana mais gostava nele, a determinação e a coragem sempre foram as que mais se destacavam. Desde adolescente ele sempre foi confiante, decidido, teimoso... Hoje ele ainda era assim, até mais. Porém, o espaço que ele deixava vazio na vida dela crescia a cada dia e parecia estar consumindo tudo o que ela sentia por ele. Ela ainda o amava profundamente, mas esse amor estava cada vez mais sufocado por sua ausência e a solidão resultante disso. Olhando para si mesma, Ana questionava-se sobre sua própria evolução, sobre seus próprios erros e como lidava com eles. Ela não achava que tinha evoluído tanto quanto Oliver como pessoa, e essa comparação involuntária, porém constante, a incomodava muito. Ainda assim, não deixava de pensar que ele falhava em não tratá-la como o primeiro item de sua lista de prioridades, tal como ela fazia com ele. Era como se na discagem rápida do celular dele o número um fosse do chefe e o número cinco fosse o dela... Isso a machucava em certos momentos, principalmente quando outra pessoa era tão maravilhosa com ela e fazia tudo o que Oliver deveria fazer... Ana precisava muito conversar com ele e torcer para que a leveza de suas conversas ajudassem a tirar esse peso de suas costas. Atualmente, a pessoa cuja presença mais lhe fazia bem era Miguel... Ele a fez sentir mais segura consigo mesma e mostrou a ela qualidades que não sabia que tinha, mas Ana sentia-se culpada. Não era justo receber tanto carinho e dedicação sem poder retribuir da mesma forma. Ela amava Oliver, mas convivia com Miguel. Ela dividia segredos e confidências com o brasileiro, mas só o inglês poderia tocá-la... Algumas perguntas começaram a permear sua mente e a incomodar. Era justo deixar que Miguel preenchesse as lacunas que Oliver deixava em sua vida? Seria o mesmo que usá-lo? Quando seu noivo voltar para finalmente tomá-la para si, o quanto dela sobrará para seu amigo Miguel? E a pior de todas as perguntas era... O quanto Ana gostaria que sobrasse para ele?

Pergunta: Qual o efeito da distância em um relacionamento?

Primeiramente é necessário definir o tipo de distância. Física, emocional, psicológica... Quando um casal está longe fisicamente um do outro e não se vê com a frequência que gostariam, o impacto é imediato, com uma sensação de perda. É necessário se agarrar àquilo que ainda resta, nas lembranças, no compromisso e no vínculo emocional, na fidelidade, no companheirismo, no suporte psicológico, e aproveitar cada segundo juntos quando tiverem a oportunidade, pois serão mais apaixonados, mais intensos e servirão de combustível e alimento para o coração até a próxima vez que se virem. Mas de todas as distâncias que podem surgir entre dois apaixonados, talvez essa seja a menos comprometedora, pois a ligação física é muito mais fácil de ser construída do que a emocional e a psicológica, que demandam mais tempo, maturidade, sentimento e, consequentemente, são ligações mais difíceis de serem quebradas. Para Ana, não foi impossível suportar a distância física de Oliver, mas o que a incomoda agora é sentir as outras duas sabendo o quanto isso é perigoso... Ainda mais agora que seus vínculos com Miguel crescem descontroladamente.

capítulo 10. OLIVER

Inglaterra, 13:00 de domingo.

Oliver ainda se encantava toda vez que abria as janelas de casa e olhava para as lindas ruas da pequena cidade de Guildford. Embora fosse começo de junho e início do verão, ainda havia resquícios da primavera como uma explosão de cores que enfeitava as paisagens lindas do lugar, que era cercado por belas montanhas e vales. A paz e a tranquilidade que sentia reforçavam a ideia de Oliver de que aquele era o melhor refúgio que poderia encontrar. Sentado em sua cama e ainda de pijama, ele ajustava a posição do notebook em seu colo.

– Assim está melhor?

– Mais ou menos. Eu posso ver bem dentro das suas narinas...

– Desculpe, vou melhorar a inclinação da tampa.

– Agora melhorou.

– Você já estava acordada?

– Sim. Tinha acabado de comer cereais e ia escovar os dentes.

– Percebi... Tem uma sujeirinha no seu dente da frente.

– O quê?? – Ana imediatamente esfregou os dedos nos dentes da frente. – Que azar.

– Calma, eu estava brincando. Seus dentes não estão sujos.

– Qual o seu problema?

– Não te fez lembrar os velhos tempos?

– Em que você era um bobalhão que não perdia a chance de fazer bullying comigo?

– É, isso mesmo. – Ele gargalhou.

– Fez lembrar sim. Há tempos você não faz essas coisas idiotas – disse Ana, provocando-o.

– Não se esqueça de que foi por esse bobalhão que você se apaixonou.

– Quem disse que eu me apaixonei? Só estou interessada no seu dinheiro.

– Mas é você que tem mais dinheiro do que eu.

– Correção: meu pai tem mais dinheiro que você. Eu conto moedinhas para pagar balas.

– Não seja mentirosa. Pelo tanto de vezes que sai com seus amigos, você ganha, no mínimo, o dobro do que eu ganho.

– Não é verdade. Nós dividimos a conta em três ou quatro, depende se a Julia vai ou não, então não fica tão caro.

– Já pensou em economizar ou quem sabe investir?

– Não.

– Seria bom, afinal, temos um casamento para preparar.

– Já disse que só vou pensar nisso quando você voltar para mim de vez.

– Chantagista.

– Lindo.

– Você que é... O seu sorriso poderia iluminar o mundo inteiro.

– O mundo é muito grande, sabia?

– Estou falando do meu mundo, onde você é a estrela principal.

– Pare... – disse Ana, corando. – Você fica falando essas coisas e me deixando com vergonha... Eu não sei o que dizer.

– Diga que me ama.

– Eu te amo – disse Ana, após sorrir.

– Obrigado.

– Ei... É só isso que vai dizer?

– Muito... obrigado? – disse ele, rindo depois.

– Seu palhaço.

– Eu também te amo, Ana. Estou com saudade de você.

– Eu também... Ainda temos muita coisa para conversar.

– Eu sei... Temos o resto de nossas vidas para isso, mas me conte o que fez ontem.

– Ontem eu fui para a aula de Pilates...

– Ainda faz isso? – Oliver a interrompeu.

– Faço.

– Não é coisa de gente velha?

– Você está muito enganado. Pilates é uma excelente atividade física que traz inúmeros benefícios ao corpo. É perfeito para quem quer sair do sedentarismo e adquirir um bom preparo físico.

– E você leu isso na parte de trás da porta da academia?

– Vou ignorar suas piadas e continuar... Passei a tarde inteira pintando. Estou quase finalizando o meu projeto e a Cassandra está adorando. Ela disse que tem grandes planos para mim. Não é maravilhoso?

– Claro.

– De noite, Miguel e Julia vieram aqui. Ele fez alguns pratos típicos do Brasil e ficamos assistindo aos filmes de zumbis que ele trouxe.

– Ele gosta desse tipo de filme?

– Sim. Eles eram mal produzidos, com roteiros ruins, mas também tão nojentos e assustadores... Não sei como, mas gostei de todos eles.

– Estou impressionado que você tenha conseguido assistir a um filme de terror sem ter pesadelos depois...

– Lucy e Julia tiveram...

– Então você é a mais forte entre elas? – ele a provocou.

– Não diria mais forte. Talvez eu só seja melhor do que você pensa.

– Impossível. Não há como ser melhor que a perfeição, e eu te acho perfeita.

– Ninguém é perfeito.

– Você é.

– Não sou, agora deixe-me continuar.

– Continue.

– Nós conversamos durante a noite inteira até de madrugada. A Julia era a única que parecia não estar com sono.

– Deve estar dormindo até agora.

– Provavelmente. Quando ela e o Miguel foram embora, já eram quase quatro horas da manhã.

– Será que eles estão saindo?

– Não sei...

– Já que parece que não aconteceu nada entre o Miguel e a Lucy, talvez ele se entenda com a irmã dela, afinal, são todos amigos.

– Para ser sincera, tanto eu quanto a Lucy notamos que a Julia tem uma queda por ele desde a primeira vez que o viu.

– Eu gostaria muito de ver Miguel com uma namorada.

– Eu também torço para ele encontrar alguém, mas não pode ser qualquer uma, ele merece uma garota maravilhosa.

– Não precisa ser tão maravilhosa, só precisa conseguir fazer ele ficar um pouco mais longe de você – disse Oliver, que dessa vez não estava sorrindo.

– Vai insistir com isso de novo?

– Claro... Meses atrás, quando eu o conheci, ele era só um caso da Lucy, mas agora ele é um cara solteiro que te visita no seu apartamento todos os finais de semana em que não estão em algum restaurante, cinema ou festa... Isso me preocupa às vezes – disse Oliver lentamente.

– Ele não ME visita, ele NOS visita... Eu moro com a Lucy, lembra?

– Não acha que ele pode ter algum interesse em você? Isso justificaria ele ficar te cercando.

– Ele não está me cercando. Ele é meu amigo.

– Eu também era seu amigo.

– Eu não tinha noivo quando você se tornou meu amigo.

– Não acha que ele pode estar aproveitando a situação para de alguma forma ficar mais próximo de você?

– Se aproveitando como?

– Não sei. Talvez fingindo te ajudar, sempre sendo o seu salvador enquanto eu sou o idiota que está longe e não se importa com você.

– Oliver, ele ficou internado por uma semana no hospital por minha causa. Ele teve pneumonia por me ajudar enquanto estava resfriada. O coitado odeia tomar injeções e sabe quantas ele tomou?

– Não sei, mas isso aconteceu meses atrás, já passou. Esqueça isso...

– Poderia ter sido há décadas... Eu jamais esquecerei.

– Talvez seja isso o que ele quer. Quando houver um momento de fraqueza seu, ele aproveita e...

– Assim você me ofende – interrompeu Ana, triste e séria.

– Desculpe. É que... – Oliver respirou fundo e continuou. – Ele é um cara legal, bonito e eu estou tão longe de você... Isso me incomoda.

– Então volte.

– Estou quase...

– Então não reclame. Foi você que quis continuar na Inglaterra.

– Mas eu tinha que aproveitar a chance. Eu estou construindo algo para nós.

– Poderíamos construir juntos, aqui mesmo nos Estados Unidos. Já estaríamos seis meses à frente do que estamos hoje.

– Não é tão simples.

– Claro que é... É você que complica as coisas – disse Ana, um pouco irritada.

– Acalme-se. Eu não quero brigar. Não foi para isso que te liguei hoje.

– Eu também não quero brigar.

– Desculpe se eu disse alguma coisa errada. Eu te amo, tenho medo de perdê-la.

– Não tema. Eu também te amo.

– Eu te liguei hoje para você ver que as coisas serão diferentes a partir de agora. Eu vou te ligar mais, e já estou cuidando dos preparativos da minha volta. Está chegando o dia em que estaremos juntos novamente e nada vai nos separar.

– Não sabe o quanto é bom ouvir isso. Eu sinto muita falta do seu abraço.

– Prometo que mais cedo do que pensa eu irei abraçá-la.

– Promete mesmo?

– Prometo. Inicie a contagem regressiva.

– Dez, nove, oito... Estou te esperando. – Ela riu e o fez rir também.

* * *

Londres, manhã de quarta-feira. Cafeteria Vanilla's Sins.

O ambiente era agradável. Não estava cheio, não tinha barulho, a luz média era charmosa e o cheiro predominante era uma mistura de café e baunilha... Oliver folheava alguns papéis atentando-se apenas às observações feitas com marca-texto amarelo. O Dr. Hill, um homem gordo e imponente, de aproximadamente cinquenta anos, cabelos grisalhos, usando óculos e terno e gravata azuis tais como os de Oliver, conversava com o Sr. Benedict sobre detalhes de contratos enquanto Marcy digitava no notebook.

– Oliver, conferiu todos os itens?

– Sim, Dr. Hill, duas vezes.

– Qual seu parecer? – perguntou Hill, tomando mais um gole de sua bebida de baunilha.

– Podemos evidenciar os processos de arquivamento de notas e concessão de acesso aos sistemas.

– O que achou dos registros?

– Podemos analisar as ligações gravadas e estabelecer um range de datas. Nosso argumento fundamenta-se na negligência das lojas e na disponibilidade dos acessos e valores durante o período. Podemos provar que sua empresa estava disponível para eles o tempo inteiro.

– E quanto a um acordo? – perguntou o Sr. Benedict, dono de uma das maiores empresas no ramo de venda de carros do país. A julgar pela sua aparência, ele não havia dormido bem nos últimos dias. Era magro e isso evidenciava as marcas da idade em seu rosto. Não estava vestido de forma social como os advogados, usava uma blusa de lã preta e uma calça jeans marrom.

– Ainda seria a opção mais fácil, caso se interesse.

– O problema é que eu não me interesso... Acredita que consegue resolver isso para mim?

– Não estaríamos aqui se não acreditássemos – respondeu Oliver, confiante.

– Eu preciso de mais do que palavras.

– Marcy... – disse Hill, olhando para a garota de cabelos loiros e presos, óculos de armação quadrada e delicada, em um paletó feminino preto, uma saia até os joelhos e meia-calça preta. Sua postura era bastante profissional.

– Eu já tenho toda a estratégia para um possível recurso, se necessário. Também posso verificar o histórico de disponibilidade dos servidores dos sistemas e o impacto no processo da comunicação interna. Em último caso, podemos nos defender caracterizando o fato como erro operacional, o que de fato ocorreu... Isso reduziria os valores, conforme esta planilha.

– Está considerando a derrota? – Ele olhou a planilha no notebook.

– Sim, senhor Benedict, e trabalhando para que ela proporcione o menor impacto possível, caso ocorra.

– Então não nos resta nada além de esperar pela audiência.

– Sim – respondeu Hill, o advogado chefe da equipe.

– Ok, estou satisfeito com essas duas hipóteses. Mesmo a derrota não será tão prejudicial quanto pensávamos, caso siga os valores estimados pela Srta. Marcy.

– Fizemos um trabalho duro, senhor Benedict.

– Eu sei, Dr. Hill, mas seus esforços não foram baratos.

– Também foi um prazer trabalhar para o senhor. – Todos na mesa riram com o comentário de Hill.

– Se me dão licença... – disse Marcy, levantando-se e apontando para seu celular, que vibrava. – É a Betty... Pode ter alguma novidade sobre os levantamentos com o TI.

– Vá e traga-nos boas notícias – disse Hill.

– Com licença.

– Também preciso fazer uma ligação – disse o senhor Benedict. – Se me permitem...

Sozinhos na mesa, Oliver e Hill olharam-se e sorriram. Conseguiam se comunicar apenas com o olhar.

– Está confiante, garoto?

– Com certeza. Vai ser mais fácil do que pensávamos.

– Não esperava menos de vocês dois... A melhor dupla que já tive.

– Obrigado, Dr. Hill.

– Eu já falei isso para os sócios... Vocês têm um futuro brilhante.

– Fico feliz. Esse tem sido meu sonho desde adolescente.

– Seu pai ficaria orgulhoso do profissional que você se tornou.

– Mas eu ainda preciso de mais.

– E você terá, apenas continue com essa dedicação e entrega que tenho certeza de que chegará aonde cheguei em menos tempo do que eu.

– Impossível, Dr. Hill...

– Não é... Você tem um futuro brilhante, eu já disse.

– Obrigado.

– Por falar em futuro... É verdade que você está noivo de uma garota que mora na América?

– Sim. – A expressão formal de Oliver mudou para um sorriso.

– Eu não sabia disso.

– Namoro há cinco anos, a distância, mas fiquei noivo no início deste ano.

– Eu poderia jurar que você e Marcy faziam uma boa dupla fora do escritório também, se é que me entende.

– N-Não, senhor... S-Somos apenas bons amigos. Além do mais, seria antiético, já que somos funcionários da mesma empresa.

– A ética é questionável, rapaz. Você sabe bem disso, afinal, trabalhamos com a ética e seus conceitos e desdobramentos...

– Eu sou apaixonado pela minha noiva. Estou tentando construir algo para nós, por anos...

– Muito bom, mas acho melhor deixar isso um pouco mais claro para a Marcy. Assim como eu, ela pode ter se confundido.

– Não preciso fal...

– Ela está interessada em você, garoto. É evidente.

– E-Está?

– Claro. Não percebeu?

– Não... – disse Oliver, espantado. – O que o leva a crer que ela está interessada em mim? Nós somos só parceiros de equipe e amigos.

– Eu estou casado há trinta anos com a única mulher que foi minha parceira de equipe. Tenho propriedade para falar sobre esse assunto. Além disso, um pai atencioso sempre sabe quando a filha está apaixonada.

– E-Eu sinto muito, senhor...

– Não sinta, e pare de gaguejar ao falar comigo sobre a Marcy, apenas faça a coisa certa. Posso não tê-lo como genro, mas o quero pelo menos como funcionário, e talvez sócio no futuro.

* * *

Queens. Começo da noite de sexta-feira. Casa dos Sartori.

Julia estava sentada na cadeira giratória do quarto de Lucy, de frente para o espelho. Atrás dela, em pé, sua irmã mais velha mexia em seus cabelos.

– Ainda não acredito que estamos fazendo isso – disse Lucy, com presilhas de cabelo na boca e com as mãos ocupadas.

– Nem eu.

– Agora você acredita no quanto é bonita? – Lucy moveu suavemente a cabeça de sua irmã para cima. – Veja o rosto lindo que você tem.

– Eu sei que não sou feia, mas... – disse Julia, com pesar. – Meu rosto é muito parecido com o do nosso pai.

– O meu também é.

– Eu tenho a sensação de que sou igual a ele.

– Você não é... Nenhuma de nós é... O espelho só pode refletir a sua imagem e isso não determina quem você é. Você tem caráter, honestidade, bondade e está tudo dentro de você. Espelho nenhum consegue mostrar isso, mesmo que seja o que realmente importa.

– Eu sei, mas... Não consigo controlar a raiva que sinto quando me lembro dele.

– Sei como é isso... – disse Lucy, sentando-se na cama, de frente para a irmã. – No começo eu queria bater nele até um de nós dois morrer, mas mudei de ideia quando percebi que a raiva que eu sentia era igual à raiva que ele sentia... Era como se dentro de mim existisse o mesmo mal que existe nele. Eu não poderia cultivar isso. Eu tinha que ser diferente. – Lucy acariciou o rosto da irmã. – Você pode evitar este rostinho lindo o quanto quiser, mas se continuar com esse ódio e amargura em seu coração, será idêntica a ele.

– Como...? – perguntou Julia, deixando escorrer uma lágrima de seu olho direito. – Como posso tirar isso de dentro de mim?

– Faça como eu... O primeiro passo foi o mais difícil. Eu o perdoei.

– Acho que nunca passarei do primeiro passo.

– Não estou dizendo que você deve visitá-lo todos os domingos e levar comida e roupas como eu faço. Não precisa fingir que nada aconteceu, mas se eu consegui perdoá-lo apesar de tudo o que ele me fez... – Lucy acariciou os próprios braços. – Sei que você também conseguirá.

– Eu... Estava com saudade de te ver assim, agindo como irmã mais velha. – Julia sorriu, apesar de ainda estar chorando.

– Também sou sua amiga e você pode contar comigo sempre.

– Sim.

– E também pode me contar segredos, como... – Lucy sorriu. – Quem é o cara que você vai encontrar hoje?

– Não é um encontro... – respondeu Julia, limpando as lágrimas e recompondo-se.

– Mas você quer impressionar alguém, não quer?

– Quero.

– Me conte quem é.

– Vai saber se tudo correr bem hoje à noite.

– Sério? Vai me deixar esperando? – indagou Lucy, colocando as mãos na cintura.

– Eu preciso ter certeza antes de falar.

– É o Miguel? – perguntou Lucy, incisiva.

– Não – respondeu Julia, sem sequer tremer a voz.

– Ultimamente vocês têm passado bastante tempo juntos...

– Claro, ele é um bom rapaz e nos tornamos amigos.

– Não acha ele bonito?

– Acho, mas você sabe que é preciso mais que isso para que eu me interesse.

– Você não se interessa por ninguém há anos... Eu te pergunto: o que é necessário para que você se interesse por alguém?

– Nem mesmo eu sei, mas talvez hoje eu descubra. – Julia sorriu.

– Ok. Vou torcer para você ter sorte hoje, me apresentar o cara e então eu pergunto para ele o que será que ele tem que todos os outros não têm.

– Boa ideia.

– Agora fique parada enquanto eu faço sua maquiagem novamente... As lágrimas borraram tudo.

– Estou horrível – disse Julia, olhando para o espelho.

– Não... – Lucy empurrou a cadeira para mais próximo do espelho. – Olhe bem para o seu rosto. É lindo... Mas o que o deixa mais lindo é um sorriso de felicidade. Sempre que se olhar no espelho, tente enxergar além do reflexo que ele mostra. Enxergue suas virtudes e você verá que tem muitos motivos para ser feliz. – Lucy sorriu. – Sabia que os homens não resistem a mulheres alegres e sorridentes? É como se eles fossem contagiados... Se conseguir agir assim com esse cara, tenho certeza de que ele não resistirá a você. Seja feliz, minha irmãzinha...

* * *

Nova York, Meatpacking District, The Forsaken Nightclub. Três e quinze da madrugada de sábado.

Miguel estava dentro de um box do banheiro masculino, ajoelhado em frente ao vaso sanitário, vomitando seguidamente. A dor das contrações em seu abdome superava a dor que sentia com os exercícios abdominais que adorava fazer.

– Miguel? – O rapaz que adentrou o banheiro com uma garrafa de vodca era Lenny, o vocalista principal e líder do Hated Rebels. Sua barba ruiva e volumosa e a cabeça raspada o faziam parecer um pirata de algum filme antigo. Tinha estatura média, mas agora parecia menor, pois andava com dificuldade e inclinado para a frente devido à embriaguez...

– Estou no box... HUUUURGGGGHHHHH.

– Já começou a beber? – perguntou Lenny, apoiando as costas na parede e deslizando levemente até sentar-se no chão.

– Não... Me deu uma vontade súbita de olhar as privadas de perto.

– Pensei que estivesse vomitando.

– Estou fazendo isso também.

– Então comece a beber, senhor ironia... Talvez resolva seu problema.

– E quantas vezes a bebida resolveu os seus?

– Nenhuma, mas sempre me ajuda a esquecer – disse o rapaz, gargalhando e fechando os olhos.

– Obrigado pelo conselho, mas vou recusar.

– Você que sabe...

– Os outros ainda estão aí ou já foram? – Miguel esperou alguns segundos pela resposta de Lenny, que não veio. – Lenny? Você ainda estááááAAAUURRRGGG.

Após vomitar mais duas vezes, Miguel finalmente sentiu-se seguro para levantar e sair do box. Ele estava um pouco tonto, pois não havia comido bem durante o dia. Ele viu Lenny deitado de barriga para baixo, dormindo, protegendo a garrafa de vodca mais do que a própria língua, que estava encostada no chão. Miguel pegou o celular e tirou uma foto daquilo enquanto ria – seria interessante mostrá-la aos demais no futuro –, depois caminhou até sua mochila que estava no balcão e pegou sua escova e creme dental. Escovou os dentes com cuidado para não sentir ânsia e vomitar novamente. Lavou o rosto, arrumou o cabelo e passou desodorante. Essa sequência de ações era o equivalente masculino a passar maquiagem, e dessa forma ele poderia disfarçar seu estado.

Miguel caminhou pelo salão até o bar e foi cumprimentado por algumas pessoas durante o trajeto. Não foi sua melhor noite em termos de desempenho, mas músicas como "Two Minutes To Midnight" e "Paranoid" elevam até mesmo um guitarrista adoentado como ele ao topo. Pediu um refrigerante com gelo e limão para tentar tirar o insistente gosto ruim da boca. Ficou bebendo o refrigerante por alguns minutos, disperso em pensamentos, tentando confrontar aquilo que o estava deixando tão ansioso, tão nervoso...

– Miguel?

– Julia! – respondeu ele, surpreso.

– Tudo bem?

– Tudo, e você?

– Estou ótima. Posso me sentar ao seu lado?

– Claro. – Era a primeira vez que Miguel a via de vestido. Era azul, tinha um decote discreto e chegava aos joelhos. Não parecia tão confortável quanto os de Ana, era mais justo, e isso evidenciava que a garota tinha um belo quadril brasileiro, apesar de não ser. Seus negros cabelos soltos, brincos de argola, a cor vermelha do batom, o claro tom de sua pele e o lindo sorriso que exibia a tornavam mais linda do que nunca...

– Obrigada. – Julia reparou no quanto foi observada por ele.

– O que te traz aqui?

– Lucy foi dormir com nossa mãe e eu sabia que sua banda faria um show aqui hoje, então... eu quis te ver... tocando.

– Você não costuma sair muito, não é? Ouvi dizer que metade da sua alma fica na faculdade e a outra fica no corpo executando as funções básicas.

– Se eu ganhasse dez dólares toda vez que minha irmã conta essa história, eu seria milionária.

– Sei o que quer dizer... Ela também faz piadas sobre mim.

– Posso dar dicas sobre como se esquivar das maldades dela. – Julia riu e o fez rir também.

– Como estão suas aulas de literatura?

– Estão ótimas, mas tomam muito do meu tempo, como você já sabe... Talvez a culpa seja minha por me esforçar tanto...

– Eu admiro gente esforçada...

– É fácil quando você está fazendo o que ama. Eu adoro leitura, amo livros, contos, poesias, fanfics, quadrinhos, e quando eu começo a estudar coisas como a influência do período histórico, da economia, política e cultura no estilo dos escritores, fico simplesmente fascinada...

– Entendi. No meu curso eu tenho que ler os livros de culinária que os chefs me passam, mas é só porque tenho mesmo que fazer isso. Não gosto muito de ler... Você, por outro lado, faz com disposição.

– Sim. Já te disse que estou escrevendo um livro?

– Não...

– Já faz algum tempo, mas ainda não terminei.

– Já tem título?

– Sim, mas é provisório, não sei se manterei até o final... Por enquanto, prefiro não contar.

– E em que prateleira das livrarias eu o encontrarei quando você publicar?

– É um romance com bastante drama, mas tem comédia também... Eu quero que faça as pessoas refletirem e se divertirem.

– Interessante.

– Escrever um livro é difícil, mas também é muito prazeroso...

– Conte-me.

– Você planeja toda a estrutura, faz anotações de fatos que quer que aconteçam, a forma como devem acontecer, mas então, sem que perceba, as coisas caminham para outro lado, os personagens parecem criar vida e tomar suas próprias decisões, agem do jeito que querem e, quando você percebe, acaba se tornando apenas um espectador do que está acontecendo... Consegue entender? Às vezes eu penso que eu só estou registrando o que acontece na vida dessas pessoas... Pessoas que eu criei.

– Que incrível. Você deve sentir muito orgulho delas.

– De cada uma. Pode parecer estranho, mas às vezes eu gostaria de conhecê-las – disse ela, um pouco hesitante. Julia sempre teve facilidade para se desprender da realidade. Sempre foi mais fácil imergir no ambiente da história que estava lendo do que em ambientes com pessoas reais. Ela sabia que isso podia soar estranho e estava torcendo para Miguel não se assustar.

– Legal... Você me deixa ler esse livro quando terminar?

– Quer mesmo ler?

– Claro. Tenho certeza de que será ótimo.

– Com que frequência você lê livros?

– Este será o primeiro que leio por vontade própria – disse ele, cínico.

– Então como sabe que será bom?

– Quando algo é feito com tamanha paixão, não tem como ser ruim.

– Belo comentário. – O coração de Julia acelerou. Miguel conseguia conquistá-la a cada palavra.

– É o que penso... Boa sorte na sua carreira de escritora.

– Na verdade, meu foco é ser professora de Literatura, como a minha mãe. Foi ela que plantou essa sementinha em mim.

– Entendi – disse ele, tomando mais um gole.

– O livro não é um trabalho, é só uma realização pessoal... Para ser franca, é algo que me deixa feliz... Algo que me traz satisfação.

– Você é uma garota muito interessante, Julia.

– Obrigada... Sempre achei que fosse chata.

– Não é... Mas notei que você é reservada. Não gosta muito de sair.

– Verdade... Deve ser por ter que estudar muito... Ou porque nunca tive uma boa companhia. – Ela o olhou nos olhos.

– Você trouxe alguém hoje?

– Não, eu... vim sozinha. – Julia ficou confusa. Não sabia se ele não entendeu ou apenas fingiu não entender.

– Devia começar a sair com mais frequência, mas se estiver sempre assim... – disse ele, olhando-a de baixo para cima –, vai precisar de um guarda-chuva à prova de homens. Está muito bonita.

– V-Você acha?

– Absolutamente... – Ele tomou mais um gole de refrigerante e olhou para o conteúdo do copo, perdendo-se em pensamentos.

– Bem... Eu não pretendo usar guarda-chuva agora.

– Ah, desculpe-me. – Ele sorriu. – Eu quis fazer uma metáfora... Eu nem sei se vai chover hoje.

– Não é isso que eu... – Julia interrompeu-se novamente, confusa.

– O quê? – perguntou ele, ainda mais confuso.

– Eu sei que não vai chover, por isso eu falei... Esqueça. – Julia sorriu.

Bem como Lucy havia lhe contado, a mente de Miguel não era a mais brilhante quando o assunto era flerte. Ela teria que pensar em outro tipo de abordagem.

– Pode me dar o mesmo que ele, por favor? – disse ela ao barman.

– Tem certeza de que vai beber o mesmo que eu?

– É muito forte?

– Talvez... – Ele olhou para o copo e fez uma careta engraçada.

– Seu bobo, eu posso ver que é refrigerante.

– Como sabe? Também poderia ser outra coisa.

– Esse é o meu refrigerante preferido. Não tem como eu me enganar com ele.

– Jura? Eu não costumo beber refrigerante, mas quando bebo, é sempre este.

– Eu adoro esse refrigerante – disse ela, sorrindo. Em seguida, percebeu que Miguel ficou olhando-a imóvel. – O que foi?

– Hã?

– Você está me olhando com uma cara estranha... Tem algo errado na minha roupa? Borrei o batom?

– Não... Eu só estou reparando. Você está mesmo bem diferente hoje.

– Diferente melhor ou diferente pior?

– Melhor. Muito melhor – disse ele, corando. – Mas não só a aparência... Parece que algo dentro de você também mudou.

– Bom... – O coração de Julia disparou. – Obrigada.

– Mas por fora, está realmente muito bonita!

– Na primeira vez que me viu eu estava com roupas velhas de faxina, depois me viu com as roupas que uso na faculdade, então não tinha como piorar, não é? – Ela sorriu e ele também. – Você também está diferente. Não me lembro dessas tatuagens.

– São falsas. Fazem parte do figurino. É uma regra de guitarristas de bandas de rock...

– Eu preciso confessar que adorei sua banda. – Julia recebeu seu refrigerante.

– Obrigado.

– Vocês tocam muito bem... Eu não sou uma grande entusiasta do rock, mas vocês me agradaram muito.

– Espero que possa vir mais... Sua irmã e a Ana já estiveram aqui umas quatro vezes.

– Por que você chora em algumas das músicas? – perguntou ela, direta.

– N-Nada de mais... Eu só me envolvo bastante com as letras, só isso.

– Algumas são muito intensas, muito tristes.

– A vida é assim também, não é?

– Faz sentido...

– Como é a sua vida? – perguntou Miguel, bebendo mais um pouco.

– Bem ordinária, mas a melhor parte dela é que tem ficado bastante interessante ultimamente.

– Por quê? – perguntou Miguel, irritantemente ingênuo.

– Bom... Estou conhecendo gente nova, fazendo novos amigos... Você, por exemplo.

– Isso é muito bom.

– É ótimo... Acho até que posso ter me interessado por um dos meus novos amigos.

– Sério? Quem?

– Não sei se devo te contar... – O coração de Julia acelerou como um foguete.

– Tem algo que eu preciso te contar antes – disse ele, demonstrando um tom de urgência até agora inédito.

– F-Fale. – O coração de Julia parecia estar na garganta. Se ela fosse uma personagem de um livro de romance, era nesta página que o mocinho beijaria a garota tímida e confessaria seu amor por ela. Julia estava pegando fogo por dentro.

– Tome cuidado com os caras que você pode encontrar por aí... – disse ele, olhando nos olhos dela.

– T-Tomar... cuidado? – Julia não estava mais pegando fogo por dentro.

– Sim. Você é uma boa garota, tímida, inocente. Não deixe que se aproveitem da sua ingenuidade.

– MINHA ingenuidade? – perguntou, incrédula.

– É.

– Você acha mesmo? – ela perguntou novamente, dessa vez com ironia.

– Sim, os homens são farejadores de garotas tímidas e inocentes.

– Você é assim?

– Não, mas poderia ser.

– Duvido.

– Nunca duvide do instinto animal de um homem.

– Quer dizer que eu poderia ser uma de suas vítimas também? – ela resolveu tentar pela última vez.

– Sim, sou tão perigoso quanto todos os outros homens.

– Duvido.

– Pare de duvidar de mim, estou tentando te aconselhar.

– Sou só alguns meses mais nova que você... – ela retrucou.

– Mas tenho muita experiência de vida. Uma selva perigosa para vocês, americanos, é só um quintal para nós, brasileiros.

– Que bom que sou sua amiga – disse ela, novamente irônica.

– Você deu sorte – disse ele, sorrindo.

Julia riu por dentro. Miguel tentando bancar o anti-herói protetor era realmente engraçado. Era melhor tentar criar um clima quando estivessem em um local mais reservado. Ela sempre desejou viver uma história de amor igual à dos livros que sempre lia e sentia que a sua vez finalmente chegara. Ele era um protagonista perfeito para sua grande história de amor, agora com mais comédia do que drama.

Conversaram por mais quarenta minutos, divertiram-se, ela passou o recado da mãe, que pedia para combinarem mais um almoço juntos, e então foi embora. Julia ainda tinha deveres da faculdade e não conseguia parar de se preocupar com a mãe, mesmo ela estando na companhia de Lucy. Despediram-se com um beijo no rosto e um abraço. Miguel também precisava voltar para casa, pois ainda não se sentia bem. Durante o tempo em que ficou com Julia, ele até esqueceu seu mal-estar, distraiu-se com a garota, que era surpreendentemente mais agradável do que ele pensou que fosse, mesmo já tendo uma boa impressão sobre ela. Infelizmente, agora que ele estava sozinho novamente, todos os efeitos de sua crise de ansiedade o castigavam novamente. Só havia uma forma de resolver o seu problema... Ele decidiu que não iria mais adiar a sua conversa com Ana. Antes de sair, o barman o chamou.

– Miguel... Quem era aquela garota?

– Uma amiga, por quê?

– Cara... Eu deveria ter me tornado um guitarrista em vez de barman.

– Por quê?

– Se eu fosse guitarrista, talvez uma garota bonita como ela também desse mole pra mim.

– Nem com todas as guitarras do mundo eu teria tanta sorte... Vou nessa.

Ele deixou o dinheiro no balcão e saiu. O barman bateu na própria testa e esfregou a mão no rosto, pensando: *Como pode existir uma pessoa tão burra assim?*

* * *

Guildford, Inglaterra. Casa de Oliver. Aproximadamente nove horas da manhã de sábado.

Oliver estava na mesa da cozinha fazendo uma pesquisa em seu notebook. Ele sabia que faria o Sr. Benedict dar piruetas em comemoração à vitória na audiência que se aproximava. Esse caso fora um dos mais difíceis de tratar, não pela complexidade, mas sim pela quantidade de informações e pessoas envolvidas. Isso exigiu dele mais do que ele sabia que poderia dar, e a sensação de vitória o tomava por completo nesse momento. Mesmo assim, Oliver ainda não parara de pensar na conversa com o Dr. Hill, em que ele se mostrara disposto a ajudá-lo em sua trajetória junto ao maior grupo de advogados da Inglaterra. Esse privilégio elevaria o seu nome e o de sua família, faria seu pai sentir orgulho dele e seria o alicerce de sua nova vida de casado. Ele e Ana estariam seguros, estáveis, viveriam em um alto padrão financeiro... Obviamente que a proposta de permanecer na Inglaterra mudava seus planos originais, mas Oliver tinha certeza de que Ana entenderia e se juntaria a ele nessa nova vida que prometia ser cheia de sucesso.

– Está se perdendo em pensamentos novamente? – perguntou Marcy, sentada de frente para Oliver, organizando alguns papéis.

– Estou – respondeu ele, desconcertado. – Desculpe.

– Estamos perto de nossa maior vitória. Concentre-se.

– Claro, Marcy.

– Beba mais café.

– Não, obrigado.

Ambos ficaram em silêncio por alguns minutos. Tinham muito o que preparar para a audiência. Essa dupla, juntos desde a faculdade, ainda não havia falhado, era a grande aposta para o futuro da empresa. Marcy Hill era filha de um dos sócios, Dr. Thomas Hill, um homem de fama, prestígio e grande representatividade na comunidade londrina. Era o chefe de ambos. Ao contrário do que podia parecer, ela não usou o parentesco com ele como vantagem e conquistou cada elogio e cada oportunidade na empresa com seus próprios esforços. Nem mesmo o chamava de pai durante o expediente. Oliver a admirava por isso. A sintonia profissional e o comprometimento com o trabalho os aproximaram bastante. Para Oliver, ela era como uma irmã mais nova, para Marcy, talvez fosse hora de esclarecer algumas coisas.

– Você volta para os Estados Unidos no fim deste mês? – perguntou ela, corrigindo a posição dos óculos em seu rosto, mas sem olhar para ele.

– Sim. Assim que terminarmos o caso do Sr. Benedict, eu começo a tratar da minha volta. – Ele também não olhou para ela. Estava tentando concentrar-se novamente.

– Será para férias novamente ou desta vez é em definitivo?

– Definitivo.

– Fiquei sabendo que meu pai te fez uma oferta...

– Ele comentou algo a respeito, mas não houve uma proposta oficial ainda.

– O que ele disse?

– Disse que eu posso continuar aqui, como um dos advogados contratados. O mesmo acontecerá com você também.

– Aceitaria a oferta dele? – Desta vez Marcy o encarou.

– Não sei... Meus planos sempre foram terminar estes seis meses com vocês e voltar para a América. A Ana está me esperando lá.

– A artista?

– Pintora – especificou ele. – Eu acho que finalmente concluí meu ciclo de preparação profissional. Quer dizer... A parte da formação e qualificação. Agora estou pronto para exercer a profissão em qualquer lugar do mundo.

– Essa Ana... – disse Marcy, séria. – É uma mulher de sorte. Sentiremos sua falta aqui, Oliver.

– Eu também sentirei falta de vocês – disse ele, olhando para ela e sorrindo.

– Espero que não baixe a guarda.

– Eu nunca baixo.

– É mesmo? Se não fosse por mim, você teria se encrencado várias vezes – disse ela, sorrindo pela primeira vez no dia.

– Não foram tantas vezes assim.

– Eu perdi as contas de quantas vezes te salvei... – disse ela, agora rindo.

– Eu sei. Você tornou tudo mais fácil durante o tempo em que fiquei aqui.

– Para sua sorte, sempre me contentei com cafés e panquecas.

– E com doces... Nunca vi alguém que goste de doces tanto quanto você.

– Quando se trabalha tanto quanto nós, o açúcar é uma das poucas formas de se obter prazer...

– Ou diabetes – ele complementou. Ambos riram.

– Vou sentir sua falta. – O tom de voz de Marcy ficou um pouco mais baixo.

– Eu também. Virei visitá-la quando puder.

– Fique à vontade.

– Espero te ver em boa companhia.

– Difícil... Meu foco é totalmente no trabalho. – O tom de voz dela voltou ao normal.

– Talvez devesse mudar isso.

– Ou talvez seja melhor eu continuar assim e não me machucar ainda mais... – Com essas palavras, ela se fez entender e disse tudo o que queria. Para Oliver, estava claro que o que o Dr. Hill havia dito era verdade.

De repente, ele percebeu que sempre que a via sorrindo era com ele e para ele. Com os demais ela era extremamente profissional. Felizmente, Marcy parecia conformada com a situação. Não havia necessidade de discutir sobre isso. A maturidade emocional dela era mais uma de suas grandes qualidades.

Continuaram suas pesquisas, discutindo as estratégias para representar o senhor Benedict da melhor forma possível. Ele conversou com Ana e avisou que ficaria bastante ocupado até segunda-feira de noite para concentrar-se naquele caso e que talvez não conseguisse conversar com ela.

* * *

Nova York. Prédio de apartamentos Rising Star, apartamento 37. Noite.

Ana, Lucy e Miguel estavam na mesa comendo pizza em umas das raras vezes em que o sous chef do Brazilian Taste não havia cozinhado. Ana queria comemorar sua efetivação na Magical Drop of Art e não queria que ele tivesse qualquer tipo de tarefa. Esta seria uma noite para celebrar, relaxar, e coincidia com o fato de o restaurante da tia dele ainda estar fechado. Ana estava longe de seu objetivo de expor suas pinturas em museus no mundo inteiro, mas saber que suas ideias artísticas estavam sendo apreciadas para fins comerciais e receber dinheiro por isso a fazia sentir que estava no caminho certo. Com mais dinheiro, ela poderia preparar uma festa de casamento melhor, uma lua de mel adequada, consumir coisas melhores com mais frequência (tipo vinhos decentes) e, com sorte, até mesmo guardar um pouco.

Miguel, por sua vez, estava tentando disfarçar o nervosismo. Há duas semanas ele sofria com crises de ansiedade enquanto decidia ter ou não uma conversa séria com Ana sobre o futuro de sua amizade. Sempre que ele saía de casa, a decisão estava tomada e o script montado em sua cabeça, mas, quando a via, esquecia tudo e simplesmente não conseguia falar. Ser amigo dela era pouco perto do que ele queria, mas Miguel tinha medo de perder o pouco que tinha ao revelar o que realmente sentia. Passando por cima de seus sentimentos e desejos, ele tentava agir da melhor maneira possível, da forma que um verdadeiro amigo agiria.

– Eu sei que você disse para eu não trazer nada, mas já que eu estou em débito com vocês, decidi preparar uns drinques – disse ele, antes de terminar o seu quinto pedaço de pizza.

– Você não tem débito conosco.

– Tenho sim, Ana. A nova decoração do Brazilian Taste está maravilhosa. Novas cores, novo estilo... Nosso restaurante parece ser melhor do que realmente é. Mal posso esperar para ver a reação dos clientes quando reabrirmos.

– Não foi nada, Miguel. Apenas tivemos algumas boas ideias para dar mais charme ao lugar, não é, Lucy?

– Eu só forneci a mão de obra, ou melhor, fui a mão de obra. A mente por trás de tudo foi você, que é uma antiga frequentadora de restaurantes finos.

– O fato é que isso ajudará o restaurante a se reerguer... Sei que alguns drinques não são o suficiente para agradecer, mas acho que serve por hoje.

– Vai beber conosco? – perguntou Lucy.

– Não. Só vou preparar.

– Droga... Eu queria tanto te ver bêbado. Deve ser hilário.

– Vai morrer com essa curiosidade.

– Quer apostar?

– Com você, a rainha da trapaça? Jamais.

– Seu chato.

– Vão terminar de comer os seus pedaços?

– Não – disse Lucy, colocando o restante de sua fatia no prato dele.

– Eu também não consigo. – Ana fez o mesmo. – O que você trouxe?

– Ingredientes para um dos drinques mais famosos do Brasil.

– Qual é? – perguntou Ana. Lucy estava ao seu lado com a mesma expressão de curiosidade, reparando também na assustadora fome dele.

– *Caipirinha.*

– Do que é feita?

– A clássica é feita com limão, açúcar, gelo e uma bebida alcoólica que chamamos de *cachaça*, ou *pinga*. A bebida pode variar entre vodca, saquê, vinho... As frutas também. Eu trouxe uma boa variedade, dá pra fazer um pouco de cada.

– Então o que estamos esperando? VAMOS BEBEEEEER!!! – gritou Lucy, erguendo os braços.

– Vou iniciar os preparos, já volto. – Antes de sair, ele terminou de comer todos os pedaços de pizza.

– Não acha perigoso andar com bebidas na mochila? Você não tem idade para isso – disse Ana, provocando-o por ser mais novo, um costume adquirido recentemente.

– Se estivéssemos no Brasil, eu teria.

– Mas aqui você precisa ter vinte e um.

– Vai querer *caipirinha* ou não? – perguntou ele fingindo irritação, mas rindo em seguida.

– Vou... Só estava comentando – respondeu Ana, também rindo.

Enquanto Miguel pegava seus pertences e preparava-se para fazer os drinques, as duas amigas sentaram no sofá da sala e separaram alguns DVDs de *Harry Potter* para a maratona da noite.

– É tão bom te ver feliz desse jeito, Annie.

– Você é uma das responsáveis por isso.

– Jura? Pensei que eu fosse responsável pelos momentos de tensão.

– Isso também... Mas é bom saber que você sempre está do meu lado.

– É o mínimo que posso fazer depois de tudo o que já fez por mim...

– Pare de falar assim e vamos mudar de assunto antes que uma de nós comece a chorar.

– Uma de nós? Quem é que sempre começa a chorar?

– EEEEEEEEU – disse Ana, fingindo chorar.

– Sobre essa tal *caipirinha*, acho que já bebi em algum lugar...

– Gostou?

– Foi só boa.

– Foi feita por um brasileiro?

– Não sei...

– Talvez a do Miguel seja melhor, afinal ele é.

– MIGUEEEEL... Quando você irá nos levar ao Brasil? – gritou Lucy.

– Quando eu tiver dinheiro – respondeu ele, da cozinha.

– Então comece a economizar.

– Sim, mestre.

– Boa, Miguel – disse Ana, sorrindo.

– Ele gosta – afirmou Lucy para a amiga. – Não é, Miguel?

– Não escutei o que você disse, mas concordo com o que quer que tenha dito.

– Viu? Ele sabe que pode confiar em mim de ouvidos fechados – disse Lucy, com a voz um pouco mais alta para que ele escutasse dessa vez.

– Não é por confiança, é porque sua loucura é divertida – respondeu Miguel.

– Traga logo essas bebidas e aí sim você verá o que é loucura.

* * *

Mais tarde, Miguel trocava o DVD de *A Pedra Filosofal* pelo de *A Câmara Secreta* enquanto Ana trazia cobertores para todos. A noite começou quente, mas a temperatura caiu repentinamente e Lucy parecia ser a mais afetada, já que dormia encolhida no sofá maior. Ao contrário de Ana, que apenas experimentou todas as onze variações de caipirinha que Miguel fez, Lucy bebeu algumas doses inteiras, apesar dos alertas do rapaz.

– Você tinha razão. Ela está nocauteada – disse Ana, cobrindo a amiga.

– Ela não quis me escutar. Achou melhor confiar na experiência dela e não na minha...

– Mas você nem bebe... Dá pra entender o ceticismo dela.

– Eu disse que não bebo, mas não disse que nunca bebi.

– Hum... Então quer dizer que você tem um passado escuro, senhor “bom moço que nunca bebe”?

– Foi há muito tempo.

– Quando você tinha dez? – disse Ana, provocando-o novamente.

– Ha ha ha – Miguel forçou uma risada falsa. – Cuidado para não me matar de rir.

– Essa foi boa, Miguel, admita.

– Nota cinco e meio.

– Como você é ranzinza... – disse ela, bebendo mais um gole de caipirinha com vodca.

– Não acha melhor levá-la para o quarto?

– Consegue carregá-la? Porque quando ela dorme bêbada, só levanta no outro dia.

– Consigo – respondeu ele, posicionando os braços entre a nuca e as pernas de Lucy. – Vamos lá.

Ana o acompanhou até o quarto, abriu a porta, preparou a cama da amiga e a aconchegou entre seus travesseiros e cobertores. Para tudo e para todos, Lucy Sartori só estaria disponível na segunda-feira.

– Ela parece um anjo dormindo, não é?

– Parece, mas só um pouco... Certamente que acordada ela parece menos ainda.

– Não fale mal dela enquanto ela não pode se defender. – Ana deu um tapa leve nele.

– Ok, mas se você concorda comigo, dá uma risada...

Ana tentou segurar o riso, mas em segundos estava gargalhando.

– Você não presta, Miguel – disse ela, voltando para a sala.

– Vamos torcer para Lucy ser do tipo que fala dormindo, quem sabe ela não faz alguma revelação bombástica. – Miguel a seguiu.

– Ela não precisa estar dormindo para isso. Hoje mesmo ela me deu uma notícia bastante interessante...

– E eu posso saber que notícia é essa? – Ambos se sentaram, cada um em um sofá. Miguel no menor.

– Ela tem quase certeza de que a Julia teve um encontro com você na madrugada de ontem.

– De fato, nos vimos ontem, mas não foi um encontro. Ela queria assistir a um show da banda.

– Do jeito que ela contou para a Lucy, pareceu um encontro da garota dos livros com o guitarrista bad boy da banda – disse Ana, cobrindo-se.

– Que exagero. – Ele sorriu e se cobriu também.

– Você já percebeu que ela está na sua, não é?

– Não sei do que você está falando... Vamos voltar ao filme? – Miguel ficou curioso com a afirmação de Ana, mas não tinha tempo para discutir isso. Ele estava sentindo os sintomas da ansiedade manifestando-se em seu estômago novamente.

– Aaaah, Miguel. Não fuja dessa conversa. Olhe para mim.

– Estou olhando.

– O que você acha da Julia?

– Eu acho que você deveria parar de me jogar em cima das mulheres da família Sartori... Primeiro a Lucy, agora a Julia, só falta a senhora Mary.

– Não precisa se estressar. Eu só estou pensando que seria maravilhoso se você encontrasse alguém.

– E-E se eu não quiser?

– Não fale besteira. Todo mundo precisa e quer encontrar alguém... O problema é que nem todos sabem disso.

– Às vezes, aquilo que queremos pode magoar outras pessoas...

– Por que diz isso? – Ana o encarou. – Pense bem, ela é uma ótima garota, comportada, inteligente, bonita...

– S-Sim, ela é.

– E então?

– Então o quê?

– Vai chamá-la pra sair? – Ana levantou-se de onde estava e sentou-se ao lado dele.

– Só porque ela é ótima, comportada, inteligente e bonita?

– Você diz "só"? O que mais você quer, Miguel?

– Eu sei o que está tentando fazer, mas não vai funcionar comigo.

– Eu estou tentando te ajudar.

– Não preciso de ajuda.

– Sério? Você tem saído com alguém ultimamente?

– Não, e não sinto falta...

– O fato de você não sentir falta não significa que não precise disso.

– Estou feliz do jeito que as coisas estão – disse ele, desviando o olhar.

– Mas você tem que querer mais... Chame-a para sair – insistiu ela, chacoalhando--o pelo braço.

– Por que você quer tanto que eu saia com ela?

– Quer a verdade?

– Quero.

– Não tem que ser ela especificamente, só precisa ser alguém... Você sabe que a Lucy saiu com seu primo Alessandro, não sabe?

– Duas vezes.

– E não vai parar por aí se depender dela.

– Dele também.

– Então... Se esses dois se acertarem, vai sobrar só você de solteiro no nosso grupo.

– E qual o problema?

– Reparou no quanto ela está feliz?

– Reparei. Ele também está... Às vezes ele fica aéreo. Quando fala dela fica sorridente e diz que pensa nela o dia inteiro, mas como o Alê é um cafajeste, eu tenho minhas dúvidas.

– Isso me preocupa também, mas o ponto é que estão felizes... Queria que você se sentisse assim também.

– Ainda acha que sou triste?

– Sim.

– Se pararmos com esta conversa e voltarmos para os filmes, eu ficarei muito feliz.

– Boa tentativa...

– É, mas você não vai desistir, não é?

– Nunca desisto – disse ela, sorrindo. – Posso te confessar uma coisa?

– C-Claro. – Miguel tremeu por dentro. De repente ficou cheio de expectativa.

– Eu queria que você tivesse um par para o meu casamento. Queria que fosse um dos padrinhos. Seria incrível se seu par fosse a Julia. Eu a adoro, ela já está na lista de madrinhas e também não tem par.

Miguel não respondeu, ficou calado, pensando, sentindo dentro de si as emoções sendo misturadas como em um liquidificador. Seu coração acelerava ainda mais a cada vez que ele considerava ter a conversa com Ana. Felizmente, sempre que ele chegava ao limite, de alguma forma ele encontrava paz e conseguia agir com calma e escutar a razão.

– Eu fico muito honrado que tenha me escolhido para algo tão importante, significa muito para mim – disse ele, sorrindo e recebendo o mesmo sorriso de Ana.

– Você pode ser par da sua tia, se preferir. Eu a adoro também. Mas imagine se todos os padrinhos e madrinhas fossem casais e que de cinco em cinco anos pudéssemos no reunir e comemorar nossas uniões, nossa amizade, futuras famílias...

– Desculpe! – ele a interrompeu. – Eu não posso!

– M-Miguel...?

– Não posso ser seu padrinho! Não posso ir ao seu casamento!

– O quê?

– E-Estou apaixonado... – Miguel pensou: *Porra!!! Agora eu ferrei tudo.*

– V-Você está...

– Eu estou apaixonado por você, Ana!!! – disse Miguel em mais uma interrupção. Ele havia chegado ao seu limite. Não dava mais para segurar.

– Mas eu pensei que...

– Não diga nada. Eu sinto muito. Pensei que conseguiria me afastar de você caso isso acontecesse, que poderia lidar com isso e ser só seu amigo, mas eu não posso. Quanto mais tempo passo com você, mais esse sentimento cresce...

– Pare, por favor. – Foi a vez de Ana interromper.

Ficaram se olhando em silêncio. Miguel punia a si mesmo mentalmente pelo que fez. Era óbvio que existia um momento melhor para terem essa conversa. Sua postura curvada evidenciava o seu astral. Estava derrotado.

– Eu acho melhor você ir embora – disse Ana, com a voz trêmula.

– Ok. – Miguel levantou do sofá e caminhou lentamente até a porta.

Ana ficou sentada por alguns segundos, aparentando ainda estar absorvendo a situação. Levantou depois. Quando chegaram à porta, Miguel virou-se e a olhou nos olhos uma última vez.

– Por que está fazendo isso? – ela perguntou.

– Não me culpe, por favor... Só estou sendo sincero.

– O que nós devemos fazer agora?

– Eu juro que não queria que as coisas chegassem a esse ponto... Você é muito importante para mim.

– Não... Não fale. Eu não quero ouvir.

Miguel saiu pela porta sem olhar para trás.

– Foi sempre assim? Desde o início era isso que você queria comigo?

– Não – respondeu ele, ainda de costas para ela.

– Tem certeza?

– Por que eu mentiria para você agora? Eu fui sincero sobre meus sentimentos desde o início, lembra?

Ana abaixou a cabeça e não respondeu.

– Eu juro que não queria sentir o que eu sinto por você. Mas como não consegui evitar, o mínimo que posso fazer é te dizer a verdade. Espero que um dia você possa entender... – disse ele, ainda de costas. – Adeus.

– Adeus. – Ana fechou e trancou a porta.

Foi tudo muito rápido.

* * *

Miguel lembrou-se do quanto adorava conversar com ela sobre o futuro, sobre filmes, sobre cozinhar, pintar... Ele amava o sorriso dela, amava cozinhar para ela, fazê-la rir... Comer com ela no minúsculo apartamento, devorar o resto de suas panquecas com calda de chocolate amargo no Manny's Coffee, fazer compras, trocar memes pelo celular, sair para shows, cinemas, baladas, parques... Ele sentiu-se muito triste ao perceber que acabara de jogar tudo isso fora.

A garota estava abalada. Seus olhos bem abertos e o coração acelerado indicavam seu nervosismo. Sentou-se no sofá e bebeu um belo gole da bebida que Miguel fez, e ao se dar conta disso largou o copo na mesa de centro novamente. Ana esfregou as mãos no rosto e nos cabelos, esforçando-se muito para não chorar. O que deu em Miguel? Por que falar disso logo agora? Por que não falou antes? Por que não falou depois? Por que ele tinha que ser tão importante para ela? Por que estava doendo tanto? Por que ela estava com tanta raiva? Oliver estava certo sobre ele...

Ela caminhou até a janela ao escutar o barulho da moto de Alessandro que Miguel costumava usar. Ana o observou subindo na moto e acelerando-a sem sair do lugar. Ele meneava a cabeça negativamente, dando a entender que também se questionava. O rapaz desceu da moto, deixando-a ligada, e chutou uma lata de cerveja jogada na calçada, depois chutou um poste que estava próximo. Ele gritou, e conhecendo-o como ela conhecia, provavelmente era um palavrão em português. Ana torceu para que tivesse doído bastante. De repente ele olhou para cima, direto para a janela de onde ela o observava. Com um salto para o lado, Ana se escondeu, torcendo para que ele não a tivesse visto. No segundo em que pôde ver o rosto de Miguel, ela reparou que ele estava chorando. Foi assim que ela percebeu que também estava. Permaneceu parada onde estava até ouvir o barulho da moto ficar cada vez mais baixo até sumir. Ao olhar pela janela novamente, reparou que havia começado a chover.

Ana voltou a sentar no sofá, dessa vez soluçando de tanto chorar. Pegou novamente o copo e bebeu tudo o que tinha nele em um só gole. Fez careta. Ainda havia mais drinques prontos na mesa. Ela não era acostumada a beber tanto e, se o fizesse agora, com certeza pagaria caro no dia seguinte.

– Que se foda... Já sei que não vou dormir facilmente hoje. – Com esse desabafo, ela pegou outro copo e começou a beber mais, com sorte ela conseguiria beber tanto quanto Lucy e sentir o mesmo efeito. Um sono profundo ou cair inconsciente no chão era tudo o que ela queria naquele momento.

* * *

Brazilian Taste, Manhã do dia seguinte.

O sol invadia o quarto de Miguel pela abertura da janela e iluminava o escuro local. Ele estava deitado em sua cama com o braço direito dobrado em seu rosto, cobrindo seus olhos. Na outra mão segurava uma caneta e um bloco de notas com algumas coisas escritas. Ainda estava vestindo a camiseta e o shorts que usou para dormir mesmo que o horário em que costumava se levantar já tivesse passado havia horas. A ardência em seus olhos o lembrava da péssima noite de pouco sono que teve. Ele estava lá, parado, por horas, pensando em como tudo dera errado na noite anterior. Ao pegar o celular, viu que Lucy havia enviado mais três mensagens, formando um total de dezenove mensagens não lidas. Ele preparou uma playlist e deixou tocando. A primeira música era "Bed of Roses", do Bon Jovi. Alguém bateu à porta.

– *Miguel, abre a porta.*

– *Não enche, Alê.*

– *Você tem visita.*

– *Não quero receber ninguém.*

– *Tenho a impressão de que a garota que está aqui comigo não vai desistir tão fácil.*

– *Garota? Que garota?* – Ele praticamente pulou da cama e correu em direção à porta. Quando a abriu, ficou surpreso.

– Oi, Miguel, posso entrar?

– C-Claro, Lucy.

– Meu Deus, você está horrível... Acenda esta luz.

– Eu... – ele tentou dizer algo enquanto acendia a luz.

– Ao menos disfarce sua decepção. Sei que preferia que fosse outra pessoa, mas eu não sou tão horrorosa – disse ela, interrompendo-o e mandando Alessandro sair com apenas um gesto de sua mão.

– Desculpe-me.

– Precisamos conversar.

* * *

Prédio de apartamentos Rising Star, apartamento 37.

Ana estava deitada em sua cama. Parecia que seu quarto estava dentro de um carrossel, pois tudo girava ao seu redor. Ela estava sentindo a pior dor de cabeça de sua vida. Ainda assim, o que mais a incomodava era o gosto amargo das lágrimas que não paravam de escapar de seus olhos. Ana não se lembrava de quando ou como dormira, nem como havia ido parar em sua cama, só sabia que, apesar de o sono e a bebida terem servido ao seu propósito, fazendo-a esquecer do ocorrido na noite de ontem, o efeito era curto e ela não tinha mais sono ou bebida. Era hora de encarar os fatos. Quando contou tudo para Lucy, ela não sentiu o peso em suas costas e o aperto em seu peito diminuírem, então automaticamente pensou em acionar sua outra fonte de consolo, Oliver, mas, após algumas tentativas de ligações e sete mensagens praticamente implorando para que ele entrasse em contato, sem reposta em nenhuma delas, ela desistiu. Oliver estava falando sério quando disse que estaria incomunicável no fim de semana para se concentrar em seu último caso. Sem opções, ela continuou deitada, chorando, entristecida, alimentando sua angústia...

* * *

Brazilian Taste, quarto de Miguel.

– Este lugar está uma bagunça! – constatou Lucy, olhando ao redor, reparando em peças de roupa espalhadas e apenas o pé esquerdo do sapato que Miguel usou na noite anterior.

– Eu não sabia que você viria.

– Relaxe, eu sou muito mais bagunceira que você, acredite... Só estou tentando começar esta conversa com algo diferente de: "Eu te avisei".

– É... Você avisou.

– Então, quem estava certa? – Ela sentou-se na cama dele.

– Você.

– Quem ferrou com tudo?

– Eu.

– E agora, o que faremos?

– Não faço ideia – disse ele, sentando-se no chão com os braços em volta das pernas e o queixo apoiado nos joelhos.

Lucy interrompeu sua tortura psicológica e o olhou bem. Ele estava curvado, derrotado, deu pena. Ela então estendeu as mãos, ajudou-o a se levantar, abraçou-o e passou a mão em seus cabelos.

– Como você está? – perguntou, de olhos fechados e em voz baixa perto do ouvido direito dele.

– Péssimo. – Miguel sentiu Lucy apertar o abraço após seu comentário.

– Eu fiquei arrasada quando Ana me contou o que houve...

– Como ela está?

– Provavelmente está chorando até agora.

– E ela sabe que você está aqui?

– Claro que não.

– Eu sou um idiota – disse o rapaz em voz baixa.

– Me conte algo que não sei...

– Suas ofensas não funcionam bem quando você está me abraçando e fazendo carinho no meu cabelo.

– Não era para ofender – disse ela, recuando e olhando-o de frente. – Eu sinto muito.

– Eu também.

– Quer me contar a sua versão? – Ela finalizou o abraço e ficou de mãos dadas com ele.

– Não deve ser muito diferente da versão dela... Eu só acho que poderia ter esperado por um momento mais adequado para explicar melhor meus sentimentos.

– Parece que ela não te deu a oportunidade de fazer isso.

– Eu não a culpo, afinal, que bem isso poderia fazer para ela?

– Está arrependido?

– Um pouco... Quer dizer... No fim das contas, eu disse o que deveria ser dito. Foi a verdade, acima de tudo.

– Eu tentei falar para ela que foi, no mínimo, um ato de honestidade da sua parte...

– O que ela disse?

– É melhor você não saber.

– Ah... – O semblante de Miguel ficou ainda mais triste, mesmo Lucy achando que isso não seria possível.

– Se serve de consolo, eu te entendo...

– Obrigado, ruiva.

– Ela também me disse que vocês sabiam do meu plano de fingir que gostava de você etc. Eu sei que pareci uma neurótica bolando toda aquela armação, mas olhando para vocês agora, eu penso que deveria ter insistido mais naquela loucura.

– Então você é a culpada por não ter se esforçado mais – disse ele, com um sorriso amigável, porém visivelmente forçado.

– Talvez eu seja, porque Deus sabe o quanto eu temia que algo assim acontecesse... Eu sabia, muito antes, que isso iria acontecer cedo ou tarde, mas estava tão divertido, tão maravilhoso, que eu acho que baixei a guarda, enganei a mim mesma fingindo que não via, fui negligente...

– Você sempre teve razão e sempre tentou ajudar, não se culpe.

– Sim... Mas isso pouco importa agora. É horrível ver vocês dessa forma.

– Talvez tenha sido melhor assim. Eu sei que não suportaria vê-la casando e uma hora eu teria que me afastar. Talvez não devesse nem ter me aproximado. Não sei onde eu estava com a cabeça... Quer dizer, tem que ser muito idiota para achar que poderíamos ser só amigos, ou que do nada ela terminaria o noivado e ficaria comigo.

– Tem que ser muito idiota mesmo – disse Lucy, com um sorriso acolhedor.

– Muito prazer, sou o rei dos idiotas.

– Agora não adianta se lamentar. Eu sei que ela está muito brava por enquanto, porém, ela sempre foi sensata. Quando Ana conseguir parar para pensar melhor, vai entender o que aconteceu.

– Mas não tem como voltarmos a como estávamos antes. Ela, eu... nós três.

– Eu sei... – disse Lucy, com lágrimas nos olhos. – Mas o mínimo que podemos fazer é tentar, não é? – Eles se abraçaram novamente.

* * *

Inglaterra, Londres, noite de segunda-feira.

Em um dos vários pubs de Londres, Oliver comemorava a cada rodada de cerveja, com Marcy e alguns amigos, a vitória conquistada. O caso do senhor Benedict foi um valoroso sucesso, uma ótima forma de encerrar seu estágio e sua passagem pela Inglaterra. Ele não via a hora de chegar em casa, ligar para Ana e contar que sua jornada havia terminado, que era a hora de voltar. Após muitas brincadeiras, discursos e risadas, houve espaço até mesmo para choro. Ele realmente tinha fincado raízes naquele país, feito fortes amizades das quais sentiria muita falta quando voltasse para a América. O Dr. Hill era um dos mais empolgados e dispostos a elogiá-lo. Era um chefe maravilhoso, que reconhecia cada esforço que Oliver fazia, cada segundo de sono perdido, cada refeição malfeita, cada precoce fio de cabelo branco de preocupação... Havia momentos em que Oliver se esforçava não para atender às expectativas da empresa, mas sim porque simplesmente odiaria decepcionar uma pessoa tão admirável quando seu velho chefe.

- Oliver, venha comigo por um instante.

- Claro, Dr. Hill - disse o jovem, seguindo o velho para uma parte mais isolada do salão.

- Estamos em um pub e fora do horário de trabalho... Já disse que pode me chamar de Thomas.

- Claro, Dr. Hill - disse Oliver, sorrindo.

- Por isso que adoro você, garoto - disse o Dr. Hill, sorrindo e dando tapinhas nas costas de Oliver. - Eu já lhe dei os parabéns publicamente, mas ainda falta algo que lhe devo.

- Na verdade, sou eu que lhe devo tudo isso, chefe.

- Você sabe que eu não sou entusiasta dessa sua ideia de voltar para os Estados Unidos, não sabe? - disse ele, abraçando Oliver com o braço direito e puxando-o perto o suficiente para que o rapaz sentisse seu hálito etílico.

- Eu sei... Mas tenho coisas para fazer lá.

- Não pode fazer aqui?

- Eu deixei pessoas me esperando. Minha noiva, por exemplo.

- Então traga-a para cá. Traga todos para cá. Você ainda vai procurar emprego quando chegar lá, não vai?

- Vou, mas acho que não será difícil com toda a experiência que obtive trabalhando com o senhor.

- Eu te ofereço um emprego, garoto, aqui comigo. Eu quero manter minha equipe de trabalho e você tem muito potencial, já te falei isso antes.

- Sim...

- Você é um rapaz esperto e sabe quantos benefícios nosso grupo oferece. Aqui você terá as melhores condições de construir sua carreira e família.

- Senhor...

– Eu estou vendo nos seus olhos que você quer ficar... Aceite. Traga sua garota para cá. Dê a ela a vida que você sempre sonhou que tivesse. O seu futuro é aqui, conosco.

– Ok... Mas eu preciso falar com ela antes.

– Então fale, leve o tempo que quiser, eu só preciso de um telefonema seu e tudo estará preparado.

* * *

Prédio de apartamentos Rising Star, apartamento 37, fim da tarde da segunda-feira.

Quando Oliver respondeu às mensagens pedindo que Ana se conectasse no Skype, ela mal pôde acreditar. Qual seria o motivo da urgência? A expectativa de ouvi-lo dizer que estava antecipando seu retorno era tão grande quanto o medo de saber que, por algum outro motivo, teria que adiar novamente. Ana percebeu que a gangorra emocional em que vivia desde o fim de semana estava afetando seu modo de pensar. Dez minutos atrás ela estava irada com Oliver por ele não ter respondido suas mensagens no domingo, ainda assim, um sorriso dominou seu rosto assim que ele o fez.

Ela saiu do trabalho e ignorou a aula de segunda-feira, chegou em casa, banhou-se e conectou-se no Skype. Em minutos já estavam conversando.

– Oi, meu amor.

– Oi. – A voz de Ana tremeu um pouco. Apenas a imagem dele aparecendo na tela do notebook servia de refrigério.

– Desculpe por não responder suas mensagens antes... Eu respondi assim que pude.

– Final de semana agitado?

– Não... Eu só tive que me preparar bem para minha última audiência.

– Bom saber que é a última.

– Você parecia aflita nas mensagens, está tudo bem?

– Eu só precisava conversar com você...

– Muita saudade?

– Também...

– Alguma novidade?

– Sim, e você?

– Tenho novidades incríveis – disse Oliver com um sorriso empolgado.

– Então, primeiro conte as suas... – Ana esperava escutar as notícias boas dele já que as dela não eram.

– A Lucy está aí?

– Ela foi visitar a mãe dela hoje e ainda não voltou.

– Ótimo, o que tenho pra falar é só para você, por enquanto.

– O que é?

– Eu estou tão empolgado que não vou conseguir criar um clima para o clímax, então vou direto ao ponto...

– Uau.

– Ana, venha morar comigo aqui na Inglaterra.

– O quê?

– O Dr. Hill conversou comigo. Ele não quer que eu vá embora, disse que meu futuro é aqui e que, se eu quiser, basta um telefonema e ele me efetiva. Eu farei parte do maior grupo de advogados da Inglaterra, da Europa, talvez do mundo. É o meu sonho se realizando...

– Oliver...

– E tem mais... Eu moro em uma boa cidade, tenho boas condições de lazer, saúde, segurança... Os benefícios são fantásticos. Se vier para cá, você não precisará fazer nada o dia inteiro ou fazer o que quiser. Nós poderemos viver muito bem só com meu salário. Você terá a vida de uma rainha. Sem falar que esse seria o ambiente perfeito para criarmos nossos filhos...

– E-Eu... A-Assim, tão de repente?

– Ele me disse que faz questão de providenciar a sua vinda para cá, só preciso dizer a data.

– C-Calma...

– Eu sei que é muita informação, mas pense bem, se eu voltar aos Estados Unidos ainda terei que conseguir um emprego, depois um apartamento para morarmos, e isso não é tão fácil, mas aqui eu já tenho uma casa, emprego, carro... Aqui eu já tenho tudo pronto, só falta você. O que acha?

– Eu...

Ana parou para pensar. Ela estava confusa e estressada. A proposta de Oliver era drástica, mas não era ruim. Analisando friamente, ela percebeu que era uma ótima proposta. Eles teriam um lugar para morar, transporte, ele estaria bem empregado. Ela sabia que a adaptação seria a pior parte, mas essa não seria a primeira vez que ela iria para a Inglaterra, já que seus pais eram ingleses e possuíam familiares no país. Era uma questão de tempo, pouco tempo. Depois do que ela passara ultimamente, a briga com o pai, a luta diária para pagar a faculdade, as contas, a cobrança no trabalho... Talvez ela precisasse, e até merecesse, um pouco de descanso. Era isso que Oliver, seu noivo, estava propondo. As coisas seriam muito mais fáceis dessa forma.

– E então?

– Tudo bem... Eu vou.

– ÓTIMO!!! – ele comemorou, vibrando.

– Como faremos isso?

Quem se importava com um apartamento velho, pequeno, em uma rua suja, um aluguel caro, um amigo que confundia as coisas?... Não era como se Lucy não conseguisse se virar sozinha dessa vez. Na verdade, era Lucy que a estava ajudando. Se fosse para a Inglaterra, Ana deixava o caminho livre para a amiga ter privacidade, seguir sua vida, ser tão feliz quanto merecia, sem o peso da responsabilidade de ajudá-la... As coisas seriam muito mais fáceis dessa forma.

– Será fácil. Podemos fazer tudo em apenas uma semana. Veja o que precisa trazer para cá, quando poderá deixar... – A voz de Oliver ficava cada vez mais longe a ponto de não poder mais ser ouvida. Ana estava perdida em seus pensamentos.

* * *

Afastar-se de tudo seria o melhor a fazer. Ela não precisava correr o risco de encontrar Miguel na rua, não saberia o que fazer, mal sabia o que pensar dele. A tristeza que sentia ao se lembrar do rapaz era quase tão grande quanto o espaço vazio que ele deixou. O casamento com Oliver era algo que seu pai sempre aprovara, talvez isso servisse para reaproximar os dois e resolver um dos maiores problemas de sua vida. Ela teria sua família de volta e, ao casar-se, começaria uma nova... As coisas seriam muito mais fáceis dessa forma.

– Então façamos assim... Eu quero ir... o quanto antes.

Pergunta: como tomar uma decisão correta? Será que basta analisar todos os elementos positivos e negativos e os colocar na balança ou será que devemos apenas considerar o que nosso coração nos diz? No fim das contas, não importa para qual lado a balança vai pender ou se dará certo ou errado, você sempre irá fazer o que realmente quiser fazer. Eu só tenho mais uma pergunta, a última, e dela virá a última resposta que preciso para tomar a minha decisão. Isso mesmo, eu sou a Ana. Todas essas perguntas foram minhas perguntas... Qual a semelhança entre mentir e omitir? O que é lamentação? Contraste? Existe amizade entre homem e mulher? Será que sou uma pessoa nostálgica? É possível saber o exato momento em que nos apaixonamos por alguém? O que é resignação? Com que frequência mentimos? Qual o efeito da distância em um relacionamento?

Cada pessoa pode ter a sua própria resposta para cada uma dessas questões, o tempo me mostrou as minhas... O único problema é que, mesmo com a balança pendendo para o lado positivo, com todas as vantagens que Oliver me mostrou e estando tão claro que as coisas seriam muito mais fáceis dessa forma, por que eu não estou feliz?

– Na verdade... – disse Ana, após refletir um pouco. – Eu não quero!!!

– O quê?

– Eu não quero ir.

– Mas você acabou de dizer que...

– Eu sei o que eu acabei de dizer – interrompeu Ana. – Ultimamente eu tenho falado o que parece ser o certo, mas não necessariamente é o que eu quero.

– Eu não estou entendendo.

– O que foi que nós combinamos na última vez que esteve aqui? Você me prometeu que voltaria de vez. Por que mudou nossos planos agora?

– Eu não mudei, Ana. Apenas surgiu um plano melhor...

– SEU plano, não NOSSO... Eu cansei de viver sempre de acordo com os SEUS planos. Desde que você começou a estudar fora, eu tenho vivido de acordo com as suas escolhas, me adapto às suas ideias, seus horários... Agora você vem com mais um plano que bolou sozinho... E a minha parte? O que eu sou nessa relação?

– Ana... Eu estou pensando em nós dois, na nossa felicidade. Por que está tão irritada?

– Por que não me consulta para pensar na NOSSA felicidade? Eu não sei o que é melhor para mim? Você é mais um que sabe melhor do que eu as coisas que quero e preciso? Vai tentar me controlar e tomar decisões por mim do mesmo jeito que meu pai fazia? – A voz de Ana estava cada vez mais alta.

– Ana, acalme-se.

– Eu construí muita coisa aqui, sabia? Eu tenho um trabalho, conquistei uma vaga na equipe, conquistei a confiança da minha chefe, pago as minhas contas, vivo a minha vida de acordo com as minhas regras, organizo minha rotina e cumpro todos os meus compromissos... É estressante, mas é o meu estresse. Tudo isso significa muito para mim. Acha que posso abandonar tudo o que eu conquistei?

– Ok, se você faz questão de trabalhar, pode conseguir o mesmo emprego aqui.

– Esse não era o combinado, Oliver. Além do mais, eu tenho coisas para resolver aqui, com meu pai, com a Lucy.

– Você pode resolver e depois vir...

– Não é tão simples. O casamento é uma grande mudança na vida de uma pessoa, somar isso à mudança de país torna as coisas ainda mais difíceis. Não sei se estou preparada para isso.

– Do que você tem medo?

– De você não me dar a atenção que eu preciso... De ficar sozinha em um lugar em que não conheço ninguém.

– Eu não vou fazer isso.

– Claro que vai, está bem claro... Você não me deixa participar de nada, sempre toma as decisões, não me consulta. É como se eu não existisse...

– Ana... Eu...

– Não quero ser só um personagem no roteiro da sua vida. Quero ser a escritora também... Quero sentir que estou em primeiro lugar para você, assim como você está para mim.

– Mas você está em primeiro lugar...

– Você largaria tudo por mim?

– Por que esse tipo de pergunta?

– Largaria ou não?

– Eu não preciso responder isso.

– Eu também não, porque eu larguei muita coisa por você, de fato. Se nossos papéis fossem invertidos, isso nunca teria durado tanto tempo.

– Ana, você está complicando as coisas.

– Então simplifique... Volte para os Estados Unidos e fique comigo. Façamos a nossa vida de acordo com nossos planos anteriores, juntos...

– Por que está me pedindo isso?

– Escolha...

– Você está falando sério? Pense bem nas oportunidades que nós dois temos aqui.

– Es-co-lha... – ela repetiu pausadamente.

– Não seja infantil, Ana.

– Eu sou infantil? Acha mesmo?

– Está sendo agora.

– Será que eu também fui infantil quando escolhi namorar a distância com você? – Ela deu um soco em sua cama.

– Uma coisa não tem relação com a outra.

– ESCOLHA!!!

– Ana, o que você quer que eu faça? Eu não posso desperdiçar essa oportunidade... – Oliver elevou um pouco o tom de voz. – Em quanto tempo acha que eu vou conquistar aí tudo o que já tenho aqui? Tem noção do quanto pode ser difícil? Do quanto pode demorar?

– Com certeza menos de cinco anos e com certeza será mais fácil porque eu estarei do seu lado. Já parou para pensar no que eu passei aqui, sozinha, por todo esse tempo?

– Claro que sim, mas entenda... Podemos fazer tudo isso valer a pena. Olha o que te espera aqui.

– E se eu não quiser trocar o que tenho aqui pelo que me espera aí?

– Mas o que você tem aí? Quer dizer... Veja o conforto e a tranquilidade que eu consegui para nós.

– Nós dois já nascemos no conforto e na tranquilidade... Mesmo assim, a minha maior felicidade foi o seu amor. Eu lutei para ter o seu amor pelo resto da minha vida, não pelo conforto e a tranquilidade.

– Está dizendo que seria feliz mesmo se tivesse que cuidar de uma casa minúscula para um marido falido e crianças pequenas?

– Se a casa minúscula fosse nossa, o marido falido fosse você e as crianças pequenas fossem nossas, com certeza. Você não me amaria nessas condições?

– Ana, você está muito nervosa, acalme-se.

– Você não respondeu e não peça para me acalmar, isso me irrita!

– Acho melhor conversarmos depois. Não dá para continuar assim.

– Nós vamos até o fim com esta conversa, Oliver.

– Isso não vai nos levar a nada.

– Oliver... – Uma lágrima escorreu pelo seu olho direito. – Você me ama?

– Claro que sim.

– Alguma vez eu te dei motivos para acreditar que você não é importante para mim? Será que eu nunca fiz nada que provasse que você é a prioridade na minha vida? Será que depois de tudo o que passamos, de todos esses anos te esperando, tentando disfarçar todas as dificuldades que eu passei aqui sozinha, eu preciso mesmo sacrificar algo mais? Eu consegui um emprego com meu próprio esforço, provei a mim mesma que sou capaz de conquistar aquilo que quero e gostei de lutar pelo que quero... Não consigo ser uma mulher que recebe tudo dos outros, eu quero lutar pelas minhas coisas. Eu não sou mais a mesma garota que você deixou aqui, Oliver. Eu sou uma mulher, agora tenho uma carreira assim como você. Quer mesmo que eu também abra mão das minhas conquistas, depois de tudo que já perdi?

– Ana...

– Eu não terminei... – interrompeu, chorando. – A sua sorte é que eu tive a Lucy me dando todo o suporte que podia, porque sem ela eu me sentiria tão sozinha que não sei se suportaria isso por mais de um ano. Como tem coragem de me pedir para ceder ainda mais...?

– Ana, seja racional, onde mais teríamos tanta...

– Cinco anos atrás eu também não fui racional e você não reclamou, por que tenho de ser agora? Eu sempre agi com o coração no que dizia respeito a você. Acha que qualquer uma aceitaria calada tudo o que eu aceitei? Por que sou sempre eu que fico com a pior parte?

– Também não foi fácil para mim.

– Estou te dizendo que sinto que não sou prioridade na sua vida e isso me magoa... Quero ter certeza de que não me sentirei do mesmo jeito depois de nos casarmos. O que vai fazer a respeito?

– Isso depende... – Ele respirou fundo. – Eu posso... talvez...

– Responda rápido, por favor.

– O que quer que eu faça!? Que eu largue tudo aqui e volte? Tudo bem, eu faço isso. É o que você quer? É desse jeito que vai ser? Então que seja, droga!!! – esbravejou Oliver.

– Que pena... – disse ela, serena. Mais lágrimas corriam por seu rosto.

– Que pena? O que foi que eu fiz agora?

– Já vi pessoas menos próximas de mim do que você fazerem coisas incríveis em meu benefício e me colocarem no topo de suas vidas... Já vi pessoas fazerem sacrifícios por mim com muito mais boa vontade do que você está demonstrando agora.

– Ana... Eu já não disse que largo tudo aqui e volto? O que mais você quer de mim?

– Nada... Pela primeira vez eu não quero nada de você...

– Você...

– Eu precisava falar com você hoje porque queria conforto – disse Ana, interrompendo-o mais uma vez. – Queria me abrir, falar sobre mim, sobre os problemas que tive recentemente, mas em vez do conforto eu encontrei mais pedidos, descobri que tenho que ceder ainda mais... Oliver, eu já cedi muito a você, sempre de bom grado, mas não posso continuar assim sabendo que você não consegue fazer o mesmo por mim uma única vez. Acho que não tenho outra escolha a não ser...

– Espera... – A voz dele falhou.

– Eu quero romper nosso noivado.

– O QUÊ!?

– Nós poderíamos construir nosso futuro juntos, mas você não me esperou e já fez isso sozinho, aí na Inglaterra. Você não precisa e nunca precisou de mim para conquistar suas coisas, e agora não consegue desistir delas...

– Ana...

– Eu não estou te pedindo que abra mão de suas conquistas por mim... Isso é uma coisa que eu nunca teria coragem de fazer, embora você tenha acabado de fazer comigo... É óbvio que temos que terminar.

– Você só pode estar brincando...

– Eu nunca brincaria com algo assim.

– Por que temos que terminar o noivado? Isso é só uma briga...

– Não é só uma briga... Não acredito que ainda não percebeu.

– O que eu percebi é que desde o começo você despejou em mim um monte de mágoas. Não poderia ter discutido isso comigo gradualmente em vez de acumular durante os anos e explodir tudo de uma vez?

– Eu sempre compartilhei minhas frustrações com você. Sempre fui sincera sobre o que me incomodava, sobre meu medos e inseguranças... Quantas vezes não te perguntei se era melhor terminarmos? Não finja que está surpreso agora...

– Ok, vamos respirar. Sei que podemos resolver isso. Me diga o que eu posso fazer para...

– Oliver... – interrompeu Ana. – Você não pareceu disposto a atender os meus pedidos minutos atrás.

– Mas eu estou disposto agora. Por favor, vamos conversar e resolver tudo isso agora... – Oliver começou a chorar.

– COMO ISSO É POSSÍVEL PELO SKYPE!? – Ela também chorava, apesar de gritar.

– Vai dar tudo certo, meu amor.

– Já chega disso. Eu não quero mais esses problemas.

– Eu vou aí, ok? Eu vou aí e conversaremos pessoalmente.

– Q-Quando?

– Assim que eu puder providenciar as passagens eu vou.

– Quando?

– Não vai demorar...

– Pela última vez, QUANDO?

– Talvez em uma semana, eu ainda tenho que resolver umas co...

– Vai se ferrar, Oliver.

Ana abaixou a tela do notebook. Ela não estava disposta a ouvir mais uma vez que ele tinha outras coisas para tratar antes dela. Ana rapidamente secou as lágrimas com suas mãos e levantou-se de sua cama. Ela caminhou lentamente até a cozinha, pegou um copo, encheu de água e começou a beber... Ela estava surpresa que, mesmo com toda a agitação e o desfecho trágico da conversa, suas pernas não tremiam, seu coração não estava disparado e não havia dificuldade para respirar. Ela encheu o copo com água mais uma vez e voltou a beber. Começou a pensar no passado, sua infância, sua adolescência, todas marcadas pelo convívio com Oliver. Tudo o que ela fez por ele, tudo o que viveram juntos, o sentimento inexplicável crescendo dia após dia juntamente com ela. Ela nutrira por ele um amor infantil, juvenil e adulto com o passar dos anos, mas agora, em uma conversa de pouco menos de meia hora, tudo acabou. Supreendentemente ela estava em paz, suas pernas não tremiam, seu coração não estava disparado e não havia dificuldade para respirar.

* * *

Lucy subia as escadas do prédio pensando no quanto havia se divertido com sua mãe e irmã. O clima entre elas estava voltando a ser bom como antes. Sua única preocupação do dia era um levantamento de ativos que lhe fora solicitado hoje e que sabia que não seria fácil. Era para ser entregue no dia seguinte até as duas da tarde e isso significava que ela não poderia almoçar até terminar. Antes disso, porém, sua maior urgência era tirar os sapatos, coisa que ela não fez desde que saíra para trabalhar ainda cedo. Pouco antes de iniciar o último lance de escadas, ela escutou um barulho similar ao de um móvel sendo arrastado, depois algo batendo, depois algo bateu de novo, e de novo, e de novo, e algo de vidro quebrou, e de novo, e de novo, algo bateu na parede...

Ao abrir a porta de seu apartamento, ela viu Ana, de pé, com um copo em cada mão...

– Ei... O que você está fazendo?

Sem responder, Ana arremessou os copos na parede da sala. Eles se partiram em cacos e juntaram-se a outros que já estavam no chão. Lucy foi em direção à amiga, mas no primeiro passo que deu percebeu que pisou em uma parte do celular de Ana, ao redor, mais partes de outras coisas como controle remoto, pilhas, o relógio da parede... Era um desastre.

– O que está acontecendo com você?

Lucy agarrou Ana por trás com força para impedir qualquer movimento de sua transtornada amiga, mas surpreendeu-se com a rendição instantânea dela, que veio ao chão lentamente, chorando e abraçando-a de volta.

– A-Acabou... – balbuciou Ana, entre os soluços de seu pranto.

– O que acabou?

– Oliver... O noivado... – Ana tremia e suas mãos sangravam.

– O quê!? – Lucy sentiu um frio contornar sua espinha. Ela esperava ouvir tudo, menos isso. Subitamente, um sentimento de culpa e arrependimento a tomou. Por anos ela sempre sonhou com esse término, mas mesmo sabendo que isso causaria sofrimento para Ana, não estava preparada para vê-la desse jeito... Talvez, querer algo a qualquer custo nem sempre seja o certo a se fazer, pois nesse momento ela não estava tendo a satisfação que pensou que teria. Se pudesse, transferiria toda a dor para si...

– São quase dez anos da minha vida que foram jogados fora... – Ana soluçava e até engasgava.

– Ele terminou com você?

– Não. Fui eu.

– Meu Deus... Vou te levar para a cama.

Ana começou a chorar alto, e Lucy a abraçou forte para mostrar à amiga que ela estava ao seu lado.

No caminho para o quarto, Lucy viu a foto de Oliver e Ana no chão, rasgada em pelo menos sete pedaços. Essa foto costumava ficar no banheiro, entre a moldura e o vidro do espelho. Ela agradeceu a Deus por estar lá, com Ana, para evitar que seu desespero a levasse a fazer mais coisas das quais com certeza se arrependeria.

capítulo 11. SOFRIMENTO

Prédio de apartamentos Rising Star, apartamento 37, noite de sexta-feira.

Ana concentrava-se no pincel chanfrado e angular em sua mão. Ela o usava para determinar onde começava e terminava a boca do rosto de alguém cujo sexo era indefinido, mas que tinha grande expressividade e protagonizava o quadro que ela estava chamando de "Amarga Tristeza".

A primeira semana após o término foi muito difícil para Ana. Era impossível parar de pensar em Oliver, na raiva absurda que sentia dele por não dar a ela as respostas e a segurança de que precisava, por não a ter escolhido prontamente como ela certamente faria e principalmente pelo fato de ainda amá-lo... Ana se arrependeu pelo término minutos depois de tê-lo decretado, mas nunca admitiu ter errado em uma decisão em toda sua vida. Seu orgulho sempre foi maior do que sua disposição para admitir quando estava errada ou arrependida. Oliver ligou, deixou mensagens e e-mails todos os dias. Ela chorou por todas as noites, chorou algumas vezes durante seu horário de almoço no trabalho e até mesmo durante as aulas. Seu apetite mal existia.

Na segunda semana, a raiva foi substituída por saudade e mais tristeza. O arrependimento se intensificou a ponto de ela quase ligar para Oliver na quarta-feira, mas conseguiu se conter. Lucy discutiu com ela quando a pegou forçando-se a beber escondida uma garrafa inteira de vinho. Ana não costumava beber tanto e sempre foi inteligente o suficiente para saber que não seria bebendo que iria resolver o seu problema. Lucy percebeu depois que Ana não estava tentando resolver algo, estava tentando punir a si mesma. Ela ainda chorava todas as noites e adicionou à sua tortura psicológica pensamentos sobre Miguel... Raiva e frustração, basicamente. Oliver continuou tentando contato durante toda a semana, enquanto Miguel ao menos teve a decência de permanecer sumido.

Na terceira semana houve uma evolução. Ana não chorou na terça-feira. Era fato que ela estava com uma crise de pressão baixa e dores de cabeça que a forçaram a tomar alguns comprimidos e dormir mais cedo, mas, independentemente de estar dopada ou não, o que importava era que ela não havia chorado. Foi nessa semana também que ela teve coragem de separar as coisas que Miguel deixou no apartamento após desistir de esperar que Lucy fizesse isso. Ela recolheu objetos que ele usava quando cozinhava para elas, peças de roupa, um carregador de celular, um relógio, CDs e fones de ouvido. Ana contratou um serviço de entregas para efetuar a tarefa a fim de que ela mesma não tivesse que fazer isso e correr o risco de vê-lo novamente. Se ao menos aquele brasileiro idiota tivesse esperado um pouco mais, ele poderia estar ao lado dela agora, ajudando-a, distraindo-a... Ela irritava-se muito quando percebia que também estava com saudade dele. Não percebeu, mas se recuperou das feridas em suas mãos.

Na quarta semana, Ana já conseguia sorrir com o pessoal do trabalho, conseguia retrucar as provocações de Lucy e conversar mais naturalmente com ela, até mesmo se divertiu com a amiga na quarta-feira quando foram ao cinema. Chorou apenas na segunda-feira. O apetite estava quase de volta ao normal. Oliver continuava tentando contato e Miguel continuava sumido. Ao fim do mês de julho, primeiro mês após terminar com Oliver, ao menos um aspecto de sua vida estava bom... Ana estava indo muito bem no trabalho, bastante inspirada, criativa, disposta a desafios, talentosa... Ela entregava-se cada vez mais à sua arte, mergulhava de cabeça em cada gota de tinta que via, e a imersão era tão forte que por muitas vezes ela se esquecia das horas.

– Annie? – disse Lucy, entrando no quarto de pinturas.

– Olá – respondeu Ana, concentrada.

– Progrediu bastante... – constatou Lucy, aproximando-se e olhando para a pintura.

– Tem sido fácil ultimamente.

– Parou para comer?

– Não.

– Eu comprei um sanduíche e alguns doces no metrô... Se quiser, são seus.

– Não quero.

– Sabe... Faz semanas que você passa a maior parte do seu tempo livre aqui dentro. Tente sair um pouco... E não se esqueça de que eu também preciso deste quarto para pintar.

– Certo – respondeu Ana, ainda concentrada.

– Ok. – Lucy caminhou na direção da porta, mas antes de cruzá-la ela parou. – Eu estou sentindo sua falta...

– Eu estou aqui.

– Mas não está interagindo.

– Lucy...

– Calma, eu não quero ser chata... O último mês foi complicado e eu estou feliz que você esteja se distraindo, mas, por favor, não se isole das pessoas... Não se isole de mim.

– Não estou me isolando. Eu só preciso fugir e ficar sozinha às vezes.

– Mas eu não quero que fique sozinha... Nem que fuja de mim.

– Não estou falando de você, eu te adoro.

– Eu também me adoro, mas amo muito você... Quero te ver feliz e sorrindo o mais rápido possível, então, por favor, me deixe saber quando houver algo que eu possa fazer para que isso aconteça... Qualquer coisa.

– Você vai saber.

* * *

Manny's Coffee, manhã de sábado.

Ana e Lucy comiam suas panquecas com cobertura de chocolate enquanto conversavam sobre o que fariam de noite. A conversa que tiveram na noite anterior parecia ter surtido algum tipo de efeito em Ana e a fez querer sair pela primeira vez após um mês.

– Reparou que estas panquecas estão estranhas? – perguntou Ana, cerrando os olhos enquanto mastigava e avaliava a panqueca.

– Estranhas como? – perguntou Lucy, cortando um pedaço de sua panqueca e comendo-o, tentando identificar algo de errado.

– Parecem um pouco cruas... E a calda de chocolate está doce demais.

– As minhas estão ótimas.

– Devo estar imaginando coisas...

– Vamos voltar a falar sobre hoje à noite.

– Certo. Não pode ter rock e nem ser uma balada... Quero uma coisa mais tranquila.

– Menos agito e mais descanso?

– Isso. Vamos começar devagar. Quero sentar, conversar, beber alguma coisa e dar muitas risadas com você.

– Adorei a ideia.

– Ontem eu pensei bastante e acho que não posso continuar de luto para sempre.

– Concordo – disse Lucy, bebendo um gole de seu chocolate quente.

– E eu tenho você do meu lado, seria um desperdício não me deixar levar pela expert em curtição que mora comigo.

– Eu sempre quis sair com você estando nós duas solteiras. – Lucy esfregou as mãos, empolgada.

– E eu sempre soube disso – disse Ana, mordendo mais um pedaço de panqueca e afastando o prato com as mãos, demonstrando que já estava satisfeita.

– Você sabe que um dia vai ter que entrar no mundo da paquera novamente, não sabe? Quando esse dia chegar, conte comigo. Será bastante divertido, mesmo que isso só aconteça daqui a uns dois anos.

– Não precisa demorar tanto tempo...

– Não? – perguntou Lucy, surpresa.

– Não. – Ana bebeu o restante de seu cappuccino.

– Quer dizer que quer se dar bem com alguém hoje?

– Claro que não! – respondeu Ana, enfática. – Que horror. Eu só quis dizer que dois anos é muito tempo.

– Sim, mas eu falei isso em tom de brincadeira.

– Eu sei. É só que... eu estou disposta a ser um pouco diferente. Agora que eu estou sozinha, talvez eu possa experimentar como é poder fazer o que me der vontade.

– Você não está sozinha – disse Lucy, com sua mão direita acariciando a esquerda de Ana.

– Obrigada – disse Ana, segurando a mão da amiga.

– Essa conversa está ficando muito boa – disse Lucy, com um sorriso malicioso.

– Não exagere... Eu só quero tentar enxergar as coisas ao meu redor com outros olhos.

– Olhos de solteira?

– Olhos de uma pessoa que está mudando. Acho que isso resume bem minha situação. Eu estou mudando e preciso descobrir quem irei me tornar.

– Você ainda ama aquele idiota?

– Sim. Isso infelizmente não mudou – disse Ana, olhando para baixo. Lucy percebeu o desgosto da amiga.

– Interessante... Ainda o ama, mas não quer voltar com ele.

– E passar pelas mesmas coisas? Muito obrigada.

– Está decidida mesmo, não é?

– Sim... Tenho que superar o que sinto por ele e seguir em frente.

– O problema de tentar suprimir um sentimento tão forte é que você pode suprimir algumas partes de você mesma.

– Eu sei. O que sinto por ele faz parte de mim desde a infância e cresceu junto comigo... É justamente por isso que eu preciso mudar.

– Como pretende fazer isso?

– O primeiro passo é aproveitar que as amarras foram soltas. Estou livre de compromissos, meu salário aumentou, sou jovem, sou adulta, dona de mim e tenho a melhor amiga do mundo inteiro morrendo de vontade de me levar à loucura – disse Ana, sorrindo.

Uma das garçonetes se aproximou da mesa das amigas.

– Posso retirar?

– Sim, claro, estou satisfeita – disse Ana.

– Eu também – disse Lucy. – Desculpe-nos pelo desperdício.

– Não se preocupe. Esta não é a primeira vez que sobra comida nos pratos e com certeza não será a última. – A garçonete sorriu.

– Prometemos comer tudo ou pedir menos da próxima vez – disse Ana.

– Se aquele amigo de vocês que come de tudo estivesse aqui, isso não aconteceria – disse a garçonete com um sorriso ainda mais amistoso.

– Então... O cappuccino estava uma delícia. – Lucy tentou desesperadamente mudar o foco da conversa ao perceber a expressão triste e irritada que Ana fez ao escutar o comentário da moça.

* * *

Golden Dollar. Noite de sábado.

O Golden Dollar era conhecido pelo seu ambiente aconchegante. Era escuro, quente, o layout permitia escolher entre mesas mais expostas ou mais reservadas com assentos estofados e até mesmo sofás, e tinha música ao vivo. Não havia palco para bandas, o foco era artistas solo ou duplas. O bar ficava no meio do salão e era circular como se fosse um quiosque no meio de uma piscina de resort. Lucy e Ana estavam sentadas em um sofá, uma ao lado da outra, observando as pessoas, comentando sobre elas, rindo enquanto relembravam fatos engraçados do passado. Próximo a elas estava uma mesinha onde deixavam suas bebidas. Enquanto Ana bebia seu segundo Sex on the Beach, Lucy ainda bebia seu primeiro Appletine.

Ana usava uma blusa fina de manga comprida branca, calça jeans preta, um sapato confortável e maquiagem discreta só para corrigir as recém-adquiridas olheiras. Não estava vestida para impressionar, queria apenas sentar e beber com a amiga em um lugar diferente. Lucy, por sua vez, usava um vestido vermelho um pouco acima do joelho. O decote não era dos mais reveladores, mas evidenciava que Lucy tinha o busto maior que o de Ana.

– Não acha a voz desse cantor fina demais? – perguntou Ana.

– Eu só achei suave, mas combina com o tipo de música que ele está cantando.

– Eu achei muito fina.

– Qual o problema com isso?

– Nenhum, eu só pensei que ele teria uma voz mais grave quando olhei para ele. Acho que esse tipo de voz, grave e rouca, é mais bonita.

– Isso depende do tipo de música que essa voz estiver cantando.

– Verdade... – disse Ana, ainda não satisfeita com a voz do cantor. – Eu gostei deste lugar.

– Eu só tinha vindo aqui uma vez.

– Faz tempo?

– Foi há algumas semanas. Vim com o Alessandro – disse Lucy, reparando na alteração do olhar de Ana.

– Só por curiosidade... Existe o risco de encontrarmos uma certa pessoa aqui? – perguntou Ana, preocupada.

– Eu não chamaria essa possibilidade de risco...

– Existe ou não? – Ana estava séria.

– Como eu vou saber? Ele é livre para ir aonde quiser.

– Se o virmos aqui, sairemos. – Ana bebeu um bom gole de sua bebida.

Ficou nítido para Lucy que sua amiga ainda se incomodava com Miguel e tudo que era relacionado a ele. Ainda não era a hora de abordar esse assunto com Ana, mas cedo ou tarde as duas teriam que conversar sobre o rapaz. Lucy já sentia muita falta dele, mas não teve muito tempo para pensar em uma forma de resolver a situação entre Ana e Miguel, pois foram abordadas por dois rapazes que se ofereceram para pagar bebidas a elas. Ana poderia jurar que já vira um deles, o mais alto, nos corredores da faculdade. Este, por sinal, era o mais bonito, tinha o cabelo arrepiado, uma boa figura física com braços e pernas definidos, mas sem exagero, e um sorriso charmoso. Vestia uma camiseta branca justa e calça jeans azul clara. Sentou-se ao lado dela. O outro se sentou ao lado de Lucy, que manteve uma ligeira distância dele. Usava uma camisa cinza de manga curta aberta por cima de uma camiseta preta e calça jeans azul. Era um pouco mais forte que o outro. Os rapazes se apresentaram como Tommy e Brian. Tommy de fato estudava com elas, estava no último ano. Brian era formado há um ano. Os quatro conversaram sobre coisas que costumam acontecer com quem faz faculdade, como dormir em pé no metrô, dormir no meio da aula, dormir nos intervalos das aulas, comer macarrão instantâneo, não lembrar o nome dos professores de sexta-feira... Riram bastante. Também falaram sobre a voz fina do cantor que se apresentava. Somente Ana parecia se importar com isso. Após um tempo conversando, os rapazes resolveram ir buscar mais bebidas no bar. As garotas ficaram sentadas aguardando-os.

– Por que aceitou que pagassem bebidas? – perguntou Ana.

– Não queria magoá-los recusando a oferta, além do mais, beber de graça é muito melhor.

– Nós trabalhamos e podemos pagar por nossas bebidas. Não precisamos de homens para isso.

– Relaxa, é só uma bebida... Homens adoram fazer isso.

– Será que não vão pensar que só porque nos pagaram bebidas terão direito de receber algo em troca?

– Possivelmente.

– E está tudo bem para você desse jeito? O que vão pensar de nós?

– Não ligo.

– Eles vão pensar que somos garotas fáceis que se pode comprar pagando bebidas.

– Ana, você está exagerando. Eles estão comprando bebidas, não alianças.

– Eu não sei...

– Olha, o que você achou do Tommy?

– Um cara legal... bonito.

– Só isso?

– Só.

– Tem a intenção de beijá-lo hoje?

– Não – disse Ana, com veemência.

– Então não tem problema deixar ele te pagar uma bebida. Funciona assim: quando houver um cara que você queira beijar, não deve deixar ele te pagar uma bebida, porque se te pagar uma bebida e depois te beijar, ele com certeza vai querer te pagar mais e receber mais, se é que me entende. Para os que você não quer beijar, deixe que te paguem bebidas, converse um pouco com eles, conduza a conversa de forma que fique claro que é só um sorriso que receberão em troca... Quando você os dispensar, eles não se sentirão tão mal, já que você aceitou a bebida e conversou um pouco. Deixar que te paguem uma bebida massageia o ego deles e faz a dor da rejeição ser menor.

– Você que inventou tudo isso?

– Sim.

– E funciona?

– Na maioria das vezes. Claro que existem exceções...

– Entendo.

– Tem certeza de que não está a fim de beijá-lo hoje? Ele é bonito.

– É bonito, mas não a ponto de me dar vontade.

– Talvez seja uma barreira mental sua, já que só beijou um cara na vida inteira.

– Você acha mesmo?

– Claro.

– Faz sentido – disse Ana. Sua expressão denunciava que ela teve uma ideia. – Eu acho que preciso testar isso.

– Não me diga que vai tentar beijá-lo?

– Ele não, mas quem sabe aparece algum cara interessante.

– Oh, meu Deus!!! Não acredito. Sempre sonhei com o dia em que sairíamos juntas para curtir com os gatinhos.

– Há uma grande possibilidade de ser apenas os drinques que tomei falando por mim neste exato momento, e eu com certeza me arrependerei disso quando acordar de ressaca amanhã, mas o que tem de errado nisso? Vamos nos divertir.

– Adorei esta nova Ana – disse Lucy, batendo palmas de leve.

– Eu sei. – Ana sorriu.

– Só para registrar, em toda a minha vida existiram apenas oito caras que eu disse que não beijaria de jeito nenhum... Seis deles eu acabei beijando tempos depois.

– Esses dois que sobraram deviam ser muito estranhos.

– Eram sim... E eu transei com eles.

– O QUÊ?

– Isso acontece com todo mundo... O garoto nerd e idiota de hoje pode ser o seu príncipe encantado e sarado de amanhã.

– Mas você disse que jamais beijaria um deles, muito menos fazer... aquilo...

– Chega de papo, eles estão voltando.

* * *

Os quatro continuaram conversando. Em menos de meia hora, Lucy conduziu a conversa para o final, conforme tinha dito para Ana. Os rapazes perceberam que não conseguiriam avançar em mais nada com as meninas e se retiraram amigavelmente, provavelmente à procura de outras. Quarenta minutos depois, outro rapaz abordou Ana. Era o negro mais bonito que Lucy já vira pessoalmente. Ana deixou que ele lhe pagasse uma bebida enquanto Lucy saiu discretamente para que ficassem à vontade. Dessa vez, ela pediu algo com limão. Não gostou muito do sabor e não conseguiu beber tudo. Assim como Lucy orientou, ela conduziu a conversa para o final.

– Qual era o problema dele? – indagou Lucy, aproximando-se de Ana.

– Muito chato. Não sabe desenvolver a conversa, não fala de qualquer assunto.

– Que pena, tinha um perfume bom.

– Tinha mesmo – disse Ana, que em seguida lançou um olhar para Lucy com sua sobrancelha erguida de forma acusadora.

– Por que está me olhando desse jeito?

– Você não está saindo com o Alessandro? Por que fica conversando com estranhos?

– E o que há de mal nisso? Só estou conversando. Me viu beijando alguém?

– Não.

– Eu também não te vi beijando... Vamos, apresse-se.

– Ok.

Uma hora depois, mais um rapaz aproximou-se de Ana. Era de longe o mais bonito do lugar, talvez em toda a noite não houvesse alguém com tanta beleza e charme naquele lugar. O cabelo era castanho-claro, com pouco volume dos lados e cuidadosamente penteado para cima. O rosto era liso, sem barba, olhos azuis, sorriso lindo e dentes brancos. Tinha um furo no queixo. Aparentava ser mais velho que ela, mas com certeza não tinha mais do que trinta. As costeletas eram grossas e combinavam com o contorno quadrado de seu rosto. Não era muito alto, mas era maior do que Ana. Até mesmo Lucy corrigiu a forma como estava sentada quando ele se aproximou. A voz era grossa e suave ao mesmo tempo. Lucy arrumou uma desculpa para sair e deixá-los a sós. Ficou no balcão do bar observando-os de longe. Ana tinha sorte, conseguiu chamar a atenção do cara que certamente fazia parte do top dez de Lucy para caras mais bonitos do mundo. Lucy torcia para que um beijo acontecesse a cada sorriso deles. Um rapaz aproximou-se dela e a cumprimentou, mas ela estava tão focada em Ana que sequer respondeu. Após certo tempo de conversa, o bonitão não tinha pagado uma bebida para Ana. Isso significava que ela queria beijá-lo e isso fazia a ansiedade de Lucy aumentar. Era nítido que Ana estava começando a descobrir como o mundo funcionava sem Oliver, mas, para a surpresa de Lucy, o rapaz se levantou e saiu. Ela pensou que talvez ele tivesse ido buscar algo, mas Ana virou para ela e fez sinal com o dedo para que voltasse. Lucy voltou.

– O que aconteceu? Por que ele foi embora tão rápido? – perguntou Lucy, enquanto se sentava.

– Graças a Deus ele saiu.

– Por quê?

– Ele estava com um mau hálito horrível... O pior que eu já senti – disse Ana, com cara de nojo.

– Não acredito!

– Além disso, as mãos dele eram feias, as unhas roídas... Não ia rolar.

– Ele era tão lindo...

– Maravilhoso, mas todos os prós não superaram os contras.

– Como se livrou dele?

– Ele disse que queria me pagar uma bebida, então eu fingi que já estava um pouco enjoada por ter bebido bastante e mostrei os nossos copos vazios, disse que bebi a maioria...

– Isso o assustou?

– Não... Deixe-me terminar.

– Ok.

– Então eu disse a ele que bastava de bebidas por hoje, mas que amanhã eu voltaria aqui, e se ele quisesse mesmo me pagar uma bebida, teria uma nova chance...

– E o que ele disse?

– Que não perderia essa chance por nada.

– Mas nós não vamos voltar aqui amanhã. Vocês não irão se encontrar.

– Essa é a ideia.

– Mas ele é uma graça...

– Você não sentiu o cheiro que senti... Se tivesse, me entenderia plenamente.

– Ok. Apesar do desperdício, tenho que admitir que estou surpresa com sua desenvoltura.

– E eu tenho que admitir que gostei de ver um monte de caras querendo me pagar bebidas.

– Pena que não beijou ninguém hoje.

– Não faltarão oportunidades...

– Certo. Vamos embora?

– Vamos. Se eu beber mais um pouco, não conseguirei levantar.

– Vamos continuar à procura de alguém para você beijar... Se ficar difícil, podemos leiloar seu beijo e a sua virgindade. Ficaremos ricas.

– Você já fez essa piada.

– Já?

– Já.

* * *

Prédio de apartamentos Rising Star, apartamento 37, começo da tarde de domingo.

Lucy trazia um copo de água e um comprimido para Ana, que estava sentada no sofá pequeno com uma tremenda dor de cabeça. Ambas haviam bebido praticamente a mesma quantidade de álcool na noite anterior, mas estava claro que uma tinha mais resistência do que a outra.

– O que eu faço quando até a minha respiração faz a dor na minha cabeça piorar?

– Por mais que dê vontade, não pare de respirar – disse Lucy, com um sorriso. – Pegue.

– Obrigada. – Ana pegou o comprimido, colocou na boca e bebeu toda a água do copo.

– Será que hoje eu consigo pintar ou você continuará monopolizando o quarto? – perguntou Lucy, sentando-se no sofá grande.

– Fique tranquila, o quarto é todo seu. Quero evitar fazer coisas que exijam que eu esteja de olhos abertos.

Ana aconchegou-se melhor no sofá e nele permaneceu de olhos fechados. Lucy pegou o celular e ficou conferindo suas redes sociais.

– Lembra da Betty Larson? – perguntou Lucy, sorrindo maldosamente.

– Lembro.

– Está loira agora... E gorda.

– Sério? Essa menina era, tipo, a garota mais bonita da escola.

– Terminei com o Billy quando peguei fotos dela nua no computador dele.

– Eu lembro disso também – respondeu Ana, fazendo uma careta de lamentação. – Você gostava dele de verdade...

– Foi o primeiro de quem realmente gostei, mas o desgraçado me traiu com ela... Adorei ver que essa piranha engordou.

– Ainda tem mágoa?

– Não é mágoa, é apenas apreciar quando a justiça é feita, mesmo com anos de atraso.

– Não posso te culpar. Eu tinha ciúmes dela também.

– Ela era da mesma turma do Oliver, não era?

– Mais que isso. Eram amigos... Eu odiava vê-los juntos.

– Você sempre ficava mal-humorada quando isso acontecia.

– Uma vez eu disse para o Oliver que ela beijou o Terry Graham, o cara que ele mais odiava em todo o mundo.

– Não acredito...

– Mas ele acreditou... Para me ajudar, a Betty e o Terry sempre estavam juntos também...

– Mas isso era porque eram representantes de sala.

– Digamos que eu consegui que Oliver os visse na hora certa, no lugar certo e pude narrar a cena de uma forma que me favorecesse... Ele ficou "decepcionado" com ela. Eu também dei um jeito para que ele descobrisse que seu ex-namorado tinha fotos dela nua no computador.

– Meu Deus... Eu vivo com um monstro maquiavélico da manipulação e não sabia disso.

– Eu não sou um monstro maquiavélico da manipulação. Naquela época eu era só uma garota apaixonada com medo de perder o garoto dos meus sonhos.

– Não dá no mesmo?

As duas riram. Ana voltou a fechar os olhos. Ainda estava difícil para ela mantê-los abertos. Então ouviram a porta bater.

– Não precisa levantar, Annie. Eu atendo.

– Eu sequer cogitei essa possibilidade.

Ana escutou Lucy abrindo a porta e depois a ouviu gritar.

– Meu Deus... QUE SAUDADE DE VOCÊ!

– Eu também.

– Como você está?

– Bem... E você?

– Ótima.

Ana abriu os olhos e sentiu uma gélida sensação percorrer seu corpo internamente no momento em que reconheceu aquela voz masculina. Ana virou-se para trás lentamente e o viu, abraçando e erguendo Lucy, ambos sorrindo. A ruiva o beijou várias vezes no rosto. Ana estava paralisada. Ela sempre achou que surtaria quando o visse novamente e era por isso que tentava evitá-lo, mas agora que o viu, não sentiu a raiva que já estava acostumada a sentir quando o assunto era Miguel. O rapaz usava uma calça jeans azul escura e uma blusa preta com touca do Black Sabbath.

– Oi, Ana – disse ele, ainda com Lucy em seus braços.

– O-Oi... – disse ela, virando-se e ficando de costas para eles.

– Tudo bem com você?

– Não.

– Desculpem se eu cheguei em má hora, eu não vou demorar, só vim devolver algumas coisas. – Ele carregava uma caixa.

– Poderia ter contratado um serviço de entregas como eu fiz – disse Ana, percebendo que a raiva e a irritação voltaram, ainda que tardiamente.

– Eu poderia sim, mas não quis correr o risco de deixar que algo quebrasse.

– Alguma das suas coisas quebrou?

– Sim.

– Me diz o valor que eu pago – disse ela, ainda de costas.

– Guarde seu dinheiro. Eu só vim aqui para te devolver o que é seu.

– Se é só isso, pode deixar tudo na mesa e ir embora.

Lucy e Miguel se olharam. O olhar triste de Lucy logo se transformou em um olhar de irritação.

– Ana, não fale desse jeito com ele.

– Eu falo do jeito que eu quiser.

– Não se preocupe, Lucy, se é o que ela quer, eu já estou indo embora.

– Fique paradinho aí, e você, malcriada, não fique de costas quando estão falando com você.

– Não irei me virar.

– Que seja... Eu não queria ter que fazer isso, mas vou fazer. – Lucy pegou sua chave, que estava na fechadura, e a chave de Ana, que estava no suporte de chaves da parede, correu, saiu pela porta rapidamente e a trancou. – DIVIRTAM-SE!

– Lucy, abra a porta, por favor – disse Miguel, batendo.

– Pare com essa brincadeira de mau gosto, Lucy... – disse Ana, andando em direção à porta, sentindo a cada passo sua dor de cabeça piorando.

– Lucy, não precisa fazer isso.

– Essa sua ideia é em vão. Eu não vou falar com ele... Eu nunca mais irei falar com ele. Desista.

– Lucy, me tire daqui, ela está me assustando.

– Eu estou assustando você? – Ana irritou-se.

– Tem muitas facas aqui dentro, ruiva, estou com medo de ser assassinado – disse ele, ignorando-a e continuando com a provocação.

– Suas piadas já foram melhores, sabia?

– Voltou a falar comigo?

– Não.

– E o que está fazendo agora? – Ele sorriu.

– CALADO!

Apesar dos apelos de Miguel e Ana, Lucy não respondeu a nenhum deles. Era como se ela os tivesse trancado e ido embora. Sem muitas opções e sem vontade alguma de danificar a própria porta, Ana voltou para o sofá, bufando de raiva. Miguel ficou de pé coçando a cabeça. O clima era tenso... Ambos pareciam estranhos um para o outro.

– Posso ao menos me sentar?

– Não aqui na sala... Tem lugar na cozinha.

– Está me odiando agora, não é?

– O que você acha?

– Eu gostaria que conversasse comigo sobre isso, somos adultos.

– Eu não quero conversar com você. Foi tudo culpa sua... Tudo.

– Ok. Por tudo que foi culpa minha, será que um dia você vai me perdoar?

– Não.

– Sério? Eu te fiz tanto mal assim?

– Fez.

– E quanto a nossa amizade? Tudo aquilo que passamos e fizemos um para o outro? Nada disso importa mais? Vai jogar tudo fora?

– Foi você quem jogou tudo fora.

– Tem mesmo certeza de que não vai me perdoar?

– Tenho.

– Sabe... – disse ele, suspirando. – É uma pena que você pense assim. Quer ter raiva de mim? Fique à vontade... Eu queria muito resolver as coisas entre nós, queria te explicar melhor, saber se poderia me entender e tentar salvar algo da nossa relação, mas infelizmente você não quer e já vi que não adianta ficar implorando, não é?

– Até que você não é tão burro. – Ela se arrependeu assim que terminou de falar.

– Estou me sentindo um idiota por ter ficado tão mal nessas últimas semanas... De que adianta me preocupar com uma pessoa que me odeia?

– Então não se preocupe mais comigo, já sou crescida. – Engasgou.

– Mas eu não consigo, droga! – disse ele, caminhando na direção de Ana, ainda de costas. – Eu queria muito não me preocupar com você, ser indiferente, mas não consigo! Eu gostaria de poder te odiar também, mas só consigo ME odiar por ainda gostar de você.

– Pare de...

– Não me entenda errado... – ele a interrompeu. – Quando digo gostar, é como AMIGO... Eu posso não ser um gênio como a Lucy, mas sei quando desistir. Acontece que não era só aquilo que eu sentia por você, eu sentia admiração, carinho, respeito...

– Não foi isso que você me disse naquele dia.

– Você não me deixou dizer tudo o que eu queria naquele dia.

– E você não deveria ter dito coisa alguma.

– Como seu amigo, eu te devia a verdade. O que prefere, viver uma ilusão ou saber a verdade?

– Não me venha com frases prontas de efeito, eu não caio mais nessa.

– Olha... Eu não acredito que me odeie tanto, embora eu tenha noção do que fiz. Tudo bem você ficar brava comigo, eu até aceito ser o seu bode expiatório... Coloque a culpa de tudo em mim. Eu não ligo. Mas ódio... Não acha exagero?

Ana não respondeu.

– Eu quero seguir em frente... – ele continuou. – Foi para isso que vim aqui. Queria saber se poderíamos esclarecer as coisas e resolver a nossa situação. Acho que até você precisa disso. É importante resolver uma situação antes de iniciar a próxima.

– Este bordão está velho... Não pode bolar algo melhor? – ironizou.

– Eu aprendi essa frase com a minha mãe, mas isso pouco te interessa, não é? – A voz dele denunciou uma repentina irritação. – Se é assim que vai ser, por mim tudo bem. Minha consciência está tranquila porque fiz o que pude, mas é difícil conversar como adulto com uma menina de treze anos.

– Está dizendo que sou imatura? – questionou Ana, dessa vez virando e olhando para ele.

– Estou dizendo que você não vale a pena... Com licença. – Miguel caminhou até a mesa, rápido, bravo, e sentou-se em uma cadeira de costas para a sala. Ele subiu a touca de sua blusa e apoiou os braços cruzados na mesa. Sua respiração forte denunciava sua irritação. Ao seu lado, viu o bloco de notas de Ana, com o desenho de um rosto que parecia o dele, mas com um nariz enorme e um par de chifres de demônio.

– Não fale assim comigo... – Ana levantou-se e foi em direção a ele. Miguel não respondeu. – Estou falando com você, responda.

Com um olhar sério e meneando negativamente a cabeça, Miguel demonstrou que não estava mais a fim de conversar. Não satisfeita, Ana avançou e puxou a touca do rapaz, descobrindo sua cabeça.

– Não use touca dentro do meu apartamento.

Olhando para ela, Miguel lenta e provocativamente levantou a touca novamente.

– Já disse, não use touca dentro do meu apartamento. – Ana tentou puxar a touca novamente, mas foi interrompida por Miguel que, em um movimento muito rápido, segurou seu braço e levantou-se da cadeira. Ficaram de pé, um de frente para o outro.

Miguel a olhou nos olhos e começou a se aproximar lentamente. Ana estava surpresa. Reparou que a mão dele estava quente, que novamente tinha hálito de menta e que usava um novo perfume, muito bom por sinal. Ele manteve seu olhar fixo nos olhos dela e, por mais que tentasse demonstrar algum tipo de reação, a garota estava paralisada. Rendida. Por fim, ele soltou o braço dela e caminhou em direção à porta, dando-lhe as costas novamente.

– V-Você me machucou.

– Não exagere. Eu não apertei com tanta força.

– Não estou falando do braço... – disse ela, com a voz trêmula.

– Eu já pedi desculpa. O que mais quer que eu faça?

– Eu não sei. – Ana sentou-se na cadeira em que Miguel estava, confusa e tremendo. Ela tentou segurar o choro o máximo que pôde, mas percebeu lágrimas escorrendo de seu rosto. Enxugou-as sem que ele percebesse, pois ainda estava de costas.

De repente, os celulares de ambos receberam uma mensagem. O de Ana estava na mesa de centro da sala e o de Miguel em seu bolso. Ele o pegou.

– Mensagem da Lucy – disse ele. – É um áudio.

* * *

– "Vocês só têm mais dez minutos aí, depois disso eu passarei a chave da Ana por debaixo da porta e estarão livres... Eu espero que se resolvam. Eu te adoro, Miguel, e te amo, Annie, por favor, não tirem um ao outro de mim. Ah... Só para registrar, acho que vou passar o resto do dia fora, pois acho que você estará muito brava comigo, Annie... Beijos, amigos. Aproveitem seus últimos minutos."

* * *

– Ótimo. Só mais dez minutos – rosnou Miguel, provocando.

– Maravilha – sibilou Ana, provocando de volta.

Cinco minutos depois, Ana estava sentada no sofá, de costas para Miguel, que estava em pé, encostado na parede ao lado da porta. O coração de Ana parecia que ia explodir de tão acelerado que estava. No início ela não estava com raiva, adorou vê-lo, sentia falta dele, mas então, quando ele começou a falar, ela não conseguiu controlar uma raiva que ela não sabia de onde veio. Sem perceber, ela estava brigando com ele, quando na verdade queria abraçá-lo, assim como Lucy fez. Por que ela não conseguia se expressar corretamente? Ela gostaria muito de voltar a conversar normalmente com ele, mas sabia que nunca mais voltariam a ser o que eram um para o outro, pois ele havia confessado estar apaixonado por ela e não tinha noção do quanto isso a afetou, do quanto a prejudicou. Quando Miguel perguntou o que mais ela queria que ele fizesse além de desculpar-se, Ana realmente não soube responder. Ao mesmo tempo que queria que ele fosse atropelado por um ônibus, desejava que ele se sentasse no sofá ao seu lado e contasse o que fez durante esse último mês em que não se viram. Ao mesmo tempo que queria que ele saísse em um carro de desfile do Quatro de Julho gritando no microfone que era o culpado por toda a desgraça que fora esse último mês, desejava pedir desculpas, de joelhos, pelo que fez e pelo que estava fazendo... Apesar da mágoa, ela não o odiava. Apesar de sentir falta de Miguel, ela preferia morrer a ter que assumir que também havia errado. Apesar da mágoa e do orgulho, ela definitivamente não o odiava.

– Eu não te odeio... – disse ela, em voz baixa.

– O quê?

– EU NÃO TE ODEIO!!! – gritou, correndo para o seu quarto e trancando-se.

Miguel deu dois passos em direção ao quarto, mas parou ao ouvir a porta abrindo. Era Lucy.

– O que está acontecendo?

– Eu não sei... Mas agora estou feliz – disse ele, sorrindo e surpreso.

– Está feliz porque ela disse que não te odeia?

– É... Você estava encostada na porta escutando tudo, não estava?

– É obvio que ela não te odeia, só não está sabendo lidar com as coisas que estão acontecendo agora, e sim, eu estava atrás da porta.

– Eu sabia... – disse ele, mais para si mesmo do que para Lucy.

– Não vai lá falar com ela?

– Não.

– Só saber que ela não te odeia já te basta?

– Na verdade... Eu só queria que ela soubesse. E que soubesse que eu também sei...

– Hã???

– Até mais – disse ele, beijando-a no rosto e se despedindo.

Lucy o observou saindo pela porta e descendo as escadas. Tinha algo diferente em Miguel. Estranhamente, ele estava sereno e não mais tão afobado quando antes.

Lucy caminhou até o quarto trancado e bateu na porta, mas Ana não respondeu; ainda assim, pôde ouvir a amiga chorando.

* * *

Na segunda, terça e quarta-feira, Ana mal falou com Lucy. Ela estava irritada com o que a amiga tinha feito. Evitava falar sobre Miguel e como seriam as coisas com ele dali em diante. Lucy disse que não queria mais evitar o contato com o rapaz, já que quem tinha problemas com ele era Ana, não ela. Ana irritou-se ainda mais e exigiu que a amiga ficasse do seu lado, mas imediatamente recebeu uma resposta cujas palavras ecoaram em sua cabeça durante a quinta e sexta-feira. "Você precisa entender logo o que está sentindo... Ame-o, odeie-o, escolha um. Eu não preciso ficar do seu lado ou do dele, porque a única pessoa que se enxerga em um lado oposto é você. Se dependesse dele, estaríamos os três aqui, juntos, nos divertindo. Não é isso que você quer no fundo do seu coração? Não acha que quando eu, que estou de fora, sei mais dos seus sentimentos do que você mesma é porque tem algo de muito errado contigo?"

Ana não respondeu no dia, a própria Lucy desculpou-se em seguida por talvez ter exagerado, mas isso não mudava o fato de que tais palavras permearam os pensamentos de Ana e a fizeram enxergar a verdade.

Ainda na sexta-feira, Lucy e Julia saíram com Miguel e Alessandro. Foram jogar boliche e depois passaram em um bar. Ana ficou em casa, disse que pintaria durante a noite inteira, mas mal começou. Ela não tinha inspiração para pintar, não tinha vontade de assistir a seus filmes, sequer terminou sua taça de vinho, sua bebida favorita.

Lucy chegou por volta das duas da madrugada, largou a bolsa no sofá, tirou os sapatos, bebeu água e viu que Ana não estava pintando. Chegou ao quarto e a viu coberta até a cabeça. Lentamente ela separou sua roupa de dormir tomando muito cuidado para não fazer barulho. Não que isso fizesse diferença.

– Você se divertiu? – perguntou Ana, ainda totalmente coberta.

– Pensei que estivesse dormindo.

Após alguns segundos calada, Ana perguntou novamente:

– Você se divertiu?

– Sim.

– Ele foi mesmo?

– Não queria no início, mas depois nós o convencemos.

– Ele finge bem.

– Não diga isso... Você sabe que ele não é assim.

– Eu sei... Só estou implicando.

– Ainda não sabe o que sentir por ele?

– Não.

– Sabe o motivo de ele não querer sair conosco a princípio? – disse Lucy, sentando-se na cama da amiga. – Ele disse que não se sentia bem em sair com todos nós sabendo que você estava aqui sozinha.

– Mesmo assim ele saiu, não saiu? Ou será que o levaram em uma camisa de força e algemado?

– Nem todo mundo lida com seus problemas trancando-se no quarto.

– E para onde eu deveria ir sozinha? – indagou Ana, colocando a cabeça para fora dos cobertores. As marcas em seu rosto denunciavam que havia chorado.

– Se dissesse que queria sair hoje, eu não teria saído com eles. Você sabe disso...

– Então saia comigo amanhã... Eu preciso me distrair, preciso me divertir.

– Tudo bem. Mas lembre-se, distração e diversão aliviam, mas não resolvem o seu problema. Se quiser viver à base disso, trate de arrumar um emprego que pague melhor, pois são coisas caras...

– Eu sei... É só amanhã. Eu quero aproveitar muito, vou me divertir, dançar, beijar... Você vai se divertir também.

– Ok. Nós vamos.

– Obrigada – disse Ana, sentando na cama e abraçando a amiga.

– Estou preocupada com você... – disse Lucy, beijando a testa de Ana.

– Eu também... Está tudo dando errado. EU estou fazendo tudo errado. Até com você eu estou brigando.

– Não se preocupe comigo, eu sou durona e sei que nesse último mês você passou pelo inferno.

– O Oliver me ligou e mandou mensagens várias vezes hoje.

– Atendeu ou respondeu alguma vez?

Ana não falou, apenas meneou a cabeça negativamente. Lucy pensou em falar todas as coisas que achava que deveria, mas esse não era o momento. Ana estava muito fragilizada, havia o perdido muito recentemente e estava sendo derrotada na batalha contra o sofrimento, caindo em um buraco de tristeza e amargura do qual Lucy não se considerava capaz de salvá-la.

Na noite seguinte, madrugada de sábado para domingo, as duas garotas entravam discutindo e nervosas no apartamento 37 do prédio de apartamentos Rising Star.

– Da próxima vez eu irei sozinha. – Ana jogou com força a bolsa no sofá.

– Foi você quem me chamou, eu não me ofereci. – Lucy trancou a porta.

– Ótimo, não te chamarei mais. – Ana agora tirava os sapatos e caminhava descalça para o quarto.

– Que pena... Não me poupe do prazer de sair com você e de sua nuvem carregada de estresse. – Lucy a seguiu até o quarto.

– Seria menos carregada se você parasse de criticar tudo o que eu falo.

– Claro... Você passou a noite inteira reclamando de tudo.

– Eu não reclamei, só fiz observações. – Ana separou suas roupas de dormir e uma toalha.

– Observações? – Lucy bufou. – Você reclamou de absolutamente tudo.

– Qual o problema, eu não tenho o direito?

– Você tem é que parar de fugir e resolver os seus problemas... Com os dois.

– Eu quero que aqueles dois explodam junto com a Inglaterra e o Brasil.

– Não, você não quer.

– Certo, eu não quero, mas também não quero ouvir você dizendo que eu estou errada.

– Não disse que está errada, eu disse que você tem uma parcela de toda a culpa – argumentou Lucy, prostrada na frente da porta do quarto, impedindo que Ana fosse ao banheiro.

– Eu sou a vítima, esqueceu?

– Não use isso como justificativa. Não consegue perceber que só você pode resolver os seus problemas?

– Não... Se eu pudesse resolver os meus problemas, eles já estariam resolvidos.

– Converse com o Miguel, Ana...

– MIGUEL??? Como conversar com ELE vai resolver os meus problemas?

– Cale a boca e me escute por cinco minutos... Se eu não te convencer, eu juro que nunca mais me meto nas suas coisas.

Ana ficou encarando Lucy, sua respiração forte e pesada indicava que o coração estava acelerado. Disposta a acabar com essa discussão e com as possíveis futuras, Ana concordou com a cabeça.

– Você tem cinco minutos. – Ana sentou-se na cama.

– Serei breve. Vou listar algumas de suas reclamações: calda da panqueca doce demais, voz fina demais para um cantor, cara chato que não sabe desenvolver uma conversa, bebida com limão ruim, cara com mau hálito e mãos feias, hoje tinha um cara gordo demais, outro que era magro demais... Tudo tem defeitos para você, mas o ponto em que quero chegar e você tem que prestar MUITA atenção é: Miguel pedia que a calda da panqueca fosse de chocolate amargo e que elas estivessem bem passadas, a voz dele é grossa quando fala e rouca quando canta, sabemos como é divertido conversar com ele, sabe usar limão muito bem nas bebidas, em todas as vezes que conversei de perto com ele eu senti um cheiro bom de menta que me faz pensar que ele tem um estoque de balas em casa, nós duas já comentamos que as mãos dele são bonitas, grandes e sabemos que ele não come as unhas e que está em ótima forma... Existem vários outros itens que observei, mas acho que não preciso falar mais.

– Você está insinuando...

– Que você só gosta das coisas que ele tem ou faz... – disse Lucy, interrompendo-a. – Você sente falta dele. Assuma isso.

Ana ficou olhando-a com a mesma expressão de antes. Após alguns segundos, sem sequer piscar, respondeu:

– Seus cinco minutos estão acabando.

– Então acho que terei que apelar... – Lucy reparou que a expressão sisuda de Ana alterou-se levemente para uma expressão de insegurança. Era hora do ataque. – Sabia que o Miguel está te ajudando até mesmo agora que você não fala com ele? Sabe como? Deixando-se ser o "culpado" pelo seu término com o Oliver.

– Mas ele é o culpado...

– Estamos nos MEUS cinco minutos, fale quando for a sua vez.

Ana ficou calada, mas Lucy sabia que estava sendo xingada em pensamentos. Mesmo assim, continuou:

– Acha mesmo que ele é o culpado? Lembro que me disse que o fato de ele ter confessado estar apaixonado te deixou confusa e te fez cobrar Oliver em excesso, que se Miguel não tivesse contado isso, você não estaria tão abalada e talvez não explodisse com seu noivo... Eu queria rir na primeira vez que ouvi isso, mas em respeito a você eu não fiz isso.

– Rir de quê? Ele FOI o culpado – disse Ana, firme. – Oliver me amava e eu terminei com ele porque estava muito confusa graças ao que o Mi...

– Não faça isso, por favor – interrompeu Lucy. – Não se engane, Ana, você não é tão burra. Se o idiota do Oliver te ama tanto, o que ele está fazendo na Inglaterra até agora, um mês depois do término?

– Ele me manda mensagens quase todos os dias, não importa o quanto eu o ignore ou peça para parar.

– Coitadinho... – debochou Lucy. – Pense comigo... Se o Miguel não tivesse feito o que fez, ainda assim o Oliver te faria aquela mesma proposta logo em seguida, não faria? Responda-me com sinceridade... Você teria aceitado?

– Isso é ridículo – disse Ana, sorrindo ironicamente.

– Teria ou não teria aceitado?

– NÃO TERIA.

– ENTÃO QUAL É A CULPA DO MIGUEL?

– EU NÃO SEI. – Ana jogou suas roupas e toalha no chão.

– Ele foi honesto com você, mas você o tratou mal. – Lucy gesticulava bastante com as mãos. – Olhe nos meus olhos e diga que estou errada...

– Não quero – disse Ana, deitando-se em sua cama, cobrindo-se até a cabeça e chorando.

– Não foi você que correu atrás do Miguel e disse para ele que assumiria toda a responsabilidade pelo que de bom ou ruim acontecesse entre vocês? Se me lembro bem, ele não queria ser seu amigo, não queria te ver mais... Foi você que o convenceu usando esse discurso. ONDE ESTÁ AQUELA RESPONSABILIDADE AGORA?

– JÁ CHEGA!!! – O grito foi abafado pelo cobertor, mas era nítido que ela usou bastante força.

– Eu sei que você está sentindo falta dele – disse Lucy, mais amena, após respirar fundo.

– Não sabe.

– Está escrito na sua cara... Vá falar com o Miguel. Faça o que é certo para a pessoa que sempre fez o que era certo para você, antes que seja tarde demais.

– T-Tarde demais?

– Semana passada eu senti que ele estava diferente. Parecia muito empenhado em acertar as coisas com você, ou pelo menos chegar perto disso. Conversei com a Julia, que é a pessoa mais próxima dele atualmente, e ela me contou que nesta quarta-feira... – Lucy pausou.

– O que tem esta quarta-feira? – perguntou Ana, colocando o rosto para fora.

– Ele voltará ao Brasil...

– O quê?

– Quando saímos ontem, foi para fazer uma despedida. Nosso amigo vai embora, Ana. Ele está feliz por saber que você não o odeia, mas você não acha que ele merece mais que isso?

Ana abaixou a cabeça. Lucy viu mais uma lágrima correr por seu rosto. Após segundos calada, Ana respondeu:

– Que faça boa viagem, então.

– Sim, desejo a melhor viagem possível... Para o melhor amigo do mundo inteiro.

– É disso que eu te chamo – disse Ana, voltando a olhar para Lucy.

– Eu sei... E é assim que deveria chamá-lo também.

– Seus cinco minutos acabaram. – Ana voltou a cobrir a cabeça.

– Estou com muita pena de você, Ana... E a pior parte é que sei que terei ainda mais motivos para isso a partir de quarta-feira.

Lucy saiu do quarto e foi para a sala. Reparou que Ana chorava por baixo do cobertor. Seu coração estava partido por ver a situação de sua amiga. Ela estava em queda livre no abismo emocional do qual, mais do que nunca, Lucy sabia não ser capaz de puxá-la de volta.

* * *

Brazilian Taste. Tarde de terça-feira.

Miguel estava na cozinha conversando com Dilermando Lafaiete, um dos chefs cujas aulas ele mais gostava. O robusto francês de cinquenta e cinco anos e mais de trinta de experiência observou bem o lugar, desde a fachada do prédio até o fundo de cada panela. Ele sempre exigiu a perfeição em tudo o que fazia e não estava muito contente com o que estava vendo.

– Então, este é seu local de trabalho... Brazilian Taste – disse o chef, saindo da cozinha.

– O que achou, chef? – Miguel o seguia.

– Quando experimentei a sua comida, imaginei que este lugar fosse muito melhor. Existem muitas coisas que você pode melhorar aqui, como instalações, equipamentos, capacitação dos profissionais... É um verdadeiro milagre conseguir cozinhar tão bem.

– Obrigado... eu acho – disse Miguel, que por mais que o conhecesse há meses, ainda não estava acostumado com sua franqueza.

– Pretende passar o resto da vida aqui? – perguntou Lafaiete, coçando sua cabeça que há anos já não tinha mais cabelos.

– Só se contasse com sua ajuda para melhorar o lugar.

– Existem coisas que não podem ser melhoradas o suficiente para que o esforço valha a pena... Algumas vezes, o correto é reconstruir, começar do zero.

– O que quer dizer?

– Que este restaurante precisa de muito mais do que você pode imaginar ou prover, acredite em mim... O Brazilian Taste nunca será mais do que é hoje. – Lafaiete olhou ao redor, ilustrando seu ponto de vista.

– Ainda bem que minha tia não está aqui. Não gostaria de vê-la nervosa.

– Espero que não me entenda mal... Não quero desrespeitar sua tia nem estou dizendo que irão fechar as portas, apenas que não há margem de crescimento e que seria um desperdício se você ficasse aqui para sempre.

– Eu acho...

– O prédio tem potencial... – Lafaiete o interrompeu. – Mas seria necessário muito dinheiro para prover as outras necessidades. Seria loucura investir aqui. Você, por outro lado, está quase pronto. Só precisa de mais confiança, ousadia e oportunidade.

– Com qual dos três eu deveria me preocupar mais?

– Isso varia, mas antes é preciso resolver o que quer que esteja acontecendo com você agora... Não me parece muito feliz.

– Está tão nítido?

– Quase tanto quanto o fato de este lugar não ter futuro.

– Graças a Deus que minha tia não está aqui.

– Desculpe...

– Mas o senhor está certo... Tem mesmo algo me incomodando.

– Dinheiro, saúde ou amor?

– Com qual dos três eu deveria me preocupar mais? – perguntou Miguel, sorrindo e fazendo o chef sorrir também. Não era sempre que Dilermando Lafaiete sorria. Vê-lo assim era um privilégio para poucos.

– Isso também varia, mas o amor com certeza é uma questão bem mais complexa, pois é uma força da natureza... Ele pode te alçar ao céu ou te soltar em uma queda livre rumo ao inferno.

– Palavras de alguém que foi para um desses lugares?

– Palavras de alguém que parou entre eles... – O velho chef colocou a mão no ombro de Miguel. – Quer um conselho, filho?

– Claro.

– Lute pelo amor da sua vida. Se houver êxito, será feliz para sempre. Se não houver, seu coração será dilacerado, porém, com a ajuda do tempo, irá se recuperar um dia... Tente ir para o céu, ou simplesmente vá para o inferno... – Ambos sorriram. – Faça do amor um motivo para rir ou para chorar, defina o papel dele em sua vida, mas em hipótese alguma faça dele uma incógnita, um motivo de dúvida. Se fizer isso, ficará careca, gordo, sozinho e amargurado como eu...

– Falando assim, parece que o senhor não liga para todas as suas conquistas... Tudo o que o seu nome representa.

– Tudo o que eu tenho hoje é resultado do meu dom na cozinha, o mesmo dom que você tem. Eu torço para que você desenvolva ao máximo, pois se tudo em sua vida der errado como aconteceu comigo, ainda lhe restará ao menos isso... Mas saiba que eu trocaria tudo, absolutamente tudo que tenho, por um amor que perdi anos atrás. Lembre-se disso, filho.

– Obrigado, chef.

– Quando eu voltar à França ano que vem, com certeza entrarei em contato com você... Não sei como estarão sua confiança e ousadia até lá, mas sua oportunidade estará em minhas mãos. Espere pelo meu convite.

Miguel agradeceu novamente e o acompanhou até a saída.

* * *

Quarto de Miguel. Fim de tarde.

Miguel estava fechando a última de suas malas. Por mais que ele tivesse uma lista mental de tudo o que iria precisar, o processo demorou muito mais do que ele pensou. Durante todo esse tempo, ele praticamente acabou com o pacote de balas de menta que tinha no quarto e não poderia se esquecer de comprar mais antes de partir... O rapaz estava muito ansioso em voltar para o Brasil depois de tanto tempo. O quanto será que as coisas haviam mudado? Os velhos amigos estariam esperando por ele? Rever sua família seria tão difícil quanto da última vez? Resolver as questões legais era tão desgastante quanto todos diziam ser? Eram muitas questões. Felizmente, ele estava saindo dos Estados Unidos sem pendências. Obviamente nem tudo acontecera como esperava, mas ele havia se imaginado partindo em uma situação pior, então ainda se sentia no lucro.

Agora era hora de esquecer este país por um tempo e concentrar-se em sua terra natal. Seu voo partiria no dia seguinte, às oito horas da manhã, do aeroporto JFK. Já havia feito todas as despedidas que queria – no curso, com a família no Brazilian Taste, com os amigos no final de semana passado, com seu chef e professor preferido... Faltou apenas uma pessoa.

Ele deitou-se em sua cama, pegou o celular e adicionou algumas músicas em uma nova playlist que criou chamada "Sofrimento". A primeira música era "Mama I'm Coming Home", do Ozzy Osbourne. Ele começou a cantar baixo. Sentiu o celular vibrar em sua mão durante a execução da música, e quando olhou na tela viu o alerta de que havia recebido uma mensagem de Ana. Ele imediatamente interrompeu a música e verificou o conteúdo da mensagem.

* * *

Ana: Oi.
Miguel: Oi... Tudo bem?
Ana: Viaja amanhã de manhã?
Miguel: Sim.

Ana não respondeu. Dez minutos depois, Miguel já havia voltado a escutar sua playlist. A música era "Broken", de Seether e Amy Lee. Novamente o celular vibrou indicando uma nova mensagem recebida. Miguel conferiu prontamente.

Ana: Está decepcionado comigo?
Miguel: Não.
Ana: Chateado?
Miguel: Não.
Ana: Está me odiando de alguma forma?
Miguel: Pare com isso, Ana... Você sabe que é impossível que eu te odeie.
Ana: Mas eu fui tão má com você...
Miguel: Agora isso não importa mais.
Ana: Importa para mim. Eu queria acertar as coisas entre nós.

Miguel: Já estão certas. Você não me odeia e isso é o bastante para mim. Não posso exigir mais que isso de você depois de tudo pelo que você passou.

Ana: Esta viagem... Foi por causa disso que foi ao meu apartamento?

Miguel: Sim. Devolver as coisas foi só um pretexto. Eu queria ter a chance de conversar com você mais uma vez antes de partir.

Ana: Eu fui horrível com você naquele dia.

Miguel: Já disse que estou satisfeito em saber que não me odeia. Fique em paz.

Ana: Se nos encontrássemos de novo, deixaria que eu me desculpasse?

Miguel: Se você acha que precisa disso, claro que sim, mas eu não quero que pense que me deve alguma coisa. Nossa amizade foi incrível! Se não podemos mantê-la, quero ao menos lembrar que ela foi uma das melhores coisas da minha vida.

Ana: Droga... Pare de falar essas coisas. Está me fazendo chorar.

Miguel: Me desculpe.

Ana: Eu queria muito me desculpar pessoalmente com você, mas, como já aconteceu uma vez, parece que o nosso próximo encontro será ao acaso, Mas eu quero que você saiba de uma coisa...

Miguel esperou por cinco minutos. Ele releu a mensagem sete vezes, em todas elas ficou com a impressão de que havia um gancho para um complemento.

Miguel: O que é que eu tenho que saber?

Ana: ...

A resposta indecifrável de Ana aguçou ainda mais a curiosidade de Miguel. Enquanto tentava descobrir o que se passava na cabeça dela, alguém bateu na porta. Com um grande impulso ele levantou-se da cama e correu. Se a sua vida fosse um livro ou um filme de romance, a pessoa atrás da porta seria Ana, com o celular na mão, pronta para abraçá-lo, mas essa era a vida real... Era impossível que fosse ela... Ou será que não?

- *Oi...* - disse Miguel, surpreso por ver quem estava do outro lado da porta.

– *Você está mesmo misturando português com inglês, né?*

– *O que você quer, Alê?* - perguntou, murchando.

– *Vim aqui te entregar umas coisas suas.* – Alessandro mostrou para Miguel algumas sacolas cujo conteúdo não era possível ver.

– *O que é isso?* – perguntou Miguel, fuçando. Eram os DVDs de pornografia que ambos haviam juntado desde que passaram a morar na mesma casa. – *Não vou levar isso em um avião, tá louco?*

– *Eu não sei como aconteceu, mas minha mãe os achou no meu quarto, ameaçou queimá-los e me dar uma surra se eu não me livrasse deles até o fim de semana. Você sabe que ela é mesmo capaz de fazer isso... Se você quer me salvar e salvar este nosso tesouro, leve-os para o Brasil.*

– *Cara...*

– *Eu não tenho coragem de me livrar deles e você sabe muito bem que mais da metade disso é seu. Quebra essa, vai. Você pode usá-los lá...*

– *Tá... Vou ver o que posso fazer.*

Miguel fechou a porta, pegou as sacolas e as escondeu na parte de trás do guarda-roupa, perto da cama. Enquanto pensava no que fazer com seus DVDs, seu celular vibrou.

Ana: Queria que soubesse que você é o melhor amigo do mundo inteiro.

Miguel: Estou muito feliz por ler isso. Você também é.

Com um sorriso, ele pensou na esperança que teve de que fosse Ana batendo na porta. Era ridículo pensar que coisas assim poderiam acontecer na vida real. Antes que seu sorriso sumisse, alguém bateu na porta novamente. Ele virou-se, pegou na maçaneta e jurou que, se fosse Ana desta vez, nunca mais assistiria a um dos filmes que estavam nas sacolas que ele acabou de esconder. Ele abriu a porta.

- Olá.

- *Pare de cumprimentar em inglês... Não abandone suas origens.*

- *Você de novo, Alê?*

- *Eu tinha esquecido este.*

- *Tá... Some.* - Novamente frustrado, ao menos o consolava pensar que não precisaria cumprir sua promessa quanto aos filmes.

* * *

Minutos depois, Miguel estava no teto do Brazilian Taste com as sacolas cheias de DVDs. O plano era escondê-las no pequeno cômodo que lá havia e que servia para guardar ferramentas e todo tipo de objeto de rara utilidade. Sua tia nunca visitou aquele lugar. Só quem o fazia era Alessandro, Ricardo e o próprio Miguel quando havia necessidade. Antes de abrir o cômodo, ele caminhou para uma das beiradas para observar mais uma vez o pôr do sol, o último antes de sua viagem. Ele observou o movimento das pessoas, dos carros, o barulho que faziam e percebeu o quanto estava acostumado com sua nova vida nos Estados Unidos. Era ruim pensar em voltar ao Brasil pelos motivos que tinha, pior ainda era perceber que não tinha vontade de voltar à sua vida antiga. Miguel pensou em certas coisas de seu passado. Sempre doía quando ele fazia isso.

- Você tinha razão... O pôr do sol visto daqui é maravilhoso.

- Ana!? - disse Miguel, virando-se para trás e vendo-a passando pelo último degrau da escada.

- Sabe do que eu mais gosto no acaso? Nós podemos forçá-lo a acontecer quando não queremos esperar - disse Ana, caminhando lentamente na direção do rapaz. Ela estava feliz por conseguir vê-lo, e ele notou pelo sorriso lindo que ela exibia no rosto.

Miguel deu um passo na direção da garota, mas lembrou-se do que segurava em suas mãos e pensou que preferia morrer a deixar que Ana visse. No impulso ele soltou as sacolas, que caíram da beirada e foram até o chão da rua sem que ele percebesse. Continuou a caminhar na direção dela. Ambos aceleraram um pouco mais, e depois mais, e mais... Eles correram um para o outro até se encontrarem, abraçando-se. Miguel a ergueu e começou a girar no ar. Sorrindo, Ana dobrou as pernas e abriu os braços sentindo a brisa refrescante. Após alguns giros ele parou. Ana voltou a pisar no chão. Olharam-se. Estavam com saudade de estar perto um do outro. Miguel olhou para o lado onde o sol se punha e foi seguido por Ana. Ficaram abraçados acompanhando o pôr do sol sem falar nada por alguns segundos.

– Eu queria te trazer um presente de despedida, mas não tive tempo, saí mais cedo do trabalho e vim correndo para cá.

– Este é o melhor presente que eu poderia ganhar.

– Está usando a camiseta que eu te dei – disse ela, ao reparar na camiseta da banda Disturbed.

– É a minha preferida.

Ana reparou mais uma vez que dele vinha um cheiro gostoso de menta, que sua voz era grossa e suave ao mesmo tempo, as mãos dele que estavam em sua cintura eram grandes, realmente bonitas, seu corpo era forte e firme... Ela o olhou nos olhos, ele já a olhava. Por alguns segundos ela sentiu que não estava no controle de si mesma. Era como se seu corpo se movesse sozinho. Quando esse efeito passou, ela estava de olhos fechados e com o coração disparado. Calor... Seus lábios tocaram-se, a barba dele causando uma sensação diferente em seu rosto, era bom, mas coçava... O toque de suas línguas foi como um terremoto. Era como se todo o corpo fosse anestesiado e a única parte com sensibilidade e tato fosse sua língua, que dançava juntamente com a dele dentro da junção de suas bocas. De repente as mãos de Miguel soltaram sua cintura. Ela pensou que ele queria interromper o beijo, mas em menos de dois segundos aquelas mesmas mãos a tocaram no rosto, uma em cada lado. Eram quentes e macias e se encaixaram em sua face firmemente à medida que o beijo ganhava movimentos mais rápidos e fortes. Os estalos que seus lábios faziam a cada vez que se juntavam e separavam eram excitantes, vulgares, prazerosos... Sem perceber, ela deixou escapar um gemido. Os lábios de ambos ficavam cada vez mais úmidos. Viraram seus rostos e trocaram de lado. A mão esquerda de Miguel saiu de seu rosto, logo após isso o braço dele a puxou pela cintura para mais perto. Seus lábios faziam ainda mais barulhos. Em sua jornada dentro da boca de Miguel, a língua de Ana encontrou uma bala de menta pela metade e a puxou para a sua boca. Ela nunca tinha feito isso antes. Quando pensou que o beijo estava terminando, Miguel continuou. Quando percebeu que estava terminando novamente, foi a vez de ela continuar, e isso aconteceu mais uma vez com cada um. O beijo enfim terminou, tão natural quanto começou; eles queriam olhar um para o outro para acreditar no que acabara de acontecer. Um beijo. Durou apenas alguns minutos, mas foi intenso o suficiente para parecer que foi mais tempo.

Ana o soltou lentamente, ele fez o mesmo. Ainda se olhando, perceberam ao mesmo tempo que o sol já havia se posto e que agora já era noite. Caíram em si.

– D-Desculpe-me por isso – disse Ana, tocando levemente os dedos da mão esquerda em seus lábios úmidos.

– Tudo bem, sou eu quem deve se desculpar.

– Não! Fui eu que comecei... – Ao perceber o que disse e o que fez, Ana corou.

– Eu...

– Por favor, não entenda errado – ela pediu, preocupada.

– Era sobre isso que eu ia falar… – ele tentou acalmá-la. – Juro que não irei entender errado desta vez.

– Sério?

– Sério. Só rolou, não é?

– É… Acho que fomos tomados pela emoção – disse ela com um sorriso tímido.

– Sim.

– Que bom que você entende, eu não quero mais confusões entre nós.

– Idem.

– Eu quero muito que tudo volte ao normal.

– Eu também… Acredito que depois que eu voltar, vamos ter tempo suficiente para recuperar nossa amizade.

– Quando voltar?

– Sim. Acho que serão as duas semanas mais demoradas da minha vida.

– Duas semanas? – perguntou Ana, confusa.

– É – respondeu ele, desconfiando da expressão dela.

– Você não estava voltando em definitivo para o Brasil?

– Não. Eu estou indo resolver umas questões de família, mas em duas semanas estarei de volta… Quem te falou que seria definitivo?

– Lucy… – disse Ana, apertando os olhos e bufando.

– Ah… Isso é bem a cara dela. – Ele riu.

– Eu vou matar aquela mentirosa.

– Antes disso, pode dizer obrigado por mim? – Ele sorriu ainda mais abertamente.

– Pare de rir, estou falando sério. Ela me fez acreditar que você iria embora para sempre e ficou fazendo dramas…

– Hum… Muita coisa faz sentido agora. – Miguel continuou sorrindo.

– Estou me sentindo uma idiota… Ela me manipulou para fazer as pazes com você.

– Não me diga que se arrependeu de fazer as pazes comigo.

– Claro que não.

– Que bom… – disse ele, sorrindo e recebendo o sorriso dela de volta.

– Eu pensei mesmo que você iria embora de vez… Olha só o que eu acabei fazendo.

– Era o mínimo que você poderia fazer depois de me maltratar tanto. Da próxima vez, pode me agredir fisicamente… As reconciliações valem muito a pena.

– Seu palhaço – disse ela, tentando acertar tapas enquanto ele desviava de todos. – Não faça piadas. O que aconteceu foi muito sério e poderia gerar muitos mal-entendidos.

– Foi bem mais simples do que pensa… Você achou que seria nossa despedida definitiva e quis me dar algo de que eu pudesse me lembrar para sempre. Deu certo.

– Bom... Acho que nós dois ganhamos algo de que iremos lembrar para sempre... – Ana ficou ainda mais vermelha, principalmente quando pensou em devolver a bala da mesma forma que a recebeu.

– É... – Ele também ficou vermelho, principalmente quando percebeu que ela degustava com prazer a bala que recebeu de sua boca.

Conversaram por mais alguns minutos. Ana contou, mesmo que vagamente, um pouco do que estava passando após o término de seu noivado. Miguel também contou como foram seus dias no último mês. Quando ele contou que o chute que deu no poste o fez mancar por quatro dias, Ana riu alto. Combinaram de restabelecer sua amizade, sem mágoas, chegando à conclusão de que um precisava do que o outro tinha a oferecer. Também planejaram um encontro quando Miguel voltasse de viagem para conversarem sobre tudo.

Miguel ofereceu-se para levá-la até a estação, mas Ana recusou. Ao sair, ela o abraçou e beijou no rosto. Por um momento ela sentiu uma vontade enorme de beijá-lo na boca novamente. Se ele tomasse a iniciativa, ela com certeza não iria pará-lo. Ana até torceu por isso. Mas ele nada fez. Miguel realmente não estava disposto a arriscar sua amizade recém-reestabelecida.

* * *

Da fachada do Brazilian Taste, Miguel viu Ana virar a esquina e sumir de sua vista. Ele permaneceu ali, parado, com um sorriso de felicidade e satisfação. O beijo em Ana foi incrível, perfeito, como se fosse o verdadeiro primeiro beijo de sua vida... Foi o melhor. Mas seria bom para ele que não tivesse esperança alguma quanto ao seu futuro com ela. Miguel prometeu a si mesmo que valorizaria mais a amizade que possuíam, independentemente de seus outros sentimentos. O importante era tê-la em sua vida de qualquer forma que fosse possível.

Antes de voltar para dentro do prédio, ele escutou um grito que fez um frio contornar sua espinha.

– ALESSANDROOOOOOO!!! QUE POUCA VERGONHA É ESSA? O QUE ESSAS SAFADEZAS ESTÃO FAZENDO ESPALHADAS EM VOLTA DO MEU RESTAURANTE?

– NÃO FUI EU, MÃE, EU JURO.

– VENHA AQUI AGORA!!

– Puta que pariu... Onde foi que deixei os DVDs?

Pensamento dela:

Meu Deus, o que foi aquilo? É verdade mesmo? Eu beijei o Miguel? O que será que deu em mim? Não é certo com ele. Se antes ele confundiu as coisas entre nós, o que o impede de confundir de novo agora que nos beijamos? Tenho que manter as coisas claras, tenho que ficar no controle, tenho que desenhar isso no meu bloco de notas... Isso não pode acontecer de novo. Eu não quero perdê-lo novamente. Nós somos só amigos, só amigos...

Por que tudo tem que ser tão complicado comigo? Por que eu tenho que ser tão insegura? Tenho certeza de que é essa insegurança que deu motivos para que meu pai, Oliver e qualquer outro que se julgasse mais capaz do que eu tomasse as decisões importantes da minha vida em meu lugar. Eu sempre odiei isso. Odeio me sentir fraca. Odeio ter que viver de acordo com as decisões que outros tomaram por mim... O problema é que eu percebi que minha insegurança é cômoda, já que eu sempre pude culpar os outros pelos problemas resultantes das decisões que eles tomaram por mim, mas quando o problema é causado por uma escolha inteiramente minha, a quem eu posso culpar? Eu odeio estar errada. Não consigo me culpar. Talvez eu propositalmente permita que outros assumam o controle e a responsabilidade sobre minha vida... Eu jurei para minha mãe que nunca seria fraca, mas sou. Eu sou orgulhosa, não suporto errar, prefiro culpar os outros sempre... Eu realmente sou uma pessoa ruim. Briguei com Lucy e com Miguel para não assumir meus erros. Mas a partir de hoje, prometo que vou melhorar. Me desculpei com Miguel, irei me desculpar com Lucy e eles vão receber o melhor de mim... O melhor de mim para meus melhores amigos. Ótima promessa, vou colocar em prática amanhã, hoje ainda tenho que esquecer aquele beijo que não sai da minha cabeça. Se continuar distraída desse jeito, irei tropeçar novamente.

Pensamento dele:

Que beijo gostoso do caramba...

O que será que vai acontecer com a gente agora?

capítulo 12. INVERSÃO

Prédio de apartamentos Rising Star. Apartamento 37.

Na noite anterior, Lucy e Ana ficaram acordadas até tarde conversando pelo celular com Miguel, que compartilhava no grupo algumas fotos e vídeos do Brasil. Agora, nessa manhã de sexta-feira, Lucy terminava de comer sua tigela de cereais com muita pressa. Ela acordou tarde, estava um pouco atrasada e precisava correr. Faltava apenas calçar os sapatos e pegar a bolsa para ir trabalhar. A sala estava bagunçada, tinha pipoca e embalagens de chocolate que haviam comido na semana anterior e isso fez Lucy pensar que seu final de semana deveria ser reservado para cuidar do apartamento. Não daria para sair na sexta ou no sábado.

– Ana, venha comer antes que se atrase também.

– Já estou indo, Lu... – disse Ana, saindo do quarto, gargalhando.

– O que é tão engraçado?

– As caretas do Miguel em um vídeo que ele mandou.

– Começaram o dia conversando de novo?

– Sim... Olhe o vídeo. – Ana mostrou para a amiga o vídeo em seu celular.

– Quanto movimento... – disse Lucy, apertando os olhos para tentar enxergar melhor o vídeo. – Que caretas engraçadas. Onde ele está?

– Dentro de um ônibus.

– São tão velhos que balançam tanto?

– Não, são as ruas cheias de buracos.

– Que horrível... Onde fica o conforto?

– Escondido em algum lugar dentro dos buracos. – Ana riu.

– É muito engraçado, mas eu preciso ir, estou atrasada. – Lucy deu um beijo no rosto de Ana. – Cuidado para não se distrair com esses vídeos e se atrasar também.

– Não vou... Bom trabalho.

– Para você também. Até mais.

Ana sentou-se e começou a comer sua tigela de cereais. Ela continuou rindo e respondendo com áudios às mensagens de Miguel. Era ótimo voltar a conversar com ele. O rapaz era engraçado, um pouco atrapalhado, sempre bem-humorado, e, apesar de estar no Brasil há mais de uma semana, era o responsável pelas melhores risadas dela nos últimos dias. Ana prometeu que seria uma pessoa melhor para Lucy e Miguel, e estava se esforçando para isso... Seus amigos mereciam o melhor que ela podia oferecer.

* * *

A sexta-feira finalmente terminou após muito trabalho e cansaço. Juntas novamente em seu apartamento, as amigas comiam uma porção de batatas fritas, bebiam vinho no sofá, conversavam sobre Alessandro e assistiam a *Titanic*... De novo.

– Será que vai dar certo?

– Eu não sei. Nós temos um lance legal, mas... – disse Lucy, bebendo um gole que esvaziou a taça. – É complicado.

– Consegue confiar nele? Você sabe a fama que ele tem.

– A pergunta correta seria: consegue confiar em qualquer homem?

– Você não confia? – Ana comeu uma tira de batata.

– Me diga o nome de um homem de sua inteira confiança...

– Hum... Ok, esqueça a pergunta que te fiz. – Ana sorriu.

– Os homens não são maus, mas eles não sabem o quanto podem nos machucar. Algumas vezes fazem isso sem querer...

– Sabendo ou não, machucam da mesma forma – disse Ana, fazendo uma careta de desprezo.

– Sim...

– Ele está te machucando?

– Ainda não... Estou tentando manter uma distância segura entre nós justamente para evitar isso.

– Boa ideia. – Ana bebeu mais um gole de vinho. – Você acha que ele sente alguma coisa por você? Consegue definir sua relação com ele?

– Nosso lance é casual... Quando estamos juntos, nos divertimos muito, mas quando cada um vai para o seu lado, não acho que ele sinta falta de mim.

– E você sente?

– Toda vez que começo a sentir, bebo até esquecer... – disse Lucy, enchendo a taça de vinho novamente. – Saúde. – As duas brindaram.

– Que droga... Por que é tão fácil para eles? Eles podem sair com centenas de garotas diferentes sem se apaixonar por nenhuma, enquanto as mulheres têm que lutar muito para não se apegar a qualquer idiota...

– Eu não gosto de generalizar, mas talvez você esteja um pouco certa.

– Claro que estou... Olhe para mim, eu me apaixonei pelo primeiro garoto que vi na vida, sou ridícula. Eu admiro as mulheres que conseguem sair com um cara, usá-lo no que elas precisarem e depois dispensá-lo...

– Sério?

– Na verdade, nem tanto... – disse Ana, com um sorriso sem graça. – Sabe que sou do tipo romântica. Gosto de uma coisa mais lenta, mais inocente...

– Mais chata... – Lucy riu. Ana respondeu mostrando a língua. – Mas eu te entendo. Às vezes é bom saber que algumas mulheres conseguem fazer com que os homens também sofram.

– Sim... – Ana respirou fundo antes de continuar. – Ainda acha que o Alessandro continua saindo com outras garotas enquanto sai com você?

– Ele SAI – disse Lucy, enfática.

– Tem certeza?

– Quase absoluta.

– E está tudo bem pra você?

– Por que não estaria? Nós não temos compromisso. Quando temos um tempinho, saímos, conversamos, bebemos, é sempre muito divertido e o beijo é sensacional... – Lucy sentou de forma mais ereta no sofá, empolgada. – Sei que faz tempo que você não beija, mas sabe aquele beijo que te tira da realidade e te faz sentir que as únicas coisas no mundo são você e ele?

– T-Talvez eu saiba... – Ana corou e desviou o olhar.

– Às vezes eu não sei como começou e muito menos quando acabou, só sei que aconteceu e foi ótimo.

– Hum... – Ana bebeu um grande gole de vinho que secou a taça.

– O beijo é forte, gostoso, apaixonante, mas não é isso que me faz querer vê-lo de novo no outro dia.

– E o que é?

– A alegria... – disse Lucy, sorrindo. – Ele me enche de alegria. Ele é divertido, engraçado, traz alegria para onde vai. É um verdadeiro palhaço idiota. O senso de humor dele é enorme e é muito bom estar perto de uma pessoa assim... Ainda mais quando se está passando pelo inferno que passo às vezes.

– Eu entendo. – Ana encheu a taça de vinho novamente.

– Sabe quando faço uma piada e você acha pesada demais? – perguntou Lucy para Ana, que meneou a cabeça positivamente. – Para ele, nada é demais. O que muitos chamariam de "humor negro", o que todos diriam que passou dos limites, ele simplesmente acha engraçado... Nem todo mundo entende a necessidade que algumas pessoas têm de fazer piadas sobre tudo, até mesmo de tragédias, mas ele entende.

– Você sabe que para a maioria, eu inclusa, não é fácil lidar com tragédias, muito menos de forma bem-humorada... Será sempre um assunto delicado.

– Eu faço parte do grupo de pessoas que pensa que o bom humor faz até mesmo a maior das tragédias parecer menor... faz com que não seja sempre um motivo para chorar.

– A maioria, eu inclusa, pode achar falta de respeito querer fazer piadas com um avião que caiu cheio de pessoas.

– Eu faço parte do grupo de pessoas que respeita os que morreram e principalmente os que viveram, tentando mostrar que até mesmo o que te causa choro pode te causar um sorriso... É uma forma de ironizar a tragédia e dizer que você é mais forte.

– Eu nunca vou concordar com você sobre isso, sua louca.

– Nem eu com você, sua chata.

– Quem mais faz parte desse seu grupo maluco de pessoas?

– Além de mim, só conheço o Alessandro, mas deve ter mais gente como nós... Na Sibéria, talvez. – Lucy sorriu.

– Talvez... – disse Ana, sorrindo também e bebendo mais um gole. – Por acaso vocês já... transaram?

– Não tecnicamente...

– Defina isso.

– Defina transar.

– Minha definição não conta, sou virgem.

– Só usamos nossas bocas e línguas até agora.

– QUE NOJO!!!

– Relaxa – disse Lucy, serena. – Sei que você e Oliver já fizeram esse tipo de coisa também... Chama-se preliminares.

– Nós nunca fizemos nada além de nos beijar!!!

– Nós também não. – Lucy gargalhou.

– Mas você acabou de dizer que usaram suas bocas e línguas para...

– E por acaso eu beijo com o nariz? – interrompeu Lucy, rindo. Ana ficou confusa, mas depois caiu na gargalhada junto com a amiga.

– Um dia você ainda me mata com essas suas pegadinhas.

– Ou te deixo esperta... Se bem que você já está. O que sua mente pervertida pensou que eu fazia com ele? – perguntou Lucy, com um sorriso vulgar.

– Esqueça... – despistou Ana. – Eu poderia jurar que vocês transavam, já que estão saindo há alguns meses.

– Resolvi não facilitar para ele – disse Lucy, bebendo um belo gole. – Se o Alessandro quiser apreciar qualquer parte do meu corpo além das que já permito, terá que merecer.

– Apoiado. Nada de sexo para aquele palhaço idiota.

– Nada de sexo para aquele palhaço idiota.

As garotas fizeram mais um brinde.

* * *

No sábado, um dos dias mais quentes daquela semana, as amigas acordaram cedo para ir à aula de Pilates. Era a volta de Ana depois de um mês sem frequentar o lugar. No caminho de volta para o apartamento, elas compraram produtos de limpeza e ingredientes para o almoço. Ana iniciou a faxina pelo quarto e Lucy pelo banheiro. Horas depois, Lucy havia terminado a cozinha e ajudava Ana com a sala.

– Estou muito orgulhosa de você... Quem diria que Ana Elizabeth Cole Lewis conseguiria limpar um chão tão bem?

– Depois de quase um ano, o mínimo que eu poderia fazer era aprender algumas coisas domésticas – disse Ana, guardando o esfregão no suporte da parede do quarto de pinturas.

– "Coisas domésticas"? – perguntou Lucy, sorrindo.

– Você me entendeu. – Ana voltou para a sala e sentou-se no chão com uma expressão de alívio.

– Lembro a primeira vez que tentamos fazer uma limpeza aqui... – Lucy também se sentou no chão. – Você chorou a noite inteira porque quebrou algumas unhas.

– Não foi só por isso. Eu estava com dores nas costas, nas pernas, pescoço, solas dos pés...

– Para nossa sorte, este apartamento é uma lata de sardinha... Um cômodo a mais nos faria suar sangue, pois mal damos conta disso aqui.

– Que horror – disse Ana, assoprando o próprio busto na tentativa de refrescar-se.

– Veja pelo lado bom... Por mais que não sejamos experts em limpeza, somos nossas próprias patroas, não podemos nos demitir por sermos ruins...

– Pensei no Miguel agora...

– Por quê? – indagou Lucy, enquanto secava o suor da testa com a parte de trás de sua mão direita.

– Ele é muito bom nessas coisas. Lembra-se da vez que vocês apostaram, ele perdeu e teve que limpar nosso apartamento sozinho? Ficou ótimo, apesar de ele ter ficado bravo.

– Tem razão. Já te disse que eu trapaceei?

– Não disse, mas isso não é surpresa... O que você fez?

– Os valores dos pesos estavam alterados, ou seja, onde dizia dez, na verdade era um pouco mais, logo, ele não conseguiu levantar tanto quanto achou que poderia e perdeu a aposta...

– Como você fez isso?

– Clark alterou os pesos para mim.

– O personal trainer?

– Ele mesmo... Quem melhor do que um cara que tem livre acesso aos equipamentos da academia?

– Por que ele fez isso? – perguntou Ana, reparando no sorriso que Lucy tentava disfarçar. – Você ofereceu algo em troca, não foi?

– Isso eu não posso falar, mas garanto que valeu a pena para ele... E para o Todd também. – Lucy desistiu de disfarçar o sorriso.

– Todd? Seu chefe?

– Ele mesmo...

– Acho que não entendi.

– Eu banquei a cupido – disse Lucy, reparando na expressão de surpresa de Ana. – Estava escrito na testa de ambos, principalmente na do Todd, não precisa ser muito inteligente para notar.

– Me sinto muito burra quando não percebo as coisas enquanto você parece saber de tudo...

– Não se preocupe. Enquanto você andar comigo, sempre vai saber de tudo também. – Lucy sorriu e Ana também.

– Sabe o que eu queria saber agora? – Ana levantou-se.

– O quê?

– Como será que o Miguel está lá no Brasil.

– Tenho certeza de que está comendo muita comida.

– Verdade. – Ana riu e caminhou em direção à geladeira. – De onde vem tanta fome?

– Do além, talvez.

– Ele deve estar aproveitando o tempo com a família, amigos...

– Reparou que ele é bastante discreto quanto a isso?

– Família e amigos? – Ana pegou dois potes de Häagen-Dazs no refrigerador.

– É... Por exemplo, quais os nomes dos pais dele?

– Hum... Acho que não é nada de mais, quer dizer, ele também não sabe o nome dos meus.

– É estranho mesmo assim... – disse Lucy, um pouco distraída e mal percebendo que Ana oferecia um Choc Choc Chip e uma colher.

– No que está pensando? – Ana abriu e provou o seu Strawberry.

– No Miguel... No quanto ele é interessante.

– Você já não tem o Alessandro? – Ana sorriu maliciosamente.

– Não estou falando nesse sentido... Oh, meu Deus! Este sorvete é uma delícia!

– Em que sentido, então?

– Ele é misterioso, maduro... – Lucy parou para comer mais uma colher de sorvete. – Mal dá para acreditar que ele só tem vinte e um anos. Eu não vou me repetir e falar o quanto é bom ter ele por perto, mas pensando bem, algo não está certo entre nós...

– Eu sei – disse Ana de boca cheia, tentando evitar lembrar que não fora ao aniversário de Miguel no mês passado, porque estava brigada com o rapaz. – Ele já nos ajudou bastante e o máximo que fizemos foi redecorar o restaurante da tia dele e dar camisetas de presente.

– Eu vi minha mãe sorrindo daquele jeito depois de anos... Você lembra?

– Lembro.

– Aquele moleque me fez voltar no tempo... Para antes de toda a merda que me aconteceu.

– Aquilo foi espetacular.

– Eu acho que nunca vou conseguir retribuir a felicidade que ele me fez sentir naquele momento.

– Eu vi como você ia retribuir... Quase o beijou – disse Ana, tentando mudar o rumo da conversa ao reparar que Lucy estava séria demais.

– Seria só um beijinho... sem língua. Por que você não tenta também?

– Um beijo...? No Miguel...?

– É. Nem precisa colocar a língua.

– Não, de jeito nenhum! – Ana comeu três colheres do sorvete em seguida e fez careta depois de sentir o efeito da gélida massa em seus dentes.

– Eu sei que teve aquela confusão entre vocês, aliás, várias confusões, mas seja sincera, deve ser uma delícia beijar e abraçar um cara gostoso como ele. – Lucy fechou os olhos e sorriu.

– Melhor perguntar para a Camila, ela deve saber bem... Além disso, você já tem o Alessandro para beijar, não pode ficar pensando nesse tipo de coisa.

– Só penso de vez em quando... Além do mais, o Alê não é tão forte quanto ele. Já pensou em ser pega pela cintura por aqueles braços fortes, sentir o seu corpo contra aquele tórax...? – Lucy lambeu a colher de forma obscena e gemeu um pouco.

– Já chega, Lucy! – disse Ana, vermelha, caminhando para a cozinha.

– Não seja chata, Annie... Estamos falando do Miguel, não do Quasímodo.

– Não interessa de quem estamos falando – disse Ana, tapando o pote de sorvete, guardando-o de volta no refrigerador e enchendo um copo com água. – Vamos voltar a trabalhar.

– Não é você que estava louca para beijar alguém na semana passada? Por que não experimenta beijá-lo?

Ana, que estava bebendo água, subitamente fez uma careta horrível. Lucy estranhou e se aproximou da amiga.

– O que foi? Está engasgando?

– Não... Eu engoli errado... Parece que engoli ar.

– Ah, eu sei como é isso. Engoliu com muita pressa, não é? – Lucy fez uma careta em solidariedade à amiga.

– Está doendo por dentro.

– Coitada... Tome mais cuidado. – Lucy foi até a geladeira.

– Tomarei. – Ana ainda fazia careta e tentava respirar normalmente...

– Se não for beijar o Miguel, ao menos beije alguém antes que o tempo passe, você perca o interesse nisso e fique encalhada igual a minha irmã.

– Não fale assim dela... Ela é uma garota seletiva que está procurando pelo cara certo.

– Na verdade, ela acha que já o encontrou – disse Lucy, também guardando seu pote de sorvete.

– Você não disse que a Julia era muito discreta quanto aos interesses amorosos dela?

– Sim... Mas eu insisti tanto que ela não aguentou e me contou.

– E quem é?

– Adivinha... – Lucy sorriu. – É o Miguel!

– Huh...

– O quê? – Lucy notou o desconforto de Ana. Sua provocação funcionou.

– Quer dizer... D-Deu para perceber isso na primeira vez que ela o viu.

– Ela me disse que está louca por ele. Foi amor à primeira vista.

– Amor?

– Eu sempre disse que ler muito faz a pessoa ficar biruta e essa é a confirmação. – Lucy também encheu um copo com água.

– Esta é outra coisa com que nunca irei concordar com você.

– Então você acha que a Julia está sendo inteligente?

– Amor não é uma questão de inteligência, sequer envolve qualquer tipo de raciocínio... É algo que se sente e não se controla, ou você acha mesmo que meu amor pelo Oliver, com todas as dificuldades que tínhamos, era racional?

– Nunca achei aquilo racional.

– E nunca foi... É por isso que o amor não tem explicação. Quem sente sabe COMO é, mas não O QUE é.

– É difícil acreditar em algo que não sei COMO ou O QUE é... – disse Lucy, com um sorriso provocador.

– Está me dizendo que não acredita no amor?

– Não do mesmo jeito que você.

– E como é o seu jeito?

– Acredito que pessoas sentem afinidades e cedo ou tarde podem precisar uma da outra. Elas não se amam... Elas se precisam. Eu só não entendo uma coisa...

– O quê? – Ana estava surpresa e curiosa.

– Como você ainda não percebeu... – Lucy pausou, pensando na melhor forma de dizer que Ana "precisava" de Miguel e vice-versa.

– O que eu não percebi?

– Que essa coisa de amor é conversa fiada. – Lucy respirou fundo, preferindo esperar por outra oportunidade.

– Um dia você vai amar alguém de verdade e vai entender.

– Não, obrigada. Só de ver como foi o "amor" para você, eu já decidi morrer sem isso... – Lucy bebeu seu copo de água.

– Todo mundo deseja amar e ser amado...

– Quer apostar?

– Aposto cem dólares que você irá se apaixonar ainda esse ano – disse Ana, em tom de desafio, com a mão estendida.

– Apostado. – Lucy apertou a mão da amiga. Ela nunca recusou um desafio.

– Sem trapaças contra mim.

– Eu não preciso. Essa aposta será a mais fácil de todas.

– Então está feito. – Ana soltou a mão da amiga e voltou para a sala.

– Só uma dúvida... Seus sentimentos mudaram em relação ao Oliver?

– Eu acho que ainda o amo.

– E como é isso?

– Ruim, porque ele não está aqui para me amar também.

– A não ser que ele tenha sofrido um acidente e esteja acamado, não há como perdoá-lo por não estar aqui, não importa o quanto ele tente falar com você...

– E ele tenta todo dia. – Ana pegou o cesto com alguns produtos de limpeza que havia separado.

– Isso só reforça a minha opinião de que ele é um idiota – disse Lucy, indo para a sala também.

– Ele não é idiota. Ele é só... – Ana respirou fundo. – Não importa o que ele é, eu não preciso mais dele. Toda essa distância, saudade e artificialidade do nosso relacionamento estavam se tornando algo tóxico. Parecia um peso no meu peito.

– Está se sentindo livre?

– Como nunca.

– Então, mais rápido do que imagina, você irá esquecer aquele idiota.

– Já sinto que isso está acontecendo, lentamente, mas está acontecendo... Quem sabe aconteça algo que acelere as coisas?

– Sabe como algo assim poderia acontecer? Beije alguém.

– Vou beijar quando for a hora... E, por favor, não sugira o Miguel, ele já é da sua irmã.

– Ele ainda não é de ninguém... Julia ainda não conversou com ele. Está tentando criar coragem.

– Boa sorte para ela. Ele é um cara incrível, tenho certeza de que a fará feliz. – Ana molhava um pano com o limpa-vidros.

– Atualmente, eu estou mais preocupada com a sua felicidade, então, por favor, beije alguém o mais rápido possível... Siga em frente.

– Pare de me mandar beijar alguém...

– Não paro. Você disse que beijaria alguém e agora vai ter que beijar.

– Então venha aqui. Vou beijar você.

– Eu não!

– Vem aquiiiiiiiii.

Lucy correu pela sala com Ana logo atrás. Correram por alguns minutos, Ana fazia bico com os lábios para ameaçar a amiga. Após a brincadeira, retomaram a limpeza da casa, gargalhando.

* * *

School of Visual Arts. Noite de segunda-feira.

O fluxo de pessoas nos corredores era enorme. Havia os que andavam rápido, os que caminhavam tranquilamente, os grupos, os solitários, os sorridentes e os aflitos, para cada um deles existiam motivos diversos que justificavam seu comportamento. Ana estava entre essas pessoas, mas curiosamente não aparentava nenhuma dessas características, ela era literalmente neutra. Caminhava para a saída, distraída, pensando no trabalho, em seus sentimentos – mais confusos a cada dia – e em uma data muito importante que estava se aproximando. Perdida em seus pensamentos, ela não percebeu que era seguida por um rapaz de altura média, cabelos pretos e encaracolados, jaqueta preta e calça jeans azul.

– Com licença... – disse o rapaz, tocando gentilmente o ombro direito de Ana.

– O-Oi – respondeu ela, surpresa por ser abordada.

– Ana, não é?

– Sim...

– Eu reparei que você tem faltado bastante ultimamente...

– Reparou?

– É... Desculpe se estou sendo intrometido, eu só não pude deixar de perceber. Está tudo bem?

– A-Acho que sim.

– Não precisa se assustar, eu não sou um stalker... A verdade é que você sempre se destacou nas aulas e eu sempre te admirei... Quer dizer... Os seus trabalhos... Eu sempre admirei os seus trabalhos – explanou o rapaz, nervoso. – Notei que você praticamente sumiu nas últimas semanas, e quando estava na sala, parecia que estava chorando, sempre cabisbaixa...

– Foram semanas difíceis.

– Eu não quero ser inconveniente, juro, mas tomei a liberdade de fazer algumas anotações nas aulas em que você não esteve. Talvez elas possam te ajudar de alguma forma – disse ele, tirando de sua bolsa um bloco com várias folhas e rascunhos.

– Você fez tudo isso?

– Sim... – O sorriso dele era quase angelical. – Mas você não precisa aceitar se não quiser.

– Claro que vou aceitar, isso deve ter dado muito trabalho.

– Com certeza não tanto quanto você deve estar tendo agora... Espero que te sirvam e que você supere o que quer que esteja te incomodando.

– Obrigada... – disse ela, esperando ele complementar a frase.

– Gregory. Mas pode me chamar de Greg. – Ele estendeu a mão direita.

– Muito prazer, Greg... – Ela apertou a mão dele. – É muito bom saber que ainda existem cavalheiros no mundo.

– Eu só fiz o que achei que deveria fazer... Espero que volte a se inspirar.

– Com certeza irei.

– Boa sorte, então. Tchau.

– Tchau.

Ana o acompanhou com os olhos por uns instantes antes de retomar sua caminhada para a saída. Era estranho pensar que Greg era de sua turma desde o início do semestre e só agora ela estava reparando nele. Era cedo para formar uma opinião sobre o rapaz, mas a primeira impressão foi muito boa.

* * *

Prédio de apartamentos Rising Star. Apartamento 37. Depois.

Ana e Lucy estavam deitadas em suas camas, prontas para dormir. Como de costume, conversavam até tarde.

– E ele é bonito?

– É... Tem cabelo de anjo, mas na cor preta.

– Se os cabelos são parecidos com anjos, é melhor que outras partes se pareçam com demô...

– Shhhhh!!! Não fale essas coisas na nossa casa, muito menos na hora de dormir.

– Ok... Mas você entendeu o que eu quis dizer, não é?

– Entendi, sua tarada – disse Ana, encolhendo-se de frio debaixo dos cobertores, assim como Lucy.

– Vai sair com ele?

– Não! – exclamou Ana, incrédula. – Você só pensa nisso?

– O tempo está passando...

– Não estou preocupada com o tempo. Eu acabei de perceber um monte de coisas importantes.

– Que coisas?

– No começo do ano eu ainda estava me recuperando da briga com o meu pai, e por ter perdido o apoio financeiro dele... comecei a caçada por um emprego, Oliver teve que voltar para a Inglaterra quando teoricamente tinha voltado aos Estados Unidos para ficar, me propôs em casamento e meses depois eu terminei com ele.

– Quantos problemas...

– E não são todos, isso é só um resumo.

– Verdade.

– Com tantas coisas acontecendo, eu não consegui me concentrar em outros aspectos da minha vida. O Greg me mostrou isso hoje... Eu nunca reparei nele durante o semestre inteiro, na verdade, eu estive desligada da faculdade desde o início do ano, é como se hoje fosse meu primeiro dia lá... Foi necessário receber essa abordagem de um garoto muito gentil para me fazer perceber o quanto eu estava bitolada, presa em um mundo menor...

– Acho que entendi.

– Deixei de viver tanta coisa... Às vezes me bate um grande arrependimento.

– Por ter namorado o Oliver?

– É.

– Mas era sua história de amor...

– Eu sei. De certa forma, foi bom ter vivido essa história, afinal, é melhor ter uma história de amor malsucedida do que nenhuma, mas eu me arrependo de ter insistido por tanto tempo.

– Falando em insistência, ele continua ligando e mandando mensagens?

– Todos os dias, mas eu não respondo.

– Isso é um problema, Ana... Você sabe que não pode fugir dos problemas para sempre, cedo ou tarde temos que enfrentá-los.

– Eu sei, mas não hoje, nem amanhã.

– Só espero que você continue seguindo em frente.

– Eu estou... E isso é mais fácil do que pensei.

– Me responde uma coisa com toda a sinceridade do mundo?

– Sim.

– Você repensaria sua vontade de seguir em frente, caso o idiota do Oliver estivesse aqui, agora?

– Acho que sim... – disse Ana, triste. – Mas ele não está e isso mostra o quão importante eu sou para ele.

– Talvez ele não tenha vindo ainda porque não sabe qual será sua reação. Pode estar esperando um melhor momento.

– Está defendendo ele agora?

– Não! Eu só quero saber o quanto você está decidida. Acredite, não é fácil. Se houver um único resquício de insegurança, tudo pode dar errado... – Lucy esperou pela resposta da amiga, que demorou demais. – Ana? Está acordada? – Ainda sem obter resposta, Lucy sorriu e virou-se para o outro lado. – Boa noite.

* * *

School of Visual Arts. Noite de quarta-feira.

Ana e Gregory conversavam na cafeteria. O rapaz era bastante tímido, tinha dificuldade em fazer os assuntos fluírem, era sempre Ana que fazia a ligação entre temas, porém, uma vez que um novo assunto era introduzido por ela, Gregory mostrava-se sempre bem informado e em certos momentos engraçado. Conversaram sobre o conteúdo das aulas, professores, a forma didática com que ele fez as anotações que de fato a ajudaram a compreender melhor as aulas... Ana não percebeu que passou mais de uma hora conversando com Greg. Descobriram que em comum, além da arte, gostavam de leitura e filmes. Ele também gostava de beisebol, xadrez, comida mexicana e viagens.

Assim como na terça, conversaram após a aula na cafeteria em todos os outros dias da semana. Na sexta-feira, com muita determinação – apesar da vergonha – Gregory pediu o número do telefone de Ana e sugeriu que poderia ser interessante se pudesse ligar para ela no fim de semana para conversar um pouco mais e talvez chamá-la para sair. Ana achou a ideia ótima, mas o alertou que tinha um compromisso já marcado de visitar um amigo que estava voltando de viagem. Se houvesse tempo de sobra, ela ligaria para ele e poderiam marcar alguma coisa.

Lucy parecia mais empolgada com a nova amizade de Ana do que a própria. Não que Ana não estivesse adorando o tempo que passava com Gregory, mas Lucy incitava a amiga a flertar com ele, mesmo Ana tendo dito milhões de vezes que já estavam flertando desde o começo da semana. Ela não pensava tanto em Oliver, não pensava tanto na incógnita que seria sua relação com Miguel depois de tudo o que passaram e, acima de tudo, estava adorando cada nova descoberta sobre Greg. Esse era o efeito que ele estava causando em Ana...

* * *

Brazilian Taste. Nove horas da manhã de sábado.

Lucy e Ana já avistavam a fachada do restaurante. Lucy estava empolgada em rever o amigo enquanto Ana sentia uma ansiedade incomum, mesmo trocando mensagens e conversando com ele praticamente todos os dias pelo celular.

Elas entraram no prédio. Miguel as esperava em uma das mesas do salão, rodeado por sua família... Ricardo e sua esposa Cindy – que era muito parecida com Halle Berry aos vinte e cinco anos –, Daniel, Alessandro, tia Elena e Julia. Ana surpreendeu-se com a presença da irmã mais nova de Lucy tão cedo e constatou que ela estava muito próxima ao brasileiro, praticamente agarrada em seu braço...

– MIGUEEEEEEEL!!! – gritou Lucy, correndo na direção do rapaz e abraçando-o.

– Sou eeeeeeu! – respondeu ele, rindo e beijando-a no rosto.

– Como foi a viagem?

– Foi boa...

– Faz tempo que chegou?

– Menos de uma hora... – Miguel olhou para Ana, que caminhava lentamente em sua direção. Ela parecia estar hesitando.

– Tudo bem? – perguntou, acanhada.

– Sim, e você?

– Bem.

Miguel a abraçou. Ana sentiu novamente o cheiro de menta e de seu novo perfume, além da barba rala dele arranhando seu pescoço. A lembrança do pôr do sol visto pelo teto do Brazilian Taste enquanto o beijava passou por sua cabeça em uma fração de segundo e isso a desconcertou. Por algum motivo que ela ainda desconhecia, Ana não conseguiu falar com Miguel de forma natural. Foi muito fácil por celular, mas era extremamente difícil pessoalmente. Ela questionou se esse era um dos efeitos colaterais daquele beijo.

– Oi, meninas – Julia cumprimentou as duas amigas.

– Oi, Julia... Dormiu aqui? – ironizou Lucy, beijando a irmã no rosto.

– Não, mas acordei cedo e fui com o Alessandro e o Ricardo buscar o Miguel no JFK – explicou Julia, sorrindo, antes de voltar sua atenção para Ana, que estava parada ao lado de Lucy. – Ana??

– Ah... Oi, Julia.

– Tudo bem?

– Tudo, e você? – Ana sentiu vergonha por ser pega em um momento de distração. Ela também estava pensando no tipo de relação que Julia e Miguel tinham para que ela acordasse tão cedo para buscá-lo no aeroporto. Ana a beijou no rosto, robótica.

– Eu trouxe as coisas que vocês pediram... – disse Miguel, caminhando na direção de suas bagagens.

– Vocês encomendaram presentes? – perguntou Ana em voz baixa próximo ao ouvido de Lucy.

– Sim. Foi no dia em que fizemos a despedida – respondeu Lucy, mantendo a discrição. – Aquela em que você não foi...

– Não precisa me lembrar disso...

– Está se sentindo uma idiota agora, não está?

– Estou...

– Eu sempre acerto. – Lucy sorriu. – Faça um favor para si mesma... Reaproxime-se dele e recupere o tempo perdido.

– Estou tentando – disse Ana, devolvendo o sorriso, embora por dentro sentisse pânico, insegurança, ansiedade...

– Julia, aqui estão alguns dos livros mais importantes da literatura brasileira, todos traduzidos para o inglês.

– Que maravilha, são muitos.

– Sim. Todos são clássicos. Espero que goste.

– Já amei. – Julia lhe deu um abraço apertado e um beijo demorado no rosto. – Posso te ligar se tiver dúvidas sobre qualquer coisa que eu ler aqui?

– Claro... – disse ele, tirando mais coisas da bolsa. – Eu também te trouxe alguns dos meus doces e chocolates preferidos, já que você é a pessoa mais viciada nesse tipo de coisa que eu conheço.

– Não acredito!

– Alguns deles são tão tradicionais que como desde a infância, tipo este aqui – disse ele, pegando um objeto que parecia um ovo em uma embalagem branca e vermelha.

– Você é demais, Miguel! – Julia reparou que o objeto parecia ter algo dentro e cheirava a chocolate.

– Vá devagar... – Ele pegou mais coisas em sua bolsa. – Para você, Lucy, consegui achar os cremes e loções que você pediu, trouxe vários tipos de cada um, tem produtos à base de andiroba, pitanga...

– Não faço ideia do que são essas coisas, mas sempre ouvi falar bem dos cosméticos brasileiros... Obrigada.

– Também encontrei os biquínis que você me pediu, acho que vai gostar deles, mas antes de qualquer coisa, quero que fique bem claro... Nunca mais me peça para comprar esse tipo de coisa novamente. É constrangedor.

– Duvido que não tenha se divertido procurando por isso – Lucy o provocou, fazendo todos rirem.

– Não é tão engraçado quando você é o único homem em um lugar que só vende peças íntimas femininas. As pessoas gostam de julgar...

– Não tinha alguma amiga que pudesse comprar para você?

– Não. – Miguel entregou as sacolas com biquínis para Lucy.

– O que acha de eu emprestar um para a Julia e você ver como ficou nela para compensar?

– LUCY!!! – gritaram Julia e Miguel ao mesmo tempo.

A euforia tomou conta do lugar com gargalhadas e mais insinuações de todos os demais. Miguel e Julia ficaram vermelhos e não se olharam. Ana sentiu uma sensação estranha, como se algo apertasse seu peito, e isso ficou nítido na expressão em seu rosto...

– Próximos presentes... – disse Miguel, tentando desviar o foco de todos.

– *Miguelzinho*, adiante o meu porque tenho que voltar à cozinha para terminar o nosso café da manhã.

– Sim, tia... Aqui. Este é o seu. – Ele entregou à sua tia uma caixinha preta.

– O que será? – indagou a senhora, abrindo a caixa e surpreendendo-se com o conteúdo.

– É um anel com diamante... Não foi isso que a senhora pediu, mas eu sei há quanto tempo queria um e não podia comprar.

– *Mas Miguel... Olha o tamanho desta pedra, é enorme... Deve ter sido muito caro* – disse ela, esquecendo totalmente que Ana, Lucy, Julia e Cindy não falavam português. Elena estava emocionada.

– O que eu devo à senhora não pode ser pago em reais, dólares ou euros... Nem mesmo todo o amor e gratidão que tenho são o suficiente, mesmo eu sendo muito grato e te amando tanto quanto eu amo. Isso é só um símbolo, mas o real presente que quero te dar é a minha total dedicação à senhora, sua família e seu restaurante por todos os dias da minha vida.

– Oh, Miguel... Venha cá, meu menino. – Elena abraçou e beijou Miguel repetidas vezes. Seus primos começaram a bater palmas, as garotas os seguiram. Todos estavam impressionados com a beleza do anel e seu diamante. Com certeza havia custado caro e aquele momento foi lindo.

– Já sabemos quem não vai lavar toda a louça hoje... – disse Alessandro, fazendo o som de risadas ecoar novamente pelo salão.

Após o fim da sequência de beijos, Miguel pegou mais sacolas.

– Cindy, você não me pediu nada, mas eu achei uns vestidos longos e com alças que você sempre diz que gosta. O diferencial desses é que as cores são bem tropicais, bem brasileiras. Espero que goste.

– Oh, meu Deus... Obrigada, Miguel. Não precisava se incomodar.

– Claro que precisava, você merece por ter que aguentar o Ricardo todos os dias. – Todos riram novamente, até Ricardo.

– Pensando dessa forma, mereço toda uma fábrica de vestidos – disse ela, beijando o marido em seguida enquanto todos riam mais uma vez.

Miguel apanhou mais sacolas, todas com a mesma cor e símbolo.

– *Não acredito!!!* – exclamou Daniel, explodindo em felicidade.

– Canecas, bonés, chaveiros e, claro, camisetas... – disse Miguel.

Alessandro, Ricardo e Daniel correram em direção ao primo, pegaram as sacolas e as levaram para outra mesa, abrindo-as. A cada sacola aberta, um grito de guerra ou vibração.

– Que marca é essa estampada nas sacolas? – perguntou Lucy.

– São coisas do time de futebol que eles torcem, queridas – disse Elena, ainda secando suas lágrimas. – Não se preocupem, não é sempre que eles se comportam assim.

– Que bom... Parecem animais dividindo a carne. Olha o Alessandro brigando com o Ricardo por uma camiseta tão simples – disse Lucy.

– Já vi o Ricardo fazer coisas piores por causa de um chaveiro desse time horrível... Imaginem que os próprios torcedores se denominam "grupo de loucos" ou algo do tipo – disse Cindy.

– É *bando de loucos* em português... Esses garotos me deram muito trabalho quando eram crianças por causa de futebol.

– Adoro histórias de infância – disse Lucy.

– Posso contar várias durante o café... Vamos?

– Vamos – disse Lucy, sendo seguida por Cindy e Julia. Foi então que ela percebeu que Ana estava um pouco mais afastada, aparentemente desconectada do ambiente. Ela voltou para trás e foi de encontro à amiga distraída. – Ei... acorde. Vamos tomar café da manhã com eles.

– Talvez não seja uma boa ideia – disse Ana, entregando em seu triste olhar aquilo que realmente a incomodava.

– Você está com vergonha por ser a única a não ganhar presentes?

– Eu estou com inveja de vocês, mas não é pelos presentes... Se não ganhei um presente hoje é porque eu tinha brigado com Miguel quando ele estava prestes a viajar... Estou com remorso por ter feito isso. Eu o tratei muito mal.

– Vocês já se acertaram, não é?

– Mais ou menos... Quer dizer, só tivemos aquela conversa na véspera da viagem, mas sinto que ainda existe um buraco entre nós.

– Tenha paciência e vocês conseguirão tapar esse buraco... Tudo voltará a ser como era antes.

– Assim espero – disse Ana, com um sorriso forçado. Ambas seguiram as demais na direção da cozinha.

– Aonde todas vocês vão? – perguntou Miguel.

– Vou terminar de preparar o café para nós – respondeu Elena.

– Mas ainda falta mais um presente.

– De quem, meu filho?

– Da Ana.

– Meu?

– Claro. Achou que eu fosse esquecer? – Ele pegou mais algumas sacolas de suas bolsas. – Como não havia nenhum pedido em especial, eu comprei coisas que americanos costumam comprar quando vão para o Brasil.

Ana abriu as sacolas, uma ansiedade gostosa a tomava por completo, diferente da ansiedade temerosa de antes de vê-lo.

– Que camisetas lindas... – Ana observou bem as camisetas e o abraçou em seguida. Eram predominantemente verdes e amarelas e tinham estampas com frases em inglês do tipo "I ♥ Brazil" ou a bandeira brasileira. – Obrigada.

– Achou que eu iria esquecer de você, não é? – ele sussurrou no ouvido dela durante o abraço.

– Eu...

– Espero que sirvam... Sou horrível em acertar tamanho de roupas.

– Mesmo que não sirvam, vou guardar com muito am... carinho. – Ana ficou desconcertada e finalizou o abraço, corando.

– Que bom... tem algumas pulseiras aí também, são bem legais – disse ele. – Agora podemos tomar café.

* * *

Todos foram tomar café da manhã. A mesa estava farta. Ver tantas pessoas barulhentas comendo e rindo em volta de uma enorme mesa era algo com que Ana não estava acostumada. Sempre fora só ela, seus pais e seu irmão conversando em voz baixa ou em silêncio. Apesar do ambiente totalmente diferente, era ótimo participar novamente de um evento familiar. Ela sentia falta disso há muito tempo, principalmente agora que uma data muito importante se aproximava ainda mais.

Lucy e Alessandro insistiram para que de noite saíssem para beber em comemoração à volta de Miguel, que concordou prontamente, seguido de Julia. Ana parecia reticente, desconfortável. Lucy comprometeu-se em convencê-la a ir.

Após o café, as três garotas voltaram para suas casas. Enquanto Alessandro ajudava Miguel a desfazer as malas, aproveitavam para comentar a visita delas.

– Quem diria que você conseguiria trazer, ao mesmo tempo, mais mulheres do que eu para esta casa... – dizia Alessandro, organizando uma pilha de roupas na cama de Miguel.

– Até parece que o tipo de mulher com quem você costuma andar se importa em conhecer sua casa.

– Você sabe que eu sempre preferi o rápido e fácil...

– Aposto que não tem sido assim com a Lucy.

– Apostou errado... Já risquei a letra "L" da minha lista. Agora só preciso encontrar garotas com nomes que comecem com "X", "Z" e "H" para completar o meu alfabeto do amor.

– Duvido que tenha dormido com a Lucy.

– Cara... Quando foi que uma garota negou sexo para mim?

– Não estou falando de qualquer garota. É a Lucy, a garota mais esperta que conheço – disse Miguel, parando de organizar seus sapatos e olhando para Alessandro.

– Então me dê os parabéns, foi uma baita conquista para mim.

– Já chega, Alê... Está ficando ridículo.

– Ok... Ainda não rolou – disse Alessandro, bufando.

– Já faz quase dois meses que estão ficando, não é?

– Tipo isso.

– Já é um dos seus relacionamentos mais longos...

– A palavra "relacionamento" não define o nosso lance.

– E "lance" seria uma palavra mais apropriada?

– Sim.

– Você percebeu que o fato de ainda estar com a Lucy, sem transar, significa que gostou dela?

– Lógico que percebi... Que merda, né?

– Que merda – concordou Miguel, sorrindo. – *Já disse que ela é a garota mais esperta que eu conheço?*

– Já.

– Tá fodido...

– Eu sei, senhor boca suja... Mesmo assim, acho que vou ver no que dá.

– Então, boa sorte. Pra falar a verdade, não sei se você é o cara certo para ela...

– Por que não? Sou algum assassino ou ladrão?

– Você não é um cara interessado em dividir coisas com as mulheres, exceto seu pinto.

– Mas não é isso que interessa?

– Estamos falando da Lucy, não das putas que você conhece.

– Eu só quis dizer que é preciso "comparecer" para garantir que uma garota não irá te largar...

– Eu costumo valorizar garotas que exijam mais que uma "comparecida" para serem conquistadas.

– Está falando da Julia ou da Ana?

– Não muda de assunto... Estamos falando de você e da Lucy.

– Eu não quero falar disso.

– Só quero que saiba que ela é seguramente a garota mais sensacional em quem você já relou o dedo, então não fode as coisas...

– Olha a boca.

– Foda-se... – Eles riram. – *Trate-a da forma como ela merece.* – Miguel soou mais sério desta vez.

– Já estou fazendo isso. Na verdade... – Alessandro sentou na cama, também sério. *– Acho que estou apaixonado por ela.*

– Sério?

– Sim. Eu não sou bom com essa idiotice de sentimentos, mas... Ela é realmente diferente das outras.

– Tem certeza de que isso não é só uma obsessão por ela ainda não ter dado pra você?

– Ela não é a primeira a demorar pra dar... Eu é que não demorei para perceber o que ela faz comigo.

– E o que ela faz?

– Dentre muitas outras coisas boas, ela me faz querer ser melhor...

* * *

Próximo à estação do metrô, naquele mesmo instante.

– ATCHIM...

– Meu Deus, este é o sétimo! – exclamou Ana.

– Acho que tem alguém falando mal de mim – respondeu Lucy, retirando mais um lenço de sua bolsa e limpando o nariz.

– Se eu descobrir quem é, tenha certeza de que darei uma surra – disse Ana, mostrando seu (magro) bíceps.

– Eu preferiria ajudar essa pessoa – Julia provocou, rindo.

– Pelo menos eu já sei quem aqui me defende... Se eu morrer, pode ficar com meus biquínis, Ana, será sua herança.

– Não acho que ela goste de fio dental, Lucy.

– E quem não gosta? – respondeu Ana, com um olhar parecido com o que Lucy fazia quando queria bancar a pervertida.

– A Ana é uma nova mulher, Julia. Tem homens de todos os lados correndo atrás dela.

– Não exagere, Lu...

– Que bom para você, Ana... Espero que isso esteja ajudando a lidar com o término.

– Não resolve o meu problema, mas pelo menos me distrai. Estou conhecendo pessoas novas.

– Sei como é. Isso aconteceu comigo recentemente.

– Está andando mais com o pessoal da faculdade?

– Não. Estou andando com o Miguel, o pessoal da banda dele, os funcionários do Forsaken Nightclub... Todos muito diferentes e interessantes.

– Está rolando algo entre você e o Miguel? – perguntou Lucy, direta.

– B-Bem... Nós estamos nos dando bem.

– Se dando bem como eu e o Alessandro?

– Não é da nossa conta, Lu – interrompeu Ana, um pouco afobada. – Julia, não ligue para sua irmã, você não tem que nos contar nada.

– Tudo bem, Ana. Não é segredo que eu estou interessada no Miguel... Pena que ele parece não perceber.

– Então, por que não aproveita a noite de hoje para ajudá-lo nisso? – perguntou Lucy.

– Eu não quero ser precipitada. Não suportaria falar com ele sobre isso e ser rejeitada.

– Se for esperar por uma iniciativa dele, talvez morra de velha. Ele é uma lesma.

– Não acho que seja esse o problema dele.

– E qual seria?

– Posso estar enganada, mas sinto que ele gosta de outra garota.

Ana e Lucy se olharam, pálidas. Pela troca de olhares que tiveram, Lucy conseguiu deixar claro que não havia contado para sua irmã sobre a confissão de Miguel para Ana.

– Faz ideia de quem seja essa garota? – perguntou Ana, olhando para baixo.

– Não, mas com certeza deve ser especial... e sortuda.

– Tem certeza de que é isso? Alguma vez ele deu a entender que gostava de alguém? – Ana parou de falar quando Lucy a beliscou, de leve.

– Não tenho certeza, é só uma teoria minha... Acho que ele tem um bloqueio sentimental muito forte e isso o impede de me notar. Pode ser por já gostar de outra, por ter algum trauma, alguma mágoa ou até mesmo tudo isso ao mesmo tempo.

– Talvez hoje seja o melhor momento para você abrir caminho por entre esse bloqueio – disse Lucy.

– Pode ser, mas como eu faria isso? Como montar o clima?

– Não faça nada de diferente durante o tempo em que estivermos lá, mas faça de tudo para que ele te leve para casa ou pelo menos até a estação. Ficar a sós é a melhor forma de começar a...

– Lucy, não se esqueça de que temos que fazer mais compras e arrumar a casa. Temos que nos apressar – Ana interrompeu-a.

– Ok – disse Julia, lançando um olhar desconfiado para Ana e depois voltando sua atenção para a irmã. – Faça suas coisas e depois você termina de me dar as dicas.

– Ok, pode me aguardar – respondeu Lucy.

* * *

Lucy e Ana seguiram para a plataforma de embarque. Sentada dentro do metrô, Lucy não conseguiu se conter.

– O que você tem hoje?

– Nada – respondeu Ana, surpresa.

– Sério que vai tentar me enganar?

– Nunca funciona, não é?

– Desembucha.

– É difícil falar sobre isso... – disse Ana, complementando mentalmente "especialmente quando eu mesma não sei ao certo do que se trata".

– É sobre o aniversário da sua mãe?

– T-Também... É difícil visitá-la sabendo que o meu pai pode estar lá, me esperando.

– Mas você não disse que na frente dela ele se contém?

– "Conter" não é a palavra correta... Mesmo quando ele apenas me ignora, já é o bastante para me machucar.

– Não deixe que isso te impeça de visitar a sua mãe.

Ana apenas meneou a cabeça positivamente com um olhar triste.

Embora sentisse culpa pela relação ruim que tinha com o pai, o que mais sentia em seu coração era saudade de sua mãe. Ana estava decidida a ficar junto dela em seu aniversário.

– Vamos mudar de assunto? Que tal falarmos de coisas mais animadas, como você e o Alessandro?

– Ok... Acho que devemos parar de sair.

– Sério? Você não estava gostando dele?

– Estou.

– E vai desistir?

– Para o meu bem, sim.

– Não pode...

– Não venha me dar conselhos amorosos... Você é a pessoa menos indicada do mundo para isso – Lucy interrompeu-a.

– Eu sei, não precisa ficar me lembrando. Só acho que você não pode desistir... De quantos caras você já gostou de verdade?

– A pergunta correta seria: em quantas das vezes em que você gostou de verdade de alguém, não saiu magoada? E a resposta seria: nenhuma.

– Não seja tão pessimista.

– Eu vou terminar com ele antes que eu me envolva ainda mais.

– Então ainda não fizeram amor?

– Não.

– Achei que você não iria bancar a difícil por tanto tempo.

– Faço isso porque gosto dele e não quero gostar ainda mais.

– É irônico, não é? Tipo, você já transou com caras de que nem gostava, mas ele, o cara que te conquistou depois de tanto tempo, não recebe tantos privilégios.

– Bem-vinda à porra da vida... É injusta e fedida para todos.

– Espero que pense bem antes de fazer qualquer coisa.

– Está dizendo que devo dormir com ele antes de terminar?

– Não, estou dizendo que você deve viver uma história de amor.

– Você só quer ganhar a aposta, não é?

– Isso também. – Elas riram.

– Eu já estou decidida: depois de hoje, não sairei mais com ele.

– Eu não consigo acreditar que você vai terminar porque está se apaixonando. É absurdo.

– Não é por isso que irei terminar... Ele simplesmente não vê em mim o que eu estou vendo nele.

– E o que você está vendo?

– Alguém de quem eu poderia... "precisar". – Lucy suspirou. – É isso que eu vejo. – Lucy olhou para Ana, vendo que ela havia lhe entendido.

* * *

Brazilian Taste.

– *Às vezes eu me pergunto: o que será que ela vê em mim?* – confessou Alessandro, sentado na cama de Miguel.

– *Já encontrou resposta para isso?* – Miguel fazia flexões no chão.

– *Não... Por isso não consigo confiar nela.*

– *Não acredito que ela esteja fingindo que gosta de você.*

– *Mas eu não tenho nada de especial. Tenho total ciência disso...*

– *Você não é o cara que pega todas? Deve ter algo de especial.*

– *Como você mesmo disse, a Lucy é de um nível diferente... Nunca pensei que uma garota tão maravilhosa fosse se interessar por mim.*

– *Meu Deus... Quem diria que o grande Alessandro seria cap...*

– *Pare de me zoar, estou me abrindo com você* – interrompeu Alessandro.

– *Desculpe. Não estou acostumado a ver você assim... Continue, estou gostando.*

– *Não há muito o que falar... Ela é maravilhosa, estou com medo de estragar tudo e gostaria de poder mostrar o quanto eu gosto dela.*

– *Pode começar sendo fiel...*

– *Eu sou fiel a ela, acredite.*

– *Isso faz dela a primeira das suas namoradas a não ser chifrada.*

– *A verdade é que parece que todas as mulheres do mundo perderam a graça, eu sinto que, se estou com ela, não preciso de nada que as outras possam me oferecer.*

– *Continue assim, honesto, carinhoso...*

– *O que mais quero é ser honesto e carinhoso com Lucy, a cada segundo que passa eu penso ainda mais nela e fica cada vez mais evidente o quanto ela é especial para mim, mas isso me assusta e você sabe como eu fico quando me assusto.*

– *Sei. Você age como um idiota.*

* * *

Metrô.

– E então, quando eu penso que ele finalmente vai agir de forma séria, ele age como idiota – disse Lucy, irritada, olhando para seu reflexo na janela do metrô.

– Que pena – respondeu Ana, sentada ao lado dela.

– E ultimamente ele está bem distante, conversa pouco, só faz piadas... Acho que ele não me leva mais a sério.

– Por que não tenta conversar abertamente com ele sobre isso?

– Quer que eu implore pela atenção dele? Ainda tenho o meu orgulho.

– Não é implorar. É só tentar descobrir, da boca dele, se ele enxerga um futuro com vocês dois juntos ou não.

– Isso só faria a conversa se prolongar. Eu não quero que isso fique mais difícil do que já é.

* * *

Brazilian Taste.

– *Não é tão difícil.*

– *Você está de fora, nunca vai entender...* – disse Alessandro, deitado na cama de Miguel.

– *Converse com a Lucy hoje. Diga exatamente o que você me disse sobre ela.*

– *Eu posso tentar, mas tenho medo de bancar o idiota. Já pensou se ela só quer diversão e eu chego com esse papo de sentimentos?*

– *Qual o problema? Nunca tomou um fora na vida?*

– *Já tomei vários, mas dessa vez sinto que tenho muito a perder... Não quero perdê-la.*

– *Cara, não se esqueça de falar EXATAMENTE desse jeito com ela.*

– *Eu não sei... Ela pode me dispensar se eu falar essas coisas para ela.*

– *Ou ela pode te dispensar se você não falar.*

– *Isso é quase impossível. Eu não agrego nada a ela, acho que não passo de um caso, uma diversão...*

– *Não se deprecie...* – disse Miguel, reparando no triste olhar de seu primo. – *Eu sempre achei que as coisas boas sempre deveriam ser expostas. Se ela te faz sentir tantas coisas boas, não vejo problema algum em você mostrar. Fale com ela hoje.*

– *Ok... Vou tentar.*

* * *

Prédio de apartamentos Rising Star. Apartamento 37. Horas depois.

As garotas gastaram pouco tempo limpando e organizando o apartamento. Ainda era só uma questão de manutenção da faxina que fizeram recentemente. Lucy estava sentada no sofá grande digitando um resumo no notebook para a faculdade. Ana estava no sofá pequeno organizando as camisetas que ganhara de Miguel.

– Já parou de babar nestas camisetas?

– Ainda não.

– Aquele moleque não cansa de nos surpreender, não é?

– Eu não imaginava que ele compraria algo para mim.

– Isso mostra que está tudo bem entre vocês dois e que você estava se preocupando à toa.

– Pelo jeito ele não ficou bravo comigo.

– Claro que não.

– Mas eu fiquei brava comigo mesma – disse Ana, dobrando as camisetas.

– Você não precisa mais se lamentar. Você conseguiu seu amigo de volta, não é?

– É...

– E ele é um fofo.

– É...

– Falando em garotos fofos... – disse Lucy, colocando o notebook na mesa de centro e olhando para Ana. – O que acha de chamar o Gregory para o encontro de hoje?

– Não posso.

– Por que não? Eu vou com o Alessandro, Miguel vai com a Julia e você vai com o Gregory.

– Não sabia que seria um encontro para casais.

– E por que não pode ser?

– Está em cima da hora, talvez Greg já tenha planos para hoje.

– Veja só, você já o chama de Greg.

– Todo mundo o chama de Greg.

– Enfim... chame-o, ou passe a noite inteira testemunhando casais flertando enquanto você bebe até cair bêbada e vomitando no chão.

– Que horrível...

* * *

Golden Dollar. Noite de sábado.

Ana e Lucy encontraram-se com Gregory na estação e de lá partiram para o Golden Dollar. Miguel, Alessandro e Julia já estavam lá reservando os lugares para ficarem todos juntos. Ana ficou um pouco desconfortável quando apresentou Gregory a Miguel. A frase que ela usou foi: "Um amigo da faculdade", mas em um encontro entre três homens e três mulheres não era preciso palavras para saber as intenções de cada um. Miguel foi gentil como sempre e não demonstrou nenhum tipo de abalo. Isso a deixou aliviada. Ela tinha medo de que o fato de estar saindo com outro cara após rejeitá-lo pudesse magoar o amigo. Julia parecia ajudá-la, já que atraía a atenção de Miguel quase que exclusivamente para si, sentando ao lado dele, fazendo a maioria das perguntas sobre a viagem, o Brasil...

Tendo Lucy e Alessandro como principais oradores e condutores dos assuntos, conversaram à medida que bebiam e comiam. No Golden Dollar era preciso ir ao bar pegar as bebidas e essa era uma tarefa dos garotos, que nesse exato momento esperavam o preparo dos drinques. Nesse intervalo, Miguel aproveitava para estimular Alessandro.

– Está pronto para conversar com ela?

– Não – disse Alessandro, bebendo uma dose de vodca pura.

– Ele vai propor ela em casamento? – questionou Gregory.

– Não. Só vai dizer que está gostando dela de verdade.

– Quando você fala assim, eu pareço um adolescente idiota. – Alessandro ainda fazia careta.

– Adolescente com certeza você não é... – disse Miguel, provocando uma risada abafada de Gregory.

– Estou morrendo de rir – retrucou Alessandro, ainda preocupado.

– Cara... – disse Gregory, com um sorriso amigável. – Você está com medo de ela dispensar você?

– Cagando nas calças... – desabafou Alessandro, agora incrivelmente tenso, bem diferente do tranquilo e relaxado personagem mais comunicativo da mesa.

– Não precisa ter... Repare melhor em como ela te olha quando é você que está falando, até mesmo quando não é você... Ela sempre dá um jeito de te olhar de um jeito especial.

– Especial como?

– Como se jamais fosse capaz de te dispensar. Está óbvio. Vá em frente.

– Miguel... Aprenda com ele. Obrigado, Gregory.

– Ei... Está dizendo que eu não te ajudei? – questionou Miguel. – E todos os conselhos que te dei?

– Em poucas palavras o Greg já me convenceu enquanto você passou a tarde inteira tentando... Se der tudo certo, você será meu novo melhor amigo, Greg.

Quando o barman finalizou os drinques, Alessandro pegou sua vodca e o Appletine de Lucy, Miguel pegou o seu refrigerante e o de Julia e Gregory pegou sua margarita e o Cosmopolitan de Ana.

Mais uma rodada, mais assuntos, mais risadas...

– ... Então, quando eu estava prestes a entregar o dinheiro, ele disse: "Você não me conhece e nós nunca estivemos aqui". E saiu correndo.

– O que ele quis dizer? – perguntou Gregory.

– Não sei, mas até hoje eu evito passar perto de um policial.

– Alessandro, você fala demais – disse Julia, rindo. – Deixe que o Miguel fale um pouco, afinal, estamos aqui para comemorar a volta dele.

– UM BRINDE AO MIGUEEEEEEL! – gritou Lucy, induzindo todos ao brinde.

– UM BRINDE A MIIIIIIIIM! – Todos riram de Miguel.

– Nos conte mais sobre o que você fez no Brasil... Estou curiosa. – Julia não conseguia conter sua empolgação.

– Bom... Eu já contei que comi em vários restaurantes? Fui em alguns dos melhores restaurantes de São Paulo e fiquei fascinado com a riqueza da culinária que encontrei. Até mesmo a comida no hotel era gostosa.

– Você fala como se não conhecesse a cidade... – disse Ana, reparando que Alessandro olhou bruscamente para Miguel e depois disfarçou.

– Eu conheço, mas quando morava lá eu não tinha interesse ou grana para frequentar restaurantes caros.

– Mas você disse que cozinhava desde criança – rebateu Julia.

– Eu não sabia que cozinhava desde criança – confessou Ana, olhando para Miguel. – Você sabia, Lucy?

– Sim.

– Só eu não sabia?

– O rosto dela fica engraçado quando ela se sente traída, olhem... – disse Lucy, rindo e fazendo todos rirem.

– Eu disse que cozinhava desde pequeno, mas nunca disse que gostava disso... Hoje é diferente.

– Você se reuniu com muitos amigos e parentes? – perguntou Lucy.

– Na verdade, minha agenda não coincidiu com a agenda dos meus amigos. Passei a viagem inteira sozinho.

– E os seus pais? – perguntou Julia.

– Eles não contam, não é?

– Certo... O que mais fez?

– Eu fui a um estádio de futebol...

– Que inveja – interrompeu Alessandro.

– Foi muito bom. A arena é realmente linda, muito moderna, estava cheia, um barulho ensurdecedor e fiquei rouco por quase um dia inteiro...

– Eu vi os vídeos, não precisa se gabar – reclamou Alessandro.

– Achou que o país estava muito diferente de quando esteve lá pela última vez? Tipo, se sentiu um estranho? – perguntou Ana.

– Não. As pessoas continuam animadas, bem-humoradas, esforçadas, estressadas, caridosas. Tudo está funcionando do jeito que eu deixei quando saí... – Todos riram. – Com exceção da política, que está pior.

– Você também não gosta do seu presidente? – perguntou Lucy.

– Pelo que eu ouvi, teríamos sorte se o problema fosse só o nosso presidente.

– O que mais fez por lá? Conte-nos. – Mais uma indagação de Julia.

– Quantas perguntas... – comentou Ana, percebendo depois que falou mais alto do que gostaria.

– Eu me lembrei de você, Ana – disse Miguel, pegando-a de surpresa.

– Sério?

– Sério.

– Por quê? Foi uma lembrança boa ou ruim?

– Quantas perguntas... – disse Julia, irônica, bebendo mais um gole de seu refrigerante. Todos riram sem perceber que ela e Ana não fizeram o mesmo.

– Eu estava caminhando na rua de um dos bairros mais caros de São Paulo, as pessoas estavam bem vestidas, os carros eram caros, prédios imponentes, era noite e as luzes construíam uma bela paisagem, mas não muito longe dali, tinha gente deitada na calçada, muita gente mesmo, alguns pediam dinheiro enquanto outros sequer se mexiam, tinha de crianças a idosos. Estava frio e eles não tinham um agasalho apropriado.

– Isso também acontece aqui... – comentou Lucy.

– Mas não tanto quanto lá... Em meu país coisas assim acontecem mais e é bem pior – ele disse, triste. – Foi perturbador quando pensei no quanto estava disposto a gastar em um restaurante naquela noite e que mesmo toda essa grana não seria suficiente para ajudar todos eles... No fim, preferi voltar, pedir uma pizza e comê-la na cama. Foi um grande contraste, e isso me fez lembrar de alguns dos seus quadros. Você sempre gostou de usar o contraste como tema.

– Sim, e isso me faz lembrar do seu molho agridoce – disse Ana, erguendo-se um pouco na cadeira.

– Eu também me lembrei disso. – Miguel sorriu enquanto também assumia uma postura mais ereta. Ambos sorriram um para o outro.

– É uma pena que essa visão seria a de um quadro triste.

– Tive outras... Um dia você tem que ir lá também e ver as belas paisagens que temos por lá.

– O Brasil é muito grande, Miguel – Julia os interrompeu.

– Estou falando só de São Paulo – disse Miguel para Julia, voltando-se para Ana em seguida. – No Parque Estadual do Jaraguá existem vários mirantes de onde se pode ver uma reserva de mata atlântica. É surreal. Acho que você adoraria pintar esse encontro entre o urbano e o natural.

– Essa reserva é tão bonita assim? – perguntou Lucy.

– Foi declarada patrimônio natural da humanidade pela Unesco em 1994.

– Você pareceu o nosso guia turístico agora... – disse Gregory, provocando risos em Ana, Lucy e Julia.

– À sua direita, meus amigos – disse Miguel, forçando uma voz fina e fanha –, vocês poderão observar um dos animais mais comuns em ambientes escuros e com bebidas alcoólicas como o que estamos agora... Alguns o chamam de bêbado, outros de tarado cafajeste, mas o nome científico é Alessandro.

Todos riram imediatamente. Julia massageava o abdômen e demonstrava sentir dor de tanto rir. Ana colocou as mãos no rosto enquanto Lucy não tinha vergonha de exibir um largo sorriso. Gregory cumprimentava Miguel com um aperto de mãos. Alessandro ria contidamente, mas permaneceu calado.

– Está tudo bem com você, Alessandro? – perguntou Lucy, ainda rindo.

Ele não respondeu, apenas acenou com o polegar e meneou a cabeça positivamente.

– Peguei pesado com você, Alê? – provocou Miguel.

– Mordeu a língua ou algo assim? – perguntou Gregory.

Alessandro pegou o celular e começou a digitar algo. Assim que terminou ele mostrou a todos o que escreveu: "Julia disse que eu estava falando demais, então resolvi dar um tempo XD".

– AAAAAH...!!! – A expressão foi entoada por todos em uníssono. Pareciam ter ensaiado. Em seguida, riram novamente.

* * *

Pouco mais de uma hora depois, despediram-se. Julia não poderia deixar a mãe sozinha por muito tempo, embora a senhora Sartori tivesse apresentado significativa melhora recentemente. Conforme sugerido por Lucy e Alessandro, que resolveram ficar mais tempo no Golden Dollar, Miguel comprometeu-se a acompanhá-la até sua casa. Ana e Gregory também estavam de saída. Ela temeu que surgisse um clima estranho ao despedir-se de Miguel e voltar para casa com outro cara, mas, tal como no começo da noite, ele foi gentil. A presença de Julia requisitando a atenção do rapaz constantemente continuou sendo providencial, pois assim ele não teria tempo para se sentir rejeitado... Era isso, ou ele simplesmente não se importava mais com o que Ana fazia ou com quem. Isso a incomodou de certa forma. De qualquer maneira, foi bom saber que ele seguira em frente, talvez sem mágoas, e que ela estava livre para se relacionar com qualquer outra pessoa sem sentir que o estava magoando... Era exatamente isso que ela queria.

Sentados lado a lado, Alessandro e Lucy se olharam. Ela estava decidida a resolver sua situação e mantinha a expressão tranquila para maquiar sua ansiedade. Não seria fácil terminar com ele, mas era preciso. Antes de iniciar a conversa, ela não deixou de reparar que o rapaz parecia desconfortável.

– Você está bem?

– S-Sim – disse ele, encolhendo-se.

– Erga a cabeça e olhe para mim.

– Eu estou bem – disse ele, desviando o olhar em seguida.

– Não, você não está.

– Ok... Eu estou um pouco nervoso. – Ele esfregava as mãos.

– Por quê?

– Eu... tenho um problema... que não consigo resolver... – Ele coçou o pescoço.

– Todos temos problemas. Quer me contar?

– Na verdade, eu preciso. – Alessandro respirou fundo.

– Ok, então fale... – Lucy lamentou, mas não poderia deixar de tentar ajudá-lo. Ela ainda iria terminar com ele antes de irem embora, mas não era como se não se importasse com o rapaz. Ela iria ajudá-lo agora e depois terminar com ele.

– Bom... Você conhece algum cara que é sentimental e sensível?

– Conheço alguns, por quê?

– Se conhece alguns, sabe que eu sou totalmente diferente deles, não é? Nunca liguei para essas merdas.

– Eu sei, você tem a sensibilidade de um rinoceronte.

– Desculpe... – disse ele, envergonhado.

– Era isso que queria me falar? – Lucy aparentava estar irritada.

– Não... Quer dizer, sim... Ou melhor... – No ápice de seu desconforto, Alessandro deu alguns tapas na própria testa... – Eu acho que tenho muita dificuldade em transmitir... certas coisas...

– Não estou entendendo aonde quer chegar...

– ME ESCUTE! – disse ele, pegando-a pelos braços e apertando-a.

– Ai.

– Desculpe.

– Por que gritou comigo?

– Desculpe. Eu estou nervoso, droga. – Ele pegou um copo da mesa e bebeu tudo o que tinha dentro, fazendo careta depois. – Droga, isso era só água.

– Fale logo o que você tem para falar e pare de desperdiçar o meu tempo, inclusive eu também tenho algo para falar com você.

– Não quer falar primeiro? – pediu ele.

– Você já começou... Ande, fale logo.

– Certo... Você já chegou em um bar com muita sede e quando olhou para a prateleira de bebidas ficou surpresa, sem saber qual delas beber?

– Hum... Não me lembro de ter passado por algo parecido, mas estou tentando montar a analogia na minha cabeça... Continue.

– A minha situação é que, mesmo bebendo boa parte dessas bebidas, nenhuma delas matou a minha sede. Recentemente eu encontrei uma garrafa de vinho, especialmente produzido e envelhecido, estava separada das outras bebidas, no topo da prateleira... Apenas um gole desse vinho me fez perceber que eu não precisava ter bebido tanto, ou melhor... Que eu só queria beber essa garrafa de vinho e nada mais, pelo resto da minha vida. – Ele reparou que ela o olhava, com os olhos arregalados e a boca aberta. Alessandro pegou as mãos da garota e as acariciou antes de continuar a falar. – Sabe... Estou dizendo que você é esse vinho, caso ainda não tenha...

Lucy pulou em cima dele e o beijou sem esperar que concluísse a frase. Beijaram-se por bastante tempo, sem trocar uma só palavra. Até que ele continuou:

– Foi muito difícil te falar isso. – Ele a aconchegou em seus braços.

– Deve ter sido mesmo, você conseguiu falar sobre sentimentos usando bebidas alcoólicas como exemplo.

– Bom, não foi uma das minhas melhores histórias, mas funcionou, não é?

– E como. – Ela o beijou novamente.

– Pode me explicar o que você vê em mim? Eu nunca entendi.

– Por que quer saber?

– É que você é tão maravilhosa, inteligente, forte, linda... O que está fazendo aqui comigo? Eu estava morrendo de medo de te falar como me sinto e ser rejeitado.

– Por que eu te rejeitaria?

– Eu sei que as garotas se divertem com cafajestes, mas acabam ficando com os bonzinhos.

– Defina o cafajeste e o bonzinho.

– Cafajeste sou eu, bonzinho é o Miguel, Gregory, até mesmo o Oliver... São caras bons, sentimentais, românticos... Eu, por outro lado, sou péssimo em ser romântico.

– E não precisa ser... Eu gosto do seu jeito.

– Tem certeza? Enquanto eles gostam de trocar cartas de amor, eu prefiro trocar nudes.

– Repito... Eu gosto do seu jeito. – Ela acariciou o rosto dele. – Se você se comportar direito, um dia poderemos brincar com esses nudes. – Após provocá-lo, ela o beijou novamente.

– Espere... – disse ele, subitamente.

– O que foi?

– Meu fluxo de sangue está sendo redirecionado. – Ambos riram. – Pensei que todas as mulheres gostassem de caras românticos.

– Nem todas. – Ela o olhou nos olhos. – O que disse que sente por mim é verdade?

– Sim.

– Certeza que não está mentindo ou confuso?

– Certeza... Acho que nunca fui tão sincero com alguém.

– Então saiba que um cara que consegue ser sincero faz mais pontos comigo do que um que consegue escrever uma carta de amor.

– Bom saber... – Alessandro respirou fundo. – Posso ser sincero mais uma vez?

– Fique à vontade...

– Estar com você me faz querer ser uma pessoa melhor. Isso parece meio clichê, uma frase de efeito usada como chave de acesso às calcinhas das garotas inocentes, mas, no meu caso, eu só quero ser o melhor que puder para você não perder o interesse em mim...

– Não se preocupe com isso, ainda te acho muito interessante.

– T-Talvez... E-Eu poderia ser ainda mais interessante se eu fosse... seu n-namorado.

– N-Namorado?

– É... Eu gosto muito de você. Obviamente você deve ter alguns problemas mentais que te fazem gostar de mim também, então...

– Peça direito... – disse Lucy, séria.

– Como?

– Me peça em namoro corretamente... agora.

– Hum... – Alessandro ficou surpreso.

– Peça...

– PESSOAL! – ele gritou, levantando-se e chamando a atenção de todos no local. – ESTOU AQUI COM A GAROTA MAIS MARAVILHOSA DO MUNDO E QUERO QUE TODOS VOCÊS SEJAM TESTEMUNHAS DESTE MOMENTO.

– Você está louco? – perguntou Lucy, extremamente envergonhada.

– Eu diria apaixonado, o que para mim é a mesma coisa, mas quem aqui está ligando para semântica? – As pessoas mais próximas riram. Lucy também.

– Você é muito louco mesmo.

– LUCY SARTORI... VOCÊ QUER NAMORAR COMIGO?

Lucy olhou ao redor com as mãos cobrindo a boca. Todos a olhavam e sorriam. A atmosfera era ótima.

– Sim... – disse ela em voz baixa, ainda envergonhada, como raramente ficava.

– ELA DISSE SIIIIM!!! – Alessandro a abraçou e beijou. As pessoas começaram a aplaudir o casal. Sentaram-se novamente, seus sorrisos eram mais brilhantes que as lâmpadas do bar. Aos poucos as pessoas ao redor voltaram suas atenções para o que estavam fazendo antes do momento do casal.

– Será que todos os brasileiros são assim?

– Só os melhores.

– Que bagunça você fez aqui...

– Esse é o jeito brasileiro que vale... Somos muito bons em celebrar.

– Estou vendo.

Beijaram-se novamente.

– Ei... Você queria me falar algo, certo? O que era? – perguntou Alessandro, curioso.

– Esquece...

– Pode falar, sou seu namorado agora, quero que me conte tudo.

– E-eu ia dizer... b-basicamente as mesmas coisas que você.

– Que gosta de mim de verdade?

– É... Só que de um jeito diferente.

– Que jeito?

– Não importa mais. Foi muito melhor do seu jeito.

* * *

Chelsea. Próximo ao prédio de apartamentos Rising Star.

Ana e Gregory caminhavam lentamente pela calçada. Estava frio e ele emprestou a ela sua blusa. Na iminência de chegar ao seu apartamento, Ana sentia uma forte ansiedade ao pensar no que poderia acontecer na despedida. Em filmes e livros sempre ocorre uma conversa agradável, sorrisos, um clima envolvente e, por fim, um beijo... Tudo estava caminhando exatamente dessa forma. Chegaram à porta do prédio e pararam, um de frente para o outro.

– Hoje foi divertido, não foi? – perguntou Ana.

– Foi ótimo – respondeu Gregory com seu sorriso simpático.

– Eu achei que você não fosse querer sair, já que te liguei praticamente em cima da hora.

– Eu confesso que estava torcendo para você me ligar.

– Sério?

– É. Fiquei muito feliz que tenha feito isso. Eu realmente queria te ver.

– Você poderia ter me ligado também... Como seria se eu não tivesse te ligado?

– Eu fiquei com um pouco de vergonha. Pensei bastante, mas não consegui escolher um lugar que fosse ideal para te levar. Quer dizer, não poderia te chamar para qualquer lugar e para fazer qualquer coisa.

– Poderia sim, o que importa é a companhia.

– Concordo, mas pelo fato de você ser uma companhia tão especial, eu não poderia te chamar para um lugar menos que especial.

– Você é bom de conversa. – Ana sorriu.

– Porque olhar para você me enche de inspiração...

Gregory deu um passo para a frente. Ana respirou fundo e aproximou-se também, antes de fechar os olhos ela o viu se aproximando novamente. De olhos fechados, bastou a ela apenas esperar pelo toque dos lábios dele... Isso não aconteceu. Por instinto, sem entender, ela recuou. Ambos abriram os olhos.

– Muito cedo?

– Não.

– Eu fiz algo errado?

– Não, longe disso.

– Então qual é o problema?

– Eu... não sei – lamentou Ana, confusa, olhando para ele.

– Será que tem relação com o Miguel?

– O quê?! – Ana estava perplexa. – Por que está falando nele? Ele te disse alguma coisa?

– Fique calma. – Ele sorriu.

– Ele foi rude com você ou algo do tipo?

– Não... Na verdade, ele é um cara muito bacana.

– Então por que está falando nele?

– Quem está falando nele agora é você...

– Ok, desculpe – disse ela, lamentando novamente.

– Vocês já tiveram algo mais que amizade?

– NÃO! – respondeu ela de imediato.

– Eu senti que tinha um clima entre vocês, e você e a Julia pareciam disputar a atenção dele... Como ficou óbvio que ela estava interessada nele, eu achei que você talvez pudesse estar também.

– NÃO! – respondeu Ana contundentemente. – Você está perdendo tempo falando nele. Vamos tentar de novo.

– Tem certeza?

– Sim. Vem... – Ana apoiou os braços nos ombros dele.

Aproximaram-se novamente. Gregory fechou os olhos e esperou pelo contato com os lábios de Ana... Mais uma vez ele percebeu que ela recuou.

– O que foi agora?

– Você acha que, da mesma forma que você pensou que eu estou interessada por ele, os outros também podem ter pensado? – perguntou ela, recolhendo os braços e estralando os dedos das mãos, temerosa.

– Lucy e Alessandro estavam muito concentrados um no outro, inclusive, acho melhor se preparar para alguma novidade que possa surgir ainda hoje sobre aqueles dois... O Miguel não parece ter percebido, ele é meio distraído, mas a Julia...

– Acha que ela pode ter pensado o mesmo que você?

– Com certeza, afinal, está interessada nele.

– Droga.

– Mas, afinal, você está interessada nele ou não?

– Não do jeito que você está pensando. Nós brigamos recentemente e estamos tentando voltar a ser o que éramos antes... Melhores amigos.

– Então eu não preciso me preocupar em vê-lo roubar você de mim?

– Eu não sou sua, você sequer conseguiu me beijar – disse ela, provocando-o.

– Não fui eu que recuei duas vezes...

– E isso te impede de tentar a terceira?

– De forma alguma.

Novamente ambos fecharam os olhos, ele delicadamente colocou as duas mãos no rosto dela e lentamente o conduziu para perto do seu. Dessa vez ela não teria para onde recuar. Quando se aproximou o suficiente para sentir a respiração de Ana, Gregory sentiu que começou a tremer, agora ele estava nervoso diante da garota mais bonita com quem já tinha conversado, prestes a beijá-la.

– Espero que não fique bravo – disse Ana, de olhos fechados.

– Por que eu ficaria? – Ele respirou fundo para sentir o hálito doce da garota.

– Acho que não consigo fazer... Não agora.

– Tem certeza? – perguntou ele, abrindo os olhos.

– Tenho. Infelizmente. – Ela também abriu os dela.

– Na verdade – ele sorriu de forma simpática enquanto tirava as mãos do rosto dela –, não posso negar que estou frustrado, mas de forma alguma estou bravo.

– Jura?

– Sim. Você terminou seu noivado recentemente...

– Sim, mas também tem umas questões familiares que estão me incomodando bastante e agora tem mais um mal-entendido com o Miguel e a Julia...

– Eu estraguei tudo, não é?

– Não.

– Estraguei sim... Eu não deveria ter trazido esse assunto à tona.

– O problema não é isso. Eu sou o problema... – Ana suspirou. – Eu prometo que na próxima vez eu estarei mais preparada.

– Vai haver uma próxima vez?

– Vai... A não ser que você não queira.

– Com certeza eu quero. – Ele sorriu e recebeu o sorriso dela de volta instantaneamente. – E da próxima vez, só falarei sobre nós dois.

– Será melhor assim.

– Então eu acho que é melhor eu ir agora.

– É.

– Ganho um beijo no rosto pelo menos?

Respondendo apenas com um sorriso, Ana devolveu para Gregory a blusa que havia pegado emprestada, virou o rosto dele com a mão e beijou-o na bochecha. Um beijo demorado e carinhoso.

– Obrigada por ser tão compreensivo.

– Não precisa agradecer. Eu ainda estou lucrando...

– Só com um beijo no rosto?

– Acho que isso mostra o quanto eu te acho especial...

Com essas palavras e um sorriso doce, ele virou-se e foi embora, causando a melhor das impressões em Ana. Ela o observou por alguns instantes antes de entrar no apartamento odiando a si mesma. Mais uma vez, ela estava arrependida por algo que acabara de fazer. Ela queria beijá-lo desde que o chamou para sair e não entendia o motivo de não conseguir. Gregory era um cara incrível, bonito, gentil, encantador... Por que não conseguiu? Confusa, Ana pegou o celular e digitou uma mensagem para Lucy.

"Quando puder, por favor, preciso conversar com você... Quero conselhos."

* * *

Prédio de apartamentos Rising Star. Apartamento 37. Mais tarde.

Quando Lucy chegou, não deu a Ana oportunidade de começar a falar. A primeira coisa que fez foi contar a sua novidade. Ela e Alessandro estavam finalmente namorando. Lucy detalhou todo o momento para a amiga enquanto comiam pipoca no sofá grande.

– E todos aplaudiram? – perguntou Ana, que segurava o balde.

– Sim... Estou arrepiada só de te contar.

– E eu só de te ouvir.

– Foi maravilhoso, ele me surpreendeu bastante – disse Lucy, saboreando mais um punhado de pipoca.

– Estou vendo.

– Ah... – bradou Lucy de repente. Logo em seguida, pegou a bolsa e dela tirou uma nota de cem dólares. – Acho que é a primeira vez que perco uma aposta na minha vida. – Ela entregou o dinheiro para a amiga.

– Que irônico – disse Ana, largando a nota na mesa de centro. – Você tinha a intenção de terminar com ele, mas agora estão namorando.

– Também estou surpresa.

– Mas está feliz?

– Muito.

– Isso é ótimo... Deus sabe o quanto amo te ver feliz.

– E eu te amo, minha amiga – disse Lucy, acariciando a mão de Ana e sorrindo. – Como foi o seu fim de noite?

– Eu voltei para casa com a intenção de beijar o Greg, mas não rolou.

– Ele te deu um fora?

– Não, ele queria me beijar também... Fui eu que não consegui.

– Está dizendo que...

– Que eu recuei nas vezes em que ele tentou me beijar – interrompeu Ana, antes de respirar fundo. – Em todas as três...

– Mas que droga.

– Eu queria muito beijá-lo e ele foi tão maravilhoso hoje, você não faz ideia do quanto ele é gentil, compreensivo... É um cara diferenciado.

– Eu também o achei bem legal, mas sempre existe um "mas", não é? Qual foi o seu?

– Eu acho que tive um bloqueio... Algo no fundo da minha consciência que vai me bloquear sempre que eu tentar beijar alguém.

– Deve ser por conta do que sente pelo Oliver.

– Na verdade, acho que é coisa pior – disse Ana, mordendo o lábio inferior.

– Pior como?

– Sabe... – Ana deixou o balde de pipocas em cima da mesa de centro e continuou: – Esse meu bloqueio não é tão forte. Teve um furo nele.

– Um furo? – Lucy aproximou-se da amiga.

– Miguel.

– O Miguel é um furo...? – Lucy não compreendeu a princípio, mas segundos depois entendeu. – Nããããããão!!!

– Sim. – A voz de Ana saiu trêmula.

– Nããããããão!!! – exclamou Lucy, olhos e boca abertos, incrédula.

– Sim – novamente, Ana respondeu com a voz trêmula.

– VOCÊ BEIJOU O MIGUEL NA BOCA???

– Isso, grita mais alto, o Brasil ainda não escutou...

– Quando foi isso?

– Um dia antes de ele viajar para o Brasil.

– Um dia antes de... Nããããããão!!!

– Sim.

– Eu preciso beber... Espere, vou pegar vinho. Vai querer?

– Com certeza.

Lucy correu para a cozinha enquanto Ana posicionava-se melhor no sofá.

– Por que não me contou antes, sua vadia?

– Nem eu estava acreditando que isso tinha acontecido mesmo... Precisava me preparar. Não foi algo que eu planejei.

– Ok, volte no tempo... Até onde sei, você foi se desculpar com ele pessoalmente na véspera da partida.

– Sim.

– Como foi que isso terminou em beijo? – perguntou Lucy, separando duas taças.

– Em parte foi por culpa sua.

– Minha?

– Não foi você que de propósito me fez acreditar que ele estava voltando em definitivo para o Brasil e ficou me pressionando para beijar alguém a qualquer custo durante a semana inteira?

– Sim, mas foi para você cair na real mais rapidamente, fazer as pazes com Miguel, parar com suas implicâncias e superar o Oliver... Não era para enfiar a língua na boca dele.

– Não foi assim... – Ana estava vermelha.

– Então como foi? Teve clima? – Lucy enchia as taças com vinho.

– Um clima muito forte.

– Com certeza... Você sabe o que sempre pensei sobre vocês dois.

– Enfim... – Ana tentou ir direto ao assunto. – Foi um erro, uma atitude desesperada e eu deixei isso bem claro para ele.

– Eu realmente não percebi nenhuma mudança de comportamento no Miguel.

– Felizmente ele entendeu bem...

– Posso tentar adivinhar o motivo de você ter me chamado aqui? – perguntou Lucy, entregando uma taça para Ana e sentando-se ao seu lado.

– Tente.

– Você quer que eu te ajude a entender por que teve bloqueio com o Gregory e não com o Miguel.

– Acertou de novo, Sherlock.

– Primeiramente... Como foi beijar o Miguel?

– Acho que não é esse o ponto.

– Quer minha ajuda ou não?

– Quero... Chantagista.

– Seja sincera... Como foi beijá-lo?

– Não foi... ruim.

– Pare com meias palavras, seja precisa... BOM ou RUIM?

– BOM. – Ana bebeu um gole de vinho.

– Só bom?

– ÓTIMO. – Outro gole, maior.

– Oh, meu Deus... – Lucy começou a rir, empolgada. – Descreva.

– Para quê?

– Faz parte do seu processo de cura.

– Curar o quê?

– Apenas descreva em voz alta e seja sincera. Com essas informações poderemos entender melhor sua situação.

– Você ainda está tentando me ajudar ou só quer matar a curiosidade?

– Um pouco de cada, agora descreva.

– Descrever o que, exatamente?

– Como começou, o que sentiu...

– Bem... Quando nos vimos, corremos para nos abraçar. Eu estava bastante aliviada por ele ter me perdoado e feliz em revê-lo. Quando o abracei e o olhei de perto eu me senti muito bem, eu tive paz... Foi então que entendi o quanto senti falta dele.

– Assim como eu já tinha dito.

– E nunca esteve tão certa...

– Na verdade, nunca estive errada.

– Isso é relativo, mas enfim... Parecia uma cena de filme romântico, o sol estava se pondo e, quando eu percebi, estava pegando a bala da boca dele com a minha língua.

– *Puta que pariu!!!* – exclamou Lucy, que bebia um gole de vinho e acabou deixando escorrer um pouco pelo canto direito da boca. – Eu nunca fiz isso na minha vida.

– Eu também nunca tinha feito.

– Foi bom?

– Já falei, foi ótimo.

– Estou ficando com calor, espero que seja só o vinho – disse Lucy, abanando-se com as mãos.

– Mas foi só um beijo... Um ótimo beijo, mas só daquela vez. Ele me contou que não estava indo para sempre, nós esclarecemos tudo e reatamos nossa amizade. Fim da história – disse Ana, bebendo outro generoso gole de vinho. – Acha que agora já tem as informações de que precisa?

– Lembra das coisas que te incomodaram nos caras com quem flertou naquela semana? O Miguel tinha alguma delas?

– Não.

– E então você o beijou.

– Sim.

– O Gregory tinha alguma delas?

– Não.

– E mesmo assim você não conseguiu beijá-lo...

Ana não respondeu, apenas meneou a cabeça positivamente.

– Eu acho que não vai gostar de saber o meu diagnóstico, principalmente se pensar na confusão que isso pode se tornar.

– Confusão com quem?

– Julia.

– NÃO!!! – exclamou Ana, recorrendo à taça de vinho novamente. – Você está enganada. Na verdade, eu acho que sei o que houve.

– Sério? Conte-me.

– Eu estou sob muita pressão ultimamente... Terminei o noivado, estava brigada com o Miguel, o aniversário da minha mãe está chegando e eu corro o risco de encontrar o meu pai... Tudo isso me atrapalhou e eu não consegui me concentrar no Gregory.

– Então esse é o problema?

– Sim.

– Se estivesse tão fragilizada semanas atrás como está agora, provavelmente não conseguiria beijar o Miguel também, não é?

– Exatamente.

– Boa desculpa, mas não me convence.

– Se não é isso, o que é?

– Como eu disse, você não vai gostar se eu falar que você está...

– NÃO... – disse Ana, interrompendo a amiga novamente. – Não fale.

– Certo, não vou falar... – Lucy olhou nos olhos de Ana de uma forma mais séria. – Mas se quer mesmo ter certeza das coisas, tente beijar Miguel novamente.

– O quê?

– Se também for "bloqueada", não haverá dúvidas de que as coisas na sua cabeça estão afetando o seu estado emocional, mas se conseguir beijá-lo... É melhor se preparar.

– Droga... – Ana olhou para baixo, pensativa.

– Eu quase me esqueci de comentar uma coisa.

– O quê?

– Quando estávamos no Golden Dollar, o Miguel comentou sobre a comida gostosa do hotel... Reparou nisso?

– Sim. E você reparou no jeito que o Alessandro olhou para ele?

– Reparei – disse Lucy, franzindo a testa. – Então você deve ter se perguntado o mesmo que eu...

– Por que ele ficaria em um hotel e não na casa dos pais?

– Exatamente.

– Agora tudo o que você disse sobre ele ser tão reservado faz mais sentido – disse Ana, coçando a cabeça.

– Sim... Vamos esperar o melhor momento para tirar essa informação dele.

– Tem certeza? Será que não é exagero?

– Confie em mim. Tem alguma coisa que incomoda o Miguel desde que o conhecemos e nós vamos descobrir o que é.

* * *

Uma hora depois.

Ana estava sentada no sofá navegando entre os canais da TV sem conseguir prender-se a um deles por mais que cinco minutos. Estava de pijama, mas longe de ter sono. Ela não parava de pensar em tudo que aconteceu nesse dia. Novamente ela estava cercada de várias emoções e sentimentos confusos e odiava toda essa agitação... As coisas eram muito melhores quando eram mais simples. Acima de tudo, existia um fato que ela tentava negar com veemência na esperança de convencer a si mesma. Já era mais de meia-noite e o sono não vinha. Ana sentiu inveja de Lucy, que já dormia há bastante tempo. Foi então que seu celular vibrou. Era uma mensagem de Miguel.

Miguel: Está dormindo?

Ana: Não.

Miguel: Oi =)

Ana: Oi... xD

Miguel: Está em casa?

Ana: Sim.

Miguel: A Lucy está com você?

Ana: Está dormindo no quarto.

Ana: E eu estou no sofá contemplando o infinito do nada ¬_¬

Miguel: É por isso que eu não bebo álcool. xD

Ana: HA HA HA. ¬_¬

Ana: Palhaço.

Miguel: Tem mais alguém aí?

Ana: Quem mais deveria estar aqui?

Miguel: A julgar por este seu mau humor... Talvez Jesus.

Ana: Você conseguiu de novo.

Miguel: Consegui o quê?

Ana: Me fazer rir quando estou triste.

Miguel: O que está te deixando assim?

Ana: Muitas coisas. Mas eu não quero te incomodar com meus problemas.

Miguel: E desde quando eu me incomodo? Você sabe o quanto eu me importo com você. Somos amigos.

Ana: Eu sei... É por isso que ainda estou sã. Ter Lucy e você do meu lado torna as coisas mais suportáveis.

Miguel: Eu prefiro tentar torná-las mais do que só suportáveis. Você acha que é muito tarde para eu te fazer uma visita?

Ana: Por que quer vir aqui?
Miguel: Tenho que te entregar uma coisa.

Toc toc toc!

Alguém bateu na porta. Ana caminhou lentamente sem parar de digitar, imaginando se era possível que fosse ele.

Ana: Não é muito tarde, mas até você se arrumar e vir para cá...
Miguel: E se eu já estivesse a caminho?
Ana: Onde você está?

Ana abriu a porta. Era mesmo Miguel.

– Aqui.

– Como...? Você já... – Ana estava confusa.

– Será que posso entrar?

– Claro. Que surpresa. – Ela o recebeu com um beijo no rosto.

– Prometo que serei rápido, eu não quero te atrapalhar. – Ele entrou.

Ana notou que Miguel usava a combinação de roupas que mais repetia: calça jeans azul e sua jaqueta preta. Ele realmente não era muito criativo para se vestir.

– Não estou muito ocupada agora... – disse ela apontando para a TV, que exibia um documentário sobre os estudos que levaram à descoberta dos elementos químicos e à construção da tabela periódica.

– Ah... – Ele olhou para a TV, fazendo careta.

– Sente-se no sofá, eu vou pegar um bolo, você deve estar com fome.

– Como sabe que estou com fome?

– Quando é que não está? – Ana riu enquanto fechava a porta. – A senhora Baker fez um bolo delicioso e nos deu um grande pedaço. Guardei um pouco para você. Sei que adora bolos. – Ana caminhou até a cozinha.

– Adoro mesmo... – disse ele, sentando-se no sofá grande. – Como é que consegue assistir a isso e continuar sem sono?

– A TV está ligada, mas eu não estou assistindo.

– Muita coisa em que pensar?

– Mais do que cabe na minha cabeça. – Ana cortou uma porção de bolo e a colocou em um prato.

– A vida era mais fácil quando éramos crianças, não é?

– Muito mais.

– Ficou sabendo sobre Lucy e Alessandro?

– Sim... Estou muito feliz por ela.

– Que belo pedido, não acha?

– Acho. Especialmente vindo do Alessandro – disse Ana, trazendo o prato com bolo, um garfo e uma lata de refrigerante. – Pegue.

– Obrigado... Ei, adoro esse refrigerante.

– Fiquei sabendo. Nós compramos alguns engradados para quando você estiver aqui. – Ana sentou-se ao lado esquerdo dele.

– Vocês são maravilhosas.

– Eu sei. – Ana sorriu.

– Convencida. – Ambos riram.

– Gostou das nossas boas-vindas?

– Gostei muito... O dia inteiro foi maravilhoso e cheio de emoções.

– Lucy concordaria com isso.

– Hoje foi um bom dia para você? – perguntou ele, comendo um pedaço do bolo e fechando os olhos demonstrando prazer.

– É sábado à noite, estou sem sono e morrendo de tédio assistindo à TV sozinha em casa, ou seja, tudo normal, desinteressante e patético como sempre.

– E quanto ao Gregory? Ele é um cara muito bacana.

– Engraçado, ele disse exatamente a mesma coisa sobre você.

– Viu? – disse ele, fazendo-a sorrir novamente. – Como foi com ele?

– Ele me trouxe até a porta de casa.

– Só isso?

– Só. – O tom de voz de Ana denunciou sua frustração.

– Boa sorte na próxima vez. – Miguel comeu mais um pedaço. O sabor do chocolate era maravilhoso.

– Obrigada... – Ana o olhou, corando. – Teve mais sorte com a Julia?

– Não preciso ter sorte com ela.

– Oh... Estava tão fácil assim?

– Não. – Ele sorriu. – Não estamos como você e o Gregory. Somos só amigos.

– Eu não sou nada do Gregory! – exclamou Ana, sem entender a urgência com que disse isso. – Quer dizer, ainda estamos nos conhecendo.

– Entendi... – Miguel estava com as sobrancelhas erguidas.

– Sobre a Julia... – Ana limpou a garganta. – Ela é louca por você.

– É o que as pessoas dizem, mas ninguém pode saber o que outras pessoas querem. Às vezes, nem elas mesmas sabem o que querem.

– Ela nunca demonstrou? – indagou Ana, após ponderar se o que ele disse foi uma indireta ou não.

– Não que eu tenha percebido.

– É mesmo? Você não perceberia um elefante em um aviário...

– De onde veio isso? – perguntou ele, de boca cheia.

– Você me entendeu...

– Me pareceu que eu estava falando com a Lucy. – Miguel bebeu um gole de refrigerante enquanto a olhava, desconfiado.

– Eu bem que queria ser ela agora. Está dormindo como um bebê e conseguiu alguém especial com quem poderá ficar sempre que quiser... Não a imagino sentindo-se sozinha aos sábados – desabafou Ana.

– Se tivesse uma amiga maravilhosa como eu tenho, poderia estar no apartamento dela agora, comendo bolo e bebendo refrigerante – disse ele, deixando o prato (já vazio) de bolo em cima da mesa de centro e abraçando-a.

– Gostei de "maravilhosa", mas não exagere. – Ana aconchegou-se nos braços dele.

– Não é exagero.

– Você fez aniversário mês passado, não é?

– Fiz. Agora sou um senhor de vinte e um anos de idade.

– Que tipo de amiga maravilhosa não abraça o amigo no dia de seu aniversário porque está brigada com ele?

– Talvez o tipo de amiga maravilhosa que estava passando por sérios problemas, um deles causado pelo aniversariante... – Ele passou as mãos delicadamente nos cabelos de Ana.

– Eu não tenho defesa. Não foi certo o que eu fiz.

– Se serve de consolo, não tenho nenhuma mágoa.

– Mas eu tenho... Você já magoou a si mesmo? – perguntou ela, finalizando o abraço e olhando-o nos olhos.

– Já.

– Então sabe como me sinto agora. É como se eu fosse a menor das pessoas.

– Mas você não é – disse ele, colocando para trás da orelha as mechas dos cabelos de Ana que caíam à frente de seu olho direito.

– Claro que sou... Olha o que eu te fiz. Quando você se abriu comigo, eu não valorizei a sua sinceridade. Não foi uma coisa fácil de descobrir, mas a verdade é sempre a verdade, e é isso que os melhores amigos fazem... Eles contam a verdade. Eu deveria ter te tratado melhor. – Ana assumia uma expressão cada vez mais triste.

– Sabia que eu pensei muito antes de te contar? Não é como se eu já não estivesse preparado para uma reação como aquela.

– Eu tinha planejado te dar um presente de aniversário especial... Lucy e eu estávamos guardando dinheiro para te dar um presente caro, mas ainda não tínhamos chegado a uma conclusão. No dia do seu aniversário, eu praticamente a proibi de falar de você... Até isso eu fui capaz de fazer. Aquele dia foi o dia em que eu mais chorei e...

– Não fale mais – ele a interrompeu. – O que eu preciso fazer para você parar de se torturar com isso?

– Talvez não tenha nada que possa fazer... O problema está comigo, sou mestre na arte de me torturar psicologicamente.

– Então, se eu não posso fazer nada, é você quem vai fazer algo... – Ele assumiu a posição de juramento com a mão direita aberta e erguida. – Vamos lá.

– Aonde?

– Faça como eu... Vamos jurar.

– Mas... – Ana hesitou, mas, ao perceber a seriedade de Miguel apesar da situação fora do comum, ela resolveu segui-lo. Não era a primeira vez que ele tinha uma ideia estranha, e os resultados nunca foram ruins. – Ok.

– Repita comigo... "Eu, Ana Lewis"...

– "Eu, Ana Lewis"...

– "Prometo comparecer ao próximo aniversário de Miguel"...

– "Prometo comparecer ao próximo aniversário de Miguel"... – Ana riu.

– "Este rapaz que é tão gentil, maravilhoso e lindo"...

– Tenho mesmo que dizer isso?

– Não interrompa o juramento – disse ele, tentando parecer bravo, mas ficando hilário.

– Ok... "Este rapaz que é tão gentil, maravilho, lindo e modesto". – Ambos riram.

– "E prometo também"... – continuou ele.

– "E prometo também"...

– "Que até essa data chegar, irei presenteá-lo todos os dias...".

– "Que até essa data chegar, irei presenteá-lo todos os dias...".

– "Com os meus melhores...".

– "Com os meus melhores...".

– "Sorrisos."

– Você é um fofo... – disse ela, encantada.

– Termine o juramento, por favor – disse ele, forçando uma expressão de autoridade ainda mais engraçada.

– "Sorrisos." – Ela sorriu.

– É disso que estou falando. – Miguel a abraçou novamente.

– Estou me sentindo melhor agora.

– Que bom.

– Não vou quebrar essa promessa.

– Estou contando com isso. Você é uma pessoa muito importante para mim... – Ele finalizou o abraço e a olhou nos olhos com um sorriso amistoso. – Extremamente importante.

– Mesmo?

– Mas só como amiga, eu juro... – Ele tremeu, deixando escapar um pouco de desespero.

– Calma. Está tudo bem – disse Ana, pegando na mão dele e a acariciando.

– Desculpe. Eu não quero estragar as coisas de novo.

– Não se preocupe. Já passamos por isso.

– Ótimo.

– Por que sou tão importante pra você?

– Por que quer saber?

– Todo mundo gostaria de saber o motivo de ser importante na vida de alguém, não é?

– As pessoas têm o péssimo costume de procurar pelo "porquê" de todas as coisas e esquecem de que elas devem ser simplesmente aproveitadas. Essa busca pelo porquê de "algo" é tão cansativa que pode fazer esse "algo" perder a graça... Pode ser que não valha a pena...

– O que quer dizer?

– Quero dizer que, em vez de te responder o porquê de você ser importante para mim, eu prefiro te mostrar o quanto. Pode ser?

– Pode.

– Então... – Ele colocou a mão dentro do bolso interno de sua jaqueta e tirou uma caixinha preta e retangular. – É para você.

– O que é isso? – perguntou Ana, surpresa, pegando a caixa.

– Isso é o "quanto".

Ana abriu a caixa. Dentro dela havia um lindo colar.

– Meu Deus!

– É feito de Turmalina Paraíba. É uma pedra muito rara encontrada pela primeira vez no Brasil por volta dos anos oitenta.

– Olha para isso... Deve ter custado caro. – Ana parecia hipnotizada pelo colar em sua mão. – Uma corrente prateada sustentando uma linda pedra azul lapidada em forma de lágrima contornada por pequenas pedras de diamante lapidadas em brilhante...

– Eu levei horas para decorar toda a descrição deste colar e você soube de tudo só de olhar?

– Minha mãe sempre foi apaixonada por flores e joias. Quando eu era pequena ela me ensinou tudo o que sabia sobre ambas. Eu costumava usar as joias dela escondida sempre que ela não estava por perto – disse Ana, colocando o colar no pescoço.

– Ficou lindo em você.

– Obrigada. Tem certeza de que vai me dar?

– Tenho.

– Não vou devolver. – Ela sorriu.

– É seu – disse ele, também sorrindo. – Eu achei que se te entregasse na frente de todos seria grosseiro.

– Seria mesmo, isso é totalmente diferente dos outros presentes.

– É por isso que ele é o melhor exemplo do quanto você é importante para mim, não pelo preço, mas sim porque é raro, diferente e especial... Assim como você.

– Que coisas lindas para se falar a alguém...

– Mas é só como ami...

– Eu sei – Ana o interrompeu. – Não precisa ficar repetindo isso. Fique tranquilo. Venha aqui.

Ana abriu os braços e esperou que ele fosse ao seu encontro. O abraço estava torto porque ainda estavam sentados no sofá, mas estava bom. Miguel era forte, seu aperto era firme e seu corpo era quente. Ana estava de olhos fechados, sentindo-se muito feliz por tudo o que ele havia dito. Quando finalizaram o abraço, seus olhares se cruzaram e, sem que tivessem percebido, estavam se beijando novamente.

Moviam-se lentamente. Ana saboreava o momento através daquele beijo que tinha gosto de chocolate. Novamente o som dos estalos de seus lábios era excitante. Ela sentia cada batida de seu coração no mesmo ritmo do que faziam, agora mais rápido. Sem controle algum sobre si, ela escutava seus próprios gemidos abafados pelo encaixe de suas bocas. As línguas dançavam tocando uma na outra. A condução era dele, ela apenas seguia seus movimentos. Dessa vez o beijo estava mais molhado, talvez pelos movimentos mais abrangentes de suas línguas que lambiam os lábios, ele os dela, ela os dele. Miguel pegou-a pela cintura com seu braço direito e a puxou para junto de si como se ela fosse uma folha de papel. Ana colocou suas duas mãos por dentro da jaqueta dele e sentiu seu corpo, começou pelos ombros, bíceps, peito, abdômen, costas... Era um corpo firme, definido, forte, e ela demorou para perceber que os espasmos do corpo dele eram causados pelos apertos que ela dava, cravando as unhas em sua pele e arranhando-o, ainda que por cima da camiseta.

Miguel agora a segurava pela cintura com as duas mãos, mas lentamente ele as erguia. Quando estavam passando pelas costelas ela sentiu um arrepio e prazer indescritíveis, mas estava preparando-se para mostrar a ele que aquele era o seu limite. Antes que ela fizesse algo, ele tirou as mãos, que segundos depois estavam eu seu rosto. Aparentemente ele sabia que ela não o deixaria tocar em seus seios. As mãos de Miguel eram grandes e cobriam praticamente todo o rosto de Ana, e com elas ele ditava a velocidade e intensidade dos movimentos. Ela adorava isso. Ele conduzia muito bem. Ana não pensava em interromper esse beijo, poderia continuar assim por muito mais tempo, mas surpreendeu-se quando o término ocorreu por parte dele. A separação de seus lábios produziu um grande estalo.

– Ana... – disse Miguel, ofegante. – Me desculpe.

– Não precisa se desculpar, está bom – disse ela, descobrindo que também estava ofegante.

– Mas não podemos... – Miguel afastou-se.

– Não. – Ana tirou a mão direita do peito dele e o puxou para perto pela nuca. – Eu quero mais um pouco.

Seus lábios tocaram-se novamente, movendo-se ainda mais rapidamente, com cada vez mais sede um do outro e estabelecendo entre eles uma ligação e entendimento que superava a do olhar. Aos poucos Ana deitava-se no seu lado do sofá enquanto ele deitava por cima dela. O encaixe de seus corpos foi chocante e a atingiu com uma explosão de sensações. Ele era pesado, tão grande que a cobria por inteiro, ainda assim, era delicado a cada vez que a tocava com as mãos na cintura e no rosto. Suas pernas mexiam-se procurando uma posição para ficar, seria constrangedor se terminassem por se posicionar de forma mais íntima, mais erótica, mais sugestiva... Miguel continuou exercendo sua condução e tratou de posicionar as pernas de forma intercalada, para alívio de Ana. Ainda assim, não seria isso que iria fazê-la parar. Os movimentos de seus lábios agora eram seguidos por todo o corpo, eles se beijavam, se apertavam, se sentiam. Ele estava de calça jeans e ela com a calça fina de seu pijama, isso fez com que sentisse que o corpo dele estava pronto para algo mais... Apesar de estar agindo por instinto e de forma acalorada, Ana não tinha intenção alguma de ultrapassar os seus limites, porém, estava disposta a aproveitar o máximo que pudesse. Ela rapidamente enfiou suas mãos por baixo da camiseta dele e sentiu com os dedos que a sua pele estava quente e suada assim como a dela. Ana surpreendeu-se quando ele fez o mesmo e acariciou sua barriga por baixo da camiseta. A mão dele era realmente grande e a arrepiava a cada movimento lento, calculado e pervertido. Ela nunca fora tocada daquela forma, era muito excitante. Ana torceu para que nenhum acidente acontecesse com suas roupas, pois sua calça de pijama era fina e ela não estava sob controle de todas as reações que seu corpo estava tendo naquele momento. As mãos dele agora estavam em suas costas, arrepiando-a, excitando-a ainda mais, e, apesar de estar sendo apertada com força, era bom. O beijo foi interrompido novamente por Miguel, mas dessa vez ele não falou nada, apenas desceu para o seu pescoço, beijando-a, lambendo-a e mordendo-a de leve várias vezes. Sua barba rala a picava. Ana conseguia escutar os próprios gemidos novamente. Ela conseguia perceber que estava sendo levada à loucura. A língua dele brincou com sua orelha. Em resposta, ela o puxava contra si sentindo ainda mais o peso de seu corpo. Ana parecia não ter controle sobre suas mãos, que por baixo da camiseta dele massageava, apertava e arranhava todo o seu tórax, até que subitamente ela levantou a camiseta dele e ergueu a própria perna direita, prendendo-o e puxando-o contra si. As pernas dele ficaram entre as dela e, então, a parte mais intensa do corpo do rapaz tocou a parte mais intensa do corpo dela em um encaixe perfeito de suas pernas. Ana gemeu alto. Miguel levantou.

– Não...

– Miguel... – disse Ana, ainda embriagada de prazer, tentando trazê-lo de volta.

– Isso não está certo, Ana. – Miguel desvencilhou-se dela e saiu do sofá, arrumando sua camiseta novamente.

Ana ficou deitada no sofá, na mesma posição, ofegante, de olhos fechados...

– Não sei o que deu em mim – confessou ela.

– Eu também não sei, mas é melhor não fazermos de novo – disse ele, com as mãos no rosto.

– Desculpe... Acho que estou um pouco confusa – disse Ana.

– Eu sei, mas, por favor, não pense que me aproveitei disso.

– Não estou pensando isso.

– É melhor não ficarmos sozinhos de novo até você conseguir resolver as suas pendências – disse ele, sério.

– O quê?

– Você precisa resolver as coisas com Oliver, e também tem o Gregory... Não podemos ficar sozinhos de novo sem que a situação com eles seja resolvida. Além do mais, eu não quero ser o culpado por algo entre você e eles dar errado, muito menos quero ser a válvula de escape.

– Como é que é?

– Olha, você disse que vai valorizar a minha sinceridade, então eu serei sincero com você. Posso?

– P-Pode...

– Eu não sei o que você sente pelo Gregory ou por mim, mas sei que você amava o Oliver desde sempre até dois meses atrás. Você precisa parar de ignorá-lo e saber se sobrou algo desse amor. O que quer que você esteja sentindo por mim, se for sentimento ou só algum tipo de atração, nunca será algo significativo se você não estiver totalmente resolvida, e eu não quero ser envolvido em algo duvidoso, pois não quero me machucar novamente...

– Me desculpe.

– Não precisa me pedir desculpas, apenas converse com Oliver e veja o que existe entre você e o Gregory... Resolva sua situação com eles.

– E com você?

– Nós já estamos resolvidos, somos amigos e isso me basta.

– Mas...

– Foi difícil sufocar o sentimento que comecei a sentir por você. Foi uma automutilação mental e emocional muito dolorosa e com muito esforço eu me convenci de que ser somente seu amigo era o suficiente. Eu não quero ter que passar por isso novamente... Resolva-se. Peça minha ajuda se precisar, mas não será desse jeito. Desculpe.

Ana ainda estava deitada, olhando-o, calada, pensando no que Lucy disse que significaria se ela não tivesse bloqueios em beijá-lo. Ela não havia feito de propósito, novamente havia acontecido naturalmente. Seria isso o suficiente para responder às suas dúvidas? Miguel caminhou até a porta e foi embora. Ana estava confusa, lamentava o fato de ele estar absolutamente certo, odiava o fato de ele estar absolutamente certo. Era hora de encarar os próprios problemas para poder seguir em frente. Assim como Miguel havia dito na primeira vez que se encontraram, era preciso resolver uma situação antes de entrar em outra.

Ana levantou-se, suas pernas tremiam, sentiu tontura. Ela sentia como se Miguel ainda estivesse em cima dela fazendo as coisas incríveis que fez em seu pescoço. Aquilo foi muito intenso. O estado de Ana era absurdo, ela precisava urgentemente de um banho.

Durante o tempo em que se banhou, Ana organizou mentalmente as situações com que teria de lidar. Ela teria que se preparar para o aniversário de sua mãe, quando provavelmente encontraria com seu pai após meses de indiferença mútua. Deveria ter uma conversa definitiva com Oliver para vencer o medo de descobrir se ainda o amava e encontrar uma forma de explicar para Gregory que ele era um cara certo que apareceu em uma hora errada. Ela só esperava conseguir sobreviver a tudo isso, mas não poderia deixar de enfrentar cada uma dessas situações. Felizmente, Miguel não era mais uma. Como ele mesmo disse, eles já estavam resolvidos um com o outro sendo só amigos...

* * *

Miguel caminhava lentamente pela rua escura do Rising Star minutos depois de sair do prédio. Ele olhava para a lua e mal reparava nas pessoas que passavam por ele. Essas pessoas, por sua vez, reparavam nas marcas obscenas em seu pescoço.

A expressão no rosto dele era séria, contida e indecifrável. Em sua mente ele relembrava de cada segundo que acabara de passar com Ana e revisava novamente todos os seus conceitos do que era certo e do que era errado.

* * *

Manhã do dia seguinte.

Ana estava deitada em sua cama, dormindo serenamente, tranquila. Ela estava sonhando, e pelo sorriso em seu rosto, era um bom sonho. Então, em uma rápida mudança, seu rosto ficou triste... O sonho estava acabando, mas ela não queria que terminasse. Ela queria que aquilo fosse real, queria que aquilo estivesse acontecendo de verdade. Ela levantou de sua cama em desespero...

– NÃO TENHO BLOQUEIOS COM VOCÊ, MIGUEL!!!

– EI!!! – exclamou Lucy, acordando assustada.

– Lucy...??

– Por que está gritando, Ana?

– Eu gritei?

– Gritou alguma coisa. Está tudo bem? Teve um pesadelo?

– Não sei ao certo...

– Então se deite e volte a dormir... Ou pelo menos grite em silêncio. – Lucy virou-se para o outro lado, tentando voltar a dormir.

– Na verdade... foi um sonho. Um sonho com Miguel... – disse Ana em voz baixa, voltando a se deitar. A luz do sol já invadia o apartamento das amigas, mas ainda era cedo. Ana duvidou de que conseguiria voltar a dormir. Seu coração estava disparado e ela acabara de descobrir uma verdade escondida nele. – Miguel, eu estou apaixonada por você... Oh, meu Deus, como isso foi acontecer?

– Ana, pare de cochichar sozinha, eu quero dormiiiiiiiir – reclamou Lucy, colocando e apertando o travesseiro em cima de seu rosto.

– Aconteceu uma coisa ontem, Lu.
– Aconteceram muitas coisas ontem, Annie.
– Estou falando de depois que você foi dormir.
– O que foi? – perguntou Lucy, sonolenta.
– O Miguel veio aqui e nos beijamos de novo.
– O quê!? – Lucy ergueu-se e deixou o travesseiro cair no chão.
– Eu beijei ele de novo... Foi ainda melhor.
– Nããããããão!!!

Pensamento: Estou apaixonada... Estou mesmo apaixonada... Como isso pôde acontecer tão rápido? O que farei agora que ele quer ser apenas meu amigo? Ironicamente, nossos papéis se inverteram. Miguel, eu estou apaixonada por você.

capítulo 13. ANA

Prédio de apartamentos Rising Star. Apartamento 37. Manhã de sábado.

Miguel esfregava os dedos despejando sal na frigideira com ovos mexidos. Ele usou a própria gordura do bacon para fritar os ovos juntamente com um discreto fio de azeite, pois adorava o cheiro. Ao fim do processo, também adicionou alguns cubos pequenos de queijo, atentando-se para não deixar que derretessem por completo. Depois montou dois pratos com um ovo mexido e duas tiras quentes e crocantes de bacon cada. Era o típico café da manhã americano. O suco natural de laranja já estava pronto, bastou espremer um pouco de limão em cada um e adoçar. Ele montou os pratos e copos na bandeja e levou para a sala, onde Lucy o esperava sentada à mesa.

– Que cheiro delicioso, Miguel – disse Lucy, com garfo e faca em mãos.

– Quando você me disse que precisava ter uma conversa séria comigo e me convidou para um café da manhã no seu apartamento, não sabia que eu é que deveria prepará-lo...

– Você está comendo, não está? – disse ela, usando o garfo para comer uma porção dos ovos e comendo uma tira de bacon diretamente com a mão.

– Claro que estou, fui eu que fiz. – Ele comia da mesma forma.

– Parabéns, está delicioso. – Ela reforçou seu elogio com uma expressão facial típica de prazer. O bacon estava tão crocante que fazia barulho enquanto era mastigado.

– Sabe... Eu estou curioso para saber o que você quer me contar.

– Eu sei que está.

– Então por que não me conta logo?

– Quero te torturar um pouco... Você merece. – Ela ficou séria.

– Mereço?

– Sim... Merece pelo que você está fazendo com a Ana.

– O que eu estou fazendo?

– Ela me contou o que rolou entre vocês... duas vezes. – Lucy o encarou com um olhar penetrante.

– Lucy... – Ele deixou uma fatia de bacon cair de sua mão direto para o chão.

– Ficou assustado?

– N-Não. – Miguel pegou o bacon do chão. Em seguida, assoprou e continuou comendo.

– Se soubesse o que aconteceu no chão ontem, não faria isso.

– O que aconteceu? – perguntou ele, surpreso e pronto para cuspir.

– Nada, estou brincando com você... – Lucy riu de uma forma estranha. Parecia insegura.

– Sobre a Ana e eu...

– Você não precisa me explicar. Eu meio que torcia por isso, lembra?

– É, mas não está acontecendo do jeito que você pensa...

– Eu sei. – Lucy respirou fundo enquanto mastigava, ela parecia incomodada. – Eu até concordo com o que você disse sobre ela precisar resolver os problemas que tem, mas não acha que tinha um jeito melhor de dizer isso?

– Que jeito?

– Não sei... Talvez sendo menos ogro e mais gentil. Ela não te espancou naquela noite, ela só te beijou. Custava perguntar a ela o motivo? Tinha que jogar na cara que ela estava fazendo as coisas de forma errada? Faltou gritar que estava sendo usado por ela.

– Reconheço que exagerei, mas depois que ela brigou comigo, o que quer que eu pense sobre esses beijos? Ela pode estar apenas carente ou confusa agora e eu não quero nutrir esperanças e ser rejeitado de novo.

– Isso justifica não falar sobre o beijo, mas e quanto ao sermão que deu nela?

– Não dei sermão, eu só fiquei na defensiva e falei das coisas que estavam erradas, mas aí eu perdi um pouco o controle e acho que fui um pouco duro com ela. Reconheço isso e sinto muito.

– Diga isso para ela, não para mim.

– Eu sei... Mas não é como se eu tivesse mentido. Ela realmente precisa resolver muitas coisas. Você sabe que eu quero o bem dela.

– Eu sei disso, mas em vez de vomitar problemas na cara dela, eu prefiro ajudá-la a pensar em como resolver... Acha que ela mesma não sabe o que tem que fazer?

– Ela está brava comigo?

– Não... Mas só porque você fez aquela coisa na orelha dela com a sua língua – disse Lucy, com um sorriso extremamente sugestivo e vulgar.

– Pelo amor de Deus, Lucy! – O rosto dele ficou vermelho. – Não consegue falar sério por um minuto?

– Ok, eu não resisti...

– Me chamou aqui para uma conversa séria ou só para zombar de mim?

– Me desculpe... – disse ela, desta vez com um olhar sincero. – Eu costumo fazer graça quando estou chateada ou ansiosa.

– Eu já sei disso... Continue – disse ele, de boca cheia.

– Eu percebi que você tem se afastado de nós recentemente. Por que está fazendo isso?

– Eu achei que fosse preciso me manter afastado para ela colocar a cabeça no lugar.

– Faz três semanas que você não nos visita e nunca está em casa quando queremos te visitar ou sair, até mesmo por mensagens está difícil falar com você. Não sei o milagre que te fez atender ao meu pedido hoje, mas saiba que sentimos sua falta... Ela principalmente.

- Desculpe, é que...

- Pelo menos eu tenho o Alessandro - Lucy o interrompeu. - Quem a Ana tem? Acha que eu sou suficiente para ela? Há três semanas ela não te vê e está morrendo de saudade...

- Eu só quis dar um tempo para ela.

- Não é isso que está acontecendo... Você está sendo covarde. Está fugindo da responsabilidade. Para alguém que manda os outros resolverem seus problemas, você é bastante hipócrita. Se não consegue resolver o problema que tem com ela, ao menos assuma a sua posição como amigo e esteja presente nesses momentos difíceis.

- Lucy, da última vez que me aproximei demais, nós dois sofremos... Não vou cometer esse erro novamente.

- Mas quem disse que a distância é um acerto? Quer dizer... Sente-se melhor agora? Prefere continuar assim até se tornar um estranho para ela? Não sente saudade também?

- Claro que sinto, mas as coisas estão muito complicadas agora... Toda vez que estamos sozinhos ela me beija, mas eu sei que só faz isso porque se sente segura comigo de alguma forma... É como se ela fizesse isso para se distrair e talvez eu seja só isso para ela, uma distração.

- Está reclamando de uma garota linda que te beija para se sentir melhor?

- Eu não colocaria dessa forma...

- Coitadinho, está mesmo sendo usado pela garota má.

- Lucy, não era esse tipo de relação que eu gostaria de ter com ela.

- E qual relação queria ter?

- Não importa mais - disse ele, bebendo um gole de suco. - Além disso, eu não quero ser mais um fator nessa multiplicação maluca de problemas que ela tem.

- Não seja dramático, Miguel... Tudo o que aconteceu com Ana faz parte das escolhas que ela mesma fez. Talvez ela seja péssima em tomar decisões certas ou ótima em tomar decisões erradas, mas, acertando ou não, ela se vira com as consequências... Ela é muito forte, mesmo não aparentando.

- Eu sei disso.

- No último dia em que esteve aqui, aquele em que você quase a violentou...

- O QUÊ? - Miguel a interrompeu.

- Brincadeira. Perdi o controle de novo... - Ela sorriu discretamente. - Enfim, ela me contou tudo o que você falou. Repito, achei exagero, mas Ana concordou com cada sílaba. Na verdade, suas palavras viraram lei para ela, que decidiu seguir à risca.

- Sério?

- Sério... Se estivesse perto de nós, você veria - disse Lucy, acusando-o com os olhos. - No dia seguinte ela ligou para Oliver.

– E como foi? – Miguel corrigiu sua postura na cadeira.

– Eles conversaram um pouco, se atualizaram, mas ela partiu logo para o que interessava. Ela disse que não via sentido em voltar com ele. Que o término era definitivo.

– E o que ele disse?

– Ele ficou muito triste, entrou em desespero, implorou para que ela repensasse, que lhe desse outra chance... Eu meio que escutei a conversa, foi bastante perturbador. Ela chorou bastante durante e depois.

– E como terminou?

– Ele disse que não aceitava o término por Skype. Irônico, não acha?

– É... – Miguel atacou o prato como se seu apetite tivesse dobrado.

– Então, ele disse que viria aqui assim que possível, mesmo ela dizendo que isso não mudaria nada. E quer saber o que eu acho?

– Fale.

– Se no mês passado eles se encontrassem novamente, existia uma boa possibilidade de ela voltar atrás e dar outra chance para ele, desde que ficasse aqui em definitivo. Hoje, garanto para você que não há nada que ele possa fazer para reconquistá-la.

– Está decidido então? Acabou?

– Foi o que Ana disse. Ela não pode impedir ele de comprar uma passagem de avião e vir aqui, mas já o alertou que isso não mudará sua decisão.

– E ele?

– Quer vir mesmo assim. – Ela bebeu um gole de suco.

– Vai ser difícil para ela.

– Muito... Felizmente, UMA amiga vai estar do lado dela para segurar sua mão – disse Lucy, acusando-o com o olhar mais uma vez.

– Eu estarei torcendo por ela, acredite.

– É preciso mais do que torcer em um momento desses... – rebateu Lucy, seca. – Durante a semana ela conversou com o Gregory também. Não vão continuar saindo.

– Como ela ficou?

– Bem... Mas aos poucos o Gregory foi se afastando... Quem pode culpá-lo? Ele conhece uma garota, flertam um com o outro, saem juntos, e quando parece que vai rolar algo, ela o rejeita três vezes seguidas em menos de dez minutos. Se ele soubesse o que aconteceu naquela mesma noite entre essa garota e um amigo idiota que ela tem... Resumindo, ela perdeu uma boa companhia.

– Ele poderia...

– Não fale dele, você não tem o direito. Ninguém pode criticá-lo. Até mesmo a Ana tem noção disso. Ela lamentou ter dado a ele falsas esperanças, mas sabe o que eu lamento?

– O quê?

– Talvez ele fosse, de todos os caras que conheço, o que mais combina com ela.

– E você acha que eu sou culpado por ela perdê-lo, por ter dito tudo o que eu disse?

– Você com certeza é o culpado. Não pelo que disse, mas sim pelo que representa para ela... Eu não posso te falar tudo o que sei, mas saiba que estou louca para acertar um chute entre suas pernas por ter se afastado de uma garota que gosta tanto de você.

– Por favor... Eu pensei que estava fazendo o melhor para Ana. Pare de brigar comigo.

– Eu não estou brigando.

– Está sim, até aumentou o tom da voz.

– Desculpe... É que eu estou realmente preocupada com ela desta vez, entende?

– Entendo – disse ele, franzindo a testa. – Se achar melhor, eu posso tentar conversar com ela e pedir desculpas...

– Tudo bem, mas o que passou não importa mais... Ela irá precisar muito de nós em outra questão.

– Que seria...?

– Bom... Sobrou mais um problema para ela resolver. O maior, e talvez a origem de todos.

– Qual problema?

– A família dela.

– Não me lembro de ela ter falado muito sobre a família comigo, mas sei que ela não se dá bem com o pai... Como posso ajudá-la?

– Comece estando presente para acompanhá-la. Não foi você que me disse que um bom amigo fica do lado do outro, acompanhando suas escolhas e vivendo junto seus fracassos e êxitos?

– Fui eu, sim... Por mais que não queira vê-la sofrer novamente.

– Você acha que já viu ela sofrer? Acha que já viu ela no fundo do poço? Eu já vi coisa pior.

– Mas já foi a responsável pelo sofrimento dela, como eu fui?

– Infelizmente sim, de certa forma.

– Como?

– As nossas histórias se confundem uma com a outra... Te contar vai demorar.

– Eu não estou ocupado agora.

– Ok, vou te contar todo o problema da família dela, mas primeiro, tenho que te contar sobre a minha.

– Certo.

– Como eu disse, nossas histórias se confundem uma com a outra. Vamos terminar nosso café e te contarei tudo.

* * *

Greenwich Village. Naquele exato momento.

Ana havia acabado de sair da floricultura carregando um lindo ramo de Gardênias brancas, as preferidas de sua mãe, tanto pelo aspecto quanto pelo cheiro.

Quando não estava com suas joias, Isabelle Lewis estava no jardim cuidando de suas flores. Ana lembrou que, quando era pequena, sua mãe a fez acreditar que todas as mulheres eram flores que ganharam vida, e os homens eram os ajudantes que receberam a missão de cuidar delas, diretamente de Deus, o grande jardineiro. Ana fez um verdadeiro escândalo quando descobriu a verdade. Lembrar disso sempre a fez rir e agora isso está sendo bom para amenizar um pouco da ansiedade que lhe causa tanta queimação no estômago desde que acordou hoje. Ela caminha lentamente, contando os passos para encontrar-se com sua mãe, e possivelmente com seu pai.

* * *

Prédio de apartamentos Rising Star. Apartamento 37. Minutos depois.

– Tudo começou a dar errado quando eu tinha doze anos – disse Lucy, sentada no sofá grande e com as pernas apoiadas na mesa de centro. – Eu era criança, então não percebi que aos poucos minha família estava desmoronando. É como se eu simplesmente tivesse dormido sendo uma garota normal, que morava em uma bela casa, com uma família estável, que se preocupava somente com os deveres de casa, mas quando acordei, meu pai era um alcoólatra que se afundou em dívidas e batia na minha mãe. Nessa época a Ana já era minha melhor amiga há anos, e eu me apeguei ainda mais a ela. Nós aprendemos juntas e muito cedo que a vida não era tão maravilhosa quanto pensávamos.

– Aqui. – Miguel trouxe mais um copo de suco de laranja para Lucy, que o agradeceu acenando com a cabeça. Ele se sentou ao seu lado e ela continuou.

– Foram anos terríveis depois disso. Quando ele chegava em casa bêbado e quebrando as coisas, minha mãe trancava Julia e eu em nossos quartos e tentava contê-lo. Ela apanhava.

– Meu Deus...

– Quando era mais jovem, minha mãe tinha alguns problemas com ansiedade e depressão, ainda assim, ela sempre foi a mulher mais maravilhosa que eu conheci, mas, quanto mais constantes eram as agressões, mais ela era destruída... Hoje eu só vejo pequenas nuances do que ela já foi. Ela foi muito humilhada.

– Por que não denunciaram ele?

– Ela tinha medo. Tinha medo de não conseguir dar uma vida decente para nós duas se estivesse sozinha, também temia uma represália dele... Você entenderia se visse o quanto ele era assustador. Às vezes, ele aparecia em casa sóbrio, pedia perdão, comprava pizza, bonecas, vestidos e prometia que iria mudar, mas só mantinha a promessa até quando tivesse a próxima frustração. Eu não precisei virar adulta para saber a frequência com que ficamos frustrados... As promessas dele sempre duravam pouco e o pesadelo se repetia. Vivemos assim por anos... Anos de humilhação e sofrimento. A minha sorte é que eu tinha a Ana para alegrar os meus dias e me sustentar sorrindo, com sua alegria e otimismo.

– Eu sinto muito, Lucy – disse ele, segurando a mão dela.

– Anos depois, eu vi a alegria e o otimismo dela serem postos à prova... A Sra. Lewis adoeceu.

– A mãe dela? O que ela teve?

– Leucemia.

– *Caramba...*

– Mas isso não abalou a Ana. Ela continuou brilhando tanto quanto uma estrela... De alguma forma que eu não sabia explicar, ela tinha certeza de que sua mãe iria melhorar. Toda a família ficou abalada, mas ela estava firme em sua esperança de vê-la se curar. Uma vez, fui visitar a mãe dela e vi todos cabisbaixos, tristes, mas não a Ana, ela alimentava a mãe com sua luz da mesma forma que fazia comigo. Infelizmente, nem todos viam dessa forma e a repreendiam, diziam que era falta de respeito sorrir e fazer tanto barulho no leito de uma pessoa doente, mas isso não a fez mudar.

– Ela nunca me contou sobre isso...

– E provavelmente nunca iria. Ela, assim como toda a família, é bem reservada sobre esse assunto. Não eram todos que sabiam disso naquela época.

– Tudo bem em você me contar?

– É por um bom motivo e eu me viro com ela depois... – A expressão de Lucy era triste, mas subitamente um sorriso surgiu em seu rosto. – Eu me lembro da vez que ela comprou uma coleção de lenços para a Sra. Lewis quando os cabelos começaram a cair e começou a usar também. Ela ia para a escola com eles e todos a chamavam de estranha, menos quem sabia da história, Oliver e eu. Tempos depois, ela aprendeu a fazer lenços como aqueles. Parecia uma velhinha na cadeira de balanço fazendo blusas de lã para os netos. Acredite se quiser, ela fazia aquilo parecer engraçado. Ana era como uma heroína para mim. Tem noção de quanta força uma pessoa tem que ter para agir como ela agia em um momento tão ruim?

– Imagino... – Miguel mal respondeu. Estava muito concentrado na história.

– O otimismo e a positividade dela contagiaram a todos no hospital, os médicos, enfermeiros, o pessoal da limpeza... Todos torciam por ela e pela mãe. Eu acredito que fez bem para a Sra. Lewis ver a filha sempre tão feliz... Isso com certeza a tocou em lugares em que remédio algum jamais tocaria, pois ela começou a melhorar.

– Sério?

– Claro. Ana fez a grande diferença. Ela estava certa o tempo todo.

* * *

Greenwich Village. Minutos depois.

– Então eu beijei o Miguel novamente... – disse Ana, sorridente e empolgada para sua mãe, escondendo dela o ramo de gardênias ao colocar os braços para trás. – Acho que nunca adotei uma atitude tão ousada. Me lembrei de quando disse que não me criou para ser uma covarde, então resolvi enfrentar todos os meus problemas. – Ela respirou fundo. – Eu estou apaixonada por ele. Eu sei que é rápido, mas não há dúvidas quanto a isso. Infelizmente eu não posso fazer nada a respeito enquanto não conversar com o Oliver quando ele voltar e resolver nossa situação de uma vez por todas. Somente assim eu estarei disponível unicamente para o Miguel e vou fazer de tudo para reconquistá-lo. A senhora está de acordo, certo?

Ana decidiu finalmente revelar o presente que estava escondendo. Com cuidado e carinho, ela posicionou o ramo de gardênias no chão, ao lado da lápide onde estava escrito: "Isabelle Green Lewis. Preencheu nossas vidas com beleza. 1969-2013". Também deixou seu bloco de notas com todos os desenhos que fez, cada um representando um acontecimento relevante de seu ano.

– Tem sido muito difícil desde que a senhora se foi. Eu pensei que iria morrer, mas eu ainda estou viva e segui em frente como sei que a senhora gostaria que eu fizesse. Pago o apartamento onde moro com meu próprio dinheiro e trabalhando muito para isso, felizmente faço o que gosto, eu pinto a vida... Fui efetivada recentemente e sei que continuo evoluindo. Existem galerias de arte aí no céu? Será que algum dia a senhora verá algum quadro meu por aí? – disse Ana, secando uma lágrima que escorria pelo lado direito de seu olho. – Estou me virando, mamãe. A senhora se orgulharia de mim. Ah... Sabia que eu ainda sou virgem? Sei que para a senhora isso não é demérito, mas isso está começando a me incomodar ultimamente. Parece que estou ficando para trás. – Ana sorriu, lembrou-se de Lucy e suas brincadeiras. – Se lembra quando me contou sobre mulheres e flores? Eu achei que tinha descoberto a verdade anos atrás, quando chorei um dia inteiro, mas eu só descobri recentemente, após sua partida. Não são as flores que se transformam em mulheres quando ganham vida, mas sim, as mulheres tão boas e carinhosas quanto você é que se transformam nelas quando são levadas para o grande jardim de Deus. Aposto que você é a flor mais bonita de lá. – Várias lágrimas escorreram por seu rosto enquanto ela olhava para o céu e podia ver a fachada do cemitério onde estava, o Greenwich Village Funeral Home.

* * *

Prédio de apartamentos Rising Star. Apartamento 37. Naquele mesmo instante.

– Não acredito que ela faleceu! Você não disse que tinha dado certo?

– E deu... Ela morreu sorrindo, morreu feliz. Era isso que a Ana queria desde o início. Ela sabia que nada poderia fazer clinicamente pela mãe, mas tinha certeza de que poderia garantir que ela fosse feliz até seu último dia de vida. Entre tratamentos e internações, a senhora Lewis conseguiu passar algum tempo em casa, tão bonita que parecia estar mais saudável do que eu. Infelizmente a leucemia a matou quando ela não tinha mais forças para lutar. Foi então que eu vi a Ana desabar, mas sempre escondida dos outros. Somente eu testemunhava as crises de choro, a falta de apetite, os desmaios... Ela se reprimiu, se fechou para todos, menos para mim. Era a minha vez de ser o apoio dela.

– Quando tudo isso aconteceu?

– Há quatro anos.

– Recente...

– Eu assumi o meu papel de apoiadora e parei de dividir os meus problemas com ela, afinal, mesmo bagunçada, eu ainda tinha a minha família completa. Mas foi difícil esconder certas coisas da Ana... – Lucy ergueu a manga se sua camiseta e mostrou para Miguel a tatuagem de Poseidon em seu bíceps esquerdo. – Olhe mais de perto. – Miguel aproximou-se e analisou o desenho. Segundos depois, ele notou irregularidades na parte do tridente, algo que ele não havia notado na primeira vez que viu.

– Tem algo errado com o tridente... É uma cicatriz?

– Certo dia meu pai achou que seria engraçado me marcar com um garfo quente. Fez uma marca horrível no meu braço.

– Por isso você fez essa tatuagem?

– Sim. – Ela desviou o olhar.

– E quantas tatuagens você tem no total?

– A conta não bate, se é o que quer saber... Algumas não cobrem cicatrizes, fiz apenas porque queria, mas outras cobrem mais que duas ou três marcas ao mesmo tempo. Já perdi a conta... – Lucy limpou uma lágrima que escorria de seu rosto. – Infelizmente, as cicatrizes que mais me incomodam não podem ser cobertas por tinta, pois estão na minha mente.

– Eu sinto muito.

– Uma vez minha mãe o pegou no flagra. Até então ela pensava ser a única que ele gostava de ferir. Em um momento de revolta, ela avançou em cima dele e conseguiu derrubá-lo no chão com facilidade, já que estava bêbado. Ela me levou para a delegacia e prestamos queixa. Nos exames de corpo de delito, ela descobriu todas as minhas cicatrizes e pediu desculpas por sempre brigar comigo toda vez que eu me tatuava. Minha mãe finalmente entendeu a razão de cobrir meu corpo de tinta. Ela lamentou o fato de eu nunca ter contado nada sobre aquilo e me perguntou o motivo... – Lucy pausou e respirou fundo.

– O que disse a ela?

– A verdade... Disse que um dia ele queria bater na Julia. Ela só tinha dezesseis anos, mas eu não deixei... Disse que ele teria que passar por cima de mim. Sabe o que ele fez?

– O quê?

– Ele fez exatamente isso. Passou por cima de mim, literalmente. Ele disse que a partir daquele dia, sempre que sentisse vontade de bater em alguém daquela casa, bateria em mim, já que me "voluntariei", e se eu contasse algo, ele faria pior com minha irmã. Desse dia em diante, foi o garfo, o vidro, o isqueiro, entre outras coisas que ele usava para me machucar, como...

– Chega – disse Miguel, que ainda segurava as mãos dela. – Por favor, sem detalhes.

– Ok – concordou Lucy, limpando as lágrimas que escorriam de seus olhos. – Eu convivi calada com essas agressões até esse dia em que minha mãe o flagrou. A polícia não o encontrou quando voltamos para casa naquele dia. Parecia que ele tinha ido embora. Mas, uma semana depois, meu pai invadiu a casa de noite e espancou minha mãe. Julia e eu corremos para ajudar, batemos nele, mas ele era muito forte e se livrou de nós duas facilmente. Foi então que me lembrei de uma coisa que ele mesmo havia me ensinado. Quando eu era pequena ele dizia: "Sempre tenha uma garrafa nas mãos, por que mesmo que a bebida acabe e ela esteja vazia, você ainda poderá quebrá-la na cabeça de alguém". Foi o que eu fiz com a cabeça dele. Ele desmaiou, a polícia e o resgate chegaram e hoje eu tenho um pai preso e uma mãe que precisa de cuidados.

– Lucy, isso é horrível.

– Não se preocupe, já passou... Pelo menos para mim. Eu até o visito na prisão às vezes. Levo comida, roupas, jornais... Já o perdoei completamente, acredite se quiser.

– Um dia Ana me disse que você era a pessoa mais doce que ela conhecia... Agora eu entendo o porquê.

– Deve ser por isso... – disse ela com um sorriso triste. – Não sei se isso é doçura, mas sei que é raro, pois nem todos são capazes de perdoar alguém que lhe tenha feito tanto mal. A maioria das pessoas não perdoa sequer transgressões menores.

– Como foi tudo isso para a Julia?

– A Julia nunca o perdoou... Sempre que eu tentava convencê-la, ela se afastava de mim. Então eu dei um tempo nisso. Só recentemente eu percebi uma evolução no caso dela...

– Coitada.

– Esse foi o ponto alto da montanha-russa. Daí pra frente, Ana e eu só descemos.

* * *

Greenwich Village Funeral Home.

Ana estava em pé, de frente para a lápide de sua mãe, contando-lhe todos os seus segredos e fatos recentes. Obviamente ela não esperava ouvir uma resposta ou comentário, mas aquilo a fazia acreditar que sua mãe a estava ouvindo. Era o melhor que ela poderia ter.

– Então ele fez uma sopa para mim. Era uma receita de família. Mesmo que o resfriado prejudicasse meu paladar, eu percebi que estava uma delícia. Tenho certeza de que se comesse a comida dele, nunca mais iria querer ir aos restaurantes caros que sempre íamos... Iria preferir chamar o Miguel. Além disso, ele já fez tantas coisas por mim. Nas últimas duas semanas, eu revisei mentalmente toda a nossa história e percebi o quanto ele é importante pra mim... Acho que ele está bravo comigo agora, porque depois de dispensá-lo eu o beijo sempre que posso, devo estar deixando-o maluco, mas eu vou consertar isso. Lembro quando você disse que seu maior desejo era que eu fosse feliz por todos os dias da minha vida. – Ana limpou as lágrimas do rosto e a secreção do nariz. – Vou garantir que o seu desejo se cumpra – sussurrou.

* * *

Prédio de apartamentos Rising Star. Apartamento 37.

– Quando meu pai foi preso, eu já fazia faculdade e estagiava no escritório de contabilidade em que estou hoje, mas o que eu ganhava não era suficiente para manter meus estudos, a casa e os remédios da minha mãe... Mesmo quando a Julia começou a fazer trabalhos de meio período, nossa situação financeira não melhorou. Eu não tinha outra escolha a não ser largar a faculdade, mas, se eu fizesse isso, automaticamente o estágio seria cancelado. Meu pai também nos fez o favor de deixar algumas dívidas e eu tive que assumir praticamente tudo. Foi aí que Ana teve a ideia mais maluca de toda a vida dela.

– Namorar a distância?

– Não, isso já estava acontecendo há algum tempo... A ideia dela era me ajudar a pagar a faculdade e as dívidas. Primeiro ela pediu ao pai dela. Como ele sempre foi um grande conservador, preferiu ficar longe dos problemas da minha família e a aconselhou a fazer o mesmo, mas ela não me abandonou. Foi a primeira vez que ela começou, mesmo que de forma menos contundente, a enfrentar o pai. Meses de planejamento depois, ela disse a ele que finalmente ia começar a fazer Medicina. O Dr. Lewis sempre a pressionou para que fizesse isso e ela sempre deu um jeito de protelar, pois queria ser pintora. Ele ficou muito contente, criou uma nova conta no banco para ela onde depositava o valor que nós duas estipulamos em segredo. Para ele, era o valor da faculdade, alimentação e transporte da filha... Para nós, era a forma de salvar a minha família de um colapso completo, mas Ana e eu nunca nos esquecemos de que também era uma mentira.

– E uma loucura...

– Minha mãe passou a tomar remédios caros, estávamos ficando sem dinheiro e minha faculdade não iria durar para sempre. Era só seguirmos adiante com a mentira até eu ser efetivada e passar a ganhar mais. Eu pagaria o pai da Ana assim que pudesse, embora ela insistisse que somente ela conseguiria lidar com ele.

– Seu pai deve ter feito muitas dívidas para que vocês ficassem sem dinheiro...

– Por acaso pensa que éramos uma família rica?

– Não eram?

– Não.

– E como conseguiu estudar na mesma escola que ela? Imagino que era uma escola particular bem cara.

– Verdade... Mas minha mãe lecionava lá. Foi fácil para ela conseguir incluir suas duas filhas no quadro de alunos.

– Entendi...

– Enfim... Nós seguimos com o plano. Ana repassava o dinheiro para mim, saía de casa cedo com bolsa e livros, mas vinha direto para minha casa e ficava com Julia cuidando da minha mãe e pintando no meu quarto, enquanto eu estudava e trabalhava. Quando eu voltava, ficávamos um pouco juntas, ela me mostrava sua arte, planejávamos como usar melhor o dinheiro e, acredite se quiser, conseguíamos até guardar. Ana era tão entusiasmada, fazia tudo com tanto carinho e dedicação que por vezes eu me esquecia de que o que estávamos fazendo era errado. Era fácil ser seduzida pela determinação dela. Foi nesse período que eu comecei a me interessar por pintura também. Não sei se foi pela arte em si, ou simplesmente para tentar entender esse lado dela, saber o que ela estava sentindo e no que pensava, me aproximar ainda mais...

– Compreendo – disse ele, sorrindo. – Quer dizer... Qualquer pessoa determinada fica mais... interessante.

– Sim – concordou Lucy, com um sorriso amigável, que sumiu logo depois. – Um dia o pai dela descobriu. Não foi um dia legal... Não é como se pensássemos que conseguiríamos esconder tudo dele para sempre. É lógico que nos preparamos para a possibilidade de ele descobrir antes, mas as coisas foram piores do que tentamos prever... Eu não estava com ela, mas Ana chorou muito enquanto tentava me contar por telefone tudo o que houve. Talvez, se a mãe dela estivesse viva, ela pudesse ponderar com o Dr. Harry e acalmá-lo, mas sem ela para impor limites, ele praticamente destruiu a coitada. É quase uma ironia poética que um homem que já curou tantos corações tenha partido o de sua própria filha.

– O que o pai dela fez de tão ruim?

– Disse coisas que um pai jamais deveria dizer para uma filha, mesmo que ele tivesse motivos para repreendê-la. O grande Dr. Harry saiu de sua posição de realeza e a tratou como um grande canalha, a chamou de ladra, mentirosa, me chamou de vagabunda tatuada, chamou minha mãe de louca, disse que estava com nojo de nós...

– *Puta que pariu.*

– A falta da Sra. Isabelle afetou os dois... Ele ficou mais orgulhoso e amargo do que nunca, por isso teve essa reação tão revoltada... Ana, por sua vez, também ficou mais orgulhosa, mas reprimiu-se ainda mais... Já experimentou dizer para ela que é orgulhosa igual ao pai?

– Não.

– Se um dia quiser dizer, corra para um rio cheio de crocodilos, será mais seguro lá do que esperar para ver a reação dela.

Eles riram contidamente. Lucy precisava interromper a conversa com uma piada para ter condições de continuar.

– O clima entre eles foi piorando. Ele se sentiu traído, não conseguia confiar nela ou perdoá-la. Sequer a olhava nos olhos. Começou a ignorá-la. Se ela tivesse feito um filme pornô que explodisse na internet não seria tão ruim, desde que tivesse avisado ele antes. Acho que mentir para o Dr. Lewis é a pior coisa que se deve fazer contra ele. Ela tentou conversar, pediu desculpas mil vezes, mas não adiantou. O coração dele era rocha. Ela não se sentia mais em casa morando com ele, então decidiu arrumar um emprego e morar sozinha. Coitada, não sabia nem lavar pratos, sempre foi uma princesa no castelo.

– Não deve ter sido uma decisão fácil.

– De fato, não foi – concordou Lucy. – Eu a acolhi em minha casa, era o mínimo que podia fazer já que ela estava nessa fria para me ajudar. Pouco antes da briga com o pai, eu lembro que ela estava cogitando terminar com o Oliver, mas quando deu tudo errado, ela se apegou muito mais ao namorado porque ele era a parte da vida dela que ainda funcionava, mesmo que de forma incomum. É muito bom ter alguém que te diga palavras de carinho e afeto quando você acha que perdeu tudo. Ele virou o novo "tudo" dela.

– Eu não tinha raiva dele, mas agora tenho – disse Miguel. – Como ele pôde deixá-la sozinha nessa situação?

– Como eu disse, Ana costuma ser reservada. Não tenho certeza se ele estava totalmente ciente do que estava acontecendo com ela. Ela costuma interiorizar suas mágoas e frustrações. Com o passar do tempo, isso a afetou a ponto de mudar sua personalidade e a tornar o que ela é hoje, uma garota com compulsão em agradar os outros e ser o que esperam que ela seja. O brilho dela quase se apagou...

– Lembro-me de ter conversado com ela a respeito.

– O dia em que a antiga Ana foi enterrada de vez foi no último aniversário da mãe dela. Ela sempre visita seu túmulo nessa data e também acaba encontrando o pai por lá. Eles nunca se cumprimentam. Nesse dia o irmão caçula, William, correu para abraçá-la. Eles se abraçaram, sentiam falta um do outro, mas não puderam fazer mais do que isso. O pai dela disse: "William, não perca seu tempo com estranhos. Vamos visitar sua mãe e voltar para casa". Ana ficou arrasada, enfurecida. Ele não tinha o direito de lhe tirar até mesmo o seu irmão. Eles discutiram feio. Quando chegou em casa, Ana me disse que o odiava e que só não disse isso a ele por respeito à sua mãe e porque também o amava. Desde então, ela começou a pintar sobre o contraste das coisas e se apagou, mudou... ou melhor... perdeu sua personalidade de vez. Então eu terminei a faculdade, fui efetivada e comecei a estudar arte junto com ela. Percebemos que precisávamos de um lugar nosso, com nossas regras e melhor para pintar... Então achamos este apartamento. Julia concordou em ficar sozinha com a mamãe, não era como se nunca mais fôssemos aparecer para ajudar, e contávamos sempre com a Sra. Steel. Nos mudamos e vivemos com meu salário e o que restou da reserva dela. Ela sonhava em conseguir um emprego para me ajudar com as contas.

Foi pouco depois disso que ela te conheceu, e o jeito empolgado com que ela me contou tudo o que fizeram naquele dia me fez lembrar da velha Ana, a minha heroína. Não faz ideia do que você causou nela desde aquele dia... Era por isso que eu torcia para vocês ficarem juntos, para que ela enxergasse a real situação e seus reais sentimentos, para que parasse de achar que dependia do Oliver para qualquer coisa, para ela entender que de alguma forma você despertou o que ela tinha enterrado tempos atrás. Quando começamos a andar juntos, nós três, ela cresceu bastante, ficou independente, começou a sair, beber, se divertir, ficou mais criativa, leve e sorridente. Ela ainda é bastante atrapalhada e confusa, mas já abriu as asas e falta pouco para voar... Não quero perder esse momento, e para isso, preciso que você esteja conosco, porque não importa o quanto ela já foi forte e o quanto ela já superou... Ela não é inquebrável, e eu já estou vendo várias rachaduras. Ela precisa da nossa ajuda.

– Eu...

– Você já se perguntou a diferença entre a Julia e a Ana? – interrompeu Lucy.

– Não.

– Está prestando atenção, não está?

– Claro que sim. Eu só não pensei nisso.

– Novidade... Enfim. Ambas não perdoam o pai pelo que lhe fizeram, e o quanto ou a forma que elas foram agredidas não importa... O que importa é que Julia segue em frente, enfrenta esse sentimento e o descarrega de alguma forma, mas a Ana o engole, o absorve, e isso está matando ela por dentro.

– E-eu não sei o que dizer.

– Não diga nada, estou quase terminando. – Lucy respirou fundo. – A Ana que eu conheci, bela, corajosa, feliz, ousada, que adorava fazer brincadeiras que não podia, que falava palavrões escondida e me matava de rir, nunca mais apareceu... Às vezes eu vejo algumas pequenas nuances, mas aquela que foi minha heroína ficou escondida dentro de uma garota confusa, sofrida e sem família que se esforça para atender às expectativas dos outros, praticamente abdicando das suas e dedicando-se a um "sonho" que na verdade é só uma forma desesperada de manter a sanidade e não passa de uma simples ilusão. Me ajude a trazer a antiga Ana de volta. Eu quero ela de volta... Quero salvá-la.

– Eu acho que já vi essa Ana, mesmo não conhecendo vocês naquela época.

– Quando?

– Quando ela está pintando. Ela fica maior e até brilha... Ela realmente ama isso. Esse sonho não é uma ilusão. Ela leva isso muito a sério e é apaixonada pelo que faz... Deixe-a continuar seguindo esse sonho... Faz bem para ela.

– Está vendo a razão de você ter que me ajudar? Depois de tanto vê-la sofrer, eu não consigo mais enxergar certas coisas que você consegue... Coisas boas. Você ainda vê a verdadeira Ana, consegue fazer que ela reapareça de vez em quando. Por favor, você tem uma responsabilidade para com ela, não fuja.

– Não vou fugir desta vez.

– Ótimo, porque esse problema com o pai dela, dentre todos os outros, é o maior... Eu vi isso a consumir, vi isso a envenenar. Nós precisamos acabar com esse rancor, com essa mágoa, e devolver ela para sua família.

– Ei... Olhe para mim – disse Miguel, reparando que Lucy olhava para baixo. – Você não é a culpada disso, ok?

– Claro que so... – Lucy interrompeu-se ao engasgar no próprio choro.

– Nada disso é culpa sua e nós vamos resolver juntos – disse ele, abraçando-a. Ela chorou mais.

* * *

Greenwich Village Funeral Home. Minutos depois.

Ana levantou-se devagar, sentindo uma leve dor nos joelhos. Despedir-se de sua mãe era sempre difícil, e dessa vez não foi diferente. Ela secou seu rosto com um lenço enquanto olhava pela última vez para o túmulo de sua mãe. Ana virou-se. Atrás dela, viu uma figura que lhe causou arrepios. Era seu pai.

– Já faz bastante tempo que não te vejo... filha.

– Você... – disse Ana, surpresa por ouvi-lo chamá-la de filha depois de tanto tempo. – Deve estar me confundindo com outra pessoa. Não sou sua filha, sou só uma estranha... Uma estranha que está de saída. Com licença.

– Ana, eu quero conversar com você. – Ele deu um passo na direção dela.

– Achei que já tivesse dito tudo o que queria. – Ela parou, de costas para ele. Seus cabelos esvoaçavam com o vento.

– Falta dizer que me arrependo.

– Do que, exatamente? – Ela virou-se, encarando-o. – De chamar Lucy de vadia? De chamar a mãe dela de louca? Talvez ter dito que não me queria mais como sua filha ou que não iria se incomodar em me resgatar quando eu estivesse largada na rua sem ter o que comer?

– Estou arrependido de tudo isso.

– Engraçado... – Ela sorriu, irônica. – Eu acho que já te disse as mesmas palavras, mas o que foi que você me disse?

– Ana...

– O que foi... que você... me disse? – Os olhos de Ana estavam bem abertos, vermelhos, e ela estava ofegante. Estava perdendo o controle.

– Que arrependimento não é garantia de perdão.

– Isso é irônico. Eu poderia te dizer a mesma coisa, mas fiz você mesmo dizer. É mais interessante quando acontece assim. Estou indo embora, com licença, senhor.

– Espere... Por favor, eu quero conversar com você. Fiquei sabendo que vai se casar.

– Não vou mais.

– O que houve?

– Não é da sua conta... Aliás, faz tempo que o que acontece comigo não é da sua conta. Você deixou isso bem claro para mim.

– Será que poderá me perdoar um dia? – Ele tocou no ombro dela.

– Pelo quê? – Em um movimento brusco, ela tirou o braço dele de cima de seu ombro. – Por me chamar de ladra? Por dizer que minha mãe se envergonharia de mim? Por dizer que eu não merecia o nome Lewis e nem esta família? Eu quero que você engula o nome dessa família por onde quiser... – Ana estava com o dedo indicador da mão direita em riste. Enfurecida. Tremendo.

– Ana...

– Será que posso perdoá-lo por dizer que tinha nojo de mim? Ou por dizer que eu não era o tipo de pessoa que merecia confiança? Espero que não tenha se arrependido de dizer que nunca mais queria me ver, pois esta frase, de todas as outras, foi a que eu mais levei a sério... O sentimento é mútuo. – Ela virou-se e começou a caminhar para a saída.

– Eu sei que exagerei. Nós tínhamos um problema e eu exagerei com você, me desculpe. Eu te amo, minha filha. Estou com saudade.

– A sua filha saiu de casa e você não fez nada para impedi-la, agora ela nunca irá voltar... Quanto a mim... sou apenas uma estranha que está de saída – disse ela, acelerando o passo em direção à saída.

– Estarei te esperando sábado que vem para jantar em nossa casa... Sua casa... às dezenove horas. Por favor, venha.

– Eu não vou.

– Te esperarei todos os sábados às sete da noite até você ir.

Sem dizer nada, Ana simplesmente continuou a caminhar, pisando firme no chão, enraivecida. Não conseguia nem chorar.

* * *

Prédio de apartamentos Rising Star. Apartamento 37. Duas horas depois.

Lucy dormia em sua cama, apesar de ainda não ter anoitecido. Ela tentou esperar por Ana após Miguel ir embora, mas sua ansiedade e o fato de ter chorado aparentemente consumiram todas as suas energias. Ao escutar o barulho do chuveiro ligado, ela levantou e caminhou até o banheiro.

– Ana? – perguntou Lucy, batendo levemente na porta.

– Oi, Lu.

– Tudo bem?

– Tudo.

– Você já comeu?

– Ainda não.

– Quer que eu prepare alguma coisa?

– Acho que não estou com fome.

– Mas você só tomou café da manhã. Precisa comer algo.

– Ok... O que temos para comer?

– Ovos mexidos e bacon.

– Acho que vou comer um pouco, então.

– Certo, vou cozinhar. – Lucy foi até a cozinha preparar a refeição para Ana. Pelo seu tom de voz, era óbvio que ela tinha encontrado seu pai e passado por algum tipo de mal-estar, como da última vez.

Minutos depois, Ana estava no sofá grande, seus cabelos ainda úmidos, esperando Lucy chegar com os ovos, bacon e suco. Quando o fez, Lucy reparou nos olhos vermelhos e inchados da amiga, ela com certeza havia chorado, como da última vez.

– Bom apetite.

– Obrigada – agradeceu, experimentando. – Que delícia... Você que fez?

– É tão surpreendente eu cozinhar algo tão gostoso?

– É.

– Fui eu que fiz.

– Não me leve a mal, mas você já fez ovos mexidos com bacon e não ficaram tão gostosos – disse ela, lambendo os dedos que outrora seguravam uma fatia de bacon.

– É uma receita antiga de família que eu nunca tinha usado antes – disse Lucy, com um sorriso malicioso.

– Está autorizada em compartilhar quaisquer outros segredos de família que tiver, isso aqui está ótimo.

– Não exagere, é só um lanchinho rápido.

– Você está sendo muito modesta, isso aqui está no nível das coisas que o Migu... – Ana pausou.

– O que foi? Está engasgando? – perguntou Lucy, com um sorriso mais honesto.

– Ah... Estou com saudade do Miguel. É uma pena ele estar me evitando. Acho que ele está bravo comigo.

– Ele esteve aqui hoje.

– Sério?

– É. Conversamos bastante. Eu meio que dei uma bronca nele por sumir.

– Não acredito.

– Ele pediu desculpas, tentou se explicar, mas eu fui durona com ele.

– Coitado... Ele disse o motivo de se afastar de nós?

– Sim. Queria te dar espaço para pensar e fazer suas coisas.

– Imaginei... Você não precisava ser dura com ele. O Miguel estava certo.

– Agora já foi – disse Lucy, bebendo um gole de suco. – Você quer conversar sobre a visita de hoje?

– Na verdade, não. Eu só queria esquecer isso, mas acho que preciso desabafar um pouco.

– Eu estou aqui. Conte-me tudo.

* * *

Brazilian Taste. Uma hora depois.

Miguel estava deitado em sua cama, olhando para os pôsteres de suas bandas de rock preferidas. Cada uma representava um momento de sua vida, um período, uma filosofia... Tudo o que ele viveu não o tinha preparado para a conversa que teve com Lucy e o quão espantoso foi descobrir que a triste história de Ana se encaixava na dele. Ele realmente fugiu da responsabilidade nas últimas semanas e escondeu-se atrás do fato de que Ana precisava lidar com várias outras situações, mas era óbvio que para isso ela precisaria dele, assim como ele precisou dela quando se conheceram. Ele entendia muito bem o significado de ser partido, quebrado, despedaçado pelo sofrimento e pela culpa. Saber que ela passava por situação semelhante o fez arrepender-se de não estar ao lado dela. Ele chorou. Ao receber uma mensagem de Lucy, seu coração acelerou.

Lucy: Eu preciso de um grande favor seu.

Miguel: É sobre a Ana?

Lucy: Sim.

Lucy: O Alessandro está insistindo muito para sairmos esta noite, mas não posso deixar a Ana sozinha no estado em que ela está... Será que você pode vir aqui e ficar com ela? Você vem e volta com o Alessandro.

Miguel: Conte comigo.

Ele levantou-se da cama e foi tomar um banho. Era óbvio que Lucy estava forçando a barra, mas também era conveniente, pois ele queria estar ao lado de Ana.

* * *

Prédio de apartamentos Rising Star. Apartamento 37. Depois.

Lucy penteava os cabelos em seu quarto enquanto Ana trazia sua bolsa e o sapato.

– Como estou?

– Linda. Ele vai ter um ataque do coração quando ver você neste vestido vermelho.

– Não acha muito exagerado?

– Claro que não. Ele vai te levar em um restaurante caro, não vai?

– Sim.

– Então esbanje luxo, você merece.

– Obrigada, Annie.

– Agora passe logo esse batom que ele já deve estar chegando.

– Certo.

Toc toc toc.

– Alguém está batendo na porta, deve ser ele.

– Vá atender, eu ainda não estou pronta.

– Ok. Se apresse.

Ana caminhou até a porta para receber Alessandro enquanto Lucy finalizava seus preparativos. Ao abrir a porta, surpreendeu-se com um convidado extra.

– Oi, é aqui que mora a ruiva mais quente de Nova York? – perguntou Alessandro, com o costumeiro sorriso.

– Acho que sim – respondeu Ana, cumprimentando-o com um beijo no rosto e olhando para Miguel. – Tudo bem, Miguel?

– Tudo, e você? – perguntou ele, cumprimentando-a da mesma forma.

– Estou bem. Entrem. Fiquem à vontade, ela está quase pronta.

Ana correu de volta para o quarto enquanto os rapazes sentavam-se no sofá grande. Lucy olhava-se no espelho por vários ângulos, estava muito ansiosa.

– Ei... O Miguel está aqui – cochichou Ana ao entrar no quarto.

– Eu sei, eu que o chamei.

– Por quê?

– Para você não ficar sozinha.

– O quê???

– Não gostou da ideia?

– Não é questão de gostar... Vai parecer que estou desesperada.

– Não vai não. Quem sabe você não consegue alguma coisa com ele? Aproveite para provocá-lo, toda mulher sabe fazer isso. Deixe-o sentindo coisas...

– O máximo que ele vai sentir é pena de mim.

– Continue agindo assim e será isso mesmo. Vamos, anime-se, você estava com saudade dele, não estava?

– Sim.

– Então aproveite – disse Lucy, caminhando para a sala. – Estou pronta.

– Meu Deus! Você está linda – disse Alessandro, levantando-se junto com Miguel.

– Obrigada.

– Miguel, me segure antes que eu pule em cima dela – brincou Alessandro, enquanto Miguel observava Ana saindo do quarto lentamente.

– Vai com calma, eu ainda não estou bêbada.

– Isso é fácil de resolver. – Ele a beijou. – Você está deslumbrante.

– Obrigada.

– Não vai dizer que estou lindo também?

– Você está usando rabo de cavalo, querido... É melhor que eu não diga nada.

– Sorte sua que você está muito linda hoje e eu não consigo retrucar suas ofensas. Vamos?

– Vamos. – Lucy caminhou até a porta seguida de Alessandro. Ela o deixou sair primeiro e, antes de fechar a porta, olhou para trás, para os dois que ficaram. – Comportem-se, crianças. Não esqueça as camisinhas que mandei você comprar, Miguel.

– Você não... quer dizer... eu não... – Miguel ficou eufórico, vermelho.

– Relaxe – disse Ana, encostando a porta. – Ela adora colocar pessoas em situações como esta.

– Experiência própria?

– Sou a vítima número um – disse ela, sorrindo e fazendo-o sorrir também. – Então... A Lucy te chamou aqui, não é?

– É.

– Não precisa ficar aqui se não quiser, ela se preocupa à toa.

– Tudo bem. Eu vou ficar porque... estou... com saudade – disse ele, vermelho.

– Ah... – Ana ficou mais vermelha que ele. – Tudo bem. Que sentar?

– Sim. – Ele sentou-se no sofá pequeno.

– Quer ver algum filme? Eu comprei a trilogia *Entrando Numa Fria.*

– Legal...

– Ótimo. Está com fome? Posso fazer algo. – Ela trancou a porta.

– Hoje eu não estou com fome.

– Tem certeza? A Lucy me ensinou uma receita de ovos mexidos com bacon e queijo da família dela. É uma delícia.

– Receita da família dela?

– É.

– Por acaso ela usa azeite e gordura do bacon?

– Isso mesmo.

– Três giros a cada vinte segundos no bacon em fogo baixo e depois aumenta...

– ... Até ficar crocante – complementou ela, surpresa. – Você já conhecia?

– É... Na verdade, a Lucy já tinha comentado comigo – disse ele, sorrindo.

– Aceita algo para beber?

– Quero refrigerante.

– Boa ideia, também quero.

* * *

Minutos depois, estavam sentados no sofá, ele no pequeno e ela no grande. Não havia necessidade de explicarem um ao outro o motivo de estarem em sofás separados. Era melhor assim. Assistiram ao primeiro filme inteiro, se divertiram, riram de outras coisas que conversaram. Ana comentou do novo projeto de arte que estava montando e ele falava sobre a situação financeira do Brazilian Taste, que não era das melhores. Evitaram ao máximo falar sobre os beijos ou sobre ele ter se afastado. Isso o incomodou um pouco, pois tinha muito para dizer a ela... Só não sabia como começar.

– Você ficou bravo comigo? – perguntou ela, de repente.

– N-Não... Claro que não.

– Pensei que eu tinha te assustado na última vez que nos vimos.

– De fato, eu fui pego de surpresa...

– Acredite se quiser, mas eu também – disse ela, sorrindo e corando.

– Sobre eu ter me afastado de você...

– Eu já sei o que foi – ela o interrompeu. – Você queria me dar espaço para resolver...

– Não foi isso. – Era a vez dele de interrompê-la. – Meu motivo foi um pouco mais egoísta. Eu tive medo... Na verdade, fiquei apavorado.

– Por quê?

– Porque se continuássemos daquele jeito, eu não conseguiria me conter.

– Espere... – disse ela, assustada. – Nós só estávamos nos beijando, não iria acontecer nada além daquilo.

– Estou falando sobre o que eu sinto... – disse ele, olhando para baixo.

– Você ainda está apaixonado por mi... – Antes de terminar sua pergunta, Ana foi interrompida por ele.

– Eu seria capaz de silenciar meu coração, com tudo o que sinto, se isso fosse necessário para não te perder. Seja como amiga, colega, conhecida... Não posso imaginar como seria não ter você comigo, mesmo que isso me custasse nunca te dizer o que realmente sinto.

– Miguel... – O coração de Ana disparou. Parecia que havia subido para sua garganta. Ela corou e sentiu suas orelhas esquentarem.

– Uma vez você me disse que eu me contento com pouco. Isso é verdade, mas, ainda assim, o pouco é melhor que o nada, e mesmo o pouco, quando vem de você, é muito para mim. Um dia talvez eu te conte o quanto você é importante para mim.

– Conte agora.

– Agora não posso. Só posso dizer que a sua felicidade é mais importante para mim do que a minha própria, e é por isso que eu quero te pedir que tente perdoar o seu pai.

– O quê? – Ana recuou para trás instintivamente.

– Perdoe-o.

– A-A Lucy te contou alguma coisa?

– Sim.

– O que, exatamente?

– Tudo...

– Tudo?

– Desde o pai dela até o seu.

– Eu vou matar ela – disse Ana, bufando.

– Não precisa ficar brava...

– Ela não deveria contar essas coisas.

– Ana, olhe para mim... – disse ele, sentando-se ao lado dela. – Não estou dizendo que você está errada. – Ele pegou em sua mão. – Os seus motivos são muito fortes, mas perdoá-lo não será algo que estará fazendo por ele, será algo que estará fazendo por você.

– Eu acho que não sou capaz de perdoar.

– Mas me perdoou.

– Você me acusou de estar com o demônio no corpo?

– Ele fez isso? – perguntou Miguel, incrédulo.

– Agendou uma visita do reverendo para expulsar o "demônio do roubo" que estava em mim.

– *Eita, porra...*

– Isso é muito *Eita, porra...* Seja lá o que isso signifique – disse Ana, sem entender o motivo do riso discreto no rosto de Miguel.

– Está cada vez mais difícil defendê-lo.

– Você me entende agora?

– Eu entendo, mas pense que perdoá-lo pode ser libertador...

– Não quero libertá-lo – interrompeu, Ana.

– Novamente, estou falando de você. Se lembra de como é respirar sem sentir que um piano está em cima do seu peito?

Enquanto Miguel falava, Ana passava o dedo indicador nos olhos para interromper as lágrimas direto de sua fonte e seu maxilar tremia, denunciando um choro preso que estava prestes a explodir.

– Como posso perdoá-lo? – indagou Ana, olhando nos olhos de Miguel. – É sério, como posso perdoá-lo? Me ajude.

– Eu vou te ajudar.

– Ele... – Ana começou a chorar. – Ele me pediu perdão ontem. Essa não é a primeira vez que ele me pede perdão. Eu fui grossa com ele em todas as vezes. Simplesmente não consigo agir de forma diferente...

– Venha aqui. – Ele a abraçou.

– Cada vez que eu o ataco com minhas mágoas – ela se aconchegou no peito dele –, sou eu que me machuco.

– Chega uma hora em que não importa mais quem está certo ou errado, não é?

– É. – Ela respirou fundo. – Eu só queria que essa dor parasse.

Ana entregou-se ao choro, recebendo o ombro dele como um escudo, onde poderia se apoiar e proteger-se. Ela havia namorado por cinco anos, mas não sabia como era sentir o que estava sentindo agora. Enquanto ela chorava, Miguel acariciava os cabelos dela. Fez isso por alguns segundos e então disse:

– Eu vou te contar uma coisa...

PENSAMENTO: EM TODOS ESSES ANOS EU NÃO CONSEGUI AJUDÁ-LA DA FORMA QUE EU QUERIA. EU ALIVIAVA A TENSÃO, AMENIZAVA A TRISTEZA, MAS NUNCA RESOLVI O PROBLEMA DELA. ELA PEGOU A MINHA CAUSA NAS MÃOS E COMPROMETEU TUDO O QUE TINHA LHE RESTADO APÓS PERDER A MÃE, QUE ERA SEU GRANDE AMOR. HOJE EU ESTOU de pé porque recebi dela a maior prova de amor que eu já vi. Ela foi a minha luz, a minha heroína.

Deus... se algum dia eu fiz algo digno de uma benção, por favor, transfira para ela. Faça com que o Miguel consiga fazer o que eu não consegui, porque, se ele não puder, ninguém mais poderá, afinal, mesmo sem perceber, ela se apaixonou por ele desde o dia em que se conheceram... Ele é minha última esperança de vê-la feliz.

capítulo 14. MIGUEL

Prédio de apartamentos Rising Star. Noite.

Miguel e Ana estavam no sofá grande. O rapaz acariciava os cabelos da garota, que estava deitada com a cabeça em cima de uma almofada apoiada no colo dele, com os olhos fechados. Ela tivera uma crise de choro minutos atrás. Ana sentia arrepios pelo corpo e um relaxamento indescritível a cada toque dos dedos dele.

– Está melhor? – perguntou Miguel.

– Bem melhor – respondeu Ana, ainda de olhos fechados.

– Chorar faz bem de vez em quando. É bom colocar para fora o que nos incomoda por dentro.

– Pode ser, mas estou chorando demais ultimamente.

– Significa que está fazendo uma boa limpeza interior – disse ele. Ana não precisou abrir os olhos para saber que ele estava sorrindo. Ela sorriu de volta.

– Obrigada por ficar aqui comigo. Adoro sua companhia.

– E enquanto tiver refrigerante de graça, eu não sairei daqui.

– Por que acha que compramos tantos? – Eles gargalharam. De repente o celular de Ana vibrou. – Uma mensagem da Lucy. O que ela quer?

– Provavelmente é alguma brincadeira.

– Não. Ela só está avisando que esqueceu a chave e que eu vou ter que abrir a porta para ela entrar.

– É mesmo. A chave está pendurada na parede.

– Isso acontece de vez em quando – disse Ana, respondendo à mensagem e colocando seu celular novamente na mesa de centro, voltando a aconchegar-se na almofada em cima do colo de Miguel. – Você tinha algo para me dizer antes de eu desidratar de tanto chorar, não é?

– Sim.

– Vai me revelar todos os segredos do seu passado sombrio?

– Só alguns... – respondeu ele, com um sorriso charmoso.

– Você é tão misterioso, tão reservado... Eu sempre fiquei curiosa em saber um pouco mais do seu passado.

– Eu gosto de ser misterioso. Isso mantém as pessoas interessadas em mim.

– Convencido.

– Espero que não perca o interesse quando o mistério acabar.

– Não quero que existam mistérios ou segredos entre nós. De agora em diante, vou te contar tudo e quero que faça o mesmo comigo.

– Tudo bem.

– E quanto ao interesse... – disse ela, passando a mão no rosto dele. – O que eu sinto por você é muito mais do que só interesse.

– *Caramba*! – ele exclamou, ruborizado.

– Acho que sei o que significa *caramba*... – Ela sorriu. – Conte o que queria me contar.

– Certo, eu só não sei ao certo por onde começar... É difícil falar sobre si mesmo e do próprio passado.

– Quantas pessoas moravam com você no Brasil? – ela tentou facilitar.

– Cinco. Meus pais, eu e meus irmãos mais novos, Gabriel e Patrícia.

– Como é morar com tanta gente?

– A melhor palavra para descrever isso é: "barulhento".

– Posso imaginar – disse Ana, fechando os olhos novamente e posicionando-se melhor no sofá e na almofada.

– Olha... Eu vou ser bem sincero com você. – Miguel a acariciou de leve no rosto. – Eu aprendi muito com a sua história e só vou te contar a minha porque acho que você pode aprender um pouco também. Por favor, preste muita atenção.

– Ok.

– O meu melhor amigo sempre foi o meu pai, Pedro... Ele sempre foi engraçado, divertido, ao contrário da minha mãe, que sempre foi mais séria. Quando não estava brincando comigo, ele estava me ensinando... Ele morreu quando eu tinha dez anos.

Ana abriu os olhos e o encarou, surpresa.

– Tive que assumir muitas responsabilidades desde então... Eu ajudava minha mãe a cuidar dos meus irmãos, o Gabriel, que naquela época tinha sete anos, e a Patrícia, que tinha cinco, além de limpar a casa antes de ela voltar do trabalho. Não sei se posso atribuir a isso, mas não consegui conciliar tantas coisas com a escola, então não fui um aluno dos mais brilhantes. Na verdade, eu odiava a escola e me arrastava por debaixo das grades para fugir sempre que podia. – Ele sorriu disfarçadamente.

– Sério?

– Pode apostar... Eu era quase um Houdini.

– Para onde ia quando fugia da escola?

– Voltava pra casa... Sempre tinha o que fazer lá, tipo almoço, jantar, serviços domésticos, compras, e eu era a única ajuda que minha mãe tinha.

– Qual é o nome dela? O que ela faz?

– Maria... Ela e meu pai já eram donos de um pequeno restaurante desde antes de eu nascer. Ela era a chef, e ele, o gerente. Depois que ele morreu, minha mãe teve que fazer a parte dele também. Ela teve que cuidar de todas as contas do restaurante enquanto eu cuidava de todas as contas de casa. Eu tinha uma tabela de datas, previsão de valores e nunca deixava nenhuma conta atrasar.

– Tão novo e tão esperto...

– Não era tão complicado quanto parece, e minha mãe me orientava bem.

– E o seu dom para a culinária é mesmo hereditário?

– Acho que sim... – Ele respirou fundo antes de continuar. – Quando eu fiz quinze anos, minha mãe pediu que eu a ajudasse no restaurante. Comecei lavando a louça, depois preparando o *mise en place** até trabalhar como cozinheiro de verdade.

– Mas você não gostava muito, não é?

– É, eu não gostava de cozinhar... O que eu gostava mesmo era de passar um tempo com minha mãe, apesar de ela ser ainda mais brava na cozinha do restaurante do que em casa.

– Sua mãe é brava?

– Demais, mas não é como se eu tivesse medo dela ou algo do tipo... Na verdade, eu sempre achei engraçado vê-la surtando. Já causei isso de propósito algumas vezes.

– Que malvado.

– A verdade é que, naquela época, eu me divertia mais com ela no restaurante do que em qualquer outro lugar com qualquer outra pessoa. Ela me ensinou muito sobre a vida e as pessoas, além de todas as suas técnicas para cozinhar, que, embora eu não gostasse tanto, acabei aprendendo bastante.

– Imagina se você gostasse...

– Não era o ato de cozinhar que me incomodava... Era a obrigação de ter que fazer isso e não poder escolher. Eu tinha que cuidar de tantas coisas para a minha família que não sentia que estava fazendo algo por mim, eu era um adolescente saudável que era obrigado a viver uma vida de adulto cheia de responsabilidades e compromissos... Também estava enjoado de ser tratado como um coitado que perdeu o pai e tinha que trabalhar desde cedo. Eu queria conquistar algo, ser popular, estar rodeado de garotas bonitas, ser admirado, me divertir... Em resumo, eu estava ficando frustrado e egoísta como qualquer adolescente normal. Sentia que estava sendo privado de aproveitar minha própria vida.

– Contou para alguém que se sentia assim?

– Só para a Camila.

– Vocês já namoravam naquela época?

– Sim... Ela dizia que eu deveria contar para minha mãe, mas eu não via isso como a solução dos meus problemas, pelo contrário, isso poderia fazer mal a ela. Foi aí que eu decidi fazer as coisas do meu jeito... Escondido. Eu comecei a sair bastante com meus amigos. Jogávamos videogame e comíamos pizza até de madrugada na casa de alguém, íamos a festas, bares...

– Escondia tudo isso da sua mãe?

* *Mise en place* é uma expressão em francês que significa "pôr em ordem, colocar no lugar". Ou seja, é simplesmente deixar todos ingredientes e utensílios necessários para uma receita prontinhos e dispostos. (N.E.)

– Nem tudo... Ela sabia da maioria, mas não reclamava sempre. Provavelmente também achava que eu deveria me divertir um pouco, mas eu comecei a exagerar... Até mesmo a Camila brigou comigo. Ela não estava aguentando o meu ritmo. Era como se eu quisesse compensar tudo o que eu tinha perdido e um pouco mais... Certa vez eu tive uma briga feia com a minha mãe e é isso que eu quero muito te contar. Talvez te ajude a lidar com seu pai.

– Conte – disse Ana, com os olhos bem abertos e atentos.

– Eu estava em uma festa com meus amigos, estávamos nos divertindo como sempre, mas de alguma forma, que não me lembro bem, eu passei dos limites na bebida e fiquei muito mal. Não tenho uma lembrança sequer de como saí de lá, só me lembro de acordar no carro da minha mãe... Ela estava muito brava comigo e não era só por estar bêbado. Eu havia esquecido de pagar a conta de telefone de casa e a linha foi cortada. Ela só ficou sabendo da minha situação porque ligaram para a Camila e ela ligou no celular da minha mãe. Cheguei em casa com a maior dor de cabeça da minha vida e com ela me seguindo, brigando comigo. Cada grito parecia uma pancada com o cabo da vassoura na minha testa, era extremamente irritante... Nem no banho ela me deu uma folga.

– Dentre outras coisas, portas de banheiro servem para abafar gritos.

– Quem disse que ela ficou do lado de fora? – perguntou, notando a expressão de surpresa de Ana. – Ela reclamou, lamentou, repreendeu... Sabe quando você acha que está coberto de razão e acaba exagerando no que tem para falar?

– Acontece o tempo todo, não é? – Ana disse, enquanto saía do colo dele e sentava-se ao seu lado. – Eu acho que entendi. Ela exagerou com você, assim como meu pai fez comigo, mas você conseguiu perdoá-la e vice-versa...

– Não.

– Não?

– Fui eu que exagerei – disse ele, olhando para baixo. – Eu não aguentei mais, cheguei ao meu limite e discuti com ela. Foi uma discussão muito feia, eu lembro de ter desabafado tudo de uma só vez... Eu dizia que não era justo o que tinha acontecido comigo e ela dizia que, independentemente de justiça, eu deveria ser responsável. No fim, eu simplesmente gritei o mais alto que pude que odiava tudo aquilo. Ela me perguntou: “Até mesmo a mim?”, e eu disse: “Entenda como quiser”. E me tranquei em meu quarto. Eu achei que tinha vencido a briga porque fui contundente e ela ficou calada, não falou mais nada naquela noite e então eu pude dormir em paz.

– Você não acha que...?

– Sim... – disse Miguel, interrompendo-a, mas já respondendo à sua pergunta. – Eu fui horrível com ela, para dizer o mínimo... No dia seguinte eu acordei por volta das dez da manhã. Minha mãe sempre levava meus irmãos e eu para a escola de carro e depois ia para o restaurante. De tarde eu trazia meus irmãos de volta para casa e ia ao restaurante para ajudá-la. Naquela manhã eu havia perdido a hora e minha mãe sequer me acordou. Acho que ela percebeu que eu não estava bem. Quando saí do meu quarto, havia um bilhete preso na parte de fora da minha porta, era mais ou menos assim:

Fiz café forte, derreti o queijo e tirei a nata do leite. Piquei suas frutas favoritas e deixei na geladeira. Caso precise, tem dois comprimidos para dor de cabeça na mesa, tome um e só tome o outro após seis horas se ainda precisar.

PS. Desculpe-me por ontem, eu só estava preocupada. Tenha um bom dia. Sua mãe te ama.

– Foi naquela hora que eu entendi, Ana... – disse ele, olhando-a nos olhos e segurando suas mãos. – Existiam muitas diferenças entre nós e, apesar das minhas mentiras, também havia uma grande verdade que era maior do que tudo. Essa verdade é que nós nos amávamos. Eu fiquei muito bravo com a minha mãe e realmente achava que a vida era injusta comigo, mas a culpa não era dela, e o meu amor e reconhecimento por aquela mulher que era capaz de fazer tudo por mim sempre foram as coisas mais verdadeiras de toda a minha vida... Era hora de valorizar o que realmente importava, pedir desculpas para ela e mostrar o quanto a amava. Já pensou na grande verdade que existe entre você e o seu pai?

– E-Eu acho que... é a mesma verdade.

– Essa verdade não é maior do que as mentiras e as suas diferenças?

– Claro que é.

– Mas não é maior do que seu orgulho...

– Eu não sou a única orgulhosa dessa história.

– Vocês dois são, eu sei, mas se tem uma coisa que aprendi sobre o amor é que o orgulho nos impede de vivê-lo em sua plenitude.

– Bonita frase.

– Às vezes eu acerto – disse ele, sorrindo.

– Sabe... – disse Ana, hesitante. – Eu já pensei em conversar com ele, em pedir desculpas pelo que fiz e perdoá-lo pelo que me fez, mas eu não consigo encontrar uma maneira correta de fazer isso. As palavras duras dele ainda ecoam na minha cabeça, parte de mim ainda está muito magoada e até quer que ele pague por isso de alguma forma... Eu sou uma pessoa má por pensar assim?

– Claro que não. Você é só uma pessoa magoada e o mundo está cheio de pessoas magoadas.

– Que alívio – disse ela, irônica.

– A verdade é que a forma como você vai resolver seus problemas com ele não importa, desde que consiga fazer isso... É muito importante que você se acerte com seu pai.

– Como você fez com a sua mãe?

– Bom... Primeiro eu tive que tomar o meu café, porque estava morrendo de fome. – Eles riram. – Depois eu limpei a casa, mesmo com a dor de cabeça monstruosa que tinha. Fui ao computador, peguei todas as fotos que tínhamos juntos e montei uma apresentação em slides com a música preferida dela tocando ao fundo.

– Qual música?

– "Amor Perfeito", do Roberto Carlos. Meu pai usou essa música para conquistá-la.

– Não conheço.

– Você tem que escutar... Te mostro depois.

– Ok... Continue.

– Nossa vizinha fazia cestas de presentes, então pedi um belo arranjo de rosas vermelhas, alguns dos chocolates que minha mãe mais gostava, fiz sanduíches... Nada disso foi barato.

– Uma bela festa de reconciliação – disse Ana, sorrindo.

– Posso garantir que caprichei – respondeu ele, também com um sorriso.

– E deu certo?

– Eu nunca soube.

– Nunca soube?

– Houve um acidente. – Miguel abaixou a cabeça. – Naquela manhã, um carro tentou ultrapassá-la em alta velocidade e perdeu o controle, batendo na traseira dela. Eles estavam em uma ponte e ela saiu da pista, caindo... Quando o resgate chegou, meus irmãos e ela já estavam mortos.

– Meu Deus... – disse Ana, começando a tremer.

– Quando eu fiquei sabendo, não tive nenhuma reação. Parecia que não era real e que a qualquer momento eles voltariam para casa. Minha tia voou para o Brasil assim que soube. O funeral foi feito com caixões fechados devido aos corpos terem sido carbonizados. Eu não pude beijar minha mãe pela última vez. Os meus irmãos eram só crianças... Eles adoravam a minha comida. Diziam que seriam os melhores clientes do meu restaurante, quando eu abrisse um. – As lágrimas de Miguel pingavam em suas pernas enquanto ele ainda olhava para o chão. – Foi então que eu fiquei sozinho pela primeira vez... Tinha perdido tudo.

– Você está bem? – perguntou Ana, acariciando o ombro dele.

– Estou... – respondeu Miguel, acariciando a mão dela.

– Eu sinto muito por tudo isso. Eu não deveria ter te pedido para contar...

– Tudo bem... Eu teria que te contar mais cedo ou mais tarde – disse ele, limpando suas lágrimas do rosto. – Sabe qual foi a pior parte? A última coisa que ela ouviu de mim foi que eu odiava a vida que ela lutava tanto para me dar, ela morreu achando que eu a odiava...

– Tenho certeza de que ela não levou isso a sério.

– Pode ser... Mas eu nunca mais poderei ver a reação dela após eu surpreendê-la com um abraço dizendo que a amo. – Ele secou as novas lágrimas que surgiam em seus olhos. – Eu costumava pegar ela no colo e dizer que só soltaria depois que me desse mil beijos e um sanduíche de queijo derretido.

– Eu sinto muito mesmo... – disse Ana, fazendo carinho nos cabelos de Miguel. Ambos estavam chorando.

– O tempo até ensina a conviver com esse tipo de coisa, mas não fecha as feridas... Eu fiquei transtornado na época, dei muito trabalho para a minha tia quando ela chegou para ficar comigo, e mesmo depois de tanto tempo, ainda dói, da mesma forma, quando penso nos três. – Ele respirou fundo. – Todos sabemos que iremos perder pessoas. Estamos preparados para a morte de entes queridos, mas eu perdi minha mãe com a sensação de falhar com ela, de ter sido ingrato, desrespeitoso... Não era assim que eu queria me despedir. Eu poderia ter feito melhor... Isso dói muito, Ana.

– Quer me contar mais?

– Não sei se é relevante.

– Claro que é... Você já me contou tanto. Conte tudo. Tire o que te faz mal por dentro.

– Não é uma coisa de que me orgulho... – Ele respirou fundo. – Dias depois do enterro, eu achei que tinha encontrado a solução dos meus problemas na prateleira de remédios da minha mãe – disse ele, recebendo o olhar surpreso da garota. – Minha tia me encontrou convulsionando no chão da cozinha e essa foi a primeira vez que tentei me suicidar.

– H-Houve outras?

– Sim, mas nenhuma mais contundente que essa... Minha tia me convenceu a vir para os Estados Unidos com ela para recomeçar a vida em um lugar diferente, em uma nova casa e em uma nova família. Durante o tempo que levou para preparar meu passaporte, ela ficou no Brasil cuidando de mim e então eu vim morar aqui.

– E a Camila? – perguntou Ana, olhando para a expressão triste nos olhos de Miguel, obtendo sua resposta. – Sabe... De repente, todos os seus mistérios fazem sentido.

– Sério? Isso significa que perdi meu charme e oficialmente deixei de ser interessante – disse ele, irônico.

– Não seja bobo.

– Você já está me achando patético?

– Pare de falar desse jeito... Eu admiro você ainda mais agora que sei pelo que passou. Eu te acho incrível.

– Não vejo qualquer coisa incrível em mim...

– Eu vejo muitas coisas – disse ela, colocando a mão direita no rosto dele, erguendo-o. – Você é gentil, sempre está de bom humor e tem um sorriso lindo. – Ela provocou um sorriso tímido no rapaz. – Você é sempre otimista, enxerga detalhes que ninguém mais enxerga e suas opiniões sobre as coisas sempre me intrigaram porque, mesmo quando não concordamos, eu consigo ver o quanto você é especial.

– Obrigado... Eu acho.

– Ei... Não fique triste. Melhore esse ânimo.

– Estou tentando... Revisitar o passado é realmente muito ruim.

– Desculpe insistir para você me contar, mas se serve de consolo, saiba que vou conversar com meu pai e pode ter certeza de que o assunto predominante será o quanto o amo e o quanto senti falta dele.

– Sim, faça isso.

– E eu tenho certeza de que ele irá me perdoar e poderemos voltar a ser como éramos antes, sabe por quê? – Miguel não respondeu, só olhou para ela. – Porque uma vez você me fez acreditar em segundas chances.

– Fico feliz por isso.

– Posso fazer mais uma pergunta?

– Claro.

– Quando foi a última vez que você tentou... você sabe... se suicidar?

– Está com medo de eu ainda estar tentando?

– Muito medo.

– Eu não tento mais... A última vez que tentei foi antes de vir morar neste país, mas isso não quer dizer que parei de pensar nisso quando cheguei aqui. – Ele a olhou nos olhos de uma forma diferente, parecia inseguro. – Eu realmente levei a proposta da minha tia a sério e me esforcei para começar do zero, mas nada nessa minha nova vida preenchia o vazio no meu peito. Eu não sentia prazer em nada do que fazia e não tinha vontade de fazer coisas novas, conhecer gente nova.

– Por isso que sua tia ficou tão contente quando me apresentou, não é? Parece que você não levava muitos amigos pra casa.

– Sim, mas no seu caso, teve algo a mais...

– O quê?

– Eu não sei se deveria falar isso...

– Agora que começou, termine.

– Não me entenda errado, mas eu vivia nesse marasmo até o dia em que te conheci.

– Hã?

– Na verdade, naquele dia eu estava caminhando para casa em mais um dia apático e desinteressante, como todos os outros. Eu me sentia sufocado por não fazer nada, não esperar por nada, não querer nada... Era como se minha vida não tivesse significado, como se eu não fizesse a diferença, mas não queria que minha tia percebesse isso. Eu a adoro... Se parece muito com meu pai.

– Ela é irmã dele?

– E a melhor amiga da minha mãe... Foi ela que apresentou os dois.

– Acho que ela deve se sentir sua mãe de uma forma bem especial.

– Verdade... – Ele sorriu. – Continuando... Você caiu na minha frente. Foi uma grande surpresa. Muitas pessoas só olharam e não fizeram nada para ajudar, outras até fingiram que não viram e eu fiquei muito irritado... Como alguém consegue negar ajuda a uma pessoa que desmaia no meio da rua? Quando peguei você no colo e levei para o Manny's Coffee, percebi que você era a mulher mais linda e cheirosa que eu já tinha visto na minha vida.

– Meu Deus! – exclamou Ana, vermelha.

– Então nós conversamos e fomos até sua entrevista. Você não achou mesmo que eu te deixaria andar em Nova York sozinha depois de desmaiar, não é? Eu precisava ter certeza de que você chegaria bem em casa. Saber que sua entrevista deu certo me fez perceber que eu não estava tão deslocado do mundo... Eu consegui fazer a diferença para alguém e isso fez eu me sentir bem – disse ele, sorrindo. – Na verdade, aquele dia foi incrível. As coisas que aconteceram, a forma como nos conhecemos, tudo o que conversamos e o jeito como tudo foi acontecendo... Acho que foi o dia mais incrível da minha vida até então, parecia até...

– Uma cena de um filme ou livro de romance – interrompeu Ana.

– Exatamente. Quando contei para minha tia, empolgado, que tinha conhecido uma garota interessante, ela ficou muito contente. Lembro-me do sorriso dela enquanto dizia: "É tão bom ver um pouco de vida dentro de você depois de tanto tempo". Aquilo foi muito irônico porque, naquele mesmo dia, eu estava voltando mais cedo para casa decidido a procurar por aquela solução que havia nas prateleiras de remédios.

– Não acredito! – Ana tremeu mais uma vez.

– Eu ia tentar de novo... Só não fiz isso porque você apareceu.

Ficaram em silêncio por cerca de dois minutos. O rapaz olhava para o chão e ela olhava para ele. Era o momento de assimilar todas as informações.

– Ei... – disse Ana, colocando sua mão direita no queixo dele, fazendo-o erguer a cabeça. – Que bom que você não fez uma besteira...

– Você não me acha um cara estranho agora?

– Eu te achei estranho desde a primeira vez que o vi, mas não era estranho de um jeito ruim, era de um jeito bom... Mesmo agora, minha opinião não mudou, ou melhor, tenho que admitir que te acho um estranho cada vez mais legal.

– Obrigado.

– Não precisa me agradecer.

– Preciso sim... Não quero ser ingrato, mas, apesar da minha nova família, meu emprego, o curso e a banda, nada me afetou tanto quanto o nosso primeiro encontro. Isso me fez perceber que eu ainda era útil neste mundo e que a vida ainda valia a pena. – Miguel coçou a cabeça e desviou o olhar, envergonhado.

– Eu fiz a vida valer a pena para você? – perguntou Ana, claramente emocionada.

– É... Quer dizer... Não você, mas... Não... Claro que foi você... Droga...

– Calma. Por que você está tão nervoso?

– É que eu quero te dizer que você é muito importante na minha vida, mas sem te deixar com o peso de estar presa a mim ou que tem a responsabilidade de estar sempre comigo para que eu não tente me mat...

– Miguel – ela o interrompeu. – Não há peso nem responsabilidade. Na verdade, é você que vai ter problemas para se livrar de mim, porque nunca mais quero ficar longe de você. Sabe por quê?

– Por quê?

– Porque você também é muito importante para mim, mais do que imagina, e eu não quero passar mais nenhum dia da minha vida sem você por perto. Posso te abraçar bem forte agora?

– Só se prometer não soltar antes de dez minutos.

Eles sorriram e se abraçaram.

* * *

Rémi Cuisine. Naquele exato momento.

– Então foi por isso que ele ficou em um hotel nessa última viagem!

– Sim.

– Meu Deus... – Lucy refletia sobre a história de Miguel, contada relutantemente por Alessandro. Lucy realmente queria aproveitar a noite romântica no elogiado restaurante francês em que estava com seu namorado. Estava tudo perfeito, a decoração, o cardápio, o serviço... Mas de uma forma natural a conversa entre o casal direcionou-se para Miguel, Ana e o quanto pareciam ser feitos um para o outro.

– Por favor, não conte para ninguém o que eu te falei sobre o Miguel.

– Claro, não vou contar.

– Não é uma coisa que ele gosta de dividir.

– É compreensível.

– Também não é como se ele fosse se matar a qualquer momento... Ele já superou tudo isso, mas eu sinto muito por ele, porque o Miguel é a melhor pessoa que eu conheço.

– Você gosta muito dele, não é?

– Eu o amo como a um irmão... Nós convivemos por pouco tempo quando éramos crianças antes de o pai dele morrer e minha mãe se casar de novo, vindo morar nos Estados Unidos, mas já éramos grudados e nunca perdemos contato um com o outro. Quando ele teve que viver conosco, rapidamente nos tornamos melhores amigos de novo. Você tem que ver como ele trata a minha mãe, meus irmãos, o compromisso que tem com o restaurante... Ele é melhor do que eu em tudo isso.

– Ela é a mãe que ele tem agora e vocês são os irmãos.

– Sim. E ele se esforça bastante por todos nós. Ele cozinha, limpa, arruma e conserta tudo. Está sempre fazendo alguma coisa para nós, mas eu queria que fizesse coisas para ele mesmo... EU queria fazer coisas para ele também.

– Tipo o quê?

– Algo mais significativo do que dividir pornografia...

– Isso é nojento.

– É um dos motivos para eu tentar fazer algo mais significativo – disse ele, sorrindo. – Podemos ficar aqui até tarde para ele ter mais tempo para ficar com a Ana. Pode ser que eles finalmente se entendam.

– Pode ser, mas...

– Poderíamos até dormir fora hoje, na minha casa ou em um hotel, e deixar que fiquem juntos a noite inteira...

– Boa ideia – disse Lucy, com um sorriso.

– Gostou?

– Não. – O sorriso de Lucy sumiu. – Não banque o esperto comigo, Alessandro. Quer fazer algo por ele ou quer fazer algo para transar comigo?

– Não posso fazer tudo ao mesmo tempo?

– Boa tentativa, mas não vai acontecer. Temos que voltar.

– Já?

– Sim, está ficando tarde...

– Você não ficou brava comigo, não é?

– Por que ficaria?

– Pelo fato de eu tentar te levar pra cama a qualquer custo?

– Isso não é motivo para ficar brava, afinal, você é meu namorado... Eu ficaria brava se você não quisesse.

– Então quer dizer que você também está a fim? Vou me dar bem hoje?

– Eu não disse isso.

– Droga...

– Pare de chorar e vamos embora.

* * *

Prédio de apartamentos Rising Star. Minutos depois.

Após aproveitarem o silencioso e apertado abraço, Ana sugeriu a Miguel que fizessem algo que os animasse para mudar o clima. Ele prontamente aceitou e sugeriu que fossem cozinhar algo, pois isso costumava melhorar seu humor. Juntos eles fizeram apenas algumas panquecas, waffles e calda de chocolate, já que não havia ingredientes para outras coisas. As garotas precisavam fazer compras. Miguel bancou o professor durante toda a atividade e Ana fingiu entender todas as dicas que ele passou. Ela não se concentrou em mais nada além do olhar do rapaz... Aquele era o olhar de quem estava fazendo o que amava. Quando ela comentou sobre isso, ele disse que provavelmente era porque quando estava cozinhando sentia-se mais próximo de sua mãe. Era como se ele pudesse vê-la ao seu lado. Desta vez ele não esboçou tristeza ou ressentimento, apenas sorriu, satisfeito. Ana entendeu que o amor que ele sentia pela culinária agora era uma representação do amor que ele sentia por sua mãe.

Eles comeram enquanto continuavam conversando e sorrindo. O clima estava muito melhor. Não havia choro, não havia tristeza nem fantasmas do passado. Eram apenas Ana e Miguel, conhecendo-se ainda mais, aproximando-se, compreendendo-se. Ana achou justo que ele pintasse algo com ela. Agora seria sua vez de bancar a professora.

Ela trocou de roupa, colocando um dos macacões que costumava usar para pintar - prova disso eram as várias manchas de tinta por toda a parte. Miguel não tinha outra roupa e gostava muito da camiseta que estava usando, por isso disse que preferia apenas assistir, mas Ana sugeriu que ele pintasse sem a camiseta. Miguel ficou muito surpreso e Ana ficou ainda mais. Era interessante e um pouco assustador perceber que ao lado dele ela parecia estender seus limites e se permitir mais, ser mais autêntica, ousada... Quando o viu tirar a camiseta, Ana reparou em todos os movimentos, em cada contração muscular, cada forma, nos pelos nos braços e no peito, na barriga definida... Essa era a definição de erotismo que ela provavelmente leu em algum livro cujo nome não lembrava agora. Ana sempre gostou de ler livros e viver indiretamente as aventuras dos personagens, mas o que estava vivendo agora era infinitamente melhor, não por ser real, não por ele ter o corpo definido, mas pelo fato de seu coração estar quase escapando por sua boca, por estar com as mãos suadas, ansiosa e apaixonada por ele.

Começaram a pintar. Ana comentava sobre as técnicas que usava, enquanto ele se esforçava para tentar aplicá-las, criando na tela uma grande mancha disforme e colorida sem significado algum, mas que deveria ser o pôr do sol visto do topo de uma montanha.

- Acho que não sou bom nisso - disse Miguel, olhando para seu quadro.

- Se treinar sua observação e praticar as técnicas que te passei, você conseguirá fazer muito melhor.

- Isso deixa óbvio que cada um está onde deveria estar... Eu cozinhando, você pintando.

- Mas eu tenho muito mais intimidade com a cozinha do que você com a pintura - disse Ana, provocando-o com um sorriso.

- É mesmo? Deve ser por isso que você consegue executar a grande arte de queimar um waffle... Eu nunca consegui fazer isso - respondeu ele, no mesmo tom. - Quando for cozinhar sozinha, me avise para que eu chame os bombeiros.

- Que abusado... - disse Ana, sorrindo. - Mas para falar a verdade, parece que você tem mesmo talento para pintura.

- Tenho?

– Sim. Olha só... – Ana pegou um de seus pincéis e passou no peito de Miguel, deixando uma listra verde no rapaz.

– Ei!!!

– Viu? Está até mesmo pintando o próprio corpo. – Ana gargalhou.

– É mesmo? – Miguel olhou ao redor, procurando por algo. – Agora é a minha vez, então.

– Não... Foi só brincadeira. Não faça iss...

– Tarde demais – disse ele, interrompendo a garota e pintando seu braço de amarelo, a cor que estava em seu pincel.

– Agora é guerra!

Começaram a pintar um ao outro, pegando pincéis de diferentes formatos e tamanhos mergulhados em diferentes cores de tinta. Após alguns minutos, os pincéis não eram mais necessários e eles usavam as mãos. Ana corria de Miguel, rindo, mas limitava-se ao quarto, pois não poderia fazer isso no resto da casa e correr o risco de pingar tinta no chão. Repetiram a brincadeira até se cansarem e sentaram no chão, exaustos.

– Que loucura... – disse Miguel, ofegante.

– É, mas foi divertido. – Ana também estava ofegante, sentada ao lado dele.

– Com certeza.

– Quero ver como fará para tirar toda essa tinta.

– Eu também...

– Agradeço por ter poupado meu cabelo. Você não tem ideia do trabalho que dá para tirar...

– Eu não queria te exterminar, só ensinar uma lição.

– Falando assim, parece até que você ganhou a batalha.

– Claro que ganhei.

– Claro que não. Tem mais tinta no seu corpo do que no meu. Eu é que ganhei.

– Mas eu estou sem camiseta, não me parece justa essa comparação.

– Justa ou não, esse é o critério para sabermos quem venceu... Você está mais colorido do que eu e isso significa que eu ganhei.

– De acordo com os meus critérios, eu continuo afirmando que quem venceu fui eu.

– E quais são os seus critérios?

– A sorte. Eu passei a noite inteira me divertindo com a garota mais maravilhosa que eu conheço. É ou não é muita sorte? Eu sou mesmo o grande vencedor da noite.

– Você é tão fofo...

– Eu sei... Também sou forte, bonito e charmoso.

– E palhaço.

– Um palhaço rico.

– Rico?

– É... Esqueci de comentar que agora eu tenho muito dinheiro.

– Sério?

– Esta última viagem que fiz ao Brasil foi para assumir toda a minha herança.

– Herança?

– É... Eu ainda não tinha tratado disso quando saí de lá, e para ser sincero, nem estava interessado, mas agora que me tornei maior de idade aqui nos Estados Unidos, achei que seria melhor resolver isso de uma vez.

– Então isso justifica tantos presentes caros.

– Sim... Eu vendi tudo que meus pais tinham. As casas, o restaurante... Você se surpreenderia se soubesse quanto valem os imóveis no Brasil hoje em dia.

– Já decidiu o que vai fazer com esse dinheiro?

– Sim. Vou ajudar minha tia com o BT.

– O restaurante precisa de mais alguma reforma?

– Não necessariamente. A minha tia quer fechar...

– Por quê?

– Faz um tempo que o restaurante não rende tanto quanto rendia antigamente... Na verdade, desde que cheguei eu não vejo as contas serem favoráveis.

– Lamento...

– Eu também, principalmente porque minha tia não está querendo minha ajuda. Ela quer mesmo fechar o restaurante. Tem sido cansativo para ela depois que o marido morreu, e tanto o Ricardo quanto o Alessandro acham melhor mesmo que ela descanse.

– Mas se o restaurante fechar, onde eles irão trabalhar?

– O Ricardo já tem várias propostas para ser *maître* em outros restaurantes e o Alessandro está quase terminando a faculdade de Administração e, acredite se quiser, ele é muito bom administrando o restaurante e fazendo o dinheiro render o máximo possível... O Daniel ainda está no último ano do colégio e talvez queira ser cozinheiro também, tenho certeza de que não faltarão oportunidades para ele. Os demais funcionários já foram orientados a procurar por outro emprego.

– E você?

– Eu não sei – confessou, com um sorriso tímido. – Se minha tia não aceitar minha ajuda, não sei o que fazer.

– Eu não quero ser a chata que vai te falar sobre a importância de ter um planejamento...

– De novo – ele a interrompeu, fazendo careta.

– Sim, de novo... – Ela sorriu. – Mas eu quero que você saiba que estarei do seu lado para te ajudar naquilo que você precisar.

– Saber disso me faz ter certeza de que não importa o que aconteça, eu sempre terei um motivo para sorrir.

Ambos se olharam nos olhos. Foram tomados ao mesmo tempo por um clima gostoso de confiança e carinho, que segundos depois tornou-se uma mistura de várias outras sensações gostosas. Miguel inclinou-se para frente, na direção de Ana, que, embora mais lentamente, fez o mesmo. Fecharam os olhos e aguardaram o encontro de seus lábios.

Toc toc toc.

Seus lábios não se encontraram.

– Deve ser a Lucy e o Alessandro – disse Ana, abrindo os olhos.

– Que pena...

– É, que pena... Tenho que ir lá.

– Ok. Vou procurar minha camiseta.

Levantaram-se ainda olhando um para o outro. Ana caminhou para trás sem se virar para vê-lo o máximo possível, admirando a imagem máscula e imponente do colorido rapaz. Com um sorriso eufórico, ela correu até a porta. Com sorte, poderia convencer Lucy a sair novamente com Alessandro para fazer qualquer coisa que lhe desse mais um tempo com Miguel. Ela abriu a porta e imediatamente foi abraçada.

– Ana... Que saudade. – Ana surpreendeu-se ao ver quem era.

– O-Oliver?

– Desculpe se não consegui chegar mais cedo, eu vim assim que pude.

– O que está fazendo aqui?

– Eu avisei que viria – disse ele, terminando o abraço e só então notando que havia sujado sua roupa com tinta.

– Meu Deus...

– O que foi, não gostou da surpresa?

Ana não teve tempo de responder.

– Ana, você viu onde joguei minha camiseta? – Miguel saiu do quarto, sem camiseta, colorido. Quando viu Oliver ficou paralisado. – *Ops*...

– O-Oliver, n-não é o que parece... – balbuciou Ana.

– Bom... Parece que sua surpresa é maior que a minha.

PENSAMENTO: POR QUE, MEU DEUS... POR QUÊ?

capítulo 15. CONFRONTOS

Ana começou a tremer e a perder o fôlego. A chegada de Oliver era prevista, mas não neste dia, não nesta hora... A situação era estupidamente incriminadora. Nem mesmo a verdade poderia livrá-la do mal-entendido em que se metera.

– Oliver, eu sei que isso parece estranho...

– É, sim – ele a interrompeu. – Mas acho que já sei o que está acontecendo. – Oliver deu um passo para trás, ainda olhando para ela.

– Espere. – Ana o segurou pelo braço. – Eu preciso te explicar isso.

– Eu não sou burro, Ana... – disse ele, soltando seu braço da mão dela.

– Nada aconteceu, Oliver – disse Miguel, aproximando-se.

– Não me lembro de perguntar algo para você.

– Acalme-se, Oliver.

– Como posso olhar para o estado de vocês dois e me acalmar, Ana?

– Oliver, já disse que nada aconteceu. Nós estávamos apenas brincando com tinta e então você chegou...

– Nós também brincávamos com tinta, Ana... Lembro como é.

– Não, você está errado...

– Cara, é tudo um mal-entendido.

– Não fale comigo, brasileiro...

– Só estou tentando explicar – disse Miguel, aproximando-se deles.

– Não tente... E não chegue perto de mim.

– Miguel, por favor, coloque sua camiseta.

– E-eu não sei onde ela está.

– Está brincando, não é? – indagou Ana, incrédula.

– Deve ter sido uma loucura... – comentou Oliver, irônico.

– Oliver, me respeite.

– Eu respeito. Sempre respeitei. Até demais, para ser sincero... É você que não está se respeitando ao se agarrar com um brutamontes idiota enquanto eu não estou por perto... Há quanto tempo estão transando sem que eu saiba?

– Olha como fala com ela! – esbravejou Miguel, caminhando na direção deles novamente.

– Acalme-se, Miguel.

– Cara, se você se aproximar de mim, eu te acerto nessa sua cara feia.

– Tente. – A careta de raiva de Miguel quase parecia um sorriso.

– Eu não tenho medo de você.

– Então tente me bater, por favor.

Oliver avançou bruscamente em direção a Miguel, que já estava com os punhos cerrados e pronto para recebê-lo.

– PAREM!!! – gritou Ana, colocando-se entre os dois.

– Saia da frente, Ana – disse Oliver.

– Não saio.

– Quer bater nela também? – perguntou Miguel, provocando.

– E você vai se esconder atrás dela?

– PAREM!!! – gritou Ana mais uma vez. – Miguel, por favor, procure sua camiseta e... Eu preciso conversar com o Oliver a sós.

– Tem certeza?

– Tenho.

– Certo.

– Ainda não acabou, seu brasileiro nojento...

– PARE, OLIVER!!!

– Te espero onde e quando quiser, otário.

– MIGUEL!!!

– Certo, eu estou indo. Já achei minha camiseta – disse ele, caminhando para perto da entrada do quarto de Ana e pegando a camiseta. Eles não sabiam como aquela peça de roupa fora parar lá. Era possível adivinhar o que Oliver estava pensando ao ver aquilo...

– Oliver, sente-se.

– Está tentando me deixar à vontade? Acha mesmo que isso é possível?

– Por favor, colabore.

– Olha... Se vai me contar como se apaixonou por ele sem perceber, que tudo foi lindo e tentar me convencer de que não queria me machucar, acho melhor nem começar. Não estou a fim.

– Vai me deixar falar?

– Não há muito para falar depois do que eu vi.

– E o que foi que você viu? Estávamos nus um em cima do outro?

– Ele estava quase – disse Oliver, apontando para Miguel, que já estava vestido e caminhando em direção à porta.

– Ele estava sem a camiseta, e daí? É o suficiente para dizer que estou dormindo com ele há tempos? Acha mesmo que eu te traí?

– Você mudou...

– E a única justificativa possível é a traição? – disse Ana, levemente alterada. – Acha mesmo que eu seria capaz disso, depois de todos esses anos?

– Eu... não tenho mais certeza de nada.

– Alguma vez eu menti para você? Lembra quando eu te ligava chorando, dizendo que não aguentava mais a distância e queria terminar até que você me convencia e me acalmava? Se eu conseguia ser sincera a esse ponto, por que te trairia?

– Desculpe, eu não quero te ofender, mas você tem que entender a minha situação... O que acha que qualquer um pensaria se visse o que eu vi?

– Ana... – interrompeu Miguel. – Estou indo. Se precisar de algo é só falar.

– Obrigada. E desculpe por isso...

– Tudo bem – ele respondeu antes de olhar para Oliver. – Até mais, idiota, ainda estou te esperando onde e quando quiser.

– Vá se foder.

– PAREM!!!

Miguel saiu pela porta enquanto Oliver e Ana ficaram se olhando. Aos poucos, o olhar sério do rapaz converteu-se em um mais triste enquanto ela ainda estava surpresa por ouvir pela primeira vez ele dizer um palavrão.

– Eu não sei o que fazer... – disse ele, chorando. – Por que você terminou comigo?

– Oliver, desculpe... – disse ela, caminhando para a estante onde ficava a TV e tirando uma caixinha de veludo preta. – Eu juro que não queria que você sofresse.

– Eu vou te perguntar só uma vez... Prometo que não pergunto mais nada e que vou acreditar na sua resposta... Foi por causa dele?

– Não. Foi por causa de nós dois. – Ela entregou o objeto para ele.

– Ok – disse ele, contrariado... Ele abriu a caixa e viu o anel que deu a ela quando a pediu em casamento. Chorou ainda mais.

– Oliver, você ao menos entende que o namoro a distância não é o ideal, certo?

– Claro que entendo.

– Nós mal tivemos intimidade. Sabe aquele casal que desenvolve uma rotina, que conhece um ao outro por completo, que sempre está junto? Nós nunca fomos assim...

– Mas estava dando certo.

– Só em alguns aspectos... Depois, em mais nenhum.

– Simples assim?

– Simples assim. Como acha que me senti quando você voltou para a América no começo do ano e disse que ainda precisava de seis meses na Inglaterra? Por que não quis ficar comigo?

– Eu já disse, eu tinha coisas para fazer para nós dois.

– Aquela foi a sua última chance. Se não tivesse me pedido em casamento, provavelmente teria terminado com você mais cedo ainda.

– Então por que aceitou se casar comigo?

– Porque eu te amava, droga... – Ana deu um tapa na própria coxa instintivamente. – Eu achei que, sendo sua noiva, ter esse tipo de compromisso com você seria o suficiente para fazê-lo voltar e ficar ao meu lado. Mas então você me pede para sair daqui e morar na Inglaterra...

– Qual o problema de morar lá? Eu fiz coisas por nós naquele lugar.

– Não. Você fez coisas por você e me deixou aqui sozinha. Tudo o que eu queria era você do meu lado. Não era casa, carro, dinheiro... Era você. Mas você me negou isso, então eu comecei a fazer coisas por mim também. Tenho emprego, tenho amigos que amo e tudo o que preciso bem aqui ao meu redor. Eu criei uma nova vida depois que a minha antiga desmoronou e gosto dela; além disso, sigo meu sonho...

– Mas...

– Queria mesmo que eu fosse para a Inglaterra sem me acertar com o meu pai, sem ver meu irmão, largando minha carreira e deixando a Lucy sozinha? Você era muito importante para mim, mas não poderia me fazer escolher entre você e todo o resto.

– E se eu voltar agora?

– Aí eu estaria fazendo o mesmo que você fez comigo... Estaria pedindo que abrisse mão de suas coisas por mim.

– Eu abriria... Trocaria tudo por você, eu te amo. – Oliver segurou as mãos de Ana.

– Não seria justo com você. Eu já não sinto a mesma coisa – disse ela, recolhendo as mãos.

Sem dizer uma palavra, Oliver abaixou a cabeça e começou a chorar. Seus cabelos loiros balançavam a cada soluço. Ao vê-lo daquele jeito, Ana também chorou, mas de forma mais contida.

– Eu não acredito que sou o culpado.

– Se serve de consolo, isso partiu de mim... E não significa que tenha um culpado.

– Eu sou culpado, porque eu negligenciei o que eu tinha para tentar conquistar o que eu não tinha... Eu tinha você e isso deveria ter bastado. Eu sou um idiota.

– Você não é idiota.

– Eu sou... Consegui perder a mulher da minha vida.

– A sua vida ainda não acabou.

– Então será que... – Oliver hesitou. – Será que existe uma chance remota, minúscula, talvez um por cento, de que daqui a algum tempo, talvez, você pense de novo e queira voltar comigo? Porque eu esperaria o tempo que fosse necessário.

– Não. – Ana fitou-o nos olhos. – Desculpe.

– Droga... Parece que você já seguiu em frente.

– Estou seguindo e sei que não é fácil, mas você pode contar comigo se precisar de ajuda. Ainda podemos ser amigos.

– Não funcionaria. Não podemos ser amigos.

– Claro que podemos.

– Você talvez, mas eu não consigo.

– Então...

– Isso terá que ser um adeus, pelo menos até eu ser capaz olhar para você sem sentir vontade de te beijar e dizer que te amo.

Eles se olharam. Ana sentiu um forte aperto em seu peito. Apesar de não o amar mais, Oliver fora parte de sua vida por anos e esteve ao seu lado nos momentos mais difíceis. Ela se lembrou de sua infância, das brincadeiras, das conversas, de quando contavam estrelas e as ligavam como pontos para formar figuras imaginárias, dos incontáveis sorvetes, das provocações... Era uma vida inteira.

– Eu te entendo e sinto muito...

– Que estranho. Vim aqui tão decidido a te ter de volta... É uma hora da madrugada e eu sequer aluguei um quarto de hotel. Achei que conseguiria reatar, mesmo que tivesse que insistir a madrugada inteira. Não esperava encontrar você tão decidida.

– Não foi fácil, acredite.

– Acho que não tenho escolha, não é? Depois de tanto tempo, é difícil imaginar a vida sem você. É como um imenso espaço vazio.

– Eu sinto a mesma coisa.

– Isso não te faz duvidar que se...

– Não – interrompeu Ana. – Eu estou totalmente segura do que estou fazendo. O que tivemos foi maravilhoso, eu realmente te amei muito, mas infelizmente só o amor não foi o suficiente para nos manter juntos.

– Uma vez você me disse que só estava viva porque me amava.

– E não menti – disse Ana, com lágrimas escorrendo de seu rosto. – Eu não tinha mais a minha mãe, briguei com meu pai e vivia te esperando voltar. Eu não só te amava como fazia minha vida depender de você para continuar, mas não era justo com você.

– Não me lembro de ter reclamado.

– Se continuasse daquele jeito, você teria uma namorada fraca, deprimida e dependente... Era isso que queria?

– É melhor do que agora, que não tenho namorada alguma.

– Eu estava sofrendo, Oliver, por vários motivos... O sofrimento não pode ser a fonte de um amor.

– Está me dizendo que seu amor por mim era errado?

– Estou dizendo que você merecia mais. – Ana limpou mais algumas lágrimas. – Eu amadureci, sou uma mulher adulta, independente e estou disposta a resolver todos os meus problemas e não mais fugir. Eu irei me tornar uma pessoa melhor e só assim poderei amar novamente e da forma correta.

– E por que não poderá ser eu?

– Porque devo seguir em frente.

– Você está sendo cruel.

– E verdadeira. Estou te libertando. Faça o que sempre quis fazer, viva onde quiser viver, seja livre e não se prenda nessa âncora que eu sempre fui para você. Mesmo que em caminhos diferentes, nós precisamos seguir em frente para sermos felizes.

– Mas eu não quero seguir em qualquer caminho em que você não esteja.

– Eu sinto muito, Oliver. Eu juro que não queria fazer algo que te causasse sofrimento.

– Não deu muito certo.

– De certa forma, a sinceridade é uma das maneiras de demonstrar amor... Estou sendo sincera com você agora, então entenda isso como uma forma de te dizer que te amo.

– É só dessa forma que receberei seu amor?

– É.

– Que pena. Eu gostaria que fosse diferente.

– Não podemos reatar, Oliver.

– Eu estou falando de sexo.

– O quê!? – Ana ficou desconcertada.

– Poderíamos fazer agora para não haver ressentimentos.

– VOCÊ ESTÁ LOUCO!?

– Claro que não – disse ele, rindo. – Você pode ser uma "mulher diferente" agora, mas ainda cai fácil nas minhas brincadeiras.

– Seu idiota.

– Foi tãããão fácil... Certas coisas ainda não mudaram. – Oliver riu, e dentro de seus olhos Ana viu aquele adolescente engraçado e provocador por quem era apaixonada e que estava sumido por tanto tempo. Era como se Oliver o tivesse deixado aparecer para se despedir.

– Quase tive um infarto agora.

– Foi pelos velhos tempos... – Ele estava sorrindo, mas parou. – Acho que é melhor eu ir embora agora.

– Tem certeza de que não quer conversar mais?

– Tenho...

Triste, Oliver virou-se e caminhou até a porta, saindo.

– Cuide-se – disseram ao mesmo tempo um para o outro.

* * *

Oliver voltou a chorar assim que saiu do prédio. Caminhou sem rumo pela calçada por alguns minutos, revivendo mentalmente os momentos que teve com Ana e culpando-se por não perceber que a perdera aos poucos com o passar dos anos. Ele não pensava mais em sua carreira, seus sonhos, o nome de sua família, seu futuro... Tudo o que queria era encontrar um lugar para chorar sozinho até dormir e talvez pensar em uma forma de fechar o buraco que fora aberto em seu peito. Essa era sem dúvida a noite mais triste de sua vida. Oliver virou a primeira esquina e reparou que estava sendo seguido. Era Miguel. Eles se olharam, mas não falaram um com o outro. Miguel se aproximou devagar e virou a cabeça para o lado, oferecendo-lhe o lado direito de seu rosto.

– Faça.

– Peso na consciência? Quer que eu te perdoe?

– Talvez um pouco dos dois... Faça de uma vez.

Oliver cerrou os punhos. Ele lembrou-se de que nunca em sua vida havia dado um soco em alguém. Nunca teve motivo para isso. Será mesmo que isso ajudava a se livrar da raiva? Porque disso ele estava cheio...

– Eu adoraria quebrar a minha mão no seu rosto, Miguel, mas isso não resolveria o meu problema e te faria achar que estamos quites, mas não estamos...

– Se eu disser que tentei ao máximo não inter...

– Não perca seu tempo. Eu não vou acreditar. Você conseguiu o que queria, ela está livre para ser sua. Aproveite.

– Só quero que saiba que eu lamento.

– Eu lamento muito mais. – Oliver deu as costas para Miguel e continuou seu caminho. – Fique sabendo que, se algum dia eu tiver a oportunidade de tê-la de volta, lutarei até a morte por isso, mesmo que tenha que tirá-la de você e fazê-lo sentir o que estou sentindo agora.

Miguel não respondeu.

* * *

Ana ficou sentada no sofá esperando seu coração desacelerar e suas mãos pararem de tremer. Toda a segurança e firmeza que demonstrou para Oliver vieram abaixo e ela voltou a ser a garota assustada de sempre. Ela sabia que seria difícil terminar com Oliver pessoalmente, mas não sabia que seria tão assustador dizer adeus para alguém tão importante em sua vida. Deixar para trás tudo o que tiveram em um passado conhecido e apostar em um futuro incerto era aterrorizante. Mesmo assim, ela sabia que tinha feito a coisa certa, que tinha sido honesta com ele e consigo mesma e já começava a sentir um pouco do alívio de ter resolvido essa questão. Ana ainda estava triste por Oliver, mas sabia que a vida dele continuava e que cedo ou tarde encontraria alguém que o amava, afinal, ele era gentil, carinhoso, inteligente e um dos homens mais bonitos que ela já vira.

* * *

Miguel encontrou Alessandro e Lucy andando de mãos dadas no caminho de volta. Ambos ficaram surpresos inicialmente quando o viram pintado e a surpresa aumentou quando ele contou sobre a chegada de Oliver. Ele os acompanhou de volta ao Rising Star.

– Não acredito que você os deixou sozinhos... – disse Alessandro.

– O que você queria que eu fizesse?

– Queria que ficasse lá. Já pensou que ele pode ser um maníaco que pensa que se ela não pode ser dele, não poderá ser de mais ninguém?

– Ele não é assim – disse Lucy, pensativa, querendo correr para casa.

– Quem garante?

– Ninguém, mas não acho que seja isso que ele veio fazer aqui. Aliás, já pensou que ela pode dar um passo para trás e reatar com ele depois do que conversaram? – Ela olhou para Miguel.

– Já. É um risco, mas se for isso o que a fará feliz, por mim tudo b...

– Esse papo de novo? – Lucy o interrompeu.

– Não é papo, é a verdade. Eu quero que ela esteja feliz, só isso.

– Olha... – Lucy estava claramente irritada, mas assim que recebeu um olhar intenso e sugestivo de Alessandro, respirou fundo. Ela sempre achou intrigante a forma protetora com que Miguel costumava tratar Ana. Era impossível entender isso antes, mas agora que ela sabia de sua história, não era mais. Era como se ele tentasse retribuir o bem que Ana lhe fizera. Acalmando-se, Lucy continuou: – Eu ainda não desisti de ver vocês dois juntos, por isso tenho medo de chegar lá e vê-los abraçados e sorrindo.

– Não tema... – disse ele, preferindo omitir seu encontro com Oliver.

– Por que não?

– Confio nela.

– Eu também, mas o amor não nos deixa mais inteligentes. – Lucy suspirou. – Tem certeza de que ninguém bateu em ninguém? Eu queria tanto saber o que aconteceria se você e o Oliver trocassem socos e rolassem no chão para ver quem ficaria com a garota...

– Ana não é um troféu.

– Mesmo assim, seria legal ver uma briga de verdade. – Lucy sorriu.

– Só para esclarecer... – Alessandro interrompeu. – Eu não vou ter que brigar com ninguém para ficar com você, não é?

– Claro que não, querido.

– Isso é bom... Eu sou péssimo brigando.

– Então fique quietinho, ok?

* * *

Após chegar ao prédio, Lucy despediu-se de Alessandro e Miguel e subiu correndo as escadas. Ao entrar no apartamento 37, encontrou Ana fazendo panquecas. Isso era muito diferente do que ela imaginou que veria quando a encontrasse.

– Annie?

– Oi, Lu. Como foi o encontro? – disse Ana, de costas.

– Ótimo – respondeu Lucy, ainda estranhando a tranquilidade na voz da amiga. – Como você está? Fiquei sabendo que recebeu uma visita.

– Recebi... – respondeu Ana, virando-se e mostrando seu rosto úmido de lágrimas, porém sorrindo. – E quer saber de uma coisa? Estou liberta.

– Mesmo?

– Mesmo. Estou livre. Nunca me senti assim... O poder sobre a minha vida finalmente está em minhas mãos.

– Que bom. – Lucy sorriu, aliviada. – Posso acreditar que esta é a última vez que você chora por causa do Oliver?

– Acho que sim.

– Muito bom... Posso te perguntar mais uma coisa?

– Claro.

– Por que está fazendo panquecas de madrugada?

– Alguém me disse que cozinhar sempre melhorava seu humor... Resolvi experimentar.

– Está funcionando?

– Claro que não. – Ana gargalhou e contagiou Lucy.

– Então terá que recorrer a mim...

– Como sempre, não é? – disse Ana, virando a fatia de panqueca que estava fazendo. – Você não tem ideia das coisas que o Miguel me contou.

– Acho que tenho sim. – Lucy sorriu. – Mas primeiro, vou te contar como provoquei o Alessandro hoje... Estou começando a ficar com dó.

– O que você fez?

– Me "descuidei" quando desci do táxi e acho que ele poderia ter visto minha calcinha quando chegamos ao restaurante.

– Tem alguma coisa errada com essa frase... Os verbos "descuidei" e "poderia" estão conjugados de forma incompatível.

– Não estão... Eu me descuidei e ele poderia sim ter visto minha calcinha... se eu estivesse usando uma.

– NÃO ACREDITO!!!!

– Você deveria ter visto a cara do Alê... Acho que nunca dormirei com ele só para poder continuar a brincar assim.

– Você é terrível, Lucy.

* * *

Minutos depois, no metrô.

Alessandro e Miguel estavam sentados um ao lado do outro. As poucas pessoas que estavam no metrô não paravam de olhar para o rapaz com o rosto e os braços sujos de tinta, perguntando-se como ele conseguira ficar daquele jeito, mas, apesar de ser o centro das atenções, Miguel não deixou de reparar no visível desconforto de Alessandro.

– Tudo bem aí, cara?

– Tudo joia.

– Não parece.

– Está tudo bem, vai passar... Só preciso que você me deixe usar o banheiro de cima antes de você.

– Está aperto para mijar?

– Não.

– Dor de barriga?

– Também não.

– Então o que você tem? Talvez eu possa te ajudar.

– Tenho certeza de que não pode, Miguel.

– Não vamos saber se você não falar... Conta qual é o problema e porque não posso ajudar.

– Eu fiquei muito excitado hoje e de uma forma que nunca fiquei antes.

– Putz...

– A Lucy não para de me provocar. Já se passaram meses e eu já estou ficando com dores naquele lugar. Preciso muito me aliviar quando chegarmos em casa.

– Não acredito que cheguei a me preocupar – disse Miguel, abaixando a cabeça e meneando-a negativamente.

– Isso é coisa séria, cara... Sabe o que ela fez comigo hoje? Ela claramente me deixou olhar por entre as pernas dela, debaixo do vestido, e ela estava sem calcinha... Que visão maravilhosa. Era bem...

– Parou, parou, parou!!! Eu não preciso saber como era.

– Por que não?

– Porque ela é a sua namorada e minha amiga. Isso seria estranho.

– Claro que não, é normal um amigo contar esse tipo de coisa para outro.

– Seria desrespeitoso com ela.

– Quer dizer que nunca contou sobre as coisas que fazia com a Camila para seus amigos no Brasil?

– Isso não era da conta de ninguém, era uma coisa minha e dela. – Miguel alterou um pouco o tom de voz, denunciando seu desconforto.

– Ok, só não precisa fazer escândalo. É uma coisa boba.

– Já pensou que se me contar esse tipo de coisa eu poderei ficar imaginando depois? Já pensou depois que você dormir com ela e me contar tudo o que fez, como olharei para ela? Acha que não vou me lembrar das coisas que você disse que fez com ela, principalmente se forem bem pervertidas? Como poderei respeitá-la? Não quer que seus amigos respeitem sua namorada?

– Cara, é por isso que você não está com ninguém... Você é muito certinho e isso é chato.

– Ache o que quiser, mas ninguém nunca vai saber o que faço ou deixo de fazer com a minha namorada.

– Pois fique sabendo que eu é que não vou querer ouvir as suas histórias sem graça.

– Ótimo. E por favor, se vai mesmo se aliviar no banheiro, não se esqueça de que vou tomar banho lá depois. Se for emporcalhar tudo, já me avise antes de eu entrar.

– Relaxa, vou usar papel dessa vez.

– Eu não preciso de detalhes, só garanta que vai ser menos nojento do que da última vez.

– É impressão minha ou você está irritado?

– Eu estou muito irritado.

– Por quê?

– Eu estava indo bem com a Ana hoje, mas Oliver chegou e estragou tudo. Eu acredito que a decisão dela foi definitiva, mas será que o ver pessoalmente poderá mexer com ela, como Lucy temia?

– Você sabe que toda reconciliação que se preza tem que terminar em sexo, não é? Nunca mais a deixe sozinha com ele.

– Cala a boca, idiota.

– Relaxa, só estou tentando ser engraçado... – disse Alessandro, agora mais sério. *– O que houve com aquele papo de ficar bem desde que ela esteja feliz, não importa com quem? Era mentira?*

– Não era mentira, mas é claro que eu prefiro que ela esteja feliz comigo.

– Essa sua mania de ser um cavalheiro sempre te traz problemas.

– Diga-me algo que não sei...

– Isso me irrita, sabia? – Alessandro o encarou ainda mais sério. *– Por que você não vai pra cima, cara? Porra, se você gosta dela, fale logo. Faça algo legal, planeje um encontro romântico e dê um presente bacana, ou não faça nada disso e só converse com ela, tanto faz... Só faça alguma coisa, cara. Você está perdendo tempo.*

– Acha mesmo?

– Está escrito em neon na testa de vocês dois que se gostam... Vai na fé.

– Beleza, mas talvez eu precise da sua ajuda e da Lucy.

– Peça o que quiser.

– Valeu.

* * *

Na semana seguinte, às seis e vinte da tarde, Ana voltava à mansão em que cresceu e foi criada, acompanhada de Miguel e Lucy. Ela fez questão de levá-los para mostrar a seu pai algumas das pessoas que foram importantes para ela nesse ano. Convencer Miguel foi difícil, ele pareceu apavorado e confuso com o convite, mas com Lucy foi pior. Ainda havia um certo rancor desde o dia em que o pai de Ana insultara Lucy e sua mãe. Ainda assim, ela não era capaz de negar um pedido de sua melhor amiga e concordou mesmo que relutantemente.

Foram recebidos por Dahlia, a governanta. Fugindo um pouco do protocolo, ela abraçou e beijou Ana, impressionada em como ela conseguira ficar ainda mais linda. Entraram. Miguel ainda olhava ao redor, impressionado com o jardim, os enormes portões e a quantidade de gente usando uniformes iguais aos de Dahlia.

– Todas essas pessoas trabalham para o seu pai? – perguntou Miguel.

– Sim.

– E precisa mesmo de tanta gente? – Ele não parava de olhar ao redor.

– Acredite se quiser, todos eles têm muitas tarefas.

– Ser rico deve dar trabalho – comentou, irônico.

– Me diga você, "senhor mais rico entre nós três".

– O que eu tenho não se compara a isso. Olhem em volta, sua família não é só rica, é milionária.

– Não exagere... – disse Ana, sorrindo.

– Sua vontade de se casar com ela aumentou ou diminuiu agora que sabe o quanto ela irá herdar um dia?

– Pare de brincar, Lucy – disse Miguel, corando.

– Comporte-se, Lu. – Ana também ficou vermelha. – Já que estamos falando de dinheiro, o que está fazendo com o seu?

– Meu dinheiro está guardado e eu finjo que nem tenho. Vivo apenas do que ganho no restaurante...

– Você ainda está aguardando a resposta da sua tia para a sua proposta, não é?

– Eu ainda não fiz... Tenho outra proposta para fazer nos próximos dias e preciso me concentrar nela.

– Que proposta? – perguntou Ana, desconfiada do que poderia ser.

Miguel não respondeu, apenas sorriu. Lucy escutou tudo e também sorriu.

Caminharam pelo longo jardim frontal com Dahlia os conduzindo até a entrada da mansão. Miguel ficou paralisado. O salão principal era enorme e o som dos passos ecoava. Havia mesas com vasos que continham arranjos de flores, quadros nas paredes lindamente pintadas de azul-claro, um enorme lustre no centro do teto que continha vários spots de luz em seu contorno. Havia também um piano, um bar, lareira, sofás e as paredes dos dois lados continham portas duplas que estavam fechadas. Pararam em frente a uma grande escadaria que levava para o andar de cima. Tudo parecia brilhar de tão limpo. O cheiro também era bom.

– O Dr. Harry os aguarda na sala de jantar. Com licença.

– Obrigada, Dahlia.

– Uau!!! – exclamou Miguel.

– Gostou?

– Como consegue morar no Rising Star tendo crescido aqui?

– A primeira regra é evitar a comparação.

– Aposto que este lugar tem banheiros que são maiores que seu apartamento inteiro.

– Pode ter certeza.

– Você está bem, Lucy? – perguntou Miguel. – Não falou muito desde que chegamos.

– Estou com dor de cabeça, só isso.

– Me desculpe te fazer vir aqui... Não queria que ficasse assim.

– É só uma dor de cabeça, eu juro.

– Eu te conheço, você está com medo dele e eu entendo... Mas saiba que o motivo de trazer você aqui é para mostrar o quanto você é importante e que nunca me abandonou.

– Tem certeza de que isso não irá irritar o seu pai? – Lucy estava claramente preocupada.

– Foi por isso que trouxe o Miguel... Se algo der errado, ele nos protegerá.

– Desde que ele não seja o Liam Neeson, acho que dou conta – disse o rapaz, sorrindo.

– Eu ainda acho que Miguel e eu não deveríamos vir.

– Eu faço questão de que vocês estejam aqui comigo. Além disso, ele concordou prontamente com a presença de vocês, desde que possamos conversar em particular depois.

– Se você está certa disso e ele concordou em nos receber, o que poderá dar errado? – disse Lucy, em um misto de conformismo e ironia.

– Meninas... Não quero ser o chato aqui, mas quando alguém diz essa frase, o inferno sobe à terra e as coisas realmente dão errado. Pelo menos é assim em filmes e livros.

– Isso aqui não é um filme ou um livro – disse Ana. – Vamos?

Ana caminhou até a porta dupla da esquerda. Quando a atravessaram estavam na sala de jantar. Harry e William os aguardavam em pé, próximos a outra lareira.

– É um prazer recebê-la, minha filha – disse Harry. – E a seus amigos também.

– Ele não parece tão mau – cochichou Miguel para Lucy, que lhe respondeu com uma leve cotovelada. O rapaz analisou bem a aparência do pai de Ana. Era alto, quase do seu tamanho. Tinha cabelos grisalhos exibindo entradas discretas. As rugas em seu rosto o aproximavam dos cinquenta anos. Tinha uma postura imponente e um bigode pomposo, estava bem vestido com uma calça branca e uma blusa de lã vermelha. Seus olhos eram tão azuis quanto os de Ana e era só nisso que eles se pareciam fisicamente. Ao seu lado estava o garoto William, o filho mais jovem de apenas quinze anos. Usava uma calça jeans azul clara e uma camiseta preta surpreendentemente ordinárias e bem menos marcantes que as roupas do pai. Não se parecia muito com Ana, mas, com exceção dos olhos, era uma cópia quase exata do Dr. Harry.

– A casa não mudou muito – disse Ana.

– É basicamente a mesma. Sentem-se, por favor.

– Pai, este é Miguel, um grande amigo que mora perto de casa.

– Muito prazer, sou Harry Lewis – disse ele, apertando a mão de Miguel.

– O prazer é todo meu, senhor Lewis. – Miguel o cumprimentou de volta, sorrindo e um pouco ansioso. – Tem uma linda casa.

– Obrigado.

– Eu já vi casas parecidas com esta, mas todas em filmes e séries. Confesso que é muito melhor estar em uma pessoalmente.

– Se quiser, podemos fazer um tour. – Harry sorriu e voltou sua atenção para Lucy. – Antes de mais nada, gostaria que me desculpasse, Lucy. Certas coisas que são ditas em momentos de descontrole machucam, mas nem sempre refletem a pessoa que disse ou até mesmo suas opiniões.

– T-Tudo bem, senhor Lewis. Não há o que perdoar.

– Há sim, e espero receber o seu perdão.

– Já que insiste, receba – disse ela, estendendo a mão direita para um cumprimento.

– Obrigado. – Ele apertou a mão dela.

Atrás de Harry, Miguel fazia uma expressão de espanto enquanto mexia a boca falando algo. Usando sua habilidade em ler lábios, Lucy entendeu que ele disse "Um tour? Sério?". Ela forçou-se a segurar o riso.

– Há quanto tempo, Willy...

– Que saudade de você, Ana. – William abraçou sua irmã.

– Onde está aquele menino que eu costumava chamar de irmãozinho? Só o que estou vendo é um homem bonito e cheiroso.

– As garotas do colégio dizem o mesmo.

– Vou ficar de olho nelas, então – disse Ana, finalizando o abraço com um longo beijo no rosto do irmão. – Você se lembra da Lucy?

– Claro que lembro – disse ele, corando.

– Ah, é... Você era apaixonado por ela – Ana o provocou.

– Isso foi há muito tempo.

– Que bom, porque ela tem namorado agora.

– Não quer dizer que Willy não vai ganhar algo – disse Lucy, abraçando-o e beijando-o.

– E-Eu acho que estava com saudade disso também. – Ele corou ainda mais.

– Lembra quando fazíamos guerra de cócegas? Você sempre perdia.

– Por que não tenta agora? Garanto que será mais difícil.

– Adorei a ousadia dele... – disse Lucy para Ana. – Já é um homem de verdade.

– Aquele que está babando perto da lareira é o Miguel... Miguel, venha conhecer o meu irmão.

– Oh... Desculpe, eu me distraí – disse ele, caminhando na direção de Ana e Willy. – Prazer em conhecê-lo, William, eu sou Miguel Oliveira.

– Espere... – O garoto correu para uma mesa pequena próxima à chaminé e pegou uma guitarra que estava apoiada na coluna. – Quando eu te vi pelas câmeras, reconheci e não acreditei. Você é o guitarrista da Hated Rebels, não é?

– Sou... – respondeu Miguel, surpreso.

– Prazer em conhecê-lo, e por favor, autografe minha guitarra. Você arrebenta.

– Autografo com prazer... – Miguel virou-se para Ana e cochichou, sorrindo: – Este é meu primeiro autógrafo.

Ana e Lucy se olharam, também surpresas. Harry estava mais afastado, enviando sinais para que começassem a servir o jantar.

– Ele cresceu, mas continua o mesmo garotinho – analisou Lucy.

– Sim – disse Ana, emocionada. – Parece que seu esforço em trazê-lo para o mundo do rock funcionou.

– Eu soube usar bem o fato de ele gostar mais de mim do que de você.

– Que garoto gostaria mais da irmã mais velha do que da amiga ruiva e peituda dela?

– Boa colocação... – Lucy reparou em Miguel. – Consegue entender o que ele está fazendo?

Enquanto William guardava a guitarra com um enorme sorriso no rosto, Miguel mais uma vez mexia a boca, sem voz, com uma expressão de surpresa. As garotas entenderam que ele disse "Câmeras de vigilância? Legal!".

Elas se olharam e riram. Ele estava agindo como um garoto.

– Vamos jantar?

Harry Lewis indicou a todos onde deveriam se sentar, deixando a cadeira ao seu lado vazia. Ana estava na cadeira onde sempre sentou, assim como William. Miguel percebeu que aquela família tinha regras até mesmo na hora de jantar, e lembrou-se das incontáveis vezes em que jantou no chão da sala assistindo à televisão com os irmãos ou quando almoçava no quintal olhando para as pipas no céu.

* * *

Após quarenta minutos, já satisfeitos, todos conversavam. Ana falou sobre seu emprego, sobre como conhecera Miguel, sobre como era ser independente... Miguel contou um pouco de sua rotina na cozinha, e percebeu que o pai de Ana não era leigo no assunto. Quando ouviu os nomes dos restaurantes que ele costumava frequentar, teve certeza de que Harry estava acostumado ao melhor que a gastronomia tinha a oferecer. Era óbvio que um dia Ana o faria cozinhar para ele e Miguel sabia que seria difícil impressioná-lo. Lucy era a menos falante, e isso por si só era um motivo de atenção.

– Ana, eu posso ter sua companhia por alguns minutos?

– Sim... Com licença.

– Vocês dois, podem ficar à vontade no salão principal, nós não iremos demorar – disse Harry para Miguel e Lucy. – William, pode mostrar-lhes nossa área de lazer se assim preferirem.

– Sim, senhor.

* * *

Harry e Ana entraram no escritório. O lugar era tão grande e escuro quanto ela se lembrava, assim como o cheiro de charuto ainda lhe causava enjoo. Graças ao jantar agradável, toda a tensão de Ana havia passado, mas ela ainda estava ansiosa para conversar a sós com seu pai. Ele se serviu de um copo de uísque com gelo e ofereceu-lhe algo para beber, mas ela recusou.

– Tenho que confessar que estou orgulhoso de você... Eu sempre tentei te cercar daquilo que precisasse para ter sucesso na vida, mas acho que você não precisava de tudo isso. – Harry caminhou com a garrafa e o copo na mão para a sua mesa e sentou-se.

– Toda ajuda é bem-vinda, mas tudo depende mais da nossa vontade do que dos nossos recursos. – Ana o seguiu, sentando na cadeira de frente para ele.

– Deve ter aprendido isso com sua mãe. Ela sempre quis que você fosse forte.

– Sim, mas eu não sou... Pelo menos, não tanto quanto ela.

– E o que você é?

– Resistente.

– Você está muito parecida com ela agora.

– Eu sei.

– Então eu vou direto ao ponto. – Harry a olhou nos olhos. Seu olhar era muito poderoso. – Eu nunca vou concordar com a sua mentira, não importa quantos bons motivos você tivesse. Quero deixar isso muito claro.

– Sempre foi claro – respondeu ela imediatamente. – Se me permite, eu também gostaria de deixar claro que nunca vou concordar com a forma como me tratou, não importa quantos bons motivos você tivesse.

– Isso sempre foi claro também.

– Então é isso? Nada mudou entre nós?

– Não exatamente... Mês passado, eu estava aqui, sentado na minha cadeira de massagem pensando nos compromissos da clínica e em alguns problemas...

– Eu estava inclusa nesses problemas?

– Desde que saiu de casa... – respondeu ele, seco. – Eu ainda estava no primeiro copo quando senti uma dor horrível no peito. Só me lembro de acordar no hospital ouvindo meu amigo, Dr. James, me dizer que enfartei. Como cardiologista, eu deveria estar familiarizado com isso, mas foi estranho e assustador. – Ele tomou um belo gole de seu uísque. – Meu braço esquerdo não formigou e não percebi nenhum outro tipo de sintoma ou aviso, simplesmente aconteceu. Dahlia disse que eu gritei o seu nome, e embora eu não me lembre, não duvido.

– M-mas como está agora? Tem algum risco? Sente alguma coisa?

– Não se preocupe. – Ele sorriu discretamente. – Nada como dois stents para você se sentir como novo.

– E nada como receber uma prova da nossa mortalidade para nos fazer refletir, não é?

– Exatamente. Eu pensei nessa briga que tivemos e que nos afastou por tanto tempo... Voltando lá no início, entendi que realmente havia razão para uma briga, mas não para uma separação. Você sabe o quanto odeio quando algo não acontece do jeito que eu quero... É o meu maior defeito e talvez minha maior qualidade, sempre depende do contexto.

– Acho que somos parecidos nisso.

– Eu sei... Eu me via em você quando me enfrentava e agia de forma irônica. Percebi que brigar com você era como brigar comigo mesmo e isso me irritava ao mesmo tempo que me orgulhava. Enfim, eu percebi que os motivos de nossa briga já não importam mais. O que importa mesmo é ter você ao meu lado e voltar a fazer o possível para que você seja feliz... É isso que todo pai deseja para seus filhos. Infelizmente, eu precisei de uma experiência de quase morte para enxergar isso, mas agradeço que não foi tarde demais. Pode me perdoar por tudo, minha filha?

– Se eu não tivesse te perdoado, sequer estaria aqui – disse ela, sorrindo.

– Que bom.

– Apesar de ter brigado tanto, desde o começo eu só queria estar bem com o meu pai novamente. A verdade que está acima de qualquer coisa é que eu te amo, pai, e também quero o seu perdão.

– Eu só perdoo com abraços.

Abraçaram-se. Harry beijou a testa de Ana e acariciou seus cabelos. Ela percebeu que seu pai estava chorando e essa era a segunda vez que via isso acontecer em toda a sua vida...

– Quer dizer que não precisamos concordar um com o outro para estarmos bem? – perguntou Ana.

– O mundo vive em constante discórdia... Acho que podemos lidar com nossas diferenças.

– Eu sei que não vai ser muito rápido, mas nós vamos voltar a ser como éramos antes.

– Sim. – Ele a beijou na testa novamente. – Por acaso você precisou de uma experiência de quase morte como eu para entender essas coisas?

– Não. – Ela sorriu ao notar o olhar preocupado do pai. – Tem duas pessoas na sua área de lazer que me ensinaram muito sobre a vida, da melhor maneira possível. Por isso as trouxe aqui.

– Sobre o Miguel... Está acontecendo algo entre vocês?

– N-não, só amizade. – Ana corou. – Mas... Será que teria algo errado se...

– Ele parece ser um bom garoto – disse Harry, interrompendo-a. – Mas prefiro manter minha total sinceridade reprimida já que acabamos de reatar nossa relação e não quero estragar tudo.

Eles riram.

* * *

Na área de lazer.

Miguel exibia sua habilidade no bilhar para Lucy enquanto William foi ao seu quarto buscar a pedaleira da guitarra. O cômodo não era tão grande como os que já tinham visto, mas estava cheio de belas atrações, como mesas de jogos, TVs, um bar com balcão... Pela quarta vez desde que entrou na mansão, Miguel questionou mentalmente o dito popular que diz que dinheiro não compra felicidade. Desde que entrara nessa casa ele não parava de sorrir.

– Ontem eu conversei bastante com a Ana e ela me contou muitas coisas a seu respeito – disse Lucy, repentinamente.

– Contou sobre meu passado? – perguntou Miguel, interrompendo a jogada e mudando seu semblante alegre para um mais sério.

– Contou. Eu fiquei decepcionada com você... – Lucy o encarou bastante séria e ele fez o mesmo. – Como pôde nunca beber com a gente quando na verdade você era um bebedor dos bons quando era mais jovem? – Ela sorriu provocativamente.

Miguel estava preparado para ser julgado. Era o que acontecia sempre que alguém ficava sabendo de seu passado. Ele estava acostumado a escutar frases como: "Olha como ele falou com a mãe...", "Era esse tipo de liberdade que ele queria?", "A coitada morreu pensando que era odiada pelo próprio filho". Mesmo dali a cinco décadas esse tipo de comentário ainda irá machucá-lo, principalmente porque a mais recorrente e mais alta de todas as vozes era a dele, em sua cabeça, ferindo-o constantemente sempre que pensava naquele dia. Ele esperava escutar uma frase parecida de Lucy, mas foi surpreendido por ela. Ele nunca teve uma amizade cujo nível de compreensão mútua fosse tão alto quanto a que ele tinha com essas garotas.

– Eu bebia sim... – Miguel também sorriu, aliviado.

– Qual era seu drinque preferido?

– Adorava doses de vodca pura e shots de tequila com sal e limão.

– Vodca pura? – Lucy fez careta. – Que coragem.

– Acha isso corajoso? Você tinha que ter visto as coisas que misturávamos.

– Nós precisamos sair para beber juntos, Miguel.

– Vai me ensinar alguma coisa nova? Porque, acredite ou não, eu já bebi tudo o que você possa imaginar.

– Eu vou te ensinar a ter requinte. Deve-se apreciar a bebida lentamente... É uma combinação entre sabor, espaço, tempo...

– Parece trabalhoso. Beber sempre foi simples para mim. Era só engolir o máximo que aguentasse e tentar se lembrar de alguma coisa no dia seguinte, torcendo para não ter urinado na frente da casa de um professor ou beijado outro homem.

– Meu Deus!

– Acredite, já vi acontecer. – Ambos gargalharam.

– Você TEM que beber com a gente na próxima vez.

– Eu não faço mais isso, Lucy. Ficou no passado.

– Sério? É uma pena, mas eu entendo... Tem certas coisas que realmente devem ficar no passado e serem enterradas – disse ela, pegando na mão dele. – Só quero que saiba que você é ainda maior do que eu pensava. Tenho orgulho de ser sua amiga.

– Quer me fazer chorar? – perguntou ele, desviando o olhar.

– Pelo amor de Deus, não... – Lucy também virou o rosto. – Eu choraria junto com você.

– Ficaríamos ridículos, não é?

– Sim – disse ela, rindo e fazendo ele rir também.

Após tocar algumas músicas com William e dar dicas sobre como fazer a base e o solo da guitarra, Miguel conseguiu fazer o tour que tanto desejava na mansão. William perguntou se Miguel era o novo namorado de Ana, mas o brasileiro negou, dizendo ser apenas um amigo. O garoto confessou que seria mais interessante se Ana namorasse um guitarrista do que um advogado e deixou evidente que um dia sairia do estilo de vida que fora determinado por seu pai. As garotas ficaram animadas lembrando-se de suas histórias quando entraram no quarto de Ana, que parecia ainda maior do que quando estiveram lá pela última vez. A visita durou pouco mais que duas horas para Miguel e Lucy, que foram embora juntos. Ana quis passar a noite e ficar mais tempo com o pai e o irmão. Era hora de aproveitarem seu retorno a sua família.

Pensamento: "Todo mundo merece uma segunda chance". Essa frase é uma das mais famosas da humanidade e eu sempre pensei que o perdão é a prova suprema de amor que a maioria das pessoas, eu inclusa, tem dificuldade de manifestar. Outra frase bastante conhecida é "A vida não é justa", e ela não é tão famosa à toa. Ela é a mais pura verdade. Ontem eu recusei dar mais uma chance para Oliver, mesmo que talvez ele merecesse. Hoje, sou eu quem está recebendo mais uma chance com minha família... A vida não é justa, pois eu não sinto que mereço tamanha benção depois de provocar tanto sofrimento em Oliver. Eu sei que uma coisa não tem relação com a outra e o meu erro foi justamente misturar tudo. Só o que posso fazer é torcer para que ele seja feliz da melhor maneira possível. Eu estou muito feliz agora e queria poder mostrar a ele, talvez tirar um pouco dessa felicidade de mim e entregar em suas mãos, mas não posso... Uma página virou em minha vida. Custou muito, não só para mim... Doeu bastante, não só em mim... Mas agora eu sinto que escrever as próximas páginas será mais fácil do que nunca, pois tenho tudo e todos de que preciso ao meu lado para isso. Adeus e obrigado por tudo, Oliver, eu vou seguir em frente. Espero que faça o mesmo.

capítulo 16. DANÇA

Academia Extreme Workout, manhã de sábado.

Ana e Lucy voltavam da aula de Pilates sorridentes, tomando sorvete e tirando fotos em seus celulares. Há tempos não compartilhavam de um momento de lazer tão maravilhoso. A nuvem negra que pairava em suas cabeças e as fazia acreditar que tudo sempre daria errado e seria o mais doloroso possível finalmente sumiu. O outono exibia todo o seu charme. Para algumas pessoas, as folhas secas caídas no chão possuíam uma cor apaixonante e contribuía com a paisagem ainda melhor do que se ainda estivessem coloridas nas árvores. Após meses de namoro, Lucy não sentia a mesma paixão por Alessandro como no começo, na verdade ela o amava da forma mais pura e sincera que achava possível. Lucy não o vitimava com suas provocações desde que fizeram amor pela primeira vez e essa era uma definição precisa... Não faziam sexo, faziam amor, praticavam amor e compartilhavam o amor que sentiam um pelo outro. Lucy nunca vivera algo parecido em sua vida. Ana, por outro lado, ainda era virgem e vítima das piadas da amiga, embora isso não a incomodasse. Ela voltou a conviver com seu pai e irmão, embora recusasse o convite de Harry de voltar para a mansão ou qualquer tipo de ajuda financeira. Ela gostava de ser a conquistadora e a dona de suas coisas... Ainda assim, com tudo o que já tinha conquistado e recuperado, uma coisa lhe faltava.

– Beijo na boca!

– O quê?

– Você precisa de beijo na boca, Ana.

– Quem disse?

– A última vez que fez isso foi há meses e ainda levou uma bronca do Miguel por isso.

– Esqueça esse assunto – disse Ana, corando.

– Quanto tempo aquele idiota ainda vai esperar?

– Não sei do que está falando.

– Minha querida amiga, por favor, seja sincera comigo e poupe nosso tempo... Por que você não o chama para sair ou para um jantar no nosso apartamento? Eu deixo o lugar livre para vocês.

– Eu tenho vergonha... Quer dizer... O homem é ele.

– Não significa que você não pode chamá-lo para um encontro.

– Eu sei, mas eu queria que o primeiro fosse da forma antiga. Gosto de coisas tradicionais, você sabe disso.

– Vocês são dois chatos... Eu fico cansada só de ver o quanto são lentos.

– Eu meio que gosto disso. É tipo um jogo de flertes.

– Me explica isso.

– Nós sempre sentamos perto um do outro quando saímos em grupo, eu sempre encosto nele quando assistimos a filmes, nos abraçamos quando nos vemos e despedimos, conversamos pelo celular todas as noites e tenho certeza de que ele compra um frasco de perfume por semana pois sempre cheira bem. Ultimamente nós começamos a experimentar os sorvetes e as sobremesas um do outro e isso nos leva a vários beijos indiretos...

– E...?

– E é isso. Eu adoro essas coisas.

– E qual dessas coisas que você adora vai tirar a sua virgindade?

– Eu estou de muito bom humor hoje e por isso não vou te responder do jeito que você merece – disse Ana, fingindo indiferença.

– Será que posso saber o motivo de estar de tão bom humor?

– Não.

– Por quê?

– Porque não quero você falando besteiras e estragando o meu clima.

– Ele te chamou para sair, não é?

– Q-Quê??? – Ana corou ainda mais. – V-Você está imaginando coisas.

– NÃO ACREDITO!!! – gritou Lucy. – Finalmente ele te chamou para sair.

– Fale baixo, por favor... Não precisa espalhar.

– Então você admite?

– Está bem, eu admito... Ele me chamou para ir a um restaurante hoje.

– Onde?

– No Pierre's.

– Está brincando, não é?

– Não.

– É um dos restaurantes mais caros da cidade... É francês, não é?

– Sim. Ele ama comida francesa, por isso escolheu o Pierre's.

– Vai ser um jantar romântico do jeito que você gosta.

– Não é bem assim... Ele só quer saber como esse restaurante funciona, mas não pode ir lá sozinho, então ele me chamou.

– Quer dizer que não será uma noite romântica?

– Claro que não. Ele está apenas pegando algumas referências para aplicar melhorias no Brazilian Taste e eu irei ajudá-lo.

– Seria tão bom se você o beijasse na boca hoje.

– Seria maravilhoso... – resmungou Ana.

– O quê?

– N-Nada. Eu não disse nada.

– Fale a verdade, Annie, você está louca de vontade de beijar aquele brasileiro idiota de novo...

– Não fale assim dele.

– Você já deve saber, mas homens latinos são mais do que pura fantasia. Eles realmente têm um sabor mais forte. Arde igual pimenta.

– Vadia.

– Só estou sendo sincera.

– Seja menos.

– Serei mais... Esqueceu que tenho um brasileiro também?

Elas continuaram em seu caminho de volta ao Rising Star.

* * *

Prédio de apartamentos Rising Star. Apartamento 37. Seis da tarde.

Ana estava ansiosa andando de um lado para o outro dentro do quarto. Ela nunca tinha ido a um encontro antes, embora isso fosse algo comum em todos os livros, filmes e séries que ela já viu. Os encontros que teve com Oliver foram totalmente diferentes, já que ele era seu namorado – estavam mais para passeios –, mas agora tratava-se de Miguel, aquele que era seu melhor amigo e por quem estava perdidamente apaixonada... Seu coração parecia querer sair pela boca.

– Não coma as unhas – disse Lucy, sentada no sofá grande. – Eu tive um trabalhão para fazê-las.

– Por que ele está demorando tanto?

– Vocês não combinaram seis e meia?

– Sim.

– Então ele ainda não está atrasado.

– Essa ansiedade está me matando.

– Não é só um encontro de mentira para ele poder ver o restaurante?

– É.

– Então por que está tão ansiosa?

– Não estou ansiosa.

– Mas você acabou de falar...

– Eu seeeeeeeeeei!!!

– Se acalme e venha aqui...

Ana saiu lentamente do quarto. Estava com seu vestido azul preferido que realçava suas curvas sem ser muito apertado. Ela considerava seus seios pequenos e sempre achou que suas pernas e quadril fossem a melhor parte de seu corpo. Prova disso era o decote quase inexistente. Ao se olhar no espelho, ela se sentia mais sexy do que vulgar. Usava um salto preto discreto e apropriado. Seus brincos e pulseiras eram prateados para combinar com o azul do vestido, e em seu pescoço estava o colar que

Miguel havia lhe dado. Seus cabelos estavam mais ondulados que o normal. Mais um motivo para agradecer a Lucy.

– Como estou?

– Linda... – disse Lucy, girando o dedo indicador da mão direita, solicitando que Ana desse uma volta.

– Acha que ele vai gostar?

– Acho que ele vai morrer assim que te ver.

Ana sorriu euforicamente. Ela sabia que não era um encontro romântico, mas queria impressionar Miguel, queria que a noite fosse perfeita, queria seduzi-lo, beijá-lo... Nas últimas semanas cada momento com ele foi especial. Há muito tempo ela não sabia o que era viver despreocupadamente um dia após o outro. Ana estava muito satisfeita com seu desempenho no trabalho, adorava as novas conversas com a agora comprometida e apaixonada Lucy, voltou a conviver com sua família e estava cada vez mais apaixonada pelo seu amigo. Sempre que o via, seu coração acelerava e um sorriso involuntário escapava de sua boca. Semanas atrás, Lucy chamou Alessandro e Miguel para uma maratona de *House of Cards* em seu apartamento, mas Miguel teve que cancelar sua presença em cima da hora, pois precisou ajudar sua tia no restaurante. Ana sentiu muito a falta dele. Foi como se tudo perdesse a graça e ela só pensou que o dia poderia acabar logo para poder vê-lo no dia seguinte, e foi isso que ela fez. Ana não poderia deixar de vê-lo pelo menos uma vez no fim de semana, já que o pouco que se viam diariamente no Manys's Coffee de manhã não era suficiente.

Toc toc toc.

– Oh, meu Deus, deve ser ele.

– Vá lá atender.

– Eu estou bonita, não estou?

– Está linda. Vá!!!

Ana andou até a porta e a abriu. Era Miguel. Ele ficou olhando para ela sem dizer nada. Seus olhos denunciavam o quanto estava impressionado.

Ele estava usando a camisa azul de mangas longas que Ana havia lhe dado, uma calça jeans preta e um par de sapatos sociais da mesma cor. Seu cabelo estava diferente, menor, com um topete discreto.

– Meu Deus! – Ele respirou fundo e tentou dizer mais alguma coisa, mas não conseguiu.

– Oi pra você também – disse Ana, sorrindo.

Miguel aproximou-se e a beijou no rosto. Sentiram o cheiro um do outro. Adoravam fazer isso.

– Você está linda.

– Obrigada.

– Agora que você está vermelha, ficou ainda mais linda.

– Você também está bonito com esse penteado novo.

– Que bom que gostou. Achei que estava na hora de mudar.

– Não quer dizer que estava ruim antes.

– Obrigado.

– Reparou que ambos estamos de azul?

– Até parece que combinamos.

– Nós sempre estamos em sintonia, não é?

– Pessoal... Por que não vão logo antes que eu engasgue enquanto vomito arco-íris? – disse Lucy, ainda sentada no sofá.

– Oi, Lucy.

– Oi, bonitão.

– Então... Vamos indo?

– Sim. Até mais tarde, Lu.

Ana saiu primeiro e Miguel começou a fechar a porta. Antes de sair ele olhou para Lucy, que com um sorriso piscou com o olho direito para ele.

* * *

Restaurante francês Pierre's. Minutos depois.

O casal foi recebido pelo *maître*. Sempre que podia, Miguel ria de seu sotaque francês enquanto Ana tentava repreendê-lo, mesmo não resistindo e rindo também. O lugar era luxuoso, bem iluminado e decorado. Cada centímetro do salão exalava elegância e sofisticação. O material das mesas, as toalhas, as lâmpadas... As cores predominantes de toda a decoração eram branco, prata e dourado. Tudo ali era muito caro.

Escolheram uma mesa próxima à parede e um tanto afastada da porta de entrada. Com o cardápio em mãos, começaram a escolher.

– As coisas aqui são caras – comentou Ana, sem tirar os olhos do cardápio.

– Não deixe que isso te impeça de pedir o que quiser – disse Miguel, olhando para ela.

– O que aconteceu com a sua ideia de guardar dinheiro?

– Ainda está em pé. – Miguel inclinou-se para frente, fazendo-a olhar para ele. – Pense no dinheiro gasto aqui como um investimento.

– N-No Brazilian Taste? Sua tia finalmente concordou em aceitar sua ajuda? – Ela tentava disfarçar sua ansiedade, esperando que ele finalmente a pedisse em namoro.

– Ainda não. Eu estou fazendo isso por conta própria.

– Entendi... – Ana reparou no sorriso de Miguel. – Por que está sorrindo tanto?

– Porque estou olhando para você.

– Tem alguma coisa errada comigo? Acho que manchei o rosto no...

– Você está linda. É por isso que estou te olhando.

– Está falando isso de propósito para me deixar vermelha, não é?

– E também porque é verdade.

– Pare. – Ela sorriu, escondendo o rosto atrás do cardápio.

– Ok, vou parar.

* * *

Ana pediu *confit de canard* e Miguel pediu *magret*. Enquanto esperavam, Miguel explicava para Ana e tentava prever como deveriam vir a coxa e o filé do pato, respectivamente. A música ambiente era lenta e charmosa, ajudando a tornar o clima mais agradável. Conversaram sobre trabalho, sobre Lucy e Alessandro, sobre o pai de Ana. Ao receberem os pratos, comentaram sobre como o serviço do restaurante era impecável e em como transportar tantas boas práticas para o Brazilian Taste.

Quase uma hora depois, de pratos vazios, eles conversavam descontraidamente.

– Eu pensei que minha mãe fosse me matar... Era a quarta vez no ano que eu era advertido por mau comportamento na escola, e desta vez, fui me meter em confusão com a professora Rita, famosa por ser uma verdadeira devoradora de almas.

– Que bela fama – comentou Ana, recuperando o fôlego entre uma gargalhada e outra.

– Até os pais dos alunos tinham medo dela.

– E o que você fez para ser suspenso?

– Dentre outras coisas, eu imitei ela quando pensei que não estava olhando...

– Não acredito!

– Eu pensei mesmo que ela não estava olhando.

– Mas ela estava...

– Estava. Ela viu tudo com aqueles olhos de assassina... Eu tenho certeza de que ela comia crianças no café da manhã.

– Que horror.

– Ela chamou minha mãe para conversar em particular. Minha mãe ficou furiosa e eu fui suspenso por uma semana. Quando chegamos em casa, ela disse que toda história tem duas versões e queria ouvir a minha. Eu juro que pensei em mil maneiras de negar tudo e mentir, mas ela era boa em detectar isso.

– E então...?

– Eu disse a verdade.

– Não deve ter sido bom para você.

– É aí que a história fica engraçada... Quando eu disse o que aconteceu, acabei me empolgando e repetindo a imitação que fiz da professora Rita. Minha mãe mal conseguiu ficar em pé de tanto que riu.

– Não pode ser.

– Foi isso mesmo que aconteceu.

Miguel continuou contando algumas histórias engraçadas do Brasil sem perceber que aumentava em Ana a vontade de visitar o país algum dia. Em várias oportunidades o rapaz fazia elogios à beleza dela, porém, depois da sobremesa e de fecharem a conta, Ana já não esperava que algo mais íntimo fosse acontecer. Ela sentiu vergonha de si mesma ao perceber que ela, a mulher, tinha segundas intenções com ele, o homem, que apenas estava tomando notas sobre o Pierre's.

* * *

Quando saíram do restaurante, Miguel sugeriu que voltassem andando. Ana não viu problemas nisso. No caminho, compraram sundaes e andavam por calçadas bem iluminadas, conversando e rindo até chegarem ao Rising Star.

– Ana... Eu não sei como te agradecer por ter me acompanhado hoje.

– Não precisa agradecer. Eu me diverti muito.

– Que bom – disse ele, sorrindo. – Eu acho que vou indo.

– Já? Não quer entrar um pouco?

– Eu tenho que voltar agora.

– Mas eu tenho refrigerantes na geladeira. Você não adora quando estão gelados?

– Desculpe... Eu preciso ir agora. Tem uma coisa que preciso fazer.

– Que pena.

Despediram-se com um beijo no rosto.

O encontro foi muito agradável. O restaurante era magnífico, o clima maravilhoso e Miguel estava mais divertido do que sempre esteve. Mesmo assim, uma palavra não muito boa definia com precisão aquela noite: frustrante.

Subindo as escadas, Ana avistou Lucy descendo em alta velocidade.

– Oi, Lu... Para onde vai com tanta pressa?

– Eu estava indo para a casa do Alessandro, mas não encontrava minha chave em lugar algum. Demorei muito tempo para achar... – Lucy rapidamente beijou Ana no rosto e continuou a descer correndo.

– Que bom que achou. Amanhã eu te conto como foi o "encontro". – Ana fez o sinal de aspas com os dedos, acompanhando Lucy com os olhos enquanto descia.

– Não prefere me contar quando acabar?

– Acabar? – indagou Ana, surpresa. – Espere... Lucy!!!

Lucy não respondeu. Ana ficou confusa, mas não o suficiente para correr atrás da amiga. Ela tinha um compromisso com um pote meio cheio de sorvete que estava na geladeira, muito útil como remédio contra frustração. A passos lentos, ela subiu os degraus da escada até chegar à sua porta. Quando a abriu, assustou-se.

– O que é isso?

Ana entrou e fechou a porta. As luzes estavam apagadas, mas o lugar estava bem iluminado porque em vários pontos havia velas acesas. Ela deu um passo para frente e pisou em algo macio. Percebeu que era um amontoado de pétalas de rosas vermelhas – havia muitas delas espalhadas por todo o chão – e um pequeno envelope com o número 1 escrito. Ana o pegou, abriu e de dentro dele retirou um bilhete.

"As pessoas passam a vida inteira procurando pela felicidade. As que já encontraram insistem em passar instruções detalhadas de como alcançar o mesmo feito, mas esquecem que a felicidade reflete a individualidade de cada pessoa, ou seja, cada um é feliz do seu próprio jeito. A minha felicidade pode ser obtida através de alguns momentos ou gestos... Um bom exemplo é quando você olha para mim e sorri. Não há palavra melhor para descrever o que sinto do que FELICIDADE."

Ana sorriu. Mais para frente, ainda no chão, havia outro envelope. Este tinha o número 2. Ela foi até lá e pegou o outro bilhete.

"Outro bom exemplo é quando você fica com vergonha ao mesmo tempo que eu. Sei que ficamos da mesma cor, vermelhos... Mas com certeza só você consegue ficar ainda mais linda. Quando isso acontece, eu sinto vontade de te abraçar forte e jamais te soltar."

O terceiro envelope estava em cima do sofá pequeno.

"Você realmente se preocupa com o meu futuro. Várias vezes tentou me explicar a importância de planejar e traçar objetivos profissionais. Mesmo quando não estava nos seus melhores dias, quando os problemas não paravam de cair em sua cabeça, você sempre conseguia tempo para me aconselhar e estimular a desenvolver o meu potencial. Saber que você se preocupa comigo dessa forma me faz sentir menos solitário e desejar que faça parte da minha vida para sempre. Não sei se já te disse isso, mas, de várias formas, você fez e faz a minha vida valer a pena."

O quarto envelope estava em cima do sofá grande.

"Muitas pessoas acham que podem ser românticas se conseguirem formar frases que rimam com palavras do tipo: lua, estrelas, sol, sentimentos, amor... Isso não é correto. O romantismo exige mais do que boa utilização de palavras e frases prontas. Não estou querendo bancar o professor, mas acho que posso afirmar que uma das qualidades necessárias para se tornar um romântico de verdade é a capacidade de observação. Só assim você poderá conhecer cada detalhe da pessoa e atingi-la com carinho e afeto de forma mais precisa. Quando eu deito para dormir, geralmente estou sorrindo, pois sempre que fecho meus olhos vejo o seu lindo rosto. É bom, mas não se compara a te ver ao vivo. Isso me faz pensar, dia após dia, em como te atingir com altas doses de carinho."

O quinto envelope estava sobre a mesa, debaixo de um pen drive e ao lado de um aparelho de som que não era dela. Ana olhou ao redor, procurando por alguém, alguma câmera escondida em algum lugar ou algo do tipo. Ela pegou o pen drive e o próximo bilhete.

"Talvez o romantismo seja uma ramificação da felicidade, ou será que é possível ser romântico quando se é infeliz? Desde que te conheci eu venho provando maravilhosas porções de felicidade. Eu fico pensando em como seria se eu pudesse ter tudo isso de uma vez... Houve um momento da minha vida em que eu acreditei que não tinha o direito de ser feliz por causa dos erros que cometi no passado, mas se fosse isso mesmo, não haveria sentido eu ter te encontrado, porque você me faz feliz de uma forma que eu jamais pensei que poderia ser... Me assusta pensar no quão mais feliz eu posso ser se ficar com você do jeito que quero. Se eu tiver essa chance, prometo que te farei sentir o mesmo a cada dia, para sempre."

"Por favor, ignore as repetições cansativas das palavras feliz e felicidade... Eu ainda não sou tão bom em escrever no seu idioma."

Ana gargalhou de leve. Seu coração batia forte e o ar fugia de seus pulmões. Mesmo com os olhos marejados, ela notou a indicação no final do bilhete para que ela o virasse. No verso da folha ainda havia mais coisas escritas.

"Eu poderia escrever um poema para você. É uma ótima maneira de ser romântico, mas como você é diferente de tudo o que eu já vi na minha vida, quero propor algo diferente também. Coloque o pen drive no aparelho de som, aperte o play e abra a porta. Quando fizer tudo isso, apenas responda sim ou não para a pergunta que lhe será feira. Está proibida de falar mais do que isso durante toda a música."

Ana fez conforme a orientação. Colocou o dispositivo no aparelho e apertou o botão play, em seguida, caminhou até a porta. Quando colocou a mão na maçaneta, ela reconheceu a voz de Ed Sheeran iniciando "Thinking Out Loud". Ela abriu a porta e viu Miguel parado do lado de fora. Ele estava de volta.

– Dança comigo?

– S-Sim – disse Ana, anestesiada.

Ele estendeu sua mão direita. Ela estendeu a sua esquerda. De mãos dadas caminharam para o meio da sala após Miguel fechar a porta. Aproximaram-se um do outro. Ana sentiu que ele estava com uma bala de menta na boca, como sempre. Ele posicionou suas mãos na cintura dela de forma suave. Ela passou seus braços em volta do pescoço dele. Com movimentos lentos de suas pernas começaram a dançar ao ritmo da música. Olhavam-se nos olhos de forma intensa, como se tivessem medo de que ao piscar tudo desaparecesse... Eles não estavam sorrindo, estavam sérios, hipnotizados um pelo outro. Seus corpos, inicialmente rígidos de ansiedade, começaram a relaxar. O que estavam fazendo era maravilhoso.

Ana percebeu que os dedos de Miguel estavam se mexendo. Ele estava sentindo o corpo dela com as mãos de forma gentil. O rapaz a puxava cada vez mais contra si. Seus corpos estavam colados. Eles ainda se olhavam, sem piscar, sem sorrir, perdidos um no outro. Ela recolheu seus braços e os posicionou nas costas dele, apertando-o como em um abraço. Ela abaixou a cabeça e a repousou no peito do rapaz, de olhos fechados. O perfume que Miguel usava era realmente gostoso e o seu peito estava quente. Miguel respirou forte para sentir o cheiro do xampu de Ana. As combinações de cheiros entre eles eram agradáveis para ambos.

Ana sentiu um leve frio na barriga que percorreu suas costas. De repente, ela não sentia mais que seus pés pisavam no chão. De olhos fechados, ela teve uma imagem mental daquele momento e viu a si mesma e Miguel levitando e girando lentamente até sair do prédio. A noite iluminada pelas luzes dos prédios, postes e carros também recebia a luz da lua que figurava imponente no céu. Era para lá que eles lentamente flutuavam, cercados de estrelas e atravessando nuvens. Ana podia sentir a brisa da noite de forma tão real quando o calor do corpo de Miguel. Chegaram à lua, fazendo uma única silhueta no meio do grande círculo brilhante... Era uma imagem magnífica que ela guardou na cabeça e com certeza transportaria para uma tela. Continuaram a subir e ficaram cercados de estrelas que lentamente se moviam para contorná-los e formar uma aura brilhante. A imagem mental começou a se desfazer na mente de Ana, mas a sensação de estar no ar, com Miguel, ainda podia ser sentida. Por alguns minutos, não importava quando, onde ou como estavam... Só importava o fato de que eles estavam juntos.

Miguel tocou com sua mão direita o queixo de Ana, conduzindo seu rosto para próximo do dele. Em seguida, passou suavemente seus dedos no rosto dela, acariciando os dois lados. A garota fechou os olhos e se arrepiou. Com as pontas dos dedos ele contornou os lábios dela e percebeu que a deixou em êxtase, totalmente entregue a seus carinhos. Miguel então encostou o seu rosto no de Ana. Testa com testa, nariz com nariz. Sua mão a acariciava no pescoço agora. As pontas de seus dedos mal a tocavam, mas ela podia sentir todos os movimentos. Ele acariciou sua nuca, seus cabelos e depois voltou ao seu rosto. Ela abriu os olhos e percebeu que agora eram os dele que estavam fechados. Talvez ele também estivesse recebendo uma imagem mental daquele momento. Ela sorriu.

Miguel abriu os olhos e a viu sorrindo... Linda. Ele não teve um momento tão maravilhoso assim desde que chegara aos Estados Unidos, desde que deixara uma vida inteira no Brasil para trás. Talvez essa fosse a recompensa de não ter desistido de viver.

Eles sentiam a respiração um do outro ficando cada vez mais rápida, anunciando que o momento estava chegando... Eles se comunicaram com o olhar e lentamente fecharam os olhos e se beijaram.

Os movimentos eram lentos, mas intensos. Os lábios umidificavam-se uns nos outros e suas línguas se provavam. Esse beijo era diferente de todos os outros beijos de suas vidas, tinha paixão e carinho a cada toque. Tinha sabor e temperatura. Tinha verdade. Tinha significado. Era mais que um compromisso... Era uma declaração de amor. Entregaram-se um ao outro de corpo e alma. Queriam que durasse para sempre. Estavam compartilhando entre si o ponto alto da felicidade. Um simples beijo pode significar muitas coisas e pode ir muito além do que outras relações físicas mais íntimas podem ir, pois o que estavam fazendo agora não era o encontro entre dois amantes se beijando, era o encontro de duas almas.

A música estava em seu final e o beijo também. Suas línguas se separaram, mas os lábios não. Trocaram dois selinhos curtos antes de abrirem os olhos e encerrarem o beijo de vez. Eles sorriram um para o outro e se abraçaram. A música acabou e a dança também. O que sobrou foi o casal apaixonado compartilhando um abraço.

Ficaram em silêncio, de olhos fechados, até a segunda música começar. "Need You Now", de Lady Antebellum.

– Eu não queria me precipitar – sussurrou Miguel no ouvido dela. – Por isso eu esperei até hoje.

– Você estava me dando um tempo, não é?

– Achei que precisaria disso para se adaptar a tantas mudanças.

– Obrigada por pensar tanto em mim... Por ser tão compreensivo.

– Eu queria ter certeza de que não haveria nada te incomodando quando eu te fizesse uma certa pergunta.

Ana sorriu, preparando-se para ouvir o que tanto queria.

– Houve um dia em que eu te acompanhei até a sua casa e, quando nos despedimos, percebi que queria passar mais tempo com você. Tudo começou ali.

– Que dia foi esse?

– O dia em que nos conhecemos.

– Jura? – Ana sorriu e apertou ainda mais o abraço.

– Sim. – Ele acariciou as costas dela. – Desde aquele dia você não saiu da minha cabeça. Tudo o que eu queria era passar cada vez mais tempo com você. Eu tentei parar com isso, mas quem é que consegue controlar todos os seus sentimentos?

– Ninguém.

– Hoje o que eu sinto por você amadureceu, está maior, mais forte, e eu não consigo parar de pensar no quanto eu te quero... – Ele recuou a cabeça para poder olhá-la nos olhos. Ela estava sorrindo para ele. – Ana, quer ser minha namorada?

– Sim, eu quero... – Ana acariciou o rosto dele com as duas mãos. – Eu quero muito.

Beijaram-se mais uma vez. Fizeram os mesmos movimentos do beijo anterior, porém as sensações não foram as mesmas... foram melhores. Desta vez fizeram mais barulho nos momentos em que viravam o rosto de um lado para outro. O beijo foi um pouco mais molhado e os movimentos um pouco mais rápidos e intensos. Suas línguas estavam menos inibidas e ocupavam cada vez mais espaço na boca um do outro. Era um beijo ainda mais apaixonado com todo o desejo que evitaram demonstrar na última vez. Miguel, em particular, tinha medo de assustá-la.

– Mal... posso... acreditar... – disse ele, separando cada palavra com um selinho.

– Parece... bom... demais... não é? – Ana fez o mesmo.

– É.

– Tomara que isso não seja um sonho. – Ana interrompeu os beijos e o olhou nos olhos. – Não quero acordar amanhã e descobrir que nada disso aconteceu.

– Então, lembre se disso.

Miguel a beijou mais uma vez. Seus braços a apertaram com mais força e a fizeram perder um pouco de seu fôlego. Sua língua explorou todos os lugares da boca dela como se procurasse um lugar para se esconder. Os estalos de seus lábios eram mais altos e excitantes do que nunca. Suas cinturas encostaram-se sem inibições e passaram a sentir um ao outro por completo. Ana não se assustou como Miguel achou que aconteceria. Ela estava tão entregue ao momento quanto ele. O beijo foi forte, intenso e arrebatador. Quando terminou, os braços de Miguel deixaram de apertá-la, mas Ana ainda podia senti-los em volta de si e percebeu que era isso que ele queria... Queria que ela sentisse aquele aperto até o dia seguinte.

– Isso foi incrível – disse ela, corando.

– Você que é incrível...

Abraçaram-se novamente, sorrindo. Ela se encaixou melhor nos braços dele e encostou sua cabeça no peito esquerdo dele. Era possível escutar as batidas do coração do rapaz quase tão rápidas quanto as dela.

– Podemos ficar assim por mais tempo? – perguntou Ana.

– Claro.

– Promete que vai me abraçar assim todos os dias?

– Eu prometo, Ana. Estarei sempre do seu lado, te protegendo, cuidando de você, fazendo companhia... Nunca deixarei que se sinta solitária ou desprezada. Eu estarei sempre com você.

Ele a acariciou mais uma vez, e ficaram assim até perderem a noção do tempo.

Pensamento: Então é isso que significa se sentir completo? Eu estou com a sensação de que tudo o que eu sempre quis, quero e vou querer pelo resto da minha vida está aqui, nos meus braços... Isso me faz lembrar da "Enjoy the Silence", do Depeche Mode. Vou escutá-la hoje quando chegar em casa. Estou tão feliz que poderia pular pela janela e correr pela rua gritando que sou o namorado dela... Como é gostoso beijá-la. Espero que eu consiga conter todos os meus ímpetos, por que faz muito tempo que eu não... No que eu estou pensando? Meu Deus, não me deixe estragar tudo assustando ela. Ela é linda e tem um corpo lindo, do jeito que eu gosto, mas eu tenho que me controlar, começando por essa vontade imensa que estou de dizer que a amo... Ainda é muito cedo para isso, mesmo que seja a mais pura verdade e que eu já sinta isso há bastante tempo.

capítulo 17. JUNTOS

Prédio de apartamentos Rising Star, apartamento 37. Sete horas da manhã de domingo.

Ana conversava com Lucy, que comia uma tigela de cereais, sobre os acontecimentos da noite anterior. Elas estavam sentadas no sofá grande de onde Ana podia apontar para todos os lugares em que havia beijado Miguel.

– De todas as suas armações, essa foi a melhor.

– Eu agradeço o reconhecimento tardio, mas não sou a responsável por isso. Foi tudo ideia do Miguel. Eu apenas preparei as coisas do jeito que ele me pediu, cada vela, cada bilhete, cada câmera de vídeo para postar na internet depois...

– Câmera de vídeo?

– Ok, ISSO foi ideia minha – disse Lucy, sorrindo maliciosamente.

– Vou ignorar suas brincadeiras porque ontem foi um dia simplesmente maravilhoso.

– Beijou muito?

– Beijei demais.

– Está sorrindo muito, parece alguém que fez mais do que beijar...

– Foram somente beijos, sua pervertida.

– Tem certeza?

– Claro que tenho.

– Que pena, mas diga-me, foram melhores que os de antes?

– Sim... Cada um era melhor que o anterior.

– E você apertou bastante os braços dele?

– Por que eu...? Por que você quer...? Ok, eu apertei... muito. – Ana sorriu ainda mais.

– Eu sabia que você não resistiria...

– Mas não foi de forma pervertida, eu só estava curiosa em saber como ele era... Só queria sentir ele, sabe?

– Sei... – Lucy sorriu. – O que mais apertou nele? Conte-me tudo.

– As costas, o peito, a barriga... Ah, aquela barriga.

– O que mais? O que mais?

– Só isso.

– Só isso? Esqueceu a bunda?

– LUCY!!!

– Deve ser uma das melhores partes.

– Chega de falar disso.

– Concordo. É estranho ficar admirando o corpo do primo do meu namorado.

– E não se esqueça de que ele é meu namorado agora. – A expressão de Ana mudou. Seus olhos se abriram em espanto e um sorriso desenhou-se em seu rosto. – Ele é meu namorado, não é? Meu namorado... namorado...

– Só agora caiu a ficha?

– É...

– Ana, olhe para mim. – Lucy a olhou nos olhos com seriedade. – Você precisa dormir com ele urgentemente.

– Meu Deus... – Ana olhou para o teto, bufando. – Pare de fazer piadas.

– Mas estou falando sério... Está conseguindo se ouvir? Está começando a falar coisas estranhas e fica repetindo namorado, namorado, namorado... Transar resolve esses problemas facilmente – provocou.

– Não estou com problemas, sua tarada. Eu estou feliz, só isso.

– Eu sei... – disse Lucy, de boca cheia. – E confesso que fiquei bastante aliviada. Já imaginou como seria se ele tivesse desistido de você? Não sei o que eu faria...

– Eu também tive esse medo...

– Pois é. Que cara demora tanto tempo para convidar para sair uma amiga que está louca por ele? Quer dizer... Você é linda e ultimamente sequer disfarçava que estava na dele... Como ele sempre esteve na sua, era de se esperar que fizesse algo a respeito.

– Lógico que eu disfarçava... Pelo menos, acho que disfarçava.

– Não precisava ser muito esperto para entender os sinais que você mandava para ele, Annie.

– Eu não mandava sinais.

– Acha mesmo? – Lucy sorriu provocativamente. – Então, Papai Noel existe, fogo não queima e você não mandava sinais para o Miguel.

– Não seja irônica.

– Você me obriga a ser, mas enfim... Estava tão nítido que você gostava dele e ele demorou tanto para tomar uma atitude que eu achei que nosso amigo tivesse desistido e, sinceramente, poderia ser compreensível.

– Acha que eu compliquei demais as coisas para ele?

– Acho que vocês dois complicaram as coisas um para o outro... São burros demais para fazer as coisas certas.

– Como se você fosse a mulher mais inteligente do mundo...

– Eu poderia ser... – Lucy sorriu. – Felizmente, a demora dele se deve a um fato já conhecido por nós duas... Seu namorado é um cara lento.

– Quer saber o motivo de ele ter demorado tanto? Miguel estava me dando um tempo para superar tudo o que tinha acontecido recentemente e esfriar a cabeça. Ele queria que eu descansasse. Isso não é fofo?

– É sim, mas eu prefiro quando o meu namorado tenta me cansar, se é que você me entende. – Lucy sorriu maliciosamente.

– Você não presta. – Ana também sorriu. – Mas, pra ser sincera, acho que eu não precisava desse tempo todo.

– É disso que estou falando. Ele demorou muito...

– Eu estava pronta para ele há muito tempo, mas isso mostra o quanto ele é gentil e preocupado comigo... Ele me colocou em primeiro lugar, antes mesmo das vontades dele. É muito importante saber que ele é capaz de fazer isso por mim.

– E é um indício de que você continuará virgem por um bom tempo.

– Não vai conseguir me atingir com seus comentários maldosos.

– Só estou dando minha opinião.

– Já conheço sua opinião.

– Pena que não concorda com ela...

– Pois é... – disse Ana, indiferente.

– Está tentando me ignorar, não é?

– Desesperadamente.

– Isso significa que fez algo mais do que beijar ontem.

– Não fiz nada além do que já te falei.

– Está difícil tirar alguma informação de você hoje.

– Então desista... Por que não sai com seu namorado?

– Faço isso mais tarde, agora estou mais interessada em saber o que exatamente você fez ontem com o seu.

– Não há mais nada para saber. Eu já disse tudo o que aconteceu entre nós.

– Você sentiu todo o corpo dele? – Lucy encarou Ana com um sorriso extremamente vulgar.

– Isso não é da sua conta... – Corou.

– Então você sentiu. – Lucy gargalhou.

– Você é inacreditável... – disse Ana, com um sorriso. – Vamos parar de falar sobre isso.

– Tudo bem, mas você acabou de admitir que sentiu o...

– SHHHHH!!!

– Não posso mesmo falar essa palavra?

– Não.

– Pode ereção?

– Não faça isso comigo, eu imploro, me deixe em paz.

– Ok, vou te deixar em paz... Só lembre que todo esse respeito e cuidado podem ser muito legais, mas não os tornará mais próximos.

– Nós já somos próximos.

– Eu quis dizer íntimos.

– Isso vem com o tempo.

– Concordo, mas falando sério agora... O que estou querendo dizer é que é importante ser íntima do seu namorado. Já vi muitos relacionamentos terminarem pela falta de sexo e nunca pelo excesso. A própria Vanessa, do escritório, é um ótimo exemplo.

– Se isso aconteceu, o cara com certeza não a amava.

– Estou falando da Vanessa... Era ela que sentia falta de sexo.

– Ah...

– Sexo é bom para os dois. Você pode não saber disso agora, mas quando souber vai entender o que estou falando. Por isso, não trate esse assunto como uma coisa secreta e errada que não pode ser discutida em voz alta. Você e seu novo namorado precisam de atitude para fazer as coisas darem certo.

– Ok, conselho anotado... Agora, se me der licença, tomarei um banho e esperarei o Miguel me buscar para tomarmos café da manhã juntos.

– O que eu faço se você ainda estiver no banho quando ele chegar aqui com uma ereção?

– Calada!!!

* * *

Manny's Coffee, oito e meia da manhã.

Ana e Miguel desjejuavam sentados um de frente para o outro. A cada vez que seus olhares se cruzavam, seus rostos ficavam vermelhos. Quando se viram pela primeira vez como namorados, sentiram um misto de ansiedade, insegurança e o desejo de que tudo desse certo entre eles... Como consequência, também havia o medo de errar em algo. Foi assim quando ele chegou ao apartamento dela e cumprimentaram-se com um selinho hesitante e discreto. Sentiam também, e isso acima de tudo, uma imensa felicidade.

– Ainda vai comer isso? – indagou Miguel, apontando para o pedaço de waffle que sobrou no prato de Ana.

– Pode comer, se quiser. Estou satisfeita.

– Você realmente come pouco – disse ele, enquanto trocava de prato com ela.

– Eu como o suficiente para me manter... Não sou como você, que faz estoque de seis meses a cada refeição. – Ela sorriu.

– Eu sinto muita fome. Não sei explicar.

– Pode beber o resto do meu cappuccino também, se quiser.

– Obrigado... – Ele sorriu. – Você já contou para alguém? Além da Lucy, é claro.

– Só contei para ela. – Ana colocou seu copo ao lado do de Miguel. – Não acho que a surpreendi... E você?

– Não contei para ninguém ainda.

– Nem para o Alessandro?

– A Lucy sabe, então é só uma questão de tempo até ele saber também...

– Por que não contou para ninguém?

– Espero que não me entenda mal, pois é um pouco constrangedor dizer isso... – Ele coçou a cabeça. – Eu não contei para ninguém porque queria te ver hoje e ter certeza de que isso era real... Hoje eu acordei tão feliz que comecei a desconfiar de que tudo isso poderia ser um sonho. Até agora não posso garantir que não estou dormindo.

– Que fofo... – Ana acariciou a mão direita dele.

– Que bom que não riu de mim...

– Feche os olhos – disse Ana para Miguel, que com um sorriso fez conforme ela pediu.

– AAAAAU! – ele gritou e esfregou sua mão esquerda na direita. – Você me beliscou!

– Acredita que está na vida real agora? – Ana gargalhou.

– Seu senso de humor dói.

– Não senti dor alguma. – Ela ainda sorria. – E você mereceu.

– Só porque eu ainda não contei a ninguém que estamos namorando?

– Sim... Por acaso não acha que vai durar?

– Não só acho, como quero muito que dure para sempre...

– Melhorou.

– Na verdade, eu gostaria de correr pelado na rua gritando que sou seu namorado.

– Eu não deixaria você correr pelado.

– De cueca?

– Talvez... – Ela sorriu.

– Você sabe que minha tia gosta muito de você, não sabe? – perguntou Miguel, entendendo o gesto que Ana fez com a cabeça como um sim. – Eu quero contar para ela quando você estiver comigo, em um jantar ou algo do tipo... Mas não precisa ser agora, se não quiser. Nós podemos esperar até você estar...

– Pode ser quando você quiser – Ana o interrompeu. – Eu estou pronta para isso. Na verdade, acho que estou mais do que pronta...

– Que bom. – Ele sorriu. – Se você quiser falar com o seu pai, saiba que eu também estou pronto.

– Sobre o meu pai... – Ana fez uma careta. – Para ISSO eu não estou pronta ainda.

– Ah... Entendi. Melhor ir com calma com ele, não é?

– É. – Ela sorriu, um pouco constrangida. – Mas para todas as outras pessoas, você pode e deve me apresentar como a sua namorada.

– Será um prazer...

* * *

Central Park, minutos depois.

O casal caminhava de mãos dadas pelo charmoso parque. Miguel fazia Ana gargalhar contando para ela os absurdos que ele foi capaz de fazer na infância para evitar tomar injeções, como fingir desmaios e forçar um grupo de quatro enfermeiras a capturá-lo nos corredores de um hospital. Ainda era manhã e o dia estava mais quente do que o esperado para a estação. Parecia uma daquelas anomalias climáticas que ocorrem de vez em quando. Isso talvez justificasse o fato de terem que soltar as mãos para secar o suor tantas vezes... Também poderia ser o fato de estarem nervosos por agirem como casal pela primeira vez. O medo de cometer erros estava ainda maior, apesar de não deixarem aparentar isso... exceto pelas mãos suadas.

Sentaram-se em um banco e continuaram a conversar, até Miguel se oferecer para pegar sorvetes para ambos.

No domingo mais quente do ano até então, Miguel caminhava no parque carregando dois sorvetes de casquinha, um para ele e outro para Ana, que o esperava sentada no banco. Ela o recebeu com o sorriso mais lindo dentre todos os sorrisos que ele já viu e isso o fez perceber o quanto ele gostava de recebê-los.

– Obrigada – disse ela, pegando seu sorvete de morango.

– Me deve dez dólares. – Ele sorriu ao acessar sua memória e encontrar um momento similar.

– Tudo isso?

– Incluí outros favores na sua conta – disse ele, provando seu sorvete de coco. Miguel questionou sua descrença nas pessoas que afirmavam ter sonhos precógnitos.

– Te devo tanta coisa assim?

– Olha... – Ele riu, incrédulo. – Pode parecer estranho, mas eu acho que já sonhei com isso que está acontecendo agora.

– Isso o quê?

– Nós dois no parque, eu te trazendo sorvete... Veja meu braço. Estou arrepiado.

– Sonhou isso ontem?

– Não... – Ele mordeu mais um pedaço. – Foi meses atrás. Foi assim que eu descobri que estava apaixonado por você.

– Descobriu que estava apaixonado por mim através de um sonho?

– Acho que sim... É claro que eu já estava apaixonado bem antes, mas foi o sonho que me fez perceber.

– Deve ter sido um ótimo sonho.

– Eu não lembro de tudo, só de algumas partes, mas deve ter sido maravilhoso, pois quando acordei, senti que daria tudo para poder fugir da vida real e viver naquele sonho para sempre.

– Que lindo... – disse ela, beijando-o no rosto. – Só espero estar à altura da sua expectativa. Eu estou com medo de você se decepcionar comigo e se arrepender de...

– Não tenha medo – disse ele, acariciando o rosto dela. – Estar aqui com você é melhor do que qualquer sonho... A Ana do sonho era maravilhosa, mas não tanto quanto a verdadeira.

– Obrigada – ela agradeceu, sorridente e aliviada.

– Na verdade... só houve uma coisa que foi melhor no sonho.

– O quê?

– Nós nos beijávamos e tinha gosto de sorvete de morango.

– Se não houvesse tantas pessoas em volta, eu adoraria reproduzir essa parte do sonho...

– Tem vergonha de beijar em público?

– Não... Eu só não fico à vontade.

– Ou seja, tem vergonha.

– Morro de vergonha – admitiu finalmente, fazendo uma careta.

– Não precisa ter...

– Eu sei, mas não consigo.

– Podemos tentar resolver isso.

– Acho difícil.

– Me dê uma chance...

– Se tentar me beijar à força, é muito possível que eu saia correndo.

– Relaxe... Eu jamais te forçaria a nada.

– Então o que vai fazer?

– Vou deixar você decidir. Eu farei uma única coisa, e se isso te der vergonha, é só se afastar, mas se sentir prazer, basta deixar que eu continue...

– P-Prazer?

– Confie em mim – disse ele, piscando para ela com o olho esquerdo.

– Eu confio, mas escutar você falando em prazer já me encheu de medo.

– Com licença... – Miguel pegou o sorvete que estava na mão de Ana e o levou até a boca dela. – Morda um pedaço. – Ana abriu a boca, relutante, e avançou para morder a massa gélida, mas quando chegou perto, Miguel mexeu a mão e passou o sorvete nos lábios dela como se fosse um batom, lambuzando-a. Antes de qualquer reação da garota, ele lançou-se em sua direção posicionando uma de suas mãos de forma a cobrir seu rosto e lambeu todo o sorvete que estava em volta da boca dela com movimentos suaves de língua, depois, passou seus lábios nos dela lentamente. Ela fechou os olhos. Ele ouviu um discreto suspiro de Ana, seguido de um gemido. Ele prendeu o lábio superior da garota com seus dois lábios e o sugou. Fez um barulho erótico ainda mais baixo do que o segundo gemido que ela deu. Em seguida ele prendeu de leve o lábio inferior dela com os dentes e afastou-se aos poucos até que a soltou... A respiração de Ana estava forte e ele aproveitou o momento para encerrar as preliminares e beijá-la de fato. Suas línguas se tocaram, compartilhando os sabores de seus sorvetes e o frescor de suas baixas temperaturas enquanto a mão que ele usava para esconder o rosto dela era usada agora para acariciar... Então, de forma tão intensa e mais rápida do que as preliminares, ele encerrou o beijo. Miguel abriu os olhos para vê-la. Ana ainda estava de olhos fechados e com um sorriso no rosto.

– Mais vergonha ou mais prazer? – perguntou Miguel, torcendo pela resposta mais divertida.

– Vergonha...

– Que pena, achei que gostaria de...

– Vergonha por ter sentido tanto prazer... – Ela abriu os olhos subitamente e o puxou pela camiseta contra si. Ela o beijou desta vez. – O que... você... fez... comigo? – perguntou Ana, separando cada palavra com beijos.

– O mesmo... que você faz... comigo – respondeu ele, com as mesmas separações.

– O que nós fazemos um com o outro, então?

– Eu não sei o que é, só sei que não quero parar.

– Eu também não.

Beijaram-se por mais alguns minutos em silêncio até soltarem-se um do outro levemente despenteados.

– Será que isso significa que você perdeu a sua vergonha de beijar em público? – indagou Miguel, passando os dedos na boca para secá-la.

– A-Acho que sim... Quer dizer... Eu sequer lembrei que tem pessoas por aqui. Isso foi incrível. – Ela o abraçou com força.

– Com certeza foi.

Apesar do momento maravilhoso, uma preocupação tomou Miguel novamente e o fez pensar que precisava se conter um pouco mais. Ele continuava com medo de assustá-la ao demonstrar cada vez mais suas vontades e desejos de luxúria. Sem que ela percebesse, ele cruzou as pernas para evitar que ela notasse a transformação nada discreta que lhe acabara de ocorrer.

* * *

Horas depois.

Ana e Miguel visitaram o zoológico do parque, almoçaram hambúrguer – ela comeu meio e ele um e meio – e depois foram ao cinema. Durante todo esse tempo, Ana não teve vergonha de beijá-lo em público e ficou assustada com a rapidez e facilidade com que conseguiu quebrar essa barreira mental outrora intransponível. Ela percebeu o quanto mudou no último ano... Eles caminhavam pela rua enquanto o sol se punha.

– Esse foi o melhor filme que eu não assisti – disse Miguel, sorrindo.

– Você não assistiu?

– É meio difícil assistir um filme enquanto se beija a namorada por mais de uma hora com os olhos fechados.

– Eu até consegui ver algumas coisas do filme.

– Tipo o quê?

– Teve um momento em que a tela ficou escura e vários nomes de pessoas começaram a subir. – Ana esforçou-se para parecer séria.

– Verdade... É bem no final do filme, não é? – disse Miguel, irônico.

– Você reparou também? – Ela riu.

– Sim, mas é muito difícil reparar em qualquer outra coisa quando você está do meu lado... Você é a coisa mais linda deste mundo.

– Pare de ser tão doce – disse ela, corando. – Desse jeito eu não vou querer me despedir de você hoje.

Eles se beijaram mais uma vez, novamente não se importando com as pessoas ao seu redor. Perderam a conta de quantas vezes fizeram isso há nove ou dez beijos atrás... talvez onze, ou doze, ou treze... Eram muitos beijos. Em alguns momentos, Ana abria os olhos e olhava para Miguel como se quisesse conferir se era ele mesmo que estava ali. Com isso, ela começou a reparar no contorno rústico das sobrancelhas dele... Era um formato poderoso e bastante atraente. Incrivelmente, ela só reparou nisso agora, olhando-o tão de perto. Quanto mais tempo ela passava com ele, mais reparava no quanto ele era bonito. Nesse exato momento ela estava fazendo isso... Estava olhando para ele enquanto o beijava. Então ela tremeu por um instante e interrompeu o beijo subitamente.

– Tudo bem!? – indagou Miguel, surpreso.

– T-Tudo...

– Eu mordi você sem querer?

– Não... É só que... Eu preciso ir ao banheiro.

– Ah...

– Vamos embora?

– Vamos. Eu te levo para casa.

– Na verdade... Eu preciso falar uma coisa com a Lucy também.

– Ela não está em casa hoje?

– Está na casa da mãe dela.

– Está bem, eu te levo até lá...

– N-Não precisa... Vai ficar mais longe para você. Só me leve até a estação.

– Eu fiz alguma coisa errada? – perguntou ele, preocupado.

– De forma alguma.

– Você ficou estranha de repente...

– É que... Eu esqueci de levar uma coisa muito importante para a Lucy e ela vai ficar uma fera comigo.

– Sério?

– É.

– Não estou convencido ainda... Estamos bem um com o outro?

– Estamos ótimos – disse ela, dando-lhe um selinho bem demorado. – Eu me diverti muito hoje... Foi maravilhoso.

– Eu também me diverti – disse ele, demonstrando involuntariamente em seus olhos que ainda estava preocupado.

– Ei... Não fique assim. – Ana ergueu a cabeça dele com as duas mãos e o beijou novamente. – Eu amei tudo o que fizemos hoje e com certeza vou querer muito mais... Não fique com uma ideia errada. Eu preciso mesmo ir à casa da Lucy.

– Certo.

– Será que... eu posso... te ligar hoje à noite? perguntou ela, um pouco tímida. – Se não for incômodo, claro.

– Incômodo nenhum! – respondeu ele, com certa urgência. – Quer dizer... Eu ia te perguntar a mesma coisa.

– Hoje foi tão perfeito...

– Foi.

– E eu estou muito feliz. Faz tempo que não fico assim.

Após um sorriso mútuo, eles se beijaram mais uma vez e partiram em direção à estação. Ambos perceberam que em seu primeiro dia como namorados ainda estavam bastante hesitantes e ansiosos, mas isso serviu para reafirmar o quanto se importavam com seu relacionamento e o quanto queriam que desse certo. Ficou nítido para ambos o quanto iriam se esforçar um pelo outro, e o quão íntimos se tornavam a cada encontro.

* * *

Queens. Depois.

Lucy caminhou lentamente para atender à porta enquanto ainda secava um copo. Ela não esperava por visitas nessa noite. Abriu a porta...

– Ana? – Lucy ficou surpresa.

– Oi, Lu... Posso entrar?

– Claro – respondeu Lucy, ainda mais surpresa.

– Algum problema?

– Talvez.

– Tudo bem com você? Cadê o Miguel?

– Estamos ótimos. Ele já deve estar em casa agora.

– Que bom.

– Como está sua mãe?

– Bem... Ela está dormindo.

– Legal... – Ana parecia incomodada. – A Julia está em casa?

– Ela acabou de chegar... Está no quarto dela. Disse que tinha que estudar.

– Eu posso falar com ela?

– Fique à vontade.

– Obrigada.

– Eu estou terminando de secar a louça... Se precisar de mim, estarei aqui embaixo.

Lucy voltou para a cozinha enquanto Ana subiu as escadas. Ela deixou o copo em cima da mesa e coçou a cabeça, refletindo. Pouco depois, ela entendeu o que estava para acontecer.

– Ah, merda...

Lucy largou o pano na mesa e subiu as escadas também.

* * *

Ana bateu duas vezes na porta sem se anunciar, temendo que Julia não a atendesse. Quando a porta se abriu, as duas se encararam.

– Precisamos conversar.

– Estou um pouco ocupada agora.

– Julia... – Ana respirou fundo. – Eu sei que nos viu hoje.

– Eu não vi ninguém hoje... Quer dizer... Eu vejo um monte de gente todos os dias.

– Pouco tempo atrás você estava na rua de frente para o cinema, chorando. Deixe-me entrar, por favor.

– C-Certo.

Ana entrou e rapidamente reparou na quantidade considerável de lenços de papel usados caídos no chão, próximos à cama de Julia. Era óbvio que ela voltara para casa chorando.

– Antes de mais nada, quero dizer que sinto muito.

– Por fazer uma endoscopia no Miguel com a sua língua?

– Não. Sinto muito por você ter descoberto sobre nós desse jeito.

– Como consegue fazer esse tipo de coisa no meio da rua?

– Quer mesmo saber?

– Acho que não... – Julia suspirou e sentou-se em sua cama. – Foi só um beijo?

– Não... Estamos namorando.

– Namorando? – Julia sorriu, irônica e incrédula.

– Sim.

– Namorando... – Julia fechou os olhos e os manteve fechados por alguns segundos antes de abri-los novamente. – É mais sério do que pensei.

– É muito sério.

– Desde quando?

– Ontem.

– Não sei o que dizer.

– Olha... Eu ia te contar sobre isso. Eu sei que você gosta dele e vou entender se você me odiar agora, mas acredite, eu ia te contar ainda hoje... Não era para você ter visto aquilo.

– Eu sempre soube que ele gostava de você – disse Julia, olhando para o teto. – Desde a primeira vez que o vi, percebi que perto de você ele ficava diferente... Você leu quase tantos livros quanto eu, então sabe do que estou falando. Dá para sentir quando uma pessoa está apaixonada.

– Se ajuda de alguma forma, eu não sabia dos sentimentos dele nessa época.

– Na verdade, isso só piora... Significa que o tirou de mim sem fazer esforço.

– Desculpe – disse Ana, aproximando-se de Julia. – Eu sei que é difícil, mas espero que me perdoe algum dia.

– Não há o que perdoar, Ana. – Julia segurou as mãos de Ana. – Eu te entendo. Nós convivemos um tempo juntas e somos até parecidas... duas românticas incuráveis.

– Sim – disse Ana, deixando escapar uma lágrima.

– Se acha que precisa disso, eu te perdoo, mas, sinceramente, você não me fez nada de mal. – Julia respirou fundo. – Não é como se você estivesse planejando me prejudicar, e eu sequer tinha algo com ele... Somos só amigos. Eu posso ter me interessado pelo Miguel, mas ele gosta de você e vice-versa... Essas coisas acontecem e ninguém tem culpa.

– Que bom que pensa assim.

– Claro... Além do mais, eu não sentia algo tão profundo por ele.

– Como assim?

– Eu estou escrevendo um livro há algum tempo e sempre achei que precisava de mais experiência e conhecimento para poder criar uma boa história... Quando eu conheci o Miguel, foi muito excitante... Ele apareceu aqui em uma moto, estava lindo, forte, rebelde, selvagem... – Julia sorriu e Ana também. – Não tem como não notar quando ele chega. Ele é gentil, bondoso e tem uma aura rústica de homem latino que te faz pensar que às vezes o lobo mau pode ser mais interessante do que o príncipe encantado. – As duas riram. – O que quero dizer é que me deixei levar pela novidade que ele representou para mim e, sem perceber, eu projetei nele as expectativas que tenho para a história que estou escrevendo... É um romance com toques de humor e drama e eu estou tendo dificuldade para fugir dos clichês... Enfim, foi como contar e viver uma história de amor ao mesmo tempo. Passar um tempo com ele me enchia de ideias novas e empolgantes para diálogos e situações... Talvez essa seja a razão de eu nunca falar abertamente para ele que estava interessada. Ele é uma grande inspiração que eu acabei de perder, foi por isso que chorei...

– O que está me dizendo é mesmo a verdade?

– Sim. Pode confiar. – Julia sorriu. – E você, por favor, não se preocupe comigo... Não se preocupe com nada. Vá viver a sua paixão, e quando ler algum livro meu no futuro, não fique irritada se achar certas coisas familiares... Qualquer semelhança com a vida real será mera coincidência.

– Pode deixar – disse Ana, abraçando-a.

* * *

Elas se despediram ainda no quarto de Julia. Ana estava feliz por tirar mais um peso de seu peito. Felizmente a situação estava inteiramente esclarecida e ela poderia aproveitar seu namoro com Miguel da forma mais plena possível, sem sentir que estava roubando a felicidade de outra pessoa. Quando Ana abriu a porta, sentiu um peso muito forte que a fez soltar a maçaneta.

– AAAAH!!!! – Era Lucy, que estava apoiada na porta e caiu no chão quando ela foi aberta.

– Lu!?

– Lucy?

– Não se fazem portas como antigamente... Eu estava passando e... Ah, que se dane, eu escutei tudo o que disseram e vocês já sabem que eu sou assim. Me ajudem a levantar, por favor.

– É, nós sabemos... – disse Ana, ajudando a amiga. – Eu tenho que ir embora agora.

– Quer que te acompanhe até a porta? – perguntou Lucy, já de pé.

– Não precisa... Não quero atrapalhar sua recuperação da queda. – Ana riu e causou risos em Julia também. – Vai para casa mais tarde?

– Vou assim que terminar umas coisas que tenho que fazer aqui.

– Ok. Vou te esperar acordada. Até mais, Julia.

– Até mais...

* * *

Lucy acompanhou Ana com os olhos até ela sair da casa. Quando ouviu a porta fechando, ela voltou sua atenção para sua irmã, que estava sentada na cama, de costas para ela.

– Você é uma pessoa incrível, sabia? – Lucy se aproximou da irmã.

– Hum...

– Eu ouvi a conversa de vocês.

– Hum hum...

– Eu sei que você mentiu.

– Hum?

– Sei que gosta dele de verdade.

– E mesmo assim... – disse Julia, virando-se e revelando as lágrimas em seu rosto. – Você não me ajudou.

– Tem razão, eu não ajudei... Preferi te proteger.

– Acho que não deu certo, porque sinto como se tivesse tomado um tiro no peito.

– Se dói tanto assim enquanto você é só uma amiga dele, imagina o quanto doeria se tivesse sido um pouco mais... Se tivesse mais esperanças.

– O fato de ele gostar dela não significava que eu não poderia fazê-lo se apaixonar por mim também.

– Sim, mas e quanto a ela? Eles se apaixonaram à primeira vista... Era só uma questão de tempo até ficarem juntos, e nem Oliver nem você conseguiriam impedir isso. Me chame de convencida ou pretensiosa, mas sei que fui a única que percebeu o que estava rolando entre Ana e Miguel desde o início, antes mesmo que eles. Esse é o destino dos dois, e ficar no caminho só causará dor e sofrimento para quem se atrever... Você teve sorte de ficar de fora disso.

– Então Ana também esteve apaixonada esse tempo todo?

– Sim, mas ela estava distraída demais com outros problemas para perceber. – Lucy sentou-se ao lado da irmã. – Entende agora por que não fiz nada para te aproximar dele?

– Não... Se bem me lembro, quando ele voltou da viagem ao Brasil, você parecia estar bastante empenhada em me dar dicas e estava sempre me incentivando a...

– Sempre que isso acontecia, a Ana estava por perto – disse Lucy, seca.

– Então você apenas me usou para tentar causar ciúme nela?

– Não é simplesmente causar ciúme... Eu queria acelerar o processo de decisão dela.

– Me usando?

– Foi necessário. Ela precisava saber como é sentir que poderia perdê-lo.

– ME USANDO? – Julia gritou. – O que te dá o direito de manipular as pessoas dessa forma? O que te faz tão especial para que pense que pode fazer isso?

– As minhas intenções foram as melhores.

– Que se fodam as suas intenções... Eu não sou uma marionete.

– Claro que não. Você é uma pessoa maravilhosa... – disse Lucy, chorando subitamente. – Eu sei que não deveria fazer isso. Não posso controlar tudo e todos ao meu redor, mas em todas as possibilidades de futuro que eu via, você sempre era a mais ferida. Eu não pude me conter... Não posso ver você se ferir. Não posso... Não posso... – Lucy cobriu o rosto com as mãos, engasgando com o próprio pranto.

– L-Lucy... – Julia estava espantada com a crise de choro de sua irmã. Ela nunca tinha visto Lucy demonstrar tanta sinceridade e vulnerabilidade. Parecia que não aguentava mais o peso que carregava.

– Eu só queria proteger vocês duas... Ajudá-las a seguir o melhor caminho possível para cada uma... Me desculpe se te magoei. – Lucy continuava com o rosto coberto pelas mãos e começou a soluçar.

– Irmã... – disse Julia, acariciando os braços de Lucy, sentindo as cicatrizes disfarçadas em tatuagens. – Desculpe-me por ter gritado. Você tem me protegido durante minha vida inteira e eu sempre serei agradecida. Não chore.

– Eu só queria...

– Tudo bem. – Julia abraçou Lucy. – Obrigada por me proteger de mais uma decepção. Está doendo agora, mas, como você disse, poderia ser muito pior. Ao menos posso dizer que tenho uma irmã que me ama.

– Eu te amo muito... – Lucy demonstrava sinais de recomposição. – E queria agradecer por não ter feito um escândalo com a Ana.

– Você sabe que não sou disso... Além do mais, o que eu ganharia fazendo ela se sentir culpada sempre que estivesse com ele? – Julia sorriu discretamente. – Se eles se gostam, que fiquem juntos e sejam felizes.

– Eu lamento pelo que está sentindo agora, mas se serve de consolo, saiba que estou muito orgulhosa... Você foi mesmo incrível. Não pensei que alguém fosse capaz de fazer o que você fez.

– Eu fiz a coisa certa, não é?

– Fez sim. Você foi maravilhosa. – Lucy acariciou as mãos da irmã.

– Não sabia que ser maravilhosa doía tanto...

– Sempre é mais fácil ser o vilão da história. Os mocinhos sofrem muito.

– Posso te abraçar um pouco?

– Claro, meu bem. Venha aqui.

Elas se abraçaram. Lucy acariciou os cabelos de Julia enquanto ela chorava. Ficaram assim por um tempo até Lucy oferecer-se para a irmã e ter sua oferta recusada. Julia queria lidar com sua dor sozinha. Assim que Lucy saiu do quarto, Julia sentou-se na frente do computador e ligou o monitor, revelando a página da internet da agência de viagens RBM...

Ana não aguentou esperar e ligou para Miguel ainda no caminho de volta para casa. Ela fez questão de apagar a má impressão que deixou quando se despediram mais cedo, mas não contou sobre a conversa com Julia.

* * *

Durante a semana, Miguel passava todos os dias de manhã no apartamento das amigas para irem juntos ao Manny's Coffee tomar café e seguir para seus compromissos. Ana ia trabalhar e ele estudar. No fim do dia, a garota chegava da faculdade, tomava banho e aguardava a ligação dele. A nova rotina como namorados se encaixava bem na anterior.

* * *

O jantar com a família de Miguel pareceu mais um evento do feriado de Ação de Graças. Ana sentia-se muito contente em participar daquele ambiente alegre e descontraído. Eram pessoas barulhentas que gritavam umas com as outras e se provocavam, se divertiam, se faziam rir... Mas, acima de tudo, amavam-se loucamente. Ana era uma delas agora.

Durante o jantar, apenas um aspecto não foi apreciado pelo casal... Era o fato de não terem se beijado tanto quanto gostariam, mesmo com as escapadas que davam. Com o tempo, eles descobriram juntos o tamanho, o significado e o valor de cada beijo.

Manny's Coffee. Manhã de uma terça-feira qualquer.

Alguns clientes comiam em suas mesas e conversavam sobre seus assuntos enquanto as duas garçonetes comentavam sobre o casal que se beijava há minutos, sem parar, desde que chegaram, antes mesmo de fazer o pedido. Ana e Miguel adoravam começar o dia assim.

* * *

The Forsaken Night Club. Noite de uma sexta-feira qualquer.

As pessoas pulavam ao som da Hated Rebels e sua versão cover de "The Night", da banda Disturbed. Do palco, Miguel viu Ana aproximando-se de duas garotas e conversando um pouco com elas. As garotas saíram do clube minutos depois... Quando o show acabou, Miguel apressou-se para juntar-se a Ana, Lucy e Alessandro.

– Chegou nosso astro do rock!

– Não exagere, Alê... Sou só um guitarrista de sorte – disse Miguel, recebendo o abraço do primo e sentando-se à mesa.

– Não seja modesto, você arrasou – disse Lucy, sorrindo. – Se eu fosse o Zakk Wylde, me preocuparia em ser ultrapassado por você no ranking mundial de guitarristas.

– Sem chance... Eu precisaria melhorar muito para ser digno de afinar a guitarra dele.

– Se serve de consolo, você é muito mais bonito do que ele – disse Ana, beijando-o.

– E você, muito mais linda do que qualquer namorada que ele já teve.

– Vocês já vão começar com esse tiroteio de elogios?

Todos na mesa riram.

* * *

Alguns minutos, bebidas e assuntos depois...

– Quem eram aquelas garotas com quem você estava conversando? – perguntou Miguel, em voz baixa, próximo ao ouvido de Ana.

– Que garotas?

– Aquelas que foram embora logo depois da conversa. – Ele sorriu, provocando-a.

– Pelo jeito não é a primeira vez que as vê aqui... – Ana ergueu sua sobrancelha acusadoramente.

– Elas comparecem aqui com frequência. – Ele bebeu um gole de sua água com gelo e limão.

– Compareciam... Acho que nunca mais voltarão.

– Sério? O que aconteceu?

– Você já deve saber... – Ela o olhou, cerrando os olhos. – Elas estavam muito empolgadas falando de você.

– Hum... Ficou com ciúme? – Ele sorriu, provocando-a novamente.

– Muito. – Ana bebeu um gole de seu Cosmopolitan. – Mas eu disse pra elas que você tinha sífilis e as espantei.

– Sífilis!? – A voz dele aumentou um pouco e chamou a atenção de Lucy e Alessandro, que também cochichavam um com o outro.

– Eu disse, quase chorando, que peguei de você. – Ela riu.

– Está brincando, não está? – Ele gargalhou.

– Claro que estou – disse Ana, gargalhando também. – Isso é o tipo de coisa que a Lucy faria, não eu...

– E o que você disse?

– Nunca vai saber.

– Por que não posso saber?

– Porque não quero... Apenas saiba que tive muita classe, educação e que essas garotas agora sabem que você é só meu.

– Gostei de ouvir isso.

– Então eu repito: você é meu... todo meu.

– Hum... Então por que não vem pegar o que é seu?

– Essa foi a melhor sugestão que me deram hoje.

Eles se beijaram apaixonadamente e mais uma vez ignoraram tudo que havia ao redor.

– Casal... – disse Lucy. – Nós conseguimos ver as línguas de vocês quando viram a cabeça. Não é muito legal.

– Por que não procuram um quarto? – sugeriu Alessandro, sorrindo.

– Eles ainda não são tão íntimos, esqueceu?

– Que bom, porque do jeito que eles gostam de se beijar em público, imagina o que poderiam fazer se fossem.

Ana e Miguel continuaram se beijando, mas não ignoraram as provocações do outro casal, e mesmo de olhos fechados demonstraram extrema sintonia quando ergueram suas mãos e mostraram o dedo do meio para eles.

* * *

Prédio de apartamentos Rising Star. Apartamento 37. Noite de um sábado qualquer.

Os quatro amigos participavam juntos de uma maratona de *The Office*. Lucy e Alessandro estavam sentados no sofá grande se divertindo com os excelentes momentos de Steve Carell e companhia. Eles aguardavam Ana e Miguel retornarem da cozinha com a segunda rodada de lanches, que estranhamente estava demorando muito mais que a primeira.

Desconfiada, Lucy pausou o episódio, levantou-se e caminhou lentamente pela sala até avistar os dois e entender o motivo da demora.

– Oh, por favor.... Deem um tempo, pessoal, estamos com fome – disse ela, cruzando os braços.

– Desculpe – balbuciou Ana, interrompendo o beijo em Miguel.

– Foi só um momento de fraqueza, Lucy... Atrasamos um pouco, mas está quase tudo pronto. – Miguel virou o rosto, tentando esconder seu sorriso.

– Quanto tempo?

– Cinco minutos, no máximo.

– Ok... Nem um segundo a mais, por favor.

Lucy voltou para o sofá e sentou-se novamente ao lado de Alessandro.

– Estavam se beijando de novo?

– Estavam.

– Será que um dia eles vão enjoar disso?

– Talvez eu mate um deles antes – disse Lucy, irritada.

– Vamos continuar assistindo... – Alessandro passou seu braço direito por trás do pescoço dela, que se aconchegou melhor em seu peito.

Oito minutos depois, Lucy e Alessandro estavam de pé, próximos ao sofá grande, olhando de longe para Ana e Miguel, que novamente se beijavam na cozinha.

– Só nos resta a opção de matar... – Lucy fitava o casal, inconformada.

– Não sei quanto a Ana, mas o Miguel daria trabalho... – disse Alessandro, escutando o barulho do próprio estômago.

– Eles parecem adolescentes.

– E se jogássemos água fria neles? Se serve para separar cachorros quando estão brigando, deve ajudar com esses dois.

– Eles não são cachorros brigando... Estão mais para cachorros no cio.

– Verdade...

– Pode me ajudar com a mesa, Alê?

– O que quer fazer com ela?

– Jogar em cima deles.

– Parece que não adianta reclamar com esses dois... É melhor pedir umas pizzas e ver se tem alguma farmácia aberta que entregue pacotes de camisinhas.

– Como se eles precisassem... – disse Lucy, com desdém.

– Quem disse que é para eles?

Alessandro e Lucy sorriram um para o outro.

* * *

Ruas do Chelsea. Manhã de uma terça-feira qualquer.

Ana e Miguel caminhavam de mãos dadas em direção ao Manny's Coffee. Miguel fez careta e prendeu a respiração quando uma mulher passou por eles com muita pressa, assoprando para fora de seus pulmões a fumaça do cigarro que fumava.

– Que mal-educada... Não poderia esperar que passássemos para depois assoprar essa porcaria? – disse ele, voltando a respirar.

– Existem tantos fumantes no mundo que na certa ela deve ter pensado que nos fez um favor dividindo conosco.

– Quando eu estava na escola, alguns amigos meus disseram que fumar era legal. Eu experimentei e odiei.

– Quantos anos você tinha?

– Dezesseis... Eu nunca gostei do cheiro da fumaça, mas eles eram caras legais e tudo o que eles faziam era legal, então tentei ser legal também... No fim das contas, troquei a chance de ser um cara descolado para ser só um cara que não queima a própria língua e que cheira bem.

– Ótima escolha... – disse ela, aproximando seu nariz do pescoço dele e inspirando forte. – Você realmente cheira.

– Obrigado. – Ele corou.

– Uma vez, acho que eu tinha uns doze anos, experimentei um também.

– Sério? Mais nova do que eu.

– Meu pai estava no escritório dele fumando e bebendo uísque. Ele sempre dizia para eu não entrar lá sem a permissão dele e você deve imaginar o que acontece quando um adulto fala para um pré-adolescente que ele não pode fazer uma coisa...

– Fazemos disso nossa missão na Terra – ele disse, rindo.

– Exatamente. – Ela sorriu. – Eu entrei escondida quando ele foi tomar banho. O lugar cheirava a fumaça de cigarro e eu tive uma pequena crise de tosse, mas isso não me impediu de mexer em tudo o que podia... Eu queria entender a razão de ele passar tanto tempo naquele escritório. Então eu vi um maço de cigarros na mesa dele e um isqueiro do lado. Eu só consegui dar três tragadas e então desisti... Foi horrível. Também senti que ia queimar minha língua e eu acho que engoli um pouco de fumaça.

– Ao menos conseguiu entender por que ele gostava tanto daquele lugar?

– Não, mas aprendi que não nasci para fumar, mesmo que ver ele fumando fizesse parecer que fosse algo prazeroso... Acho que, no fundo, eu só queria entendê-lo melhor e tentar ser um pouco mais parecida com ele. O fato é que não foi a primeira vez que o desobedeci escondida.

– Então, quer dizer que essa garota linda e adorável não é tão santa, mesmo com todo esse ar angelical à sua volta?

– O que quer que fosse angelical à minha volta foi engolido por você quando começamos a nos beijar feito loucos... Reparou que tem gente reclamando disso? – disse Ana, corando.

– Isso é inveja por não estarem participando – ele respondeu, abraçando-a de lado com seu braço direito e beijando-lhe a bochecha direita. – Voltando ao assunto, tenho que confessar que é um alívio você não ser tão parecida com seu pai.

– É mesmo?

– Claro... Acho que seria estranho te beijar se tivesse um bigode daqueles.

– Algum dia você vai parar de fazer piadas sobre o bigode do meu pai?

– Claro que vou. Eu sei que devo respeitá-lo, afinal, quem sabe o que ele guarda dentro daquele bigode... Pode ser uma foice, uma ogiva nuclear, um tanque de guerra...

– Você é uma pessoa má – disse Ana, sorrindo.

– Faz parte do meu charme... – Ele forçou uma careta de bravo. – Será que a garota boazinha por fora e fumante incontrolável por dentro estaria a fim de beijar um cara mau agora? – disse ele em voz baixa, bem próximo da orelha esquerda de Ana, causando-lhe arrepios.

– É muito tentador, mas estamos no meio da rua e combinamos que iríamos pegar leve, lembra-se?

– Eu te deixo fazer aquela coisa dolorida que você gosta de fazer com meu lábio inferior... E também pode ficar com a minha bala de menta.

– Você está com bala?

– Não... – Ele puxou uma bala de menta e a desembalou extremamente rápido, colocando-a na boca em seguida. – Mas agora estou.

– Então venha aqui, meu cara mau. – Com um olhar de puro desejo, Ana o puxou pelo rosto e o beijou, fazendo tudo o que ele disse que a deixaria fazer. Beijaram-se novamente no meio da calçada.

* * *

Brazilian Taste. Noite de um sábado não tão qualquer.

Ana disse para Elena que gostaria de usar o restaurante para comemorar o seu vigésimo quarto aniversário, reservando-o por todo o sábado. A simpática senhora foi entusiasta da ideia, mas não queria cobrar pelos serviços. Ana teve muitas dificuldades para conseguir que ela aceitasse seu dinheiro e precisou da ajuda de Miguel. Durante toda a semana ela contou com Elena e Lucy para organizar o lugar. Foram convidados seu pai, irmão e alguns outros membros de sua família, toda a família de Miguel, a senhora Baker, Cassandra, Janet, Eddie e algumas outras pessoas do trabalho. Mary Sartori e Julia também foram convidadas, mas não compareceram, pois Mary não se sentia bem e Julia preferiu ficar com ela.

Foi um evento para poucas pessoas, porém com muita classe e requinte. Para Ana, era uma comemoração na qual todos que amava e de quem gostava estavam presentes para presenciar uma das melhores fases de sua vida; para Miguel, era também a oportunidade de colocar em prática todos os conceitos que aprendeu com tantas pesquisas e aulas na busca em transformar o Brazilian Taste em um restaurante melhor.

Enquanto os convidados comiam e bebiam, Ana e Miguel estavam em umas das mesas mais afastadas, prontos para uma conversa que imaginavam ser muito difícil.

– A Lucy já o chamou? – perguntou Miguel, visivelmente ansioso.

– Sim, ele já está vindo – respondeu Ana, visivelmente tensa.

– Estamos juntos nessa, ok?

– Ok. Não importa o que ele diga, nós ficaremos juntos – disse Ana, acompanhando com os olhos a chegada de seu pai.

– Me chamou, querida? – Harry a olhava, desconfiando acertadamente do assunto da conversa.

– Na verdade, fui eu que chamei, doutor... senhor...

– Eu estou aqui.

– Sim... – A voz de Miguel falhou levemente. – Ana e eu somos amigos há algum tempo e nos tornamos muito próximos recentemente... Eu gosto muito dela, mais do que o normal para alguém que é só amigo. Nós nos entendemos muito bem e...

– Está pedindo para namorar a minha filha? – indagou Harry, interrompendo-o.

– Eu... – Miguel olhou para Ana e percebeu que ela estava tão surpresa quanto ele. O casal havia planejado apenas informar a Harry sobre o que já estava acontecendo, não pedir. – I-Isso mesmo. Eu gostaria de pedir sua permissão para namorar a sua filha.

– É isso que você quer, Ana?

– Sim, pai. – Assim como Miguel, ela decidiu entrar no jogo dele.

– O quão sérios estão sobre isso?

– Muito sério, senhor... doutor...

– É importante que saibam que muito do que serão no futuro será construído agora, na idade que vocês têm hoje... É preciso aproveitar esse período e cercar-se apenas daquilo que agrega valores a vocês. Conseguem enxergar isso um no outro?

– Sim – disse Miguel, aproximando sua mão esquerda dela.

– Sim – disse Ana, segurando a mão dele.

– Se é assim que pensam, como seu pai eu só posso lhe desejar muita sorte. – Ele encarou o casal nos olhos e percebeu que, enquanto estavam de mãos dadas, eles acariciavam-se discretamente com os dedos. – Você é adulta e já provou ser bastante capaz de fazer e lidar com suas próprias escolhas, mas a resposta para a pergunta que lhes fiz hoje só será dada pelo tempo... Espero que se levem a sério, pois namorar é mais do que se amar e se entender bem. É preciso contribuir um com o outro. Pensem bem nisso. – Ele ergueu a sobrancelha direita de forma aguda.

– Iremos pensar, senhor Harry.

– Me chame de doutor Lewis.

– Sim, senhor... doutor Lewis... Temos sua permissão?

– Você sabe que ela era noiva meses atrás e isso só mostra que até mesmo a maior das certezas pode mudar repentinamente, não sabe? – Ele ergueu a sobrancelha novamente.

– Sim.

– Bom... Independentemente do que eu acho certo ou coerente, vocês fizeram bem em me comunicar e pedir meu consentimento. Eu lhes darei crédito e confiança por isso. Vocês têm minha permissão.

– Obrigado pela confiança, doutor Lewis. Eu prometo que não irá se arrepender.

– Vamos torcer para não acontecer com nenhum de nós... Agora, se me dão licença, William está me esperando.

Ana e Miguel observaram Harry voltando para sua mesa ainda de mãos dadas. Perceberam também que Lucy os olhava da mesa onde estava. Ela trocou olhares com Ana e isso foi o suficiente para entender a resposta do pai dela.

– Obrigada por fazer isso... Não importa quantas vezes eu te fale, só eu sei o quanto ele gosta que as coisas aconteçam do jeito dele.

– Seu pai é um homem bom... Tem valores... Pode não ser perfeito, mas quem neste mundo é? E o conselho dele foi muito bom.

– Levou a sério o que ele disse?

– Você não?

– Sim, mas sou a filha dele... Já você, não precisa se preocupar tanto.

– Claro que preciso. – Ele sorriu. – Seu pai te confiou a mim, para cuidar e respeitar. Prometo fazer ambas as coisas muito bem.

– Você já faz. – Ela sorriu também.

– Posso fazer só uma brincadeirinha?

– Vai implicar com o bigode dele de novo?

– Não. Essa piada já está velha.

– Então o que vai fazer?

– "Me chame de doutor Lewis" – disse Miguel, tentando imitar a voz rouca do pai de Ana e fazendo-a gargalhar um pouco. – Acho que ele ainda não gosta muito de mim.

– Não é ele que precisa gostar de você, sou eu... Ele só precisa saber o que está acontecendo.

– E não quer dizer que com o tempo eu não consiga a simpatia dele.

– Exatamente... – Ela o olhou nos olhos. – Eu estou muito feliz, sabia?

– Eu também estou. – Ele sorriu. – Mas eu estaria ainda mais se pudesse te beijar... Nós não conseguimos um beijo sequer hoje e eu estou morrendo de vontade.

– Eu também. Na frente de estranhos eu não ligo, mas quando a plateia é a sua tia e o meu pai, eu não me sinto confortável.

– Acho que vamos ter que esperar a festa acabar e eu te levar para casa.

– Na verdade, eu combinei de dormir na casa do meu pai hoje. Vou passar o domingo com ele e meu irmão e só volto para o meu apartamento de noite.

– Entendo... Talvez pudéssemos fazer algo mais comportado, sem língua e com a boca fechada.

– Não corresponde à minha vontade, mas ainda é um beijo no meu namorado... Podemos tentar.

Eles se aproximaram lentamente e se beijaram. Um selinho simples e o suficiente para elevar a temperatura de ambos. Repentinamente, Miguel recuou e interrompeu o beijo.

– O que foi?

– Eu abri o olho por um segundo e vi que seu pai estava nos olhando.

– Droga.

– Acho que temos que nos conformar...

– Eu imaginei que seria assim... Por isso, planejei te dar uma coisa para compensar – disse Ana, com um olhar penetrante.

– Me dar uma coisa? Que coisa? – Miguel ficou surpreso e ansioso. Por estar com ela por mais de um mês e resistir a muitos de seus impulsos e desejos físicos, era cada vez mais difícil para ele afastar de sua mente pensamentos sexuais... Ele tentou se acalmar e pensar em outras coisas para que não parecesse decepcionado caso o que ela fosse dar não estivesse relacionado a sexo, mas era fato que essa questão estava cada vez mais presente em sua mente.

– Nós nos conhecemos há quase um ano, convivemos, aprendemos e compartilhamos muitas coisas um com o outro... Estamos juntos agora como casal e está sendo tão maravilhoso que já superou todas as minhas expectativas... Eu estou pronta para assumir os meus sentimentos e dar um passo à frente na nossa relação.

– Está falando do que eu acho que está falando?

– A-Acho que sim. O que acha que vou te falar?

– Não, eu prefiro que você fale... Quero ouvir de você. – Com um sorriso quase infantil e com o coração acelerado, Miguel não conseguia parar de pensar: *Ela quer fazer amor. Ela quer fazer amor...*

– Eu te amo.

– Hã...? Q-Quer dizer... V-Você me ama?

– Sim... É isso que eu queria te dar: Um "Eu te amo" sincero e inesperado.

– Uou... – disse ele, quase sem fôlego e sentindo seu coração disparar ainda mais.

– Não se sinta pressionado a me responder igual... Eu só quis dizer isso porque é o que está sendo gritado em voz alta pelo meu coração. Para ser sincera, eu já estou te amando há algum tempo. É uma coisa totalmente nova, algo que me aquece e torna tudo ao meu redor mais vistoso, mais bonito... Isso está aumentando a cada di...

– Eu também te amo – ele a interrompeu. – Eu te amo muito. Te amo antes mesmo de começarmos a namorar. Eu estava pensando na melhor forma e momento para te falar, mas você resolveu isso para mim. – Ele sorriu e a fez sorrir também.

Abraçaram-se.

Miguel ficou eufórico ao pensar que Ana queria fazer sexo com ele, mas quando ouviu que ela o amava, a euforia anterior foi superada. Ele aprendeu que a troca de certas palavras que representam sentimentos tão profundos como o amor era mais valiosa.

Prédio de apartamentos Rising Star. Apartamento 37. Manhã de uma quinta-feira qualquer.

– Então você está levando garotas para casa? – indagou Ana em voz alta. Ela estava de pé, na sala, de frente para o sofá pequeno onde Miguel estava sentado.

– Ela é a minha dupla para as atividades dessa semana e nós precisávamos do ambiente do restaurante... Qual o problema com isso?

– O problema é que ela é linda e estava muito sorridente ao seu lado.

– Já que não confia em mim, ao menos acredita que eu conseguiria fazer alguma coisa com ela na mesma cozinha em que minha tia estava?

– Familiares se protegem.

– Claro que não... – Ele sorriu, irônico. – Lembra o quanto minha tia repetiu que, se eu te fizesse sofrer, ela faria pior ainda comigo?

– Eu não quero que você cozinhe com ela novamente.

– Para sua sorte, depois do show que você fez lá em casa, ela nunca mais irá falar comigo, mas saiba que eu não estou a fim de receber ordens.

– Eu não estou dando ordens.

– Está sim, senhor general.

– Senhor general? – Ana bufou. – Se quer tanto falar com ela, fale... Mas você não vai precisar de uma namorada para isso.

– Hey... Do que está falando? – Ele ameaçou levantar.

– Você não entendeu?

– Entendi, só não estou acreditando... Está terminando comigo? – Ele levantou.

– É claro... – Os olhos de Ana encheram-se de lágrimas – que não. – Ela lançou-se na direção dele, abraçando-o.

– Graças a Deus! Você quase me matou. – Ele apertou o abraço.

– Eu só estou brava e com ciúme, droga... E eu não consigo terminar com você, eu te amo, te amo, te amo...

– Eu também te amo, linda. – Ele acariciou os cabelos dela. – Acalme-se.

– Me desculpe.

– Está tudo bem. Nós dois nos excedemos.

– Eu prometo que vou me controlar... Eu só não suporto ver outras garotas se oferecendo para você, e, acredite ou não, ela estava tentando te seduzir.

– Acho que você está enganada.

– Claro que não estou, mas você é muito tonto para perceber.

– Ei...

– Desculpe-me, mas é verdade...

– Ok, eu posso não ser o mais inteligente de todos nesse tipo de assunto, mas não muda o fato de que não importa quantas mulheres apareçam na minha frente, eu sempre irei atrás de você.

– Jura?

– Eu juro... Eu te amo, Ana.

– Mesmo depois disso tudo? Estou morrendo de vergonha agora.

– Isso me fez te amar ainda mais... É claro que agora terei que torcer para você não queimar minhas coisas ou jogá-las pela janela caso me veja dando bom-dia para as garçonetes do Manny's Coffee, mas ainda vale a pena. É bom saber que não quer me perder.

Ana sorriu. Estava mesmo com vergonha de sua recente crise de ciúmes – a quarta desde que começaram a namorar. Ao perceber como ela se sentia, Miguel acariciou seu rosto e a beijou. Ele sabia que um beijo lento e carinhoso seria um agrado, mas que somente um beijo forte e intenso a tiraria do chão e a afastaria de pensamentos indevidos... Ele respirou fundo enquanto sua língua sentia a dela. Miguel roubou o fôlego de Ana, que sempre que possível abria a boca um pouco mais para puxar o máximo de ar que podia. Seus lábios ficaram cada vez mais molhados e, sem que percebessem, suas pernas intercalaram-se. As mãos de ambos se moviam por seus corpos de forma pouco sutil. Miguel desceu suas duas mãos pela lateral do corpo de Ana até chegar em sua cintura, onde pôde sentir através do vestido a alça da calcinha que ela usava. Nesse momento, todo o fluxo sanguíneo dele estava sendo desviado para um só lugar e ela percebeu. As mãos dele continuaram descendo até chegar em um lugar que há tempos ele queria sentir.

– Ei... Você está pegando na minha bunda – disse ela, entre um suspiro e outro enquanto ainda se beijavam.

– Eu sei.

– Não faça isso.

– É só um pouquinho...

– M-Mas... eu... o-ok... só um pouquinho.

Ele a massageou e apertou tanto quanto quis enquanto Ana tentava abafar seus próprios gemidos. Foi a primeira vez que a tocaram em tal lugar. Ela colocou as mãos na barriga de Miguel por baixo da camiseta e sentiu cada parte de seu abdômen. Ana não sabia explicar, mas tocar na barriga dele dava uma grande vontade de arranhá-lo com as unhas do jeito que ela estava fazendo naquele exato momento. Miguel a pegou pelos braços e a encostou contra a parede. Ele lambeu os lábios dela fazendo movimentos lentos e percebeu que a respiração da garota estava acelerada. Aos poucos ele percorreu com a língua o caminho entre a boca e o pescoço de sua extasiada namorada, lambendo-a e mordendo-a de leve. Ana não mais continha seus gemidos e o apertava cada vez mais. Miguel desceu as mãos até as pernas dela, e ao levantar seu vestido sentiu a pele lisa e quente de suas coxas. Ana, por sua vez, desencostou-se da parede o suficiente para facilitar a investida dele. Ela sabia o que ele queria.

– Você está pegando nas minhas pernas *e* na minha bunda.

– E você está deixando.

– Mas está por baixo do vestido.

– Melhor ainda – disse ele, imaginando o formato da calcinha dela de acordo com o que sentia em suas mãos.

– Mas nós não podemos... não assim... não agora.

– Você não está gostando?

– Não é isso... Eu tenho que trabalhar, esqueceu?

– Sério? Não pode faltar hoje?

– Não – disse ela, afastando-o. – É melhor pararmos agora.

– Tem razão.

– Isso foi... intenso. – Ela tentou recuperar o ar, abanando-se.

– Foi.

Ana o puxou contra si subitamente e o beijou mais uma vez. Seus lábios fizeram um estalo alto.

– Meu vestido está todo desarrumado.

– Desculpe, eu me empolguei um pouco.

Miguel avançou contra ela e a beijou novamente. Os lábios de ambos estavam bastante úmidos.

– Nós precisamos nos controlar... Eu preciso trabalhar hoje.

– Eu sei, mas está difícil controlar a vontade de te beijar. Sentir seus lábios, sua respiração, sua língua...

Ana o interrompeu ao puxá-lo contra si mais uma vez. Outro beijo, mais demorado dessa vez.

– Vamos fazer isso o dia inteiro se continuarmos aqui... Temos que ir.

– Ok...

* * *

Prédio de apartamentos Rising Star. Apartamento 37. Noite de uma segunda-feira qualquer.

Ana e Lucy estavam sentadas no sofá grande assistindo TV, conversando e bebendo vinho. Elas pensavam no que fazer para o dia de Ação de Graças, Natal e Ano-Novo, considerando os convites do Dr. Harry, de tia Elena, seu próprio apartamento e o fato de a mãe de Lucy ainda não estar em condições de sair de casa...

– Talvez o mais sensato seja passarmos o dia de Ação de Graças com nossos pais, o Natal com tia Elena e a virada de ano fica em aberto, por enquanto.

– Só espero que minha mãe esteja bem para sair de casa, do contrário não poderei deixar ela e Julia sozinhas.

– Nesse caso eu posso ficar com vocês?

– Claro.

– O Miguel pode ir também?

– Claro, minha mãe o adora.

– Então temos um plano.

– Certo.

– Será um bom fim de ano – disse Ana, aparentemente hipnotizada pelo movimento do vinho dentro da taça enquanto a girava devagar.

– Eu estive pensando sobre o que me falou hoje de tarde – comentou Lucy, bebendo um gole de vinho. – Suas crises de ciúme estão cada vez mais interessantes.

– Ah... Também acha que estou ficando maluca?

– Talvez.

– Eu namorei a distância por anos e não sentia metade do ciúme que sinto agora... Eu sequer preciso ver algo suspeito para encher minha cabeça de besteiras e estou com medo de acabar estragando tudo com o Miguel. – Ana bebeu um belo gole de vinho. – Pessoas maduras não se comportam desse jeito, não é?

– Se você o ama e tem medo de perdê-lo, é normal sentir ciúme...

– Eu o amo muito, mas também amava o Oliver... Por que é tão diferente agora?

– Quem amava o Oliver era uma criança que se apaixonou por ele à primeira vista e alimentou esse sentimento durante a adolescência até a idade adulta, mas quem ama o Miguel é a mulher adulta que passou por inúmeros problemas e os superou, adquirindo experiência e se fortalecendo... Não consegue perceber que o que sente agora é muito mais consistente? Além do mais, você finalmente sabe o que é ter um namorado e como é quando ele faz parte do seu dia a dia. Você deve estar adorando tudo isso e é claro que tem medo de que acabe.

– Tem razão... Mas como eu faço para parar de sentir esse medo?

– Se quer mesmo saber, prometa que não irá me mandar calar a boca e que vai me escutar.

– Prometo.

– Beba mais um gole de vinho.

– Certo. – Ana bebeu, sentindo instantaneamente que havia passado do seu limite.

– O problema é que você não transa com ele.

– Esse papo de novo?

– Calma, não fique brava. Você falou que ia me escutar.

– C-Certo, então... – Outro belo gole de vinho. – Continue.

– Por mais que não admita, você sabe que já deveria estar fazendo isso com ele, afinal, estão juntos há dois meses.

– Você também demorou para fazer isso com o Alessandro.

– Meu namorado é diferente do seu... Ele era um cafajeste e não inspirava muita confiança. Eu tive que demorar um pouco para ter certeza de que valeria a pena... O seu namorado é diferente. Ele não precisa provar que te ama, que te respeita e que é quase tão careta quanto você.

– Isso foi um elogio?

– Foi. – Lucy sorriu. – Se tem um homem neste mundo que merece a sua virgindade, esse homem é o Miguel. Não precisa ter medo de se arrepender... Não com ele.

– Mesmo assim, não é uma decisão fácil e não é como se existisse um tempo exato para se fazer isso com o namorado.

– Claro que não, mas ele é homem e homens sentem falta disso. Mulheres também, mas homens são doentes... D-O-E-N-T-E-S.

– Não precisa soletrar, eu acredito em você.

– Sabia que alguns deles até sentem dores por não fazer?

– Sério?

– Foi o que me disseram...

– Coitados.

– No fundo, você sabe que o Miguel quer... Mas como você não concede, fica com medo de que apareçam outras garotas que ofereçam isso a ele. É daí que vêm a sua insegurança e o ciúme.

– Não é transando que se resolvem as inseguranças femininas, Lucy.

– Eu sei, mas você não pode desconsiderar o que estou te dizendo.

– Acho que você tem razão quanto ao ciúme, mas quanto ao Miguel... Ele não é como os outros homens que são doentes por sexo... Ele não é assim.

– Ele é homem, não é?

– É.

– Então ele é doente, sim... Agora mesmo ele deve estar fazendo algo para compensar a sua ausência.

– Não seja ridícula. Miguel é um ser humano maduro, romântico e sensível... Ele não fica pensando nessas coisas a toda hora. Ele valoriza outros aspectos da nossa relação.

– Quer apostar?

* * *

Brazilian Taste. Naquele exato momento.

Miguel tocava violão em sua cama, errando as notas e solos mais do que o normal. Alessandro, que estava sentado no chão engraxando seus sapatos e os de seu primo, não deixou de reparar na falta de concentração dele.

– O que tem de errado com você hoje?

– Não sei... Acho que não estou no clima para tocar.

– Não é só isso. Você tem estado muito impaciente ultimamente.

– Está falando sério?

– Estou.

– Cheguei a ser grosso com você?

– Não que eu me lembre.

– *Que bom.* – Miguel suspirou, deitando o violão em sua cama e levantando-se. – *Mas se fui, me desculpe.*

– *Por que não me conta o que está acontecendo?*

– *Nada está acontecendo...*

– *Eu sei quando você está frustrado com alguma coisa, não tente me enganar.*

– *Eu já te disse... Nada está acontecendo.* – Miguel encarou Alessandro.

– *Putz... Entendi... Está falando de você, da Ana e do que não está acontecendo entre vocês, não é? Eu te entendo...* – disse Alessandro, tentando disfarçar o riso. – *Esta é uma das piores situações em que um cara de 21 anos pode estar quando namora uma garota tão bonita quanto a Ana... É como se estivesse dirigindo uma Ferrari a mais de duzentos por hora em uma estrada vazia e com asfalto perfeito, mas do nada, surge uma placa enorme e indestrutível bem na sua frente... Você bate, o carro explode e você se quebra inteiro... Na placa gigante está escrito: "Virgindade da Ana! Proibido passar deste ponto".*

– *Tinha mesmo que usar um acidente de carro na sua analogia?*

– *Desculpa, não foi de propósito.* – Alessandro levantou-se e tocou o ombro de Miguel, sincero. – *O ponto é que, no fim das contas, quando você quiser dar outra volta nessa estrada, terá que se contentar com um carrinho de rolimã, porque com a Ferrari sempre irá bater naquela placa.*

– *Você só fala besteiras, Alê... Mas, dessa vez, acho que você está certo.*

– *Eu sabia!* – Ele sorriu, vitorioso. – *Ela está te provocando?*

– *Sim, mas não de propósito... Ela é muito inocente.*

– *Ninguém é inocente hoje em dia, Miguel.*

– *A Ana é.*

– *Aposto que quando ela e a Lucy estão juntas, falam bastante sobre sexo. Podem estar falando disso nesse exato momento.*

– *A Lucy eu não duvido, mas a Ana eu sei que não.*

– *Está insinuando que minha Lucy é uma vadia?*

– *Claro que não. Mas, entre elas, quem você acha que sabe mais?*

– *Se eu não estivesse com dó de você por estar nessa seca, te encheria de pancadas agora.*

– *Você e mais quantos? Sabe que não aguenta comigo...*

– *Tem razão, mas tenho que defender a honra da minha namorada de alguma forma e isso inclui apanhar de tarados frustrados como você.*

– *Tem razão...* – Miguel suspirou. – *Esqueça o que eu te disse, ok?*

– *Claro que não... Quero te ajudar. Conte o que ela faz inocentemente que te provoca tanto e talvez eu consiga te ajudar a evitar isso.*

Miguel ficou em silêncio por alguns segundos enquanto Alessandro aguardava pacientemente pela resposta.

– *Não é tudo, mas certas coisas que ela faz... Me deixam maluco.*

– *Que tipo de coisa?* – Alessandro sentou-se no chão novamente.

– Quando ela encosta no meu ombro com as camisetas que ela usa na casa dela eu posso ver quase tudo através do decote mesmo com o sutiã, sem falar que quando ela usa um short mais curto ou um vestido mais fino e nos tocamos, sinto como se fosse explodir. As minhas orelhas até esquentam e eu fico muito desconfortável...

– Até aí, nada anormal. Ela não pode ficar à vontade perto de você?

– Ela me pede para fazer massagem nos pés dela... Eles são tão lindos.

– Isso só prova que você tem uma tara por pés, o que é meio estranho já que os pés costumam ser uma das partes mais feias do corpo humano... Tirando isso, repito, nada de anormal.

– Preciso mencionar como fico quando a beijo?

– Eu posso imaginar...

– Eu chego em casa maluco de tanta força que faço para me conter.

– Essa é a pior parte...

– Qual será o meu problema? Todo homem se sente assim?

– Não é problema, Miguel... Isso faz parte da nossa natureza. O que não é normal é esse celibato da Ana, mas se você a ama...

– Amo demais. Faria qualquer coisa por ela.

– Então prove isso superando seus instintos.

– Estou tentando, mas não é fácil...

– Você já pensou que o problema não está nas coisas que ela faz, mas sim em você, na sua cabeça?

– Claro que já pensei...

– Depois da Camila, sei que você não ficou com nenhuma outra garota... Não acha que tudo o que reprimiu está querendo sair agora?

– Pode ser, mas... Eu vejo várias garotas todos os dias com rostos e corpos bonitos, mas é quando eu vejo a Ana que as coisas acontecem... Uma vez eu nem encostei nela, só senti o hálito e isso foi o suficiente para eu ficar louco... louco mesmo... Deu até medo...

– Peça para que ela coma uma cebola crua antes de te ver.

– Eu estou falando sério, idiota!

– Ok. Eu só quis descontrair... – Ele riu. *– Só ela te excita, então?*

– Só ela. – Miguel respirou fundo. *– Às vezes me sinto culpado. Ela é tão inocente e eu sou tão pervertido... Fico pensando coisas eróticas sobre ela o tempo todo.*

– Vocês pelo menos chegaram a fazer alguma coisa que valha a pena lembrar quando você está... sozinho?

– Não te interessa.

– Relaxa, sei que não gosta de falar das suas intimidades... Eu não quero detalhes, só sim ou não.

– Médio... – respondeu Miguel, após um suspiro cansado.

– Defina médio.

– Beijos mais quentes...

– Nada além de beijos?

– Nada que você consideraria relevante.

– No que pensa quando as coisas esquentam e você precisa esfriar?

– Nas dívidas do Brazilian Taste, na tabuada do oito e até mesmo no seu chulé, mas nada evita que eu me excite.

– Isso é um problemão... E só para esclarecer, naquele dia meu sapato molhou e eu demorei para conseguir tirá-lo. – Alessandro desviou o olhar.

– Eu a desejo muito... – Miguel retomou. *– Isso não me parece certo. Ela não merece ser tratada desse jeito.*

– Qual é o problema para ela em ser desejada pelo namorado?

– Isso é mais do que só desejar... Às vezes me parece que é um ato de pura vulgaridade. Se ela soubesse as coisas que penso...

– Como eu já disse, isso faz parte da nossa natureza. Lide com isso e pare de se martirizar. Se tem alguém neste mundo que tem o direito de fantasiar com a Ana, esse alguém é você, que é o namorado dela.

– Não acha desrespeitoso?

– Desrespeitoso seria mentir ou trair... Você sabe bem quantas vezes eu já fiz isso e o quanto me arrependo agora.

– Sei... Parece que a Lucy deu mesmo um jeito em você.

– Deu sim... Eu amo aquela ruiva desbocada que vive me corrigindo.

– E eu amo aquela virgem que é a melhor amiga dela. – Miguel sorriu.

– Então saiba que seu amor sincero é o que valida seus desejos por ela, afinal, o desejo é só mais uma forma de sentir amor por alguém.

– Tenho medo de assustá-la com meu desejo.

– Ela não vai se assustar. Provavelmente ela sente o mesmo por você.

– Acha mesmo?

– Acho, mas não se esqueça... Tudo o que envolve a virgindade dela pode ser um pé no saco, mas é também a sua chance de provar que a ama.

– Caramba... Você realmente falou como um cara maduro.

– Pois é... – Alessandro sorriu. *– Pense bem no que eu te disse e pare de se culpar tanto.*

– Eu estou pensando. Vou me esforçar ainda mais para me controlar...

– Talvez você não precise se controlar... O desejo sexual é como uma força da natureza. Você só precisa sobreviver a isso.

– Então o que eu devo fazer?

– Fale com ela.

– Não vai parecer que estou pressionando?

– Não se você falar com sinceridade... e com jeitinho. Ela vai te entender, eu garanto. Se der sorte, vai poder fazer com ela todas as coisas que você só pode imaginar agora, ou pelo menos pode ser que ela faça algo intermediário para te dar boas lembranças...

– O que seria esse algo intermediário?

– *Qualquer coisa que seja mais do que beijar e menos do que transar. Quer exemplos?*

– *Não, obrigado. Já entendi.* – Miguel desviou o olhar.

– *E o que acha?*

– *Que você é um idiota, tarado e vulgar.* – Miguel gargalhou.

– *Ao menos eu consigo tocar na minha namorada sem ficar louco...*

* * *

Nos dias seguintes, Miguel tentou encontrar o momento certo para comentar com Ana sobre sua desconfortável condição. Mas não conseguia se livrar da ideia de que isso iria chateá-la ou causar uma má impressão. Infelizmente, sua situação piorava a cada dia... Ele teve problemas para disfarçar no boliche, no mercado, cinema, livraria, restaurantes... A todo lugar que iam ele precisava fazer um "malabarismo" para disfarçar as reações que seu corpo sentia.

* * *

Quarto do Miguel. Tarde de um sábado qualquer. Brazilian Taste.

Ana estava sentada na cama e encostada na parede, acariciando os cabelos de Miguel, que estava deitado com a cabeça em seu colo. Escutavam uma playlist que começaram a montar para eles e que ainda não estava finalizada. Eles conversavam ao som de "Always", do Bon Jovi.

– Esse calção tem o símbolo do seu time, não tem?

– Tem.

– Me disseram que é um time muito popular no Brasil. Quer me contar a história dele?

– Ok... É um time amado e odiado por muitos... e... sabe... é isso.

– O que você tem hoje, Miguel? Está tão triste...

– Deu pra perceber?

– Quando um homem não consegue conversar sobre o próprio time, com certeza tem algo errado com ele. Além disso, eu percebi pelo seu olhar desde que cheguei aqui.

– Você está certa... – disse ele, respirando fundo.

– Conte-me o que está te incomodando.

– A minha tia não aceitou a minha oferta.

– Então é isso... – Ana acariciou o rosto dele. – Sinto muito.

– Ela está decidida a fechar o Brazilian Taste... Disse que está muito cansada... Ontem foi nosso último dia de trabalho.

– Mas e quanto a você e seus primos?

– Todos já têm o que fazer... Ricardo começa no novo emprego semana que vem e se muda amanhã para Seattle.

– Seattle?

– Também não entendi...

– E os demais?

– Alessandro está sendo entrevistado por duas empresas e Daniel talvez vá morar na universidade se conseguir ser aceito em alguma... Estão todos seguindo caminhos diferentes.

– E o que você vai fazer?

– Não sei... Pensei que, apesar da teimosia, ela iria aceitar o meu dinheiro.

– Você tem procurado outro emprego?

– Não.

– Mas vai começar a procurar, não é?

– Vou... Eu só preciso de um tempo para digerir tudo isso. Eu ainda não acredito que minha tia vai desistir assim.

– Dê um desconto para ela... Depois que ficou viúva de novo, ela cuidou muito bem de todos vocês por muito tempo. Se ela acha que precisa de um descanso, ela tem esse direito.

– Mas e quanto a nós? Somos uma família! Nós estamos nos separando quando na verdade deveríamos estar unidos...

– Faz parte da vida, meu amor. – Ana lamentou pela carência dele.

– Mas eu não queria... Por que as coisas não podem ser sempre assim, do jeito que estão?

– Porque elas precisam mudar para melhorar... Se as coisas fossem as mesmas para nós dois, não estaríamos namorando. Foi necessário que houvesse grandes mudanças. – Ana suavemente virou o rosto dele para que olhasse em seus olhos. – Não acha que estamos melhor agora?

– Estamos ótimos. – Ele corou. – Acho que estou com medo, só isso.

– Está resistindo às mudanças que se aproximam. Isso acontece com muita gente.

– Sabe... Quando eu perdi a minha família, eu perdi tudo. Achei que sem eles o mundo não fazia mais sentido para mim, mas então minha tia voltou ao Brasil e ficou comigo, lutou por mim, me salvou. Ela me integrou à sua família, na rotina que tinha, no restaurante... Eles se tornaram o meu novo tudo. Agora eu estou vendo isso ser desfeito e tenho medo de perder...

– Você tem a mim – disse Ana, beijando a testa dele. – Eu estou com você, esqueceu?

– Eu te amo, Ana.

– Eu também te amo.

Beijaram-se mais uma vez... Ana sentiu um pouco de dor em suas costas e em seu pescoço, pois tinha que se inclinar muito para beijar o rapaz que ainda estava com a cabeça repousada em seu colo, mas então ele subitamente interrompeu o beijo.

– O que foi?

– N-Nada. – Miguel pegou seu travesseiro e o colocou em cima de sua barriga.

– O que está fazendo?

– Estou... Abraçando meu travesseiro, só isso. E-Eu adoro abraçar meu travesseiro. Também costumo fazer isso quando estou triste.

– Larga esse travesseiro e chega mais perto de mim... Eu sei como te deixar feliz. – Ela tentou tirar o travesseiro dele.

– Eu tenho uma ideia melhor... – ele propôs, demonstrando urgência em seu tom de voz. – O que acha de uma massagem nos pés?

– Eu não costumo recusar, mas...

– Ótimo. Pé direito primeiro.

– Ok, se você insiste...

Miguel começou a massagear o pé direito de Ana. Ele concentrou-se em seus movimentos e no equilíbrio entre firmeza e delicadeza que considerava ser o segredo para tornar o processo relaxante. Observou o formato dos dedos e das unhas pintadas de branco e ficou chocado ao perceber que seu plano para se distrair estava provocando o efeito inverso... Olhar para o pé dela o deixou ainda mais excitado. Ele fechou os olhos e beijou os dedos dela.

– O-O que está fazendo? – perguntou Ana, após sofrer um espasmo na perna inteira pela cócega que sentiu.

– Desculpe... Seu pé é muito bonito e eu senti vontade de beijar. Achou muito estranho?

– Sim.

– Desculpe, não farei de novo...

– Tudo bem. Só fui pega de surpresa, não estou reclamando. – Os olhos de Ana subitamente apontaram para baixo, reparando no quanto Miguel apertava o travesseiro. – Você está com algum problema?

– Problema nenhum.

– Não minta para mim... Você ficou estranho de repente.

– Impressão sua... Veja seu pé como está tenso. Acho que preciso colocar mais força e você precisa relaxar mais.

– Pare de tentar me enganar e conte logo qual é o problema.

– Que tipo de problema eu poderia ter estando aqui, com a garota que eu amo? Concentre-se na minha massagem relaxante, por favor...

– Não prefere parar com isso e vir aqui me beijar? – Ana acariciou o rosto dele, bem próximo a sua boca.

– Já vou... Deixe-me terminar antes.

– Mas eu estou louca de vontade de te beijar desde que acordei hoje cedo. Não seja mau comigo. Eu quero muito, muito, muito te beijar...

– M-Mesmo?

– Noite passada eu sonhei que estávamos nos beijando daquele jeito...

– Daquele jeito? Você se refere àquele jeito quando...

– Quando dá calor... Quando ficamos suados... Quando fazemos barulhos...

– Q-Quer beber alguma coisa? – Ele soltou o pé dela e apertou o travesseiro ainda mais contra si.

– Definitivamente há algo errado com você. – Ela ergueu a sobrancelha.

– Imaginação sua.

– Há algo errado com você... e com esse travesseiro!!! – Em um movimento rápido, Ana avançou contra Miguel, e antes que ele pudesse reagir, ela pegou o travesseiro e o tirou do colo dele.

– NÃO!!! – Ele sentou-se na cama, cobrindo-se com as mãos.

– MEU DEUS!!! – exclamou Ana, ao reparar no que ele escondia.

– Não era para você ter visto isso. – Ele cobriu-se com o travesseiro novamente.

– P-Por que sua coisa já está assim...?

– Você ainda pergunta? – Ele corou. – Desculpe por isso.

– T-Tudo bem. – Ana ficou paralisada por alguns segundos. – Você não tem controle sobre isso, tem?

– Controle nenhum.

– Nesse caso, não precisa se desculpar... Não é como se eu nunca tivesse percebido quando isso te acontece.

– Mas você ficou tão assustada...

– Porque eu nunca tinha visto, só sentido.

– Nunca mais usarei calções finos quando estiver com você.

– Relaxe... Não estou te culpando por isso.

– Que bom... – Ele a olhou nos olhos. – Mas se tem alguém aqui que tem culpa de alguma coisa, é você – disse ele, com um sorriso tímido.

– Eu?

– Sim.

– Por quê?

– Porque você é maravilhosa em todos os sentidos possíveis... Você é irresistível e eu sou só um pobre garoto brasileiro extremamente frágil.

– Ei... De onde veio isso? – Ana tentou despistar, mas estava rubra.

– É a verdade. Ultimamente estou tendo problemas com esse tipo de reação sempre que estou perto de você... Seu rosto, seu corpo, sua voz... É tudo tão bonito... Até seu cheiro me provoca essas reações e eu faço um esforço incrível para não deixar você perceber que eu... eu... Eu não sei como dizer, mas... você não parece ser deste planeta, de tão linda que é.

– Você acha mesmo? – O rosto de Ana ficou quente.

– Sim... Tem tanta beleza em você que qualquer lugar em que esteja fica mais bonito... Qualquer roupa que você vista fica mais bonita... Até o que já é bonito, quando você está por perto, fica ainda melhor.

– Por que você está sendo tão fofo comigo?

– Não sei... Acho que é o fato de eu me apaixonar ainda mais por você a cada segundo e não conseguir te tirar da minha cabeça.

– Venha aqui... – Ana o puxou pelos ombros e o beijou intensamente. – Eu também tenho dificuldades em me conter quando estou perto de você.

– É mesmo? – disse ele, deitando-a na cama e beijando-a novamente.

– Eu não sabia que você era tão bonito... Suas sobrancelhas, nariz, boca, queixo... Suas mãos, seus braços, pernas, peito, barriga... Tudo em você é perfeito – disse ela, beijando-o mais uma vez.

– Não sabia que reparava tanto em mim. – Ele iniciou uma sequência de beijos no pescoço dela.

– Eu reparo, mas poderia reparar ainda mais. – Ela puxou a camiseta dele para cima até seu peito. Ele entendeu o recado e a tirou. Ana apalpou seu peitoral e, como de costume, o arranhou.

– Gosta disso? – Ele continuou beijando o pescoço dela.

– Amo – ela respondeu, de olhos fechados.

– Não é justo só eu ter que tirar a camiseta. – Ele a beijou com movimentos variados de sua língua.

– Eu não estou usando camiseta... Estou de vestido.

– Tem razão... – Ele voltou para o pescoço dela, mas não beijando e sim lambendo. – Se eu tirar seu vestido, teria que tirar meu calção para equilibrar as coisas.

– Então faça justiça – ela sussurrou, gemendo de prazer.

– *Caramba!!!* – Ele sentiu um grande estímulo percorrer seu corpo inteiro ou talvez fosse só um arrepio. O fato é que, quando tirou o vestido dela, percebeu que estavam ambos apenas com suas roupas de baixo... Eles realmente estavam prestes a fazer... Ana era muito mais linda do que Miguel imaginava e ele com certeza iria comentar isso com ela.

– Miguel...

– Hmmm? – Ele a beijava, descendo pelo pescoço dela até o decote do sutiã.

– Vamos ficar com essas roupas de baixo pelo menos.

– O quê!?

– Não devemos fazer hoje... Ainda não estou pronta... Mas podemos continuar o que estamos fazendo agora, porque está uma delícia. – Ela o olhou com uma expressão de êxtase.

– Vai ser difícil eu parar se continuar assim.

– Eu paro você, não se preocupe.

– Tem certeza?

– Tenho... Vem.

Continuaram a se beijar, aninhando-se debaixo dos cobertores. Eles estavam deitados na posição missionária, com roupas de baixo, mas fazendo com seus quadris todos os movimentos de um casal que está fazendo amor. Eles nunca sentiram um ao outro dessa forma. Era pele com pele... Era calor... Miguel temia explodir em prazer a qualquer momento enquanto ela já estava fazendo isso. Ele desceu com sua língua até o umbigo de Ana e, enquanto passava a mão em suas coxas, percebeu que ela estava muito arrepiada. O som da voz dela enquanto gemia era extremamente erótico e isso o fazia pensar que iria enlouquecer. Ela passava a mão na cabeça dele, apertando-o contra sua barriga e depois puxando-o para subir novamente. Ana ergueu-se um pouco para alcançar a boca de Miguel e mordeu seu lábio inferior, chupando-o em seguida. Foi demais para ele resistir, e sem que percebesse ele acariciou os seios dela, que gemeu.

– Pode tirar.

Ele fez conforme ela disse e tirou o sutiã dela enquanto a beijava. Ele perdeu o fôlego quando os viu. Tal como ele desconfiava, eles não eram grandes, mas tinham um belo formato e uma cor charmosa.

– Você é ainda mais linda do que eu pensava...

Ele a beijou novamente, massageando os seios dela e estimulando-os com seus dedos, ouvindo-a praticamente gritar e se contorcer segundos depois. Repentinamente ela parou de se mexer, exausta... Claramente atingiu o clímax. Miguel não achou certo continuar, mesmo vendo-a totalmente entregue. Era hora de curtir com ela a experiência que tiveram.

– I-Isso foi incrível – disse Ana, de olhos fechados e ofegante.

– Foi.

– O meu corpo inteiro está pegando fogo, e ao mesmo tempo relaxou.

– O seu corpo inteiro é lindo... – comentou Miguel, fitando-a.

– Que bom que você não continuou – disse ela, vermelha. – Ainda não acho que estou pronta para minha primeira vez, desculpe te decepcionar.

– Não precisa se desculpar, apenas pense no que fizemos e aproveite.

– Me abrace. – Ela pediu, virando-se para o outro lado cama.

– Com prazer.

Ele a abraçou por trás, colando seu corpo no dela. Estava frio, então ele pegou seu cobertor e os cobriu. Ficaram assim até dormir.

* * *

Na semana seguinte, Miguel teve os períodos da tarde e noite livres e começou a usar esse tempo para procurar um novo emprego e para praticar na cozinha, agora vazia, do Brazilian Taste. Em sua busca ele focou em restaurantes de grande e médio porte no cargo de sous chef, tal como era no restaurante de sua tia. No fim de cada noite ele pegava Ana na faculdade e juntos pensavam em como obter resultados mais rápidos em sua procura.

* * *

Manny's Coffee. Manhã de uma segunda-feira qualquer. Semanas depois.

Miguel comia seus costumeiros waffles com calda de chocolate amargo enquanto Ana terminava seu cookie de baunilha. Ultimamente eles haviam adquirido o costume de sentar um ao lado do outro e permanecerem de mãos dadas, restando apenas uma mão livre para comer. O fato de Ana ser canhota e Miguel destro ajudou a escolher qual mão ficaria parada e qual ficaria livre.

– Tem algo me preocupando ultimamente... – disse Ana.

– É a Lucy?

– Sim... Notou que ela parece um pouco triste?

– Notei – disse ele, bebendo um gole de seu cappuccino. – Eu pensei que talvez ela tivesse brigado com o Alessandro, mas eles estão bem... Na verdade, ele está um pouco estranho também. Parece que evita conversar muito comigo, como se tivesse algo para esconder...

– É exatamente o que estou achando da Lucy.

– Acha que devemos perguntar a eles o que está havendo?

– Ainda não... Mas vamos ficar de olho.

– É difícil imaginar algo que possa abater a Lucy.

– Somente algo muito grande poderia fazer isso... – Ana também bebeu um gole de seu cappuccino. – Vamos mudar de assunto?

– Claro... Próxima sexta será minha última apresentação com a Hated Rebels. Preciso que esteja lá comigo.

– Com certeza estarei. Quero te ver fazer o chão tremer.

– Com você na plateia, pode ter certeza de que farei o meu melhor.

– Estou muito feliz que você tenha decidido se dedicar exclusivamente às atividades gastronômicas... Era esse tipo de foco que eu sempre disse que você deveria ter.

– Você é a grande responsável por isso... Eu realmente parecia um pedaço de plástico à deriva no oceano, apenas esperando que as águas me levassem para algum lugar, mas com tudo o que passamos e tantas vezes que você ferveu minhas orelhas de tanto me falar em foco, futuro e carreira... – Ele riu enquanto ela fez uma careta engraçada. – Eu enxerguei que o que eu realmente gosto de fazer é cozinhar, e agora estou determinado a me tornar cada vez melhor nisso... Talvez eu até tenha um sonho agora.

– Interessante... Que sonho?

– Eu disse talvez... Ainda estou pensando sobre isso. Mas não muda o fato de que preciso continuar a evoluir e melhorar cada vez mais na cozinha.

– Quer ser o maior chef do mundo?

– Não. Quero ser melhor ainda que ele. – Ele riu e a fez rir.

– Que bom que ajudei em alguma coisa.

– Me ajudou muito... Antes eu cozinhava porque me sentia mais próximo da minha mãe e isso era bom, mas também me assustava de vez em quando e me fazia lembrar de coisas ruins... Foi quando eu me abri com você e quando as coisas começaram a dar certo para nós dois que eu finalmente consegui dominar os meus medos e entender melhor a mim mesmo. Até consigo enxergar em mim, quando cozinho, um pouco da paixão que vejo em você quando pinta.

– Então você sabe como é fazer o que ama.

– E logo também saberei o que é ter um sonho.

– Saiba que estarei do seu lado sempre que precisar... Estou muito feliz em saber que vai investir na gastronomia. Você sempre amou isso.

– Tem algo que eu amo mais.

– Mais do que cozinhar? Conte-me o que é. Fiquei curiosa...

– É você... Eu te amo demais, sabia?

– Eu também te amo, meu amor. – Ela o beijou.

– Será que... – Miguel respirou fundo. – Será que tem algum apartamento vago no seu prédio?

– Não sei. Por que quer saber?

– Quero sair da casa da minha tia.

– Sair?

– É... sair.

– Por quê?

– Porque todo mundo seguiu em frente... Eles conseguiram novas casas, novos empregos, e eu não quero ser o único a ficar parado. Além disso, não sinto mais que estou contribuindo com a minha tia, então não consigo ficar à vontade vivendo lá.

– Já conversou com ela?

– Ainda não. Estou esperando pelo melhor momento.

– Se precisar de ajuda é só pedir. Enquanto isso, vou verificar se há algum apartamento disponível no Rising Star... – Ela sorriu, subitamente. – Já imaginou como seria se fôssemos vizinhos?

– Aposto que conseguiria te beijar quase tanto quanto tenho vontade.

– Quase tanto?

– Todo o tempo do mundo não seria suficiente para me satisfazer...

– Você treina esse tipo de frase quando não está comigo?

– Não.

– E de onde vêm tantas coisas bonitas?

– Só preciso te olhar e todas essas coisas bonitas surgem na mente...

– Estou fazendo um grande esforço para não pular em cima de você agora e te beijar até anoitecer. – Ela apertou os olhos e fez um sorriso charmoso.

– Nunca é bom lutar contra os próprios instintos.

– Também acho, mas vamos deixar para a próxima.

* * *

No final de semana seguinte, ele se despediu da Hated Rebels em um último show no qual deu tudo de si. William, irmão de Ana, estava presente e foi apresentado para toda a banda. No dia seguinte, Ana consolou Miguel enquanto ele chorava copiosamente. Ela disse que isso não significaria que a relação dele com a banda deveria acabar, já que ele era compositor de algumas músicas e poderia continuar compondo. Isso fez com que ele se acalmasse um pouco, mas em geral foi um dia de luto para ele.

Durante a semana, infelizmente para o casal, receberam a confirmação de que não havia apartamentos vagos no Rising Star. Eles procuraram por outros apartamentos pelo bairro, mas nenhum se encaixou no gosto do rapaz, seja pelo tamanho, localização, senhoria, preço... Apesar do insucesso eles não desistiram, e durante as semanas seguintes continuaram tentando. A rotina do casal se estabelecia a cada dia à medida que se aproximavam ainda mais. E assim passaram os próximos meses. Houve o aniversário de Lucy na casa de sua mãe, em que foram os únicos convidados além de Alessandro. Ana notou que Julia evitou conversa e até contato visual com Miguel, que, tão desatento quanto sempre foi, tentou lembrar se tinha feito algo errado...

Eles fizeram compras, foram ao cinema, shoppings, piqueniques em parques, uma festa à fantasia, clubes noturnos, karaokê, museus... Fizeram isso várias vezes, com ou sem Lucy e Alessandro. Comemoraram o dia de Ação de Graças juntos, assim como o Natal e a virada de ano. Receberam o inverno juntos e a neve os fazia lembrar da época em que se viram pela primeira vez.

* * *

Prédio de apartamentos Rising Star. Manhã de sábado.

Miguel subia as escadas com pressa, esfregando as mãos uma na outra. Estava nevando do lado de fora e mesmo o sobretudo, touca e luvas que usava não estavam conseguindo manter seu corpo aquecido. Na noite anterior Ana disse que queria conversar sobre algo importante com ele e não deu uma pista sequer do que se tratava. Ele se sentiu como um adolescente depois de fazê-la confirmar três vezes que o motivo da conversa não era o término do namoro. Ainda assim, ele estava preocupado.

Quando Miguel chegou ao apartamento 37, percebeu que Ana já o esperava.

– Oi – disse ele, tentando descobrir o que a expressão no rosto dela significava.

– Entre... – Ela o puxou para dentro e fechou a porta.

– E-Está tudo bem? – perguntou ele enquanto recebia um abraço repentino dela.

– A Lucy vai... – Ana não conseguiu terminar a frase, pois os soluços de seu choro a impediam. – Ela vai... Semana que vem...

– Olhe para mim, Ana. Acalme-se. – Ele acariciou o rosto dela, secando suas lágrimas. – Respire fundo e me fale, devagar, o que houve com a Lucy. Onde ela está?

– Está na... casa... da mãe dela. Ela vai... se mudar... Ela vai... sair... daqui. – Ana perdeu o controle novamente e sucumbiu ao choro.

– *Caramba...* – Ele a abraçou mais forte.

* * *

Por meia hora Ana ficou sentada no sofá grande encostada no ombro de Miguel, calada, tentando voltar a respirar normalmente, recebendo os afagos dele até finalmente conseguir falar.

– Ontem à noite ela me chamou para conversar... – Ela bebeu metade do copo de água que Miguel havia lhe trazido. Era o segundo. – Disse que a Julia irá estudar na Europa sem previsão de volta. Elas passaram as últimas semanas acertando todos os detalhes da mudança.

– Isso explica o comportamento recente delas. A Lucy está falando pouco e a Julia nem fala mais comigo.

– Lucy não queria contar enquanto não estivesse tudo certo para evitar um estresse desnecessário, mas agora está confirmado. Ela terá que morar com a mãe. Terá que me deixar.

– Eu não sei o que te dizer agora, meu amor, mas se tiver algo que eu possa fazer, por favor, me fale. – Ele acariciou os cabelos dela suavemente e beijou sua testa várias vezes.

– Só fique comigo... Não saia de perto de mim hoje.

– Só se você me deixar te mimar muito... Não quero que se levante para nada. Se precisar de algo, eu pego ou faço... menos xixi.

– Bobo. – Ela sorriu. Lembrando-se mais uma vez de que, assim como Lucy, ele tinha a capacidade de fazê-la rir mesmo quando era aparentemente impossível. Ana também se lembrou da conversa mais recente que teve com Julia, tentando se convencer de que tudo o que lhe foi dito por ela naquele dia era verdade, apesar de ser improvável.

– O que a Lucy acha disso? – Miguel perguntou, de repente.

– Ela está de mãos atadas... Sequer chegou a argumentar, pois quando ela decidiu vir morar aqui comigo, Julia deu total apoio. Seria injusto não fazer o mesmo agora.

– E a senhora Sartori?

– Acho que não deve haver nenhum problema com ela desde que a Lucy esteja por perto. Agora será necessário aumentar o valor que é pago para a senhora Steel, já que é preciso ficar o dia inteiro com a mãe dela...

– Quando será a mudança?

– Próximo sábado. – Ana passou as mãos no rosto para limpar mais lágrimas. – Julia parte semana que vem e a Lucy terá que sair daqui até lá.

– Sinto muito.

– Eu não chorei assim na frente dela... Claro que não consegui disfarçar o choque no começo, mas não deixei ela perceber o quanto fiquei triste. Eu preciso apoiar a Lucy agora, não posso fazer que ela saia daqui preocupada comigo ou algo do tipo.

– Você fez bem.

– Eu cansei de ser fraca, de fazer as pessoas se moverem para me ajudar, para cuidar de mim... Faz tempo que eu decidi que só mostraria o meu lado mais forte aos outros... – Ela olhou nos olhos dele, envergonhada. – Lamento por sempre deixar para você o fardo de aguentar o meu lado fraco. Juro que estou me esforçando para...

– Eu te amo! – ele a interrompeu. – Eu te amo por inteiro, não só a parte que você tenta mostrar... Eu amo a Ana forte, a fraca, a sóbria, a bêbada, a saudável, a doente, a contente, a irritada, a linda, a mais linda ainda... Eu amo você de qualquer jeito e até prefiro que existam lados seus que só eu vejo. É tipo um privilégio.

– Graças a Deus que tenho você do meu lado. – Ela o abraçou. – Você me faz sentir tão bem...

– Nós vamos pensar em alguma coisa... Somos muito bons quando estamos juntos.

– Não sei o que fazer sem a Lucy aqui... Ela me ensinou tantas coisas. Eu sou péssima na cozinha, mas o que eu sei foi com ela que aprendi... Serviços domésticos, transporte público, administração do dinheiro... Você não tem ideia do quão perdida eu estava quando vim morar aqui, e ela sempre foi tão gentil e paciente comigo. Deus, eu vou sentir falta até das provocações dela, das vulgaridades, do constrangimento... Como as coisas aqui vão funcionar agora? Como eu irei funcionar sem a Lucy?

– Você já demonstrou toda a sua gratidão a ela?

– Sempre que pude.

– Eu acho que a melhor forma de fazer isso é mostrar o quanto você cresceu com ela... Acho que Lucy iria explodir em felicidade se visse o quão maravilhosa você se tornou no tempo em que viveram juntas. Imagina o orgulho e a satisfação que ela iria sentir se visse que você evoluiu.

– É um bom ponto de vista, mas eu não sei se consigo.

– Eu já te disse... Nós vamos pensar em alguma coisa juntos.

Eles se beijaram. Sempre que estavam juntos surgia um momento em que palavras não eram necessárias para se comunicarem. Durante seus beijos eles dividiam tudo o que estavam sentindo. Naquele momento Ana percebeu que estava recebendo dele tudo aquilo de que precisava.

* * *

Passaram o dia juntos. Ana se acalmou e foi até capaz de se divertir com Miguel enquanto cozinhavam e limpavam a casa. Ele sabia fazer malabarismos com quase tudo que pudesse segurar em uma só mão, mas não era tão bom quanto pensava... Prova disso foi o prato que quebrou. De tarde puderam descansar e aproveitar o pôr do sol de forma romântica. Durante todo o dia uma ideia se desenvolveu na mente de Miguel... Ele resistiu a ela de início, mas, quanto mais tentava esquecer, mais ela se firmava em detalhes na sua cabeça. Agora, na hora de ir embora, talvez fosse interessante comentar com Ana.

– Eu estive pensando... – disse ele, enquanto caminhava em direção à porta.

– Adoro suas ideias. – Ana sorria para ele.

– Mas esta ideia é bem diferente de todas as que já tive... É bem radical.

– Tipo pular de paraquedas sem usar paraquedas?

– Belo chute, até passou perto, mas é ainda mais radical que isso...

– Uau... O que é?

– Bom... Eu não estou tendo sorte em encontrar um apartamento do jeito que eu gosto, e agora que a Lucy vai sair daqui, pensei que o aluguel ficaria caro para você, e já que minha primeira opção era...

– Está sugerindo que moremos juntos? – Ana o interrompeu.

– A-Acho que sim... Quer dizer... Não vejo motivos para não fazermos isso... Mas se for uma má ideia, se achar que estou indo rápido demais, não se preocupe, é só uma ideia e você não precisa aceitar... Eu só falei por falar... Poderia ser... – Ele travou, não conseguiu falar mais nada.

– Está falando sério?

– Eu... – Ele respirou fundo e tentou se acalmar. – Estou.

– Acho que preciso de um tempo para pensar nisso.

– Claro. Não é uma decisão simples de se tomar. Leve o tempo que precisar.

– Ok. – Ana virou a cabeça para o lado e Miguel reparou que seu olhar estava distante.

– E não se preocupe comigo... Eu aceitarei qualquer resposta sua. Não vou te pressionar. Escolha o que quiser e o que for bom para você será ótimo para mim... E não ficarei chateado caso não queira – disse ele, acariciando o rosto dela.

– Já pensei.

– J-Já?

– Sim.

– E então...?

– É uma ótima ideia...

– Mas...?

– É realmente uma ótima ideia.

– E-Então você topa?

– Sim. – Ela sorriu, incrédula e ofegante.

– Então nós iremos mesmo...? – ele iniciou.

– Morar juntos... – ela complementou.

– Iremos morar juntos – disseram os dois exatamente ao mesmo tempo um para o outro.

PENSAMENTO DELE: NÃO ACREDITO QUE ELA ACEITOU... EU ME ARREPENDI DE SUGERIR A IDEIA PARA ELA NO EXATO MOMENTO EM QUE FALEI, PORQUE ACHEI QUE ISSO A ASSUSTARIA, MAS FELIZMENTE ELA ESTÁ TÃO ENVOLVIDA QUANTO EU. ACHO QUE MINHA TIA VAI SURTAR quando eu contar a novidade, e se sobreviver a ela, certamente não sobreviverei ao pai da Ana... De qualquer forma, eu estou tão feliz que nem consigo sentir medo dele agora. E daí que estou desempregado? E daí que estou apavorado? Eu vou morar com a mulher que eu amo e isso iria acontecer mais cedo ou mais tarde... É engraçado... Acabo de perceber que estou virando um homem adulto de verdade. Como minha mãe reagiria se estivesse aqui, agora?

Pensamento dela: Não acredito que ele me pediu isso... Eu sei que respondi rápido, mas eu percebi que mesmo que passasse dias pensando, a resposta seria a mesma. Quando ele sugeriu morar comigo o meu coração se encheu de alegria, e parte do medo e do vazio que eu estava sentindo foram embora só de saber que ele estaria comigo. Como eu poderia dar uma resposta diferente? E daí que ele está desempregado? Eu trabalho e ele tem bastante dinheiro guardado. E daí que ele é mais novo? Eu sou mais velha e bastante responsável... eu acho. Mas nós podemos fazer isso dar certo. Só precisamos de atitude, assim como Lucy sugeriu. E é por isso que eu vou morar com o homem que eu amo. Era uma questão de tempo até isso acontecer. Ele é e tem tudo que eu preciso.

capítulo 18. CERTEZA

Noite de sexta-feira.

Ana e Lucy estavam sentadas no sofá grande de mãos dadas, uma encostada na outra, assistindo a *Titanic* pelo que parecia ser a milésima terceira vez. O apartamento estava diferente. As coisas de Lucy estavam embaladas em caixas e sacolas para a mudança que iria ocorrer na manhã do dia seguinte. Somente a cama dela ainda estava no mesmo lugar, esperando para ser usada pela última vez no apartamento 37 do prédio de apartamentos Rising Star.

– Vou sentir falta da sua pipoca. – Ana mastigava, olhando para a TV.

– Vou sentir falta de você elogiando minha pipoca – disse Lucy, bebendo um gole de vinho e também olhando para a TV.

– Vou sentir falta de você chorando ao assistir *Titanic*.

– Eu não estou chorando.

– Espere até a parte em que o DiCaprio afunda...

– Vou sentir falta de você insistindo para eu assistir filmes com você.

– Vou sentir falta dos doces que você me traz da rua.

– Vou sentir falta de te chamar de virgem.

– Vou sentir falta de te chamar de vadia.

– Vou sentir falta de você me mandando ficar calada.

– Vou sentir falta de mandar você ficar calada. – Ana sorriu e Lucy também.

– Olhe para mim – disse Lucy, séria.

– Estou olhando.

– Seria estranho se... – Lucy pausou e respirou fundo. – Seria estranho se eu te beijasse na boca agora?

– Seria... – respondeu Ana, séria. – Mas se prometer que não contará para ninguém, eu não tenho nada contra.

– Sério?

– Não me diga que consegue ignorar este clima... – Ana acariciou a mão de Lucy e inclinou-se em sua direção. – Eu sempre quis fazer isso, desde os tempos de escola, só não sabia que você também tinha vontade.

– E-Espere... Vai com calma... Eu só estava... brincando – disse Lucy, recuando.

– EU TAMBÉM E VOCÊ CAIU!!! – bradou Ana, batendo palmas.

– Oh, meu Deus...

– Não acredito que caiu nessa, Lu!!!

– Nem eu, sua vadia – disse Lucy, sorrindo e lançando um punhado de pipocas em Ana.

– Isso é o que eu chamo de sentir o gosto do próprio veneno. Aposto que queria me provocar e dizer: "Vou sentir falta de te provocar e te deixar vermelha".

– Você me conhece mesmo, não é?

– Claro que conheço... Você é a minha melhor amiga. A melhor amiga do mundo inteiro. E eu finalmente consegui te vencer em uma pegadinha.

– Antes tarde do que nunca.

– Quem diria que a tonta da Ana conseguiria vencer a grande Lucy Sartori?

– Vou sentir falta do seu sorriso – confessou Lucy, deixando uma lágrima descer por seu rosto.

– Boa parte dos meus sorrisos são por sua causa – respondeu Ana, ainda sorrindo.

– Que droga... Você me fez chorar antes do DiCaprio afundar.

As amigas riram ao mesmo tempo que choravam. Em seguida se abraçaram até irem para o quarto dormir.

* * *

O sábado chegou. Elas acordaram, levantaram, escovaram os dentes, tomaram banho, comeram cereal e receberam Alessandro e Miguel, que foram ajudar com a mudança. Elas conversaram pouco entre si. Em uma sincronia distinta, preferiram aproveitar a companhia uma da outra de forma silenciosa, embora, por vezes, uma notasse que estava sendo observada pela outra e vice-versa, mas seus olharem não se cruzavam... Era a forma de garantir que nenhuma das duas choraria nesse dia.

Alessandro e Miguel também estavam calados, compartilhando do sentimento de tristeza delas.

Quando chegaram, Julia e Mary já os esperavam. Descarregaram os móveis. Não eram muitos, já que Lucy estava se mudando para uma casa já mobiliada e abriu mão da maioria das coisas que comprou com Ana.

Foi fácil preparar o quarto de Lucy, e, antes do que imaginavam, eles já estavam comendo em volta da mesa.

– Eu posso tentar um milhão de vezes, mas nunca vou conseguir fazer um molho desses, senhora Sartori.

– Se quiser mais é só pegar, Miguel, não precisa bajular a minha mãe.

– Não estou bajulando, Lucy... Mas é bom saber que isso vale uma porção extra de espaguete.

– Já o levamos em vários especialistas, mas nenhum soube dizer qual o problema com o estômago dele... Simplesmente não enche – disse Alessandro, provocando algumas risadas.

– Isso significa que ao menos um de nós terá espaço para a sobremesa que eu fiz...

Mary Sartori foi aplaudida por todos, que celebravam a notícia de que teriam sobremesa.

* * *

Sentaram-se na sala para relaxar e conversar por alguns minutos. Julia se ofereceu para preparar mais limonada para todos e Miguel se dispôs a ajudar. Quando viu o rapaz ir para a cozinha com Julia, Ana sentiu um impulso de ir também, mas se conteve ao sentir o toque de Lucy em seu braço.

– Deixe-os por um momento.

– Mas...

– Confie em mim.

– Ok.

* * *

Na cozinha, Miguel separava os limões e Julia pegava gelo.

– Faz tempo que não conversamos, não é? – Miguel tentou parecer o mais natural possível.

– Acho que sim.

– Está chateada comigo?

– Por que eu estaria?

– Talvez eu tenha feito algo errado, te ofendido ou coisa do tipo... Eu peço desculpas, seja lá o que eu tenha feito.

– Não se preocupe. Você não fez nada de errado.

– Tem certeza? – Ele esperou que ela respondesse, mas ela não o fez. Ele continuou: – Tem relação com o fato de que estou namorando a Ana?

– Não...

– Tem certeza? – Novamente ele esperou por uma resposta, sem obtê-la. – Tempos atrás algumas pessoas ficavam dizendo que você tinha algum interesse em mim, mas você sabe como as pessoas são... Elas adoram falar dos outros e quase nunca sabem do que estão falando.

– As pessoas achavam isso? – Ela pegou o açúcar.

– Achavam... – disse Miguel, iniciando o preparo da limonada e tentando disfarçar a vergonha que estava sentindo.

– Você acha que estavam certas?

– Eu não sei... Cada pessoa pode pensar de uma forma diferente, mas a verdade é única, e, nesse caso, só você saberia me dizer.

– Boa resposta.

– E então... Estavam certas?

– Quer que eu acredite que você já não sabe essa resposta?

– Como eu disse, a verdade só pode vir de você, Julia.

– Essa verdade não importa mais... Você está namorando a garota dos seus sonhos agora.

– Eu sinto muito se te magoei. Espero que entenda que ao menos eu nunca menti para você... – Miguel a encarou com seriedade.

– Eu sei disso e não estou com raiva de você ou da Ana. – Julia exibiu um sorriso discreto.

– Que bom.

– Não quer dizer que estou me sentindo bem...

– Eu lamento...

– Você não tem culpa. Talvez o destino tenha... O que teria acontecido se tivesse me conhecido antes dela?

– Eu...

– Não precisa responder, foi uma pergunta retórica, seu bobo.

– Me fez suar... – disse ele, aliviado.

– Eu sabia que ficaria com vergonha. Devia ter visto sua cara.

– Tem um pouco de Lucy em você, sabia?

– Mais do que imagina. – Ela riu e o fez rir também. – Antes que me pergunte novamente e para deixarmos isso claro de uma vez por todas, eu não estou chateada com você... Mesmo se eu quisesse, não conseguiria.

– Isso significa que não preciso me preocupar em te deixar partir com problemas entre nós?

– Sim... Não há problemas entre nós.

– Ótimo... – Ele estendeu a mão direita. – Amigos?

– Amigos. – Ela fez o mesmo e eles sorriram durante o aperto de mãos.

– Boa sorte lá fora.

– Obrigada.

Julia pensou que se essa fosse a última vez que veria ele, era melhor que fosse assim, sorrindo.

* * *

Voltaram para a sala após alguns minutos com a limonada e juntaram-se aos outros. Quando teve a chance, Ana perguntou o que Miguel havia conversado com Julia, tentando disfarçar o ciúme. Ele explicou, fazendo questão de lembrá-la o quanto a amava e o quanto ela ficava engraçada bancando a ciumenta.

* * *

Antes de anoitecer, os rapazes foram para casa, pois no dia seguinte seria a mudança de Miguel para o Rising Star e eles precisavam continuar com os preparativos. Ana ficou para dormir com Lucy.

– Está ansiosa? – perguntou Lucy, deitada em sua cama e olhando para o teto.

– Um pouco – respondeu Ana, deitada no colchão ao lado da cama, de olhos fechados.

– Tem noção do que é morar com um homem?

– Acho que sim. Morei muito tempo com meu pai e meu irmão.

– Não acha que deveria estar mais preparada?

– Vi alguns vídeos e filmes que falam sobre isso nessa última semana.

– Então era por isso que ficava acordada até tarde?

– É.

– Pensei que era porque estava triste por termos que nos separar.

– Claro que não... Eu até comemorei sua saída.

– Mesmo?

– Claro. Não havia espaço livre no meu coração para armazenar mais amor por você... Precisávamos nos afastar ou meu coração explodiria.

– Você é engraçada... – disse Lucy, sorrindo e virando-se para olhar para Ana.

– Não dói dizer que me ama também, sabia? – Ana abriu os olhos e também olhou para a amiga.

– Acha que só assistir a filmes poderá te preparar para o que está por vir? – Lucy encarou Ana com um olhar sério.

– Claro que não...

– E o que mais fez para sentir que está preparada?

– Comecei a ler um livro que ensina os segredos de uma vida a dois.

– Isso é incrível! Se você divulgar essa ideia para outras mulheres, pode ser que evite inúmeras separações. Pode até ganhar um Nobel por isso.

– Não seja irônica.

– Não é ironia. É sarcasmo.

– Tanto faz. Qual é o problema?

– Meu Deus... Não sabe que a maioria desses livros são genéricos?

– Esse não é.

– Como sabe?

– É do ponto de vista da mulher.

– E a mulher que escreveu conhece uma garota chamada Ana Lewis? Será que o companheiro que o livro aborda se chama Miguel Oliveira? Se o casal citado não for esses dois, esse livro não servirá para você.

– Lu, você esperou a semana inteira para me dizer que é contra essa ideia justamente na véspera da mudança?

– Eu só... – Lucy respirou fundo. – Esse é um passo muito importante, Annie. Nem mesmo eu estou preparada para algo assim, por isso fico preocupada com você.

– Não me subestime.

– Mas eu não estou...

– Está sim. – Ana franziu o cenho. – O fato de você não estar preparada para determinada situação não significa que eu não esteja. Você está me subestimando.

– Desculpe... Eu só me importo muito com você. Você é tão inocente às vezes que me sinto na obrigação de estar sempre alerta para te proteger.

– Eu não sou tão inocente assim – disse Ana, virando-se para o outro lado.

– É, sim, e isso te impede de enxergar certas coisas que eu enxergo.

– Isso não é questão de inocência, é questão de pontos de vista.

– Você ainda é virgem! – Lucy exclamou de forma veemente.

– Lá vamos nós de novo... – Ana meneou a cabeça negativamente.

– Se você não conhece esse aspecto da vida com 24 anos, como pode achar que está pronta para outras coisas ainda mais complexas, como morar junto com o namorado?

– Não é como se tudo na vida dependesse de sexo, Lucy.

– Não depende, mas por quanto tempo pretende excluir isso da sua vida?

– O que isso tem...

– Annie, querida... – Lucy a interrompeu. – Você vai morar com um homem adulto, seu namorado... Não acha que ele vai querer? Não acha que é inocente demais para isso? Como uma virgem pode achar que vai morar com o namorado sem...

– Isso não significa nada... – Foi a vez de Ana interromper Lucy. – Sou virgem por opção, não por inocência. Não pense que eu não sei o que é transar e muito menos que eu não quero fazer isso.

– Então você quer?

– Claro... Na hora certa... Com o Miguel. – Ana virou-se novamente para Lucy.

– Antigamente você só dizia: "Na hora certa".

– É porque agora eu ao menos sei que será com Miguel.

– Mas também já desejou que fosse com Oliver.

– Sim, mas tudo o que diz respeito ao Miguel é mais real e próximo a mim do que era com Oliver...

– Hum... – Lucy olhou para Ana, pensativa.

– No que está pensando?

– Em nada.

– Então pare de tentar me convencer a desistir.

Ficaram em silêncio.

* * *

Minutos depois...

– Annie... – sussurrou Lucy. – Está acordada?

– Estou – respondeu Ana, bocejando. – O que você quer?

– Eu tenho uma dúvida.

– Fale. – Ana coçava seus olhos azuis com a parte de trás das mãos.

– Vocês irão dormir na mesma cama? – Lucy virou-se de lado e olhou para Ana.

– Não... Ele vai trazer a cama dele. – Ana virou-se para o lado de Lucy também.

– Isso não os impede de dormir na mesma cama, não é? Basta escolher a melhor.

– Por que quer falar sobre isso? Cada um dormirá em sua cama. É simples.

– Já pensou que ele pode te assediar no meio da noite? Não estou insinuando que ele seja um tarado, mas se você se mexer muito durante a noite e ele reparar que alguma parte do seu corpo está exposta, quem poderia culpá-lo por pular em cima de você?

– Uma garota que se despe enquanto dorme é coisa de filme pornô...

– Eu já vi sua bunda e o seio direito... Mais de uma vez.

– Pare de mentir.

– Não estou mentindo... Você se mexe muito enquanto dorme. Juro pela minha mãe.

– S-Sério?

– Desde que nos conhecemos, quantas vezes você me ouviu jurar pela minha mãe?

– Não muitas... Você quase nunca faz isso.

– Porque nunca minto quando juro por ela. Você sabe disso.

– Ok... Obrigada pelo aviso. Serei mais cuidadosa.

– Enquanto dorme?

– Lucy... – Ana respirou fundo. – Nada do que disser irá me fazer desistir de morar com Miguel, entendeu?

– Entendi.

Ficaram em silêncio.

* * *

Minutos depois...

Lucy estava inquieta. Ela virava de um lado para o outro em sua cama, resmungando coisas inaudíveis e tossindo.

– Lu... Você quer me perguntar mais alguma coisa, não quer?

– Quero – respondeu ela, surpresa. – Pensei que já estivesse dormindo.

– Eu cochilei, mas é impossível dormir de verdade com você fazendo tanto barulho e forçando essa tosse que é tão falsa quanto uma nota de treze dólares.

– Então você percebeu... Quer me xingar agora?

– Ainda não, mas isso pode mudar de acordo com sua próxima tentativa de me persuadir.

– Então... – disse Lucy, erguendo a cabeça para olhar para Ana. – Já se colocou no lugar do Miguel? Será difícil para ele toda essa mudança.

– Já que foi o próprio Miguel que fez a proposta, não acho que haja alguma dificuldade extrema, mas, só para garantir, farei o possível para que ele se sinta à vontade. Você sabe que posso ser uma boa companheira para se morar junto.

– Disso eu não duvido, mas estou falando de outra coisa.

– Do quê?

– Eu acho que ele irá sofrer para respeitar a sua castidade depois que começar a morar com você.

– Acho que não – disse Ana, nada surpresa com o comentário da amiga.

– Como não?

– Ele sabe que não estou pronta ainda.

– Por quanto tempo mais pretende fazê-lo esperar?

– Não sei.

– Eu vou repetir... – Lucy sentou na cama e olhou para Ana, novamente com um olhar sério. – Agora que ele irá morar com você, será quase impossível que ele não queira tentar alguma coisa. É o mesmo que trancar a ovelha com o lobo no mesmo cercado.

– Eu sei que o Miguel tem vontade, mas ele sempre respeitou todos os limites que eu impus e por isso merece toda a minha confiança.

– É só disso que ele precisa para te convencer?

– É, sim, e pare de tentar me convencer a desistir de morar com ele, por favor.

– É que... Não cabe na minha cabeça que vocês vão morar juntos. Não acha apressado? Forçado?

– Preferia me ver sozinha lá?

– Você poderia morar novamente com seu pai ou aqui, comigo.

– Eu não poderia morar aqui ou com meu pai. Em ambos os casos existem pessoas e regras demais e eu gosto da minha liberdade... Também acho que você precisa de privacidade agora que namora o Alessandro.

Ficaram em silêncio.

* * *

Minutos depois...

– Annie... – sussurrou Lucy. – Ainda está acordada?

– Se eu fingir que estou dormindo, você desiste? – disse Ana, cobrindo a cabeça.

– Eu te belisco até você parar de fingir.

– E se eu dormir de verdade?

– Te belisco até você acordar.

– Então não tem como eu fugir de mais uma pergunta, não é?

– Exatamente... – Lucy ergueu-se para olhar para Ana.

– Então pergunte, mas que esta seja a última vez... Já está ficando chato.

– Ok... Por que você aceitou morar com ele?

– Porque eu amei a ideia. – Ana descobriu a cabeça, revelando um sorriso tímido em seu rosto.

– Só isso?

– Foi uma grande conveniência, também... Ele queria sair da casa da tia, eu tinha acabado de perder minha companheira e não queria morar sozinha. Pareceu uma boa solução.

– Não quero parecer chata, mas de todos os motivos válidos para se morar com alguém, conveniência é o mais fraco.

– Mas não é só por isso... A oportunidade surgiu por conveniência, mas o motivo de querer morar com Miguel é que todo o tempo do mundo com ele não me satisfaz. Eu preciso de mais tempo ao lado dele. Cada segundo conta. – Ana deixou escapar um sorriso ainda maior.

– Eu sei que vocês se amam, mas amor nem sempre garante que tudo dará certo.

– Não acha que morar com ele seja uma boa ideia, não é?

– No futuro talvez seja, mas não agora. – Lucy fez uma expressão preocupada. – Quando um casal começa a namorar, ambos ficam expostos somente às qualidades um do outro, porque todos se esforçam para mostrar o que há de melhor e esconder o que há de pior em si, mas quando esse casal começa a morar junto, é impossível continuar com isso.

– Eu sei...

– Percebe que estarão sujeitos a entrar em conflitos, brigas e várias outras coisas que podem abalar a relação?

– Sim.

– E não acha melhor esperar que essa relação esteja sólida o suficiente para aguentar tudo isso?

– Já somos sólidos. – Ana sentou e pegou na mão de Lucy. – Eu te entendo e considero muito a sua opinião, mas quero seguir a minha intuição agora...

– Tem razão. Desculpe por ficar falando só dos contras de morar com ele, mas é que eu me preocupo com você... Com vocês dois, na verdade.

– Eu sei disso, Lu.

– Seja sincera. Existe ao menos um por cento de dúvida em seu coração sobre isso?

– Não. Estou totalmente decidida e ele me dá a segurança de que preciso para sustentar essa decisão.

– Você é uma garota inteligente... Eu tentei te mostrar todas as coisas ruins, mas se você quer continuar com isso, quem sou eu para dizer que está errada? Só não se esqueça de que estarei sempre aqui, um pouco mais longe agora, mas sempre do seu lado para te apoiar.

– Eu sei – disse Ana, abraçando Lucy. – O que acha de conversarmos sobre o tempo de colégio? É sempre engraçado lembrar das coisas que você aprontava.

– Coisas que eu aprontava? – perguntou Lucy, sorrindo. – A maioria do que eu aprontava era ideia sua.

– Verdade... – Ana também sorriu.

As amigas passaram as próximas horas conversando e rindo até dormir.

* * *

Brazilian Taste. Cozinha do outrora restaurante.

– *Eu acho que é uma fria* – disse Alessandro, sentando-se em uma cadeira e abrindo um saco de Doritos que estava em cima da mesa.

– *Eu não acho* – respondeu Miguel, trazendo dois copos de refrigerante.

– *Não acha que é jovem demais para morar com uma garota? Quer mesmo ter uma vida de casado tão cedo?*

– *Você se refere a organizar e limpar a casa, fazer compras, pagar contas, pôr o lixo para fora...?*

– *Ok, seu espertinho... Eu sei que você já fazia isso antes, mas agora é diferente.*

– *Claro que é diferente.* – Miguel pegou um punhado de Doritos. – *Antes eu fazia tudo isso por condição, mas agora farei por escolha... Eu amo a Ana e acho que seria ótimo passar mais tempo com ela. Quanto mais, melhor.*

– *Isso se resolve chegando mais cedo e saindo mais tarde da casa dela... Morar junto pode ser muito precipitado. Pode desgastar a relação.*

– *Ou fortalecê-la.*

– *Claro, mas pensa comigo...* – disse Alessandro, lambendo os dedos e bebendo um gole de refrigerante. – *Atualmente, quando você a encontra, ela já tomou banho, está cheirosa, dentes escovados, unhas feitas, maquiagem caprichada, cabelo arrumado, não deixa que você perceba quando ela está com dor ou mal-estar, é bem-humorada, está sempre sorrindo... Tudo isso é maravilhoso, mas quando passarem a morar juntos, vai descobrir na primeira manhã que toda a beleza dela demora no mínimo meia hora para ficar pronta (e não estou contando com o banho), vai ver que nem tudo cheira bem, que ela sente mais dores por mês do que você aguentaria em um ano, que nem sempre ela estará de bom humor e mais importante que isso... vai descobrir que a culpa sempre será sua, que você deveria ter feito mais e que sempre estará errado...*

– *Ainda estamos falando da Ana? Porque você acabou de descrever uma bruxa.*

– *Toda moeda tem dois lados... Cara ou coroa, princesa ou bruxa.*

– *Então esta é a sua ideia do que é morar com uma mulher? Elas se transformam em bruxas?*

– *É bem por aí.*

– *Então vou dizer para a Lucy como as coisas funcionam com você.*

– *Não me entenda errado... Não estou dizendo que nunca se deve morar com uma mulher, estou dizendo que é preciso aguardar a hora certa. Você precisa esperar o nível de maturidade entre vocês estar suficientemente alto para poder lidar com essas situações que falei e muitas outras.*

– *Acho que já atingimos um bom nível de maturidade.*

– *Como consegue enxergar a maturidade da Ana, se ela a esconde bem no meio de sua virgindade? Ela ainda não é uma mulher de verdade.*

– *A virgindade dela não é por medo, é por convicção... E isso é muito maduro da parte dela.*

– *O que há de maduro em esperar pelo príncipe encantado para perder a virgindade?*

– Ela não está esperando pelo príncipe encantado... Ela só quer fazer valer a pena.

– Para mim, ela é infantil.

– Eu não acho... O fato é que a virgindade é da Ana e ela tem todo o direito de fazer o que quiser com isso.

– Mas você está louco para ser o primeiro, não é?

– Não necessariamente – disse Miguel, comendo e bebendo. *– Quero ser mais importante do que o primeiro... Quero ser o último.*

– Quer amolecer meu coração?

– Quero que pare de colocar defeitos na Ana e na minha ideia de morar com ela.

– Não é por mal... Eu sou mais velho e tenho muita experiência com mulheres, por isso sinto que tenho a obrigação de te alertar.

– Você pode ter experiência com centenas de mulheres...

– Centenas não, só umas dezenas – disse Alessandro, interrompendo o primo.

– Dezenas, centenas, milhares... Independentemente da quantidade, sua experiência não vale nesse caso, pois a Ana é diferente de todas elas.

– Você a ama mesmo, não é?

– A cada dia mais.

– Mas você sabe que o amor não é o suficiente para manter um casal unido para sempre, não sabe?

– Claro que sei.

– Ainda assim, pretende arriscar morando junto com ela... Isso é um ato de pura impulsividade.

– Pense o que quiser, Alê... Eu tenho certeza do que estou fazendo.

– Deu pra notar.

– Nós já passamos por muitas coisas juntos – disse Miguel, bebendo um gole de refrigerante. *– Ajudamos um ao outro a lidar com problemas, aprendemos, ensinamos...*

– Só isso? Não acha que é pouco?

– Não para mim... Eu confesso que até pensei que ela teria uma opinião igual a sua, mas ela aceitou minha oferta quase que imediatamente.

– É lógico... Não percebeu que essa garota é carente?

– Claro que percebi, mas qual o problema se eu me sinto feliz em suprir as carências dela? Eu gostaria de poder dar o mundo inteiro se ela pedisse.

– Problema nenhum, mas você não tem medo de um dia ela descobrir que não te ama tanto quanto pensava ou que tudo era mais uma questão de carência do que de amor?

– Você e Lucy se amam de verdade, não é?

– Claro.

– Então você sabe que quando se trata de amor verdadeiro, não há como confundir com outra coisa. Nós sempre sabemos com muita certeza quando estamos amando e quando estamos sendo amados...

– *Sou obrigado a concordar com você...* – disse Alessandro, respirando fundo. – *Vamos voltar a falar do quanto a Ana pode ser má quando você for morar com ela?*

– *Você já foi mais persuasivo, Alê... Agora só está sendo ridículo.*

– *Já imaginou como é entrar no banheiro e ver que ele foi usado antes e não deram descarga? Não estou falando de mijo.*

– *Não preciso imaginar. Moro com você.*

– *Todos estamos sujeitos a um incidente isolado.* – Alessandro desviou o olhar. – *Já a viu de TPM?*

– *Já... Ela não fica irritada, só emotiva. Para falar a verdade, até gosto quando ela fica assim. É fofo e ela não desgruda de mim.*

– *Você não vai mais poder ter momentos de lazer... Pelo menos não como antes.*

– *Eu estava enjoado do meu lazer. Está na hora de fazer coisas diferentes.*

– *E se ela for do tipo que... do tipo que...*

– *Só tem uma forma de eu desistir* – disse Miguel, comendo e bebendo.

– *Seria se ela desistisse, não é?*

– *É.*

– *Espero que não me odeie por ficar falando de tantas coisas ruins... Não é como se eu não quisesse morar com a Lucy também, mas existe o tempo certo para todas as coisas e eu acho que talvez agora não seja o de vocês.*

– *Eu agradeço pela preocupação, mas fique tranquilo. Nós sabemos o que estamos fazendo.*

– *Nesse caso, aceite ao menos este conselho...* – disse Alessandro, puxando do bolso três camisinhas.

– *O que significa isso?*

– *Não é óbvio?*

– *Você vai se engasgar de novo com uma delas enquanto tenta encher?*

– *Outro... incidente... isolado.* – Alessandro corou.

– *Como se isso só tivesse acontecido uma vez...* – Miguel gargalhou.

– *Aceite-as de uma vez e fique longe do meu quarto!*

– *Não vou aceitar porque não vou precisar delas.*

– *Vou deixar na cabeceira da sua cama por via das dúvidas.*

* * *

Na manhã de domingo, Miguel e Alessandro partiram rumo ao Rising Star para fazer a mudança. Novamente, não era muita coisa, basicamente só alguns móveis do quarto de Miguel. Todo o processo foi tão fácil quanto acharam que seria. Quando Ana e Lucy chegaram com o almoço, eles já estavam quase no fim da montagem das coisas. Após comerem, os quatro conversaram um pouco na sala antes de Alessandro e Lucy irem embora.

– Hoje vocês irão fazer amor – sussurrou Lucy para Ana enquanto desciam as escadas.

– Pare de brincar com isso, eles podem ouvir – Ana também sussurrou.

– Isso é tudo, menos brincadeira... Eu vi o jeito como vocês estão se olhando. Dá para sentir a tensão e o desejo.

– Só estamos ansiosos.

– E loucos para ficarem sozinhos.

– Claro! O fim de semana está quase acabando e nós ainda não tivemos a oportunidade de bei... conversar.

– Ok... Mas certifique-se de usar camisinhas. Aqui tem algumas. – Lucy tirou uma cartela com cinco camisinhas de sua bolsa.

– Ei!!! – Ana rapidamente pegou a cartela da mão da amiga e escondeu no bolso de sua blusa. – Já chega, Lu. Vá embora.

– Ok, já vou dar a privacidade que querem – disse ela, sorrindo.

* * *

Mais acima, Alessandro e Miguel também cochichavam.

– *Como ela está?*

– *Chorando sempre que acha que ninguém está olhando.*

– *Por favor, esteja ao lado dela até ela se acostumar...* – Miguel exibia um olhar triste.

– *Fique tranquilo. Sei como cuidar da minha mãe.*

– *Seja carinhoso.*

– *Eu sempre fui... Embora eu tenha que admitir que ninguém a trata melhor do que você.*

– *Ela é como se fosse a minha mãe.*

– *E você é como um filho ingrato que está indo embora... Mas ela ainda te ama.* – Alessandro riu. – *Na verdade, torço para que quando for a minha vez de sair de casa ela chore tanto quanto está chorando por você, embora isso seja difícil.*

– *Que horrível... Vamos mudar de assunto.*

– *Você já está falando igual a ela.*

– *Como assim?*

– *"Que horrível" é uma expressão que a Ana usa bastante. Nunca reparou?*

– *Bom... Eu...*

– *Isso iria acontecer mais cedo ou mais tarde... Vamos falar de algo mais importante, tipo, as camisinhas que te dei ontem. Reparei que não estavam mais na sua cabeceira. Trouxe elas com você?*

– *Cale a boca e vá embora* – disse Miguel, sorrindo.

– *Ok... Boa sorte, garanhão.*

– Ei... – gritou Lucy mais abaixo nas escadas. – O que foi que conversamos sobre falarem português na nossa presença?

– Combinamos que não faríamos isso.

– Exceto para falar mal de vocês... Nesse caso, estamos liberados – disse Alessandro, fazendo todos rirem.

* * *

Depois.

Miguel ficou impressionado com a quantidade de xampus, condicionadores e cremes que Ana tinha no banheiro. Eram tantos que o xampu dele ficou no chão. Enquanto tomava banho, ele pensou no que faria com o creme de barbear, gel, loção pós-barba...

Ana perguntava-se como era possível alguém viver com tão pouca quantidade de roupas. Ela decidiu que na primeira oportunidade que tivesse iria levá-lo às compras e fazê-lo usar coisas melhores e de bom gosto...

Ela queria tomar um banho, mas dificilmente terminaria antes de a pizza chegar, e nesse momento ela estava muito mais faminta do que suja. Sentaram-se no sofá teoricamente para assistir TV até a pizza chegar, mas passaram esse intervalo de tempo abraçados, beijando-se, rindo... Quando a pizza chegou, Ana preparou a mesa e Miguel recebeu o entregador. Sentaram-se para comer.

– Você não está com frio? – perguntou ela, observando bem a camiseta regata dele e a calça fina e aparentemente confortável que ele usava.

– Não... O aquecedor daqui funciona muito bem.

– Minhas mãos estão congelando, mas pelo menos a pizza está quentinha. Eu sirvo você.

– Obrigado.

– Pizza com vinho e refrigerante... Essa é oficialmente a nossa primeira refeição. Emocionante, não é?

– Emocionante é este seu sorriso. Fico até sem fôlego.

– Sempre galanteador...

– Alguém tentou... – disse ele, pausando para respirar fundo – ... te convencer a não morar comigo?

– Sim. E você?

– Também.

– E então...?

– Só você me faria desistir de morar com você... É o que quer?

– De jeito nenhum. – Ela acariciou a mão dele. – Eu te amo, Miguel. Sei que estamos indo contra o bom senso da maioria, mas desde que começamos a namorar eu me tornei corajosa o suficiente para lutar pelo que acredito... E eu acredito em nós dois. Não me importo com o que pensam, desde que estejamos felizes.

– Meu Deus... Acho que me apaixonei ainda mais por você.

* * *

Terminaram de comer e limparam a mesa. Miguel foi lavar a louça enquanto Ana tomava banho e escovava os dentes. Ele terminou com a pia e foi para a sala escolher um filme para assistirem. Quando chegou a sua vez de escovar os dentes, ele encontrou sua escova já com pasta e a frase "Eu te amo" escrita com o dedo no espelho embaçado.

Ana o esperava no sofá grande, usando seu pijama azul-claro com detalhes abstratos de cor branca e meias também brancas.

– Você fica linda com o cabelo molhado – disse ele, aproximando-se dela.

– Mas eu nem penteei.

– E está cheirosa também... Que sorte eu tenho.

– Não prefere continuar a me elogiar depois de se sentar ao meu lado?

– Que ótima ideia. – Miguel sentou-se ao lado dela e a abraçou.

– Agora eu quero um beijo – disse Ana, recebendo-o.

– Você está feliz? – perguntou o rapaz após o beijo.

– Muito... E você?

– Assustadoramente feliz.

– Assustadoramente?

– As pessoas encaram a vida de diferentes formas de acordo com suas experiências. Eu sempre a encarei como um campo de batalha, literalmente... Relaxar foi uma das muitas coisas das quais eu só sabia o significado na teoria e não na prática. Quando cheguei ao fundo do poço, eu percebi que não poderia esperar nada além do pior da vida, então parei de levá-la a sério. Eu me acostumei com isso. As pessoas acham que eu sou bem-humorado já que estou sempre sorrindo, mas na verdade sorrir é a minha forma de protestar contra as peças que a vida me pregou... Acho que é um misto de sarcasmo, teimosia e rebeldia, mas agora eu me encontro aqui, confortável e feliz com a garota dos meus sonhos, que me ama também... Como não ter medo disso?

– Eu te mostro. – Ana o beijou suavemente. – Quando eu te beijo, os meus medos somem. Tem sido assim desde o primeiro.

– É muito bom saber disso... – disse ele, ainda de olhos fechados após o beijo. – Parece que a vida resolveu mesmo me tratar bem. – Ele a beijou mais uma vez, acariciando o rosto dela.

– Falando em ter medo... – Ana o olhou nos olhos após interromper o beijo. – Nós não tivemos tempo suficiente para conversar sobre algumas coisas e tem um assunto que precisamos conversar urgentemente.

– Vamos conversar. – Miguel segurou a mão dela.

– Agora que estamos morando juntos, será natural que as pessoas pensem que nós temos certa... intimidade. – Ela corou.

– Sei...

– Mas eu não acho que esteja preparada para isso ainda.

– Eu te entendo e não ligo para o que os outros dizem... Só me diga até onde eu posso ir e prometo que não avançarei sequer um passo.

– Está vendo...? – disse ela, com um sorriso. – É por isso que não pensei duas vezes em morar com você. Você sempre fala aquilo que eu preciso ouvir.

– Não é como se eu não quisesse – disse ele, coçando a cabeça. – Seu rosto... seu corpo... você é inteiramente linda e às vezes eu acho que vou enlouquecer, mas não quero te forçar a fazer algo comigo de que possa se arrepender depois. Eu quero que tudo o que fizermos juntos seja consciente, com muita vontade e gratificante no final. Pode levar o tempo que for. Eu não ligo.

– Você está cada dia melhor na arte de me conquistar.

– Me esforço bastante. – Ele sorriu.

– Então... estamos combinados em relação ao sexo?

– Claro. Não será hoje, amanhã ou depois, mas quando acontecer, valerá a pena.

– E não devemos nada para ninguém.

– Eu devo vinte dólares para o Alessandro, mas tirando isso... – Ele sorriu e a fez sorrir também.

Abraçaram-se e beijaram-se a ponto de esquecer de iniciar o filme. Preferiram apreciar o contato entre seus lábios que se moviam lentamente e faziam estalos a cada vez que abriam suas bocas. Suas línguas dançavam em um ritmo ainda mais lento, estimulando os sentidos de tato e paladar ao perceberem a umidade e o gosto uma da outra. O casal alterou o modo como estavam sentados no sofá, ficando de frente um para o outro e mais próximos. Miguel desceu sua mão esquerda até a cintura de Ana, que por sua vez corria a mão direita por toda a extensão do braço esquerdo dele, do ombro ao pulso, acariciando-o. Por um momento o beijo foi interrompido mutuamente. Eles olharam-se nos olhos, respirando de boca aberta, compartilhando seu hálito que agora era o mesmo. Não falaram. Não mudaram de expressão. Apenas se olharam. Se admiraram. Se desejaram. Miguel passou a mão novamente no rosto de Ana, de um lado para o outro, causando nela um arrepio prazeroso que a fez fechar os olhos, entregando-se aos carinhos dele, que a trouxe para mais perto e a beijou. Suas línguas movimentaram-se de forma mais intensa, invadindo ainda mais a boca um do outro. Havia mais saliva. Era como um néctar afrodisíaco que os fazia querer ainda mais do que já estavam tendo e isso fazia suas línguas e lábios movimentarem-se ainda mais. A mão de Miguel encontrou um caminho por dentro da camiseta de Ana, possibilitando acesso à sua barriga. O corpo dela estava frio. A mão dele estava quente. Ela se arrepiou e recuou um pouco. Isso fez com que Miguel interrompesse o beijo, temendo ter atingido o limite. Ana continuou a recuar, olhando para ele, até sua intenção ficar mais clara... Ela estava deitando-se no sofá. Com sua mão esquerda a garota o puxou pela camiseta para que ficasse em cima dela. Beijaram-se novamente, dessa vez o encaixe de seus lábios foi perfeito, de uma forma inexplicável eles pareciam duas peças de um quebra-cabeça. Ana acariciava o rosto de Miguel com as duas mãos, enquanto ele apoiava-se em seus dois braços esticados, tomando cuidado para que determinadas partes de seus corpos não se tocassem, porém, conforme os minutos se passaram, a fadiga tomou conta dele e, sem poder resistir por mais tempo, suavemente repousou seu corpo em cima do dela. Ana sentiu o peso do rapaz e isso a fez perder o fôlego. Ao perceber isso, ele conseguiu apoiar-se em seus cotovelos para proporcionar mais espaço a ela, mas da cintura para baixo eles ainda estavam colados. Ana tremia e ele não sabia dizer se era o frio ou a situação em que estavam... Antes que ele conseguisse descobrir a resposta para o questionamento, a garota puxou a camiseta dele para cima. Ele apenas ergueu o braço enquanto ela interrompia o beijo e o despia de sua regata. Miguel sequer teve tempo de abrir o olho, pois Ana já estava de volta a beijá-lo, empurrando-o para baixo, invertendo as posições. Agora que estava por cima, ela apertava os ombros e o peito do rapaz enquanto usava seus lábios para prender a língua dele, sugando-a, lambendo-a... Ela sentiu a previsível transformação do corpo dele pulsando em sua virilha e não conseguia descrever o prazer quase irracional que estava sentindo. Miguel ergueu-se em uma explosão de adrenalina e ficaram sentados, ela em cima dele. Com urgência e intensidade ele tirou a parte de cima do pijama dela, revelando seu busto nu. Ele acariciou seus seios inicialmente com as mãos, depois com a boca, enquanto ela o despenteava e apertava contra si, demonstrando o quanto estava gostando daquelas carícias. Ele voltou a beijá-la enquanto ambos movimentavam seus quadris e gemiam discretamente até ela interromper o beijo. Quando seus lábios se separaram, houve entre eles um pequeno fio de saliva que se esticou até ser rompido.

– Estou com muito frio... – disse Ana, arrepiada e tremendo.

– Onde será que joguei sua camiseta...? – perguntou ele, olhando em volta do sofá.

– Vamos para a cama. Lá tem cobertores. – Ela corou.

– Boa ideia – disse ele, também vermelho, levantando-se.

– Podemos deitar na minha caaAAAAHHHH...!!!! – Ana foi surpreendida por Miguel, que a tomou em seus braços e a levantou do sofá. – O que está fazendo?

– Te levando para o quarto.

– Mas por que me carregar? Pode me colocar no chão...

– Porque eu quero te tratar do jeito que merece... uma princesa – disse ele, beijando-a.

Ana acariciou o rosto dele. Ela adorou a ideia de ser carregada até o quarto. Quando o beijo parou e ele começou a andar, ela iniciou uma sequência de beijos no pescoço dele. Quando chegaram na cama dela, ele a deitou suavemente, posicionando sua cabeça no travesseiro. Miguel pegou o cobertor e o passou em volta de suas costas, deitando em cima dela tal como estava no sofá, cobrindo-os.

Continuaram com os beijos, mas Miguel começou a dar um pouco mais de atenção ao pescoço e aos seios dela. Quando deitaram, suas pernas estavam entrelaçadas, mas agora, as dele estavam entre as dela, movimentando-se.

– Você vai me dizer quando tenho que parar, não é? – perguntou ele, mordendo levemente o pescoço dela.

– V-Vou... – respondeu Ana, de olhos fechados e apertando a cabeça dele contra si.

– Então eu conto com você...

Miguel iniciou uma descida do pescoço dela até o umbigo, deixando por todo o caminho marcas de beijos e saliva. Ele pôde ver as mãos de Ana apertando com força o lençol da cama e isso lhe deu a impressão de que poderia fazer algo mais. O rapaz posicionou as duas mãos nas laterais da calça dela e começou a abaixar. Ana ergueu-se de leve para facilitar seu intento. Ao retirar a calça dela por completo, ele manteve o pé esquerdo de Ana em sua mão, acariciando-o e beijando-o, subindo pela lateral da panturrilha, indo em direção à coxa e um pouco mais acima. Ana ergueu-se e o puxou para baixo, invertendo as posições novamente. Miguel ficou surpreso ao perceber que ela estava fazendo as mesmas coisas que ele, do pescoço até a barriga, e então tirando sua calça. Foi a vez de Miguel inverter e ficar por cima novamente, demonstrando grande força física ao tomá-la nos braços e posicioná-la de forma rápida e indolor na cama, abaixo dele. Era possível ver o desejo em seus olhos. Ele estava ofegante...

– Eu preciso parar agora... Não acho que vou aguentar mais.

– Eu te amo – disse Ana, acariciando o rosto dele.

Uma lágrima caiu do olho direito de Ana e ela beijou Miguel mais uma vez, de forma intensa, de forma apaixonada... Não foi preciso mais que isso para que ele entendesse o que deveria ser feito.

* * *

A cidade de Nova York estava convenientemente silenciosa e bem iluminada. Uma garoa fazia-se ouvir discretamente. Fazia frio e a lua estava enorme em um céu de poucas, porém brilhantes, estrelas.

O casal, que estava alheio aos fenômenos climáticos e meteorológicos, perdeu uma das mais belas noites do ano na cidade.

Esta foi a noite em que começaram a morar juntos.

Esta foi a noite em que Ana se entregou a Miguel por completo.

Esta foi a noite em que eles fizeram amor pela primeira vez.

Pensamento: Lucy sempre me contou várias coisas sobre sexo desde que começou a fazer, além disso, eu sempre li bastante. Perder a virgindade é fácil ou difícil, depende de quem está contando a história. Eu finalmente tive a minha primeira vez, e gostei... Gostei tanto que fizemos duas vezes. Eu acho que me apaixonei ainda mais por Miguel. Ele é ainda mais carinhoso do que eu pensava... Talvez eu tenha uma tendência a gostar mais do que o normal de fazer amor, já que demorei tanto tempo para fazer, ou talvez eu só esteja feliz e empolgada porque perdi a virgindade com o homem que eu amo. O fato é que amanhã, quando acordarmos, com certeza vou querer fazer de novo...

capítulo 19. INCERTEZA

Restaurante Raul's. Tarde de segunda-feira. Dia seguinte.

Lucy estava sentada em uma das mesas aguardando Ana, que havia lhe pedido para encontrá-la na hora do almoço para conversarem. Lucy estava ansiosa para saber o que a amiga queria lhe contar, mas tentava evitar a empolgação para não se decepcionar caso não fosse o que ela esperava. Quando viu Ana chegando com um sorriso que iluminaria todo o país à meia-noite, ela não se conteve mais...

– Você transou ontem!!!

– Shhh... Quando se encontra alguém, o correto é dizer "Oi".

– "Oi".

– Oi – disse Ana, sentando-se.

– Transou ontem? – Indagou Lucy, com seu costumeiro sorriso vulgar.

– Shhhhhhhh... Você não muda, não é? – Ana corou.

– Você sabe que não, agora responda: transou ou não transou?

– Não é melhor fazer o pedido primeiro?

– Já pedi salada Caesar e suco de laranja para nós duas... Agora fale, fez ou não fez?

– Como nosso horário de almoço é limitado e nós...

– Fale de uma vez! – disse Lucy, demonstrando muita ansiedade.

– Ok, eu falo... – disse Ana, corando ainda mais. – Nós fizemos.

– EU NÃO ACREDITO!!! – Lucy gritou impulsivamente, reparando que as pessoas ao redor a olhavam.

– Shhhh... Seja mais discreta.

– Eu estou tão feliz que acho que vou explodir. – Lucy sorriu, segurando as mãos da amiga.

– Imagina como *eu* estou me sentindo. – Ana também sorriu.

– Eu sabia que isso ia rolar ontem... Você já tinha planejado, não é?

– Pelo contrário... Nós até conversamos sobre esperar o quanto fosse necessário. Eu pensei que demoraria meses, mas em menos de meia hora a coisa simplesmente aconteceu.

– Uma transa planejada nunca vai superar uma transa que simplesmente acontece... Essas são as melhores... Selvagens.

– Não foi bem assim.

– E como foi?

– Foi algo que ultrapassou o ato físico... Nós nos conectamos mentalmente.

– Então foi chato?

– Não foi chato.

– Aposto que foi... Deve ter sido tão monótono que você teve que se distrair buscando essa tal conexão mental.

– Longe disso... Eu tive que me esforçar muito para não enlouquecer. Meu coração parecia que ia saltar para fora de mim.

– Sério? – perguntou Lucy, sorrindo. – Agora você me fez imaginar como é estar com alguém tão grande e forte...

– É aconchegante. – Ana corou.

– Ele é muito pesado? Acho que foi mais difícil que o normal para você.

– É aí que entra a conexão mental. No início foi difícil e eu achei que não conseguiria aguentar até o final, mas Miguel me fez olhar para ele, me disse coisas lindas, foi gentil, carinhoso... Quando percebi, tudo tinha acabado e eu estava sorridente e feliz.

– Então você gostou?

– Muito.

– O que fizeram? Quantas vezes? Quero saber as posições também...

– Fizemos o que deveríamos fazer. Foi mais de uma vez e o resto não interessa.

– Como não interessa? Sabe quantos anos esperei por isso?

– Estamos falando da minha virgindade perdida, não da sua.

– Mas eu vivi tanto tempo com a sua que passei a considerá-la minha também... Vamos lá, me conte todos os detalhes, por favor.

– Ninguém vai saber dos detalhes. Isso pertence somente ao Miguel e a mim.

– Tem certeza? Não acha que ele já pode ter contado para o Alessandro ou para mais alguém?

– Ele não vai contar.

– Annie, os homens contam tudo... Eles não conseguem descrever a própria função no trabalho, mas são especialistas quando se trata de detalhar transas. Eles contam tudo nos mínimos detalhes e até fazem analogias.

– O Miguel não é assim.

– Quer apostar?

* * *

Prédio de Apartamentos Rising Star. Apartamento 37.

– *Que mancada, Miguel...* – disse Alessandro, sentado no sofá grande e mudando os canais da TV. – *Melhores amigos não guardam segredos um do outro.*

– *Não é segredo, Alê* – respondeu Miguel, que varria o chão. – *Mas é algo que só diz respeito ao casal.*

– *Eu prometo que não conto nem para a Lucy...*

– *Não.*

– *E se eu te contar coisas minhas?*

– *Não.*

– *Eu posso pagar...*

– *Não.*

– *E se...*

– *Não, não e não* – Miguel o interrompeu.

– *Conta só uma coisinha...*

– *Não.* – Miguel encostou a vassoura na parede e tirou o celular de seu bolso, digitando algo em seguida.

– *Não precisa entrar em detalhes, só me diga o básico.*

– *Não.*

– *Vou insistir até você cansar* – disse Alessandro, sentindo seu celular vibrar.

– *Eu não quero ser repetitivo, então, a partir de agora, quando quiser me perguntar algo sobre isso, a resposta já estará com você.*

– *Muito engraçado...* – Alessandro olhou para seu celular e viu uma mensagem de Miguel. Um "NÃO" em letras maiúsculas.

– *É o máximo que terá de mim...*

– *O fato de você estar tão na defensiva já me induz a pensar que houve, sim, alguma coisa ontem... Você com certeza transou.*

– *Pense o que quiser, mas eu não vou dizer nem que sim e nem que não.*

– *Não me conformo com isso.*

– *Pense bem... Se um dia tivermos filhos, você saberá que de fato algo aconteceu algum dia* – disse Miguel, rindo.

– *Aposto que, se aconteceu algo, a Ana já contou para a Lucy* – Alessandro tentou provocar.

– *Ótimo, assim você só precisa falar com ela...*

– *Mas eu prefiro escutar de você, cara...*

– *Que pena, porque eu não vou expor minha namorada.*

– *Se a Ana contar para a Lucy, ela é que estará te expondo... Não tem problema?*

– *Problema nenhum...*

– *Vou espalhar que você falhou na hora H.*

– *Vá em frente, eu não ligo.*

– *Cara, você é muito sem graça.*

– *E você é muito folgado... Levante e venha me ajudar.*

– *Ok...*

– *Pode lavar aquela louça?*

– *Claro...* – disse Alessandro, caminhando desanimado até a cozinha, mas parando antes ao lado de Miguel. – *Como está a busca por emprego?*

– *Ainda não comecei.*

– *Vai esperar por mais quanto tempo?*

– *Eu só quero passar pelo menos duas semanas aqui para me adaptar à mudança.*

– Eu te conheço muito bem, por isso sei quando você tenta disfarçar a preocupação... – Alessandro adotou um semblante mais sério. – *Vou ficar atento em vagas de sous chef nos restaurantes que conheço, se encontrar alguma coisa eu te aviso.*

– *Obrigado* – disse Miguel, demonstrando uma leve angústia.

– Você está aterrorizado, não está? Não deve ser fácil ter que trabalhar em outro lugar justo agora que estava indo tão bem em nosso restaurante.

– O Brazilian Taste era mais do que o meu ambiente de trabalho, era meu lar... É difícil imaginar que eu me sinta tão bem em outro restaurante quanto me sentia no nosso.

– Aquele ambiente era único... Vou sentir falta do que tínhamos lá.

– Eu também. Esse foi um dos motivos de eu querer sair... Não tem sentido permanecer em um lugar que só me trará lembranças daquilo que não tenho mais.

– Eu só não faço o mesmo porque não quero abandonar minha mãe...

– Tenho medo de que as coisas não deem certo para mim aqui. – Miguel sentou-se no chão. – *Desde que cheguei a este país eu fui blindado por todos vocês... Nunca houve nada que não pudessem providenciar. Até mesmo emprego vocês me deram.*

– Não é como se você fosse um pobre coitado que estávamos ajudando. Na sua primeira semana na cozinha eu já percebi que era melhor do que todos os cozinheiros que minha mãe tinha.

– Valeu.

– Não vai ser difícil conseguir um emprego, você é muito bom.

– Pode até ser, mas eu ainda tenho um pouco de medo de encarar Nova York sozinho.

– Quem disse que está sozinho? – perguntou Alessandro, sorrindo.

– Eu acho que nunca te falei pessoalmente, mas depois de tudo que eu perdi, tenho você, minha tia, Ana e Lucy como os alicerces da minha vida.

– É sério? Mesmo eu te aloprando tanto?

– Mesmo você me aloprando tanto... – disse Miguel, sorrindo.

– Tenho pena de você. – Alessandro riu.

– Eu também...

Ambos gargalharam.

– Já que estamos dizendo coisas que não costumamos dizer... – Alessandro sentou-se no chão, ao lado do primo. – *Eu vou sentir saudade de você. Já senti ontem, por isso estou aqui desde cedo. Quando eu começar no meu novo emprego e não puder te ver todos os dias, vou sentir um grande vazio... Você é o meu melhor amigo e a melhor pessoa que eu conheço.*

– Eu vou sentir sua falta também, principalmente quando bater a tristeza e eu não tiver você para me colocar para cima, seu palhaço.

– Sei que tenho sido um idiota recentemente, mas eu quero que saiba que torço muito para que você seja feliz com a Ana.

– Eu sei.

– Quando eu soube das coisas que você tentou fazer antes de vir morar conosco, eu chorei... Você sempre foi o primo que eu mais gostava, mesmo nos vendo só em festas de família.

– Eu também sempre preferi você... Sempre tivemos muitas coisas em comum.

– *Quando éramos crianças, gostávamos das mesmas brincadeiras, agora que somos adultos, gostamos das mesmas atrizes pornô.*

– *Já parei com isso...* – Miguel corou. – *Sou um novo homem agora que moro com minha namorada.*

– *Você mal completou 24 horas morando com ela...*

– *Mas já mudei.*

– *Se por acaso essa coisa de morar junto der certo para você...* – disse Alessandro, coçando a cabeça – *... não deixe de me avisar. Pode ser que eu queira tentar também.*

– *Sério?* – Miguel abriu bem os olhos, empolgado.

– *É só se der certo.*

– *Eu te aviso, pode deixar.*

– *Da mesma forma, se algo não der certo, também quero que me fale os motivos... Como seu primo mais velho, eu preciso cuidar de você, mas nada me impede de aprender algumas coisas também.*

Eles se olharam, sorrindo. Foi a primeira vez que olharam um para o outro e se viram, de fato, como adultos.

* * *

Naquela noite, Miguel comprou um vinho caro e preparou um jantar especial para comemorar com Ana o fato de estarem em janeiro, completando um ano que se conheceram, quando ela desmaiou na frente dele. Eles conversaram, riram e fizeram amor. Para Ana, a relação sexual, na prática, era uma coisa totalmente diferente do que sempre viu ou leu, na teoria. Apesar da excitação e da atração física que sentia por Miguel, o sexo não era uma só forma de satisfazer suas vontades, mas, sim, uma forma de demonstrar a ele o quanto o amava ao dividir toda a sua intimidade. Miguel parecia pensar da mesma forma que ela e isso ficava claro sempre que ele repetia, de várias formas, que a amava durante o ato. Para ambos, estarem unidos fisicamente um ao outro era acima de tudo a afirmação de que não queriam se separar nunca.

* * *

Prédio de apartamentos Rising Star. Apartamento 37. Um mês depois.

Era manhã de um sábado ensolarado e Miguel e Ana estavam no banheiro se beijando debaixo do jato de água quente que caía sobre eles. O banho conjunto do casal já havia terminado há algum tempo, mas estavam prestes a começar outra atividade conjunta...

– Então foi por isso que você quis voltar mais cedo? – perguntou Miguel, em meio a sucessivos beijos no pescoço de Ana.

– Pensei que tinha ficado claro quando eu quase rasguei sua camiseta agora há pouco.

– Eu não sabia que Pilates de manhã te deixava tão excitada.

– É você que me deixa excitada, não o Pilates... – disse ela, mordendo o ombro dele.

– Adoro quando você fica tarada desse jeito.

– Não me chame assim – sussurrou Ana, arranhando as costas de Miguel e deliciando-se com as carícias que ele lhe fazia.

– Se não posso te chamar de tarada, vou chamar de quê?

– Me chame de... faminta.

– *Puta que pariu!!!* – Miguel interrompeu os beijos e a olhou. – Você está me deixando louco.

– Estou?

– Está.

– Então me mostre a sua loucura – disse ela, mordendo os lábios dele.

– Sua tarada...

– Você não gosta assim?

– Claro... É bom saber que não sou o único pervertido – disse ele, encostando-a na parede e colando seu corpo no dela, apertando-a com força.

– Isso foi muito bom... – Ana gemeu um pouco alto.

– Eu sei.

– Então continue.

Toc toc toc.

Infelizmente para eles, o som de batidas na porta do banheiro frustrou seus planos.

– Quem será? – sussurrou Ana, assustada, ainda abraçada em Miguel.

– Estava esperando alguém? – perguntou ele, também sussurrando.

– Não...

– Annie?

– Lucy? – respondeu Ana, surpresa e aliviada.

– Então é você que está tomando banho? Vou entrar.

– NÃO!!!

Ana e Miguel gritaram ao mesmo tempo, mas foi tarde demais. Lucy já havia aberto a porta do banheiro.

– OH, MEU DEUS! – gritou a ruiva, abrindo bem os olhos e sorrindo.

– NÃO OLHE!!! – gritou Ana, colando-se à frente de Miguel e virando-se de costas junto com ele para que Lucy não o visse.

– São nove da manhã, seus safados... – Lucy começou a gargalhar.

– Lu, como você conseguiu entrar aqui?

– Você disse que eu podia manter a minha chave, lembra?

– Eu tinha esquecido disso... – constatou Ana, ainda cobrindo Miguel.

– Eu estou vendo sua bunda, Ana... Que marcas são essas?

– Saia daqui, Lu!

– Oi, Miguel.

– O-Oi, Lucy...

– Acho que cheguei em uma má hora, não é? Eu juro que não queria interromper vocês... Estavam se divertindo?

– Lucy Sartori, saia já daqui ou eu juro que...

– Conheço esse tom de voz – Lucy interrompeu-a. – É melhor eu me sentar no sofá e aguardar a brincadeira de vocês terminar, mas não demorem muito, ouviram?

– Lucy, por favor... – Ana choramingou.

– Ok.

– Que gritaria é essa? – disse uma voz masculina de longe. Ainda assim, Miguel o reconheceu.

– O Alê está aqui também?

– Nada de mais, querido... – gritou Lucy. – Deixe as coisas na mesa e me espere no sofá.

– Não esqueça de fechar a porta, Lu.

* * *

Minutos depois, já vestidos, Ana e Miguel estavam sentados no sofá com Lucy e Alessandro. Os quatro estavam em silêncio. Havia um casal constrangido e um casal tentando não sucumbir à vontade de rir.

– Acho que não é novidade se eu disser que estou surpresa com a visita de vocês – disse Ana.

– Surpresa é a palavra que define tudo o que já aconteceu hoje.

– Não provoque ela, querida – disse Alessandro, olhando para o casal acuado no outro sofá.

– Nós achamos que seria legal almoçar com vocês hoje. Até trouxemos as coisas que queremos comer... Carne para hambúrgueres, batatas e queijo cheddar. Não nos desaponte, Miguel.

– Mas e quanto a sua mãe? Por que não a trouxe?

– Ela está na casa da senhora Steel – disse Lucy, sorrindo.

– Na casa da senhora Steel?

– Sim... Depois de anos minha mãe finalmente conseguiu ir à casa de alguém e ficar lá sozinha.

– Isso é maravilhoso. – Ana sorriu.

– Sim... E como eu não tinha nada planejado para hoje, resolvi matar a saudade deste lugar, com meu namorado lindo e meu casal de amigos sexualmente ativos preferido.

– Da próxima vez, tente não nos matar do coração quando chegar.

– Da próxima vez, coloque um chapéu de caubói na maçaneta da porta. É um código universal, todos entendem o que significa.

Os quatro gargalharam.

Miguel e Alessandro foram tirar as compras das sacolas e organizar na cozinha os produtos que seriam preparados para o almoço enquanto Ana e Lucy permaneceram conversando no sofá.

* * *

Minutos depois, as garotas conversavam no quarto de pintura onde refletiam sobre as obras e tomavam vinho. Enquanto Ana explicava detalhadamente cada traço, Lucy percebia o quanto a amiga havia evoluído. Ela sempre soube que Ana pintava melhor, mas o que ela estava vendo naquele momento era uma arte magnífica capaz de sensibilizar qualquer um. Talvez a própria Ana não soubesse o quão belo e artístico estava aquele quadro, que retratava a silhueta de dois amantes dentro da lua, rodeados por estrelas... Com um sorriso sincero, Lucy constatou que sua amiga nunca esteve tão feliz.

* * *

Na cozinha, Miguel colocava algumas fatias crocantes de bacon entre os sanduíches na bandeja enquanto Alessandro fritava mais algumas batatas.

– *Como está sua simulação de vida de casado?*

– *Muito boa* – disse Miguel, sorrindo.

– *Recomenda?*

– *Com veemência.*

– *E por que eu sinto que tem algo te incomodando?*

– *É porque tem.*

– *O fato de ainda estar desempregado?*

– *É... Não é como se meu dinheiro tivesse acabado, mas não pensei que fosse ficar tanto tempo parado.*

– *Como estão suas contas?*

– *Todas pagas... pela Ana.*

– *Sei...* – disse Alessandro, fazendo uma careta solidária.

– *Me sinto impotente... Quer dizer... A Ana não comenta sobre minha situação financeira, parece até que não se importa. Ela me traz presentes quase sempre, roupas, chocolates, paga por tudo...* – Miguel sorriu, embora seu semblante ainda fosse triste. – *Mas eu também quero presenteá-la. Eu tentaria dar o mundo inteiro para ela, se me pedisse, mas sem emprego...*

– *Você ainda tem bastante do dinheiro que recebeu* – Alessandro o interrompeu.

– *Sim, mas o problema não é dinheiro, e sim a minha autoestima. Eu preciso voltar a trabalhar e conquistar alguma coisa... Sinto que estou parado em um mundo em que tudo e todos estão sempre se mexendo.*

– *Engraçado... Você está falando exatamente igual a Ana. O Miguel que eu conheço apenas vivia um dia de cada vez e não se preocupava muito em ter o que fazer, muito menos em conquistar coisas.*

– *Muita coisa mudou em mim depois que a conheci.*

– *Espero que consiga um emprego logo e não fique mais com essa cara de bunda* – disse Alessandro, rindo e colocando as batatas fritas em pratos ao lado dos hambúrgueres já montados. – *Melhor irmos antes que aquelas duas morram de fome.*

– *Ok... Mas cara de bunda é você* – resmungou Miguel.

Os quatro comeram, beberam e juntos passaram o sábado conversando e assistindo a filmes e séries. Alessandro não deixou de reparar que a expressão de Miguel não havia mudado. Algo realmente incomodava seu primo.

* * *

Semanas se passaram até a primeira troca de estações do ano. Miguel acordava todos os dias antes de Ana e preparava o café da manhã.

Saíam juntos, ela para trabalhar e ele para estudar. Quando Miguel voltava, fazia as tarefas domésticas e usava o notebook para procurar vagas de emprego. De noite ele buscava Ana na faculdade, e ela contava tudo o que acontecera em seu dia durante todo o caminho de volta. Após meses morando juntos, eles desenvolveram uma rotina que lhes proporcionava segurança e conforto, além de permitir que desenvolvessem cada vez mais sua intimidade e afinidade, contribuindo com o aumento imensurável de seu amor. Quando Ana almoçava, já estava com saudade dele. Miguel sentia o mesmo assim que se despediam no metrô, logo de manhã. Tratavam-se com muito carinho e estavam sempre dispostos a dar mais do que receber em se tratando do outro. O tabu do sexo fora totalmente quebrado por Ana à medida que ela e Miguel experimentavam novas experiências e situações... Nada era errado, estranho, arriscado ou exagerado demais, pois estavam um com o outro e se amavam profundamente. Mas isso não significava que não havia preocupações. Miguel ainda estava sem emprego e usava o dinheiro que planejava poupar. Sempre que podia, Ana tentava assumir questões financeiras e gastos, pagando contas e compras, mas percebia que isso o incomodava de alguma forma... Era possível que fosse apenas um pouco de machismo da parte dele, mas não dava para ignorar que, após meses desempregado, Miguel estava com o orgulho ferido de tal forma que se apegava a qualquer coisa que o fizesse se sentir útil e, como consequência, não permitia que Ana cozinhasse ou fizesse a limpeza do apartamento. O rapaz também demonstrou uma crescente falta de interesse em passeios, bares, restaurantes, parques... Ele preferia passar seus finais de semana em casa, com Ana.

* * *

Quando completaram quatro meses morando juntos, decidiram que ele deveria dar um passo para trás e trocar a busca por vagas de sous chef (como era no Brazilian Taste) por vagas de cozinheiro. Não foi fácil para ele, mas foi necessário para renovar suas esperanças de voltar a trabalhar. Isso de fato aconteceu, por duas vezes... Miguel trabalhou por três semanas em um restaurante pequeno em Chelsea, mas, após desentendimentos com o chef de cozinha, pediu para sair. Depois conseguiu trabalho em um restaurante de porte médio no Soho. Foram dois meses e o mesmo tipo de problema, o que o fez ser demitido mais uma vez... Em todos esses momentos difíceis, Ana fornecia a ele todo o suporte necessário.

* * *

Manny's Coffee. Manhã de quinta-feira.

Ana e Miguel tomavam café da manhã. Ela comia um cookie de baunilha e ele um muffin de chocolate. O dia estava bonito, tinha sol na medida certa e a temperatura era bastante agradável. A proximidade do fim de semana deixava Ana bastante ansiosa, pois todos os sábados eles costumavam acordar cedo, tomar café da manhã juntos, correr ou ir para a academia, sair para almoçar e passar o resto do dia juntos se divertindo e fazendo amor, enquanto no domingo eles acordavam tarde, tomavam café na cama e faziam amor, geralmente mais de uma vez. Ana contava as horas para isso enquanto observar os braços dele a fazia pensar no que gostaria que ele fizesse com ela. Ainda assim, ela não pôde deixar de reparar em algo.

– Você está tão quieto hoje... Ainda não fez nenhuma piada.

– Eu estou pensando.

– Pensando em quê?

– Se preciso melhorar minhas técnicas de corte ou fazer uma visita ao oftalmologista.

– Entendi... – disse Ana, acariciando as mãos de Miguel. – Daqui a pouco não restará mais nenhum dedo nas suas mãos que já não tenham sido cortados. São mais de doze cicatrizes...

– Alguns dos meus clientes adoravam quando eu me cortava... O Conde Drácula e o Lestat, por exemplo, falavam que sempre que isso acontecia a comida ficava mais saborosa. – Ele sorriu.

– Que nojo. – Ela sorriu também. Um pouco pela piada e mais ainda por vê-lo sorrir pela primeira vez no dia.

– Vamos? – ele propôs.

– Já terminou?

– Sim.

– Você definitivamente não está bem... Só comeu um muffin. Antigamente você comia oito.

– Eu nunca comi oito.

– Teve um domingo que você comeu sete...

– Aquele dia foi diferente.

– Por quê?

– Porque no dia anterior você exigiu muito esforço físico de mim quando... estávamos fazendo... coisas... – disse ele, em voz baixa.

– Calado – disse Ana, corando e segurando o riso.

– Será que vou precisar comer alguns muffins no próximo domingo? – Ele olhou para ela com um sorriso provocativo.

– Vai precisar de mais que alguns – disse ela, bebendo um gole de cappuccino e desviando o olhar. – Tipo umas três caixas.

Ambos riram. Adoravam se provoçar com temas picantes.

Miguel disfarçava bem, mas não tanto... Dia após dia Ana observava como tanta frustração afetava o rapaz, privando-a por algumas vezes de uma das coisas que ela mais amava nele: sua alegria. Miguel estava entristecendo e Ana sentia doer seu coração quando o via daquele jeito.

* * *

Restaurante Raul's. Tarde de sexta-feira.

Lucy estava sentada em uma das mesas aguardando Ana, que havia lhe pedido para encontrá-la na hora do almoço para conversarem. Lucy estava ansiosa para saber o que a amiga queria lhe contar e tentava não pensar muito para evitar se preocupar à toa, mas quando viu Ana chegando com a expressão tão obscura quanto a própria noite, Lucy teve certeza de que toda a preocupação que tivesse não seria à toa.

– Oi.

– Oi, Lu... – disse Ana, mal conseguindo disfarçar a tristeza em sua voz. Ela sentou-se de frente para a amiga. – Que bom que veio.

– Já pedi nossa salada Caesar e suco de laranja, agora desembucha.

– Olhe isso... – Ana tirou o celular da bolsa e o entregou para Lucy.

– Algum problema com o Miguel? – perguntou Lucy, inserindo a senha e desbloqueando o celular da amiga.

– Nessa semana ele está ainda mais calado... Ele finge que está tudo bem quando estamos juntos, mas está cada vez mais claro que é mentira.

– O que mais ele parou de fazer agora?

– Além de não ir para a academia há mais de duas semanas, ele está comendo pouco e...

– Sério!? – interrompeu Lucy, surpresa.

– Acredite se quiser.

– Ele pode estar com uma doença terminal e está com medo de te contar... Só assim para esse cara comer pouco. Isso é uma pena, pois assim ele vai perder todos aqueles músculos... Que desperdício.

– Lucy, por favor...

– Desculpe... Eu faço brincadeiras quando fico nervosa.

– Eu sei disso. – Ana fez uma pausa para respirar fundo. – Ontem à noite ele estava mais uma vez usando o notebook com aquela expressão preocupada que sempre tem feito ultimamente...

– Deve ser a frustração de não conseguir encontrar emprego.

– Foi o que eu pensei. Então ele saiu para tomar banho e eu reparei que ele não bloqueou a máquina... Ele sempre bloqueia a máquina.

– Espero que tenha bisbilhotado.

– Eu tentei... Quando ouvi o chuveiro ligado, eu peguei o notebook e comecei a procurar, mas de repente o chuveiro parou, eu o ouvi abrindo a porta do banheiro de novo e tudo o que consegui fazer foi tirar uma foto do monitor antes que ele chegasse e me visse.

– Estranho...

– Eu deixei o notebook como estava e disfarcei enquanto ele bloqueava a máquina. Estava todo molhado... Ele realmente voltou só para fazer isso e depois foi continuar o banho.

– Então ele deve ter algo para esconder.

– Sim.

– Droga – disse Lucy, passando o dedo na tela do celular, acessando a galeria de imagens de Ana e abrindo a foto mais recente. – Esta é a caixa de entrada do e-mail dele?

– Sim – respondeu Ana. – Veja a mensagem de segunda-feira da semana passada, às 3h23 da tarde.

– É de um tal de Dilermando Lafaiete e só dá para ver a prévia da mensagem: "Ficarei feliz se aceitar minha contraproposta. Eu adoraria que trabalhássemos juntos... Saiba que as portas do meu restaurante sempre estarão abertas para você". Parece que ele conseguiu um emprego.

– Acho que sim, mas por que ele não melhora o humor e por que não me falou sobre isso antes? Eu estou tão ansiosa quanto ele para que consiga voltar a trabalhar... Não seria o certo ele me contar e comemorarmos? Há quanto tempo ele deve estar conversando com esse tal Lafaiete?

– E-Ele definitivamente está escondendo algo de você – constatou Lucy, com muita tristeza.

– Eu preciso descobrir o que é.

– Vai falar com ele?

– Se ele não quer me contar, deve ter um forte motivo e talvez minta se eu perguntar diretamente... Vamos ter que descobrir de outra forma.

– Vamos?

– Sim, você está comigo.

– Estou, mas o que você vai fazer? Como acha que irá descobrir quem é esse Lafaiete?

– Vamos perguntar para o seu namorado.

– Não. Ele pode estar junto com o Miguel e não querer nos contar a verdade.

– O Alessandro não sabe.

– Como pode ter certeza?

– Se o Miguel quer mesmo guardar segredo, ele não pode contar ao Alessandro para não correr o risco de você descobrir e me contar... Ele sabe que você é boa nisso.

– Faz sentido.

* * *

Manny's Coffee. Manhã de sábado.

O sábado tinha tudo para começar bem. O convite de Lucy para tomar café da manhã juntos foi mais do que bem recebido, embora seu tom de voz durante a conversa não estivesse normal. Alessandro a conhecia bem o suficiente para saber quando ela não estava à vontade. Ainda assim ele topou, mas ficou surpreso ao ver que Ana os esperava na porta da cafeteria, sem Miguel. As duas amigas compartilhavam o mesmo tom de voz apático e olhares distantes.

Cumprimentaram-se e pegaram uma mesa. Ele pediu um café puro e sem açúcar, as garotas não pediram nada. Alessandro não conseguia mais segurar a curiosidade.

– Alguém morreu? – perguntou ele, não obtendo resposta. – Garotas... o que há com vocês?

– Pode me dizer – Ana respirou fundo – quem é Dilermando Lafaiete?

– Dilermando... Lafaiete... – Ele coçou o queixo. – O nome não é estranho, mas por que quer saber?

– Por favor, querido – disse Lucy, segurando a mão dele. – Tente se lembrar e seja sincero conosco.

– O que está acontecendo? – Alessandro estava confuso.

– Já viu Miguel conversando com alguém com esse nome?

– Eu não sei... Talvez tenha visto... Mas vocês precisam ser mais específicas. O que esse cara faz? De onde o Miguel poderia conhecê-lo? Qual é o problema com ele?

– Eu consegui fazer uma pesquisa rápida na internet e encontrei um chef de cozinha francês com esse mesmo nome... Reconhece o homem desta foto? – Ana mostrou a foto em seu celular para Alessandro.

– Ah... conheço sim. Eu não tinha associado o rosto ao nome. Acho que é um dos chefs que ensinam o Miguel. É o preferido dele.

– Entendo... – disse Ana, olhando para Lucy.

– Por que estão interessadas nele?

– Sabe alguma coisa peculiar sobre ele? Irregularidades, envolvimento com o tráfico, problemas com imigração, assassinatos...

– O quê???

– Vá com calma, Annie... O que ela quer saber é se existe algum motivo para não ser visto ou associado a esse cara.

– Como eu poderia saber? – Ele sorriu ironicamente. – Podem, por favor, me explicar o que está acontecendo?

– Apenas responda nossas perguntas – disse Ana, um pouco irritada.

– Eu estou respondendo a tudo o que sei, mas seria legal se me dissessem tudo o que sabem também. – Ele cruzou os braços.

– Conte para ele – disse Lucy.

– Só se ele prometer não falar sobre isso para o Miguel.

– Esperem um minuto... Se eu tiver que esconder algo dele, prefiro nem saber.

– Querido...

– Não quero saber, já disse.

– Você vai querer, sim, pois o Miguel pode estar com problemas...

– Quais problemas?

– Prometa que não falará com ele sobre isso e nós te contaremos, ou então, seja covarde e espere até ver o que pode acontecer com seu primo.

– Que droga, Ana... – Alessandro encarou as duas. Ele não queria fazer parte de nada que o obrigasse a esconder coisas de Miguel, mas o argumento delas o deixou intrigado. – Eu vou escutar o que vocês têm para contar. Me convençam e eu prometo que ficarei calado e ajudarei no que precisarem, mas se for alguma besteira, alguma ideia absurda, eu conto ainda hoje para ele...

– Certo. Conte para ele, Ana.

– Ficamos sabendo que esse tal Lafaiete ofereceu um emprego ao Miguel...

– E...?

– Ele não contou para ninguém, nem mesmo para você... Sem falar que ele tem estado estranho ultimamente. Ele não come bem, está sempre preocupado, falando pouco... E aparentemente ainda não aceitou esse emprego.

– Para ser sincero, notei que ele está assim há algum tempo – disse Alessandro, olhando para o lado e buscando coisas em sua memória.

– Exatamente. Isso não condiz com o comportamento de uma pessoa que acabou de receber uma proposta de seu chef preferido.

– Espera... Se me lembro bem... – Alessandro parou.

– O quê?

– Não... esqueçam... é besteira minha.

– Fale de uma vez. O que pensou? – perguntou Ana, aflita.

– É que eu tenho quase certeza de que esse cara não está mais aqui em Nova York.

– Pra que cidade ele foi?

– Eu devo estar enganado... – disse ele, desviando o olhar.

– Fale de uma vez. – Os olhos de Ana exibiam todo o seu desespero e estavam acompanhados dos de Lucy. Ambas encaravam Alessandro.

– França...

Ana abaixou a cabeça e ficou quieta. Lucy a abraçou e olhou para Alessandro, percebendo nele a mesma incredulidade que sentia.

– Então é isso. Ele quer ir para a França... Sim, ele quer... Mas isso significaria... – Ana pausou e olhou para Lucy.

– Acalme-se, Annie. Ainda não temos certeza.

– Tudo se encaixa, Lu.

– Não pode ser... – resmungou Alessandro.

– Eu preciso ir. – Ana se levantou.

– Para onde vai?

– Respirar ar puro... espairecer.

– Quer que eu vá junto?

– N-Não sei...

– Então eu vou – disse Lucy, levantando-se também. – Querido, por favor, não fale nada sobre isso com Miguel... Pelo menos não agora.

– Ok. Vá ficar com ela.

– Certo – disse ela, beijando-o e saindo com Ana.

Alessandro ficou sentado, pensando, reparando no quanto seu coração havia disparado. Ele mal reparou na garçonete entregando-lhe o café que pediu. Em sua mente não havia teorias sobre os possíveis motivos de Miguel não ter comentado sobre a tal proposta que recebera.

– Você não seria capaz de fazer isso, Miguel... seria? – murmurou.

* * *

Do lado de fora do Manny's Coffee, Ana caminhava pela calçada, sem rumo, seguida de Lucy.

– Não quer sentar em algum lugar?

– Eu já estava sentada... Eu preciso... Por que ele fez isso? – indagou Ana, não conseguindo mais evitar que lágrimas saíssem de seus olhos.

– Annie, até onde sabemos ele não aceitou ainda.

– E também não recusou...

– Ok, eu consigo ver seu ponto, mas estou tão surpresa e com tantas dúvidas quanto você... Ainda assim, tenho certeza de uma coisa. – Lucy segurou as mãos de sua amiga e a olhou nos olhos, fazendo-a parar de andar. – O Miguel jamais faria algo para te machucar.

– Está me machucando agora.

– Você é que está se machucando. Ele ainda não teve a chance de se explicar. Tudo isso pode ser apenas um mal-entendido, você sequer viu todo o histórico dos e-mails.

– Mas tudo se encaixa, Lu... Ele quer ir trabalhar na França e está tendo dificuldades em me contar porque não quer terminar comigo, por isso a mudança de comportamento.

– Essa é só uma das possibilidades.

– A maior de todas – disse Ana, secando as lágrimas dos olhos. – Sabe qual é a pior parte? A culpa é minha...

– Não é culpa su...

– Ele tem um sonho agora – Ana interrompeu Lucy. – Ele quer se tonar o chef de um restaurante com estrelas Michelin... Quer ganhar pelo menos uma. Ele me contou isso há alguns meses. Estava cheio de expectativas para seu futuro profissional e fui eu que coloquei isso na cabeça dele.

– Annie...

– Eu insisti para que ele quisesse fazer algo na vida, que desenvolvesse seu potencial. Eu o incentivei a querer seguir um caminho, mas, ironicamente, sou eu que o estou impedindo de fazer isso agora...

– Ok, e se for mesmo isso? O que fará a respeito? O que diria a ele se te contasse que aceitou trabalhar na França?

– O que teria para dizer?

– Muita coisa... – disse Lucy, esboçando um sorriso. – Já pensou que talvez ele queira te chamar para ir junto?

– Me chamar?

– Você o ama?

– Muito.

– Gostaria de passar o resto da vida com ele?

– Eu moro com ele por causa disso.

– Tem razão, pergunta idiota.

– Eu não quero perdê-lo – confessou Ana, ainda chorando.

– Então lute por ele. Descubra até onde é capaz de ir e o que é capaz de fazer pelo Miguel e faça, mas esteja preparada para tudo.

Elas se abraçaram.

Ana chorou, confusa, enquanto Lucy chorou pensando na possibilidade de ter que se despedir de sua melhor amiga.

* * *

Ana voltou para seu apartamento perdida em pensamentos. Miguel a recebeu e logo percebeu que ela não estava bem. Ela disse que estava com muita dor de cabeça e sequer precisou mentir para isso. Ele separou um comprimido, um copo com água e deu para ela. Ana deitou e dormiu. Ainda era a tarde de um lindo sábado de sol, mas ela só acordou no domingo, com beijos no pescoço e na nuca, como de costume. Essa era a forma que Miguel tinha para fazer com que ela já acordasse sorrindo. Ana levantou, escovou os dentes e lavou o rosto enquanto ele trazia uma grande bandeja com ovos mexidos, bacon, cookies de chocolate, café, leite e mel.

Enquanto comia, Ana pensava em tudo que tinha com Miguel. A rotina dos dias da semana e dos finais de semana era maravilhosa, ele sempre a fazia rir e sempre estava sorrindo quando a buscava na faculdade. Dormir com ele era extremamente aconchegante. Ele era quente, tinha pelos no peito, nos braços, e quando a abraçava por trás era como um grande cobertor... Ela não sabia como conseguira dormir a vida inteira sem ele. As conversas sempre eram divertidas e a voz dele era tão serena que sempre a fazia relaxar. Ainda havia as massagens nos pés, nas costas e todas as refeições brilhantemente preparadas por ele. Ana o amava mais do que achava ser possível. Mais do que amou Oliver.

Quando terminaram de tomar o café da manhã, fizeram amor apaixonadamente. Ana certificou-se de observar cada parte do corpo dele, de abraçá-lo, apertá-lo contra si e entregar-se a ele totalmente. Ela nunca havia expressado tanto amor de forma tão intensa, nem mesmo em uma pintura. De todas as vezes que fizeram amor, essa foi a melhor.

Ana deitou-se no peito de Miguel enquanto ele dormia. Ela acariciava a barriga dele com o dedo indicador, ainda pensando nas palavras de Lucy. A resposta estava clara agora. Ana o amava com cada fibra de seu ser e o queria ao seu lado para sempre. Para sempre. E queria vê-lo feliz, também para sempre. Ela levantou, tomou um banho e colocou um vestido e um sapato qualquer.

– Aonde você vai? – perguntou Miguel, deitado na cama, parcialmente acordado.

– Vou visitar meu pai.

– Ok... Quando voltar, deite de novo comigo.

– Claro.

Ela o beijou e saiu.

* * *

Greenwich Village, Lar dos Lewis. Tarde de domingo.

Ana e seu pai estavam no escritório, sentados no sofá, conversando.

– Me explique novamente... Vocês estão morando juntos há mais de sete meses?

– Sim, mas deixe para me matar depois... Preciso que me ajude agora.

– Isso é inconcebível – resmungou Harry, respirando fundo. – Eu lamento muito, Ana, mas não posso fazer nada se ele quiser mesmo se mudar.

– Mas eu preciso da sua ajuda.

– Como?

– Não sei. Ajude-me a pensar em alguma coisa.

– Você parece desesperada – disse ele, com um olhar preocupado.

– Eu não posso ficar parada enquanto ele vai embora. Não posso... A mamãe sempre me dizia que uma das piores dores é a dor do arrependimento, e que...

– "Dói menos sofrer por uma ação do que pela covardia e o arrependimento que ela traz" – ele a interrompeu. – Eu me lembro disso.

– Uma vez ela me disse que ao se casar com você evitou um grande arrependimento, mas eu não tive a chance de perguntar exatamente o que houve... Por que não me conta essa história? Talvez eu possa entender melhor tudo isso que está acontecendo e descobrir o que devo fazer.

– Quer sentir como se fosse um último conselho dela, não é?

– É... Acha isso muito estranho?

– Não, querida... Eu também me apego a qualquer coisa que me faça lembrar de sua mãe.

– Então me conte, por favor.

– Eu só contarei porque é algo que sua mãe faria ou gostaria que eu fizesse, mas particularmente eu não gosto disso... Não quero te dar ideias. – O doutor Harry encheu um copo com uísque. – Isabelle e eu queríamos nos casar quando terminássemos a faculdade em Oxford. Tínhamos nossos planos de carreira, queríamos construir nosso patrimônio, nossa família... Queríamos ficar juntos, mas houve uma pequena mudança de planos.

– O que houve?

– Eu recebi uma proposta para trabalhar aqui, na América. Era um grande risco e representava mudanças enormes na minha vida... nas nossas vidas. Sua mãe foi contra desde o início, mas eu via todo o potencial que isso tinha. Um dia nós discutimos, ela ficou muito brava e terminou comigo. Eu decidi que iria recusar a proposta e pedir que sua mãe voltasse para mim, mas ela não me deixou fazer isso. Ela disse que não queria ser a responsável por qualquer desistência em minha vida... Eu disse que ela era o que tinha de mais importante para mim e que eu poderia desistir de tudo, menos dela. Então Isabelle me fez uma proposta maluca.

– Que proposta?

– Vir para a América comigo.

– Mas...

– Eu sei o que vai me perguntar e a resposta é sim... Ela deixou a família e desistiu de todos os sonhos profissionais que tinha para ficar comigo. Ela desistiu para que eu não precisasse desistir. Compreende o que eu disse a vocês dois sobre contribuir um com o outro quando começaram a namorar?

– Sim.

– Sua mãe me disse que o dilema da escolha pode ser muito desgastante e trazer muito sofrimento. Uma pessoa que sorri todos os dias pode não conseguir mais se estiver passando por isso. Quando você ama alguém de verdade, você faz de tudo para poupá-lo desse sofrimento.

– E-Eu não sei se consigo largar tudo para ir com ele. Tem você, William, Lucy, meu trabalho...

– Então não vá.

– Mas eu o amo muito, pai... Ele é o amor da minha vida.

– Ele ainda não te contou sobre essa proposta, não é?

– Ainda não.

– Percebe o que ele está fazendo?

– Está lidando com o peso da escolha para que eu não tenha que fazer isso.

– Exatamente. Ele entendeu o que eu disse antes de você.

– Então vou deixar como está... Vou fingir que não sei de nada e esperar ele desistir.

– Não seja egoísta... Quando sua mãe tomou a decisão, ela teve medo e insegurança, mas acima de tudo ela estava feliz, mesmo sabendo que no final do caminho que escolheu ela não teria tudo o que queria... Foi essa felicidade que a impediu de se arrepender. Algumas das pessoas mais felizes do mundo não têm tudo o que querem. Miguel pode ser feliz com as escolhas que fizer ou pode ser condenado a conviver com a dor do arrependimento. Ajude-o com isso. Se você o ama, com certeza o quer feliz... Descubra como, e faça o que achar que é correto. Lembre-se de que, não importa o que aconteça, eu estarei aqui para você.

Harry abraçou a filha, que chorava a ponto de soluçar.

* * *

Brazilian Taste. Noite de domingo.

Elena e Ana estavam sentadas na mesa enquanto tomavam café.

Elas se olhavam, tristes.

– Tem certeza de que essa é a melhor decisão, minha filha?

– Talvez não a melhor, mas com certeza a mais correta.

– É muito bonito quando fazemos um sacrifício por alguém que amamos, mas só é válido quando conseguimos fechar a ferida que é aberta, do contrário, a outra pessoa viverá com a culpa e a responsabilidade de fazer valer a pena algo que sequer partiu dela... Em outras palavras, não adianta se sacrificar para viver triste ao lado da pessoa que ama. Aqueles que nos amam gostam de nos ver sorrindo.

– Acho que entendi.

– Maria, a mãe do Miguel, foi a minha melhor amiga desde a adolescência... Quando a apresentei para o Pedro, meu irmão mais novo, não fazia ideia de que eles se casariam um dia. Nós duas gostávamos de cozinhar juntas, éramos muito curiosas e dispostas... Quando viramos adultas, ela se casou com Pedro e abriu mão de seu sonho para seguir o dele.

– Quais eram os sonhos deles?

– Ela queria ser cantora e ele queria ser o dono do próprio negócio... Maria tinha uma voz linda e era muito afinada. Pedro sempre foi muito comunicativo, bom de conversa, charmoso. Sabia mesmo como ser empreendedor e conseguia vender tudo para qualquer um. Sabendo do talento da esposa na cozinha, ele abriu um restaurante que nunca cresceu tanto quanto ele queria, mas garantiu o sustento deles e dos filhos.

– Ao menos ela também gostava de ser cozinheira, não é?

– Há uma grande diferença entre ser uma cozinheira e ser a chef de um restaurante... Eu sei muito bem disso.

– É preciso amar muito uma pessoa para abandonar seus próprios sonhos para seguir os dela.

– Foi exatamente isso que Maria fez, mas quando Pedro morreu, ela ficou sozinha, sem seus sonhos e com um restaurante inteiro para administrar... Entende o quanto é delicado fazer uma escolha desse tipo?

– Sim, senhora.

– Espero que pense bem no que vai fazer, e se achar que o sacrifício vale a pena, faça-o. Eu seria leviana se não contasse que sempre que conversei com Maria, nunca a ouvi dizer que estava arrependida... Apesar dos contratempos, ela foi feliz. – Lágrimas surgiram nos olhos de Elena, mas não chegaram a sair. – Para qualquer que seja sua decisão, saiba que estarei aqui, sempre disposta a conversar e te mimar como a filha que nunca tive... Você e Lucy são minhas meninas também.

Elas se abraçaram.

* * *

Uma semana se passou. Ana voltava da casa de Lucy, refletindo sobre tudo o que aconteceu, sobre todas as conversas.

Ela pensou em como as coisas poderiam ser diferentes se Oliver não tivesse voltado para a Inglaterra pela última vez, no que aconteceria se não tivesse conhecido Miguel, no quanto amava seu trabalho, sua arte, no quanto tinha e o quanto estava prestes a perder.

Era uma tarde qualquer de sábado. No apartamento 37 do edifício Rising Star, Miguel estava sentado no sofá grande aguardando Ana chegar. Ela disse que queria conversar com ele assim que saísse da casa de Lucy. Pela experiência que o jovem rapaz tinha, quando alguém dizia que queria ter uma conversa, quase sempre significava notícias ruins. Ele estava ansioso.

Ana subia as escadas olhando para o celular. Havia várias mensagens de Lucy, todas com a mesma frase: "Não seja maluca! Não faça isso! ESPERE!!!".

A opinião de Lucy pesava tanto quanto a de seu pai e de Elena, mas Ana já sabia o que fazer e nada iria mudar isso. Era hora de comunicar a Miguel sua decisão.

Ela entrou no apartamento.

– Oi.

– O-Oi... – disse Miguel, levantando-se rapidamente e caminhando em direção a ela. – Sobre o que quer conversar comigo?

– Vamos nos sentar.

– Claro – disse ele, beijando-a.

– Que beijo bom – disse ela, ainda de olhos fechados. Ana procurou nesse beijo um pouco mais de certeza para sua decisão e encontrou.

– Antes de mais nada, peço desculpas...

– Pelo quê? – perguntou Ana.

– Não sei... Mas já estou adiantando o pedido. – Ele sorriu e a fez sorrir também.

– Bobo...

– E fofo. – Ele sorriu novamente, mas dessa vez não a contagiou.

– Quero te dizer que eu sei sobre o que vem conversando com Dilermando Lafaiete.

– O chef Lafaiete!?

– Eu sei sobre a proposta que ele fez.

– C-Como você...?

– Não importa como, só importa que eu vi.

– Eu...

– Por que não me contou?

– Eu estava esperando o melhor momento...

– Tinha medo de me pedir para viver em outro país com você como o Oliver fez?

– Não, eu...

– Tinha medo de ter que terminar comigo, caso eu recusasse? – ela o interrompeu.

– Ana...

– Já considerou a possibilidade de namorarmos... a distância? – indagou Ana, com a voz trêmula.

– Eu jamais seria capaz de te pedir para fazer isso de novo.

– Foi o que pensei. Você sempre me coloca em primeiro lugar, não é?

– Claro... Eu te amo.

– Eu também te amo... É por isso que também irei te colocar em primeiro lugar agora.

– Sério? Teria coragem ir viver comigo na França? – perguntou ele, com um sorriso quase infantil.

– Se eu for morar com você na França, eu serei infeliz... Não por culpa sua, mas por culpa minha. Você não merece ter ao seu lado uma pessoa infeliz.

– A-Ana, não...

– Acho melhor terminarmos... Vou te deixar livre.

Pensamento: Nunca foi sobre ter o que eu queria... Nunca foi sobre fazer o que eu queria... ser compreendida... Nunca foi sobre ganhar... Nunca foi sobre ser feliz...

Hoje eu entendo que preciso dar a ele o que ele quer... deixá-lo fazer o que quiser... compreendê-lo... deixar que ele ganhe... fazê-lo feliz.

Eu o amo a ponto de desistir daquilo que mais amo. Não estou falando dos meus sonhos, estou falando dele. Eu vou liberá-lo, pois não posso ir junto. Eu o amo muito para ser arrependida ou infeliz do lado dele, eu o amo demais para vê-lo sentir-se da mesma forma se ficar aqui comigo. Eu o quero bem, o quero feliz, mais feliz do que eu... Nunca foi sobre as coisas que eu poderia fazer por mim, e sim sobre as coisas que eu poderia fazer pela pessoa que amo. Terminando com Miguel, a escolha é minha e não dele... A culpa e o arrependimento serão meus e não dele, mas eu aguento... Posso viver arrependida por qualquer coisa, menos por não deixar que ele seja feliz. Eu o amo muito, mais do que compreendo, mais do que suporto... Agora eu sei o que significa amar até doer... Está doendo muito agora.

capítulo final. ESTRELAS

Prédio de apartamentos Rising Star. Manhã de sábado.

Ana estava deitada em sua cama olhando para o teto. Por vezes precisava limpar as lágrimas que saíam de seus olhos azuis. Seu quarto estava diferente. As coisas de Miguel já não estavam mais lá. Após duas semanas separados, Ana sentia a falta dele ainda mais do que imaginou que sentiria.

– Aqui está – disse Lucy, trazendo um copo de água. – Sente-se melhor?

– Não.

– O que está sentindo?

– Tontura...

– Então não se levante e me diga do que precisa.

– Eu estou bem. Por que não volta pra casa? Sua mãe precisa de você.

– Pedi para a senhora Steel ficar com ela. É você que precisa de mim agora...

– Obrigada.

– Ainda guarda as coisas nos mesmos lugares?

– Nem tudo. Do que precisa?

– De panos e produtos de limpeza cheirosos para limpar sua poça de vômito.

– Estão no armário embaixo da pia... Sinto muito por você ter que limpar isso – disse Ana, fazendo careta.

– Você já fez o mesmo por mim... várias vezes. – Lucy sorriu.

– Então estamos quites. – Ana tentou sorrir também, sem sucesso.

– O que o médico falou? – perguntou Lucy, caminhando até a cozinha.

– Eu... não fui ao médico ainda.

– E desde quando está assim?

– Acho que desde quinta-feira.

– Foi trabalhar desse jeito?

– Não fui. Fiquei em casa.

– Então, além de não ir ao médico, você preferiu ficar sozinha quando poderia ter me chamado?

– Eu não queria te atrapalhar.

– Deveria ter me avisado antes. – Lucy voltou ao quarto. – Foi estupidez.

– Pare de brigar comigo.

– Não estou brigando com você, mas dá pra ver no seu rosto o quanto está doente. Você não está se alimentando direito, o pouco que come vomita logo depois... Como consegue ficar em pé?

– Quer que eu te mostre? – disse Ana, erguendo-se lentamente. – Mas só por precaução, fique perto de mim.

– Não é hora de brincar, Annie... – disse Lucy, lentamente conduzindo Ana a deitar-se novamente. – Estou preocupada com você.

– Vai passar.

– É mesmo, Dra. Ana? Como chegou a esse diagnóstico?

– Ontem eu estava bem pior que hoje... Só preciso continuar tomando os remédios que tenho e logo estarei curada.

– Eu vi seu pote de remédios. É enorme. – Lucy olhou para o pote, que estava na cabeceira da cama de Ana. – Desde quando você costuma guardar tantos remédios em casa?

– É o básico para quem mora sozinho... – disse Ana, desviando o olhar.

– Isso parece coisa do Miguel... Ele sempre foi atento em detalhes co...

– Não vamos falar dele, por favor – pediu Ana, interrompendo-a.

– Ainda é cedo?

– É... Vamos mudar de assunto? Que tal me falar do seu trabalho?

– Está a mesma porcaria de sempre...

– Existe alguma coisa que faça seu dia valer a pena?

– Ver os progressos da minha mãe, escutar Black Sabbath todos os dias e, claro, o tempo que passo com o Alessandro...

– Vocês estão indo bem, não é?

– Estamos ótimos – disse Lucy, reparando no rosto de Ana. – Annie...

– O que foi?

– Por que fez essa expressão? Não gosto de te ver tão triste.

– Acho que estou com inveja de você.

– Por causa do Alessandro? Não sabia que tinha uma queda por ele.

– Não foi isso que eu quis dizer... Eu me referi a ter alguém que você ama e que te ama também.

– Mas você tem.

– De que adianta ter, se essa pessoa não está do meu lado? Parece carma, não é? Acho que nasci para sofrer da mesma forma para sempre.

– Não pense nessas coisas.

– Como se fosse possível...

– O Mig...

– Não!!! – Ana interrompeu Lucy novamente. – Não vamos falar dele...

– Acha que é isso que vai ajudar a esquecê-lo?

– Não, mas eu tenho que começar de alguma forma, não é?

– Você não vai conseguir.

– Não se contar com esse tipo de comentário seu.

– Quer saber? Eu sempre acreditei que o estado emocional afeta a saúde física de uma pessoa...

– Não comece com isso, Lu.

– Quer ignorar o fato de que está péssima desde que o Miguel saiu?

– Me deixe em paaAARRRGGGGGH... – Ana vomitou mais uma vez, observando o pulo para trás que Lucy deu para desviar. – Porra...

– Pensei que você já não tinha mais nada para vomitar... – comentou Lucy, ainda assustada, mas já usando panos para limpar a sujeira do chão.

– Desculpe – disse Ana, chorando e limpando-se com um pano.

– Você pode tentar ignorar a verdade, mas seu corpo não mente.

– A-Acha que é possível ficar doente por sentir tanta saudade de alguém?

– Não até te ver nesse estado... – Lucy segurou a mão de Ana. – Sente falta dele, não é?

– Sim... – lamentou Ana. – Eu devo estar horrível.

– Está mesmo. – Lucy sorriu. – Tem certeza de que não quer vir morar comigo?

– Tenho...

– Venha passar uns dias pelo menos – insistiu Lucy.

– Bom... Acho que alguns dias não me fariam mal.

– Ótimo. Podemos assistir alguns filmes, beber vinho, conversar bastante, fazer o que você quiser...

– Obrigada, Lu. Você sempre está comigo.

– Não precisa me agradecer, você sabe que eu te amo.

– Eu também te amo.

– Mas não vou te abraçar agora, ok? Está toda vomitada.

– Que horrível. – Ana continuou a se limpar.

– Posso te fazer uma pergunta bem delicada?

– Está doente também? Nunca te vi pedir permissão para fazer esse tipo de pergunta. – Ana sorriu.

– Miguel parte para a França amanhã... Eu entendo que tente não pensar nisso, mas tem certeza de que não quer se despedir?

– Eu terminei com ele, Lu. Só eu sei como o coitado ficou...

– Acha que ele entendeu seus motivos?

– Às vezes acho que nem mesmo eu entendo. – Ana limpou uma lágrima recém-saída de seu olho direito.

– Eu fui contra sua ideia no início, mas, depois que me explicou tudo, pude entender seu ponto de vista... Espero que ele também tenha entendido.

– Concorda comigo agora?

– Eu nunca discordei de você, Annie – disse Lucy, secando os olhos com a parte de trás das mãos. – Eu só achava impossível existir alguém que fosse capaz de ter tanta coragem, de abdicar da própria felicidade pelo bem de outra pessoa... É irônico porque o Miguel sempre pareceu disposto a fazer isso por você, mas, no final, quem deu a grande prova de amor e sacrifício não foi ele... Mais uma vez, você se sacrificou por alguém.

– Espero ter feito a coisa certa.

– Certa ou errada, eu estarei sempre com você. – Lucy beijou a mão de Ana. – Até mesmo se quiser ir amanhã se despedir dele.

– Não acho que ele queira me ver.

– Tudo o que eu sei é que vocês ainda se amam. Eu conversei com ele algumas vezes, nada tão invasivo quanto faço com você, mas basta olhar para ele para saber o que sente... Se a sua intenção é que Miguel seja feliz, não acha melhor entregar a ele uma despedida melhor do que a que tiveram? Talvez o seu sorriso seja o que ele precisa ver para partir em paz, rumo à felicidade...

Ana não respondeu. Apenas refletiu sobre as palavras de sua amiga. Pensou em sua história com Miguel. Uma história bonita, que surgiu em um acaso e plantou lentamente em seus corações tanto amor quanto poderiam suportar... Não era certo deixar que terminasse com lágrimas e lamentações como no dia em que ela rompeu com ele. Seria melhor que se despedissem com um sorriso, para que pudessem guardar essa lembrança um do outro, afinal, tudo em seu relacionamento foi maravilhoso, assim como os sorrisos que compartilharam.

* * *

Aeroporto JFK. Manhã de domingo.

O céu estava nublado e a temperatura bastante baixa. Era certo para todos que choveria em algum momento do dia, mas esse detalhe passou despercebido por Ana, que corria para chegar ao terminal a tempo de poder conversar com Miguel antes do embarque, ou pelo menos vê-lo.

Além de enfrentar um trânsito incomum, a má condição física em que se encontrava não a ajudava a correr mais rápido, bem como a necessidade constante de segurar seu vestido azul sempre que enfrentava uma corrente de ar. Ela estava malvestida para aquela ocasião e sabia que Lucy ficaria uma fera quando descobrisse que fora sozinha ao JFK sem pedir por sua ajuda, mas Ana só tomou essa decisão minutos antes de chamar o táxi.

Após desviar e trombar em várias pessoas, ela conseguiu chegar ao terminal. Ana se informou sobre os voos para a França e correu para conferir os painéis, mas, quando o fez, sentiu como se fosse um pedaço de vidro caindo no chão e dividindo-se em vários. Ela checou todos os painéis novamente para ter certeza, mas não havia mais motivos para dúvidas... Ela estava atrasada. Os aviões já haviam partido. Miguel tinha ido embora.

O coração de Ana disparou ainda mais e ela sentiu uma grande vontade de chorar, mas se conteve. Em sua mente ela revisitou diversos momentos felizes que teve com o brasileiro. Um mal-estar tomou conta dela ao pensar que tinha um bom motivo para terminar com ele, mas motivo nenhum para deixar de lhe dizer adeus, sorrindo e desejando-lhe boa sorte. Ela devia isso a ele pelos bons momentos que ele lhe proporcionara. Derrotada, ela caminhou de volta, mas sentiu o cansaço vencê-la e sentou-se em um banco, pouco reparando nas pessoas apressadas que passavam ao seu redor, até escutar uma voz familiar...

– Ana?

– O-Oliver?

– Que surpresa... O que faz por aqui? – Ele vestia um sobretudo preto, mas era possível ver que por baixo usava terno e gravata.

– Eu só...

– Você... – ele a interrompeu, percebendo que ela estava a ponto de sucumbir à tristeza que estava explícita em seu olhar. – Não parece bem.

– Não... Ele já foi... – disse ela, olhando novamente para o painel de voos.

– Quem já foi? – Oliver ficou confuso, mas, como de costume, já sabia do que ela precisava. – Será que eu posso... te abraçar?

– Mas...

– Como amigo. Eu juro... Parece que você está precisando.

Ela não respondeu, mas ele caminhou em sua direção. Ao ser abraçada, Ana soltou as lágrimas que prendia. Ficou assim por alguns minutos. Até que ela interrompeu o abraço, limpando as lágrimas de seus olhos.

– Eu molhei o seu sobretudo... Desculpe.

– Não tem problema... Você quer conversar um pouco?

– Será que você não está se atrasando para o que quer que esteja fazendo por aqui?

– Eu tenho tempo de sobra... Tempo suficiente para beber alguma coisa quente. Topa?

– Eu... – Ana respirou fundo, ainda tentando descobrir o que sentir ao ver Oliver de forma tão inesperada. – Topo.

* * *

Minutos depois, Ana e Oliver estavam sentados bebendo cappuccino.

– Estou voltando para a Inglaterra – disse Oliver, bebendo um gole.

– Desde quando está nos Estados Unidos?

– Vim para uma viagem de negócios duas semanas atrás e aproveitei para ficar um pouco com meus pais.

– Está se dando bem em sua carreira?

– Sim, mas o que me interessa agora é saber o que está te incomodando e como eu posso te ajudar.

– Não precisa se preocupar comigo... – disse ela, desviando o olhar.

– Mas eu me preocupo... O fato de termos rompido nosso noivado não significa que eu queira te ver sofrendo. Nós sempre fomos amigos, lembra?

– Lembro.

– Então, por que não me conta o que está acontecendo?

– Acredite em mim, você não iria gostar de saber...

– Eu já não gostei de te ver chorando daquele jeito. – Ele a olhou de forma acolhedora. – Conte-me o que está acontecendo.

– Bom... Miguel e eu começamos a namorar ano passado. – Ana reparou na expressão de Oliver. De fato, ele não gostou de saber disso.

– Esse namoro é – ele coçou o queixo – coisa séria?

– Nós moramos juntos por mais ou menos oito meses.

– Uau!!! – Ele sorriu, incrédulo.

– Eu avisei que não gostaria de saber.

– E eu preciso acreditar mais no que você fala. – Ele desviou o olhar e respirou fundo. – Imagino que nesse tempo vocês desenvolveram uma certa... intimidade.

– Sim...

– Que pergunta a minha, não é? – Ele sorriu novamente, mas estava tenso. – É normal que um casal que mora junto faça coisas desse tipo.

– Não deveria ter te contado – disse ela, ameaçando se levantar.

– Espere... – Oliver tocou o ombro dela. – Me desculpe. Eu só fiquei um pouco... – Ele respirou fundo. – Não importa... Continue, por favor.

– Tem certeza? – perguntou ela, corrigindo sua postura na cadeira.

– Sim, claro. É só que por muito tempo eu achei que eu é que iria ser o seu... – Ele a olhou e reparou que ela estava com vergonha. – Não importa também... O passado não importa. Eu quero te ajudar. Agora.

* * *

De forma resumida, mas sem omitir detalhes importantes, Ana contou a Oliver os motivos de sua frustração. Em certos momentos ela não conseguiu evitar as lágrimas, mas contou com as palavras tranquilizadoras e consoladoras dele, que não havia perdido essa habilidade.

– Eu sinto muito...

– É muito azar para uma só pessoa, não é? – disse Ana, olhando para o céu e reparando que as nuvens cinza haviam tornado o dia um pouco mais escuro.

– Não é azar. Coisas ruins simplesmente acontecem.

– Eu devo ter feito alguma coisa muito ruim para merecer tantas...

– Ana... – ele a interrompeu. – Não tem relação com merecimento. Se tivesse, você só teria vitórias, porque é uma pessoa maravilhosa.

– Acha mesmo?

– Foi por isso que me apaixonei por você.

– O-Obrigada. – Ana corou.

– Como eu disse, coisas ruins simplesmente acontecem, assim como as coisas boas. Quer que eu acredite que nada de bom te aconteceu ultimamente?

– Não...

– Me fale de algo bom, então. – Oliver bebeu um pouco mais de cappuccino.

– Bem, eu me reaproximei do meu pai e do meu irmão, continuo muito criativa em meus quadros, estou me destacando bastante no trabalho...

– São coisas maravilhosas. Tente pensar nelas quando as coisas ruins estiverem te incomodando.

– Acho que você está certo...

– Claro que estou. Nossas vidas sempre serão repletas de bons e maus momentos, basta enxergar melhor aquilo que mais lhe convém e verá que sua vida é muito boa... Embora eu tenha que admitir que eu não te invejo. – Ele sorriu.

– Você estava indo tão bem... – disse Ana, também sorrindo.

– Pense mais nas coisas boas – disse ele, dessa vez mais sério. – É isso que eu tenho feito ultimamente. Tem me ajudado muito.

– Vou seguir seu conselho, afinal, você é uma das pessoas mais inteligentes que conheço.

– Nem tanto.

– Claro que é. – Ana tomou um gole.

– Se eu fosse – ele a olhou nos olhos –, jamais teria perdido você.

– Eu...

– Escutando sua história – ele a interrompeu –, consigo entender melhor o quanto te fiz mal estando longe por todos aqueles anos.

– Isso já passou. Não se sinta mal.

– Ainda não passou para mim. – Ele continuou olhando para ela. – Muitas das coisas que já mudaram para você permanecem do mesmo jeito na minha mente... e no meu coração.

– Oliver...

– Eu acho que tenho que ir agora – disse ele, abaixando a cabeça.

– Quanto tempo faz que estamos conversando?

– Bastante, mas não o suficiente para eu estar atrasado.

– Então por que tem que ir agora?

– Porque se eu não for, com certeza irei me arrepender.

– Arrepender de quê?

– De não conseguir me conter... – Ele olhou para a boca de Ana e ela entendeu o que ele quis dizer. – Foi bom te ver de novo, garota americana.

– Foi... É um alívio saber que ainda podemos conversar depois de tudo o que aconteceu.

– Nós sempre fomos amigos antes de sermos qualquer outra coisa.

– Verdade... – Ela sorriu. – É uma pena que você já tenha que ir agora.

– De fato... – Ele respirou fundo e sorriu. – A não ser que você não queira que eu vá.

– O quê?

– Existem momentos na vida em que tudo o que já fizemos ou dissemos não importa mais... Só importa o que estamos sentindo. Acho que cheguei a um desses momentos agora, porque estou pronto...

– P-Pronto para quê?

– Para você... Pensei que tinha te esquecido, mas é óbvio que eu ainda te amo, então, se quiser, eu não embarco nesse avião e fico aqui, com você. Se não quiser hoje, basta me chamar depois e eu venho. Prometo nunca mais sair do seu lado.

– Isso é alguma das suas brincadeiras?

– Nunca falei tão sério em toda a minha vida. Eu estou indo agora, mas você só precisa me mandar uma mensagem... uma única mensagem de celular ou e-mail... e eu estarei de volta.

Oliver levantou-se, sorrindo, e foi embora enquanto Ana, paralisada, apenas o observava.

* * *

Depois...

Por horas Ana caminhou, sem rumo, apenas para espairecer. Só resolveu voltar para casa quando a chuva começou. Andando pela calçada do Rising Star com o celular na mão, ela viu um relâmpago brilhante deixando sua marca no céu. Com a combinação correta de cores e a utilização dos pincéis adequados, essa imagem se tornaria um belo quadro. Os pingos de chuva mereciam uma atenção especial, pois poderiam acentuar o efeito do relâmpago ou estragar o quadro inteiro.

A chuva se intensificou, mas Ana apenas caminhava, distraída, lenta e encharcada para a entrada do prédio. Talvez pintar fosse a melhor coisa a se fazer após um demorado banho quente. A arte era a única paixão que lhe restara, porém Ana temia ter um surto e quebrar tudo que estivesse dentro do quarto de pinturas, então ela pensou que o ideal seria tomar seu demorado banho quente, sentar-se no chão debaixo do chuveiro e ali permanecer até conseguir se levantar novamente, sem pressa.

Enquanto guardava o celular em sua bolsa, ela reparou que ele estava lá, na entrada do prédio, esperando-a.

Quem se importa com o fato de que ele deveria estar no avião agora, indo para outro país, e não lá? Ana precisava dele.

Quem se importa com o fato de que o aceitando de volta, tudo pelo que ela havia passado teria sido em vão? Ele saberia como a consolar.

Quem se importa com o fato de ela ter rompido com ele? Ela sentiu vontade de beijá-lo minutos atrás.

Quem se importa com o fato de que essa não era a coisa certa a se fazer? Só importava o fato de que ela não estaria sozinha naquela noite.

– Eu não consegui embarcar... – disse ele, olhando-a nos olhos. – Será que posso... te abraçar?

– Parece que eu estou precisando, não é? – Ela sorriu, abraçando-o.

* * *

Cinco anos depois.

Tribeca. Prédio de apartamentos McAlister. Manhã de sábado.

Anthony e Gina Sullivan caminhavam pelo corredor em direção ao elevador. O casal de idosos costumava caminhar todas as manhãs de sábado. Faziam isso havia mais de dez anos, acreditando que esse hábito fazia bem para a saúde física, mental e amorosa de ambos. Enquanto esperavam pelo elevador, foram surpreendidos por David, um garoto de aproximadamente quatro anos, filho mais velho de seus vizinhos, que os alvejava com tiros imaginários que saíam de sua arma de brinquedo e cujo som dos disparos saía de sua boca.

– Quero ver se é tão durão sem essa arma na mão – disse Anthony.

– Eu sou – respondeu o garotinho.

– Então, quando eu voltar, o que acha de um desafio de queda de braço?

– Eu aceito, mas nunca perdi para você nisso.

– Mas dessa vez eu acho que irei vencer – disse Anthony, caminhando em direção ao garoto e coçando sua cabeça, bagunçando seus cabelos castanho-escuros.

– David... – disse a mãe do garoto, saindo pela porta de seu apartamento e indo na direção dele. – Não está incomodando o senhor e a senhora Sullivan de novo, está?

– Claro que não, querida – disse Gina, sorrindo. – Anthony adora esse garoto.

– Ele é o melhor adversário de queda de braço que conheço.

– Eu sempre ganho dele, mamãe...

– Mas o que foi que conversamos sobre sair por aí apontando armas para os vizinhos? – perguntou a mãe de David, abaixando-se e pegando a arma de brinquedo.

– Ah, não... – David quis chorar.

– Já chega disso por hoje. – Ela pegou o filho no colo. – Desculpem-nos por qualquer coisa, senhor e senhora Sullivan.

– Não se desculpe conosco, querida. Ele não fez nada de errado – disse Gina, com o mesmo sorriso de antes. – Como está a Lisa?

– Está dormindo.

– Ontem de manhã eu vi um vestido lindo na loja da Marguerite. Se ainda estiver lá, trarei para a pequena Lisa. Tenho certeza de que ficará lindo em sua princesinha...

– Eu agradeço muito, senhora Sullivan, mas não precisa se incomodar.

– Não é incômodo algum, querida.

– O que ela quer dizer é que nós estamos órfãos de netos ainda crianças, já que os nossos já estão indo para a faculdade... Nos deixe preencher nosso vazio paparicando seus filhos, certo? – disse Anthony, sorrindo.

– Se é para o bem de todos, tudo bem. – Ela sorriu também, acariciando os cabelos de David, que estava quase chorando.

– Agora devolva o brinquedo do garoto.

– Isso eu não posso fazer. Temos regras claras sobre posse ilegal de armas de brinquedo fora de casa, não é, David?

– Acho que fui pego, senhor Sullivan – disse ele com lágrimas em seus olhos azuis, bem claros, como os de sua mãe.

– Vou procurar um bom advogado para você, garoto – disse Anthony, rindo. – Parece que temos que ir.

– Tenham um bom dia.

– Você também, querida. – O casal entrou no elevador.

– Mamãe...

– O que foi, meu anjo? – perguntou ela, beijando-o na testa.

– O que é um advogado?

– Advogado... – Ela pensou. – É uma pessoa que defende outras pessoas quando elas são acusadas de alguma coisa.

– Igual ao papai? – Ele secou os olhos com suas pequenas mãos. – Ele sempre me defende.

– Ele te defende porque é seu pai, não como seu advogado... Se fosse, teria que cobrar muito caro de você.

– Mas eu não tenho dinheiro.

– Então tente se comportar, do contrário, nem seu pai nem qualquer advogado do mundo inteiro te livrarão dos castigos que te darei. – Ela o olhou, reparando que o assustara. – O primeiro deles seria meia hora de cócegas.

Com David no colo, ela caminhou pelo corredor até seu apartamento, fazendo cócegas nele.

* * *

Minutos depois.

Ana se olhava no espelho após um banho quente. Ela resmungava cada vez que encontrava uma linha de expressão em seu rosto. Embora já fosse mãe de duas crianças, ela ainda estava assustada com a chegada de seus trinta anos, nos próximos meses. Ana virou de lado e observou que sua silhueta continuava fina e seus seios estavam um pouco maiores. Isso com certeza poderia irritar outras mulheres. Era como se seu corpo tivesse passado ileso por suas duas gestações. Enquanto trocava de roupa, ela observava, de longe, o que David estava fazendo. Ele sequer tinha cinco anos, mas era como um terremoto e isso exigia constante vigilância por parte dela e de Katherine, a mulher que Ana pagava para ajudar na limpeza da casa e a cuidar das crianças. A pequena Lisa, por outro lado, era tão tranquila que era praticamente impossível vê-la chorando. Tinha só dois anos e meio, mas já falava quase tão bem quanto David...

Ana deu um banho em David. Ela se maquiou, pegou a bolsa com as coisas de Lisa e colocou a menina no carrinho. Os três foram até a garagem do prédio, onde ela deixou as crianças em suas respectivas cadeiras, presas com cinto de segurança. Ana ligou o carro e partiu para a saída.

– Bom dia, Ana – disse uma mulher alta e loira, que estava entrando na garagem pela rampa de pedestres.

– Bom dia, Karen.

– Está levando as crianças para passear? – Karen movimentou o pescoço para poder enxergar dentro do carro.

– Estou levando elas para a casa de uma amiga para EU poder passear.

– Essa foi boa... – Gargalhou. – E o seu marido?

– Está trabalhando, como sempre.

– Mais uma viagem?

– Coisa do tipo.

– Faz tempo que não o vejo no prédio... Acho que nossos horários não combinam, eu costumava ver...

– Que bom – comentou Ana, interrompendo-a.

– O quê...?

– Você não gostaria de ter os mesmo horários que ele... Eu mesma nunca me acostumo. É uma loucura.

– Sei... – disse Karen, com um sorriso provocativo. – Diga “oi” por mim...

– Claro. Isto é, se ainda lembrar quando o encontrar. Eu sequer sei quando ele estará em casa novamente e, quando ele chegar, teremos muitas coisas importantes para conversar e muita saudade para matar... – disse Ana, também mostrando um sorriso provocativo, enquanto acelerava rumo à saída. Ao afastar-se um pouco mais, começou a imitar Karen, resmungando sozinha: – “Diga oi por mim... E comente que eu como uma folha de alface por dia para manter minha barriga negativa e minhas pernas finas, só não comente que meu cabelo é pintado com tinta barata e que eu sou a vagabunda do prédio”.

– Com quem está falando, mamãe?

– Com ninguém, meu lindo, volte a dormir.

– O papai ainda está trabalhando?

– Sim, querido, mas logo ele estará em casa. – Ana também estava com saudade.

* * *

Queens, Minutos depois.

Ana chegou com as crianças na casa de Lucy, que a esperava ao lado de sua mãe. As crianças adoravam a tia Lucy e a vovó Mary, que, como de costume, já havia preparado bolo e biscoitos.

– Tem certeza de que não quer entrar? – perguntou Lucy, ainda abraçada e recebendo beijos contínuos de David e Lisa.

– Posso fazer isso depois? Eu só tenho três horas para fazer as compras, depois o meu sábado estará totalmente comprometido...

– Muita diversão conjugal preparada para esta noite? – Lucy soltou as crianças, que já corriam pela sala.

– Bem que eu gostaria, mas tenho alguns e-mails do trabalho para tratar.

– Lembra-se quando seu trabalho era só pintar?

– Tenho saudade dessa época. – Ana sorriu.

– Azar do seu marido... Se bem que ele mesmo tem estado muito ausente, não acha? – Lucy prendeu melhor seus cabelos, agora longos e negros, em sua cor natural.

– Ele não está ausente. É você que gosta de implicar com ele, desde sempre...

– Eu não implico com ele, só estou comentando um fato.

– Não é fato e ele não está ausente – disse Ana, desviando o olhar.

– Sei... – Lucy ironizou. – Não sei como ele ainda conseguiu te fazer dois filhos...

– Eu sei. Quer que eu conte? – provocou Ana.

– Não hoje. Tenho algumas atividades para entregar na segunda.

– Ainda não acredito que você está fazendo Psicologia... Não conheço mais ninguém que tenha três faculdades.

– Porque as pessoas são preguiçosas.

– Eu não acho que seja preguiça. Acho que é só falta do vigor físico e mental que você tem de sobra. E dinheiro, obviamente.

– Acredite se quiser, mas eu ainda tenho tempo para dar conta do Alessandro, se é que você me entende. – Lucy sorriu maliciosamente.

– Acho que entendo. – Ana sorriu. – Tem certeza de que não estou te atrapalhando?

– Absoluta. Minha mãe e Alessandro podem cuidar dos seus fofinhos enquanto eu estudo... Se bem que, com eles por perto, é difícil não querer cobri-los de beijos, abraços e mordidas.

– Ok... As coisas da Lisa estão na bolsa e ambos já comeram e foram ao banheiro. Se quebrarem alguma coisa, me avise que eu pago.

– Vá tranquila fazer suas compras que eu cuidarei bem deles. Vou morder as bochechas de vocês! – Lucy ameaçou correr atrás das crianças, que rapidamente se dispersaram e foram para diferentes partes da casa.

Ana se despediu de seus filhos e de Mary mandando-lhes beijos com a mão e saiu ao mesmo tempo que Alessandro descia as escadas.

- Eles estão mais barulhentos a cada dia que passa - disse ele, sorrindo e caminhando em direção a Lucy, beijando-a. - Aonde a Ana foi?

- Fazer compras. Disse que só tem as próximas três horas para isso.

- Desde que assumiu o lugar da antiga chefe, ela ficou muito dependente de relógios e agendas... Espero que ela não se torne mais uma dessas pessoas que são escravas do trabalho.

- Eu não me preocuparia com isso. Notei que, depois do nascimento da Lisa, ela parece se interessar mais pela família do que pelo trabalho... Ela ainda ama pintar, mas nada se compara ao que sente por essas duas criaturinhas que estão sujando nosso chão com farelos de biscoito agora.

- Já contou a ela o nosso segredo? - perguntou Alessandro, abraçando-a.

- Ainda não. Quero contar com mais calma, fazendo algo especial. O que acha de um jantar?

- Acho ótimo. - Ele a beijou novamente.

- Você vai buscar o Miguel no aeroporto hoje?

- Infelizmente não... O encanador confirmou que virá hoje, então vou passar a manhã inteira acompanhando ele.

- Mas hoje é sábado...

- Foi o único dia que consegui agendar.

- Miguel está voltando cheio de malas, cansado... Não tem ninguém que possa ir ajudá-lo?

- Eu o avisei que poderia estar ocupado aqui, então ele já deve estar preparado.

- Estou curiosa para saber como foram as coisas lá na França.

- Eu também...

- Estou com saudade dele - disse Lucy, sentando-se no sofá.

- Eu também. Será que sua amiga ainda sente aquela saudade do Miguel...? - perguntou Alessandro, sentando-se ao lado dela.

- O que você acha?

* * *

Aeroporto JFK. Horas depois.

Miguel estava de volta à América. Ele nasceu e cresceu no Brasil, adorava a França, mas respirar o ar dos Estados Unidos o fazia se sentir verdadeiramente em casa. Carregando suas malas, ele procurou por algum lugar onde poderia tomar café da manhã, pois estava faminto. Sabia que Alessandro não estaria no aeroporto para recebê-lo, mas relevou, já que pouco tempo havia se passado desde que seu primo se casara com Lucy e provavelmente ainda tinham muitas coisas para organizar.

Ele caminhou um pouco, cheio de malas, procurando um lugar para sentar e comer, até que subitamente ele escutou:

- Miguel?

– Ana? – disse ele, virando-se para ela.

– Surpreso em me ver?

– Muito...

– Como está a França? – Ela caminhou lentamente na direção dele.

– Acho que melhor, agora que não estou lá.

– Concordo.

– Você já me perdoou?

– Ainda não... E acho que nunca irei – ela respondeu.

Eles se olharam por alguns instantes...

* * *

Cinco anos atrás.

– Eu não consegui embarcar... – disse ele, olhando-a nos olhos. – Será que posso... te abraçar?

– Parece que eu estou precisando, não é? – Ela sorriu, abraçando-o.

O casal formou uma só silhueta na chuva. Estava frio, mas seus corpos se mantinham aquecidos. Ana estava de olhos fechados, apertando cada vez mais seu abraço antes de olhar novamente para ele.

– O que está fazendo aqui, Miguel?

– Eu não posso estar em um lugar em que você não esteja.

– Mas...

– Tudo o que eu tenho, tudo o que eu quero ter... a minha vida... nada disso faz sentido se você não estiver comigo.

– Mas eu não posso ir para a França com você... Eu não consigo...

– E não precisa... Eu só quero que me deixe ficar com você.

– Você vai continuar infeliz como estava antes.

– Ana, eu nunca fui tão feliz na minha vida como fui com você.

– Mas você estava triste... Eu senti. Fui por isso que eu terminei com...

– Eu estava confuso – ele a interrompeu.

– E eu estou confusa agora – disse ela, acariciando o rosto dele. – O seu sonho é ser o chef de um restaurante estrelado... Esse trabalho na França era sua melhor chance. Não era isso que você queria?

– Tudo o que mais quero está aqui, nos meus braços... Eu duvidei de algumas coisas... de mim mesmo... Quem nunca fez isso? Mas agora eu não duvido mais. Eu quero você, Ana, acima de tudo. Acredite em mim...

Beijaram-se, compartilhando o calor de seus corpos que era cada vez menor devido à baixa temperatura do ambiente chuvoso em que estavam.

Miguel e Ana já haviam se beijado centenas de vezes. Em cada uma delas, sentiram com intensidade o sabor, a temperatura, a textura e diversas outras sensações... Agora, porém, sentiam algo diferente, que era menos complexo, porém muito significativo. Se fosse possível resumir esse beijo em uma só palavra, sem dúvidas seria redenção.

– Que saudade... – sussurrou Ana, ainda de olhos fechados.

– Me perdoe, por favor – pediu ele, acariciando o rosto dela.

– Miguel... – Ana tentou falar, mas não conseguiu. Estava chorando.

– Eu te amo... Não preciso de mais nada deste mundo, só de você.

– Mesmo? – Ela o encarou. – Estou com medo de acreditar nisso.

– Acredite... Nunca tive tanta certeza de algo em toda a minha vida.

– As últimas semanas não foram fáceis... Você estava diferente. Me magoou. Achei que tinha feito um favor a você te deixando livre para ir.

– Eu sei... Mas eu prometo que nunca mais te magoarei, acredite. Foi só um momento de dúvida... de fraqueza... depressão. – Ele chorou.

– Você sabe que eu te amo. – Ela também acariciou o rosto dele. – Mas não posso te perdoar.

– N-Não pode? – Ele tremeu.

– Tem noção do esforço que fiz? No quanto doeu perceber que, enquanto eu estava no ápice da felicidade, você estava infeliz comigo?

– Eu estava infeliz pelo que eu não tinha, não por você...

– Eu deveria ser suficiente – ela o interrompeu. – Você já teve que abrir mão da pessoa que ama para deixá-la ser feliz... Sabe que isso dói bastante. – Ela o beijou de repente, com força. – Te perdoar não seria uma atitude sã depois de tudo que aconteceu... Sorte sua que sou louca por você e vou permitir ao menos que volte a morar comigo. – Ela sorriu.

– S-Sério?

– Sim... mas não significa que te perdoei. – Ela olhou ao seu redor. – O que acha de entrarmos?

– É uma ótima ideia.

* * *

Prédio de apartamentos Rising Star. Apartamento 37.

Eles tomaram banho juntos e fizeram amor no chuveiro. Depois, se deitaram no sofá grande com os melhores cobertores que Ana tinha para se aquecer e fizeram amor novamente. Eles conversaram sobre o que cada um havia feito nessas duas semanas em que estiveram separados. Eram histórias tristes, narradas entre beijos e sorrisos contidos. Era indescritível a felicidade que sentiam quando estavam juntos. Miguel achou que Ana estava mais linda do que sempre foi. Tão linda que parecia brilhar.

– Com licençaAARGGHH! – Ana movimentou-se o mais rápido que pôde e virou-se para o outro lado, vomitando no chão.

– *Caramba!*

– Não olhe... – disse ela, escondendo o rosto. – Que nojo.

– Você está bem?

– Estou... – Ela se levantou e foi para a cozinha. – Nessa semana eu fiquei doente.

– E mesmo assim estava andando na chuva... – disse ele, levantando-se também.

– Eu fui surpreendida pela chuva, é diferente. – Ana trouxe panos e produtos de limpeza. – De qualquer forma, são só alguns enjoos e tonturas. É normal para quem tem pressão baixa como eu.

– Eu posso te levar ao médico, se quiser.

– Não precisa... É só uma doença boba que já vai passar – disse ela, limpando o chão.

* * *

Uma semana depois, Ana descobriu que não estava com uma doença boba que logo iria passar... Era, na verdade, algo que mudaria sua vida e a de Miguel para sempre e que meses depois receberia o nome de David. No começo Ana não se assustou. Ela ficou empolgada com o presente que recebeu dos céus e que era fruto de seu amor por Miguel. Porém...

– Acho que meu pai vai me matar – disse Ana, sentada no sofá grande após confirmar o resultado do teste de gravidez.

– Antes disso ele vai ME matar. – Miguel estava sentado ao lado dela.

– Temos que pensar na melhor forma possível de contar isso a ele. É hora de colocar nossa imaginação para funcionar.

– Ana... – Levantou-se. – Quando eu era criança, inventar desculpas era quase tão importante para minha sobrevivência quanto comer e beber, mas agora não funciona mais assim.

– Bela hora para fazer piadas. – Sorriu.

– Não é piada. – Ele segurou as duas mãos dela. Em seguida as beijou carinhosamente. – Eu não quero inventar desculpas para seu pai ou qualquer outra pessoa. O que nós devemos aos outros? O que fizemos de tão errado?

– Nós...

– Por que você não casa comigo? – interrompeu-a.

– C-casar?

– Nós já moramos juntos... Não seria tão diferente.

– Mas...

– Se estivermos casados, não há chance de sermos julgados por qualquer sentinela do puritanismo, além disso... – Ajoelhou-se. – Eu te amo, Ana. A melhor parte da minha vida é você e eu te amo com todas as minhas forças. Se ao menos eu pudesse te mostrar o quanto...

– Eu também te amo – balbuciou entre lágrimas.

– Então me deixe jurar, na frente de todos que conhecemos, que irei fazer de você a mulher mais feliz e mais amada do mundo. Me deixe jurar que quero viver em função de você para sempre... Ana, case-se comigo.

A resposta de Ana foi o beijo mais apaixonado que já deu em toda a sua vida.

* * *

Miguel voltou a morar com Ana no Rising Star na semana seguinte. Lucy sentiu-se aliviada, pois não conseguia imaginar como seria a vida dos dois separados um do outro. A notícia de que sua melhor amiga estava grávida e iria se casar foi motivo de felicidade, embora fizesse cair em seus ombros a grande responsabilidade de ajudar a organizar o casamento antes que a barriga de Ana começasse a crescer.

O casamento foi realizado de acordo com as tradições religiosas da família de Ana, e sua artimanha junto a Lucy para esconder a gravidez foi extremamente eficaz. Ela apenas escutou um sermão de seu pai sobre estar sendo precipitada ao se casar, mas isso não era nada comparado ao que escutaria se ele soubesse de tudo... Parte de Lucy gostaria de ver a reação dele ao descobrir que a filha não iria casar virgem e, ainda melhor, grávida. Ele merecia esse choque por ser tão conservador, controlador, intolerante e hipócrita, mas Ana fez questão de evitar qualquer atrito com seu pai após terem feito as pazes; além disso, ela queria casar ainda magra. As duas riram quando Ana comentou que o reverendo que a casou escondeu o relógio assim que a viu. Ele era o mesmo que seu pai havia chamado para expulsar dela o demônio do roubo, mas que acabou não conseguindo...

* * *

Após um mês, Ana já achava a vida de casada mais interessante do que a vida de solteira e nutria grandes expectativas pela vida de mãe. Ela sentia como se tivesse nascido para isso.

Estava assistindo a *House* sentada no sofá grande ao lado de Miguel, que usava o notebook.

– Sabe o que seria ótimo agora? – perguntou Ana, olhando para ele.

– Me deixe adivinhar... Tem relação com comida?

– Errado... Eu quero uma massagem nos pés.

– O prazer é todo meu – disse ele, sorrindo.

– Você é mesmo um tarado. – Ela deitou-se e repousou os pés no colo dele.

– Eu quero te perguntar uma coisa.

– Pergunte. – Ana estava de olhos fechados, totalmente relaxada.

– Na verdade, estou mais atrás de um conselho do que de uma resposta.

– Ok.

– Eu estou conversando por e-mails com o chefe Lafaiete.

– Eu não acredito nisso... – disse Ana, sentando-se. – Não está pensando em me largar aqui esperando um filho seu e ir...

– Espere... – ele interrompeu-a. – Eu jamais faria isso. Fique calma.

– Esse nome... Lafaiete... Me dá arrepios.

– Me deixe explicar.

– Explique.

– Eu vou resumir bastante a história e ser bem direto.

– Vá em frente.

– Como eu recusei o convite para ser sous chef dele, ele preferiu adiar o projeto do novo restaurante que ele e seus sócios estavam planejando abrir em Paris. Isso meio que me deu uma ideia.

– No que está pensando?

– O que é um restaurante francês na França?

– É uma pergunta retórica?

– Sim – disse ele, empolgado. – Um restaurante francês na França, por mais que seja bom, é mais um restaurante francês na França... Mas o que é um restaurante francês em outro país? É status, é compartilhamento de cultura, é curiosidade, é charme...

– Está sugerindo que ele abra um restaurante francês aqui?

– Sim.

– Mas existem ótimos restaurantes franceses aqui...

– Lafaiete é mais que ótimo e ele sabe disso. Somente aqui o restaurante dele poderá ser um excelente restaurante francês e não só mais um bom restaurante francês. – Ele pegou o notebook. – Olhe a minha conta.

– Meu Deus! – Ana abriu bem os olhos quando viu o que tinha na tela.

– Bastante dinheiro, não é?

– Existe uma expressão mais forte do que *puta que pariu* em seu idioma?

– Sim, mas eu prefiro não te contar... – Ele sorriu. – O chef Lafaiete me deu várias dicas de investimentos recentemente. Meu dinheiro rendeu bastante e eu consegui separar uma parte que servirá justamente para isso, para render... A outra parte, a maior, eu posso investir.

– Não me diga que...

– Ele tem muito dinheiro, eu tenho muito dinheiro e uma boa reserva... Temos o prédio do Brazilian Taste e, acima de tudo, eu tenho você. Ter você ao meu lado me faz sentir que posso fazer tudo o que eu quiser e tudo o que eu fizer dará certo, mas eu preciso da sua opinião... – Ele a olhou nos olhos. – O que você acha disso tudo?

* * *

Miguel vivia o ápice de sua felicidade. Estava casado com a mulher que o fez querer viver novamente, o grande amor de sua vida, que estava grávida de seu primeiro filho. Também estava prestes a abrir um restaurante com o melhor chef que conhecia. Era sucesso garantido. Ele achou que em toda sua vida nunca esteve tão feliz, até David nascer... Quando Miguel o viu e escutou sua voz pela primeira vez, gritando surpreendentemente alto, foi como se toda a sua existência fosse redefinida e todos os seus horizontes expandidos. O mundo ficou maior. Ele foi apresentado a um novo nível de felicidade e amor. Um nível extremamente maior.

Quando Ana recebeu David em seus braços, ela teve a noção do que era ver parte de si mesma em outra pessoa. Como artista, Ana reconheceu David como sua maior e melhor obra, a melhor de todas as suas criações... Como mulher, ela finalmente entendeu o que fazia de sua mãe um ser quase celestial... Era o amor. Ana percebeu de fato o que era amar alguém infinitamente. Ela sentiu vontade de correr na rua e mostrar a todos que a maior maravilha do mundo inteiro acabara de sair de seu ventre. Miguel era o pai, e estava ao lado segurando sua mão, chorando, mas David foi gerado por ela, saiu dela, alimentou-se do que vinha de seu corpo... Ele era mais dela do que dele. Ele tinha os mesmo olhos azuis da mãe. Era o resultado do amor entre dois estranhos que se conheceram por coincidência e hoje se amavam. Dois estranhos de países diferentes que se uniram para dar vida a um ser tão puro e inocente como David.

Quando chegaram em casa, todos queriam vê-lo. O pai e o irmão de Ana, Elena e os primos de Miguel, mas Lucy foi a que mais ficou com David. Naquela noite, Ana e Miguel perceberam que precisariam de um lugar maior e melhor do que o apartamento 37 do Rising Star. Não por eles, mas por seu filho.

A parte ruim de tudo isso veio quando Ana teve que voltar ao trabalho. Doía ter que se despedir de seu bebê todos os dias da semana. Com o tempo, Ana aprendeu a suportar melhor essa dor.

Certa noite, Miguel e Ana conversavam antes de dormir.

– Eu imagino que já deve ter me perdoado – disse Miguel, de pé no quarto, olhando para David, que dormia em seu berço.

– Ainda não – respondeu Ana, abraçada a ele.

– E quando irá me perdoar? – Ele a olhou.

– Saberá se acontecer – respondeu ela, sorrindo e beijando-o.

Meses depois, eles se mudaram para um prédio de apartamentos chamado McAlister, em Tribeca.

* * *

Após pouco mais de dois anos, o restaurante Maria's, que Miguel abriu com o chef Lafaiete utilizando o prédio do Brazilian Taste, consolidava-se como um dos dez melhores restaurantes de Manhattan. Era algo surpreendente em vários aspectos. Enquanto isso, Ana viu pela primeira vez um quadro seu exposto no Rubin Museum of Art. Aquele ano foi maravilhoso para a carreira deles, mas sua maior conquista foi Lisa, a segunda filha do casal. Era um bebê lindo, o mais lindo que já viram em sua vida. Dessa vez eles estavam mais preparados para a explosão de sentimentos que sentiram quando ela nasceu, mesmo assim, espantaram-se quando perceberam que poderiam produzir dentro deles ainda mais amor.

Em uma noite de segunda-feira, o casal conversava na cama.

– O chef Lafaiete vai mesmo se aposentar. Pode ser ano que vem ou no próximo. Não passará disso... – disse Miguel, mexendo em seu celular.

– Está preparado para tomar conta do lugar sozinho? – perguntou Ana, de óculos, lendo um livro.

– Estou... Nós vamos iniciar um período de experiências específicas em que eu serei o chef e ele o sous chef. Ele irá me treinar de forma intensa.

– Te desejo toda a sorte do mundo.

– Sabe o que me deixaria bastante confiante? – perguntou ele, deixando o celular na mesa do abajur que ficava ao seu lado.

– O quê?

– Você me dizendo que me perdoa.

– Que pena... Não vai rolar. – Ana sorriu.

– Já se passaram dois anos, meu amor.

– É pouco perto do quanto ainda temos pela frente.

– Por quanto tempo ainda vai me negar isso?

– Pare de pensar no que estou te negando e pense nas coisas que eu nunca te nego.

– Como o quê?

– Que tal... – Ana aproximou-se dele e cochichou em seu ouvido, mordendo sua orelha de leve quando terminou.

– Acha que suas propostas indecentes vão mudar o foco dessa conversa?

– Funcionou por dois anos.

– E parece que vai funcionar por mais tempo... – Ele sorriu e a agarrou.

Concentrada nos beijos e abraços, Ana deixou seu livro cair no chão. Chamava-se *Escrevendo Nossa História*, da famosa autora Julia Sartori.

* * *

Aeroporto JFK. Hoje.

Miguel e Ana caminhavam de mãos dadas em direção ao estacionamento.

– Como estão as crianças?

– Lisa aprendeu a dizer o nome completo e quantos anos tem...

– Mas ela já não sabia?

– Não em português...

– Meu Deus! – exclamou ele, muito feliz. – Mas eu só ensinei uma vez...

– Agradeça ao seu primo. – Ana sorriu. – Às vezes acho que ele pode acabar roubando a Lisa de nós de tanto que é apaixonado por ela.

– O mesmo vale para a Lucy e o David... Lembra quando ele acordava chorando de noite, pedindo para ir para a casa dela?

– Lembro. – Ana sorriu.

– E como está o meu garoto?

– Com ainda mais energia, se é que isso é possível. Às vezes eu acho que ele não se cansa ou que nem precisa dormir... Acho que ele absorve energia do sol.

– Está exagerando.

– Acha mesmo? Você conhece seu filho... Ele é uma força da natureza.

– Seu sorriso orgulhoso quando fala dos nossos filhos é lindo, sabia?

– Você sempre me fala isso. – Ela o beijou no rosto. – Como foi passar uma semana com o Lafaiete na França?

– Foi legal, embora um pouco melancólico... Quer dizer... Ele fala de tudo no passado, como se não fosse capaz de fazer mais nada ou estivesse prestes a morrer.

– Ele continua doente?

– Sim.

– O que exatamente ele tem?

– Eu não sei... Mas ele já tem sessenta anos e chega uma época em que nosso corpo paga pelos nossos excessos.

– Ele deve ter se excedido muito... A foto que você mandou dele ontem me assustou.

– Digamos que ele foi um homem que aproveitou a vida intensamente.

– Sinto muito... Até que ultimamente eu comecei a gostar dele.

– Eu pensei que isso nunca iria acontecer.

– Aprendi a não guardar mágoas.

– Engraçado... – Ele parou de andar. – Você diz que não guarda mágoas, mas já se passaram cinco anos e você ainda não disse que me perdoa, e ainda afirma que jamais perdoará...

– Não é mágoa, só não te perdoei ainda. – Ela sorriu discretamente.

– Eu acho que você está propositalmente me mantendo em débito. – Ele a olhou com cara de injustiçado.

– Talvez eu queira que você continue se esforçando para ter o meu perdão.

– Por quanto tempo?

– Quando um de nós estiver para morrer, eu finalmente direi que te perdoo. Até lá, quero garantir que você estará sempre do meu lado, me agradando e paparicando em busca do meu perdão.

– Não sabia que tinha casado com uma mulher tão manipuladora.

– Você não faz ideia.

– O que mais andou aprontando?

– Eu disse para a Lucy que iria fazer compras e depois trabalhar em casa, então pedi para que ficasse com as crianças esta manhã.

– Então quer ir ao mercado agora?

– Eu não preciso fazer compras e muito menos trabalhar... Isso significa que tenho um tempinho para te mostrar o quanto senti sua falta.

– Você fica melhor a cada dia... – disse ele, agarrando-a e beijando-a.

* * *

O casal voltou para sua casa. Já era um costume deles tomar banho juntos e fazer amor ao mesmo tempo. Perderam a conta de quantas vezes fizeram isso, embora esses eventos tenham ficado raros após o nascimento de seus filhos. Ficaram deitados na cama por um tempo, conversando e se beijando até que seu tempo acabou. Tinham que voltar para a casa de Lucy para pegar as crianças.

No caminho para o Queens, duas músicas da Hated Rebels tocaram em duas rádios diferentes. Miguel e Ana cantaram juntos dentro do carro. Ele ainda se sentia parte da banda, que, após anos de modesta notoriedade, iniciava nesse ano uma jornada de sucesso nacional.

Quando chegaram na casa de Lucy, foram recebidos por ela.

– Ana, Miguel... Se encontraram no caminho?

– Como Alessandro não foi me buscar no aeroporto, eu fui direto para casa. Enquanto preparava algo para comer, Ana chegou com várias sacolas... Acho que esse mês ficaremos no vermelho – disse ele, sorrindo e beijando Lucy no rosto.

– *Papai, papai!!!* – gritou David, correndo da cozinha até a sala, pulando no colo de Miguel.

– Que saudade do meu garoto! – Miguel beijou David várias vezes.

– *Papai.* – Lisa sorriu, esticando os bracinhos na direção do pai enquanto ainda estava no colo de Alessandro, que saía da cozinha.

– Minha princesa... – Ele a pegou no colo, também a beijando várias vezes enquanto era abraçado por ela. Miguel segurava David e Lisa, cada um em um braço. Era como se segurasse todas as suas riquezas de uma só vez.

– Annie... – sussurrou Lucy. – Seu marido melhorou na arte de mentir, mas eu saquei que não foi isso que aconteceu, sua safada.

– Não sei do que está falando – disse Ana, fechando a porta e tentando disfarçar o sorriso.

– Você não foi fazer compras, foi fazer outra coisa... Você me usou.

– Está brava?

– Claro que não. Eu amo suas crianças... Só queria que soubesse que ainda não é tão fácil me enganar.

– Nunca foi. – Ana sorriu.

– Será que vocês podem ficar para jantar conosco?

– Por mim, tudo bem... Podemos ficar para jantar, Miguel?

– Claro. O que temos para comer?

– É isso que você fala quando te convidam para jantar? – Ana o olhou, repreendendo-o.

– Acho que não... – disse ele, sorrindo e corando.

– Vamos ter carne assada, purê de batatas, aspargos e salada.

– Nada italiano, ex-ruiva?

– Está decepcionado, brasileiro?

– Não – disse ele, percebendo o olhar contrariado de Ana. – É que eu pensei que comeria o molho da sua mãe novamente.

– Não terá molho dessa vez, aliás, não terá nada dela hoje... O jantar será todo meu.

– Sério? – perguntou Ana, surpresa. – Quando morávamos juntas você só fazia pipoca, fritava batatas e preparava doces e sobremesas.

– Mais cedo ou mais tarde eu teria que aprender a cozinhar, não é?

– Bom... Eu não aprendi até hoje. – Ana olhou para Miguel, sorrindo.

– Eu sempre me ofereci para ensiná-la, mas ela não tem paciência. Talvez te ver cozinhar mude alguma coisa nela...

– Então vocês topam?

– Claro – Ana e Miguel responderam juntos.

* * *

Ao cair da noite, todos sentaram-se à mesa para jantar. A comida de Lucy estava supreendentemente gostosa, embora Miguel tivesse observado que Mary Sartori havia contribuído mais do que com dicas... Apesar da trapaça nada surpreendente, o importante era o esforço feito por sua amiga, cujo motivo fora revelado durante o jantar. Lucy e Alessandro anunciaram que ela estava grávida de um mês. Todos se emocionaram e riram até os filhos de Ana e Miguel apresentarem sinais de sono e cansaço e o casal voltar para sua casa. Aquela com certeza fora uma das noites mais felizes do ano para todos eles.

De volta a seu apartamento, Miguel colocou as crianças para dormir em seus respectivos quartos enquanto Ana tomava banho. Antes que ela terminasse, ele lhe fez companhia e mais uma vez fizeram amor. Minutos depois, Miguel preparava-se para dormir quando foi chamado por Ana, que estava em pé de frente para a janela aberta.

– O que está olhando? – perguntou ele, abraçando-a por trás.

– A lua...

– Tentando descobrir quem é mais bonita? Se meu voto valer, saiba que você já ganhou. – Miguel beijou o pescoço dela.

– Você é um fofo – disse Ana, de olhos fechados. – Reparou como a lua e as estrelas deixam o céu tão lindo?

– É um belo espetáculo de luzes...

– Eu costumava olhar para coisas assim e imaginar um quadro. Pensava nele a todo momento até conseguir terminá-lo.

– Costumava?

– É... Isso não tem acontecido ultimamente.

– O que há de errado?

– Nada... absolutamente nada. Eu simplesmente encontrei outra forma de arte que me agrada mais e para a qual eu quero me dedicar inteiramente agora.

– E qual seria?

– Venha comigo – disse Ana, pegando na mão de Miguel e conduzindo-o para fora de seu quarto e depois pelo corredor até chegar aos quartos de David e Lisa. Ela abriu as portas e puderam ver as crianças dormindo serenamente. – Eu quero ser mãe em tempo integral... Esta é a arte de que estou falando.

– Quer mesmo fazer isso? Pensei que amasse pintar.

– Eu amo, mas esse amor não se compara ao que sinto pelos nossos filhos, tanto que, quando estou lá, só quero estar aqui, com eles. Não consigo mais sair de casa e deixá-los com outra pessoa.

– A Katherine é ótima com eles.

– Eu sei, mas ela não é eu.

– Entendo. – Ele a beijou no pescoço novamente. – Se você tem certeza...

– Absoluta. – Ana sorriu. – E não é como se eu nunca mais fosse pintar. Eu posso fazer isso o quanto quiser, mas a infância deles é única e é o período em que eu poderei influenciá-los de forma mais eficaz.

– Se isso os fizer aprender a ser tão doces e carinhosos quanto você é, eu sou totalmente favorável. – Ele acariciou o rosto dela, sorrindo.

– Prometo que farei o meu melhor. – Ela o abraçou. – Olhe para eles.

– Estou olhando.

– Que tipo de motivação eu teria no trabalho, se eu já consegui criar as maiores obras de arte do mundo inteiro?

– Você está certa... – Ele suspirou. – Mas vamos ter que dispensar a Katherine, então.

– Não precisa. As crianças precisam de mim, mas a casa não... A casa precisa da Katherine.

– Ok.

– Vai ficar tudo bem se só você trabalhar?

– Claro, minha linda. Nossas contas estão em ordem e o restaurante está lucrando há meses. Eu só preciso tomar mais cuidado, mas não é nada com que deva se preocupar.

– Então cuide de nossos valores que eu cuido de nossos tesouros.

– Parece que somos mesmo uma grande equipe.

Eles riram e se beijaram.

* * *

Restaurante Maria's. Três meses depois. Noite de domingo.

Havia um palco improvisado no salão do restaurante. Em volta dele estavam Elena, seu filho Ricardo com sua esposa Cindy e seus filhos, além de Daniel e sua namorada, Jessica. Em uma das mesas mais próximas do palco estava Alessandro, acariciando a saliente barriga de Lucy, grávida de uma menina. Ela estava sentada ao lado de sua mãe Mary, em sua maior demonstração de evolução quanto ao problema que tinha. O doutor Harry Lewis e William estavam em pé, próximos a uma das mesas mais afastadas. Por todo o salão, seja nas mesas ou em pé, estavam os funcionários do restaurante (de folga nesse dia) e amigos de Ana e Miguel da Magical Drop of Art e da academia. Todos comiam e bebiam, servidos por um buffet contratado para a noite. No palco, a Hated Rebels tocava a sua música mais pedida nas rádios, "Try Again".

Quando Miguel subiu ao palco, todos o aplaudiram. Ele nunca se sentiu intimidado com a plateia quando tocava com a banda, mas agora, de frente para pessoas tão importantes para ele, ficou vermelho e sentiu seu rosto esquentar. Acenando com a mão, ele chamou Ana, que se aproximou dele com Lisa no colo, enquanto David insistia em querer tocar bateria. Miguel o pegou no colo.

– Pessoal... Primeiramente eu gostaria de agradecer a todos por estarem aqui hoje. É muito bom tê-los comigo neste momento tão feliz e tão importante. Eu sei que tenho muito a gradecer a todos vocês, mas quero começar pela minha mãe, que me ensinou grande parte do que eu sei sobre a vida e me fez ser quem eu sou. Com meus defeitos e qualidades, sempre tentei fazer o que ela me ensinou que seria certo... Além de tudo isso, ela me ensinou a amar... e a cozinhar. O nome de nosso restaurante é uma singela homenagem a ela e, de certo modo, ao meu pai e meus irmãos, que devem estar ao seu lado agora. – Todos aplaudiram. Miguel continuou: – Tia Elena, eu te agradeço por me dar uma segunda chance na vida, por ocupar o lugar da minha mãe quando ela já não estava mais comigo, por ter feito um excelente trabalho cuidando de mim... Muitas vezes eu quis te chamar de mãe, tamanho o amor que te dedico. Agradeço por ter me inserido em sua família, me dado irmãos, amigos... Eu amo cada um de vocês, embora saibam que Alessandro e eu somos inseparáveis. Principalmente porque ele não larga do meu pé. – Todos riram. – Alessandro, você é meu irmão e eu te amo, cara. – Miguel pausou para respirar fundo. – Nessa semana, o Maria's se tornou um restaurante estrelado. Agora constamos no guia vermelho da Michelin como um restaurante de uma estrela. Isso é uma honra para todos nós que trabalhamos duro para merecer esse mérito, mas a honra é minha por ter uma equipe tão comprometida e vitoriosa... Nós caminhamos juntos, todos os dias, em direção a esse prêmio, a esse reconhecimento, em direção ao dia de hoje. Um brinde ao Maria's e a todos que trabalham e já trabalharam nele, como o saudoso Lafaiete, que já descansa agora, mas foi parte importante de tudo o que somos hoje.

– AO MARIA'S!!! – Todos brindaram.

– Quando eu cheguei aqui, eu fiz alguns amigos e acabei entrando para a banda deles. Parece que bastou eu sair para que as coisas dessem certo para o grupo, porque antes nós tocávamos em casas noturnas e hoje eles tocam em rádios e em programas de TV... Acho que, como guitarrista, eu fui um grande cozinheiro – disse Miguel, rindo e fazendo todos rirem também. – Um brinde aos Hated Rebels!

– AOS HATED REBELS!!!

– Eu também fiz duas amigas neste país... Uma delas me fez passar por vários apuros, sempre testando minha inteligência e se divertindo muito às minhas custas, mas a amizade dela sempre foi importante para mim, e nos momentos ruins ela sempre me consolou, sempre soube o que falar. É a pessoa mais inteligente que eu conheço... A mãe dela cozinha tão bem que agradeço por ela não ter um restaurante. Se tivesse, a estrela que ganhamos certamente seria dada para ela. As três mulheres desta família são um exemplo de força e perseverança, além de estarem unidas mesmo nas piores situações... Um brinde a Lucy e às garotas da família Sartori!

– A LUCY E ÀS GAROTAS DA FAMÍLIA SARTORI!

– A minha outra amiga me deu ainda mais trabalho. – Ele olhou para Ana, rindo, juntamente com todos. – Ela me atingiu de uma forma tão forte que nada poderia ter me preparado para isso... Quando a vi, eu senti vontade de viver mais e isso acontece até hoje. Eu acho que foi amor à primeira vista, mesmo que eu não soubesse. A única coisa que sei é que eu a amo demais, a amo além do que é compreensível... Ela me deu uma família linda, como ela, e eu agradeço ao doutor Lewis e ao William pela confiança e por me receberem bem em sua família.

– Mas eu ainda estou de olho em você, rapaz – gritou o doutor Harry, provocando mais gargalhadas.

– É justo, doutor Lewis... – Miguel estava vermelho, enquanto Ana ainda ria. – O Maria's recebeu uma estrela, e essa estrela é de vocês que trabalham aqui, e de todos vocês que eu acabei de agradecer por diversas razões. Por terem feito parte da minha vida, por terem me feito tão bem, por terem me acompanhado até aqui, dedico essa estrela a todos vocês. Agora irei fazer uma analogia entre um restaurante e a vida: para quem trabalha em um restaurante, uma estrela é um sonho, um objetivo difícil, um grande prêmio... Na vida, também buscamos por isso, por sonhos, objetivos e prêmios. Procuramos por estrelas que iluminarão a nossa existência. Nosso restaurante tem uma estrela, mas eu, Miguel Oliveira, tenho três, e elas estão aqui do meu lado... Muito obrigado a todos. Divirtam-se – disse ele, com David no colo, aproximando-se de Ana, que segurava Lisa. Miguel beijou sua esposa e todos os aplaudiram.

De repente, várias vozes pediam para que Ana também discursasse ou falasse alguma coisa. Ela percebeu que foi Lucy que começou com isso, apenas para deixá-la com vergonha. Mas ela estava tão feliz que não seria a vergonha que a impediria de falar. Ana pegou o microfone.

– Em uma situação como essa, acho que não existe frase melhor do que... *PUTA QUE PARIIIIIIIU!!!*

Muitos não entenderam e ficaram confusos, os que entenderam gargalharam. Miguel e Ana se beijaram novamente. Em seguida, ela se aproximou do ouvido dele.

– Eu já te perdoei. – Ela sabia que estava mostrando a ele um de seus melhores sorrisos.

– Obrigado. – Ele a beijou mais uma vez.

Naquele momento, sentiram que estavam no paraíso. Coincidentemente, a banda tocou um cover de "Paradise", do Coldplay. Ana nunca contou, mas aquela era sua música preferida.

* * *

Lucy os observava. Foi complicado estar perto desses dois idiotas que demoraram tanto para perceber que nasceram um para o outro. Ela sorriu com a sensação de dever cumprido, apesar de nem tudo ter sido perfeito. Seu desejo se realizou. Ela viu Ana, sua heroína, encontrar alguém que estava sempre ao seu lado, que lhe fazia feliz, que constituiu com ela uma linda família. Lucy sabia que Ana e Miguel se amavam de forma sincera, a ponto de serem capazes de se sacrificar para que o outro fosse feliz...

No passado, Lucy acreditava que a vida era injusta, mas isso mudou quando ela percebeu que, mesmo repleta de armadilhas que levam ao fracasso e ao sofrimento, a vida sempre oferece segundas chances para quem as consegue enxergar. Ela lembrou-se de quando Miguel conheceu Ana e perguntou: "Você não acredita em segunda chance?".

Com um sorriso farto e lágrimas nos olhos, Lucy observava seus dois melhores amigos, Ana e Miguel, se beijando no palco enquanto seguravam seus filhos no colo. Esse casal de idiotas apaixonados não costumava ter êxito de primeira naquilo que faziam, mas Lucy não se preocupava mais, afinal, assim como ela, ambos com certeza acreditavam em segundas chances...

agradecimentos

Ninguém consegue realizar seus sonhos sem ajuda, por isso agradeço primeiramente a Deus. Todos nós temos o direito de acreditar no que quisermos ou simplesmente não acreditarmos em nada. O importante é estarmos felizes com nossas escolhas e respeitar as dos demais. Por isso digo, antes de mais nada, que este livro é para TODOS.

Agradeço a você, Juliana, minha esposa e alma gêmea, que me ajudou muito lendo, relendo e palpitando sobre esta história. Se eu escrevo sobre o amor, é por sua causa. Se eu escrevo sobre felicidade, também é por sua causa. Se eu escrevo sobre tudo do mundo e amo isso, é porque te amo ainda mais.

Também agradeço aos meus pais, que sempre me apoiaram em tudo, tudo mesmo. Ser o filho desse casal é uma dádiva sem par e um privilégio só meu.

Aos meus amigos/irmãos Bruno e Tiago, por todas as vezes que sentamos juntos para escrever cartas e poesias... Agradeço por tudo, principalmente por serem meus melhores amigos por mais da metade da minha vida.

Obrigado, professoras Alzira Lima e Cida Rorato, da Escola Estadual Deputado José Storópoli, que me ensinaram literatura e o que eu poderia fazer com ela... Vocês sempre acreditaram em mim.

Agradeço a todos do Grupo Editorial Novo Século, minha casa literária. Vocês me ajudaram a realizar este sonho.

Também agradeço a todos os meus familiares e amigos que ficaram tão felizes quanto eu ao saberem que este meu sonho se tornaria realidade e nunca deixaram de perguntar: "Quando sai o livro?".

Agradeço a quem estiver lendo agora. Espero que goste da leitura e se divirta. Garanto que, enquanto escrevi, me diverti do início ao fim.

FONTE: Leitura